نشان استاندارد کاغذ بالک سوند

سرشناسه: دولت‌آبادی، محمود، - ۱۳۱۹
عنوان و نام پدیدآور: جای خالی سلوچ / محمود دولت‌آبادی
مشخصات نشر: تهران: نشرچشمه، ۱۳۹۳
مشخصات ظاهری: ۴۰۵ ص.
شابک: 7-26-6194-964-978
وضعیت فهرست‌نویسی: فیپا
موضوع: داستان فارسی - - قرن ۱۴
رده‌بندی کنگره: ۱۳۷۷ ۳ج ۷و / ۸۰۴۴۷ PIR
رده‌بندی دیویی: ۶۲ / ۳ فا ۸
شمارهٔ کتاب‌شناسی ملی: ج ۷۷۹ د

جای خالی سلوچ

محمود دولت آبادی

رده‌بندی نشر چشمه: ادبیات ـ داستان فارسی ـ رمان

جای خالی سلوچ
محمود دولت‌آبادی

چاپ: تاجیک
تیراژ: ۲۵۰۰ نسخه
چاپ سی و پنجم رقعی (چاپ چهل و هفتم کتاب): پاییز ۱۳۹۷، تهران
ناظر فنی چاپ: یوسف امیرکیان
حق چاپ و انتشار محفوظ و مخصوص نشر چشمه است.
هرگونه اقتباس و استفاده از این اثر، مشروط به دریافت اجازه‌ی کتبی ناشر است.

شابک: ۷-۲۶-۶۱۹۴-۹۶۴-۹۷۸

دفتر مرکزی نشرچشمه: تهران، خیابان کارگر شمالی، تقاطع بزرگراه شهید گمنام، کوچه‌ی چهارم، پلاک ۲. تلفن: ۸۸۳۳۳۶۰۰ ـــ کتاب‌فروشی نشرچشمه‌ی کریم‌خان: تهران، خیابان کریم‌خان زند، نبش میرزای شیرازی، شماره‌ی ۱۰۷. تلفن: ۸۸۹۰۷۷۶۶ ـــ کتاب‌فروشی نشرچشمه‌ی کورش: تهران، بزرگراه ستاری شمال، نبش خیابان پیامبر مرکزی، مجتمع تجاری کورش، طبقه‌ی پنجم، واحد ۴. تلفن: ۴۴۹۷۱۹۸۸ ـــ کتاب‌فروشی نشرچشمه‌ی آرن: تهران، شهرک قدس (غرب)، بلوار فرحزادی، نرسیده به بزرگراه نیایش، خیابان حافظی، نبش خیابان فخارمقدم، مجتمع تجاری آرن، طبقه‌ی ۲. تلفن: ۷-۷۵۹۳۵۴۵۵ ـــ کتاب‌فروشی نشرچشمه‌ی رایزن: تهران، خیابان نیاوران (باهنر)، بعد از سه‌راه یاسر (به سمت تجریش)، پلاک ۳۱۱. تلفن: ۲۶۸۵۴۱۳۵ ـــ کتاب‌فروشی نشرچشمه‌ی بابل: بابل، خیابان شریعتی، روبه‌روی شیرینی‌سرای بابل. تلفن: ۳۲۴۷۶۵۷۱ (۰۱۱) ـــ کتاب‌فروشی نشرچشمه‌ی پریس: تهران، پاسداران، نبش گلستان یکم، مجتمع پریس، طبقه‌ی دوم. تلفن: ۹۱۰۰۱۲۵۸ ـــ پخش کتاب چشمه: تلفن: ۷۷۷۸۸۵۰۲

www.cheshmeh.ir
cheshmehpublication
cheshmehpublication

بخش یکم

۱

مِرگان که سر از بالین برداشت، سلوچ نبود. بچه‌ها هنوز در خواب بودند: عباس، اَبراو، هاجر. مِرگان زلف‌های مقراضی کنار صورتش را زیر چارقد بند کرد، از جا برخاست و پا از گودی دهنهٔ در به حیاط کوچک خانه گذاشت و یک‌راست به سر تنور رفت. سلوچ سر تنور هم نبود. شب‌های گذشته را سلوچ لب تنور می‌خوابید. مِرگان نمی‌دانست چرا؟ فقط می‌دید که سر تنور می‌خوابد. شب‌ها دیر، خیلی دیر به خانه می‌آمد، یک‌راست به ایوان تنور می‌رفت و زیر سقف شکستهٔ ایوان، لب تنور، چمبر می‌شد. جثهٔ ریزی داشت. خودش را جمع می‌کرد، زانوهایش را توی شکمش فرو می‌برد، دست‌هایش را لای ران‌هایش ـ دو پاره استخوان ـ جامی‌داد، سرش را بیخ دیوار می‌گذاشت و کپان کهنهٔ الاغش را ـ الاغی که همین بهار پیش ملخی شده و مرده بود ـ رویش می‌کشید و می‌خوابید. شاید هم نمی‌خوابید. کسی چه می‌داند؛ شاید تا صبح کز می‌کرد و با خودش حرف می‌زد؟ چراکه این چند روزهٔ آخر از حرف و گپ افتاده بود. خاموش می‌آمد و خاموش می‌رفت. صبح‌ها مِرگان می‌رفت بالای سرش، سلوچ هم خاموش بیدار می‌شد و بی‌آنکه به زنش نگاه کند، پیش از بر خاستن بچه‌ها، از شکاف دیوار بیرون می‌رفت. مِرگان فقط صدای سرفهٔ همیشگی شویش را از کوچه می‌شنید و پس از آن، سلوچ گم بود. سلوچ و سرفه‌اش گم بودند. پاپوش و گیوه‌ای هم به پا نداشت تا صدای رفتنش را مِرگان بشنود. کجا می‌رفت؟ این را هم مِرگان نتوانسته بود بفهمد. کجا می‌توانست برود؟ کجا گم می‌شد؟ پیدا نبود. کسی نمی‌دانست. کسی به کسی نبود. مردم به خود بودند. هرکسی دچار خود، سر در گریبان خود داشت. دیده نمی‌شدند. هیچ‌کس دیده نمی‌شد. پنداری اهالی زمینج در لایه‌ای از یخ خشک پنهان بودند. تنها خشکه سرمای سمج و تمام نشدنی بود که کوچه‌های

کج و کولهٔ زمینج را پر می‌کرد. سلوچ ژنده، بی‌پاپوش و بی‌کلاه، کپان خرمرده‌اش را روی شانه‌ها می‌کشید و در این خشکه سرما که یوز درآن بندنمی‌آورد، گم می‌شد؛ و مرگان نمی‌دانست مردش کجا می‌رود. اوّل کنجکاو بود که بداند، امّاکم کم رغبتش را از دست داد. می‌رفت که می‌رفت. بگذار برود!

مرگان دیگر کششی در خود به مردش حس نمی‌کرد. این کشش از خیلی پیش گسسته بود و فقط عادتش مانده بود. این آخری‌ها هم کم کم عادتش داشت کمرنگ وکمرنگ تر می‌شد... تاکی بی‌باقی از میان برود. همهٔ آن چیزهای پنهان و آشکاری که زن و شوی را به هم می‌بندند، از میان مرگان و سلوچ برخاسته بود. نه کاری بود و نه سفره‌ای. هیچکدام. بی‌کار سفره نیست و بی سفره. عشق. بی‌عشق، سخن نیست و سخن که نبود فریاد و دعوا نیست، خنده و شوخی نیست؛ زبان و دل کهنه می‌شود، تناس بر لب‌ها می‌بندد، روح در چهره و نگاه در چشم‌ها می‌خشکد، دست‌ها در بیکاری فرسوده می‌شوند و بیل و منگال و دستکاله و علفتراش در پس کندوی خالی، زیر لایهٔ ضخیمی از غبار رخ پنهان می‌کند. دیگر چه؟ خر که مرده باشد، زمستان سرد و خشک که تن را زیر تن سیاه و سرد خود بفشارد، و اندوه که از جاگاه جان لبریز شده باشد... دیگر کجا جایی برای بند و پیوند می‌ماند؟ کجا جایی برای دل و زبان؟

و سلوچ این روزها گیج و منگ شده بود. نه چیزی می‌گفت و نه انگار چیزی می‌شنید. امّا مرگان، مگر حرفی داشت به سلوچ بزند که بداند او می‌شنود یا نه؟ چیز، چیزی ناچیز مگر در میان بود که مرگان بهانه‌ای برای‌گفتن بیابد؟ وقتی هرچه هست و نیست در غباری گنگ و بیمار دفن شده باشد، لب به چه معنایی می‌تواند گشوده شوند؟ لب‌های مرگان بادست‌هایی ناپیدا دوخته شده بودند. تنها چشم‌هایش باز بودند. چشم‌هایش به حالتی شگفت‌زده باز بودند. چنانکه گویی دیوارها هم مایهٔ تعجب او می‌شدند. هوا هم. روز و شب هم. و انگار از اینکه بود، راه می‌رفت، نفس می‌کشید و سرما را تا دل استخوان‌هایش حس می‌کرد، در شگفت بود. انگار از اینکه مادری او را زاییده است، شیرش داده وبزرگش کرده است به حیرت بود. چنین چیزی راست است؟ ممکن است؟ اصلاً ممکن است؟ چقدرچیزهای عجیب وباورنکردنی دراین دنیاپیدا می‌شود؟!

همه‌چیز عجیب بود. برای مرگان، همه‌چیز عجیب می‌نمود؛ و از همه عجیب‌تر جای خالی سلوچ بود. امّا هیچ روزی جای خالی سلوچ مرگان را به این حال و نداشته بود. دیگر این حیرت نبود، وحشت بود. هراسی تازه، ناگهانی و غریب. بی‌آنکه خود دریابد، چشم‌هایش وادریده و دهنش وامانده بود. جای خالی سلوچ این‌بار خالی‌تر از همیشه می‌نمود. مثل رمزی بود بر مرگان. چیزی پیدا و ناپیدا. گمان. همانچه زن روستایی «وه» می‌نامدش. وهم! شاید سلوچ رفته بود. این‌داشت بر مرگان روشن می‌شد. مرگان تازه‌داشت احساس می‌کرد که پرهیز سلوچ از هرچیز، کناره‌گیری‌اش از مرگان و خانه بهانه نبود، زمینه بود. سلوچ خود را جداکرده بود، دور انداخته بود. ناخنی به ضربه قطع شده که بیفتد. چه شب‌های درازی را سلوچ باید با خودش کلنجار رفته‌باشد؛ چه روزهای سنگینی رابایدبیزار و دلمرده در خرابه و در خیرات و در خارستان گذرانده باشد؛ چه فکرها، وهم‌ها، خیال‌ها! بچه‌ها را ـ لابد ـ یکی یکی به درد از دل خود برکنده و دور انداخته بوده، و مرگان را ـ لابد ـ در خاطر خودگم وگور کرده بوده است. دیگر چه می‌ماند که سر راه برجای گذاشته باشد؛ غصه‌هایش؟ نه! به یقین که سهم خود را همراه برده است. به یقین برده است. این را دیگر نمی‌شود از خود کند و دور انداخت. این را دیگر نمی‌توان به کسی واگذارکرد. نه؛ با بارسنگین‌تری بردل، باید رفته‌باشد. رفته است. رفته. بگذار برود. بگذار برود!

«بگذار برود!»

این به زبان خیال مرگان آسان می‌آمد. فقط به زبان خیال. چون او در هیچ دورهٔ عمر خود، این‌جور که در این دم، با شویش احساس یگانگی نکرده بود. ناگهان چیزی راگم کرده بود که درست نمی‌توانست بداند چیست؟ به نام شوی بود سلوچ؛ امّا به حس، چیزی دیگر. شاید بشود گفت نیمی ازخود مرگان گم شده بود؟ نمی‌دانست. نه‌دست بود و نه چشم بود و نه قلب. روحش، حس‌اش؛ خودش گم شده بود. سقف از فراز و، دیوارها از کنار او کنده شده بودند. احساسی مثل برهنه ماندن. برهنه از درون؛ برهنه بر یخ. دست‌های او را تهی کرده بودند. برهنه. درست این‌که برهنه و تهی روی رویهٔ یخ بستهٔ آبگیر کنار حمّام هاج و واج مانده بود. برهنه و بی‌سایه. آیا می‌توان پیکره‌ای یافت که بی‌سایه باشد؟ احساس مرگان

از خود چنین بود: برهنه، تهی، بی‌سایه. ناامنی و سرما. قلبش می‌تپید؛ تکه ذغالی گداخته در سرماهای نیمه‌شب. ناگهان می‌سوخت. چیزی می‌سوزاندش. کهنه خاکستری که همه چیز روزگاران مرگان را پوشانده بود، یک دم از روی قلب او روفته می‌شد. چیزی گم و گنگ، چیزی از یاد رفته در سینه‌اش سر برمی‌آورد: سلوچ. عشقی کهنه، زنگ زده. مهری آمیخته به رنج، حسی ناگهانی، دریافت این‌که چقدر سلوچ را می‌خواسته و می‌خواهد!

تا چشم‌هایت با تو هستند به نظر عادی می‌آیند؛ امّا همین‌که این چشم‌ها ناگهان کور شوند، به میله‌ای داغ یا به سرپنجه‌هایی سرد، تو دیگر تنور خانه‌ای را هم که عمری در آن آتش افروخته‌ای، نمی‌بینی. تازه درمی‌یابی که چه از دست داده‌ای؛ که چه عزیزی از تو گم شده است: سلوچ!

«راستی سلوچ رفته است؟ کجا رفته است؟! من چی؟ هاجر چی؟ پسرها چی؟ عباس و ابراو؟ سلوچ رفته! کدام گوری رفته! ما را به امان کی گذاشته و رفته؟! ها؟!»

مرگان کم‌کم داشت به خود می‌آمد. چشم‌هایش نرم‌نرم به روی آنچه روی داده بود باز می‌شدند. فشار و نیرویی وحشی، بار دیگر از درونش قامت برمی‌کشید. چشم‌هایش بار دیگر خود را می‌دیدند. دور و برش را آشکارا می‌دید. همه‌چیز از نو جان گرفته بود. از دل خشک سرمای زمستان، بار دیگر زندگانی می‌جوشید. همه‌چیز انگار دوباره زنده می‌شد. میدان یخی که ماه‌ها بود پیرامون مرگان را فراگرفته و او را در خود مهار کرده بود، داشت برمی‌شکست. مرگان تکان خورده بود. از سرما به آتش درآمده، می‌سوخت و می‌رفت تا بسوزاند. برافروخته، چنانکه برگربه‌ای نفت ریخته و زنده زنده، شعله‌ورش ساخته باشند. ذوب همهٔ یخ‌های دنیا را در خود حس می‌کرد. گدازان بود، چنانکه حس می‌کرد می‌تواند سر سرمای زمستان را در گور کند. لب فرو بسته و خاموش. خاموش و بی‌تاب. دل در سینهٔ مرگان، دل نبود؛ کوره بود. کوره‌ای از کینه.

واپس آمد. با اینهمه هنوز چیزی، جذبه‌ای او را وامی‌داشت تا به جای خالی سلوچ نگاه داشته باشد. در نگاه مرگان جای خالی سلوچ دم‌به‌دم گودتر و گودتر می‌شد. به اندازهٔ یک زهدان. به همان شکل. جای سر، جای پاهای بسته،

جای خمیدگی پشت. آیا سلوچ اینقدر کوچک شده بوده است؟

مرگان روی برگرداند. کندوی سلوچ هنوز میان حیاط بود؛ کنار گودال. کندوی نیمه‌کاره. پایه‌ها و لایهٔ اوّل، خشکیده و ترک‌خورده. سرمای سخت، ترکانده‌اش بود. سلوچ نیمه‌کاره رهایش کرده بود. از دلزدگی نیمه‌کاره رهایش کرده بود. یک ماهی می‌گذشت که تنور همانجا مانده بود؛ وامانده بود. وامانده شده بود. کسی ساختن کندو را به سلوچ سفارش نداده بود. خودش از بیکاری کار کندو را شروع کرده بود و چند روز بعد هم ناگهان دست از کار کشیده بود. دست از کار برای چه نکشد؟ وقتی‌که بار نباشد، غلّه نباشد، کندو برای چی؟ به چه کار می‌آید؟ تنور برای چی؟ برای کی؟ کدام لگن خمیر؟ حیف از آن خاک شخ که به دوش کشید سلوچ؛ حیف از آن گلی که به رس رساند. حیف از آن عرق پیشانی؛ حیف از سلوچ! گل را می‌مالاند، می‌مالاند و می‌پروراند، آنقدر که می‌رسید، ورمی‌آمد. هیچ نانوای خبره‌ای خمیر را این جور ورنمی‌آورد، نمی‌رساند. مثل کیمیاگرها کار می‌کرد سلوچ، همهٔ کندوهای آرد و غلّه، همهٔ تنورهای نو زمینج با دست‌های لاغر و انگشت‌های کشیدهٔ سلوچ تیار شده بود. تا محتاجش بودند، همه در او به چشم یک صنعتگر نگاه می‌کردند. به چشم کسی که از هنر انگشتش کاری، هنری می‌چکید: سلوچ تنورمال، سلوچ مقنی، سلوچ لاروب، سلوچ دروگر، سلوچ تاق‌زن، سلوچ پشته‌کش، سلوچ نجّار، سلوچ نعلبند. حتی از ده‌های اطراف می‌آمدند و می‌بردندش که برایشان تنور بسازد. گل به سر انگشت‌های سلوچ موم بود.

«گل بر آن انگشت‌ها.»

نشانهٔ سلوچ، حالا همین کندوی نیمه‌کاره،، ترک‌خورده و وامانده‌بود. جایی که سلوچ رفته بود آیا کندو مالی رونقی داشت؟

ابراو، پسر دوّم سلوچ، با گوش‌های بزرگ و برگشته و چشم‌های گشاد و خواب‌آلود از گودی در، پا به حیاط گذاشت و یکسر رو به گودال بیخ دیوار رفت. مادرش از کنار او گذشت و درون طویله گم شد. به نظر ابراو، رفت و آمد مادر با هر روز فرق می‌کرد. بی‌قرار می‌نمود. تب و تاب داشت. یک‌جا بند نمی‌شد. از در بیرون آمد و به زیر ایوان تنور رفت. آرام نداشت. بی‌خود دور خودش می‌چرخید؛ از این سوراخ به آن سوراخ سرک می‌کشید و با خود واژگویه می‌کرد:

«رفت. هه خوبه! رفت... رفت. هه! رفت که برود. برود. برود از کلّهٔ خواجه هم آن‌طرف‌تر برود! برود. مگر چی می‌شود؟ گرگم می‌خورد؟ هه. رفت!»
ابراو که نگاهش به ردّ مرگان بود، پرسید:
ـ کی رفت؟ با کی داری حرف می‌زنی؟
ـ به گور پدرش رفت. رفت به سر قبر باباش. سر گور آن مردکهٔ قوزی. به سر خشت مادرش رفت. من چه می‌دانم؟ رفته. نیست شده. نمی‌بینی؟ نیست، نیست. هر روز که می‌رفت یک چیزیش اینجاها بود؛ اینجاها... امّا امروز هیچ علامتی از او نیست. هیچی!
ـ هرروز چی داشت که اینجاها بگذارد؟ چی داشت؟ فقط کپان خرش را داشت که آن را هم هرروز با خودش می‌برد.
مرگان گنگ و گیج بود. پریشانی کم‌کم داشت در او بروز می‌کرد. دست‌هایش را بی‌هوا در هوا تکان می‌داد. بال‌بال می‌زد. مرغ سرکنده. با خودش ـ و به پسرش ـ گفت:
ـ خودم هم نمی‌دانم؛ نمی‌دانم. امّا به نظرم که یک چیزی، یک چیزی از خودش باقی می‌گذاشت. باقی نمی‌گذاشت؟
ـ چی یعنی؟
مرگان روی سر پسرش جیغ کشید:
ـ چه می‌دانم؟ من چه می‌دانم؟ نمی‌دانم. شاید کفنش. کفنش!
ابراو دست‌هایش را شست و از لب گودال برخاست. آب سرد از سر انگشت‌هایش می‌چکید. دست‌هایش را زیربغل فروبرد و رفت که بیشتر با مادرش گفت‌وگو کند. امّا مرگان دیگر نماند. از راهرو دیوار بیرون زد و رو در روی باد خشک، قدم در کوچه گذاشت. به کجا برود؟ به کجا می‌رود؟ کوچه خالی، کوچه‌ها خالی بودند. سرمای خشک کویر، تن زبرش را بر دیوار و در زمینج می‌سایاند. سگ‌ها، فقط سگ‌ها در کوچه‌ها سرگردان بودند. سگ‌های لاغر و گرسنه و بیمار. سراسیمه و پا برهنه؛ با یک تا پیرهن، مرگان به سوی خانهٔ کدخدا می‌رفت. به میدان آبگیر که رسید، کربلایی صفی، پدرپیرکدخدانوروز را دید که از حمّام بیرون آمده و سربالایی کوچهٔ حمّام را دارد گشاد گشاد بالا می‌آید. کربلایی صفی، خود

یکی از ریش‌سفیدهای زمینج بود. دیدنِ کربلایی صفی مرگان را واداشت که بماند. بیخ دیوار ایستاد و سلام گفت. کربلایی صفی پیشتر آمد، دست به تهیگاهش گرفت، نفسی راست کرد و گفت:

ـ ها مرگان!... صبح سَحَر کجا؟ هراسانی؟!

مرگان که تازه داشت لرزش یکپارچهٔ تن خود را حس می‌کرد، دست‌های کشیده و باریکش را زیر بغل‌ها قایم کرد، پابه‌پا شد و گفت:

ـ سلوچ نیست، کربلایی جان. سلوچ نیست. رفته. سلوچ گم شده. نیست!

کربلایی صفی، بی‌نگاهی به مرگان، از جلوی او گذشت و گفت:

ـ هرجا رفته باشد خودش برمی‌گردد. کجا می‌تواند برود آن مردکهٔ مردنی؟ پای راهوار کجا دارد او؟

مرگان به دنبال کربلایی صفی کشیده شد و گفت:

ـ نیست! نیست کربلایی جان. به دلم برات شده که رفته. همیشه صبح‌زود از خانه بیرون می‌رفت، اما امروز رفتنش جور دیگری بوده. یک‌جوری رفته که انگار هیچ‌وقت نبوده!

کربلایی صفی ریشش را خاراند، لحظه‌ای خاموش ماند، پس بی‌آنکه حرفی بزند انگشت‌های کلفت و کج و کوله‌اش را روی در بزرگ و موریانه خوردهٔ خانه فشرد. در با صدای سرد و خشکی گشوده شد و کربلایی صفی قدم به هشتی سنگفرش گذاشت و با گام‌های آرام به حیاط رفت.

مرگان برای خود راه ندید. همانجا ماند و به دنبال سر کربلایی صفی نگاه کرد. کربلایی صفی پا روی پلهٔ آجری گذاشت و تنهٔ نسبتاً سنگینش را با احتیاط بالا کشید و میان ایوان از نظرگم شد. مرگان دمی همچنان ماند و پس، آرام به هشتی خزید و در گوشه‌ای، کنار آستانهٔ در نشست. فکر اینکه کدخدا هنوز خواب است و اینکه تا برخاستن او از خواب باید چشم انتظار بماند، دل مرگان را چنگ می‌زد. با این‌همه چاره‌ای نمی‌دید. باید می‌ماند تا خط و خبری بشود. بالاخره یکیشان بیرون می‌آمد:

«الله و اکبر»

صدای اذان کربلایی صفی بلند شد. بعد از آن، سر و صدای رفت و آمد

مسلمه، زن کدخدا برخاست. دیگچه از دیگ و، پاتیل از لگن برمی‌داشت. صدای سایش ظرف و جاگاه‌های مسی قاطی غرولند مسلمه، طنین کلمات کربلایی صفی را خراش می‌داد.

مسلمه از صبح که برمی‌خاست باخود می‌غرید و اخم پیشانی‌اش یک‌دم باز نمی‌شد. با کسی حرف نمی‌زد و با مردم انگار قهر بود. به گفته‌هایی:

«دمبش را می‌گفت دنبال من نیا که بو می‌دهی!»

«از بزرگی در خودش جا نمی‌گرفت!»

زن و مرد زمینج هم خلق و خوی مسلمه را می‌شناختند و کم‌کم داشتند در او به چشم زنی نگاه می‌کردند که جدا از دیگران است. گونه‌ای نیمه دیوانه. و آشکارترین علت این طبیعت مسلمه را در پدر و برادرش می‌دیدند. مسلم، برادر مسلمه، راستی دیوانه بود. اما پدر مسلمه، حاج سالم را، مردم دیوانه می‌پنداشتند.

ـ یَهَه! تو برای چی آن‌جا نشسته‌ای دختر؟!

مسلمه بود. دیگچه‌ای به دست داشت و پایین پله‌ها رو به مرگان ایستاده بود. مرگان از کنج هشتی برخاست و سلام گفت. مسلمه رو به طویله رفت و گفت:

ـ بیا کمک کن، بیا! گوساله را بیار چار تا کله به سینهٔ مادرش بزند، بیا. حرام رفته تا دمب گوساله‌اش را نلیسد، شیر پایین نمی‌دهد. گاو بخیل!

مرگان دنبال سر مسلمه به طویله رفت. طویله هنوز تاریک بود. پرهیب گاو، ته طویلهٔ سیاه به دشواری دیده می‌شد. چشم‌های علفی‌اش می‌درخشیدند و سر بزرگش به یک‌سو خم بود. گاو آرام بود و با گشوده شدن در، قدمی به پیش برداشت.

تا چشم‌ها به تاریکی عادت کنند، مسلمه دیگچه‌اش را روی پهن نرم و کهنهٔ کف طویله جا‌به‌جا کرد و به مرگان گفت:

ـ گردنش را بگیر بیار این‌جا!

مرگان گاو را پیش آورد، حیوان را چرخاند تا دیگچه زیر پستان‌های پرشیر جا بگیرد. مسلمه پالان کهنه‌ای را از بیخ آخور پیش کشید؛ شانه به شکم گاو، روی پالان نشست و نوک متورم پستان‌ها را با سر انگشت‌های خود بازی

داد، موچ کشید و شروع به دوشیدن شیر کرد:
- بخل مکن حیوان؛ بخل مکن دیگر. هابگردمش. مهربان. هاو... هاو... هاو... سینه بده بخیل! سینه بده. بده مادرجان. بده برّه‌م. هاو... ماشاءالله... هاو... ماشاالله... بده بلاگردانت. بده بگردم. بده مادرم.

گاو شیر نمی‌داد. سینه‌هایی به آن بزرگی باید مثل ابر بهار می‌باریدند و نوک هرپستان باید چون ناودانی، شیر به دیگچه سرازیر می‌کرد؛ اما گاو شیر پایین نمی‌داد و سر بزرگش به‌سوی در بند خم بود و چشم‌های علفی‌اش به چشم‌های گوسالهٔ حنایی که آن‌سوی در بند، پشت دو تکه الوار حبس بود، دوخته شده بود. گوسالهٔ حنایی سر ظریف و زیبایش را از بالای الوار به این‌سوی دراز کرده بود و به نرمی عُر می‌کشید و مادر به نیم‌ناله‌ای جوابش می‌داد. مسلمه کم‌کم داشت از جا درمی‌رفت:
- وامانده؛ آدم را می‌کشد تا یک پیاله شیر بدهد. راه گوساله را بازکن بگذار بیاید و سر من را بخورد!

مرگان مالبند را از دهنهٔ در بند برداشت و گوساله با سر به زیر شکم گاو یورش برد و پیشانی به زیر سینه‌های پربار مادر کوبید و مسلمه بی‌درنگ انگشت‌ها را برای دوشیدن به کار انداخت.

گاو شیر پایین داده بود و دیگچه دم‌به‌دم پر و پرتر می‌شد. مسلمه که سر به شکم گاو چسبانده بود و با هرچه تلاش و خبرگی پنجه در سینه‌های حیوان می‌کشید، فریاد کرد:
- بگیرش حرامزاده را. شیر را انگار از چورنهٔ آفتابه می‌مُکاند! بگیرش دیگر. چلاقی مگر؟

مرگان گردن گوساله را از زیر بغل گرفته بود و می‌کوشید تا حیوانک را از سینهٔ مادرش واپکند، اما گوساله دهن از سینه برنمی‌گرفت. مرگان ناتوان و شرمزده گفت:
- زورم نمی‌رسد. ماشاالله یک‌جوری سینه را به کلف گرفته که...
- زورت نمی‌رسد؟ مگر نان نخورده‌ای؟ آن پوزه‌بند را از سرمیخ وردار بیار بزن به پوزه‌اش. آن‌جاست. آن کنج. بیخ چراغ‌موشی.

مرگان پوزه‌بند را از میخ برداشت و آورد. مسلمه هم دست از دوشیدن کشید و به کمک یکدیگر سر گوساله را از زیر شکم گاو بیرون کشیدند و مسلمه پوزه‌بند را به پوزهٔ گوساله بست و گفت:

ـ حالا سرش بده!

مرگان گردن گوساله را رها کرد، گوساله سربه زیر شکم مادر برد و مسلمه باردیگر روی پالان کهنه نشست و به کار دوشیدن شد. حالا دیگر مرگان کاری نداشت. روی لبهٔ آخوری نشست و به تماشای گوساله که بیهوده پوزه به سینهٔ مادر می‌مالید، و به مادر گاو که دور دم گوساله‌اش را لیس می‌زد، سرگرم شد. کار روبراه شده بود. مسلمه که نگرانی گوساله را از خود دور کرده بود، گفت:

ـ خوب؛ کارت چی بود سر صبحی؟

مرگان چنانکه گویی از خواب پریده است، گفت:

ـ رفته، بابای هاجر رفته!

مسلمه گفت:

ـ رفته؟ رفته که رفته! جای بهتری که گیر نیاورد، خودش برمی‌گردد. کجا را پیدا می‌کند او؟

مرگان دیگر حرفی نزد. گفت وگو بیهوده بود. مسلمه هم پی‌حرف را نگرفت. سرگرم دوشیدن بود و آخرین شگردهایش را برای تیجاندن شیر سینه‌های گاو به کار می‌برد. یک بند انگشت مانده به اینکه دیگچه لبالب از شیر شود، خسته و نیز راضی دست از دوشیدن کشید، پالان کهنه را کنار زد و با احتیاط و خبره دست، دیگچهٔ شیر را بلند کرد و از در طویله که بیرون می‌رفت، به مرگان گفت:

ـ پوزه‌بند گوساله را بازکن.

مرگان پوزه‌بند را بازکرد و سرجایش به میخ آویخت و از در بیرون رفت. مسلمه بیرون دیگچه را بر زمین گذاشته و منتظر او بود. مرگان رسید و دیگچه را برداشت، نرم و مراقب بالای سر برد، ته دیگچه را روی سر جابه‌جا کرد و هموار و روان روبه اتاقی که در‌ش زیرپله‌ها بازمی‌شد، رفت. این اتاق، کندوخانه بود. جایی که مسلمه ماست و قیماق از شیر می‌گرفت. مرگان که در کنار مسلمه کار بسیار کرده بود، راه را بلد بود و سوراخ سمبه‌های خانه را می‌شناخت. پس، دیگچه

را کنار در زیرزمین از روی سر پایین گرفت، بیخ دیوار گذاشت و کمر راست کرد. مسلمه مجمعه‌ای بر سر دیگ گذاشت، براه افتاد و به مرگان گفت:

ـ تا این پیمانهٔ دوگوشی را از حوض آبکنی بیاوری، کدخدا هم از خواب بیدار می‌شود. کنج ایوان است. اینجا. از ترس اینکه پیمانه‌ها نترکد رویشان را لحاف‌پاره انداخته‌ام.

مرگان پیمانه را به دوش گرفت و از در خانه بیرون رفت.

کوچه‌ها هنوز خلوت بود. گویی مردم خیال نداشتند از خانه‌ها پا بیرون بگذارند. باد سرد زبانه می‌زد و در کهنه دامن سوراخ‌سوراخ پیراهن مرگان می‌پیچید. انگشت‌های خشکیدهٔ مرگان دستگیرهٔ پیمانه را چسبیده بودند و آن را برشانه می‌فشردند تا باد از جا برنکندش. سرمای پیچیده در باد، چشم‌های مرگان را آب انداخته بود. اما زن، هنوز به حال خود نبود و بی‌اختیار نگاهش را این‌سوی و آن‌سوی می‌چرخاند تا مگر سلوچ، یا‌نشانی از او ـ که نمی‌دانست چه می‌تواند باشد ـ بیابد. اما دیوار و کوچه‌ها، درها و خرابه‌ها چندان خالی و تنها بودند که هیچ امیدی در دل مرگان زنده نمی‌گذاشتند. با وجود این، مرگان نگاهی به این خرابه و سرک کشیدن به پشت آن دیوارک را ازدست نمی‌داد. به آب‌انبار هم که رسید، پیش از اینکه پا به پله بگذارد، گنبدی را دور زد و چاله چوله‌های گوشه کنار را ازنظر گذراند. اما از روز هم برایش روشن‌تر بود که سلوچ آنجاها نباید باشد. پله‌ها را پایین رفت، پیمانه را پرآب کرد، بالا آورد و پشت به باد و رو به خانهٔ کدخدا نوروز براه افتاد. باد می‌بردش و مرگان سبک‌تر می‌توانست پا بردارد و پا بگذارد. با وجود این، باز هم می‌کوشید تا کوزه را روی شانه‌اش قرص نگاه دارد. چون باد در هر کله موج خود می‌رفت تا کوزه را واژگون کند. دشواری راه، همین میدان باز ـ از آب‌انبار تا کوچه ـ بود. به کوچه که رسید، خود را به پناه دیوار کشید و پیمانه را از دوش گرفت، شکم پیمانه را به ساق پاهایش تکیه داد و تازه حس کرد انگشت‌هایش از سرما به ناله درآمده‌اند. دست‌ها را زیر بازوهایش فرو برد و بازوها را به پایین فشرد، بعد دست‌هایش را بیرون آورد و به‌هم مالاندشان. اما پنجه‌های خشکیده و یخزده به‌این چیزها گرم نمی‌شدند. همین‌قدر که پنجه‌ها بسته و باز شوند بس بود. مرگان چنگ به دستگیرهٔ پیمانه انداخت، آن را بردوش

گرفت و پا از خاک سرد و چغر کند.

در راه حاج سالم و پسرش مسلم را دید که می‌آیند. حاج سالم هنوز هوش و حواس خود را چندان حفظ کرده بود که توقع سلام از ضعیفه‌ای داشته باشد. مرگان با سر فرو افتاده سلام گفت و حاج سالم جواب سلام او را از ته حلق ادا کرد. مسلم چشم‌های درشت و پرسفیدی‌اش را به مرگان دوخت و به پدرش گفت:

ـ آب، آب! بابا، آب می‌خواهم.

مرگان پا سست نکرد. درحوصله‌اش نبود که با این پدر و پسر کلنجار برود. پیچید و دور شد و صدای پیر و پختهٔ حاج سالم را از پناه دیوار شنید که می‌گفت:

ـ ادب! ادب به خرج بده پسر! توکه هنوز نان ناشتایت را نخورده‌ای، چطور تشنه‌ات شده؟! چشمت به هرچه بیفتد هوشش را می‌کنی، سفیه! شاید روی دوش آن ضعیفه دست‌خر بود، بازهم می‌خواستی؟ ادب! ادب به خرج بده، سفیه!

مسلم گفت:

ـ حالا که این‌جور شد، من گرسنه‌ام. نان؛ نان می‌خواهم. گرسنه‌ام!

حاج سالم گفت:

ـ ادب! حیوان، ادب به خرج بده!

مرگان دیگر نشنید که پدر و پسر چه‌ها به‌هم می‌گویند. رسید و کوزه را به ایوان برد. کدخدا دست‌ها راشسته و داشت از پله‌ها بالا می‌آمد. مرگان پیمانه را جابه‌جا کرد، برگشت و سلام گفت. کدخدا بال پالتویش را بالا گرفت، زیرلب به زن جواب سلام داد و به اتاق پا گذاشت و گفت:

بیا ببینم کارت چی هست، مرگان!

مرگان در پی کدخدا رفت و کنار در ایستاد. کدخدا نوروز دست‌های پشمالویش را با کنارهٔ پرده خشک کرد، رفت و پلهٔ بالای کرسی نشست، لحاف را روی زانوهایش کشاند و به یکی از پسرهایش که هنوز پایین کرسی خواب بود، نهیب زد:

ـ ورخیز خودت را جمع کن از زیر دست و پا! بیا بنشین دست‌هات را گرم کن مرگان. بیا، داری می‌لرزی.

مرگان پیش آمد و پایین پای پسر نوروز زانو زد و دست‌هایش را زیر کرسی

فرو برد و صورتش را در گرمای لحاف مالاند. حالا پشتش خم شده و استخوان تیرهٔ پشتش از زیر پیراهن کرباس، به عینه پیدا بود. استخوان خالی. دنده‌هایش را می‌شد شمرد. لرزش شانه‌ها و مورمور پشتش را نمی‌توانست مهار کند. گرمای ملایم و دلپسند کرسی به تنش دویده و اعصاب سرمازده‌اش را واجنبانده بود. این بود که مرگان دم‌به‌دم می‌لرزید و آرام می‌گرفت. تن می‌تکاند و آرام می‌گرفت. پسر میانی کدخدا سماور را آورد.

مرگان کار خود را می‌شناخت. برخاست و مجمعه را از کنار دیوار آورد و روی کرسی گذاشت، سینی استکان نعلبکی را بیرون برد، شست و آورد. می‌دانست که مسلمه، زن نوروز، کمتر با شوی و بچه‌هایش شام و ناشتا می‌خورد. نان و خورش را برایشان درست می‌کرد و خود به اتاقی دیگر می‌رفت و چای و نانش را تنها می‌خورد. مگر نمی‌گفتند که او دیوانه است؟ پس نان و ماست تیجیده را هم به دست مرگان داد تا پیش دست نوروز، کنار مجمعه بگذارد، و به صفی‌الله، پسر بزرگش که داشت پالان بر پشت خر سفیدشان می‌گذاشت، گفت:

ـ کجا داری می‌روی؟ زمین یخ‌زده را که نمی‌شود شیار کرد؟ بگذار چشم خورشید وا بشود اقلاً!

پسرهای نوروز کمتر به حرف مادرشان جواب می‌دادند. صفی‌الله تنگ خر را بست و مرگان نان و ماست را به اتاق آورد و جلوی نوروز گذاشت. نوروز پا روی مچ دست پسرش که هنوز خواب بود گذاشت و فشار داد. نصرالله، خواب‌زده جیغ کشید و کدخدا نوروز به او گفت:

ـ ورخیز خودت را جمع کن دیگر؛ ورخیز برو دست و پوزت را بشور!

نصرالله مچ دستش را به دست گرفت، از زیر لحاف بدر آمد، گیج و هَتَره هَتَره خوران از در بیرون رفت. نوروز دست به نان برد و لقمه گرفت. مرگان سرش پایین بود. نمی‌خواست به نان و دست‌های پشمالوی کدخدا نگاه کند. آب دهانش را قورت داد. نمی‌خواست دل به دست شکمش بدهد. هم این که یک‌جور واهمه‌ای از این که به نان نگاه کند. نان انگار می‌خواست او را بخورد. نمی‌خواست وادار بشود. خودش را به سماور سرگرم کرد. برای کدخدا نوروز چای ریخت، استکان‌ها را شست، آب کشید و باز چای ریخت.

- یک استکان هم برای خودت بریز. بگذار گرمت کند. خیلی سرما خورده‌ای انگار.

- من چای و نانم را خورده‌ام. گوارا.

کدخدانوروز می‌دانست مرگان دروغ می‌گوید. مرگان هم این را می‌دانست؛ این را که کدخدا می‌داند او دروغ می‌گوید. با اینهمه کدخدا چیزی واگوی نکرد. مرگان چشم به‌راه حرفی از سوی کدخدا بود. حرفی که ـ شاید ـ گرهی از دل او بگشاید. که روزنه‌ای شاید. گرچه مرگان، همین دم که امید به حرف نوروز بسته بود، داشت از این جور راه‌جویی خود نومید می‌شد. یعنی نومیدی مثل شب‌پیش می‌آمد تا او را و راه‌جویی فریبنده‌اش را در خود بپوشاند. و این با پرسشی در مرگان شروع شده بود. که اصلاً برای چه آمده بود؟ که برایش چه بکنند؟ کنکاش بیهوده چرا؟ مردی که شب‌های بسیاری را تنها و بی‌صدا لب تنور گذرانده بود، رفتنش را که به کسی خبر نمی‌داد! دیگران هم علم‌غیب نداشتند تا چیزی را که مرگان نمی‌دانست و می‌خواست بداند، به او بگویند. گیرم به لحنی دلسوز دلداریش بدهند. که چی؟ دلداری؛ دلسوزی‌های بی‌ثمر. گیرم که از ته دل هم باشند این دلسوزی‌ها؛ خوب؛ چه چیزی را عوض می‌کنند؟ این حرف و سخن‌ها، کی توانسته‌اند باری از دل بردارند؟ پس چرا مرگان یکباره سرکن، از در بیرون زده و یکراست راه خانهٔ کدخدا نوروز را پیش گرفته بود؟ چرا تاب بی‌تابی خود را نیاورده بود؟ چرا خود را سبک کرده بود؟ چه سود؟ عادت! این فقط یک عادت بود که مشکل را با بزرگ‌تر در میان بگذاری. پشیمانی. این هم پشت عادت. برخاست و بیرون رفت. اما پیش از این که پا به پله بگذارد، به اتاق مسلمه سرک کشید و پرسید که کار دیگری با او ندارد؟ عادت! مسلمه، کم گوی و کم‌شنو، به تکان گنگ سر، به مرگان فهماند که: «نه.» و مرگان به هشتی که رسید، صدای نوروز را شنید که از مسلمه می‌پرسید:

- پس این زن سلوچ کارش چی بود؟!

مرگان دیگر نماند. پا جَلد کرد و به کوچه پیچید.

داماد آقا ملک، ذبیح‌الله و کربلایی دوشنبه پدر سالار عبدالله رو به خانهٔ کدخدا نوروز پیش می‌آمدند. مرگان به کنار دیوار کشید، سر فروانداخت و سلام گفت. داماد آقا ملک به سلام مرگان جواب داد و دنبالهٔ حرفش را گرفت:

- بعضی چیزها مثل خار به چشم آدم می‌روند. تو بخواهی یا نخواهی، باز هم آن‌ها مثل خار به چشمت می‌روند. حالا شما هرچه می‌خواهید، بگویید. اما من می‌بینم که این قنات دارد زورهای آخرش را می‌زند. من با سالار عبدالله و کدخدا نوروز هم حرفش را زده‌ام. پیش از این که بی‌آبی غافلگیرمان کند، باید فکری بکنیم. من روی «خدا زمین» خیلی حساب می‌کنم.

مرگان به خانه که رسید عباس از خواب برخاسته بود و به دنبال ریسمان ـ چمبرش می‌گشت. عباس سلوچ دیگر جوانکی بود. جُرّه. بالای پانزده سال. گوش‌های برگشته و بزرگ، صورتی قاق کشیده، چشمانی بزرگ و سیاه، و رنگ و رویی که از زردی به کبودی می‌زد. تا پدرش بود، او را وامی‌داشت که موهای سرش را از ته ماشین بزند. اما عبّاس به هزار زور و زحمت و پاشنه بر زمین کوبیدن، توانسته بود به سلوچ بقبولاند که کاکلی جلوی سر خود بگذارد. این بود که حالا یک دسته موی زبر پیچاپیچ جلو سر از زیر کلاه پاره‌اش بیرون بود. نیم‌تنه‌ای را که دیگر به تنش تنگ شده و سرشانه‌ها و آرنجگاه آستین‌هایش ساییده شده بود به تن کرده، رشمه‌ای دورکمر بسته، سر پاچه‌های تنبان را نخ‌پیچ کرده و پاشنهٔ گیوه‌ها را ورکشیده و نخی را محکم به دور گیوه‌ها گره زده بود. گیوه را نباید نخ بست، اما اگر عباس تخت و رویهٔ گیوه‌هایش را به نخ برهم نمی‌بست، از پاهایش می‌افتادند. گیوه‌های عباس تار و پود پوسانده بودند.

مرگان چادر از روی دخترکش هاجر برداشت، پا به شانهٔ ابراو زد و گفت:
ـ هنوز هم نمی‌خواهی خودت راجمع کنی؟ توکه تاریک ـ روشن برخاسته بودی. ورخیز دختر! شماها که عین خواب را پاره کرده‌اید!

مرگان به نک و نال بچه‌هایش نایستاد. از در بیرون زد و رفت پا به کوچه بگذارد که عباس از در طویله بیرون آمد و در حالی که نم پشت‌لب‌ها و سر بینی‌اش را به آستین نیم‌تنه‌اش پاک می‌کرد، به مادرش گفت:
ـ ننه، نان!

مرگان خوش نداشت بشنود. از شکاف دیوار بیرون زد. اما عباس نان می‌خواست. از بالای دیوارک گردن به کوچه کشاند و گفت:
ـ نمی‌شنوی؟ نان! می‌خواهم بروم به پنبه چوب ورکشیدن.

مرگان سر برگرداند و گفت:
- ته ناندان که نان بود!
- آن‌ها را که خوردم.
مرگان ماند:
- خوردی؟! همه‌اش را؟ پس خواهر و برادرت چی؟ سربابات را بخورند؟!
عباس نعره کشید:
- همه‌اش مگر چقدر بوده؟ از خوراک یک بزغاله هم کمتر بود!
مرگان به نعرهٔ پسرش پاسخ داد:
- می‌گویی چکار کنم؟ خودم را نان کنم؟ نیست! نمی‌بینی؟
- خوب، دو تا نان از همسایه‌ها قرض کن. برو خانهٔ علی گناو. پا نداری؟
مرگان که لب‌ها و پلک‌هایش از خشم می‌پریدند، نزدیک‌تر آمد، غیظِ پرفشار صدایش را خورد و دندان به دندان عباس گفت:
- پایش را دارم، رویش را ندارم! حرف به گوش‌ات فرو می‌رود؟
رفت. عباس دنبال سر مرگان داد کرد:
پس امروز پشتهٔ پنبه چوبم را می‌فروشم. می‌برم میان قلعه و می‌فروشم!
مرگان پا در گریز گفت:
- آن یکی، ابراو را هم بیدارش کن. همراه خودت ببرش. لِخچِنگی بکوب و از زیر جا درش بکش!
عباس فریاد زد:
- یکشاهی هم از پول پنبه‌چوب‌هایم را به کسی نمی‌دهم. همه‌اش را می‌دهم به نان و خودم می‌خورم!
مرگان نشنید. سینه به باد داد و راه به بیرون زمینج کشاند.
هنوز کسی از خانه‌اش بیرون نیامده بود. تنها حاج سالم و مسلم بیرون بودند. دوتایی شان پشت به دیوار داده و چشم به آفتاب داشتند که برآید. مسلم دست‌هایش را زیر خم زانوهایش فرو برده و پاهای بزرگ و برهنه‌اش را دمادم از زمین برمی‌داشت و بر زمین می‌گذاشت و زیر لب خود می‌گفت:
«دِ... دِ... خورشید دیر کرد؛ دیر کرد! نمی‌آید. نمی‌آید. نمی‌آید. ها،

بابا؟ خورشید امروز درنمی‌آید!؟»

حاج سالم می‌گفت:

«آرام بگیر جانور. کفر کم بگو! خدا را قهر می‌گیرد. قدری آرام!»

مرگان از کنار پدر و پسر ژولیده گذشت و پا به راه گذاشت. راهی که از دامنهٔ بلوک بالامی‌آمد، در زمینج باراه ده‌بید سر یکی می‌کرد وسوی شهر می‌کشید. مرگان از زمینج دور شد. خورشید همچنان در لایه‌ای از ابرهای خشک و بی‌رمق، ابرهایی که شادی دل هیچ دهقانی را برنمی‌انگیختند، گم بود. اثر ابرهایی چنین، تنها این بود که راه بر خورشید می‌گرفتند. سودشان تنها نیرویی بود که به سرما می‌دادند و گزشی که به‌باد، و دلگیری را به‌حد می‌رساندند. ریگستان و کویر، زیر سینهٔ سردشان قاق کشیده و پوسته‌شان پنداری یخ بسته بود. چغر. اخمی چغر به چهره داشتند و با هرچه بود و نبود قهر می‌نمودند. پدری عبوس، فرزند مرده. چرا باز زاده نمی‌شدند؟ چرا بازنمی‌آمدند؟ رگباری آخر!

راه سینهٔ کویر را می‌خراشید و چون پوست ماری در سرمای خشک، بر جای بود. بیابان خالی بود و از بوته‌های پارینه تنها خلاشه‌هایی جابه‌جا باقی بود. خلاشه‌های خشک. تارهایی این‌جا و آن‌جا تا وزش باد را مرموزتر کنند. باد و بیابان. بیابان و باد. راه و باد و بیابان. تنهایی و نومیدی. پاهای برهنهٔ مرگان از سرما به نال درآمده بودند. انگشت‌های پاها، آشکارا می‌نالیدند. چیزی فزون‌تر از درد، عمیق‌تر از درد، انگشت‌ها را به ناله درآورده بود.

مرگان به لب رود شور رسید. رود در هفت شاخه؛ و هر شاخه اژدهایی پیر، نرم و خاموش می‌خزید. آب کم، کند و ناچیز بود. روی آب، لایه‌ای از یخ. می‌شد برهنه پا بر یخ گذاشت. نمی‌شکست. یخ ضخیم بود. اما چه سود؟ آن‌سوی رود شور، در چشم‌انداز مرگان هیچ جنبنده‌ای نبود تا او پندار خود را از سلوچ به آن بدهد. هیچ وهیچ. زمین گویی از نفوس خالی شده بود. حتی چرنده، حتی خزنده‌ای. پس به‌کجا باید رفته باشد سلوچ؟ پس به‌کجا باید می‌رفت مرگان؟ چرا اصلاً آمده بود؟ اصلاً چرا؟ که چی؟ حتی اگر سلوچ را می‌دید؟ ... می‌دید! دید؟! خودش بود. او بود که می‌آمد! سلوچ! از پناه آسیاب خرابه و متروک بیرون آمده بود و می‌آمد! کپانش را به دور خود پیچانده بود و می‌آمد! خودش بود! سلوچ

بود؟ خواب؟ نه که! روز است. روز روشن. خود اوست. گُله و ریزنقش.

چشم‌های خود را پشت دست‌ها مالید، مرگان. نه! خود اوست. گودی چشم‌هایش، صورت قاق کشیده‌اش، اخم پیشانی‌اش، لب‌های قفل شده‌اش، کبودی چهره و کلاه‌نخی کهنه‌اش. آمد؛ آمد! نزدیک‌تر آمد. پاهای برهنه‌اش، جثۀ شولاپیچ او را به نزدیک و نزدیک‌تر می‌کشاندند. نرم می‌آمد. مثل سایه. نگاه بر خاک خشک پیش پاهایش داشت و پیش می‌آمد. آمد و به مرگان رسید. خاموش. خاموش. نه انگار که زنش آن‌جا ایستاده است. نه انگار که مرگان در پی او راه آمده است؛ نه انگار که او کسی را داشته. که کسی را دارد. هیچ و هیچ. سایه! از پیش چشم‌های واخشکیدۀ مرگان گذشت و به‌سوی رود رفت. پاچه بالا نزد. خاموش و بی‌صدا، همچنان که بود. سایه، پا روی یخ رود‌گذاشت. سبک می‌رفت. نه انگار پا برجایی داشت. نه پاورچین پاورچین، که پرواز پرواز می‌رفت. سایۀ رمنده، دور می‌شد. شولایش را باد می‌برد. دور می‌شد. دور شد. آن سوی رود. آن‌سوی یخ. بستری از یخ، حالامیان مرگان وسلوچ بستری ازیخ‌بود. شاید سری برگرداند و نیم‌نگاهی ... اما نه. سایه که سرندارد. می‌رود. پروازی پر ملال در کوتاه‌ترین فاصله. آخرین رمق سایۀ پرنده بر خاک راه می‌خزید. دور می‌شد. دور. دورتر. نرم نرم، بی‌حجم و بی‌شکل. دور می‌شد. دورتر. سایه‌ای کوچک. دورتر. نقطه‌ای. پوش می‌شد. پوش شد. دود. هیچ.

بیابان و باد. باد و بیابان. خیال. خیال و رود.

ـ خودش بود؟

مرگان لب ترکاند. پس احساس کرد خشکی کاسه‌های چشمانش کمی نم برداشته است. شاید ازسرمای باد. دیگر چه بکند؟ بماند؟ باز هم بماند؟ برود؟ باز هم برود؟ برود و بماند؟! بگذارد چشم‌هایش بروند و خودش بماند؟ چشم‌هایش را ببندد؟ بله؛ بهتر. دست‌هایش، شانه‌هایش را‌کمی بتکاند؟ ها؟ از لایۀ یخی که او را در خود حبس کرده بدر آید؟ بله. سرما. سرما تکاندش. لرزید. پنداشت کابوسی را از سر گذرانده است. کابوسی که او را بیشتر به بهت واداشته بود، تا به وحشت. زندگی انگار لحظه‌ای در او درنگ کرده بود. بینائی‌اش، تنها بینائی‌اش در او بیدار بود. بهت. آیا با این دو چشم کوچک می‌شود همۀ این چیزهای شگفت را دید؟

می‌شود؟ حالا که مرگان دیده بود. سلوچ رفت. چنانکه آب زیر لایهٔ یخ، رود. گم رفت.

«من دیدمش؛ سلوچ را من دیدم که رفت!»

مرگان توانست جُم بخورد. به خود آمد. تنش آستری از سرمایه خود گرفته بود. بیش از این نباید می‌ماند. باید می‌رفت. به یقین نه در پی سلوچ. پشت به سلوچ و رو به زمینج. براه افتاد و کوشید قدم‌هایش را تندتر بردارد. به سرما نباید مجال داد. تو اگر بمانی، او می‌تازد. یکجا نباید بمانی. به تن تکان باید بدهی. جان به جنبش باید وا بداری. سرمای کویر، ناجوانمردانه می‌تازد.

آب از چشم‌های مرگان روان بود و او خود مایل بود بپندارد از باد است. نمی‌خواست به روی خود بیاورد که دارد می‌گرید. دلش این را نمی‌خواست. گریه دیگر چیست؟ سال‌ها می‌گذشت که آب در کاسهٔ چشم‌های مرگان خشکیده بود؛ و حالا... حالا دیگر حوصله‌اش را نداشت. دیگر حوصله‌اش را نداشت. چه چیزی از او کم شده بود؟

«بگذار برود. گور پدرش. آب هم از آب تکان نمی‌خورد. مگر کم هستند زن‌های بی‌شوی؟ مگر کم بودند مردهایی که رفتند و نیامدند؟ نه!. گریه ندارد. بگذار هر کس به راه خود برود. بگذار هر نخآب بستر خود را بجوید. گور پدرش!»

مرگان آنچه زیر لب می‌جوید، به ظاهر همین بود. اما این نه آن شعله‌ای بود که از تنور دل بالا می‌آمد و به هزار حیله هم فرو نشانده نمی‌شد. مرگان نمی‌خواست بگذارد این شعله از چشم‌هایش، از گلویش، از دست‌ها و از زبانش بیرون بزند. نمی‌گذاشت. این بود که شعله سر به درون او می‌گذاشت و می‌سوزاند. می‌گزید و می‌گداخت. درون مرگان، آتشباران بود. غوغای خاموش. دهقانانی زمخت، با خیش‌های خود قلب زن را شخم می‌زدند. ریشه‌ها! ریشهٔ سالیان در این قلب از جای هزار سالهٔ خود برکنده و باژگونه می‌شدند. بود و نبود برآشفته می‌شد. ویران می‌شد. قلب مرگان دیگر آن پرندهٔ کوچک و آرام، آن پرندهٔ دست‌آموز و مطیع نبود. بال‌های پرنده از بیخ برکنده شده بودند. لخت و بی‌پر. خفاشان بال به پرواز گشوده بودند. پس لاشخورها کجایند؟ پوستهٔ رسوبی این زمین، همچنان به خواری خراشیده می‌شد و مرگان سرمای نوک تیز

خیش را تا جگر بند خود احساس می‌کرد، و آنچه از این خاک از یاد رفته سر بر می‌آورد چشم‌های زن را داشت و امی‌دراند. مرگان، عاشق شویش بود! این را حالا حس می‌کرد. او عاشق سلوچ بود! به یاد می‌آورد که عاشق مردش بوده است. عشقی که از یاد رفته بوده است. تازه به یاد می‌آورد که عشق خود را به مردش از یاد برده است! مرد که این آخری‌ها، اگر هزار شب هم لب تنور می‌خوابید، نبودش را در کنار خود، مرگان احساس نمی‌کرد.

کسی که این آخری‌ها بود و نبودش به جوی بود، حالا در قلب مرگان دوباره سر برداشته بود. مرگان تازه درمی‌یافت که عاشق سلوچ است. که عاشق سلوچ بوده است. این دیگر چه بود؟ از کجا سر برداشته بود؟ چطور در او بیدار شده بود؟ خوب، رفت که برود. به گور مرده‌اش! اما دیگر اینکه در مرگان از خود بجاگذاشته، بجاگذاشته‌ای را در او رویانده، چیست؟ امروزه نزدیک هفده بهار از زن و شویی آن‌هامی‌گذشت. هفده‌بهار، عباس، پسر بزرگشان، کم‌کم داشت برای خودش مردی می‌شد. کرک پشت لب‌هایش درآمده بود. با آن دو تا دندان بزرگ و دهن گشادش فحش‌ها می‌داد...

هفده سال! می‌شود چیزی سال‌ها در تو گم باشد و تو از آن بی‌خبر بمانی؟ عاشق شویت بوده و این را از یاد برده باشی؟! این حرف را کجا می‌شود برد؟

مرگان در هر قدمی که برمی‌داشت، هر نفسی که از سلوچ دورتر می‌شد، احساس می‌کرد بار دیگر هزار فرسنگ به او نزدیک و نزدیک‌تر می‌شود. چقدر دور؛ چقدر دور از هم شب و روز گذرانده بودند! آی... که زندگانی چه جور تلف می‌شود!

مردم کم‌کم از زمینج بیرون می‌آمدند. فصل شخم بود. اما نه برای زمین‌های دیم. دیمکاران هنوز منتظر باران بودند. هنوز در خانه‌های خود نشسته، دل به دعا و چشم به آسمان داشتند. تک و توکی مرد و گاو از زمینج بیرون می‌آمدند و رو به زمین‌های بالا می‌رفتند. حاج سالم و پسرش مسلم، همچنان کنار دیوار بودند. مسلم دیگر پا به پا نمی‌کرد، اما دست‌هایش هنوز زیر بازوهایش قایم بودند.

ـ بابا... بابا...

حاج سالم بی‌جواب بود و نگاهش، زیر ابروهای خاکستری، خیره به جایی

مانده بود. انگار در نقطه‌ای گیر داشت.
- بابا... بابا...
پیرمرد به خود آمد:
- کوفت بابا! چه دُری به دهان داری؟
مسلم دندان‌های زرد و درشتش را به رضایت نشان داد و گفت:
- آفتاب؛ آفتاب برآمد!
- خوب، چکارش کنم؟
- خودت را گرم کن، خودت را گرم کن!
حاج سالم پسرش را نگاه کرد، دمی خاموش ماند و پس گفت:
- احمق!
مرگان چون باد از کنار پدر و پسر گذر کرد و کبود از سرما، به خانه رسید و خود را به درون اتاق انداخت. سالار روی گلگود نشسته بود. مندیلش را محکم به دور سر پیچیده و بال‌های قبای راه‌راهش را روی زانوهایش کشیده بود.
مرگان بی‌سلام و حتی بی‌نگاهی از او گذشت، به ته اتاق رفت و در تاریکی گنگ پاشنهٔ خانه نشست و دست‌هایش را که از سرما به درد آمده بودند بالا گرفت و انگشت‌های خم مانده‌اش، آویخته ماندند. درد در انگشت‌های مرگان پیچیده و تنها شرم مانع گریهٔ او بود. با این‌همه جلوی نالهٔ خود را نمی‌توانست بگیرد. درد، خود چون ناله‌ای مانده در گلو، درون انگشت‌ها در پیچ و تاب بود. آب گرم.
سالار به هاجر نهیب زد:
- چرا همین‌جور بغ کرده‌ای و نشسته‌ای دختر؟! ورخیز یک قدح آب گرم درست کن وردار بیار. ورخیز!
هاجر برخاست و اجاق را گیراند. ابرو با انبری شکسته به درون آمد. صورت آبله‌زده‌اش درهم بود و لب کلفت زیرین را به دندان می‌جوید. بی‌آنکه به کسی نگاه کند، گفت:
- با این انبر که نمی‌شود پنبه چوب از زمین ورکشید!
مرگان که لب و زبانش را سرما کرخ کرده بود، گفت:
- آن برادرِ تیر به جگرت کو؟ کجاست؟

ابراو گفت:
- دارد بغلِ گیوه‌اش را کوک می‌زند. انبر او که شکسته نیست. تازه با این انبر شکسته‌ای که دست من افتاده، می‌خواهی که من هم به‌اندازهٔ پشتهٔ او پنبه چوب بیاورم؟
- برو از یکی قرض کن یک انبر. حالا که غرشمال‌ها اینجا نیستند تا من بدهم برای تو درستش کنند.
ابراو غرّید و از در بیرون رفت:
- قرض کن، قرض کن؛ کی به‌قرضم می‌دهد؟ هرکی خودش انبرش را بکار دارد.
- پس می‌گویی من چه بکنم؟ از خودم انبر بسازم؟ آهای... عباس! عباس!
لنگ گیوه به‌دست، عباس دم در پیدایش شد. مرگان به او گفت:
- کارِ برادرت را چرا روبه راه نمی‌کنی؟
عباس نخ را زیر دندان جوید و گفت:
- مگر من آهنگر هم هستم؟
- خوب برایش یک انبر فراهم کن؛ زبانت که لال نیست؟ برو از یکی برایش بگیر.
- چی را بگیرم؟ مگر اینجا بازار آهنگرهاست؟! بیل را بگو وردارد. همهٔ مردم که با انبر پنبه چوب از زمین ورنمی‌کشند!
سالار میانهٔ گفت‌وگو را گرفت و به ابراو گفت:
- برو درِ خانهٔ ما به مادر علیرضا بگو آن انبرِ دسته کوتاه را از پرخو بردار و بده. برو. بگو به همان نشانی که دیشب دانهٔ هندوانه تفت داده بودیم. برو.
ابراو پا به پا کرد. عباس پشت یقهٔ برادر را گرفت و از راهرو دیوار به کوچه هلش داد. ابراو با نِک و نال در کوچه براه افتاد و عباس به کنار درِ اتاق آمد، بر زمین نشست و مشغول پا کردن لنگ گیوه‌اش شد. حالا دود خانه را پر کرده بود. سالار به کنار اجاق رفت، دست در آب کاسه زد و گفت:
- خوبست. نباید که لُق لُق بجوشد.
کاسهٔ آب گرم را از روی بار برداشت، به سوی مرگان برد و جلوی او

گذاشت و گفت:
- دستهات را بگذار میان آب. بگذار. ببین کلهٔ سحر کجا رفته بوده!
مرگان دستهایش را در آب گرم کاسه خواباند:
- خدا پدرت را بیامرزد، سالار. آه... چطور به عقلم نرسید؟! دیگر عقلم را هم گُم کرده‌ام!
سالار کنار دیوار نشست و گفت:
- هر مخلوقی مادر عباس، در یک راهی، در یک کاری پختگی پیدا می‌کند. مرد در کاری وزن در کاری. در سفرهایی که به مشهد داشتیم، شبی یکی از همراه‌های ما را که از مردم انارک بود، سرما زد. بی‌ادبی هم می‌شود، رویم به دیوار، مردانگی‌اش را سرما زد. ما درمانده او را به قهوه‌خانه رساندیم. پیرمرد رهگذری آنجا بود که به داد بندهٔ خدای انارکی رسید. تا چشمش افتاد برخاست و آب‌های داغ کتری قوری‌های قهوه‌خانه را میان یک لگن خالی کرد، نیم‌پیمانه هم آب سرد به آن بست و به ما گفت که مرد را لختش کنیم. مرد را لخت کردیم و او را تا کمر میان آب خواباندیم. نیم ساعت نگذشته بود که حالش بجا آمد. شکر خدا عیب و علتی هم پیدا نکرد... بعد از همان سفر بود که شترها را فروختم و پولش را دادم و این چند ساعت آبِ قنات را خریدم. از آن سرگردانی و بی‌خانمانی نجات پیدا کردم و در این یک کف دست زمین و یک چُرِّ بلبل آب گرفتار شدم... حالا، استاد سلوچ کو؟ کجاست؟
مرگان گفت:
- سرِ گورِ باباش!
- چی؟ باز هم مثل سگ و گربه پریده‌اید به هم؟ ها؟ چی شده؟ اوقاتت خیلی تلخ است. کجا رفته صبح به این زودی؟
- رفته!
- کجا
- خدا می‌داند. من چیزی نمی‌دانم. صبح که برخاستم دیدم نیست. یعنی دیشب هم... نمی‌دانم. گیج شده‌ام. هر شب می‌آمد و لب تنور سرِ مرگش را می‌گذاشت، امّا دیشب گور وگم شد. دیگر نمی‌دانم.

سالار واخورد و بی‌اختیار گفت:
- تف به گور پدر آدم چپیلی چپاو! دیروز وعدهٔ ناشتا دم حسینیه وعده کرد که امروز بیایم آن پنج من مس را وردارم ببرم.
- کدام پنج من مس را؟
- همان که بابتش پانزده من گندم از من گرفته بود دیگر.

مرگان گفت:
- حالا که خودش نیست.
- نیست که نباشد. قول و قرارش که هست. بین ما شاهد بوده. کدخدا نوروز هم ضامن شده.
- برو از خود کدخدا بگیر.
- از کدخدا بگیرم؟! من گندم را به سلوچ داده‌ام، مس را بروم از کدخدا بگیرم؟!
- مس که مالِ سلوچ نیست. سلوچ از خانهٔ بابای نداشته‌اش مس و تاس ارثی به خانهٔ من آورده؟! این چار تکه مس و تاس را برادر من از جهیزیه به من داده. حالا آن‌ها را بیارم بدهم بابت قرضِ شویی که نمی‌دانم کدام جهنمی رفته؟

سالار که دمی به خود آمده بود، مبهوت پرسید:
- خوب؟ پس... مالِ من چی می‌شود بالاخره؟ سلوچ گندم من را آورده، شما هم خورده‌اید، حالا من چی؟ گناهکار شدم که سرِ زمستان جور زن و بچه‌هاش را کشیدم؟

مرگان گفت:
- من که نان از گندم تو نخورده‌ام، بچه‌هایش خورده‌اند. می‌خواهی برو شکم بچه‌ها را پاره کن و گندمت را از شکمبه‌هاشان دربیار.

سالار بی‌تاب از سرسختی‌های زن سلوچ، به او براق شد و گفت:
- چی داری می‌گویی تو زن؟! آدم ساده‌گیر آورده‌ای؟! مگر من با تو شوخی دارم که تو جواب سربالا به من می‌دهی؟ من گندم داده‌ام و حالا هم پول یا عِلِش‌اش را می‌خواهم. خودِ سلوچ دیروز با من عهد کرده.
- تو هم برو خودش را پیدا کن. بال که درنیاورده به آسمان برود. لابد میان

این یا آن خرابه سر گذاشته و مرده!
- که یعنی تو نمی‌خواهی مس‌ها را به من بدهی؟
- من مسی ندارم که به کسی بدهم.

سالار سرش را پیش روی مرگان برد و گفت:
- به من نگاه کن؛ چرا چشم‌هایت را به پشت دست‌هایت دوخته‌ای؟ گوش‌هات را باز کن؛ من مس‌ها را می‌خواهم!

مرگان دست‌هایش را از آب کاسه بیرون آورد، خشکشان کرد و گفت:
- تو بلکه سر بچه‌های من را هم بخواهی؛ من باید بدهم؟!
- آخر این که سر بچه‌های تو نیست؛ من طلب دارم.
- برو طلبت را از مشتری‌هات بگیر. من تو را چه می‌شناسم؟ چشم چشم را می‌شناسد و دست دست را. مگر من از تو گندم گرفته‌ام؟
- شوهرت که گرفته. همین پسرت کیسهٔ گندم را روی دوشش نگرفت و آورد به همین خانه؟ نگرفتی عباس؟ نگرفتی؟

عباس به مادرش نگاه کرد. مرگان گفت:
- او هنوز کبیر نشده. وقتی کبیر شد بادهای بیابان را که از باباش ارث برده می‌فروشد و دین تو را ادا می‌کند!

سالار بی‌باقی از جا در رفت و زنِ سلوچ را به باد تشر گرفت:
- داری یک‌بند جواب سربالا به من می‌دهی؟! شیرین زبان شده‌ای زنکهٔ پاچه ورمالیدهٔ بی‌چاک دهن! خیال می‌کنی من همشأن و همزبان تو هستم که دهن به دهن تو بگذارم و باهات یکی‌بدو کنم؟ چی به خیالت رسیده؟ که من می‌گذارم مال مسلّم من را بخوری؟ من حق خودم را از گلوی گرگ هم بیرون می‌کشم، چه رسد به تو؟
- اگر توانستی بکش؛ من از جانم سیر شده‌ام.
- به جهنم که سیر شده‌ای. من مالم را می‌کشم می‌برم.

مرگان که خون به دست و پایش دویده بود، از جا برخاست و هرای کرد:
- ورخیز برو بیرون مردکهٔ خام‌طمع، قد و قواره‌ات را از خانهٔ من ببر بیرون! ببین چه اولدرم بلدرمی برای من راه انداخته، کفتار! نان ندارم بدهم بچه‌هایم

بخورند، تازه او آمده و می‌خواهد چارتکه مسی را که برایم مانده از دندان من بیرون بکشد. اهه، بی‌پناه‌گیر آورده!

سالار که همپای مرگان برخاسته بود، گفت:

ـ بروم بیرون؟! می‌روم. می‌روم، امّا پنج من مسی را که طلبکار هستم از این خانه با خودم می‌برم.

سالار به پستوی خانه هجوم برد و مجمعه، تاس و مشربهٔ حمّام و دیگچه‌ای با خود بیرون آورد. مرگان بی‌درنگ به روی دست‌های سالار پرید و نعره کشید:

ـ بگذارشان زمین؛ بگذارشان مردکهٔ بی‌مروت!

سالار دست برد و کماجدان را هم از کنار دربند برداشت. مرگان خود را به دست‌های مرد آویخت و گفت:

ـ بگذارشان زمین! بگذارشان بی‌پدر. خا... کش‌ات می‌کنم، بگذارشان.

سالار به یک تکانِ تن، مرگان را به کناری انداخت. مرگان خود را از زمین جمع کرد و فریاد زد:

ـ بچه‌ها! عباس، ابراو، دخترو، دم در را بگیرید. نگذارید مالتان را بیرون ببرد. بگیرید!

ابراو که با انبر کوتاه سالار تازه از راه رسیده بود، شانه به شانهٔ عباس دم در ایستاد. سالار با دیگ و تاس و مشربه‌ای که به‌دست داشت به‌سوی در هجوم برد. مرگان از پشت سر به سالار پرید، مندیل او را از سر کشید و به ته اتاق پراند. سالار برگشت. مرگان بال‌قبای او را گرفت. سالار ناچار از این شد که دیگ و تاس و مشربه را به‌سویی بیندازد و با مرگان گلاویز بشود. هاجر به چابکی مس‌ها را برداشت و درون دولابچه جا داد. مرگان با سالار گلاویز شد. سالار نمی‌دانست چه باید بکند. مرگان میان پاهای سالار نشسته دست به قاچ مرد برده بود. سالار فریاد در گلو، تقلا می‌کرد تا خود را برهاند. اما مرگان او را رها نمی‌کرد. می‌کشید. می‌پیچاند و می‌کشید. فغان سالار به هوا می‌رفت. کندهٔ زانویش را محکم به شانهٔ مرگان کوبید. مرگان غلتید.

سالار حالا دست از دهانش برداشته بود و هرچه دشنام به زبانش می‌رسید، نثار می‌کرد. پسرها به درون دویدند. ابراو با انبر و عباس با ریسمان. مرگان بی‌رمق از

درد شانه خود را به میانه کشاند، پاچهٔ سالار را گرفت و دندان در گردهٔ پای مرد فرو کرد. سالار جیغ کشید و به لگد، مرگان را پس انداخت. در دم سالار با سه نفر گلاویز بود، می‌زد و می‌خورد و فحش می‌داد. عباس و ابرو هم دریغ نمی‌کردند. زن و فرزند و پدر و مادر سالار را می‌جنباندند. هاجر به کنجی ایستاده بود و جیغ می‌کشید. سالار یک‌بار دیگر خود را از دست مرگان و پسرهایش واکند و به‌سوی دولاپچه هجوم برد، دریچه را گشود و مس‌ها را بیرون ریخت. عباس و ابرو خود را روی مس‌ها انداختند. سالار چنگ به هرجای پسرها انداخت تا مگر وا بکندشان. مرگان از در بیرون زد و هوار کشید:

ـ دزد... آی دزد... مردم... به دادم برسید. مردکه روز روشن دارد خانهٔ من را خالی می‌کند!

گفته و ناگفته به طویله دوید و بیلچهٔ کهکینی سلوچ را برداشت و خود را به اتاق انداخت. بادآباد. بیلچه را بالا برد و با چشم‌های وادریده و لب‌هایی که کف بیرون داده بودند، گفت:

ـ سالار عبداله... خونت پای خودت. می‌کشمت. هم تو را می‌کشم، هم یکی از این بچه‌ها را. به برکت خدا می‌کشمت. من از جانم سیرم. سیرم. سیرم مرد!

سالار زیر بیلچهٔ مرگان به دیوار چسبید و با چشم‌هایی که داشتند از کاسه‌ها بیرون می‌زدند، به زن خیره ماند. در نگاه مرگان چیز مهیبی پیدا بود. می‌کشت! راستی می‌کشت! سالار، سر برهنه، پا از زمین کند و خود را از در به حیاط خانه انداخت و در نگاه به هراس آمیختهٔ همسایه‌ها، صدایش را شکاند:

ـ زنکه... زنکه دیوانه است! قصد جان من را کرد! آی... آی... به خداوندی خدا می‌خواست من را بکشد! به خدا... به خدا... به روح رسول‌الله می‌خواست بکشدم! کدخدا... نوروزخان... این زنکه می‌خواست من را بکشد! بیل به سر من کشید!

همسایه‌ها تک‌وتوکی به کوچه در آمدند و قاطی معرکه شدند. علی‌گناو میانجی شد. پسر صنم رفت تا خاله مرگان را آرام کند. در این میان کدخدا نوروز سر رسید. همراهانش داماد آقاملک، ذبیح‌الله و کربلایی دوشنبه هم خود را از کوچه به این سوی کشاندند. کربلایی دوشنبه، پدر سالار همچنان خاموش بود. اما

ذبیح‌الله نمی‌توانست ببیند که بیوه‌زنی رو در روی پسرعمویش ایستاده است. امّا، پیش از آن که ذبیح‌الله پا به داو بگذارد، کدخدا پیش آمد از کنار شانهٔ سالار عبدالله گذشت و به اتاق رفت. مرگان بیل به‌دست ایستاده و چشم واداده بود. پسرها ـ عباس و ابراو ـ هر کدام در گوشه‌ای شانه به دیوار داده بودند. هاجر می‌لرزید. کدخدا بیل را از دست مرگان واکند و با پشت دست، سیلی سنگینی به چپ صورت زن نواخت:

ـ پتیاره، دم در آورده‌ای؟!

بیرون آمد. بیل را به کناری انداخت، مندیل سالار را به او داد و همسایه‌ها را بیرون راند:

ـ ایستاده‌اید که چی؟ تماشائیست؟!

سالار عبدالله مندیل را به دور سر بست. داماد آقا ملک زیر بازوی او را گرفت و همراه هم ـ ذبیح و کربلایی دوشنبه و کدخدا نوروز ـ از در بیرون رفتند. مرگان در آستانهٔ در روی زانوهایش خمید، صورتش را میان دست‌ها گرفت و به عربده، گریه‌ای را که در سینه‌اش تلنبار شده بود، سر داد.

۲

زمین آبخورده زیر پای پسرهای مرگان یخ زده و بسته بود. زمین یخ کف پاها را می‌سوزاند. درست مثل اینکه روی نرمه شیشه راه بروی. کار را همین کند کرده بود. تقلا بسیار و عاید کم. پسرهای مرگان هر چه نیرو در کمر و بازوها داشتند به کار انداخته بودند، هرچه زمختی و جانسختی که در خود ذخیره داشتند به کار می‌بردند، با اینهمه کار دشوار پیش می‌رفت. خورشید بیش از یک نیزه بالا آمده بود، امّا عباس و ابراو هر کدام کمتر از یک بغل پنبه چوب دسته کرده بودند. ریشه‌ها در خاکِ یخ زده، سخت چنگ گیر داده بودند. گویی خانه در سنگ داشتند. برکشیدن هر ریشه فشاری بیش از آنچه که باید روی کمر و شانه‌ها می‌آورد. فشار کار به درد می‌کشید. گاه چنان می‌نمود که پنداری دود در کمر ابراو پیچیده است. چهرۀ او درهم می‌شد، کنارۀ چشم‌هایش چین می‌خورد، چشم‌ها تنگ می‌شدند، پلک‌ها به‌هم می‌آمدند و درد را به هزار زبان واگو می‌کردند. امّا ابراو جرئت این نداشت که آخ بر زبان بیاورد. عباس، برادر ابراو، شمری بود. در کار هم خرجش را جدا می‌کرد. با وجود این، دمادم و خرده‌گیر، ابراو را می‌پایید. هم به قصد اینکه تندتر دست بجنباند، هم اینکه ابراو ریشه‌هایی را که عباس برکشیده، ندزدد.

در کار، همیشه عباس ابراو را به لج وامی‌داشت و پشتۀ هیزم ابراو اگر از پشتۀ عباس کوچک‌تر بود ـ که همیشه بود ـ پسرک را به نیش زبان آزار می‌داد. زهری‌اش می‌کرد. بسا که کار به کشمکش می‌کشید؛ به جدال. دعواشان سر می‌گرفت. به جان هم می‌افتادند و سرانجام آنکه زخم برمی‌داشت و با گریه‌های خود بازی را پایان می‌داد، ابراو بود. امّا امروز درد چغری زمین بود و بهانه، انبرک سالار که به دست ابراو آشنا نبود. دیگر اینکه دندان انبر از ورزیدن سال‌ها ساییده شده بود و ساقه پنبه چوب را رد می‌داد. مایۀ آزار و خشم ابراو بیشتر همین بود.

چراکه اگر دندان انبر یک‌بار ساقهٔ پنبه چوب را رد بدهد، برکشیدن آن پنبه‌چوب صدبار دشوارتر می‌شود. برای اینکه پوستهٔ گزنهٔ ساقه وامی‌گردد و می‌ماند یک چوبچهٔ صاف و نمداک که جای دندانگیر ندارد. و، مردِ کارکی می‌تواند ساقه‌ها را یکی در میان رد بدهد و بگذرد؟ پس، انبر تیزدندان و قدرت بازو می‌خواهد تا بتوانی ریشه را از کام به هم فشردهٔ زمین وابستانی. همان‌چه که ابراو نداشت. نه انبرِ کاری داشت و نه دست و بازوی قرص. استخوان‌هایش هنوز محکم نشده بودند. ماهیچه‌هایش هنوز آب بودند. گرچه در همین عمر کم نیز انگشت‌هایش کلفت و به کار ورزیده بودند، اما ابراو هنوز به پلهٔ بلند و پرغرور جوانی گام ننهاده بود. به قد، حتی از عمر خود کوتاه‌تر بود. اما در سماجت کار، کنه‌ای بود. به کار که می‌چسبید با آن یکی می‌شد. روی ساقهٔ پنبه چوب که می‌خمید، به زنبوری می‌مانست که روی برگ گلی بال گشاده و نیش در آن فرو برده باشد. می‌مکید. می‌مکید. شیرهٔ گل، شیرهٔ کار را می‌مکید. انبر انگار ناخن‌های او بود، و پنبه‌چوب انگار خاری که در پایش فرو نشسته است. ابراو نه ریشه را از خاک، که خار را از پای بدر می‌کشید. گلوله می‌شد. یک مشت. کمر راست نمی‌کرد. مبادا از برادر واپی بماند. نکند در پایان کار پشته‌اش کمتر، کوچک‌تر بنماید.

سرمای‌سخت چستی و چالاکی دست‌های پسرک را به نیم چندان رسانده بود. انگشت‌هایش چون سم بز خشکیده بودند. آب از بینی و گوشهٔ چشم‌هایش سرازیر شده بود. گوش‌های بزرگش یخ زده بودند. دستهٔ سرد انبر کف دست‌هایش را می‌سوزاند. با اینهمه او خمیده خمیده، چون برهٔ آهویی، از ساقه‌ای به ساقهٔ دیگر می‌رفت و از ریشه‌ای به ریشهٔ دیگر.

نیاز اینکه نفس گرم خود را به دست‌هایش بدمد، ابراو را از کار واداشت. کمر راست کرد، دست‌ها را به نزدیک دهان برد، نفس را میان دست‌ها «ها» کرد و آن‌ها را به خشم در هم مالید. انگار گناه از دست‌ها بود که یخ زده بودند. انبر را بار دیگر به دست گرفت، اما پیش از اینکه تن بر ساقه بخماند، نگاهش به دشت افتاد. همسال‌های او، کوچک‌تر و بزرگ‌تر، بر دشت پراکنده بودند و اینجا و آنجا پنبه چوب برمی‌کشیدند. آنسوترک، یک جیغ براه، چهار - پنج جوانسال آتش درست کرده بودند. ابراو می‌دیدشان که گرد آتش ایستاده‌اند و دست‌ها و پاهاشان

را به نزدیک آلو می‌برند و گرم می‌کنند؛ و بر زبان او گذشت که:
آتش!
عباس همچنانکه روی ساقه خمیده بود، سر برگرداند و چشم‌های درشت و پر سفیدی‌اش را خیره به او دوخت. ابراو دمی در نگاه برادر تاب آورد. عباس گفت:
ـ حال و دمی خورشید از زیر ابر بیرون می‌آید، به کارت باش!
نماند و خود به کار کشیدن پنبه‌چوب شد. ابراو هم جایی برای واگوی حرف خود نیافت. پس، خمید و زور به ساقه آورد. زور به خود. ابراو این را می‌دانست که برادر می‌داند بر او چه می‌گذرد. هم خود این را می‌دانست که بر عباس چه می‌گذرد. اما بین دو برادر این یک قول وقرار ناگفته بود که وقت کار زبان به شکوه نگشایند. گویی هر دو این را به تجربه دریافته بودند که راه رفته را باید رفت. چه با ناله و «نکنم»، چه با خموشی و بردباری. با اینهمه قول و قرار پنهانی برادرها همیشه به هم می‌خورد. چراکه فشار و درد و خستگی نمی‌توانست از جایی بیرون نزند. نمی‌توانست بروز نکند. این دیگر دست هیچکدامشان نبود. جوانه گاوی را که داغ می‌کنند، خواهی نخواهی عُر می‌کشد، دست و پا می‌زند و شاخ بر خاک می‌مالد. تنها کوشش پسرهای مرگان این بود که حدی از فشار را تاب بیاورند. پس هنگامی به‌زبان یا به‌حرکتی فغان می‌کردند که نیروی درد به خستگی درمی‌آمیخت و اراده‌شان را از هم می‌گسیخت. و این فغان، عنان‌گسیخته بود.

عباس مرگان دستهٔ انبر را بیخ تسمهٔ کمرش فرو برد و واگشت تا آنچه پنبه‌چوب که از زمین برکشیده، جمع و دسته کند. پس بنا کرد به ورچیدن ریشه‌هایی که پس پشت خود بر خاک بجا گذاشته بود. یکی یکی و دوتا دوتا.

ـ چرا پنبه چوب‌های من را ورمی‌داری؟
ـ کدام پنبه‌چوب تو؟
ـ همان که ریشه‌اش گُگز دارد. صد نفس زده‌ام تا درش آورده‌ام.
ـ توی لنگ خلاشه اصلاً آنقدر زور داری که همچو ریشهٔ یقوری را از زمین به این چغری بیرون بکشی؟!
ـ کوری که ببینی می‌توانم! بندازش این طرف. رد من پیداست. جای پایم

را نمی‌بینی؟ بندازش این طرف!

ریشهٔ کلفت وگره‌خوردهٔ پنبه‌چوب همچنان دست عباس مانده بود. ابراو به هوشیاری مچ برادر راگرفته بود و عباس به هر راهی که بود می‌خواست خود را یکجوری از تنگنا برهاند. و ناچار، دری بجز خشم و بدزبانی نیافت. برآشفته گفت:

- چندین دروغ به پای من مبند ابراو، با همین پنبه‌چوب‌کورت می‌کنم ها!

خلق و خوی عباس برای ابراو آشنا بود. نمی‌خواست هم که کار به زد و خورد بکشد. چون برای ابراو از کف دستش هم روشن‌تر بود که از عباس کتک می‌خورد. پس گفت:

- قسم می‌خوری که همو ریشه را تو ورکشیده‌ای؟!
- تو، خودت چرا قسم نمی‌خوری؟
- من قسم می‌خورم.
- نه خیر! لازم نکرده. خودم قسم می‌خورم. به چی قسم بخورم؟

عباس همچنان‌که ریشهٔ گره گره را تا تنگ دستهٔ پنبه‌چوب زیر بغلش جا می‌داد، گفت:

- به همین قبلهٔ حاجات من این پنبه‌چوب را ورکشیده‌ام.
- به کدام قبله؟ حوض حاج حبیب را نشان می‌دهی و می‌گویی به همین قبلهٔ حاجات؟ قبله اینجاست. طرف ریگ!

عباس رو به قبله برد و گفت:

- به این قبلهٔ حاجات. خوب شد؟

ابراو گفت:

- به این قبلهٔ حاجات چی؟!
- به این قبلهٔ حاجات که این پنبه‌چوب را خودم ورکشیده‌ام.
- بزند گردن دروغگو!
- بزند گردن خودت را، کنه!

ابراو گفت:

- باشد. از حالا خط می‌کشیم. تو آن‌طرف خط، من این‌طرف خط.

عباس که سرگرم برچیدن ریشه‌هایش شده بود، گفت:
- اصلاً تو برو به آن یکی خویر. همهٔ زمین خداکه فقط همین یک گُله جا نیست.
- چرا من بروم؟ خود تو برو!
- من بروم؟! نیم وجبی مگر من به اختیار تویم؟
- پس من به اختیار تویم؟
- به اختیار کی هستی پس؟
- به اختیار خودم. من می‌خواهم میان همین خویر پنبه‌چوب جمع کنم، به کسی چه؟! زمین مگر مال توست؟
- اینقدر با من جواب در جواب مکن ابراو! می‌زنم ناکارت می‌کنم ها!
ابراو دیگر چیزی نگفت. انبرش را در ساقهٔ پیش پاهایش به کار انداخت و زیرلبی غرید. عباس به او برگشت و گفت:
- داری فحش و دشنام می‌دهی؟! می‌زنم دندان‌هات را می‌ریزم توی دهنت‌ها!
ابراو به نق گفت:
- اینهم شد کارِ صبحاتِ که همهٔ نان‌ها را یکه خوردی!
- نان‌ها را خوردم؟ معلوم است که می‌خورم. مال بابای تو راکه نخورده‌ام!
- پس مال کی را خورده‌ای؟ مگر ما آدم نبودیم که بخوریم؟ فقط تو دندان داری؟ کار یک دفعه‌ات نیست. همیشه همین‌جوری. یکه خوری. دفعهٔ پیش هم همهٔ خرماها را از دولابچه ورداشتی و خودت یکه خوردی. تازه خرمای خیرات هم بود!
- معلوم است که می‌خورم. بیارم بدهم تو بخوری خوب است؟!
- خوب به اندازهٔ خودت بخور.
- نگفته بودی!
- حالا می‌گویم.
عباس دستهٔ پنبه‌چوب را کنار ریسمان ـ چمبرش گذاشت و نیمخیز، روی یک پا و دست، به برادرش براق شد و گفت:

- زبانت را کوتاه کن ابراو. کار دستت می‌دهم ها!
- خوب. باشد!

عباس به خشم نعره کشید:

- زیر لب هم غرغر نکن. همین‌جا خاکت می‌کنم مگس معرکه!

ابراو به پرخاش گفت:

- خیلی خوب بابا؛ لال می‌شم، خوبه؟!
- کاش لال می‌شدی!

سایهٔ کدر سالارعبدالله فاصله میان دوبرادر را پر کرد. عباس و ابراو ملتفت آمدن سالار نشده بودند. هر دو به سالار مات ماندند. ابراو پا پس کشید و به عباس نزدیک‌تر شد. عباس هم یک قدم به‌سوی ابراو برداشت. به فاصلهٔ یک چوب‌دست، هر دو شانه به شانه هم ایستادند. سالار عبدالله روبه رویشان بود. از خشم نشانی در او نبود، اما یکجور خشکی زبر و زمخت همهٔ پهنای چهره‌اش را پر کرده بود. زمین به اجارهٔ سالار عبدالله بود، اما رسم بر این‌ست که هر کسی می‌تواند از هر زمینی ریشهٔ پنبه‌چوب بیرون بکشد. این برای زمین هم خوب است، آخر خیش نمی‌تواند پنبه‌چوب را از ریشه زیر و رو کند. مگر اینکه زمین با خیش تراکتور شورانده شود. برای کشت نو هم سودی ندارد که ریشهٔ پنبه‌چوب سال پیش در زمین باشد. این‌ست که کار برکشیدن پنبه‌چوب زیانی به زمین و زمیندار نمی‌رساند. سهل‌ست که سود هم می‌رساند. پس سالار عبدالله چه می‌توانست بگوید؟

- جمع کنید تخم سگ‌ها! ریسمان و انبرتان را وردارید و از روی این زمین بروید!

ابراو به عباس نگاه کرد. عباس هنوز خاموش بود ولب‌هایش نرم نرم می‌پرید.

سالار گفت:

- تو هم آن انبری را که صبح از خانهٔ ما گرفته‌ای بیارش بده به من؛ کارش دارم.

ابراو بار دیگر به عباس نگاه کرد. عباس دست برد و انبر سالار عبدالله را از دست ابراو گرفت، آن را بیخ تسمهٔ کمرش فروبرد، از سالار رو برگرداند و به طرف

دسته‌های پنبه‌چوبش رفت.
سالار خیره به ابراو گفت:
ـ مگر به تو نگفتم آن انبر را بده به من؟ کری؟!
ـ او گرفت!
سالار رو به عباس کرد و گفت:
ـ آهای... خرگردن! انبر را بیارش بده به من.
عباس که دسته‌های پنبه‌چوب‌اش را روی ریسمان جامی‌داد، گفت:
ـ من از تو انبر نگرفته‌ام.
ـ همین حالا تو انبر را از ابراو نگرفتی؟
ـ از ابراو گرفتم، از تو که نگرفتم. دست، دست می‌شناسد. از خودش بگیر!
ـ انبر بیخ کمر توست، من از او بگیرم؟
ـ چه می‌دانم!
ـ دلت یک چند تا لگد جانانه می‌خواهد، ها!
ـ اگر می‌توانی بزن!
ـ به‌خیالت می‌ترسم؟ اینجا هم ننهٔ سلیطه‌ات هست که تنبانش را روی سرش بیندازد و هوار هوار کند؟ تخم سگ حرام، به تو می‌گویم انبر را بینداز اینجا؛ کری؟

عباس پنبه‌چوب‌هایش را ـ هرچه بود ـ به ریسمان بسته بود. بی‌اعتنا به سالار، پشتهٔ ناتمام را روی پشت انداخت و به ابراو گفت:
ـ نمی‌خواهی پنبه‌چوب‌هایی را که به هزار زحمت ورکشیده‌ای جمع کنی؟ بجنب دیگر!

ابراو به کار ورچیدن ریشه‌ها شد. سالار به‌طرف عباس رفت و گفت:
ـ با تو هستم نسناس؛ آن انبر را بده به من! مال من است.
عباس، پشت به سالار براه افتاد و گفت:
ـ از خودش بگیر. به من چه؟ من که انبر از تو نگرفته‌ام!
نرم می‌گفت و تند می‌رفت.

سالار به دنبال او راه افتاد و گفت:

ـ اوقات من را بیشتر تلخ مکن امروز، پسرهٔ یک لاقبا. انبر را بینداز و برو هر گوری می‌روی!

عباس پا تندتر کرد و در رفتن خود نیم‌نگاهی دزدانه به پشت سر انداخت. سالار قدم درازتر برداشت. عباس هم قدم‌ها را درازتر برداشت. او پی بهانه‌ای بود تا پا بکند. سالار خم شد و دست به پاره سنگی برد. عباس پاکند. سالار در پی او دوید و سنگ را به‌سویش پراند. سنگ به سرین عباس گرفت. عباس درد را خورد و به روی خود نیاورد. دوید. تند و تندتر. عباس تیز می‌دوید و سالار سنگین بود. به رد عباس نمی‌رسید. ایستاد و بنای دشنام را گذاشت. عباس هم ایستاد. فاصله دور بود. هرچه به زبان سالار می‌رسید بار عباس می‌کرد. عباس هم دست از دهنش برداشت و زن و بچهٔ سالار را به باد دشنام گرفت. شنیدن دشنام زن، آن‌هم از زبان آدم بی‌سروپایی که هنوز با حرمت زناشویی آشنا نیست، برای سالار عبدالله صد بار گزنده‌تر بود. حتی در شوخی‌های ساده، آن‌که زن ندارد، حقش نیست که با مرد عیال‌وار زبان‌بازی کند. به‌جد و چنین بی‌پروا که دیگر جای خود دارد.

سالار خیز برداشت. تنها با کتک می‌شد جبرانش کرد. اما عباس سبک‌تر و چابک‌تر بود. گریخت. ترس از سالار بیشتر او را می‌تاراند. از این خویر به آن خویر و از این گودال به آن یکی. سالار بار دیگر، ناچار، ایستاد. دمی ماند و ناگهان برگشت. آخرین ریشه را ابرو داشت ورمی‌چید. سالار سگک تسمه‌اش را باز کرد و رو به او آمد. باید غیظش را یکجوری بیرون می‌ریخت. ابرو تلاش خود را کرد تا بتواند در فاصلهٔ رسیدن سالار عبدالله پشته‌اش را ببندد و در برود؛ اما میسر نشد. تا پشته را بر پشت جا بدهد سالار عبدالله رسید و او را بر خاک غلتاند:

ـ تو هم از جنس همان ولدالزنا هستی!

زاری ذمه و ناله نفرین ابرو سودی نداشت. سالار عبدالله میان بال‌های بلند قبایش، مثل باشه‌ای دور سر او می‌چرخید و چپ و راست می‌نواختش. تسمهٔ کمر سالار ضخیم و سنگین بود، و تن و بدن کوچک و لاغر ابرو فقط با یک تنبان، یک پیراهن و یک نیم‌تنهٔ گشاد پوشانده شده بود. سالار عبدالله یکپارچه از تن و پیرهن در رفته و از یاد برده بود که ابرو هنوز پانزده سالش هم

نشده است. پسرک را به ضرب تسمه و لگد و خوابگوشی کبود کرد و بعد، در حالی‌که تسمه را روی قبایش می‌بست، گفت:

ـ حالا ورخیز؛ ورخیز و خوش‌خبری ببر برای ننه‌ات و بگو که باکی طرفه! به آن برادر نامردت هم بگو چشم براه باشد تا حساب‌هایمان را وا بکنیم. بگو مگر از این قلعه برود که نبینمش. حالا برو!

ابراو که پیرهن و تنبان پوسیده‌اش، زیر دست و پای سالار در چند جا جر خورده بود، با گریه‌هایی شبیهٔ عُر کشیدن جوانه‌گاو، پشته‌اش را به دوش گرفت و ناهماهنگ و لنگ لنگان روانه شد.

خسته و سر و پوز به خاک آلوده، ابراو به پناه قلعه رسید. عباس آنجا، پشت خرابه خپ کرده بود. صدای ناهموار قدم‌ها، هوچ هوچ ته ماندهٔ گریه‌ها و صدای پا و خش خش بینی ابراو، عباس را از خرابه بیرون کشید. ابراو بی‌التفات به برادر رو به‌خانه‌شان می‌رفت. دلش می‌خواست برود به گوشه‌ای بخزد و سر در شولایی فرو برد. کتکی به ناحق خورده بود و از عباس هم بیزار بود. دلش نمی‌خواست به روی پلشت او نگاه کند. همیشه‌اش همین‌جور بود. پای تاوان دادن که می‌رسید، پا به گریز می‌گذاشت. آتش را روشن می‌کرد و خودش جا خالی می‌داد. با وجود این عباس سمج‌تر از آن بود که ابراو می‌شناخت. پابه‌پای او می‌آمد و دم‌به دم می‌پرسید:

ـ رفت؟ سالار رفت؟ ها؟ از کدام ور رفت؟ کری مگر، نیم‌وجبی؟! با تو دارم حرف می‌زنم، چُس!

سرشانهٔ ابراو در پنجهٔ خشک و خشمگین عباس بود. ابراو واداشته شد. عباس که کف به گوشهٔ لب‌ها آورده بود خیره به برادر گفت:

ـ به کدام گوری رفت آن دیوث! نگاه نکردی؟

ـ نه!

ـ تو را خیلی زد؟ ... با چی زد؟

ـ با تسمه. با لگد. با خوابگوشی. زد دیگر!

ـ خیلی؟

ابراو هیچ نگفت. عباس پشتهٔ پنبه‌چوب را از دوش برادرش واگرداند و

آن را بایخ پشتهٔ خود جا داد. پس نشست و به ابراو هم گفت که بنشیند. ابراو خودش را بیخ دیوار کشاند، اما ننشست. شانه به دیوار داد و ناخن‌هایش را درهم کرد.

عباس روی پاها گرگی نشسته، بیخ بُر شکسته‌اش را به زمین بند می‌کرد و دروغ و راست به سالار عبدالله فحش می‌داد:

ـ دراز دیلاق! یک روزی حسابم را با او وامی‌کنم. با نیم‌روز آبی که دارد و آن سی چهل تا گوسفندش خودش را گم کرده. میان رخت‌هایش جا نمی‌گیرد. یک روز از عمرم باقی باشد ناکارش می‌کنم. پیِ پاهاش را می‌زنم!

ابراو به آنچه عباس می‌گفت گوش می‌داد، امّا حرف‌های او را باور نداشت. زبان عباس همیشه درازتر از دست‌هایش بود. پشت می‌کرد و زبان می‌گشود. چاخان! چاخان می‌کرد. حتی برافروخته می‌شد. خشم می‌گرفت. امّا نه چندان که سرش را به دیوار بکوبد. همیشه هوای خودش را بیشتر داشت. همین حالا هم برای ابراو چندان روشن نبود که او چرا این حرف‌ها را دارد می‌زند. غرضش دلجویی ابراو بود؟ می‌خواست دل برادر را به دست بیاورد؟ به دعوا پشت کردن خود را با این حرف و گپ‌ها می‌خواست جبران کند؟ چی بود؟

عباس بار دیگر به حرف آمد:

ـ تو ... تو خجالت نمی... کشی با این پشتهٔ خُردی از پیش چشم مردم رد بشوی؟

ابراو خاموش بود. زیر نرمای خورشید پلک خوابانده و لب‌های بزرگ و شیپوری‌اش را جمع کرده بود. عباس پی حرف خود را گرفت و گفت:

ـ من که خجالت می‌کشم. دخترها هم بیش از این پنبه‌چوب به خانه می‌آورند. مردم چی به ما می‌گویند با این پشته‌هامان.

ابراو گفت:

ـ اگر انبرکوک داشتم می‌رفتم روی زمین دیگری و پشته‌ام را بود می‌کردم.

عباس گفت:

ـ پدرسگ دست‌کوتاه؛ نظر تنگ بی‌ناخن! چه جور می‌خواهد جان بکند این گوزپدر دیوث... حالا ما چکار کنیم؟ من که رویش را ندارم با این یک بغل پنبه‌چوب از کوچه‌ها رد بشوم.

ابراو گفت:
- تو که انبر کوک داری. برو روی یک زمین دیگر پشته‌ات را بود کن.
- سالار هنوز میان دشته. می‌ترسم. می‌ترسم بزنم ناکارش کنم! دلم هم دارد پیچ می‌خورد. روده‌هایم دارند همدیگر را می‌جوند.
- تو که صبح هرچه بود لمباندی.
- همه‌اش چی بود؟ بیا!
عباس دست به ته جیبش برد و نرمه نان‌هایی را که با خاک و خُل قاطی شده بودند بیرون آورد و جلوی روی برادرش گرفت:
- بیا! بجو. ته دلت را می‌گیرد.
ابراو ناچار و نیز با اکراه دستش را پیش برد و خاکه نان‌ها را گرفت، روی زبان ریخت، دهان بزرگش را بست و آرواره‌ها را به کار انداخت. نیم لقمه. قورت داد.
عباس گفت:
- اگر بتوانیم پشته‌هامان را یکی کنیم تا بعداز ظهر می‌توانیم بفروشیمش. من می‌فروشمش و به جایش نان می‌گیرم می‌آورم خانه.
ابراو به نیّت برادر پی برد. عباس می‌خواست کار را به نام خود تمام کند. البته نان را هم. ابراو رضا نداد و گفت:
- خودم می‌فروشمش.
عباس مثل سگ به او پارس کرد:
- آخر کدام خری می‌آید این یک دسته پنبه‌چوب را از روی دست تو بردارد؟ یک پشته پنبه‌چوب باید اقلاً یک تنور را گرم کند یا نه؟ این دسته پنبه‌چوب تو که یک اجاق را هم گرم نمی‌کند. می‌کند؟
ابراو گفت:
- از تو چی؟ یک بغل پنبه‌چوب تو چی؟ مگر پشتهٔ تو از مال من بیشتر است؟
- نه!
- پس چرا به سر من می‌زنی؟
- به سر تو نمی‌زنم. گوشَت را اگر به من بدهی می‌فهمی که من از روی

بی‌عقلی حرف‌نمی‌زنم. من می‌گویم بیا این دو تا بغل پنبه‌چوب را روی هم ببندیم تا بشود یک پشته. بعد پشته را ببریم در قلعه بگذاریم تا خریدار داشته باشد.

ابراو گفت:

- من حرفی ندارم. پشته‌ها را یکی می‌کنیم، امّا من روی پشتم می‌گیرم و می‌برم.

- تو؟! تو می‌گیری روی پشتت؟ مگر من مرده‌ام؟! من برادر بزرگ تویم. آنوقت بگذارم تو پشته را روی پشتت بار کنی؟ مردم به من چی می‌گویند؟ به روی من تف نمی‌اندازند؟ نمی‌گویند به این بی‌غیرت نگاه کن که برادر کوچکش را کشانده زیر بار؟! عجب حرفی می‌زنی تو!

ابراو گفت:

- من... . من روی پشتم می‌گیرم. چه عیبی دارد؟

- عیب دارد. هزار و یک عیب دارد! دیگران چی خیال می‌کنند؟ آن‌ها خیال می‌کنند که من از گُردهٔ تو کار می‌کشم. هنوز استخوان‌های تو آب هستند. آنوقت من بگذارم پشتهٔ پر نم پنبه‌چوب را تو روی پشتت بار کنی؟ مگر من مرده‌ام! اگر قُر شدی چی؟ جوابش را کی می‌دهد؟ همین کربلایی دوشنبه، بابای سالار عبدالله را نمی‌بینی که از وقتی قرش پایین آمده گوشه نشین شده؟ تو هنوز کمرت نبسته. من نمی‌گذارم برادرم معیوب شود!

ابراو، با اینهمه، گفت:

- پشته را من ورمی‌دارم.

عباس که رگ‌های گردنش ورم کرده بود، جیغ کشید:

اینقدر جهر نکن ولدالزنا! من خودم باید پشته را وردارم.

ابراو دو پا در یک کفش، همچنان آرام گفت:

- من پشته را می‌برم میدان دم‌مسجد، تو هم از کوچهٔ پشت برو خانه. خودم می‌فروشمش، از آن طرف هم پولش را می‌دهم به نان و می‌آورم خانه.

- تو می‌فروشی؟! با این سر و زبانی که داری! تو چطور می‌توانی جنس خرید و فروش کنی؟ من سه بار با دایی مولانا به سفر رفته‌ام و خرید و فروش کرده‌ام، حالا تو می‌خواهی پشتهٔ پنبه‌چوب را بفروشی؟! آخر کی می‌آید از یک

وجب بچه پشته بخرد و پولش را هم نقد بدهد؟ می‌خواهی زحمتکشی امروزمان را به باد بدهی؟ دلت که نمی‌سوزد. این پنبه‌چوب‌ها را من دانه دانه با ناخن‌هایم از زمین ورکشیده‌ام، آنوقت تو می‌خواهی مفت و مجانی بدهی بروند؟!
مرغ ابراو یک پا بیشتر نداشت. گفت:
ـ پشته را من می‌برم و می‌فروشمش. تو هم که همپای دایی مولانا به خرید و فروش می‌رفتی فقط خر می‌راندی؛ مگر من نمی‌دانم؟ اگر اهل کار بودی که باز هم همراه خودش می‌بردت. پشته را من می‌برم و می فروشمش. دلت می‌خواهد بخواه، دلت نمی‌خواهد من پشتهٔ خودم، تو هم پشتهٔ خودت. انبر که داری. نمی‌خواهی برو پشتهٔ خودت را بود کن.
ـ انبر را می‌دهم به تو!
ـ همیشه؟
ـ نه؛ همین امروز. برو یک پشتهٔ قورقون برای خودت جمع‌کن بیار. دیگر چی می‌خواهی؟
ابراو گفت:
ـ قبول. انبر را بده. نیم پشته که دارم. می‌روم همین‌قدر هم ور می‌کشم و پشته‌ام را بود می‌کنم.
ـ یعنی این یک بغل پنبه‌چوب را بر‌می‌گردانی روی زمین؟ خجالت نمی‌کشی؟ تا حالا کی را دیده‌ای که هیزم از ده به صحرا ببرد؟ می‌خواهی مردم به‌ات بخندند؟
ـ بگذار بخندند؛ مگر مردم نان شب من را می‌دهند که به‌ام بخندند؟!
عباس آرواره‌ها را بر هم سایید و گفت:
ـ اینقدر یکدندگی مکن گه‌گیر؛ می‌زنم معیوبت می‌کنم ها! شکم گرسنه ایمان ندارد. چشم‌هایم را می‌بندم و خفهات می‌کنم. خیال نکن که چون برادرم هستی به جوانیت رحم می‌کنم. نه! روده‌های من دارند همدیگر را می‌جوند. من با همین دندان‌هایم گوشت تنت را ورمی‌کنم. براه بیا و اینقدر جهر نکن. من که نان این پشته پنبه‌چوب را تنهایی نمی‌خواهم بخورم؛ قسمت تو را هم می‌دهم. به برادریمان قسم قِسمَت تو را می‌دهم. تو چرا اینقدر من را زجر می‌دهی؟ من

دیگر از دست تو به ستوه آمده‌ام. ای لامذهب، مگر تو دین و ایمان نداری؟ خدا را نمی‌شناسی؟ من برادر تویم، برادر بزرگ تو! از من خجالت هم نمی‌کشی؟ ... پارهٔ یک وجبی! چرا من باید گلوی خودم را پاره کنم تا حرف من را به گوش بگیری؟ آخر چرا به من رحم نمی‌کنی؟ من برادر تویم. من و تو با هم از یک سینه شیرخورده‌ایم. چرا حرف حالیت نمی‌شود؟ دلت می‌خواهد من با این جیغ‌هایی که می‌کشم خروسک بگیرم؟ تن و بدن من روز و شب از دست بدجنسی‌های تو تکان می‌خورد. آخر تو چه دشمنی‌یی با من داری؟ می‌خواهی سگ گُشم کنی؛ ها؟! می‌خواهی که از دست تو جنون بگیرم و سر به بیابان بگذارم؟

ابراو گفت:

ـ پشته را من می‌برم.

ـ تو می‌بری؟! توبه هرجای نه بدترت می‌خندی، مادرقحبهٔ الف به چشم! تو می‌بری؟! نشانت می‌دهم!

گفته و ناگفته، عباس مثل خرگوشی خود را به روی پشتهٔ ابراو پراند و ریسمان راکشید. ابراو هم به یک پرش، خود را روی پنبه‌چوب‌های خود خواباند و پشته را زیر سینه و دست و پای خود گرفت. دیگر عباس تاب خود را از دست داد. خون به چشم‌هایش دویده بود و هیچ چیز را نمی‌دید. فقط می‌خواست ابراو را که چون کنه‌ای به پنبه‌چوب‌هایش چسبیده بود، وابکند و پشته‌ها را یکی کند. پس دست‌ها را باز می‌کرد و پشتهٔ پنبه‌چوب و ابراو را ـ که هر دؤ یکی شده بودند ـ از جا کند، تا روی سینه بالا آورد و بر زمین کوبید. امّا ابراو همچنان به پشتهٔ کوچک چسبیده بود. از پشته وانمی‌شد. عباس پایش را بالا برد و به ضرب روی کمر ابراو کوبید که نالهٔ او به هوا رفت. با وجود این، دست از پنبه‌چوب‌هایش نکشید. جیغ می‌کشید و دست نمی‌کشید. عباس هار شده بود. دیگر جانش به لب رسیده بود. به زور و به بهای خراشیده شدن پشت دست‌ها توانست زیر شکم ابراو خر پنجه ببندد. پس زانو به زمین کوبید و ابراو را به‌سوی شکم و سینهٔ خود کشید. امّا ابراو کنده نمی‌شد. عباس روی پشت برادر چسبید، کندهٔ زانو را در گودی کمر او جای داد و پوزهٔ پیش آمده‌اش را بیخ گوش ابراو خواباند و گوش خاک‌آلود او را میان دندان‌های درشت و محکم خود گرفت و جوید.

فشار کندهٔ زانوی عباس، خر پنجهٔ زیر ناف و جویده شدن گوش بزرگ ابراو زیر دندان‌های برادر، او را از حال برد و از پشته ـ مثل بار رسیده‌ای که از بوته واگردید و بی‌حال، به تیپایی، یک گوشه روی کلوخ‌های پای دیوار خرابه افتاد.

دهان عباس پر خون شده بود. تف‌کرد. خون شور بود. نخواسته، سر برادر را روی خاک غلتاند و به گوش جویده شدهٔ او نگاه کرد. چپ صورت ابراو غرق خون بود. نرمه‌های نور آفتاب روی خون سرخ می‌درخشیدند. عباس روی کلوخی نشست و سرش را در میان دست‌ها گرفت. گریه‌اش هم نمی‌آمد. از آن چشم‌ها انگار فقط خون می‌توانست بچکد. برخاست و پشتهٔ ابراو را از خود کرد. ریسمان ابراو را کنار لش افتادهٔ او انداخت، پای پشته نشست و پشت خواباند:

«حالا می‌شود به این گفت یک پشته!»

پشت به پشته داد و کندهٔ زانو در زمین کوفت و به یک زور از زمین بلندش کرد. خمیده ماند و پشته را روی پشت جابه‌جا کرد. ابراو پیش رویش بود؛ افتاده. از کنار ابراو گذشت و پا در کوچه گذاشت. سایه‌اش پیشاپیش می‌رفت و عباس چشم به سایهٔ پشته داشت. کاش بزرگ‌تر جلوه می‌کرد. امّا اینجور پیدا نبود. خورشید از پشت می‌تابید. پهلو به خورشید ایستاد. سایهٔ پشته نمود بیشتری پیدا کرد. رضایتی به عباس دست داد. راه خود گرفت. کوچه‌ای دیگر. صدای نفس نفس ابراو او را واداشت. رو برگرداند. ابراو دنبال سرش بود. ایستاد. چشم‌های ابراو مثل دو تا اجاق بود. دو اجاق آتش و دود. دل عباس را هم سوزاند. با وجود این عباس به او تشر زد:

ـ ها؛ دیگر چی می‌خواهی؟ مزدت را که گرفتی!

ابراو گفت:

ـ انبر. انبرت را می‌خواهم.

۳

آفتاب که رفت، ابرو آمد. پشته‌ای روی پشت داشت و عرق از نوک بینی‌اش می‌چکید. رنگ به رو نداشت. مهتاب. لب‌ها و گونه‌هایش از خستگی و ضعف می‌لرزیدند. دلش خالی بود. عرقی که بر پیشانی و بیخ گوش‌هایش نشسته بود عرق خستگی نبود؛ بیشتر از آن، عرق ضعف بود. سستی. حس می‌کرد تار و پود اندام‌هایش دارند از هم گسسته می‌شوند. شنیده بود «زانوی مرد که بلرزد، دیگر می‌افتد» با اینهمه ابراو خود را نینداخت. آخرین ذره‌های توانش را فراهم آورد و گامی دیگر به‌سوی ایوان، به پای تنور برداشت. هتره خوران رسید و پشته را به دیوار داد و زانوهایش خود به‌خود خمیده شدند، پشتهٔ پنبه‌چوب دیوار را خراشید و پای دیوار بر زمین جا گرفت و ابرو پشت به پشته بر زمین نشسته شد، پاشنهٔ سرش را به پشتهٔ پنبه‌چوب تکیه داد و پاها را دراز کرد. پاها خودبه‌خود دراز شدند و پلک‌هایش، آغشته به عرق، بر هم خوابیدند و دست‌هایش هر کدام به‌سویی رها شدند. اما بند ریسمان، همچنان گره خورده به چنبر، مانده بود. رمق گشودن بند ریسمان از روی جناق سینه را نداشت. تنش انگار داشت پوش می‌شد. سرش گیج می‌رفت و خود را مثل یک «کاغذ باد» گمشده در هوا، شناور می‌دید؛ احساس اینکه ثقل تنش از هم پاش خورده است. حالتی شبیه وارفتن و به جزیی، کوچک‌ترین جزء، بدل شدن. وارهیده شدن، واکنده شدن سنگی از ستاره‌ای. معلق و یله. درنگی بلاتکلیف بین هست و نیست. بیخود. باد می‌خورد. تاب می‌خورد. باد می‌خورد. تاب می‌خورد. در نظرش هیچ چیز سر جای خود بند نبود. غبار گرفته می‌چرخید. دودآلود. همه چیز می‌چرخید. بر سنگ آسیاب؛ پنداری بر سنگ آسیاب، قاطی گندم‌ها افتاده بود. تاب. مثل تاب. سلوچ یکبار خانواده را به سیزده‌به‌در برده بود. آن روز برای

بچه‌ها تاب انداخته بود. ریسمانی میان دو درخت سنجد. ابراو سرش گیج رفته بود. قی. به زورابی که سر به روده‌ها می‌کوفت ابراو از جا کنده شد و همنکان او، پشته از جا کنده شد. ابراو روی زانو خمید و پشته روی ابراو. زوراب. ابراو زرداب بالا آورد و با پوزه روی خاک خوابید. پشته روی پشت او کج شد. فشار روده‌ها آرامش نمی‌گذاشت. می‌کوباند. باد در روده‌های خالی می‌پیچید. نای جنبیدن نداشت، برایش باقی نمانده بود. اما همین فشار زوراب به تقلا وامی‌داشتش. پس فکر اینکه خود را از شر پشته وارهاند دستش را به روی سینه، جایی که ریسمان در چنبر گره خورده بود، برد. گره ریسمان را به یک کند واکرد، پشته از پشتش واگردید و به کناری افتاد. ابراو سبک شد. بار دیگر قی. نه فقط زرداب خالی. حالا لکه‌های خون. ابراو بی‌درنگ دست به گوشش برد. نه، خون گوشش خشک شده بود. اما ابراو نمی‌خواست باور کند که خون قی کرده است. آغشته به عرق تن، روی چهار دست و پا خزید و خود را به اتاق انداخت و تن تا پای اجاق کشاند. اجاق خاموش.

دیری نگذشت که سرما ـ سرمایی که ابراو در گرمای تب‌آلود تن از یادش برده بود ـ او را تکان داد. واجرقّاندش. مثل چیزی که لرز گرفته‌اش بود. هفت بند تنش تکان می‌خورد. هیچکس نبود. هیچکس در خانه نبود: «هیچکس نیست؟ هیچکس؟!» صدای شکستهٔ ابراو به گوش خودش برگشت. باید برمی‌خاست. برخاست. دست به دیوار گرفت و ایستاد. ایستاده می‌لرزید. تکان می‌خورد. نهال بیدی در باد. زلزله‌ای گویی می‌تکاندش. زانوها، شانه‌ها و کمرش می‌لرزیدند. دستش به زحمت روی دیوار گیر داشت. خانه سیاه بود، یا اینکه ... چشم‌های او سیاهی می‌رفت؟! به در نگاه کرد. شب دهان در را پر کرده بود. نه، پس خانه سیاه بود. با وجود این، باید کاری می‌کرد. لحاف‌ها آن گوشه بود. میان دربند. کورمال کورمال به‌سوی لحاف‌ها رفت و لرزلرزان لحافی برداشت و روی خود کشید. نه، یکی بس نبود. یکی دیگر. باز هم یکی دیگر. هرچه بود. هرچه لحاف بود. صدای برهم خوردن دندان‌ها اما فروکش نمی‌کرد. دندان‌ها مثل برهم خوردن دسته‌های گز خشک صدا می‌کردند. چیزی، چیزی که خودش هم نمی‌دانست، ابراو را وامی‌داشت زوزه بکشد. خم‌ناله. چیزی، حالتی برای گشودن راه بر درد. باریکه

راهی که آدم ناخوش برای عبور درد باز می‌گذارد. که درد اگر بماند، می‌ترکاند. خم‌ناله. خم‌ناله‌ای کشدار. از آنگونه که قلب آدمی را شخم می‌زند. چنان ناله‌ای که پنداری هزار سال عمر دارد. از رگ و ریشه مایه دارد. از مغز استخوان بر می‌آید. نه، اصلاً خود رگ و ریشه، خودِ استخوان است. همان رگ و ریشه و استخوان است که به صدا، به نوا بدل شده است و دارد از حنجره بیرون می‌ریزد. خود جان است، خودِ جان. جان گرداگرد زبان پخش می‌شود، چرخ می‌زند، لای کوبش دندان‌ها درهم می‌شکند و قالبی می‌جوید تا مگر خواهشی برآورد. تا مگر مددی بطلبد:

«آی... مادر... مادر...»

این، همانچه زیر دندان‌های پسر سلوچ داشت شکسته می‌شد، می‌باید اولین کلامی باشد که از سر درد بر زبان آدمی گذشته باشد.

عباس آمد. نانی به دست و لقمه‌ای به دهان. چشم‌هایش از جویدن لقمه، با ولع بیشتری وادریده بودند. حلقهٔ ریسمانش را از شانه درآورد و کنج دیوار انداخت و با زبان درازی مردی که نان به خانه می‌آورد، صدایش را بلند کرد:

ـ هیچکس در این خراب شده نیست؟

تنها زنجمورهٔ ابراو تاریکی اتاق را می‌لرزاند.

ـ این چراغ موشی سگ صاحب را چرا روشن نکرده‌اند؟!

ابراو چیزی نمی‌توانست بگوید. کلمات زیر دندان‌هایش نرم می‌شدند. عباس فتیلهٔ چراغ موشی را گیراند و نوری کدر، سیاهی اتاق را شکست. عباس هنوز نان را از دست فرو نگذاشته بود. به پشت سرش که روی گرداند نگاهش به صورت خردینهٔ برادرش افتاد که از سوراخ لحاف بیرون بود و چشم‌هایش، مضطرب و بیم‌زده، دودو می‌زد. لحاف‌ها هرچه بود روی کولش بار شده بود و ابراو با آن چهرهٔ ریز و بیم‌زده به جانوری درمانده می‌مانست. عباس بی‌آنکه به آنچه می‌دید بیندیشد به‌سوی ابراو رفت و با لحنی که خالی از خشونت نبود، گفت:

ـ چه خبر شده؟ چرا از خودت مزار تیار کرده‌ای؟

ابراو چیزی نگفت. نتوانست. کوششی هم به خرج نداد. عباس کور که

نبود؛ باید خودش می‌دید. عباس نزدیک‌تر شد و پرسید:
- لب و دهنت چرا خونی است؟ باز هم گیر سالار افتادی؟!
ابراو می‌لرزید و دندان‌هایش همچنان برهم می‌خورد. عباس به غیظ جلوی روی برادرش زانو بر زمین کوفت و گفت:
- گنگ و لال شده‌ای؟! کر شده‌ای؟! خروسک چرا گرفته‌ای؟!
ابراو جویده جویده گفت:
- تب و لرز. استخوان‌هایم دارند سر از هم ور می‌دارند. رگ‌هایم دارند پاره می‌شوند. به دادم برس!
- دیگر چکارت کنم؟ هرچه جل و پلاس بوده که انداخته‌ای روت؟
- خودت، خودت! دارم از جا کنده می‌شوم!
عباس زانو راست کرد و روی لحاف‌ها به شکم خوابید. تکان تن ابراو را هم می‌لرزاند.
- چه بلایی سر خودت آورده‌ای تو؟
- شکمم؛ شکمم، روده‌ها...
- چه مرگی خورده‌ای؟
ابراو هیچ نگفت. تنها به ناله بس کرد. عباس از روی لحاف‌ها پایین جست و نان را پیش آورد:
- لابد از اینکه روده‌هایت خالیست، ها؟ بیا! بیا!
تکه‌ای از قبلهٔ نان کند و به دهن ابراو داد:
- خوب بجو؛ خوب بجو، باز هم می‌دهمت. باز هم می‌دهمت. خوب بجو. خوب بجو.
- سرما. سرما، من را یکجوری گرم کن. استخوان‌هایم دارند می‌ترکند؛ سرما!

عباس دودل نماند. گیوه‌ها را از پا کند، به زیر لحاف خزید و برادرش را تنگ در برکشید. تکان تن ابراو او را هم می‌لرزاند، اما عباس مثل چیزی که بخواهد کرهٔ چموشی را مهار کند، ابراو را سخت در بغل نگاه داشته بود:
- نان بخور. نان بخور؛ هرچه می‌خواهی بخور، بخور! شکمت خالیست

که این لرز بند نمی‌آید. بخور؛ بخور!
ابراو لقمه از پس لقمه فرو می‌داد. تای نان، دم به دم بیشتر خورده می‌شد. کاسته می‌شد. درست مثل ماری که دُم به دندان خارپشت داده باشد، دم‌به‌دم کوتاه‌تر می‌شد. عباس اگر همچنان بر سر مهر می‌ماند، دمی دیگر چیزی از نان باقی نمی‌ماند. پس ناگهان به خود آمد و پارهٔ مانده نان را از دندان‌های ابراو بیرون کشید:

ـ بی‌انصاف بی‌مروت؛ نگفتم که تا ریزهٔ آخرش بخور. نصف بیشترش را لمباندی که!

ابراو به ناله گفت:

ـ تکه‌های برشته‌اش را که خودت خورده بودی.

ـ حالا زبانت هم یک گز دراز است؟! اصلاً تقصیر من است که ... خوب، انگار آرام‌تر شدی، نه؟

ـ یک کمی.

عباس که پیراهنش در قسمت روی شکم از عرق تن ابراو خیس شده بود، تن از تن برادر واگرداند، خود را از زیر لحاف بیرون کشاند و گفت:

ـ خودت را باد نده. عرق کرده‌ای.

تب. دمی دیگر تن ابراو درون کوره بود. در عرق می‌سوخت. عرق چسبنده و لزج. مثل بوتهٔ جگن، درون دیگ جوشان. خلقش داشت تنگ می‌شد و دم‌به‌دم بیشتر احساس خفقان می‌کرد. انگار زیر تنهٔ کوهی مانده بود:

ـ این کهنه پاره‌ها را وردار از رویم، دارم خفه می‌شوم.

عباس رضا نمی‌داد:

ـ عرق داری، نباید باد به‌ات بخورد.

ـ رویم را سبک کن، نفسم دارد بند می‌آید.

ـ نه، تاب بیار.

ابراو برادرش را قسم داد:

ـ تو را به خدا، تو را به امام، تو را به جان هر کی دوست داری یک کاری بکن. دارم این زیر می‌میرم!

عباس دست از گهگیری برداشت و ماندهٔ نان را میان یقهٔ پیراهنش انداخت، ته ماندهٔ لقمه‌اش را قورت داد و گفت:
ـ خیلی خوب. خیلی خوب. حالا که خیلی خلقنا کرده‌ای یکیش را ور می‌دارم.
پلاس را کشید.
ابراو التماس کرد.
ـ یکی دیگر. یکی دیگر را هم وردار. تو را به جان بابا.
عباس دمی درنگ کرد:
«راستی هم؛ چرا چند شبی است دیده نمی‌شود؟!»
ـ تو چی خیال می‌کنی ابراو؟ راستی راستی رفته، یا این که ننه جلوی این مردکه، سالار عبدالله، زادی‌گری می‌کند؟
ابراو التماس کرد:
ـ به خدا انگار میان تنور هستم! یکی دیگر را هم وردار.
عباس گفت:
ـ خودش کجاست؟ ننه را می‌گویم. نکند او هم یک طرف دیگر رفته باشد؟
ابراو فریاد کرد:
ـ عباس... عباس... نفسم بند آمد لامذهب! نهالی را وردار. رحم کن.
عباس نهالی را از روی ابراو پایین کشید و آخرین تکهٔ نان را به دهان فرو کرد:
ـ خوب شد؟ این هم نهالی.
ابراو دیگر هیچ نگفت. انگار کرخت شد. بر صورتش را روی زمین خواباند، پلک‌های سنگینش را برهم گذاشت و نجوا کرد:
ـ پشته‌ام... پشته‌ام را بیار این جا... بیار بالای سرم.
واژگویه سر گرفت. عباس شنیده بود که آدم وقتی در تب می‌سوزد واژگویه می‌کند. پس جای نگرانی نبود. میل کرد برود و نظری به پشتهٔ پنبه چوب ابراو بیندازد. بیرون رفت و پشته را راست کرد. پشته به نظرش سنگین

آمد. کنجکاو شد که پای پشته بنشیند. نشست. پشتهٔ چوب وسوسه‌اش می‌کرد. پشت به پشته داد، سر ریسمان را روی شانه به چمبر انداخت و کشید. چمبر پایین کشیده شد و روی سینهٔ عباس جا گرفت. عباس سر ریسمان را به چمبر پُلگره زد. پشته به پشتش جا گرفت. زور به خود آورد. پشته از زمین کنده نمی‌شد. پشته سنگین بود، اما عباس نمی‌خواست این را قبول کند. به خود می‌قبولاند که از تری پنبه چوب‌هاست. باز زور آورد. پشته از جا کنده شد، اما بر پشت عباس سوار نشده واگشت و سر جا ماند.

«پس این نیم وجب بچه چه جور آن را آورده؟»

به خود قبولاند که پاهای ابراو کوتاه‌تر است، پس چمی‌تر می‌تواند زیر پشته چمباتمه بزند و برای این که پشته بر او سوار شود کافی است کمی آن را از جا بکند. با این همه خواری به همراه داشت اگر عباس نمی‌توانست پشتهٔ ابراو را از زمین بلند کند. آخرین فن و نیرویش را به کار گرفت و به دو تکان، تن را با پشته راست کرد. سنگینی پشته زانوهایش را لرزاند. استقامت پاها برهم خورد و عباس ناب‌خواه نیم چرخی زد. اما پیش از آن که سرش گیج برود، بر خود چیره شد و ماند. میخ ایستاد. احساس مطبوعی از غرور، بار را بر عباس سبک‌تر کرد. چنین اگر نبود، زیر بار اگر تاب نمی‌توانست آورد، در چشم خود خجل می‌شد. پشته را خواست زمین بگذارد، اما چیزی مانع این کار او شد. یک بار دیگر پشته را روی پشت به جا کرد، به کوچه رفت و در شب پیچید.

صدای سبک راه رفتن مرگان را، عباس حس کرد. بعد نمای بدن کشیدهٔ او را توانست ببیند. خواهر عباس، هاجر هم، کنار مادر می‌آمد. عباس پشته را به دیوار داد و زیر ثقل بار، خمیده ماند:

ـ شما دو تا تا حالا کدام گوری بودید؟

مرگان که خشمی فرو خورده در گلو داشت، بی‌درنگ گفت:

ـ سر خاک بابات!

می‌رفت از کنار سینهٔ پسرش بگذرد که پا سست کرد و پرسید:

ـ داری می‌آیی یا داری می‌روی؟

عباس پشته را از دیوار واگرفت. پشت به مادرش راه افتاد و گفت:

- دارم می‌روم نانوایی.
مرگان دندان بر دندان سایید و گذشت.
عباس در سیاهی، و مرگان و هاجر درخانه گم شدند.
ابراو همچنان نجوا می‌کرد:
«پشته‌ام. پشته‌ام. پنبه چوب‌هایم. آن‌ها را بیارید همین جا. همین جا. بالای سرم. می‌برند. می‌برند.»

مرگان به سوی پسر کشیده شد. به گفت وگو حاجت نبود. ابراو نگفته فریاد می‌کرد که ناخوش است. تب. مرگان روی ابراو را سبک کرد. مژه‌ها و ابروهای ابراو غرق عرق بود. مرگان پیشانی و پشت چشم‌های پسر را به بال چارقد خشک کرد و سر جا، بر بالین ابراو نشست و پنجه در موهای پسر برد. موها خیس بودند. لیش لیش.

هاجر وامانده ایستاده بود. او هنوز ناچیزتر از آن به شمار می‌آمد که بتواند چیزی از خود بروز بدهد؛ اگر شده غم خود را در ناخوشی برادر. هاجر باید می‌ماند تا فرمانی برسد. تا کسی چیزی بخواهد. بطلبد. حتی هنوز چندان برای خود جا باز نکرده بود که بتواند به میل خود کوزه‌ای به آب ببرد و برگردد. کوزه را می‌توانست روی دوش بگیرد. این کار را هم می‌کرد، اما وقتی که مادرش از او می‌خواست. دختر‌ینه و خریدنۀ خانه؛ همین هاجر را دو چندان کم ثقل می‌نمود. پس همیشه حالتی دل به شک و منتظر در چهرۀ کوچک او جا به جا می‌شد. چیزی مردد و ناپایدار. در این چهرۀ کوچک، هنوز چیزی از خود در خود نروییده بود. برکۀ کوچکی بود. گاه می‌درخشید، چون خورشید بر او می‌تافت. گاه کدر می‌شد، چون توفان شن می‌دمید. گاه یخ می‌بست، چون سرما می‌تاخت؛ و گاه گرفته می‌شد، چون ابرها سر در شانۀ هم داشتند. امشب اگر گرفته و کدر بود، از آن بود که خانه گرفته و کدر بود. هاجر همان چه را برمی‌تافت که پیرامونش را می‌انباشت.

- کتری را وربار کن دختر.
هاجر پی حرف مادر رفت تا اجاق را بگیراند.
دلگیر و آزرده از خمنالـه‌های پسر، سمج و سخت سر در برابر آن چه

پیش آمده بود، هم خون به چشم و بر خشم؛ مرگان در خود می‌پیچید و می‌کوشید تا خوددار بماند. کاری باید می‌کرد. رهایی در همان قدمی بود که برمی‌داشت. پس چراغ موشی را از تاقچه برداشت و به پستو رفت، از سوراخ سمبه‌هایی که تنها مادران خانه به آن آشنایند دو سه جور علف خشک بیرون آورد، در هم کفمال کرد و به کتری ریخت تا بجوشاند و به خورد ابرو بدهد. چراغ موشی را سر جایش گذاشت و دور خود بی‌اراده چرخید و بالای سر ابراو زانو زد.

ناخوش ـ بیماری برای مرگان چیز تازه‌ای نبود تا بتواند او را از کوره بدر کند. مرگان با آن بزرگ شده بود و باور می‌داشت که با آن پیر خواهد شد و دست در دستش به گور خواهد رفت. بسیار پیر و جوان دیده بود که هنگام و ناهنگام دست در دست مرگ گذاشته بودند. هم بسیار دیده بود از لب گور برگشته‌هایی را که بار دیگر خیره به زندگانی پاگذاشته و شانه به شانهٔ روزگار براه افتاده بودند. دیده‌ها و شنیده‌های مرگان؛ خانهٔ ذهن او انباشته از همین دیده‌ها و شنیده‌ها بود. اما چه کسی می‌تواند از مادری چشمداشت آرامش داشته باشد وقتی که فرزندش میان تب ـ تبی ساده ـ می‌سوزد؟

مرگان به روی آرام می‌نمود، اما به باطن آشفته بود. در هذیان گفتن‌های ابراو، مرگان گاه چنان دچار موج موج اندوه می‌شد که درد چون دود از قلبش برمی‌خاست و مخاط بینی‌اش را می‌سوزاند. در چنین هنگامی حد کار مرگان این بود که جوشانده به پسرش بخوراند، و او این کار را داشت می‌کرد. دیگر چه؟ به خود دلداری می‌داد که بچه عرق کرده و این خوب است. حالا باید مراقبش بود که سرما کارش را نسازد. باید مراقبش بود که بعد از بهبودی واژگردش نکند. تنها کارهایی که می‌شود کرد، همین‌هاست:

ـ نجوشید، دختر؟

هاجر نگفت نه؛ گفت:

ـ نزدیک است.

مرگان به خود، هم به هاجر، گفت:

ـ امروز کی تنور آتش انداخته بوده؟

همهٔ روز را هاجر با مادرش بوده بود. پس مرگان دانسته اما ناخواسته پرسیده بود. اما مرگان در به زبان آوردن این حرف التیامی می‌جست. همین گفتن این که «کجا می‌توان آتش تنور پیدا کرد» دلش را گرم می‌داشت. یک جوری به خود و به بچه‌هایش می‌قبولاند که پی جوی و دل در پی گرمای شب، هست. با زبانی به بچه‌هایش وانمود می‌کرد که کار هر شبه‌اش ـ آتش خوریژ از تنور این و آن آوردن ـ را از یاد نبرده است. یک جوری به سر هذیانی ابراو، به چشم مضطرب هاجر، و به دل گرفتهٔ خود امید می‌داد.

کتری و کاسه را هاجر آورد و خودش به کنار اجاق بازگشت و بیخ دیوار نشست. مرگان پیاله‌ای را از جوشانده پر کرد و به ابراو گفت که سر راست کند. ابراو به زحمت نیمخیز شد، دست‌ها را ستون بدن کرد و مثل گربه‌ای به جا ماند. مادر شنیده بود: رودل که سنگین می‌شود تب می‌آید. این را هم شنیده و آزموده بود که جوشاندهٔ رودل را سبک می‌کند. پس جوشانده را در کاسه خنک کرد و به خورد ابراو داد. مادر همان چه را انجام می‌داد که می‌دانست. نه کم و نه بیش. با جان و دل و امید عافیت، جوشاندهٔ گل ختمی و گل بنفشه و فلوس را به دهان پسر می‌ریخت که گوش زخمی ابراو به ساق دست مرگان گرفت و فغان کرد. مرگان تازه داشت ملتفت می‌شد که گوش پسرش جویده شده است؛ ملتفت شد:

ـ کی؟ کدام تخم سگ؟ کی؟ ها؟ معلوم شد چرا بچه‌ام تب کرده! این را بگو؛ کی بوده آن حرام لقمه؟ ها؟ به من بگو. هر کی بوده، باشد! باباش را کف دستش می‌گذارم. بگو به من تا بروم چوب به آستینش بکنم. سگ پدرها یتیم گیر آورده‌اند! خدا که این بچه‌ها را زده، شما دیگر چرا می‌زنیدشان آتش به جان گرفته‌ها!

مرگان دیگر از پسرش نمی‌پرسید چه کسی گوشمالیش داده. برای او هم حرف نمی‌زد. برای همه حرف می‌زد. برای هوا. برای در و دیوار. برای گوش‌هایش که می‌شنیدند و نمی‌شنیدند. ابراو را واگذاشته و برخاسته بود. بال چادرش را به کمر گره زده و به دور اتاق، به دور خودش می‌چرخید. هاجر همان گوشه به دیوار چسبیده و ابراو گیج و کهلو سر گذاشته بود. مرگان راه می‌رفت و می‌ایستاد، می‌ایستاد و راه می‌رفت و در همه حال حرف می‌زد. بلند بلند حرف می‌زد. با

خودش، با خانه‌اش، با شب، با بود و نبود. حرف زدنش ساده نبود. یک جور رجزخوانی بود. می‌گفت و خاموشی می‌گرفت. خاموشی می‌گرفت و ناگهان به جوش می‌آمد. صدایش را به فریاد می‌کشاند و فریاد را می‌شکاند:

ـ به کدام یکیشان برسم؟ بالم را روی کدام یکیشان پهن کنم؟ به دهان کدام یکیشان دانه بگذارم؟ هر کی دستش می‌رسد یکیشان را می‌چزاند. هر کی می‌رسد یک تپ ته سری به یکیشان می‌زند. یک باره بیایید و ما را بخورید! همه‌مان را میان دیگ آب جوش بریزید. بیایید؛ بیایید دیگر!

ـ کسی سرش برهنه نباشد؛ یاالله!

صدای سنگین قدم‌های کدخدا نوروز، همراه سرفه‌ای کوتاه، مرگان را به خود آورد و پس، شانه‌های دو مرد میان درگاهی اتاق را پر کرد. کدخدا نوروز پالتوش را روی شانه‌ها انداخته بود و سالار عبدالله قبا به تن داشت. هر دو مندیل به سر پیچیده داشتند. مندیل کدخدا نوروز با ظرافت بیشتری پیچیده شده بود، و دنبالهٔ مندیل سالار عبدالله روی سینه‌اش تحت‌الحنک شده بود.

مردها سرما را با خود به خانه آوردند. تا این دم سرما در خانه فراموش شده بود. تنها هاجر بود که سرما را ـ چه بسا تیزتر ـ حس می‌کرد و به اجاق چسبیده بود. مرگان و ابراو هر کدام در تنوری از تب می‌سوختند. ابراو در تب نوبه، مرگان در تب خشم. به دیدن مردها، مرگان خاموش گرفت و به کنجی نشست. هیچ نگفت. حتی سلام را هم از یاد برد. نه این که آمادهٔ دیدار سالار و کدخدا نباشد؛ بود. حسابش را هم کرده بود. با وجود این، یکه خورد. دیدن مردها چندان برای مرگان ناخوشایند بود که او را سرجایش خشکاند.

مردها نشستند. سالار پای در و کدخدا، دم اجاق. هاجر از نزدیک کدخدا واپس خزید. کدخدا نوروز سر پا طوری نشست که خشتکش به آتش کم رمق اجاق باشد. این بود که برای دیدن مرگان و این که حرفش را چهره در چهرهٔ او بزند، مجبور بود سر بزرگش را روی شانه بگرداند و به دشواری حالی مرگان بکند:

ـ ور دار آن چهار تکه مس را بیار!

مرگان هم چنان که بود، ماند. پشت به دیوار، زانو در بغل و خاموش.

کدخدا واگو کرد:
- ور خیز... ور خیز بیار آن چهار تکه مس را!

مرگان باز هم جوابی نداد. نجنبید هم. سالار، زن را می‌پایید. گونه‌های خشکیده و نیمرخ کشیدهٔ مرگان را در سایه ـ روشن نور پیه سوز می‌توانست ببیند. خاموشی سمجی او را بر جا خشکانده بود. نه انگار که زنده بود. نقش برجستهٔ زنی بر روی سنگ. اما سالار چندان آرام نبود. حرف‌ها در چنته داشت که می‌توانست نثار مرگان و پسرهایش کند. اما از آن جا که کدخدا نوروز به میانجیگری آمده بود، صورت خوشی نداشت که سالار از کوره در برود. کدخدا سر برگرداند و به مرگان نهیب زد:

ـ گوش‌هات کر شده‌اند؟! به تو گفتم ورخیز بیار آن چار تکه مس وامانده را! زبان خوش حالیت نمی‌شود؟

مرگان همچنان خیره به خاک گفت:
ـ خودتان بروید ور دارید. جایش را که بلدید.

کدخدا گفت:
ـ اگر با دست خودت نیاری همین کار را هم می‌کنم. من که نیامده‌ام این جا شکل و قوارهٔ تو را نگاه کنم!

مرگان گفت:
ـ خدا از بزرگی کمت نکند!

کدخدا نیش حرف را واگرفت و گفت:
ـ حساب حساب است. برادری سر جاش، جو بیار زردآلو ببر... سالار خودت ورخیز. ورخیز برو مس‌ها ر از پناه کندو بکش بیرون. ورخیز تا من از این جایم این کار خلاف قانون نیست.

سالار عبدالله آماده، از جا برخاست و به پستو رفت این سو خاموش ماند. مرگان، کدخدا، هاجر و ابراو هر کدام یک جوری خاموش بودند. صدای دنگادنگ مس‌ها در آن سوی پرده بلند بود. سالار عبدالله پرده را کنار زد، مس‌ها را تکه تکه بیرون گذاشت و سرانجام خود با پیاله‌ای بیرون آمد و به کدخدا نوروز گفت:

- مس‌ها از نصف هم کمتر شده، کدخدا! هنوز که زود است بیا نگاه کن!
کدخدا برخاست، رو به درگاهی پستو رفت و به تخمین ظرف‌های مسی پرداخت.

- ده سیر. نیم من. پانزده سیر. این غلف را هم بگیریم هفت سیر؛ روی هم می‌شود. . . ده، سی، پانزده وهفت ـ به عبارت یک من و دو سیر. می‌ماند چهارمن و دو سیر، کم. دیگر، کم. . . خوب؟

پیش از این که گفت وگویی در بگیرد، سالار عبدالله پیه سوز را از لب تاقچه برداشت، بار دیگر به پستو رفت، همهٔ پس‌پناه‌ها را جستجو کرد و بیرون آمد، پیه سوز را سر جایش گذاشت و گفت:

- نیست؛ مس‌ها نیست. آب شده و رفته به زمین!

مرگان خاموش بود و چشم به پیش پایش دوخته بود، اما می‌توانست تیزی نگاه سالار و کدخدا را روی پیشانی و بناگوش خود حس کند. آمادهٔ پرخاش مردها هم بود. پیش خود همهٔ حساب‌ها را کرده بود. شاید برای همین چنان محکم به زمین نشسته بود. افعی روی گنج. جز این هم نمی‌توانست. زمین، تنها تکیه‌گاهش بود. دلش یارای برخاستن و ایستادن نداشت. خوش نمی‌داشت زیر پرخاش و تشر کدخدا و سالار زانوهایش بلرزند. دلش می‌خواست بتواند تاب بیاورد. این بود که مثل سندان در زمین نشسته بود.

سالار گفت:

- ناخنک! دست میان مس‌ها برده شده. من خودم دیده بودم. دیگچه، غلف بزرگ، مشربهٔ حمام و تاس و دوری، بادیه‌های کعب‌دار با یک مجمعهٔ سی سیری. فقط همین چهار تکّه مس چاک بر چاک نبود که! دست به مال من برده شده!

«مال تو؟!»

طبیعی بود که مرگان چنین حرفی بزند، اما نزد. فقط فکرش را کرد. کدخدا با قدم‌های گشاد پیش آمد، نزدیک مرگان ایستاد و پرسید:

- بقیهٔ مس‌ها چی شده‌اند؟ کجا گذاشتیشان؟

مرگان لب باز نکرد. کدخدا واگو کرد:

ـ دارم با تو حرف می‌زنم! کجا گذاشتیشان؟

صدای کدخدا نوروز می‌لرزید. مرگان دیگر نمی‌توانست بی‌جواب بماند. پس گفت:

ـ همان جایی که بوده!

سالار میان حرف دوید و گفت:

ـ نیستندکه؛ نیستند! این‌ها فقط چهارتکه مس شکسته پاره‌اند. آن بدرد ـ خورهاش کجا رفته‌اند؟

مرگان گفت:

ـ به گور پدر من رفته‌اند، کجا رفته‌اند؟! من چه می‌دانم کجا رفته‌اند؟ خودِ آتش به جان گرفته‌اش هر شب یک تکه‌اش را برمی‌داشت و می‌برد آب می‌کرد. من چه می‌دانم! به قلعه‌های بالا رفت و آمد داشت. لابد پیش آشناهاش گرو گذاشته، الهی آتش به خرمن عمرش بیفتد به حق دل سوختۀ زینب!

سالار بی‌تاب فریاد کشید:

ـ دروغه! دروغه! به همان عصمت زینب که دروغ می‌گویی! خود نانجیبت گم و گور کرده‌ای مس‌ها را.

مرگان خیره به سالار ماند و گفت:

ـ من؟! این دست‌هایم خشک شوند اگر من به ظرف‌های مسی دست زده باشم. بچه‌هایم جلو چشم‌هایم پر پر شوند اگر روح من خبر از مس‌ها داشته باشد. خود پدر سگش، سلوچ، هر بلایی بود سر مشربۀ حمام من، تاس و طشت من، بادیه‌های کعب‌دار من آورده. این‌ها جهیزیۀ خودم بوده که او ورداشته برده فروخته.

ـ دروغ می‌گویی با هفت پشتت، ریحانۀ جادو! آن مرد دستش به مال حرام دراز نمی‌شد. سلوچ آدمی نبود که از مال خودش بدزدد.

ـ مالِ خودش؟! او از کجا آورده بود که مال خودش باشد؟ لابد از بابای تنورمالش به ارث برده بوده! شماها که یادتان هست، وقتی باباش مرد چی برایش ارث گذاشت؟ یک بیلچۀ تنورمالی. فقط و فقط. علی و حوضش! مال خودش؛ مالِ خودش! یک جوری ادا می‌کنی که انگار من از زن پسر ملک‌التجار

بوده‌ام و خودم خبر نداشته‌ام!
سالار گفت:
ـ دست به قرآن بزن؛ می‌زنی؟
ـ دست به قرآن بزنم که چی؟
ـ که تو خودت مس‌ها را ندزدیده‌ای!

مرگان از جا کند و به سوی هاجر دوید، دخترش را بغل گرفت، محکم به ته سر او کوبید و گفت:

ـ همین دختر را کفن کرده باشم! با همین دست‌های خودم کفنش کرده باشم اگر... اگر من خبر از چیزی داشته باشم. کدخدا! اقلاً تو یک کلام به این مرد بگو!

کدخدا نوروز مرگان را می‌شناخت. نه فقط مرگان، که بیشتر مردم زمینج را بهتر از آدم‌هایی مثل سالار عبدالله می‌شناخت. برای همین هم او کدخدا بود، نه سالار عبدالله. می‌دانست که اگر کار بیش از این بیخ پیدا کند، مرگان ابا ندارد از این که هاجر را سر دست بلند کند و به کلهٔ سالار بکوبد و کدخدا نوروز این را نمی‌خواست. نمی‌خواست با بودن او چنین کاری روی بدهد. هجوم مرگان به سوی هاجر، از نظر کدخدا، به همین نیت انجام گرفته بود. پس کدخدا به هوشیاری پی بردکه باید میانه را بگیرد. بیش از این نمی‌شد روی دُم مرگان هم پا گذاشت. مرگان از آن قماش مردمی بود که امثال سالار و کدخدا به آن‌ها می‌گفتند «بی سر و پا». از جنبه‌هایی درست هم بود. چون مرگان در همهٔ عمرش فرصت این را نداشته بود که سر از پا بشناسد. به سرش شانه ندیده بود و به پایش پاپوش. اما اگر غرض از «بی سر و پا» چیز دیگری بود، با خود کدخدا بود که معنایش را هم بداند. چون مرگان به مَثَل یکی از زن‌های کاری زمینج بود. شاید کاری‌ترین زن زمینج. شمشیر دودمه. دمی آرام نداشت. پا اگر می‌داد، یک تنه همچند دو مرد کار می‌کرد. چغر و پخته. حالا هم کدخدا یقین داشت که مرگان وانمی‌ماند. پس رو به سالار کرد و گفت:

ـ وردار. همین چهار تکه مس را وردار تا بعداً برسیم به باقیمانده‌اش.
مرگان برخاست و گفت:

ـ دیگر باقیمانده ندارد کدخدا؛ من نمی‌توانم دم به ساعت سرم را جلوی کسی پایین نگاه دارم که الله بختکی خودش را طلبکارم می‌داند! یا همین مس‌ها را که می‌برد حسابمان سر به سر می‌شود، یا این که من نمی‌گذارم یک پیاله هم کسی از خانه‌ام بیرون ببرد. خون به پا می‌کنم!

ـ خوبست تو هم؛ نمی‌خواهد گلویت را جر بدهی.

ـ خوبست که خوبست. فقط من را دست زیر سنگ هر کس و ناکس مکن. باقی با خودت.

کدخدا به سالار عبدالله نگاه کرد و گفت:

ـ ها، چه می‌کنی؟

سالار ناچار خم شد و جاگاه‌ای شکسته بسته را برداشت، نگاهی بیزار و درمانده به مرگان انداخت و گفت:

ـ باقیش را وصول می‌کنم، می‌بینی!

مرگان خود را روی دست‌های سالار انداخت و گفت:

ـ باقی ندارد. حالیت شد؟ سر به سر. می‌خواهی سربه سر، نمی‌خواهی بگذار سر جاشان.

کدخدا مرگان را از روی دست‌های سالار واگرفت و گفت:

ـ برو بیرون سالار؛ برو دیگر تو هم! هنوز که سلوچ نمرده. شاید هم دیدی برگشت.

سالار مس‌ها را بغل گرفت و از در بیرون رفت. کدخدا هم مرگان را بیخ دیوار رها کرد، پالتوش را که زمین افتاده بود برداشت و پی سر سالار پا از در بیرون گذاشت؛ و مرگان بر زمین نشست.

از لای در طویله، عباس مرگان رفتن سالار عبدالله و کدخدا نوروز را پایید. به گفت‌وگوهایشان هم، هنگامی که از پناه دیوار می‌گذشتند، گوش خواباند و پس به نرمی از لای در بیرون خزید. با این همه واهمهٔ بازگشت محتمل سالار با او بود. برای همین از یال دیوار، کوچه را، رفتن سالار و کدخدا را وراندازکرد و آرام به اتاق خزید. مرگان در بغض بود. هاجر بیم‌زده به کنجی کز کرده و خاموش بود؛ و ابرائو زیر لحاف گم شده بود و کم و بیش هذیان می‌گفت.

عباس کنار اجاق زانو زد و گفت:
- مس‌ها را کجا قایم کرده‌ای ننه؟!
مرگان که تاکنون فغانش را در سینه پنهان داشته بود، فریاد کرد:
- میان جهنم! تو دیگر چه می‌گویی؟! بگذار به حال خود بمیرم!
عباس بی‌آن که از کوره در برود، گفت:
- همهٔ حرف‌ها را شنیدم. تو مس‌ها را یک جایی قایم کرده‌ای.
مرگان رفت تا حرف به بیراهه بکشاند. پس، آب بینی به بال چارقد پاک کرد و گفت:
- تو کِی آمدی که من ملتفت نشدم؟ پس کو نان؟ مگر پشته‌هات را به نانوایی نبرده بودی؟
عباس گفت:
- ورنداشت بی‌پدر. گفت امشب نمی‌خواهد. برای فردا هم همان فردا می‌خرد. تا پشته را به خانه برگردانم دال کند شدم!
مرگان به خود جنبید و گفت:
- تنورشان که هنوز خوریژ داشت؟
- نمی‌دانم. در خانه‌شان را بسته بودند.
مرگان به هم دوید و حلبی را از کنار اجاق برداشت. عباس بند دست مادرش را گرفت:
- نگفتی مس‌ها را کجا برده‌ای؟! چرا داری کوچه غلط می‌دهی؟ چی خیال کرده‌ای؟! که سر من کلاه می‌رود؟ آن مس‌ها مال من هم هست. پشت قبالهٔ تو که نیست!
مرگان دست از دست پسرش کند و گفت:
- دهنت را به تهات بچسبان تو هم؛ چه برای من آدم شده! بگذار اول شاشت کف کند، بعد سینه‌ات را جلو بده. لفچان!
هر جوری و ازهر تنوری که بود، مرگان باید آتش خوریژ به خانه می‌آورد. این بود که نماند تا چانه در چانهٔ پسرش بگذارد. لبهٔ حلبی را گرفت و مثل گرگ از در بیرون زد. عباس، زیر رفتار مادرش، احساس کرد هنوز خیلی

خردینه و ناچیز است. چندان که به جدال گرفته نمی‌شود. و این همان چیزی است که نوجوان تاب نمی‌آوردش. از گردهٔ آنکه هنوز ریش در گلو دارد هزار کار می‌توان کشید؛ اما به شرط آن که حسابش کنی. آدمش بدانی. مردش بخوانی. و مرگان در کورانی که بود، فرصت چنین ریزبینی‌یی نداشت. این بود که عباس کینهٔ مادر را به دل گرفت. کینه، اگر چه آنی. آرزوی روزی که بتواند بر مادر، سر باشد. سرور. اما این کافی نبود. روزی. . .؟ کدام روز؟ کو حوصلهٔ رسیدن به آن روز؟ همین حالا. همین حالا باید سر شکستگی خود را جبران می‌کرد. کسی اگر نبود، چیزی. اما عباس در چشم خواهرش خوار شده بود. پس به هاجر که همچنان او را نگاه می‌کرد، خیره شد و گفت:

ـ چیه؟! چشم‌هایت را به من دوخته‌ای که چی؟! آدم ندیده‌ای؟

هاجر سر فرو انداخت.

عباس گفت:

ـ خیلی خوب! حالا اگر نمی‌خواهی حسابت را کف دست بگذارم، زود بگو ببینم امروز همپای ننه کجاها رفتی؟

هاجر آرام گفت:

ـ رفتیم پلوک به آفتاب کردیم.

ـ دیگر چی؟ بعدش؟

ـ بعدش؟ بعدش. . .

ـ من و من نکن! یالا حرف بزن. مس‌ها را کجا بردید قایم کردید؟

هاجر نیمی از ترس و نیمی از خواست، خود را به گریه زد:

ـ به خدا. . . من نمی‌دانم. من نبودم به خدا! به اروای خاک بابا!

ـ دهنت را جمع کن کولی غرشمال! مگر بابا مرده که تو به خاکش قسم می‌خوری؟

هاجر به هق هق گفت:

ـ ننه گفت. او امروز گفت که مرده!

ـ او به گور باباش خندید! مرده؟ هه! حالا بگذار این ننهٔ. . . بیاید. یک بابا مردنی نشانش بدهم که خودش حظ کند!

هاجر یک باره گریه سر داد. اما عباس چنان دل نازک نبود که با چنین بهانه‌هایی دست از سر خواهرش بردارد. او را بار دیگر سئوال پیچ کرد:

ـ خیلی خوب. حالا این حرف‌ها به کنار. خیال می‌کنیم بابا مرده. بگو ببینم مس‌ها را کجا گم و گور کردید؟

هاجر باز هم شانه از بار سئوال خالی کرد و طفره رفت. عباس دست به تسمهٔ کمرش برد و از جا برخاست:

ـ کولی آب زیرکاه! حرف می‌زنی یا به حرفت بیارم؟

هاجر به کنج اتاق خزید. عباس مثل حارث به طرفش رفت، رو به او ایستاد و تسمه‌اش را به زمین کوفت:

ـ یالا! زبان واکن پتیاره! می‌خواهی زیر این تسمه سیاه و کبودت کنم؟

هاجر چشم‌ها را بست و دست‌های کوچکش را جلوی رویش گرفت و فقط گریه کرد. عباس نعره کشید:

ـ به حضرت عباس ناکارت می‌کنم! به این چار پاره استخوان خودت رحم بیار و زبانت را واکن!

هاجر فقط گریه می‌کرد. از دل گریه می‌کرد. نه تنها از ترس؛ از همه چیز. همهٔ چیزهایی که دیده و شنیده بود و روی دلش تلنبار شده بود و او که جایی برای بروزش نمی‌یافت فقط می‌توانست بگرید و می‌گریست. شاید اگر عباس هم به او پیله نکرده بود، باز بهانه‌ای برای گریستن می‌یافت. اما حال که عباس هم به او پیچیده بود، دیگر از ته دل می‌گریست. مثل دمل رسیده‌ای که به نیشتری سر وا کند. جلوی خونابه را دیگر نمی‌شد گرفت. تا گره دلش گشوده شود، باید می‌گریست. اگر هم می‌خواست که نگرید، نمی‌توانست. این اشک آمده بود که بیاید. عباس را هم، همین گریه بیشتر خشمگین می‌کرد. گریهٔ هاجر و این که قفل بر زبان زده بود. احساس این که هاجر زیر گریه‌اش دروغی را دارد پنهان می‌کند، عباس را بی‌تاب می‌کرد. شاید او هم بهانه‌ای می‌جست. تسمه را بالای سر چرخاند و فرود آورد. هاجر مثل فانوس تا خورد. عباس رحم نکرد. یکی دیگر. باز هم.

صدای تسمه بر تن هاجر، ابرو را به خود آورد. چشم‌هایش را به زحمت

باز کرد و خواهرش را دید که در سه کنج اتاق زیر تازیانه‌های بی‌امان عباس گیر افتاده است. بی‌اختیار کَند. لحاف را پس انداخت و جهید. حالیش نبود. تب داغش کرده بود. از پشت سر توانست دست‌هایش را زیر خرخرهٔ عباس قلاب کند و او را واپس بکشاند. هر دو ــ عباس و ابراو ــ به پشت غلتیدند. هاجر توانست بگریزد. از در بیرون زد و جیغ کشید. اما دور نرفت. در دم برگشت و میان درگاهی به تماشای برادرهایش که یکدیگر را می‌جویدند ایستاد. خدنگ و مار. به هم پیچیده و در خاک می‌غلتیدند. هاجر جرأت این که نزدیک بشود، نداشت. در یک پیچش، عباس توانست گردن از پنجه‌های ابراو برهاند و روی سینهٔ او سوار شود. حالا دست‌هایش به دور گردن ابراو حلقه شده بود:

ـ خوبه که خفه‌ات کنم، موش؟! تو که جان نداری سر پاهات بایستی، چرا خودت را میان معرکه می‌اندازی مردنی؟ حالا برو زیر جات گم شو!

عباس از روی سینهٔ ابراو برخاست، لحاف را روی او انداخت و به سوی هاجر خیز برداشت. هاجر کَند پا کرد، خود را به کوچه رساند، جیغ کشید و به سوی خانهٔ مادر علی گناو دوید. عباس نخواست شبانه شیون به پا کند. پس واگشت و میان درگاهی نشست.

زیر نگاهش ابراو بود که گم شده بود. هیچ جایش پیدا نبود. شاید خجل از خود به زیر جا خزیده بود. عباس چنین گمان برد. خواست از او دلجویی کند و هم به او بفهماند که هاجر را به ناحق زیر شلاق نینداخته بوده است. پس گفت:

ـ مادر و دختر دست به یکی کرده‌اند. چشم من و تو را دور دیده‌اند و رفته‌اند مس‌ها را یک جایی قایم کرده‌اند. حالیت می‌شود. گوش می‌دهی؟ چار تکه مس به دردخور را برده‌اند گور و گم کرده‌اند. جایی که فقط خودشان بدانند. خودشان با خودشان! این کولی هم که سپردهٔ اوست، هر کاریش می‌کنم لب از لب ور نمی‌دارد. آن وقت تو هم...

ابراو بی‌جواب بود. دلش به بار نبود. نمی‌خواست که سر بدر آورد. خود را زیر لحاف دفن کرده بود. اما عباس آرام نمی‌گرفت. نمی‌توانست آرام بگیرد. برخاست، سر از درگاهی بیرون برد و فریاد زد:

ـ آهای...گیس بریده! اگر نمی‌خواهی که جرت بدهم با پای خودت بیا

به خانه. ور خیز بیا، کارت ندارم... کدام گوری هستی؟ آهای... دارم با تو حرف می‌زنم. ور خیز بیا؛ کجا هستی؟!

صدایی از هاجر برنخاست. عباس بیرون زد. سر تنور و طویله را جستجو کرد. هاجر نبود. به کوچه زد. کوچه تاریک بود. یک ملخ بچه را که در سیاهی شب نمی‌شد گیر آورد. به هر سوراخی می‌توانست بخزد. پس عباس زبان خوش باید به کار می‌گرفت:

ـ ای ناقلا... به خیالت نمی‌دانم کجا خودت را قایم کرده‌ای؟ می‌توانم گیرت بیارم، اما دلم می‌خواهد خودت بیرون بیایی. بیا دیگر! من با تو شوخی کردم دختر! تو شوخی هم سرت نمی‌شود؟ بیا دیگر. هاجر... هاجر... کجایی؟ ها؟ با تو هستم بچه؟

بار دیگر عباس داشت پریشان می‌شد. هاجر خشم او را برمی‌انگیخت. خاموشی ناگهانی هاجر در سیاهی شب، یک جور بیم به دل عباس انداخته بود. چندان جای نگرانی نبود. اما پیدا نبود چرا عباس دلش به شور افتاده است. چیز گنگی می‌ترساندش. چیزی مثل به چاه و چاله افتادن دخترک. این بود که عباس پای برهنه، روی زمین سرد و چغر کوچه این سو و آن سو می‌رفت. و تسمه‌اش را به دور مچ می‌پیچاند و وا می‌گرداند:

ـ کجایی کلپیسهٔ حرامزاده؟! می‌خواهی من را خیناق کنی امشب؟! بیا بیرون هر گوری هستی کولی؛ بیا بیرون! چرا شماها این قدر عذاب جان من هستید؟ بیا بیرون دیگر، سگ پدر. هاجر... هاجر!

هاجر نبود. انگار آب شده بود و به زمین فرو رفته بود. عباس خسته و خشم‌آلود، سگ زخمی، به اتاق رفت و پای اجاق نشست. ابراو هنوز سر از زیر لحاف بیرون نیاورده بود. عباس بی‌آرام و قرار فریاد کشید:

ـ تو هم که خودت را به موش مردگی زده‌ای و جیکت درنمی‌آید! ورخیز ببین این دختره کدام جهنمی رفته! ورخیز دیگر!

ابراو باز هم خاموش بود. دلش نمی‌خواست جوابی به برادر خود بدهد. عباس از سر غیظ خود را کند، لحافی روی دوش انداخت و از خانه که پا بیرون می‌گذاشت، گفت:

ـ گور پدر همه‌تان؛ همه‌تان به جهنم بروید. به جهنم!
یکراست به طرف تنور رفت، خود را به بالای تنور، به سه کنج ایوان کشاند و پشت به دیوار، دست‌ها را روی زانو و چانه را روی دست‌ها گذاشت و ماند. احساس کرد دلش می‌خواهد بگرید. اما از آن چشم‌های خیره، انگار چیزی به جز خون نمی‌توانست بیرون بریزد. پس خاموش و دلگیر، بغض در گلو، مثل تکه‌ای نیم‌سوز بر جا باقی ماند و لحاف را به دور تن خود پیچاند.
شب سیاه، سرمای شب سیاه، مثل تیغ دودم می‌برید. عباس پنچهٔ پاها را لای لحاف پیچاند و آب بینیش را با کف دست پاک کرد. خشم بیهوده. چرا این قدر پاچه می‌گرفت؟ حس می‌کرد چیزی فراتر از این هیاهوها آزارش می‌دهد. چیزی گنگ، مثل خاری تر، نرم و آرام به قلبش خلیده بود و دم به دم داشت بیشتر و بیشتر در او جا باز می‌کرد. دردناک نبود، آزارنده بود. می‌دانست که کشنده نیست، اما حس می‌کرد که می‌فرسایدش. می‌دید، به چشم می‌دید که بی‌قرارش کرده است. می‌دید که سگ شده است. سگ هار. پدرش همیشه گفته بود که عباس یک پارچه آتش است. به جنگلی اگر بیفتد، جنگل را به آتش می‌کشد. پدرش همهٔ تلاش خود را به خرج داده بود تا از عباس یک تنورمال بار بیاورد، اما عباس هیچ وقت زیر بار نرفته بود. همیشه گریخته بود. گریخته بود و شب کتک خورده بود. پدر بزرگ عباس، تنورمال بنامی بود که سال‌های آخر عمر کمرش تا خورده بود. چمبر شده‌بود. وقتی راه می‌رفت باید دست به سر زانویش می‌گرفت. طوری راه می‌رفت که عباس حس می‌کرد حال و دمی است نوک بینیش به خاک بخورد. مثل چرخ شکستهٔ گاری قِل می‌خورد.
عباس پیشهٔ پدری را نمی‌خواست. خمیدگی کمر پدربزرگ ـ صمد تنورمال ـ همیشه دَم نظرش بود. اما به مقنی‌گری کم و بیش تن داده بود. وقت‌هایی که سلوچ بیلچه و کلنگش را برمی‌داشت و می‌رفت تا چاهی در خانهٔ کسی بگُلد، یا می‌رفت تا گره کاریز را باز کند، عباس هم دنبال پدر می‌رفت. این کار برایش گیرایی بیشتری داشت. سلوچ، عباس را سر چاه می‌گذاشت و خود به ته چاه می‌رفت. در پی سلوچ، عباس ابزار کار را میان دلو می‌گذاشت و به چاه می‌فرستاد. چراغ پیه سوز، کوزهٔ آب و دستمال نان را هم راهی چاه می‌کرد. تا

سلوچ به اندازهٔ یک دلو خاک از ته چاه بکند، عباس می‌توانست روی شیب خاکی حلقهٔ چاه به پشت بخوابد و پرواز پرنده‌ها و آسمان را نگاه کند. می‌توانست برای خودش آواز بخواند یا به جَل‌ها سنگ بپراند. دور دست‌های بیابان و راه روی سینهٔ ماهور را می‌توانست نگاه کند.

«هووووی ی...»

این صدای سلوچ بود که از ته چاه بالا می‌آمد. عباس می‌بایست ریسمان را بچسبد، دلو خاک و سنگ و لجن نرم را از گلوی چاه بیرون بکشد، خالیش کند و باز آن را به چاه بفرستد:

«هووووی ی... بگیرش!»

این با کار تنورمالی فرق می‌کرد. تنورمالی آدمی می‌خواست که نوس به کار داشته باشد. کسی با حوصلهٔ کار مداوم. از صبح تا غروب. کار نرم و دقیق. حواس جمع و دل صبور می‌خواست. همان چه که سلوچ داشت. همان جور که سلوچ دل به کار می‌داد. عباس از خیال چنین کاری دلش می‌گرفت. در تمام مدت کار، سلوچ لب از لب برنمی‌داشت. چشم‌ها و دست‌هایش جوری به کار بودند که انگار داشت ابریشم می‌بافت. چنین کاری در حوصلهٔ عباس، که دمی را نمی‌توانست آرام بگذراند، نبود.

عباس بیش از تنورمالی مقنی‌گری را، و بیش از مقنی‌گری دوره‌گردی را دوست داشت. پیشهٔ دائیش. خری و خورجینی، مشتی جنس و گشت و گذار. مولا امان، چهار کله قند و چهار بسته چای، ده بسته سنجاق قفلی و ده بسته سوزن خیاطی، دو من آب‌نبات، چهل پنجاه گز چیت و یکی دو دسته النگوی برنجی از شهر می‌خرید، بار خرش می‌کرد و راه قلعه‌های دامنهٔ کوهسرخ را پیش می‌گرفت و می‌رفت. عباس یکی دو سفر خودش را به بال قبای دایی بند کرده و به سفر رفته بود. اما مولا امان او را پیش خود نگاه نداشته بود. مولا به خواهرش مرگان گفته بود که دست عباس کج است. اما عباس می‌دانست که علت جای دیگری است. این که مولا امان نمی‌توانست خواهرزاده‌اش را کنار سفرهٔ خود ببیند. عباس هم به دایی امان حق می‌داده که بهانه گرفته و او را سر خود رد کرده باشد. مولا امان به خواهرش گفته بود:

«نمی‌توانم سرم را بچرخانم که پسرت دو سیر آب‌نبات را می‌فروشد و پولش را می‌ریزد به کیسه‌اش. خیلی هم اشتها دارد که نقدی معامله کند! از این گذشته، سنجاق و النگوها را مفت و مجانی به دخترها می‌بخشد. همین که یک لبخند تحویلش بدهند کله‌پا می‌شود. جنس پیش چشمش قرب ندارد. انگار دست به خاک بیابان می‌زند! نه انگار که من پول این جنس را با خون دل گیر آورده‌ام. ترسم اینست که چار صباح دیگر پایش پیش دختری بخیزد، قشقرق راه بیندازد و در قلعه‌های غریب صد تا مرد را با چوب و چماق به جان من بیندازد. آن جورش دیگر مزه دارد؛ خر بیار و باقالی بارکن!»

دایی امان زیاد هم بیراه نگفته بود. دخترهای قلعه‌های بالا چندان رو نمی‌گرفتند. اصلاً چادر به سر نمی‌کردند. خیلی هم خوش خنده بودند. دسته دسته می‌شدند و برای خرید می‌آمدند. دور خورجین حلقه می‌زدند و عباس را با خنده خوش طبعی‌هاشان داغ می‌کردند. عباس دست و پای خود را گم می‌کرد و دخترها سوزن و سنجاق و النگوها را قاپ می‌زدند و کرشمه تحویل عباس می‌دادند.

یک بار هم جر وبحث دایی امان و عباس درگرفته بود. درست میان بیابان. دایی خونش به جوش آمده، عباس را روی سینهٔ ریگ زمین کوبیده بود و گفته بود باید همه جایت را بگردم. حتی سوراخ بینی‌ات را! گفته بود:

«تو داری همین سه شاهی صنار من را هم به باد می‌دهی؛ داری ورشکستم می‌کنی حرام لقمه. آخر من از چه خاکی از دست تو به سرم بریزم؟»

پس عباس را برهنه کرده بود. لخت لخت. تمام درز و پینه‌های رخت‌های عباس را واجسته بود تا این که از سوراخ لیفهٔ تنبانش، از لابلای شپش‌ها، یک اسکناس دو تومانی بیرون آورده بود. عباس سر و پای برهنه، رخت‌هایش را بغل زده، دنبال داییش دویده و التماس کرده بود.

«به خدا، به خون گلوی حسین قسم این دو تومانی مال خودمه. آن را در قمار برده‌ام!»

اما دایی باور نکرده بود. سهل است که برای عباس خط و نشان کشیده بود:

»اگر باز هم پاهات را توی یک کفش کنی، چهار دست و پایت را می‌بندم و همین جا روی ریگ‌ها می‌اندازمت تا لاشخورها چشمهات را در بیاورند.«
پس عباس زبان به کام چسبانده و فقط نرم نرم دنبال سر دایی و خرش گریسته بود. بعد.. سلوچ که هیچ وقت میانه‌اش با دایی امان خوب نبود، همان جور که سرش به کار تنورمالیش گرم بود، گفته بود:
»حالا خوبت شد؟ دایی‌ت کاسبی یادت داد؟ اگر سرت به سنگ خورده، حالا بیا بچسب به کار جد اندر جدت و یک لقمه نان حلال پیدا کن!«
عباس باز هم نرفته بود و هنوز هم پشیمان نبود. حالا هم که فکرش را می‌کرد، می‌دید دخترهای قلعه‌های بالا روی خوش و خوی خوشی داشتند:
»بی‌پیرها مثل بره‌های شیرمست، سرسر می‌کردند!«
مرگان دستی به حلبی خوریز و دستی به دست دخترش، قدم به حیاط گذاشت. عباس پریشان را می‌توانست ببیند. هاجر تازه سر گریه‌اش واشده بود. بلند نه، خفه می‌گریست. مادرش بند دست او را گرفته بود و می‌کشید. هاجر هنوز پا پس می‌داشت. یک جور بیم، بیم از برادر بزرگ‌تر، زانوهایش را می‌لرزاند. گرچه خود را در پناه مادر گرفته بود، اما باز هم دل آسوده نبود. پا پس می‌داشت و بی‌تابی می‌کرد. خشم مرگان را همین دو چندان می‌کرد. این بود که نرسیده به خانه فحش و دشنام را به جان عباس کشیده بود و هر چه را که بر زبانش می‌آمد، بار او می‌کرد:
ـ حالا کجاست این تخم شمر؟! ها؟ کدام گوری رفته پس؟ برای خودش تکهٔ گله شده، ها! نشانش می‌دهم. میدان را خالی دیده و می‌تازاند، ها؟.. کجاست آن برادر دندان گراز تو؟!
ابراو سر از زیر لحاف بیرون آورد و گفت:
ـ نمی‌دانم. گوش من را هم صبح همو جوید.
این به آتش مرگان بیشتر دامن زد. زن را برانگیخت تا بی‌پرواتر به پسرش دشنام بدهد. عباس داشت مُخلّی در زندگانی بستهٔ مرگان می‌شد. نباید بگذارد بیش از این دُم در بیاورد. تا زود است باید تکلیف او را روشن کند. در این خانه، بزرگ‌تر یا مرگان باید می‌بود یا عباس. گربه را دم حجله باید می‌کشت. نباید

مرگان بگذارد هراسه‌ای جلوی رویش سر پا شود. جوانک با یک وجب قد و بالایش بد جوری شیر شده بود. بچه‌های مرگان را داشت کوچی جو می‌کرد.

مرگان حلبی خوریژ را کنار اجاق گذاشت، به پستو رفت و با سیخ تنور بیرون آمد. به طویله دوید، آخورها و پرخو را جستجو کرد، بیرون آمد و داد زد:

- پس کجا خودت را قایم کرده‌ای بزدل؟ اگر خیلی مردی خودت را نشان من بده نادرست!

عباس جا خالی کرده به دیوار بام پیچیده بود که مرگان سیاهی او را پایید. مرگان خیز برداشت، اما پیش از آن که برسد عباس روی دیوار بود و پاهایش را جا به جا می‌کرد. مرگان پای دیوار رفت و به خشم گفت:

- تخم نسناس! یک بار دیگر دست روی بچه‌های من دراز کنی داغت می‌کنم! این حرف را به گوشت آویز کن!

عباس بی‌جواب به مادر، بام به بام پرید. آن بالا سرما بیشتر می‌گزید؛ اما همین که دست مرگان به او نرسد برای عباس بس بود. مرگان دست به لحاف برد، آن را از کنار تنور کشید و رو به اتاق رفت:

- امشب را هم مثل سگ بی‌صاحب میان کوچه‌ها و روی بام‌ها بمان بابت مزدت!

مرگان به اتاق پا گذاشت و لت سنگین در را پشت سر خود محکم بست و کلون را انداخت. هاجر هنوز می‌لرزید. مرگان لحاف را روی شانه‌های لاغر دختر انداخت و با سیخ تنوری که به دست داشت خوریژ میان حلبی را شوراند. بعد سیخ تنور را کنار دیوار انداخت و به کار پهن کردن جاها شد. جاها باید گرد حلبی خوریژ پهن می‌شد. مثل هر شب. مرگان کرسی نیمه سوخته را روی حلبی خوریژ جا داد و لحاف روی کرسی کشید. هاجر را سر جای خود خواباند و سر تا پایش را، تا آن جا که مقدور بود، پوشاند. بعد پاهای ابراو را گرفت و به طرف کرسی کشید. پس از آن چراغ پیه سوز را فوت کرد و آمد سر جایش دراز کشید.

زیر تاق گهواره‌ای اتاق شب دو چندان سیاه بود. از جایی که زمستان‌ها سوراخ سقف را هم می‌بستند، هیچ درز و درایی نبود تا چشم بتواند از انبوه متراکم تاریکی بگذرد و به شب بازکه به هر حال ستاره‌ای در خود داشت، برسد.

زیر سنگینایی شب، تن مرگان هنوز می‌لرزید. پاهایش، دست‌هایش و قلبش می‌لرزیدند. آرام نداشت. پنجه میان موهای نرم دخترش فرو برد و نجوا کرد:

ـ خیلی قایم زد؟

هاجر گفت:

ـ نگفتم. هیچی نگفتم!

مرگان سر دخترش را به سینه فشرد و احساس کرد چیزی مثل دود از قلبش برخاست، بر سراسر وجودش دوید و حال می‌آید تا از چشم‌ها و گلویش بیرون برود. لب‌ها و پلک‌هایش به لرزه افتادند؛ اما مرگان مانع همهمهٔ موج شد. نمی‌خواست هق و هقش دخترک را برآشوبد. از عزاخانه خوشش نمی‌آمد. پس سر هاجر را رها کرد و برخاست، به پستو رفت و یک مشت گندم آورد، به زیر جا خزید و نصفش را میان مشت هاجر خالی کرد و گفت:

ـ فردا آرد فراهم می‌کنم. خودمان تنور آتش می‌اندازیم.

رفت تا آرام بگیرد مرگان. اما آرامش از او گریزان بود. دلش می‌تپید. دل به هزار راه بود. بیش از همه عباس مایهٔ عذابش بود. بیرون سردبود. خشکه سرمای کویر. یوز در آن بند نمی‌شد. حالا آن یک ملخ بچه چه می‌کرد؟ صدایش هم درنمی‌آمد! مرگان چشم این داشت که عباس زوزه بکشد. فغان کند. دشنام بدهد و خودش را به در بکوبد. اما عباس چنین نمی‌کرد. پس چه می‌کرد؟ چرا خط و خبری ازش نبود؟ مرگان دلش می‌خواست برخیزد بیرون برود، مچ دستش را بگیرد و به خانه بیاردش؛ اما یک چیز که نمی‌دانست چیست، مانعش می‌شد. لابد برای اینکه نمی‌خواست خودش را بد کند؟ یا اینکه حرف خودش را بی‌سکه کند؟ نمی‌خواست رجزخوانی‌هایش بی‌مایه جلوه کند. گیر افتاده بود. دچار خود شده بود. قلبش چنگ می‌شد. نمی‌خواست پسرش را با دست خود زجر بدهد، و می‌داد. نمی‌توانست این زجر را تحمل کند و تحمل می‌کرد. این خود، آزارنده‌تر بود. این که چیزی را داشت تاب می‌آورد که باطنش نمی‌خواست. یعنی که به خود دوبار زخم می‌زد. یکی این که معذب پسرش بود، دیگر این که معذب تحمل این عذاب. نمی‌دانست چه کاری می‌تواند بکند؟ اگر او را به خانه می‌خواند، دیگر عباس هیچ وقت حرف و دشنام، خشم و خط و نشان مرگان را به

جد نمی‌گرفت. اگر همین جور می‌ماند، می‌باید تا صبح نگران پسر، مثل سرکه در خود بجوشد و دندان بر دندان بساید. هاجر را هم اگر پی او می‌فرستاد، عباس این هوشیاری را داشت که بفهمد دختر پیشکردهٔ مادر است. پس تنها چیزی که به آنچه بود افزوده می‌شد، یک دو رویی بی‌ثمر بود. این مرگان را درمانده کرده بود. دلش می‌شورید و در جایش قرار نمی‌گرفت. مدام از این شانه به آن شانه می‌شد و لبهٔ لحاف و بالش را به دندان می‌جوید.

اما چطور می‌شد تاب آورد؟

مرگان برخاست و پاورچین پاورچین به پشت در رفت، آرام و بی‌صدا کلون را باز کرد و لحظه‌ای گوش ایستاد. از عباس نشانی نبود. حتی صدای پا. حتی صدای نفس. دلش می‌خواست بتواند یک باره نام پسر را فریاد کند، اما نتوانست. نخواست که بتواند. فریاد همچنان در سینهٔ مرگان، گره خورده ماند. پس او ناچار رو به جایش رفت، دراز کشید و چشم‌هایش را بازتر از پیش، به در دوخت. حالا مرگان هیچ آرزویی نداشت، جز این که لای در باز شود و عباس بیاید. بیاید. دشنام بر لب بیاید. بیاید و همه چیز را برهم بزند. بیاید و خانه را به آتش بکشد. بیاید و مادر را به باد کتک بگیرد. کتک بزند. بیاید. فقط بیاید!

هاجر پرسید:

ـ خوریژ از کجا آوردی، ننه؟

ـ از جهنم!

۴

خشکه سرما، روی بام‌های گنبدی زمینج عباس را می‌تکاند. باد پاچه‌های تنبانش را برهم می‌کوبید و او، چون سیخ تنور، راست ایستاده و دست‌هایش را زیر بغل فرو برده بود. از لرزه‌ای که به تنش افتاده بود دندان‌هایش برهم می‌خورد و صدا می‌کرد. کم‌کم از گوشهٔ چشم‌هایش داشت آب راه می‌افتاد. پشت به باد در علقر ـ گودی میان دو بام ـ نشست و خود را جمع کرد. اما علقر بام پناهبادی نبود که بتوان شب را در آن به صبح رساند. پس باید کاری می‌کرد. جایی، جای گرمی می‌بایست گیر می‌آورد. اما کسی چون او، در این وقت شب، درِ خانه‌ای که را می‌توانست بزند؟ چه کسی در خانه‌اش را به روی عباسِ مرگان باز می‌کرد؟... باید کسی مثل خودش را می‌جست. خانهٔ خاله صنم! اما نه. آن جا جای خواب نبود. از این گذشته، کسانی که به خانهٔ خاله صنم آمد و شد داشتند یا قمارباز کلان بودند یا شیره‌ای. برای نوجوانی چون عباس، در همچین شبی، آن جا جایی نبود. اگر می‌توانست تا دم دمای صبح تاب بیاورد، شاید می‌شد که برود به گلخن علی گناو و چشمی گرم کند. اما تا اذان صبح که به گلخن رو به گلخن می‌رفت، یوز هم اگر بود نمی‌توانست تاب بیاورد. عباس به این فکر افتاد که به طویله‌ای، آغلی بخزد و خود را با نفس گاو یا لای شانه‌های گوسفندهایی گرم کند. اما در این فصل سال و در چنین سالی، هرلحظه ممکن بود به آدمی چون پسر مرگان تهمت دزدی بزنند. تنگ این یکی را دیگر چطور می‌شد خرد کرد؟ نه! این کار هم از عقل نبود. تنها یک جا باقی بود. دخمهٔ حاج سالم، پشت دیوار خانه علی‌گناو و چسبیده به دیوار آغل کدخدا نوروز.

عباس نیم‌خیز شد و چون گربه‌ای سیاه، چاردست و پا روی بام‌ها براه افتاد. کوشش او بر این بود تا نرم بر بام‌ها بخزد؛ مبادا گوش تیزی خش‌خاش پاهای او را

بشنود و زبان‌هایی به هیاهو گشوده شوند.

«این وقت شب، روی بام خانهٔ من چه می‌کنی نره‌خر پدر سگ؟! مگر خودت ناموس نداری؟»

هر دم، هر کسی می‌توانست چنین پرخاشی به او داشته‌باشد. پس گربه‌وار باید می‌رفت، و رفت. روی بام خانهٔ علی گناو ایستاد و نگاه کرد. پیه سوز حاج سالم هنوز روشن بود. عباس می‌دانست که پیرمرد شب‌ها دیر می‌خوابد. تازه، هنوز چندان از شب نگذشته بود.

در نگاه عباس، لت در اتاق شاه‌نشین کدخدا نوروز صدا کرد و دمی دیگر کدخدا نوروز فانوسی به دست و چوخایی بر دوش، از پله‌های ایوان پایین آمد. عباس صدای مسلمه را از کندوخانه شنید که به گلایه و تعرض می‌پرسید:

ـ کجا این وقت شب؟! باز که شال و کلاه کردی و راه افتادی؟! کجا؟!

کدخدا بی آن که التفات کند، گفت:

ـ می‌روم خانهٔ میرزاحسن، داماد آقاملک.

نه با مسلمه، اما به هشتی که پا گذاشت با خود گفت:

ـ زبانمان مو درآورد از بس که بر سر این مکینه چانه زدیم... می‌ترسم آخرش هم...

صدای برهم‌خوردن در بزرگ و سنگین خانه، نجوای کدخدانوروز را درهم جوید و عباس رو از خانهٔ کدخدا گرداند و چشم به دخمهٔ حاج سالم، پدر مسلمه، دوخت. نور مردنی پیه سوز حاج سالم، از چراک‌های در پرپر می‌زد. عباس به زیر پایش نگاه کرد. بیخ دیواری که او بر آن ایستاده بود خاک و خاکستر انباشته بود. عباس خود را روی خاکسترها فرو انداخت، نیم غلتی زد و برخاست، خاکستر از تن تکاند و کنار دیوار کمین کرد.

صدای حاج سالم خطاب به پسرش، از درون دخمه برآمد:

ـ حیوان! ببند آن بند تنبانت را! رؤیت عورت، مکروه است گوساله! ببند آن بند وامانده را! ما امشب کار داریم. نشنیدی صدای در خانهٔ شوی خواهرت را؟ کدخدا رفت؛ رفت. به من وحی شده که او به خانهٔ یکی از شریک‌هایش می‌رود. ببند آن بندتنبانت را حرامزاده! مگر چند هزار شپش در لیفهٔ تنبان تو لانه کرده‌اند؟!

صدای مسلم به نارضایی بلند شد:
ـ دِ... دِ... دِ...!
عباس خود را از بیخ دیوار به پناه دخمه رساند و پشت به دیوار چسباند. اگر پدر و فرزند می‌خواستند از لانه‌شان بیرون بروند، پس عباس چگونه می‌توانست خود را مهمان آن‌ها کند؟
صدای حاج سالم هم چنان می‌آمد:
ـ ببند! ببند بندت را حیوان! بس است دیگر؛ بس! فردا هم روز خداست. حرکت می‌کنیم. حرکت به جانب رزق. امشب، دولتمندها یک‌جا جمع می‌شوند و تو باید بتوانی نان یک هفته‌ات را از گرده‌شان بکنی. ببند گفتم، حیوان!
ـ چشم... چشم... نزن باباجان، چشم!
حاج‌سالم پوشیده درشولای شینه‌شینه‌اش، با چوبدست کج وکُله، خمیده از دخمه بیرون آمد و دم در به آسمان رو کرد:
ـ خداوندا، امید به تو. مرا اگر فقیر کردی، به دیگران بخشندگی ببخش! دست‌های مرا اگر بستی، به دل دیگران فراخی ببخش... بیا بیرون دیگر، حیوان خدا!

مسلم همچنان که دست به بند تنبانش داشت، بیرون آمد و گفت:
ـ نمی‌شود بابا! نمی‌شود؛ نمی‌توانم باباجان!
حاج سالم، دشنام بر زبان، پیش پاهای برهنه و بزرگ پسرش زانو زد، بند تنبان را از دست‌های مسلم گرفت و در حالی که آن را گره می‌زد، نفرین کرد:
ـ خداوند تقاص عذاب‌هایی را که به من می‌دهی، از تو بگیرد! دست چلاق شود، حیوانکم. آخر سی بهار از عمر توی کره خر می‌گذرد، هنوز نمی‌توانی بند... لاالاالله! راه بیفت! راه بیفت دیگر! یالا!
مسلم در پی پدرش براه افتاد و نالید:
ـ خیلی... بابا! بابا! خیلی...
حاج سالم واگشت:
ـ کوفت بابا. چی را خیلی؟!
مسلم گفت:

- خیلی... خیلی... محکم... خیلی محکم... گره... گره...

حاج سالم براه افتاد و گفت:

- راه بیا! خودش کم‌کم سست می‌شود. نخ موبین گریزنده است، حیوان، بیا!

- خوب! خوب؛ می‌آیم. می‌آیم!

پدر و فرزند از خرابه بیرون رفتند و عباس پشت از دیوار واگرفت و ناچار در پی ایشان براه افتاد. شاید می‌توانست دزدانه به دخمه بخزد و تا پدر و پسر برگردند خود را درون جل و پلاس آن‌ها گرم کند. اما انگار ندانسته به دنبال آن‌ها کشانده شد. به گمان عباس، حاج سالم می‌بایست نوالعای نشان کرده بوده باشد که مسلم را چنین اسیرانه دارد می‌برد.

حاج سالم و مسلم - پدر و برادر مسلمه - پشت خانهٔ کدخدا نوروز در یک آغل خرابه، زیر سقف شکستهٔ یک طویلهٔ متروک روزگار می‌گذراندند و نان شکم خود را از دست این و آن می‌ستاندند. کاری که هم حال حاج سالم در پی آن بود. کس یا کسانی ندیده بودند، اما گفته می‌شد که حاج سالم یک دربند کتاب کهنه دارد. دیری نمی‌گذشت از روزهایی که حاج سالم شاهنامهٔ خطی بزرگی را زیر بغل می‌زد، به پای دیوار مسجد می‌رفت، عصای نکره‌اش را به دیوار تکیه می‌داد و برای اهل زمینج شاهنامه می‌خواند. اما این آخری‌ها گویا سوی چشمش یاری نمی‌داد که شاهنامه یا کتاب دیگری بخواند. این بود که دیگر کتاب‌هایش - لابد - میان دربند دخمه‌اش خاک می‌خوردند:

- عصای مرا بگیر، مسلم!

- می‌گیرم بابا؛ می‌گیرم. چشم. بده من... بده...

- خوب! حالا من را از کنار دیوار ببر. شب خیلی سیاه است. مبادا میان گودال بیندازیم!

- چشم باباجان؛ چشم!

- شبی چون شبح روی شسته به قیر!

- چشم باباجان؛ چشم. می‌برمت. کجا ببرم؟

- خانهٔ ذبیح‌الله. خانهٔ ذبیح‌الله. ارباب‌های تازه باید آن جا جمع باشند!

ـ چشم باباجان. خانهٔ ذبیح‌الله خان. ذبیح‌الله خان.

مسلم پسر پیر و درشت استخوان حاج سالم، همیشه همپای پدر بود. حاج‌سالم هم به پسر دیوانهٔ خود پیراهن ژندهٔ تنش خو گرفته بود. هر صبح که حاج سالم سرداری بلند و کهنه‌اش را به تن می‌کرد و چوبدست بلند و کج و گُله‌اش را به دست می‌گرفت و از دخمهٔ آغل بیرون می‌آمد، مسلم سایهٔ او بود. پدر و پسر مثل هر روز، در حالی که ـ اگر بود ـ تکه نانی خشک را به دندان می‌کشیدند، با بگومگوهای مکرر میان کوچه‌های زمینج براه می‌افتادند. گوش‌ها به این بگومگوهای دایمی حاج‌سالم و پسرش خو داشتند. چون این جر و بحث‌ها پلاس زندگی آن‌ها بود که بر آن راه می‌رفتند. جر و بحث‌هایی که سرانجام به آشتی می‌کشید.

دو نفر آدم، وقتی ناچارند با هم سر کنند، رنگ و رشته‌های خاص و کشمکش‌های خاصی آن‌ها را به هم گره می‌زند. در هر حال، از کشمکش ـ پنهان یا آشکار ـ پرهیز نمی‌توانند بکنند. درست مثل اینست که رشمه‌ای به دور دست‌ها، شانه‌ها، پاها و گردن‌هاشان پیچیده و هر سرِ این رشمه به دست دیگری باشد. بندی همدیگر. در این کشمکش ـ که انگار جبری‌ست ـ نزدیک به هم اگر بشوند، خفقان می‌گیرند و دور اگر بشوند ترس برشان می‌دارد. سر رشمه اگر از دست‌ها نگریزد، به هر حال، کشمکش برقرار می‌ماند.

حاج سالم و پسرش مسلم، راه رفتنشان هم کشمکش بود. اصلاً رنگ و رشته‌ای که آن‌ها را به هم گره می‌زد، درهم می‌بافت، همین کشمکش بود. در خورد و خفت و در رُفت و اُفت، با هم کشمکش داشتند. مسلم همیشه دلش می‌خواست که در چشم این و آن شانه به شانهٔ پدرش راه برود؛ سایه به سایهٔ او. اما حاج‌سالم چنین نمی‌خواست. مسلم خودش را به شانهٔ پدر می‌چسباند و حاج سالم با چوبدستش ضربه‌ای به‌ساق‌پای مسلم می‌نواخت و او را پس می‌راند. مسلم ساق پایش را میان دست‌های گنده‌اش می‌گرفت و پیشانی در هم می‌کشید و لب‌هایش را جمع می‌کرد، و حاج سالم با بیانی آراسته ـ همان‌گونه که عادت لفظی او شده بود ـ به پسر می‌فرمود:

«دو گام عقب، کودن!»

مسلم برای هزارمین بار، به نشانهٔ اعتراض، تکرار می‌کرد:

«دِ... دِ... دِ...»

و برای هزارمین بار، دو گام عقب می‌رفت و با حفظ فاصله در پی پدرش براه می‌افتاد.

- بالاخره کار خودت را کردی، حرامزاده! عاقبت زخم زدی! زهرت را ریختی، حیوان! آخ... کمرم!

نرسیده به خانهٔ ذبیح‌الله، حاج سالم در خندق بیخ دیوار لغزیده و افتاده بود. چوبدستش در دست مسلم مانده بود و پیرمرد در ته گودال به هرطرف دست و بال می‌زد. مسلم چوب را به گودال دراز کرده بود و می‌گفت:

- باباجان... باباجان... بگیر! سرش را بگیر. سر چوب را بگیر. بگیرش.

- نمی‌بینم حیوان! نمی‌بینم! مگر کوری که نمی بینی من نمی‌بینم؟!

- بگیر! اینجاست. چوب... چوب... اینجا... اینجا... ست.

- آخ... آخ... حرامزاده... چرا چوب را حوالهٔ گیجگاه من می‌کنی! نزن! من را نزن، فرزندم!

مسلم حالا می‌خندید. بلندبلند می‌خندید. پیر مرد، میان گودال، دست‌هایش را به هر سو می‌چرخاند و به دور خود می‌چرخید و دشنام می‌داد؛ و مسلم چوب را روی سر پدر می‌گرداند و گاه سر چوب را روی ریش و گردن او می‌مالاند و قاه قاه می‌خندید. حاج سالم دیگر عاجز شده بود و التماس می‌کرد:

- آزارم مده، فرزندم! آزارم مده. خدا از گناهانت نمی‌گذرد، آزارم مده. دعایت می‌کنم، آزارم مده. من امشب در این گودال از سرما تلف می‌شوم، آزارم مده. بی‌پدر می‌شوی مسلم، بی‌پدر! آه... بی‌پدر شدی مسلم؛ بی‌پدر!

حاج سالم بیخ دیوارهٔ گودال نشست و سر را میان دست‌ها گرفت و زار زار بنای گریستن کرد. مسلم هم لب گودال نشست و همصدای پدر گریه‌اش را رها کرد و دست‌هایش را بر سر کوفت. چوب که از دست مسلم به میان گودال افتاد، عباس جرأت یافت و خود را به میان گودال انداخت، چوبدست را به دست پیرمرد داد و او را از مالرو گودال بالا آورد و خاک از شولایش تکاند.

حاج سالم زبان گشود:

- خداوند مرا وا نمی‌گذارد. فرشته! خدای من برایم جبرئیلی فرستاد. جبرئیل! توکیستی پسر؟ توکیستی این وقت شب. دراین شب ظلمانی تو کیستی؟! پس آن ابوالمعجن مادر به خطا، این ناخلف ظالم کجا رفت؟!
- آن جاست حاج آقا. آن طرف.
- نمی‌بینمش که؛ نمی‌بینمش! شبکور شده‌ام، وای... شبکور شده‌ام! تو پسر مرگان نیستی؟
- چرا حاج آقا.
- از صدایت می‌شناسمت. از صدایت. عمر به کمال کنی فرزند. خدا تو را برای نجات من فرستاده، می‌دانم. تو... تو... جبرئیلی. اما آن... آن حرامزاده کو؟ مسلم!

مسلم پیشاپیش می‌گریخت و التماس می‌کرد:
- کارم نداشته باش بابا. کارم نداشته باش. تو را به جان خودت قسم، کارم نداشته باش.
- کارت ندارم، بایست. نمی‌خواهم آن جا بی‌آبرویی راه بیندازی. بایست!
- خوب. خوب. می‌ایستم، چشم!

عباس سر چوبدست را کشاند و آن را به دست مسلم داد، و مسلم راه خانهٔ ذبیح‌الله را پیش گرفت.

از طویلهٔ خانهٔ ذبیح‌الله نالهٔ ماده گاو بلند بود. مسلم پدرش را بیخ دیوار نگاه داشت. حاج سالم به مسلم دستور داد:
- دق‌الباب کن!

مسلم، چکش بر در کوفت و دمی دیگر، زهرا، خواهر ذبیح‌الله در را باز کرد. حاج سالم گفت:
- دخترم؛ آمده‌ام ذبیح‌الله خان را ببینم.
- نیست!
- کجاست دخترم؟
- خانهٔ میرزا حسن، داماد آقاملک.

حاج سالم به مسلم گفت:

- راه بیفت دیگر حیوان! نمی‌شنوی؟

مسلم عصا را کشید تا حاج سالم را به خانهٔ داماد آقاملک ببرد. عباس کنار در خانهٔ ذبیح‌الله، همچنان ایستاده ماند. زهرا رفت در را ببندد که عباس پیش دوید:

- صدای عُر کشیدن گاوتان را شنیدم!
- دارد می‌زاید.
- می‌خواهی بیایم بالای سرش؟
- نه! خودش می‌زاید.
- می‌خواهی بروم ذبیح‌الله را خبر کنم؟

در بسته شد و عباس در کوچه ماند. راهی نبود جز این‌که رو به خانهٔ داماد آقاملک برود. رفت.

مسلم و حاج‌سالم را هم به اتاق راه نداده بودند. پدر و پسر کنار دیوار نشسته و آرام بودند. عباس هم کنار حاج سالم نشست. حیاط تاریک بود و دو تکه نور از در نشیمن و مطبخ به زحمت سیاهی را می‌شکاند. پیدا بود که زن و مادر زن میرزا حسن در مطبخ سرگرم هستند. و عباس می‌دید که حاج سالم مچ دست مسلم را به دست گرفته و دارد هوا را بو می‌کشد.

مردها ـ که صدایشان شنیده می‌شد ـ در شاه‌نشین دور کرسی نشسته بودند و گفتگو می‌کردند. تشخیص صدای هر یک از دیگری برای عباس دشوار نبود:

- می‌دانم. می‌دانم. از روز برایم روشن‌تر است که زنکه مس‌ها را قایم کرده؛ هر جا هست گور و گمشان کرده. من این ورورهٔ جادو را می‌شناسم!

- باید شیر را شکار کرد سالار عبدالله. چرا این قدر خودت را برای چار تکه پاره مس می‌جوی؟!

- زورم می‌آید میرزاجان! زورم می‌آید. آدم اگر هزار تومن در معامله‌ای ضرر کند آن قدر به‌اش گران نمی‌آید که یک تومن گم کند. حالا من این مس‌ها را انگار گم کرده‌ام! اگر همان جا، همان روز یقهٔ سلوچ را گرفته بودم و امانش نداده بودم که.. آخ‌خ‌خ... دیگر پشت دستم را داغ می‌کنم که برای همچین مورچه‌هایی یک قدم خیر ور ندارم.

کدخدا نوروز به سخن آمد:
- حالا بگذریم سالار! برویم سر موضوع کار خودمان. سر اصل مطلب. شما کربلایی، بفرما ببینم چه عقیده‌ای داری؟

جوابی از کربلایی‌دوشنبه بـرنیامد. به جایش صدای میرزاخان داماد آقاملک شنیده شد:
- اخلاق کربلایی را هنوز نمی‌شناسی تو، کدخدا!؟! او یک کلام را صدبار دور دهانش می‌چرخاند و بعد نصفش را ادا می‌کند. تازه، آن هم آخر از همه!

سالار عبدالله گفت:
- پدرم به این کار رغبت ندارد.

و به کربلایی دوشنبه نگاه کرد و ادامه داد:
- جلوی خودش دارم می‌گویم. او به این جور کارها رضا نیست.

داماد آقاملک گفت:
- یعنی این که دلش نمی‌آید پول بی‌زبانش را پای این کارها بریزد، نه؟

سالار عبدالله جواب داد:
- همچین. برایش روشن نیست که چه می‌شود. از اول هم، بعد از این که شترها را فروخت، یک تکه زمین و یک ساعت آب هم به جایش نخرید. این را که دیگر همهٔ ما می‌دانیم!

داماد آقاملک پرسید:
- خودت چی، سالار؟

عباس، در سکوتی که افتاد، خود را بیخ در شاهنشین کشاند. سالار عبدالله به جواب میرزاخان گفت:
- من؟ من زارعم. کار دیگری جز این ندارم.
- چقدر می‌توانی شریک یک بشوی؟ چند ساعت؟
- چهل تا ازگو سفندهایم را می‌فروشم. پولش هرچقدر شد می‌گذارم روی این کار.
- تو چی ذبیح‌الله خان؟

ذبیح‌الله لب‌های قاچ خورده‌اش را برهم سایید و گفت:

- من هم دور و برم را جمع کنم، شاید بتوانم بیست تایی فراهم کنم. بیست هزار تومن. حقیقتش نصفش را برای عروسیم کنار گذاشته بودم و با نصفهٔ دیگرش هم می‌خواستم بزنم به کار بده بستان و معامله. اما هر چه خیر است پیش می‌آید. من این کار را می‌کنم.

حالا عباس می‌توانست نیمی از صورت تکیده و چپ سبیل سیاه و باریک داماد آقاملک را در پرتو نور چراغ زنبوری ببیند. داماد آقاملک ته سیگارش را کنار سینیِ روی کرسی تکاند و گفت:

- کدخدا... تو هم که لابد... سی چهل تایی جور می‌کنی؟

کدخدا نوروز پیالهٔ چای را پیش کشید، آب‌نباتی روی زبان گذاشت و گفت:

- آن قدرها که گمان نکنم. اما... فکرهایی دارم.

- عاقبت باید معلوم کنیم که هر کدام از ما چقدری می‌تواند پول بگذارد داو. روی این پول است که ما می‌توانیم جلو برویم، و از ادارهٔ کشاورزی وام مطالبه کنیم.

کدخدا نوروز پیش از این که جواب روشنی به میرزاخان بدهد، پرسید:

- فکر زمینش را کرده‌ای؟ زمین را اول از ممیزی می‌آیند و می‌بینند. آن‌ها باید تشخیص بدهند که خاک مرغوب است و به درد پسته کاری می‌خورد یا نه. پسته کاری هم در این ولایت نوبرانه است. دولت همین جوری پولش را دور نمی‌ریزد. می‌دانی که؟

داماد آقاملک، دمی ماند و پس گفت:

- همینست که می‌گویی. زمین مرغوب باید نشان مأمورهای ممیزی داد. ما که این جا هستیم در واقع برای اینست که زمین‌هایمان تنگ همدیگر است. اما زمین‌های ما شاید برای این کار یک عیب داشته باشد.

- عیبش اینست که ما می‌خواهیم محصول خودمان را هم در همین زمین‌ها بکاریم و از همین زمین‌ها جمع کنیم. ما که نمی‌توانیم دست از کشت و کار گندم و جو و پنبه و زیره و خربوزه و هندوانه ور داریم و هر چه خاک که داریم دم پسته کاری و بعدش هم تا هفت سال دستمان را بزنیم زیر چانه‌مان و پای نهال‌های پسته بنشینیم! از این گذشته، نهال پسته زمین نرم می‌خواهد. در زمین‌های شخی

که نمی‌شود نهال پسته کاشت!
داماد آقاملک گفت:
- من هم غرضم همینست کدخدا. برای همینم هست که فکر من روی خدا زمین دارد دور می‌زند.
- خدازمین؟!
کربلایی دوشنبه در پی حرفش به آقاملک پوزخند زد.
داماد آقاملک گفت:
- می‌خندی کربلایی؟! بله، خدازمین. دمب زمین‌های ما و ذبیح‌الله، و بربیناو زمین‌های پسرت به خدازمین متصل می‌شود. می‌توانیم به راحتی پامان را روی خدازمین دراز کنیم.
کربلایی دوشنبه گفت:
- خدازمین که دست فقیر مردمست.
داماد آقاملک گفت:
- دست مردم هست، اما مال مردم که نیست!
- پس مال کیست؟!
- مال خدا! اسمش روش است.
- خوب؛ حالا که بنده‌های خدا رویش می‌کارند و چارتا هندوانه از گوشه کنارش می‌چینند.
- به چه دردشان می‌خورد چارتا هندوانه؟ ما زمین خدا را از آن‌ها می‌خریم!
- اگر نفروختند؟!
- ما می‌خریم و به ثبتش هم می‌رسانیم. چون هر چه بیشتر سند داشته باشیم، رویش پول بیشتری می‌توانیم از دولت بگیریم. مقدمات کارها را هم آماده کرده‌ام.
- گمان مکن!
- چی را گمان مکن کربلایی؟ همه‌اش کام سیاهی می‌کنی؛ فال بد می‌زنی. من از آسیاب می‌آیم، تو می‌گویی نوبت من است؟!
- ببینم!

کربلایی دوشنبه از پای کرسی برخاست و آمد تا پاپوش‌هایش را بپوشد. داماد آقاملک به زهر طعنه گفت:
- قهر می‌کنی کربلایی دوشنبه؟!
کربلایی سرگرم پوشیدن پاپوش‌هایش، گفت:
- نه. نه... خدانگهدار... خدانگهدار...
کربلایی دوشنبه آمد که پا از در بیرون بگذارد، اما داماد آقاملک به حرف نگاهش داشت:
- کربلایی؛ بیا و یک بار هم شده این پول‌های زبان بسته‌ات را روی یک کار خیر به کار بینداز!
کربلایی دوشنبه از در بیرون آمد و گفت:
- من پول‌هایم را از روی آب نگرفته‌ام که روی خاک خدازمین بپاشمشان!
عباس سرش را دزدید و خود را به تاریکی کشاند. کربلایی دوشنبه از پله‌های ایوان پایین رفت. حاج سالم جلوی پای کربلایی‌دوشنبه برخاست. کربلایی دوشنبه ایستاد و پدر و فرزند را نگاه کرد:
- چه خبر است این جا؟ روضه‌خوانی‌ست؟
نماند تا جوابی بگیرد. رفت. مسلم راه افتاد تا دنبال کربلایی‌دوشنبه برود، اما حاج سالم او را کنار خود نشاند:
- آرام بگیر کودن! او را نمی‌شناسی؟ جان به عزرائیل نمی‌دهد او!
عباس خود را به دم‌در خیزاند. داماد آقاملک داشت سیگار دیگری روشن می‌کرد. کربلایی دوشنبه روی او را سوزانده بود. باید به کلامی خود را می‌رهاند. گفت:
- ترسوست!
ذبیح‌الله گفت:
- از اولش هم من امیدی به عمویم نداشتم. او اگر پول‌هایش همراهش نباشند شب خوابش نمی‌برد! آدمی که بیست سالست چشم به دست گُسنه‌گداها دارد تا بهرهٔ پولش را صنار صنار از آن‌ها بگیرد، چطور دل می‌کُند بیاید و پولش را در همچه راه‌هایی به کار بیندازد؟!

سالار عبدالله گفت:
- آدم پیر پسر عموجان، غیر از او هم که باشد، کم‌دل و جرأت می‌شود. نقل این یکی نیست.
کدخدا نوروز گفت:
- خوب؛ برویم سر اصل مطلب. تو میرزاخان، گمان می‌کنی می‌توانی خدا زمین را به ثبت برسانی؟ گفتی زمینه‌اش را جور کرده‌ای؟
داماد آقاملک جواب داد:
- من به ثبت می‌رسانمش!
- به اسم خودت؟!
- نه؛ به اسم همه‌مان. تقاضا داده‌ام. ما در زمینج یک مکینه و یک دستگاه تراکتور کم داریم. همین! قول‌هامان که یکی شد، من راه می‌افتم و می‌روم طرف گرگان. آنجاها می‌توانم یک تراکتور کارکردهٔ تمیز گیر بیاورم. آشنا دارم.
سالار عبدالله پرسید:
- تو خودت چقدر پول می‌گذاری، میرزاخان؟
داماد آقاملک گفت:
- من و بی‌بی، پنجاه تا. اگر هم لازم باشد، بیشتر.
صدای بی‌بی، بیوهٔ آقاملک، از مطبخ بلند شد:
شام آماده است میرزاخان.
داماد آقاملک برخاست و گفت:
- آتش روی دیگ را هم بیار زیر کرسی، بی‌بی.
ذبیح‌الله و سالار هم برخاستند و پاورها را به پا زدند.
- شام چی؟ نمی‌خورید؟
ذبیح‌الله گفت:
- من زودتر باید بروم. ماده‌گاوم همین شب‌ها باید بزاید. روی حسابی که دارم دیرکرد هم دارد.
- سالار تو چی؟
- من هم بروم بلکه بتوانم کربلایی دوشنبه را قانع کنم. آخر این پول‌های

بی‌زبان را همین‌جور خوابانده که چی؟
داماد آقاملک گفت:
- زیاد هم پاپی‌اش نشو. «نه» توی کار آورد. شریک‌های همچه کاری باید همدل باشند.
- تا ببینیم.
سالار و ذبیح‌الله بیرون آمدند. عباس زیر قدم آن‌ها خود را واپس کشاند. کدخدا نوروز به طعنه و با صدای بلند گفت:
- یکوقت پیرمرد تو را بد راه و قانع نکند، سالار!
- خاطر جمع کدخدا. حرف از دهن مرد بیرون می‌آید.
حاج سالم و مسلم جلوی پای مردها بلند شده بودند. حاج سالم دعا کرد:
- خیر باشد انشاالله. به خیر و خوشی انشاالله.
داماد آقاملک رفت که ذبیح و سالار را تا زیر هشتی همراهی کند. مسلم دست از دست پدرش کشید تا دنبال سالار و ذبیح‌الله برود. اما حاج سالم او را نگاه داشت و خفه گفت:
- حیوان! بوی پلو را نمی‌شنوی؟ آن‌ها به غریبی که نمی‌روند!
زیر هشتی، داماد آقاملک سرش را به کوچه برد و گفت:
- تا شب جمعه که خبرش را به همدیگر می‌دهیم!
ذبیح‌الله سر برگرداند و گفت:
- پول من حاضر است.
- من هم می‌روم قیمت میش را مظنه کنم.
داماد آقاملک گفت:
- به هر جهت، شب جمعه همین‌جا!
- شب جمعه.
داماد آقاملک برگشت و از پله‌های ایوان بالا رفت. بی‌بی، بیوهٔ آقاملک، تکه‌ای نان و کاسه‌ای پلو برای حاج سالم و پسرش آورد و گفت:
- ور دارید و ببرید بیرون بخورید. یالا دیگر. می‌خواهم در را ببندم!
- چشم... چشم بی‌بی جان.

بی‌بی به مطبخ برگشت و عباس، گربه‌وار خود را به هشتی رساند و از در بیرون زد.

ذبیح‌الله و سالار عبدالله در کوچه بودند.

ذبیح‌الله در پی حرف خود گفت:

ـ این میرزاخان خیلی محکم حرف می‌زند! یک‌جوری وانمود می‌کند که انگار دستی توی عرب و عجم دارد با این کاکل‌هایش؛ یک وقت کاسه‌ای زیر نیم‌کاسه نداشته باشد؟!

ـ ما که با او طرف نیستیم. طرف مادولت است. سند ملک گرو می‌گذاریم و پول قرض می‌کنیم. سر هر ماه هم یک جزئش را می‌دهیم. از این طرف هم با چار تا آفتاب‌نشینِ روی خدازمین طرفیم که لقمه‌ای به حلق هر کدامشان می‌اندازیم.

ـ خلاصه‌اش یک وقت این چارتا قران ما را فدای سرش نکند!

زهرا، خواهر ذبیح فانوس به دست از ته کوچه پیش می‌دوید و با صدایی که می‌لرزید، به تعرض می‌گفت:

ـ کجا هستی تو؟ گاو دارد تلف می‌شود... اما تو... تو...

ـ چی؟ تلف می‌شود؟

ـ نمی‌تواند بزاید، آخر حیوان زور ندارد که!

ـ چطور نمی‌تواند بزاید؟

ـ گوساله از پا آمده. مانده!

ـ چی؟

ـ از پا!

ذبیح فانوس را از دست خواهرش گرفت و خیز برداشت. زهرا هم در پی او دوید. عباس خود را کنار شانهٔ سالار عبدالله کشاند و گفت:

ـ من هم آمده‌بودم همین خبر را بدهم، سالار!

سالار برگشت و به پسر مرگان نگاه کرد:

ـ چه عجب رویت می‌شود با من حرف بزنی تو؟! لعنت بر دل سیاه شیطان؛ لعنت! می‌بینی؟!

عباس وانگشت. پا به پای سالار وارد طویلهٔ خانهٔ ذبیح‌الله شد. طویله گرم بود. گاو به پهلو غلتیده و چشم‌هایش بی‌حرکت به جایی خیره مانده بود. ذبیح به پسرعمویش نگاه کرد:

- چکارش کنیم پسرعمو؟

سالار عبدالله نیمتنه‌اش را از تن بدر کرد، آستین‌ها را بالا زد و گفت:

- هیچی؛ بیرونش می‌کشیم. برو یک دیگ آب گرم مهیا کن دختر! تو هم فانوس را بگیر جلوتر!

عباس در پی زهرا از طویله بیرون رفت و عُر کشیدن گاو، دم به دم بالا گرفت.

تا آب گرم را مهیا کنند سالار عبدالله گوسالهٔ مرده را از تن گاو بیرون کشیده و کناری انداخته بود. دیگچهٔ آب نیمه گرم را پیش آوردند و سالار به شستن دست‌هایش مشغول شد. ذبیح‌الله همچنان بالا سر گوسالهٔ مرده نشسته بود و پیشانی را میان دست‌ها می‌فشرد. زهرا به دیوار تکیه داد. عباس خود را به کنج طویله کشاند و در تاریکی ایستاد. گاو همچنان نعش بر خاک نفس نفس می‌زد.

سالار عبدالله برخاست، سر لنگ گوسالهٔ مرده را گرفت و از طویله بیرونش کشاند و به کوچه برد. صدای چند سگ ولگرد شنیده شد. سالار عبدالله برگشت و زیر بازوی پسرعمویش را گرفت و او را از جا بلند کرد:

- ورخیز! فدای سرت، گاو سالم است، شکر.

ذبیح‌الله برخاست و گفت:

- این خوش یمن نیست، پسرعمو. سر این کاری که در پیش داریم خوش یمن نیست.

سالار گفت:

- نفوس بد نزن مرد! این چیزها زیاد پیش می‌آید. حالا برویم.

- نه؛ نه! من باید بالا سر گاوم باشم. امشب، من همین جا می‌مانم.

عباس، قدمی پیش گذاشت و گفت:

- اگر بخواهی... من هم می‌مانم این جا. همین جا... میان آخور...

- نه؛ نه. خودم می‌مانم.

ذبیح‌الله این را گفت و لب آخور نشست. سالار عبدالله هم کنار او نشست. زهرا بیرون رفت تا لحاف ذبیح‌الله را بیاورد. دیگر جایی برای عباس مرگان نبود. آرام خیزه کرد و از در طویله بیرون رفت.

کوچه. کوچه هم چنان سرد و سیاه بود. حاج سالم و مسلم میان کوچه در کشمکش بودند. مسلم عصای پدر را محکم می‌کشید و حاج سالم دم به دم به او می‌گفت:

ـ حیوان! حیوان!

و مسلم دم به دم به جواب پدر می‌گفت:

ـ دِ... دِ... دِ...!

عباس به سوی حاج سالم و مسلم رفت.

بخش دوّم

۱

زمستان می‌گذشت. زمستانِ کند و آرام. قاطری پاها در باتلاق گیر کرده. جان می‌کند و می‌گذشت. دیگر کمرشکن شده بود. سرما! تا بود سرما بود. سرمای خشک و پی‌دار. حالا ناگهان برف! شب، برف افتاده بود. برف سنگین. به غلو گفته می‌شد: «یک کمر». امانه اگر یک کمر، یک زانو بود. بام‌های گلیِ گنبدی و گهواره‌ای زیر سینهٔ برف بی‌نفس شده بودند. خاموش. خسته. اشترانی زیربار. هنوز می‌بارید. امانه پرکوب. سپیده‌دم ضربش گرفته شده بود. سبک می‌بارید. پرهای کبوتر. چرخ می‌زدند و می‌نشستند. برای مرگان برف جز خواری به همراه نداشت. اما برای دشت، برای بیشتر مردم زمینج، برای آن‌ها که دست کم تکه زمینی دیم و لنگه گاوی سر آخور داشتند، برف همان زر بود که می‌بارید. هر پَر برف هزار دانه گندم بود. یک هندوانه بود. یک مشت زیره بود. چهل گُل غوزه. نه تنها برای مردم زمینج که برای همهٔ اهل بیابان برف نان بود. نان بود که می‌بارید و چه خوش می‌بارید. سختی سرمایش را، تنگیِ آذوقه را باز هم می‌شد تاب آورد. این گذرا بود. امید بهار و علف تحمل را آسان می‌کرد. مرگان چندان روزگار گذرانده بود که بتواند این چیزها را بداند. در سفرهٔ پر چیزی زیاد می‌آید که او و بچه‌هایش به دندان بگیرند. اما سفرهٔ خالی؛ از آن جز خاک چه برمی‌خیزد؟ چرخ و پر روزگار به او چنین آموخته بود. مرگان دلگرسنه اگر بود ـ که بود ـ چشم‌گرسنه نبود.

مرگان دیگر جوان نبود. بسیار بر سنگ و سفال خورده بود. عمرش کم کم داشت به چهل می‌رسید ـ گرچه چهرهٔ کشیده‌اش سخت، خسته و درهم شکسته بود، و این او را پر عمرتر از آن چه بود می‌نمود، اما تازه موهای سیاهش، جا به جا، تار سفیدی به خود راه داده بودند. پایین مقراض‌وار زلف‌ها، روی پوست سخت و چغر پیشانیش، دو سه شیار تند جا بازکرده بود. دورِ چشم‌هایش چین‌های

نازک و ظریفی به چشم می‌زد. زیرگونه‌هایش فرورفتگی نمایانی داشت. دندان‌های درشت و سفیدش، در تکیدگی چهره، لب‌های باریک و زبر شده‌اش را کنار زده بود. چانه‌اش در دو سوی دهان به خطوطی خمیده آراسته بود. رگ‌های گردنش بیرون زده بود و زیر گلو، آن جا که بال‌های چارقدش را با سنجاق قفلی می‌بست، گود و تو رفته بود. آرواره‌هایش بدرجسته بودند و دندان‌که بر هم می‌فشرد برآمدگی دندان‌ها زیر پوست نمایان‌تر می‌شد. در واقع، گوشت در صورت مرگان سوخته بود و پنداری زیر این پوست آب نبود. پوستی چغر، کشیده بر استخوانی سخت و سمج، با پستی - بلندی‌های نمایان. چشم‌ها، با این همه زیبا بود. غم‌انگیز و زیبا. خانهٔ چشم‌ها گرچه گود رفته بود، اما نگاه از روشنایی تهی نبود. و قامت زن گرچه پیوسته استخوان‌هایی ریخته در پوست می‌نمود، اما خمیده نبود. راست و ایستاده بود. درون این تنِ کشیده، روحی زخم خورده در خود می‌پیچید. این روح اما لهیده نبود. پرخاشی فرو خورده را، روح زخمی درخود می‌آراست و نه زوزه‌ای دردمندانه را. هم از این بود اگر چشم‌های مرگان چنان زیبا مانده بود. درخششی سمج از قعر نومیدی. شعله‌های لرزان فانوسی، در گاو گم شبانگاهان. درشت استخوان بود مرگان. نه همچند برادرش که او جمجمه‌ای چون جمجمهٔ اسب داشت. اما در جمع زنان درشت استخوان می‌نمود؛ اگرچه کاهیده استخوان بود. زوغوریَت هنوز چندان که باید نفرسوده‌اش بود.

نگاه می‌کرد مرگان. سپیده‌دم آسمان در پوشش برف سفیدتر می‌نمود. روشنایی خوش‌رنگ؛ از آن گونه رنگ که به هیچ چیز مانند نبود. تنها با چشم و نگاه نمی‌شد حسش کرد. با جان باید می‌دیدیش. دردمند مرهم را چگونه می‌بیند؟ تشنه، آب را چگونه؟ مرگان برف را همان‌گونه حس می‌کرد. بهوش اگر در چهرهٔ زن می‌نگریستی، بازتاب سپیده‌دم بـرفی را می‌توانستی در آن ببینی. جنبشی. حالی نو. احساس این که چیزی، چیزهایی داشتند عوض می‌شدند. پندار این که تخمه‌های علف، علف‌های رنگارنگ، با نمایی که برف به خاک می‌داد، به خود می‌آمدند. پندار جنبش این تخمه‌ها، زیر خاکی‌که سراسر زمستان را سرد و خشک و اخمو در خود چمبرک زده بود؛ پندار این که خاک لب تازه می‌کند؛ پندار آفتابی که از پی برف برخواهد تافت؛ پندار خیش و شیار و دیمکاران؛ پندار این‌که دوباره

دشت دست‌های بلند خود را می‌گشود؛ پندار عرعر چارپایان و هی هی چوپانان و دودی که از تنورخانه‌های مردم برمی‌خاست؛ پندار این که اخم ابروی مردمان به هجوم پیاپی خنده‌ها فتح می‌شد، مرگان را دیگرگون کرده بود. حسی نو. از آن گونه که دختران به رس رسیده لبریز آنند. چون هنگامی که خود مرگان دشت بلوغ را ملنگ و مست می‌پیمود. مثل بیست سال پیش. روزهایی که احساس می‌کرد همهٔ مردهای جهان را می‌تواند در آغوش بکشد. آن روزها مرگان بهارمست بود. خنده‌هایش، شوخی‌هایش، رقص و دایره نواختنش، کارک ردنش، نان پختن و وجین کردن و از پی مردان دروگر، خوشه چیدنش. نخ ریستن و شب‌های بلند زمستان را در جمع دختران به چرخ تاباندن و هیرهر و کرکر پایان بردن؛ آوازها و افسانه‌ها و بیت در بیت‌کردن‌ها؛ گفت‌وگوهای زیرگوشی و حرف مردان، جوانان؛ لرزهٔ پستان‌ها و غنج غنچ دل؛ موج خون در رگ‌ها و زبانه‌های دمادم عشق؛ عشقی که گم بود و هنوز نبود. پندار عشق، پندار عاشق شدن. بودن. بودن درکار، در خانه، در بستر، در بیابان. بودن در عشق. گرهی در سبزه. بچه. بچه‌دار شدن. شیردادن. بانوج بستن. لالایی. قنداق کردن. در آب نیمه‌گرم، زیر آفتاب ملایم نیمروز بچه را شستن. احساس شوق. پسرک قلقلکی‌ست! خنده. خنده. آب. خورشید. خندیدن. خندهٔ پاکیزهٔ کودک. شکفتن غنچه. حالی میان گریستن و خندیدن. به همه چیز عاشق بودن. خاک تخت شانهٔ مرد. بوی خوش عرق زیر بغل. پیراهن سلوچ به خاک و عرق تن آغشته است. پسرک چه دست بر آب لگن می‌کوبد. بوسه. بوسه بر سر و پای طفل، هنوز دندان در نیاورده، اما قلقلکی‌ست. چه می‌خندد، غنچه! می‌شکفد. آی...

دشت مالامال گندم است. زرین. طلا باران است، دشت. آفتاب تموز. های و هوی مردان. قیل و قال خوشه چینان: زن‌ها، دخترها، بچه‌ها، کوزه‌های آب در پناه خرمن، خفته در گودی جوی، با سایه‌بانی از پالان چارپای سالار. نان و چای و خرما. مردها. جوانی. دستمال‌های ابریشمی. دستمال‌های ابریشمی را جوان‌ها به گردن بسته‌اند؛ با کاکل‌های بی‌کلاه. عرق از زیر دستمال به پایین می‌خزد؛ شیار کتف را پایین می‌رود و در تسمه بند کمرگیر می‌کند و روی پهلوها پخش می‌شود. روی عرق تن نشسته بر پیراهن، خاک گندم به رنگ شکر. پیراهن‌ها لیش

عرق. درآمیختنِ عرق و خاک، پیراهن‌ها لای‌ها شده‌اند. عرق و خاک. خاک و عرق. بازوها، شانه‌ها می‌جنبند. کارِ دست و بازو. درو افزارها، منگال‌ها و بایتی‌ها در آفتاب می‌درخشند. دروگرها با آنچه مهارت در بازو، از دسته پشته، و از پشته خرمن می‌سازند. در پی دروگرها، زن‌ها و دخترها ـ وقتی که گندم‌ها بغل‌بغل پشته می‌شوند و بر پشت پشته‌کش رو به خرمن می‌روند ـ به زمین خالی می‌ریزند تا خوشه‌هایی را که از دم منگال و بایتی مردان فرو شکسته و ریخته، برچینند.

مرگان در میان خوشه‌چینان بود. لب خو یرنشسته بود و پی رندزدن سلوچ را نگاه می‌کرد. دروگر بنامی بود سلوچ. قد و بری نداشت، رشید نبود، اما پاکیزه کار و سخت بود.

ریز نقش و چابک، سلوچ روی پاهانشسته می‌چرخید و زمین را از بوته‌های بلند و خمیدۀ گندم صاف می‌کرد. دروگر پاکیزه‌کار، سلوچ، خوش می‌داشت کمی بی‌هوا درو کند تا بیش از آنچه باید خوشه بر زمین بریزد. بر این کار او و سالار دشت هم خرده نمی‌گرفت. چرا که می‌دانست سلوچ خوشه‌ها را برای مرگان بر زمین می‌ریزد. این دیگر یک جور رسم بود. شده بود یک جور قرار پنهانی بین دروگر و سالار و خوشه‌چین. دروگر جوانی اگر خواهای دختری بود، این را حق خود می‌دانست که بوته‌های خشک گندم را با کاربرد منگال خبره‌وار چنان بتکاند تا خوشه‌های خشکیده و سست بر زمین بریزند. پیشلاوِ به کمر بستۀ دختر باید پر شود؛ پیشکش عشق، مرگان باید دست پر به خانه برود. مرگان دست پر به خانه می‌رفت. نیش و کنایۀ این و آن؟! هر که هر چه خواه‌گو بگوید! مرگان به جد نمی‌گرفت. زبانِ دیگران، دلِ دیگران است. بگذار دل برخی با مرگان نباشد. نباشد! دیگرانی همیشه هستند که بار کینه را به کنایه بر زبان می‌آورند. این دیگران به گمان خود زیرکند! غافل از این که نه زیرک، دو رویه‌اند. جرأت یکروییگی‌شان نیست. آخرش چه گفته می‌شد؟ این که مرگانِ ساربان‌ها با سلوچ تنورمال‌ها خواه‌ای همانند. بگویند! بگذار همۀ اهل زمینج با این خبر دهن خود را شیرین کنند! چه عیبی؟ چه گناهی؟ بگذار همه بر بام شوند و جاربزنند که مرگان و سلوچ با همدیگر می‌زنند و می‌خورند و در کارند. کی بود که جلوی خواستن مرگان را بگیرد؟ هیچکس. مرگان بیش از یک برادر که نداشت. پدرش مرده و مادرش هم

خانه‌نشین بود. امان چه می‌خواست بگوید؟ خودش در شوریدگیِ گیسو لقب گرفته بود: مولا امان! مولا امان، خود پر خروش‌تر عاشق گیسو بود. چندان که کارش به جنون کشیده بود. راه می‌رفت و برای گیسو بیت می‌ساخت. یک پا نجما بود. به هوای گیسو میان کوچه‌ها سرگردان پرسه می‌زد و آواز می‌خواند. شب‌ها تا صبح خواب نداشت. افسانهٔ مولا امان و گیسو پیش همهٔ خلق خدا روی روز افتاده بود. همچین برادری به مرگان چه می‌توانست بگوید؟ مرگان فقط مست سلوچ بود. با او، مولا امان که خود دیوانهٔ گیسو بود، چه می‌توانست بگوید؟ گیرم که بگوید! دشنامی و زنجیر و لگدی. چه غم؟ آن چه مرگان را می‌کشت لگد و شلاق نبود. دوری سلوچ، مرگان را می‌کشت. دوری پسر تنورمال.

«به کجا گم شده‌ای مرگان!»

به خود آمد. سرما تکاندش. چه دور! چقدر از خود دور شده بود! کجا رفته بود؟ یاد... یاد. واگشت. بچه‌هایش هنوز خواب بودند. خوریژ زیر کرسی سرد شده بود؛ خاکستر. بچه‌ها زیر لحاف چل تکه خود را جمع کرده و چماله شده بودند. مرگان رفت و دسته‌ای پنبه چوب در اجاق گیرا کرد و کتری را بار گذاشت. هاجر سر برداشت. دخترینه زودتر از پسرها باید از خواب برخیزد. عباس و ابراو بعد برمی‌خاستند. برخاستند.

ـ چه برفی؟!

عباس به دم در دوید. ابراو خود را بیخ شانهٔ برادر رساند و هر دو خیره به برفی که روی دیوارک خانه‌شان و آن سوتر روی بام خانه‌های زمینج نشسته بود خیره ماندند. چهره‌شان بخواهی نخواهی روشن بود. نگاه به هم. خنده‌ای ملایم. کم پیش می‌آمد که این دو برادر با هم بخندند. خندیدند. از آن دورها کلاغ‌ها پیداشان شده بود: قار. قار. برادرها می‌توانستند امروز را در خانه بمانند. این مایهٔ شادی بود. در چنین روزی همه می‌دانستند که کسی از زمینج پا بیرون نمی‌گذارد. پنداری تند در چشم‌های عباس برتافت: قمار! امروز می‌شد قمار براه انداخت. بچه‌های بیکار مانده همه‌شان امروز در دکان جمع می‌شدند و حلوا می‌خریدند. حلوا جوزی. بعد هم بزرگ‌ترها، آن‌هایی که جیب‌هاشان سنگینی می‌کرد، یواش به پستو می‌خزیدند و دوره به قمار می‌نشستند. تازگی‌ها آصادق یک دسته گنجفهٔ

نیمدار هم از شهر آورده بود. بزرگ‌ترها با گنجفه قمار می‌زدند، پسرها با بُجُل. آصادق از وقتی که گنجفه آورده بود دیگر خوش نداشت در پستوی دکانش بجل بریزند. سر وصدایش مانع کسب و کار می‌شد. هر کی هرکی را هم به پستو راه نمی‌داد:

«این‌جا چکارداری بچه‌جان؟! برو! برو تیشله‌بازی کن. هنوز برای تو زوده!»

پس بچه‌ها جایی نداشتند. برفی بود و میان خرابه‌ها هم که نمی‌شد بجل ریخت. می‌ماند یک جای گرم و خلوت که یک نفر بتواند فراهم کند. طویله. چه جایی بهتر از طویلهٔ خالی خانهٔ سلوچ. عباس فکر می‌کرد شاید بشود سه چهارتا از این بچه خرده‌مالک‌ها را به دام بیندازد و پای قمار را جور کند. شاید علی گناو هم می‌آمد.

شهد این پندار عباس را به سوی دولابچه کشاند. از زیر خرت و پرت‌ها قوطی حلبی بجل‌ها را بیرون آورد و به روشنایی جلوی در برگشت. بجل‌ها را روی زمین ریخت و دو دست از میانشان جدا کرد. یک دست سه تایی و یک دست چارتایی. سه‌تایی برای بازی سه بجله و چارتایی برای بازی گرگی. هر دست بجل را به کهنه‌ای بست و زیر لیفهٔ تنبانش جا داد و به سوی اجاق برگشت.

ابراو جلوی اتاق نشسته بود. مرگان یک پر علف به کتری ریخت و هاجر کار جمع کردن لحاف‌ها را تمام کرد و آمد کنار دست مادر نشست. عباس هم خودش را بیخ شانهٔ ابراو چسباند و دست‌هایش را روی آتشی که در دود داشت خفه می‌شد، گرفت. دود پنبه چوب خیس چشم را آب می‌انداخت. این بود که مادر و بچه‌هایش گرچه به اجاق چسبیده بودند تا خود را گرم کنند، اما ناچار بودند روی از اجاق بگردانند و چشم‌ها را که آب افتاده بود ببندند و دمادم آب بینی‌ها را بالا بکشند. خانه داشت پر دود می‌شد. ابراو زانوی را خواباند، کف دست‌ها را زمین زد و در اجاق فوت کرد. یکبند فوت کرد، اما دمیدن او نیروی این را که آتش در هیزم تر بگیراند نداشت. ناخوشی و زوغوریت رمقش را کشیده بود. ذله و نزار بود. هنوز نتوانسته بود جان دوباره بگیرد. همچنان تکیده و درهم شکسته مانده بود. پوزه‌اش جلوتر آمده، دندان‌هایش بزرگ‌تر و دهانش گشادتر می‌نمود. لب‌های شیپوری‌اش کبودتر شده بود و چشم‌هایش در ته کاسه‌ها دودو می‌زدند.

عاقبت نفسش برید و واپس نشست. عباس جلوی اجاق خمید و دَم خود را هر چه پرکوب‌تر به دود و پنبه‌چوب‌های تر دمید. دود بالا گرفت و نرمه شعله‌ای در دل اجاق زبانه زد. مادر به هاجر گفت که پیاله‌ها را بیاورد. هاجر برخاست و دو پیالهٔ سفالی از دولابچه آورد و پیش دست مادر گذاشت. مرگان به او گفت که آن چهار دانه سنجد را هم بیاورد. هاجر جای سنجدها را بلد بود. رفت و کیسهٔ کوچکی آورد. مادر سنجدها را قسمت کرد و به هر نفر دو تا داد. بعد پیاله‌ها را از رنگابهٔ داغ پر کرد. عباس پیاله‌ای را پیش خود کشید. این که عباس چای اول را هورت بکشد یا این که لقمهٔ اول را بردارد، رضا و نارضا، از سوی خانواده پذیرفته شده بود. چه حال و چه پیش از این عباس اهمیتی به این و آن نمی‌داد. حق خود می‌دانست که دستش را پیش‌تر از دیگران به سفره دراز کند.

تا عباس و ابراو چایشان را سر بکشند مرگان برخاست و به پستو رفت. مرگان که برگشت هنوز ابراو چشم به درِ باز و برفی که می‌بارید، داشت:

ـ کاش امروز می‌توانستیم یک برفشیره‌ای بخوریم!

مرگان پاروی شکسته و بیلچهٔ سلوچ را آورد، جلوی در گذاشت و گفت:

ـ مردش اگر هستید بروید شیره‌اش را فراهم کنید. نانش از من. این بیل این هم پارو. برف چارتا بام را بیندازید و با مزدش ده سیر شیرهٔ اَلَکی بخرید و بیارید.

عباس گفت:

ـ یک روز هم که به بیابان نمی‌رویم باید برویم برف اندازی؟

ـ برای خودت می‌روی؛ نمی‌خواهی نرو. باد هوا بخور.

ـ یک روز که نمی‌توانم بروم پی هیزم باید باد هوا بخورم؟!

ابراو گفت:

ـ اگر من دوباره سرما بخورم چی؟

ـ سرما نمی‌خوری. جوجه‌مرغ که نیستی! چادر من را ببند تخت شانه و کمرت.

عباس گفت:

ـ کفش پا چی؟ با گیوه‌های پاره پوره که نمی‌شود میان یک کمر برف قدم

برداشت؟ پاهای آدم از سرما سیاه می‌شوند!

ـ چطور برای دله‌گی می‌شود میان برف‌ها رفت، اما برای کار نمی‌شود؟... از این گذشته پاهاتان را خودم لته‌پیچ می‌کنم. تا وقتی هم برگردید یک خرمن آتش درست می‌کنم. خانه را مثل تنور گرم می‌کنم. دیگر چی؟

عباس گفت:

ـ هر کی خودش برف خانه‌اش را می‌اندازد؛ کی هست که بدهد ما برف خانه‌اش را بیندازیم؟

ـ هستند! مثلاً بیوهٔ آقاملک کی را دارد که برف خانه‌اش را بیندازد؟

ـ دهقانش! او یک دهقان دارد. کربلایی حبیب.

ـ کربلایی حبیب کجا می‌تواند در این هوا روز برف بیندازد؟ دماغش را بگیری جانش درمی‌آید پیرمرد لق‌لقو!

ـ گیرم من برف خانهٔ آقاملک را انداختم. ابراو برف کدام گور را بیندازد؟

ـ برف بام بی‌بی عبدل را. عبدل خودش این جا نیست. رفته شهر آسیاب ماشینی خریده. ابراو می‌تواند برود برف پشت‌بام‌های او را بیندازد و چارتا قران بگیرد.

دیگر هیچ بهانه‌ای نبود. عباس گفت:

ـ پس بام خانهٔ خودمان چی؟ بگذاریم این قدر زیر برف بماند تا بتُپد؟

مرگان گفت:

ـ خودم هستم، پشت‌بام خودمان را خودم پارو می‌کنم.

ـ با کدام پارو؟

ـ تو دیگر چکار به این کارها داری؟ پی کار خودت برو!

دیگر راهی نمانده بود. عباس برخاست و پارو را به دست گرفت. بیلچه برای ابراو ماند. تعجبی نداشت. این‌کار همیشهٔ عباس بود. خوش‌دست‌ترین افزار را برمی‌داشت. با اینهمه ابراو بهانه گرفت:

ـ تا حالا کی دیده که کسی با بیل برف بیندازد؟

عباس گوش شنوانداشت. پارو را صاحب شده بود و حالا داشت پاهایش را در پَتَک می‌پوشاند. ابراو همچنان چشم به مادر داشت. مرگان گفت:

ـ هر خانه‌ای که بام داشته باشد پارو هم دارد. غم و غصه ندارد؛ ورخیز خودت را به هم ببند!

ابراو تنبل نشده بود. خسته بود. یکجور خستگی یکنواخت. دلش برپا نبود. چشمش از کار می‌ترسید. چشمش ترسیده بود. سرما و زوغوریت همراه ناخوشی زهره‌اش را آب کرده بود. دورویی چرا، دلش نمی‌خواست در این برف پا از خانه بیرون بگذارد! یک جور بیم او را به زمین خانه می‌چسباند. مرگان چادر شب نخودیش را پیش ابراو انداخت و گفت:

ـ وردار دور خودت بپیچ؛ خوب گرده‌هایت را بپوشان. پاهات را هم چار تکه کهنه بپیچ... این قدر مثل شیره‌ای‌ها چرت نزن؛ یالا دیگر!

ابراو به ناچار کرختی را شکاند و از جا برخاست. راهی نبود. چادر شب مادر را تا کرد. مرگان به هاجر گفت:

ـ سرچادر را بگیر کمکش کن ببندد دختر! همان جور مثل الف ایستاده‌ای و داری نگاه می‌کنی؟!

هاجر رفت تا چادر مادر را به کمر برادر ببندد. عباس پاشنه‌های گیوه‌اش را ورکشید، دستمالی هم به دور گوش‌ها پیچید، پارو را برداشت و از در بیرون رفت. ابراو مانده بود و مادر و خواهر که او را بر هم ببندند و راهی برف کوچه کنند. مادر چادر شب تا شده را به دور شانه و پهلوهای ابراو پیچید. ابراو گفت:

ـ توبره؛ آن توبره را هم بیار ببندم به تخت پشتم هاجر!

هاجر به مادر نگاه کرد. مرگان گفت:

ـ بیار؛ آن توبره را هم بیار ببندد به تخت شانه‌اش. دارم علی‌اکبر به میدان می‌فرستم!

ابراو گفت:

ـ پس پاهایم چی؟ پابرهنه میان برف بروم؟

ـ پاهات را هم لته‌پیچ می‌کنم؛ این قدر؛ با نک و ناله‌هایت خون به جگر من مکن!

توبره؛ ابراو توبره را به شانه کشید و بندهایش را روی سینه گره زد. حالا مرگان داشت سر پاچه‌های تنبان ابراو را روی مچ پاها با کهنه لته می‌بست. بعد

نوبت خود پاها رسید. ابراو بیخ دیوار نشست و پشتش را به دیوار داد و پاها را دراز کرد. مرگان یکی از پاهای ابراو را روی زانو گرفت و هاجر یکی دیگر را، و هر دو مشغول کهنه‌پیچ کردن پاها شدند. آخرین گره روی شیب پشت پا. مرگان گیوه‌های ابراو را پیش او انداخت و گفت:

ـ دیگر خودت را از روی زمین جمع کن. زن آبستن که نیستی!

ابراو همچنان نشسته گیوه‌هایش را به پا کرد. دل هنوز یکدله نکرده بود. این بود که دست‌هایش کند می‌جنبیدند. مرگان بیش از این خود را کلاونگ ابراو نکرد. پای اجاق رفت و دخترش را پیش خود خواند و هر دو به نوشیدن چای مشغول شدند. ابراو بالاخره برخاست. انگار چاره نبود. بیلچه را برداشت و از در بیرون رفت.

برف کم‌کم داشت بند می‌آمد. دیگر آسمان ته و توی خود را داشت می‌تکاند. سبک و سبک‌تر. مرگان سینی حلبی را برداشت و به دخترش گفت که حلبی آتش را بردارد، خاکسترهایش را خالی کند و به کمک برود. بیرون رفتند. اول می‌باید راه زینه‌ها را از برف پاک کرد. پس دست به کار شدند. برف افتاده سنگین بود. اما مرگان در عمرش از این برف‌ها زیاد دیده بود. سینی را به زیر برف می‌زد، میان چلیک حلبی خالی می‌کرد و هاجر چلیک را برمی‌داشت، به کوچه می‌برد و کنار گودال می‌ریخت. راه‌پله‌ها که پاک شدند مرگان راه به بام گشود و بر بام شد.

برف بند آمده بود. آسمان ساکت بود. دم کرده و ساکت. ابر فشرده و یک ـ دست همچنان روی آسمان ایستاده بود. بام‌های زمینج، گنبدی و بانوجی، همدست از برف بود؛ سفید. کلاغ‌ها، کلاغ‌ها. خط سیاه بال‌هایی بر سفیدی هم دست: قار، قار. تک و توکی مردم روی بام‌ها. کبود. کبود. نقطه‌های کبود. مردها بودند پوشیده در چوخا و پاتاوه. پارو به دست و دست به دستکش؛ یا پوشیده در تکه‌ای کرباس، در آستر یک جیب کهنهٔ پالتو. سرها پوشیده در شال و کلاه، کمرها بسته به شال و به تسمه، یا به ریسمانی کهنه. جابه‌جا یک زن. بخار دهن‌ها، دودی دمان از هیزم ترسوزاجاقی درباد، بر زمینهٔ سپیدبرف. شیههٔ به شوق آغشتهٔ جوانی از آن کلهٔ زمینج. سکوت سوراخ می‌شود. صدا در صدا. از این بام به آن بام. گفت

وگوهای بلند بر بستر بخار دهان. علی گناو بر بام حمام. «چه‌برفی! برکت!» خوشا آن‌ها که تخمی بر زمین پاشیدند. هوا همچنان ضخیم می‌نماید. گلیمی کدر بر هرچه. سر و صدای جوانان از این کلهٔ بام به آن یک. گفت و گوها طعمی تازه دارند. کلمات، میانِ کهنه کلمات، تازه می‌نمایند. تر و تازه از برف می‌رویند. دم‌ها زنده‌اند. دم زنده. دل‌ها بیدار شده‌اند. پنداری هر سر که از بالینی برداشته شده خورجینی‌ازاشرفی پیش چشم خود یافته است. تن‌ها خمودی از خود رانده. کبود، کبود تن‌های آدم، بر بستر پاکیزهٔ برف، شادمانه می‌جنبد. جنبش موزون بازوها و شانه‌ها. پاروها چه هماهنگ به کار افتاده‌اند. خم کمرها. نقش دیرینهٔ کرد و کار آدمیزاد. بال‌ها آویخته بر گونهٔ سفید بام، پشنگ برف بر پاچهٔ تنبان‌ها، پاتاوه‌ها. نفس‌ها، مشت مشت از دهان‌ها بیرون می‌شتابد و در سرما پوش می‌شود. برف بام‌ها، کم‌کم، کم می‌شود. کبودای بام‌ها، کم‌کم، تن از زیر تن برف بیرون می‌کشد. نمودار می‌شود. بام نفس می‌کشد. مرد عرق از پیشانی می‌زداید. زن دستهٔ جارو به دو دست می‌گیرد. آن چه برف از دم پارو مانده با جارو روبیده می‌شود. گلوله‌های برف از این بام به آن بام در پرواز‌ند. جوان‌ها دلی بالنده دارند. برف‌بازی. بال کلاغان. منقار و بال گشادهٔ کلاغان. سفرهای کوتاه به یک غوش کشیدن. از این بلندی بدان بلندی. در همهٔ زمینج بیش از چند درخت نیست. یک کاج و چند سنجد. پروازهای سیاه بر ماهورهای سفید. بازتاب قار قار کلاغان. کلاغان‌گویی برای این هستند که در برف پرواز کنند. کلاغ‌ها برای چه بعد از برف چنین زود پیداشان می‌شود؟ پیش از این کجا بوده‌اند و بعد از این به کجا خواهند بود؟ از چه تاریده‌اند و در پی چه؟ چه می‌جویند؟

مرگان از قار قار کلاغ‌ها چنین درمی‌یابد که شب سردی در پیش است! زیر بغل‌های مرگان عرق کرده و پاهایش یخ زده‌اند. کار برف بام کم‌کم تمام است. مرگان به دخترش می‌گوید که آتش درست کند و خود همهٔ تلاشش را به کار می‌برد تا آخرین تکه‌های برف را پایین بیندازد. به هاجر می‌گوید که جارو را بالا بیندازد. هاجر نمی‌تواند جارو را روی بام پرتاب کند. جارو را از پله‌ها بالا می‌برد، به دست مادرش می‌دهد و زود پایین می‌آید تا آتش روشن کند. ته مانده‌های برف را مرگان جارو می‌زند و نگاه به این سوی و آن سوی دارد. نگران

می‌نماید. نگران پسرهایش. نکند از زیرکارگریخته باشند؟ دم به‌دم گردن می‌کشد، شاید بتواند روی بامی پسرهایش را ببیند. عباس! بالاخره پرهیب عباس را می‌بیند. اما نشانی از ابرو نیست. تن می‌خماند تا روفتن بام رابه پایان برد. برف‌های فرو ریخته بیخ دیوار را انباشته. فکر می‌کند باید آن را به گودال کوچه بریزد. کار بام پایان یافت. مرگان دارد از زینه‌ها شیبه می‌کند که شیون زن‌ها از ته کوچه برمی‌خیزد. بام خانهٔ مادرگناو رویش تپیده است. زن‌ها جیغ می‌کشند. تازه یاد مادر علی گناو کرده بوده‌اند! ننه گناو سر زمستان از پسر و عروسش جدا شده و به ته کوچه، زیر سقف شکسته‌ای لانه کرده بوده است. سقف همان نیمه شب دیشب پایین آمده بوده. حالا کوچه از اهالی پر شده است و دم به دم دارد پرتر می‌شود. همهٔ سقف پایین نریخته. خشت‌های خام نمور انگار آویزانند. این و آن به هم می‌گویند.

«پسرش! پسرش را خبر کنید!»

«پس این علی گناو کدام گوری‌ست؟!»

«روی بام حمام. داشت برف حمام را می‌انداخت!»

زن‌ها، تک و توکی، عروس ننه گناو را نفرین می‌کنند. او بود که سر زمستان پاهایش را در یک کفشی کرده بود که ننه گناو باید خانه و خرجش را جدا کند. مرگان خودش را می‌رساند. همه منتظر علی گناو هستند که بیاید و مادرش را از زیر خاک و برف بیرون بکشد. مرگان به خرابی نزدیک می‌شود، سر به خانهٔ فرو ریخته می‌برد وکناره‌های برجا ماندهٔ سقف را می‌پاید. سر ننه گناو بیخ دیوار بوده، این است که تا زیرقفسهٔ سینه‌اش بیشتر زیرآوار نمانده. مرگان بیشتر به خود جرأت می‌دهد و می‌رود زیر سقف نیمه فرو ریخته، زیر آسمان می‌ایستد. بعد برمی‌گردد و مردم را نگاه می‌کند. دو سه تا از جوان‌ترها به غیرت می‌آیند. زن کلاتی هم به کمک می‌آید. برف‌ها را کنار می‌زنند، خشت و خاک‌ها را برمی‌دارند. نیمی از تنهٔ ننه گناو کوبیده و له شده است؛ گوشتی که در هاون بکوبند. صورتش که خود کبود بود به رنگ دود درآمده است. معلوم نیست که مرده یا زنده باشد. اول باید از زیر خشت و خاک بیرونش بیاورند. بیرونش می‌آورند. در لحافی می‌پیچانند و بیرونش می‌آورند. چند دست، برف یک تکه از کنار کوچه را پاک می‌کنند. مرگان و زن

کلاتی همراه چندتایی دیگر ننه گناو را کنار کوچه می‌گذارند. علی‌گناو سر می‌رسد. دوان دوان سر می‌رسد. بال‌های نیمتنه و تحت‌الحنک شال سرش در باد کشیده می‌شوند. زن علی گناو هم سر می‌رسد. علی گناو پارو را به گوشه‌ای می‌اندازد و بالای سر مادرش می‌نشیند. گریه نمی‌آید. جیغ می‌زند. مردها او را کنار می‌کشند و لش ننه گناو را برمی‌دارند. علی‌گناو دست از رو پایین می‌کشد. چشمش به زنش می‌افتد که بیخ دیوار ایستاده و دارد می‌گرید. علی گناو به سوی پارویش خیز برمی‌دارد. پارو در دست‌های اوست. به زن هجوم می‌برد. فحش است که از زبانش می‌بارد. فحش‌ها می‌گویند که چرا مادرم را از خانه بیرون کردی زنکهٔ موذی! رقیه راهی به حرف نمی‌جوید. پا به فرار می‌گذارد. علی گناو او را دنبال می‌کند. پاهای رقیه قوت چندانی ندارند. پاها میان برف‌ها گیر می‌کنند. چهاردست و پا، به شکم، روی برف‌ها می‌افتد. علی گناو به او می‌رسد. دستهٔ پارو! با دستهٔ پارو به جان زن می‌افتد. رقیه بی‌بنیه است. در همان ضربه‌های اول ناکار می‌شود. نفسش می‌برد. خون جلوی چشم‌های علی گناو را گرفته است. انگار فکر این را ندارد که آن چار پاره استخوان زیر ضربه‌های او دارند می‌شکنند. دیوانه شده است. مردها دوره‌اش می‌کنند، پارو را از دست علی گناو می‌گیرند و به کناری پرتاب می‌کنند:

«مردکه! کشتیش زن بیچاره را!»

زن‌ها زن علی‌گناو را که در برف فرو رفته است، بلند می‌کنند. برف خونین شده. خون از پس کلهٔ زن علی‌گناو بیرون می‌مخمد. کتف و مچ پایش هم شکسته‌اند. رقیه نای نالیدن هم ندارد. دو تا زن، مرگان و زن کلاتی، رقیهٔ نیمه جان را رو به خانهٔ علی‌گناو می‌برند. علی‌گناو روی برف‌ها نشسته و با چشم‌های سرخ بردن زنش را نگاه می‌کند. چه شده است؟ تازه انگار دارد می‌فهمد. یک باره زوزه می‌کشد، مشت‌هایش را به سر و رو می‌کوبد و عرعر گریه‌اش را سر می‌دهد.

علی گناو کمرشکن شده است.

عباس سلوچ سر رسید. او «پا»ی قمار علی گناو بود. بیشتر وقت‌ها عباس و دو سه تای دیگر زیر کرسی علی گناو قمار براه می‌انداختند. علی گناو از آن‌ها بود که عاشق قمار هستند. بعد از آصادق دکاندار علی گناو گنجفه را به زمینج آورده بود. حالا، همچنان که روی برف‌های خونین نشسته بود، به نظر می‌رسید

که بریده است. صورت سیاه و پهن، لب‌های کبود و درشتش، رنگ باخته و به زردی می‌زدند. چشم‌هایش سرخ شده بود؛ تغار خون. عباس را که دید، زار زد:

ـ خانه خراب شدم پسر سلوچ!

عباس زیر بغل‌های علی گناو را گرفت و از میان برف‌ها بلندش کرد. هاجر کنار دیوارشان ایستاده بود. عباس پارو را جلوی خواهرش انداخت و گفت:

ـ آتش کردی؟!... برو الو کن که دست و پاهام دارند از درد می‌افتند. بدو!

هاجر پارو را روی شانه گرفت و عباس علی گناو را برد. هاجر، پیش‌تر، میان گودال کرسی آتش درست کرده بود، اما پنبه چوب‌های نمدار، آتش را به آسانی وانمی‌گرفتند. این بود که دود خانه را پر کرده بود. هاجر پارو را کنار دیوار تکیه‌داد و لب گودال زانو زد، کف دست‌ها را بر زمین گذاشت، چشم‌هایش را بست و بنا کرد به فوت دمیدن. پنبه چوب‌ها وانمی‌گرفتند و به جز دود چیزی از گودال کرسی برنمی‌خاست. دود. دود. با وجود این، چاره نبود، باید می‌دمید. چون خود دود پنبه چوب‌ها را نرم می‌کرد و کمی می‌خشکاند. اگر یک گله وامی‌جرقید، هاجر می‌توانست سینی حلبی را بردارد و آن قدر باد بزند تا آتش به تمام پنبه چوب‌ها وابگیرد. اما هنوز هیچ وانجرقیده بود و هاجر هم کاری نمی‌توانست بکند جز دمیدن. انبوه دود چشم‌هایش را آب انداخته بود. آب بینیش هم راه افتاده بود. ریه‌هایش پر دود شده بود و او همچنان می‌دمید. برادرهای خود را می‌شناخت. اگر آتش تیار نشده بود و آن‌ها سرمی‌رسیدند، معلوم نبود که کاریش نداشته باشند. هاجر هم کمی حق را به آن‌ها می‌داد. می‌توانست حس کند با پاهای لته‌پیچ و گیوه‌های پاره پوره یکی دو ساعت میان برف بودن چه معنایی می‌دهد. پاها اول سرد می‌شوند، یخ می‌شوند، بعد کرخت می‌شوند و سر آخر درد می‌گیرند. پاها، انگشت‌های پاها، مثل بچه‌های آدمیزاد، به ناله درمی‌آیند، ناله می‌کنند. همین حالا انگشت‌های پاهای خودش می‌نالیدند. اما او نمی‌توانست حواسش را متوجه پاهای خودکند. بیم. آن چه در هاجر نیرومندتر از هر حسی بود، بیم بود. بیمی که از همه، و بیش از همه، از برادرهایش داشت. نه که مادرش را به هیچ شمارد، نه! آتش اگر درست نمی‌شد، مرگان هم نامرادش نمی‌گذاشت. دست کم چند تا تپ

توی سرش می‌کوبید. پس هاجر فوت می‌دمید. می‌دمید. چندان که پنبه چوب‌ها گُر بگیرند یا او را نفس بیفتد.

ابراو خود را به خانه انداخت. می‌لرزید و دندان‌هایش برهم می‌خوردند. بیلچه‌اش را کناری انداخت و بر زمین نشست؛ گیوه‌های لیش و آغشته‌اش را از پا بدر آورد، لته‌های نم‌برداشته را از پا واگرداند و خود را به کنار گودال کرسی رساند:

ـ هنوز وانگرفته؟

هاجر همچنان می‌دمید. ابراو پاهایش را درون پنبه چوب‌ها فرو کرد. اما چاره‌اش نمی‌شد. پاها را بیرون کشید و کنار خواهرش زانو زد، کف دست‌ها را بر زمین گذاشت و همنفس دمید. در دل پنبه چوب‌های خشک شده کم‌کم گل آتشی داشت می‌گرفت. خواهر و برادر همدم به نقطهٔ گیرا می‌دمیدند. گل آتش وامی‌گرفت که عباس و مرگان رسیدند. مرگان یکسر به سر گودال آمد، زانو زد و همدم بچه‌هایش شد. عباس گیوه‌ها را از پا کند و به لب گودال آمد. شعله جان می‌گرفت. جای گفت و گو نبود. عباس کنار مادر زانو زد، کف دست‌ها را بر زمین گذاشت و دَم در آتش دمید. چهارتایی، بی‌دمی درنگ، می‌دمیدند. شعله افروخته می‌شد. تن پنبه چوب‌ها در دود خشک شده بودند و حالا نرم نرم خود را به زبانه‌های آتش می‌سپردند. هُرم آتش رامی‌شد احساس‌کرد، روی مادر و بچه‌ها داشت‌گرم می‌شد. الو در گرفته بود. با اینهمه مادر و فرزندان دم از دمیدن برنمی‌داشتند. این آتش روشن باید می‌شد. احساس رضایتی از چیرگی بر دود در خود یافته بودند. شعله سرانجام دامن گرفت و سرها واپس کشیده شد. کف دست‌ها را از روی زمین برداشتند و آب از پای چشم‌ها و نوک بینی‌ها پاک کردند و گرد آتش حلقه زدند. ابراو پاها را روی آتش نگاه داشته بود. چندان که سر پاچهٔ تنبانش آتش گرفت. مرگان پاهای ابراو را پس انداخت و آتش سرپاچه را کف‌مال کرد. عباس تکه چوبی به دست گرفته بود و آتش را در هر گله که داشت خفه می‌شد، وامی‌گیراند. هاجر کتری را از روی اجاق آورد و کنار گودال جا داد.

وقتش بود که بدانند عباس و ابراو چه به خانه آورده‌اند. عباس به مادر گفت که جاگایی بیاورد. مرگان سینی حلبی را با بال پیراهن خشک کرد و پیش دست عباس گذاشت. عباس کمربند باز کرد. دهنهٔ جیب‌هایش باز شدند. کمر را

روی دهنهٔ جیب‌هایش بسته بود. خود را به مادر نزدیک‌تر کرد و گفت:

ـ خالی کن!

مادر پنجه‌های بلندش را درون جیب عباس فرو برد و گندم‌ها را مشت مشت بیرون آورد. بدک نبود. نیم منی می‌شد. عباس وقتی داشت جیب‌هایش خالی می‌شد، زانوها را بر زمین زده و با قامتی راست، آرام ایستاده بود. به ماده‌گاو نجیبی می‌مانست که روی دیگچه خیمه زده و با رغبتی آمیخته به غرور دارد شیر می‌دهد. صورتش آرام بود. چشم‌هایش در آتش پنبه چوب‌ها خانه کرده بود. لب‌هایش جمع شده و روی دندان‌هایش را پوشانده بود. ابراو سر به زیر داشت و زیرچشمی برادر را می‌پایید. هاجر دور از دیدرس عباس، با چشمانی سرشار از حرمت، برادر را نگاه می‌کرد. مرگان شوق خود را پنهان می‌داشت. اما جنبش تند دست‌ها و تپش قلبش را نمی‌توانست پنهان بدارد. با دقتی که می‌شد در او سراغ داشت، ته و بر جیب‌های عباس را ناخن کشید و آخرین دانه‌های گندم را با دل انگشت‌ها بیرون آورد. بعد آستر جیب‌ها را بیرون کشید، روی سینی تکاند و دوباره مرتبشان کرد. خواست که بازوهای پسر را به شوق میان چنگ بگیرد و بفشارد، اما چنین نکرد. سر آستین‌ها را فقط فشرد و به هاجر گفت:

ـ برایش یک پیاله چای بریز.

نوبت ابراو بود. او دست به زیر بغل برد، یک تا نان ملایم بیرون آورد، روی گندم‌ها گذاشت و گفت:

ـ این هم... زن آقاملک داد.

بعد از آن چند سکهٔ دهشاهی یک‌قرانی از کیسهٔ کوچکی که همیشه به گردن داشت، کف دست خود خالی کرد و گفت:

ـ این‌ها را هم خود داماد آقاملک داد.

دست‌های عباس و مرگان در یک دم، زیر دست ابراو ناودان شد. ابراو سکه‌ها را کف دست مادر ریخت. چشم‌های عباس به دیدن خرده پول‌ها در یک دم برق زد و تاریک شد. دست پس کشید و گفت:

ـ مگر نباید بروم شیرهٔ انگور بخرم؟!

ابراو گفت:

- خودم می‌روم می‌خرم!
- با این گیوه‌های جر واجری که تو داری؟ نمی‌بینی پاهات از سرما مثل چغندر سرخ شده‌اند.

عباس به جواب نماند. برخاست و کاسهٔ لعابی را از لب تاقچه برداشت، گیوه‌هایش را پوشید و بالا سر مادرش ایستاد. مرگان نتوانست «نه» بگوید. تاب نگاه عباس را نیاورد. او چنان سخت ایستاده بود که گویی خرده پول‌ها را در جیب خود می‌دید. مرگان که می‌رفت پول را سر بال چارقد خود ببندد آن را نومیدانه به دست عباس داد و گفت:
- جان خودت قول بده که چیزی از رویش ورنداری.

عباس از در بیرون زد. جرینگ جرینگ پول پروازش می‌داد. ابراو که خیز برداشتن برادر را نگاه کرده بود و همچنان به جای خالی او خیره بود، گفت:
- او مگر می‌تواند دزدی نکند؟ این عباسی که من می‌شناسم پستان مادرش را هم گاز می‌گیرد!

مرگان هیچ نگفت. چه می‌توانست بگوید؟ برای ابراو یک پیاله چای ریخت و رفت و چهاردانه سنجد بیاورد. ابراو پیالهٔ چای را برداشت و مرگان دختر را پی برف پارو نخورده فرستاد:
- از سر دیوار وردار!

ابراو هستهٔ سنجد را در میان آتش تف کرد و پرسید:
- هیچ خبری از «او» نشد؟

مرگان رو گرداند و گفت:
- نه!

ابراو شاید می‌خواست از پدرش چیزی بداند، اما مرگان حرف را در دهان پسر پس راند:
- چایت را بخور!

ابراو چای پیاله را هورت کشید و خاموش ماند. پیدا بود که مرگان نمی‌خواهد حرف سلوچ پیش کشیده شود. هرگز، به هیچ بهانه‌ای راه به گفت و گو نمی‌داد. فراموش! می‌رفت تا به هر زحمتی شده شوی را فراموش کند. سلوچ

رفته بود و مرگان هم دندان بود و نبود او را کنده و پشت‌بام انداخته بود. دل او ـ شاید ـ با دل بچه‌هایش فرق می‌کرد. هرچه و به هر انگیزه که بود مرگان از این بابت رحمی به دل راه نمی‌داد. بچه‌ها را از نام سلوچ هم می‌رماند. آن‌ها حق این را نداشتند که پیش روی او حرف پدرشان را بزنند. همین بود که ابراو زبان به کام گرفت و دیگر دم برنیاورد.

هاجر برف را آورد. مرگان دستمال برف را از او گرفت. هاجر کنار آتش نشست. مادر برف را در غِلِف جا داد و به کنار گودال برگشت.

ـ ننه گناو می‌میرد، ننه؟

مرگان به جواب دخترش گفت:

ـ همه می‌میرند ننه!

به نظر مرگان رسید که هنوز یک تکه پیه بز ته دبه‌اش دارد. برخاست و به پستو رفت. دبه را آورد، تهاش را تراشید و غلف را وربار کرد. بعد سینی گندم را به پستو برد تا جابه جایش کند. از پستو که بیرون آمد. عباس برگشته بود. مرگان کاسهٔ شیره را از دست عباس گرفت. میان غلف ریخت و به هاجر گفت که سفره را پهن کند. هاجر سفره را آورد و عباس کنار گودال نشست:

ـ توی دکان آصادق همه‌اش حرف ننه گناو بود. می‌گویند مردنی است!

ابراو گفت:

ـ همهٔ پول‌ها را دادی به شیره؟

عباس بی‌آن که به برادر نگاه کند، گفت:

ـ همه‌اش مگر چقدر بود؟

ابراو گفت:

ـ از گُه سگ هم نجس‌تر باشد اگر ده شاهی از پول من را بالا کشیده باشی!

عباس بی‌اعتنا گفت:

ـ باشد!

برای ابراو از روز هم روشن‌تر بود که عباس همهٔ پول را شیره نخریده است. حتی او می‌توانست گمان کند ـ گمانی نزدیک به یقین ـ که عباس توی

شیره آب قاطی کرده است. اما چیزی به دست نداشت تا حرفش را به کرسی بنشاند. از آصادق دکاندار هم نمی‌شد حرف بیرون کشید. خودش را محرم همه کس می‌دانست. نه این که جنس دزدی می‌خرید، خیال می‌کرد همه کاری پنهانی و سرّی باید باشد. ابراو یقین داشت که هیچ حرفی از آصادق درنمی‌آید. او حرف یو میه‌اش را هم نمی‌زد، چه رسد به این که بیاید و سر ده شاهی یک قران خودش را دچار قشقرق کند. آنهم محض خاطر یک بچه؛ ابراو. اما ابراو پیش خود عهد کرد که دزدی عباس را بگیرد. برای همین به رفتار او بیشتر دقیق شد. عباس دستپاچه بود و نمی‌توانست دستپاچگیش را قایم کند؛ این یکی. دیگر اینکه خودش را به موش مردگی زده بود و دلش نمی‌خواست جواب ابراو را بدهد. از همهٔ این‌ها گذشته سر درگریبان خود داشت. انگار نقشه‌ای در کله‌اش بود. سفره را هم که پهن کردند، عباس تند و تند چهار لقمه توی دهانش چپاند، تکه‌ای نان برداشت، گیوه‌ها را به پا کشید و از در بیرون زد. رفتنش هم طور دیگری بود. انگار بال درآورده باشد! این‌جور پریدن بی‌علت نبود. زیرجلی با دمش گردو می‌شکست

«باشد تا ببینیم!»

ابراو ته و بر کاسه را لیسید، کنار رفت و خود را بیخ دیوار کشاند و گفت:
- شعله‌ها فروکش، کرد کرسی را بیار!

هاجر کرسی را میان گودال جا داد و لحاف را روی کرسی پهن کرد. ابراو به دربند خزید، زیر کرسی لم داد و لحاف را تا زیر بینی بالا کشید. اگر عباس نگرانش نکرده بود، می‌توانست روز دلچسبی را زیر کرسی به شب برساند. اما خیال عباس آرامش نمی‌گذاشت. فکر این را نمی‌توانست به کله بدهد که عباس برای بازی به خانهٔ علی گناه رفته باشد. علی گناه هرچه و هر جور که بود، ابراو باورش نمی‌شد که در چنین حالی - با وجود سر و دست شکستهٔ زنش و نفس‌های آخرین مادرش - باز هم کنار همان نیمه جان‌ها به بازی گنجفه بنشیند. آصادق هم که روی خوش به عباس نشان نمی‌داد. اصلاً به پستوی دکان راهش نمی‌داد. چون عباس نه پولش را داشت و نه همسر و هم شأن قماربازهای دکان آصاق بود. «پا»ی بازی دکان آصادق آدم‌های آبروداری بودند. یکی‌شان حسابرس حاج‌علی‌ها

بود. یکی مراد دشتبان. یکی هم آقای واثقی از خرده‌مالک‌های معتبر زمینج. یکی دو نفر دیگر هم بودند که تازه پایشان به پستو باز شده بود. خداداد و حمدالله که این آخری ـ به گردن خودش ـ این طرف و آن طرف دست به دزدی ـ گرگی‌هایی زده بود. پس عباس باید چند نفری را جور کرده و میان طویله‌ای یا انبار خرابه‌ای مشغول بجل بالا ریختن باشد! صبح هم بی‌خودی بجل‌هایش را جور و یکدست نکرده بود. هر حسابی بود پیش خود کرده بود. چه معلوم که نیمی از گندم مزد برف‌اندازیش را پیشاپیش به دکان آصادق نبرده و پول نکرده باشد؟ هر چه بگویی از او برمی‌آید:

ـ به گمان تو ننه، گندمی که عباس آورد همهٔ مزدش بود؟

مرگان که هنوز داشت انگشت‌هایش را می‌لیسید، گفت:

ـ تو هم که چقدر تاریک‌بینی پسر! خوب معلومه که همه‌ش بود. خیال می‌کنی آن زنکه سخاوتش بیشتر از این‌هاست؟

ابراو دیگر هیچ نگفت. مرگان گفت:

ـ سرت را بگذار و یک چرت بخواب، کرسی به این گرمی!

ابراو گفت:

ـ من باورم نمی‌شود! این عباس اگر بگوید ماست سفیده من باورم نمی‌شود!

مرگان دیگر جوابی نداد. خود را به واجستن زیر موهای هاجر سرگرم کرد. ابراو هم بیشتر زیر کرسی فرو خیزید و پاهایش را کش داد. گرمای کرسی خستگی و سرما را پس می‌زد و با این که خیال ابراو آسوده نبود، آرام آرام تنش در لذت آسودن غرق می‌شد. پلک‌ها سنگین می‌شدند و خواب می‌گفت «بگیر که آمدم!» دنیا، در این دم جز گهواره‌ای آرامبخش چیزی دیگر نبود.

نفیر ملایم ابراو به مرگان آرامش خیال می‌داد. بی‌اختیار نگاه به روی پسر داشت. پلک‌هایش، مژه‌هایش، برهم‌لمیده‌بودند. صورتش آرام بود. جای تب خال کنج لبش کم‌کم داشت محو می‌شد. موهای کوتاه روی پیشانی پهنش چسبیده بودند. چهره‌اش، مثل روی آب، پاک و ملایم بود. دل مرگان می‌خواست برخیزد و برود روی گونهٔ پسرش را دزدانه ببوسد. اما چیزی مثل لایه‌ای نامرئی مانعش

می‌شد. از این که مهربانی خود را بنمایاند شرمنده بود. مرگان چنین بود. مهر خود را نمی‌توانست به سادگی بازگو کند. عادت نداشت. شاید، چون بروز دادن عشق، فرصت می‌خواهد. گه‌گاه هم اگر مرگان گرفتار قلب خود می‌شد، ثقل خشک و خشنی سد راهش بود. پس بیان مهرگویی خود بیگانه‌ترین خصلت او شده بود. گرچه جوهر مهر عمیق‌ترین خصلت مرگان بود. به جای هرچه، زبری و خشونت. به جای هر چه، چنگ و دندان و خشم. و این، عادت شده بود. عادتِ پرخاش و واکنش‌های سخت، به هرچه. احساس مهربانی مرگان غصب شده بود. شاید بشود گفت «تاراج!» و این حس تنها هنگامی جلوه می‌کرد که جان او آرام گرفته باشد. دریا که آرام بگیرد مروارید دست می‌دهد: تبلور مهر.

مرگان آرام گرفته بود. چهرهٔ مرگان آرام گرفته بود. همکنار دخترش به زیر کرسی خزید، آرنج ستون سر کرد و با دست دیگر به نوازش موهای هاجر پرداخت. دختر با احساسی آرام و راضی کنار مادرش دراز کشیده بود. چنانکه انگار هیچ اتفاقی نیفتاده و هیچ اتفاقی هم نخواهد افتاد. نگران اینکه خوابش ببرد یا نبرد، نبود. مادر کنار او بود. دیگر چه غمی؟ مرگان در گوش او نجوا می‌کرد. صدایش آهنگی ملایم داشت. نرم و ملایم. خوشایند گوش و دل:

«روزگار همیشه بـر یک قرار نمی‌ماند. روز و شب است. روشنی دارد، تاریکی دارد. پایین دارد، بالا دارد. کم دارد، بیش دارد. دیگر چیزی از زمستان باقی نمانده. تـمام می‌شود. بهار می‌آید. هـوا ملایم می‌شود. دست و دل مردم باز می‌شود. کار، دست می‌دهد. دست تنگی نمی‌ماند. می‌رود. پایمان به دشت و صحرا باز می‌شود. بیابان خدا پر علف می‌شود. شیر و ماست، دست می‌دهد. گرچه ما گوسفندی نداریم، اما دیگران که کم و بیش دارند. بالاخره نیم من دوغی هم گیر ما می‌آید که نانمان را تر کنیم و بخوریم. برادرهایت بزرگ می‌شوند. روز به روز بزرگ‌تر می‌شوند. کاری‌تر می‌شوند. تو بزرگ‌تر می‌شوی. قدمی‌کشی. رنگ و بار پیدا می‌کنی. ساق و سمت سر جایش می‌آید. سر و سینه‌ای به هم می‌رسانی. بگذار بوی بهار به دماغت بخورد برای خودت دختری می‌شوی. مگر چه چیزی از دخترهای دیگر کم داری؟ فراخور عمرت خیلی هم خوبی. چشم و چنگت هم شکر خدا، عیب و نقصی ندارد. کر و گنگ هم که نیستی. چهار ستونت که سالم

است. اگر پوست به استخوانت چسبیده باعثش زمستان است. در زمستان بیشتری‌ها این جور می‌شوند. بهار که بیاید آبی هم زیر پوستت می‌دود. تازه، شتابی نیست. هنوز دو سال دیگر مانده که چهارده ساله بشوی. در این دو سال هم، نان را از دهن خودم می‌بُرم و به دهن تو می‌گذارم. نمی‌گذارم چشم‌هایت از زوغوریت سفید شوند. نمی‌گذارم استخوانت بسوزد. به گلوی خودم می‌چسبم اما تو را به روی روز می‌رسانم. بالاخره بنده خدایی هم یافت می‌شود که مثل آدمیزاد دست تو را بگیرد به خانه‌اش ببرد و همراه تو روزگار بگذراند. امروز نه، فردا. خیلی هم آرزویش را بکنند. دختری دارم مثل یک دستهٔ گل. باباش هم مثل خیلی‌های دیگر به سفر رفته و برمی‌گردد. مرد برای سفر ساخته شده. همهٔ مردها سفر می‌کنند. همهٔ مردها خطر می‌کنند!»

مرگان دروغ می‌گفت و خودش هم می‌دانست که دارد دروغ می‌گوید. اما چرا، چطور شده بود که از سلوچ می‌گفت؟ این را نمی‌دانست. چرا - به دروغ - می‌گفت که خبری از پدرشان رسیده؟ شاید می‌خواست که بچه‌ها برای خود، تکیه‌گاهی - هر چند دور و گم - حس کنند. برای همین دروغ‌های تازه‌ای به نظرش آمد که پیش بچه‌ها به هم ببافد، و دور و نزدیک، این دروغ‌ها را یک جوری به گوش دیگران هم برساند:

«برایم پول فرستاده. از تهران!»

«خبرش آمده که یک گاری خریده؛ چشم بد به دور!»

«گفته می‌خواهد بیاید ما را هم ببرد. اما کی می‌رود؟ خیال کرده من سنگ سر دست او می‌شوم! هه!»

دنبال دروغ‌هایی که می‌گفت، دیزی بی‌گوشت را بار می‌گذاشت، نخالهٔ خشک دورش می‌ریخت و دود اجاق را تا آن سر کوچه می‌فرستاد:

«خواهرجان، چرا باید بچه‌هایم را زوغوریت بدهم؟! حالا که باباشان یک مشت پول برایم راهی کرده من دو هم سیر گوشت می‌خرم و برایشان بار می‌کنم. آخر مسلمان آدم اگر چهل روز گوشت نخورد، می‌گویند کافر حساب می‌شود! نه، نه، شکر خدا به بچه‌هایم سخت نمی‌گیرم.»

اما، اگر نه همه، شمس‌الله قصاب می‌دانست که مرگان خیلی وقت است

که از او گوشت نخریده است.

بگذار بداند. این دروغ که لطمه‌ای به او ـ به کسی ـ نمی‌زند. هر جور و به هر بهایی مرگان نمی‌خواست شویش را از دست شده به گمان آورد. تا بعد چه پیش آید.

هاجر را خواب برده بود. صدای خواب، خانه را پر کرده بود. تنها مرگان بیدار بود و چشم به در داشت. خاموش بود و خاموشیش در دم و بازدم نفیر بچه‌ها، خاموش‌تر می‌نمود. نگاهش به بیرون بود. در حیاط خانه، برف بیخ دیوارک کوتاه، پشته شده بود. به نظر می‌رسید که هوا کم‌کم دارد روشن‌تر می‌شود. ابرها، به گمان، واپس می‌زدند. شاید آفتاب برمی‌آمد. آفتاب که برآید برف قشنگ می‌شود. این بود که نگاه مرگان می‌درخشید. خیره به برف و منتظر آفتاب. دلش می‌خواست برخیزد و برود خبر احوالی از ننه گناو بگیرد. اما خودش نمی‌دانست چرا این دست و آن دست می‌کند! تنبلی می‌کرد. کرسی گرم بود، خانه آرام بود و خیال، برایش جذبه داشت. اما از دمی که فکرش به راه خانهٔ علی گناو، و به حال و روز ننه گناو رفته بود، دیگر آرام نبود. آرامشش را چیزی می‌گزید. عاقبت دوام نیاورد. خود را از زیر لحاف بیرون کشید ولخه کفش‌هایش را به پا زد، چادرش را روی سر انداخت و رفت از در خانه بیرون برود که شانه‌های پهن علی گناو چارچوب در را گرفت. علی گناو، مثل همیشه مشغول بافتن پوشاک زمستانه بود. جوراب پشمی، شال یا کلاه. دم در، خاموش ایستاد و به مرگان نگاه کرد.

ـ داشتم می‌آمدم خانهٔ شما. مادرت چطوره؟

علی گناو لب‌های درشت و کبودش را آرام جنباند و با صدای بم و خوش‌آهنگی گفت:

ـ خوب نیست! گمان نکنم ماندنی باشد. می‌خواهم یکی را به «ده بید» بفرستم پی شکسته‌بند.

ـ که برای رقیه بیاورند؟

ـ ها، برای رقیه. مادرم که دیگر کارش ساخته‌ست. رقیه، این زنکهٔ موذی، بالاخره سیاه‌روزم کرد! آن قدر که توانست به گوش من خواند تا بیچاره پیرزن را آوارهٔ خرابه‌اش کردم و عاقبت هم به همچو حال و روزی افتاد. امروز صبح من

حال خودم را نفهمیدم. زدم و ناکارش کردم. به گمانم سه چهار جایش شکسته باشد. حالا می‌گویند باید پی شکسته‌بند بفرستم یکی را. پسر خالهٔ مادر رقیه راه افتاده که برود، اما مادرش مانع است. می‌گوید نمی‌گذارم پسرم میان چنین هوا روزی تنها از ده بیرون برود. همراه می‌خواهد. به عقلم رسید که یکی از پسرهای تو را همراهش کنم برود. مزدش را هم می‌دهم.

مرگان گفت:

ـ عباس که خانه نیست. ابرو هم که خواب است. خودت که...

علی گناو گفت:

ـ خرم را هم می‌دهم ببرند. از این راه کلّه به کلّه سوار می‌شوند و از آن طرف هم مردکهٔ ده‌بیدی را سوار کنند بیارند. چوب و چماق هم به‌شان می‌دهم که یک وقت جانور و جمنده‌ای اگر سر راهشان درآمد، بتارانند.

مرگان، دو دل، برگشت و به ابرو نگاه کرد:

ـ چه می‌دانم! کدام یکیشان را می‌خواهی؟

علی گناو گفت:

ـ عباس از کار درآمده‌تر است، اما ابرو از او جَلدتره. هر کدامشان دلشان بخواهد بروند من حرفی ندارم. مردکه را که بیاورند پنج تومن می‌گذارم کف دستشان. خودم باید بالاسر این دو تا زن باشم، وگرنه به راه می‌زدم و یکه می‌رفتم. هوا هم دارد آفتابی می‌شود. رفت و برگشت، سه چهار ساعتی بیشتر راه نیست. حالا راه بیفتند پیش از نماز دگر برگشته‌اند. این روزها پنج تومن پول کمی نیست. خودت که می‌دانی!

مرگان دلش نمی‌آمد ابرو را از خواب بیدار کند. از پنج تومن علی گناو هم نمی‌توانست دل برکند. با این پول می‌توانست نان چند روز بچه‌ها را فراهم کند. این روزها کجا همچین کاری یافت می‌شد؟ اتفاقی بود. سالی ماهی یک چنین چیزی پیش می‌آمد. پس نباید مرگان می‌گذاشت علی گناو به کس دیگر رو کند. اما کدام یکی را باید راهی کرد؟ ته دل مرگان می‌گفت: عباس را. عباس پربنیه‌تر و استخوان‌دارتر بود. ابرو علاوه بر این که از عباس بچه‌تر بود ناخوشی زمستان هم پاشانده‌اش بود. مرگان چشم می‌زد از این که در چنین هوا روزی ابرو را به میان

برف و بیابان بفرستد. ترس این که نتواند گوش و گلیم خودش را از آب بدر بکشد. عباس هم دم دست نبود. و اگر بود مرگان امید این را نداشت که همهٔ مزدش را به خانه بدهد. این بود که مرگان همچنان دو دل مانده بود.

- از پنج تومن بیشتر نمی‌دهی علی خان؟

ابراو بود که سر و سینهٔ استخوانیش را از زیر لحاف بیرون آورده بود و به علی گناو نگاه می‌کرد. علی پا به خانه گذاشت و گفت:

- تو که بیداری؟

ابراو خود را به تمامی از زیر لحاف بیرون کشید و گفت:

- از صدای تو بیدار شدم. یکه باید بروم؟

- نه! قلی جهرمی هم با تو می‌آید. خرم را هم می‌دهم که سوار شوید.

ابراو گفت:

- پاوزارها و پاتاوه‌ات، با چوخایت را هم اگر امانت بدهی من می‌روم.

علی گناو گفت:

- پاوزارهای من که برای تو بزرگند!

- تو چکار داری؟ پاهایم را پتک‌پیچ می‌کنم.

- پس ورخیز بیا خانه. یک تا نان هم براتان می‌گذارم میان خورجین. بیا خانه، سر راه یک پیاله چای هم بخور.

علی گناو گفت و پا از در بیرون گذاشت. ابراو برخاست و به مادرش گفت:

- پنج قرانش مال خودم.

مرگان هیچ نگفت. ابراو گیوه‌هایش را به پا کرد. صدای علی گناو از پشت دیوار شنیده شد:

- حالا که ابراو دارد چارق پاتاوه می‌کند که برود.

عباس گفت:

- چارق پاتاوه‌ش کدام گوری بود او؟ با آن گیوه‌های جر و اجر مگر می‌شود میان برف راه رفت؟

علی گناو گفت:

- قراره پاوزار و پاتاوه‌های من را امانت بگیرد. چوخایم را هم می‌دهم که

روی سرش بیندازد.

عباس گفت:

ـ به این قرار که خود من می‌رفتم!

علی گناو گفت:

ـ من هم دلم می‌خواست تو می‌رفتی، اما حرفش را با ابراو زدم. برو راضیش کن و به جایش راه بیفت. این‌ها را که جمع کرده‌ای چکار می‌کنی؟

اشارهٔ علی گناو به پسر میانی کدخدا، تنها سالار عبدالله و یکی دو تای دیگر از نوجوان‌های زمینج بود که دور عباس ایستاده بودند.

عباس گفت:

ـ این‌ها می‌روند خانه‌هاشان. بازی که واجب نیست! اگر من بروم آن سید شکسته‌بند را از زمین سیاه هم که باشد بیرونش می‌کشم و می‌آورم. اما این یک وجب بچه زبانش کجابود تا بتواند آن پیرمرد شیره‌ای را میان همچین برفی از زیر کرسی بیرون بکشد؟

ابراو که حالا به کوچه آمده و کنار مادرش ایستاده بود، گفت:

ـ وقتی که سید را آوردم معلوم می‌شود. برویم علی خان!

ابراو به راه افتاد، اما علی گناو همچنان ایستاده بود. بوی بازی را حس می‌کرد. به بچه‌ها نگاه کرد و گفت:

ـ با بجل یا گنجفه؟

عباس به پسرها نگاه کرد و گفت:

ـ گنجفه‌مان کجا بود؟! گنجفه‌هات را امانت می‌دهی؟

علی گناو در پی ابراو براه افتاد و گفت:

ـ شاید خودم آوردمشان.

دیگر این یقین بود که علی گناو ابراو را پی شکسته‌بند خواهد فرستاد. چون اگر عباس را می‌فرستاد، داوبازی به هم می‌خورد و گناو چنین نمی‌خواست. پس عباس بچه‌ها را رو به خانه براه انداخت و دنبال سر علی گناو گفت:

ـ می‌آیی پس؟

علی گناو گفت:

- ای... شاید!
عباس، همراه خود، بچه‌ها را به خانه برد. مرگان گفت:
- نه؛ میان خانه نه! اگر خیلی دلت می‌خواهد توی طویله.

برای رفتن به طویله اول می‌بایست برف‌های جلو در برداشته می‌شدند. عباس به اتاق دوید، بیلچه را برداشت، بیرون آمد و به کار گشودن راهی در برف شد. پسر سالار و پسر کدخدا ایستاده بودند، این پا آن پا می‌کردند و لب می‌جویدند. پیدا بود که بیمناک‌اند. بیمی از پی سر. نمی‌خواستند این دور و برها دیده بشوند. نمی‌خواستند هم که حریف‌ها، عباس و قدرت و پسر صنم، به بیم آن‌ها پی ببرند. کسر شأنشان بود که فهمیده شود آن‌ها ترس پدر دارند. عباس به آن‌ها گفته بود که هیچ‌کس خانه نیست. اما تا این دم سه نفر آن‌ها را دیده بودند. گرچه غریبه نبودند، اما همین که داو نبودند، خودش جای شک بود. به جایش پسر صنم و قدرت باکشان نبود. قدرت که بازی و فوت و فن آن را از پدرش داشت: محمد غریب. او برای خودش یک لیلاج بود. به بازی کردن قدرت کاری نداشت؛ باختن قدرت بود که او را به فغان می‌آورد. قدرت اگر با جیب خالی به خانه می‌رفت، آن وقت بود که محمد غریب هر چه دم دستش بود برمی‌داشت، سر به دنبال پسرمی‌گذاشت و تا بیرون زمینج، تا خرمنگاه می‌دواندش و بعد، در حالی که عرق از زیر کلاه چرکمرد نمدیش به روی شقیقه‌های خشک و ریش‌های خلوت‌ش راه می‌افتاد، در نفس نفس زدن‌های بی‌رمق خود بنای فحش را می‌گذاشت و بدتر از هرچه بد را بار قدرت می‌کرد:

«... سرخی مال! مزهٔ پای عرق! کی به تو گفته که پول نازنین من را ببری و بریزی میان چاه و برگردی؟! اسب؟ تو اسب بیاری؟ تو نقش بیاری؟ اقبالت کجا بود تو، کـ... پیشانی؟ کوم سیاه ولدالزنا؟ تو پایت را که به این دنیا گذاشتی، من مادرت را بی‌نفس کردم، بدپا قدم، تو منِ پیر کردی. روزگار من از دست تو سیاه است، تو... توی کج اقبال بجلی را که بالا می‌اندازی، می‌خواهی نقش بنشیند؟»

در چنین لحظاتی - که کم نبودند - برای محمد غریب اهمیت نداشت که قدرت دنبال سر او راه بیاید و حرف‌هایش را بشنود؛ یا این که دیگران حرف‌های او را بشنوند. برای محمد غریب، در آن لحظه، فقط گفتن چنین حرف‌هایی لازم

بود و مهم بود. بار دلش را سبک می‌کرد و اگر نمی‌گفت دلش می‌ترکید. گرچه در این لرزتن مجبور می‌شد سه نخود بیش از جیره برای خودش بچسباند. این بود که قدرت حرف باختش را کمتر به پدرش می‌زد.

پسر صنم این‌جور نبود. افسار مراد روی شانهٔ خودش بود. مادرش با برادر بزرگ‌تر ش شیره کشخانه داشتند. تنها مراد میانشان عملی نبود. زبانش هم سر مادر و برادرش دراز بود. جثّه ورفتارش هم طوری بود که برادر بزرگ‌تر به سود خود نمی‌دید تاکار رابامراد به جدال بکشاند. مراد کاری بود و نان خودش را درمی‌آورد. پس گردنش راست بود و بی‌واهمه ـ اگر دلش می‌خواست ـ همداو بازی می‌شد.

ـ بدهش من این بیل را. انگار نان نخورده بی‌پیر!

مراد بیل را از دست عباس گرفت و همچنان که می‌خندید و عباس را به بچه‌ها نشان می‌داد، گفت:

ـ نگاش، نگاش چه عرقی به پیشانیش نشسته؛ انگار کوه کنده!

و روی بیل تا خورد و تا برف‌ها را به یک سو نپاشید و بیخ دیوار نینباشت، کمر راست نکرد. بعد از آن بیل را به یک دست گرفت و در طویله را با فشار شانه باز کرد. طویله تنگ بود. جای ده دوازده گوسفند و یکی دو گوساله. با وجود این، کسی یاد نمی‌داد که سلوچ تنورمال دامی به جز همان خری که سال پیش علفی شد و مرد در این طویله داشته باشد.

بچه‌ها به طویله ریختند. زودتر از همه پسر سالار و پسر کدخدا خودشان را به تاریکی طویله انداختند و در کنجی روی لبهٔ آخور خپ کردند. پسر صنم، قدرت و عباس زانو زدند و بناکردند به روفتن نخاله و خاک از کف طویله. نرمه خاک پهن به هوا برخاست و در شاخه نوری که از لای در به درون می‌تابید، پیچید. خاک و بی تمام شد دست‌ها از کار باز ماند. کف هموار شده بود. پسر سالار در طویله را پیش کرد و عباس با شوقی که سر به شهوت می‌زد بجل‌ها را از لیفهٔ تنبان بیرون آورد، و به داو ریخت و گفت:

ـ یالا! بیایید پیش!

پسر سالار همچنان لب آخور نشسته، چشم چپش را تنگ‌تر کرده و به بجل‌های ریخته بر زمین نگاه می‌کرد. همچنان تردید داشت و احتیاط می‌کرد. اما

پسر کدخدا چنین نبود. حمدالله که با کلهٔ بزرگ و چشم‌های ورقلمبیده، شباهت نزدیکی به دایی دیوانه‌اش مسلم داشت، کسر خود می‌دید که جلوی پسرهای مرگان و صنم و محمد غریب دودلی نشان بدهد. این بود که زودتر از دیگران پیش آمد، کنار داو نشست، دست به بجل‌ها برد و آن‌ها را بی‌هوا بالا انداخت. بجل‌ها روی کف نرم طویله نشستند و حمدالله که می‌نمود در سر دارد بازی را بچرخاند، بار دیگر آن‌ها را از روی زمین جمع کرد و گفت:

ـ خوب؟!

عباس به جلیل، پسر سالار، نگاه کرد و گفت:

ـ ورخیز بیا دیگر! چرا دست دست می‌کنی؟!

جلیل گفت:

ـ شما بریزید اول، من می‌آیم.

پسر صنم گفت:

ـ دل دل مکن. ورخیز بیا! مرد باید دل و گوده داشته باشد.

جلیل گفت:

ـ بریزید. حالا شما بریزید.

حمدالله گفت:

ـ می‌ریزیم. گرگی دیگر، نه؟

قدرت خبره‌وار گفت:

ـ می‌خواهید هم سه‌بجله بریزیم؟

عباس گفت:

ـ میل خودتان است.

مراد گفت:

ـ من حرفی ندارم. هر دو جورش هستم.

عباس به پسرک کدخدا نگاه کرد. حمدالله گفت:

ـ سه‌بجله مشکلش زیاده. دو تا «سه بز» که بیاید آدم لخت می‌شود. بازی هنوز گرم نشده تمام می‌شود.

پسر سالار از روی آخور گفت:

- چاربجله. چاربجله. من سه‌بجله بازی نمی‌کنم.
مراد با خنده‌ای در دهان گفت:
- تو که هر جورش دستت می‌لرزد پسر ارباب!
حمدالله رو به آخور گرداند و گفت:
- تو هم ورخیز بیا دیگر! چرا استخاره می‌کنی؟
عباس بجل‌ها را از خاک جمع کرد و گفت:
- گرگی می‌ریزیم، خوب شد؟ این هم یک دست گرگی. بیا! هر کی باید بجل وردارد و بیندازد. بجل دست کسی می‌رود که نقش بیارد. بیا!
بچه‌ها هر کدام بجلی برداشتند و بالا انداختند. پسرصنم نقش آورد. عباس بجل‌ها را جمع کرد و جلوی مراد ریخت. مراد به پسر سالار رو کرد و گفت:
- می‌خواهی من و تو دوباره بجل بیندازیم؟ شاید تو نقش بیاری... ها؟ بعدش گلایه نکنی! اگر نمی خواهی بجل بالا بیندازی باید بالا دست بنشینی و منتظر بمانی تا یک دور دست بگردد.
پسر سالار گفت:
- حالا تو بریز!
مراد بجل‌ها را سردستی ریخت، آن‌ها را به ردیف کنار هم چید، قبضه کرد و گرگی را میان دو انگشت گرفت و به عباسِ مرگان گفت:
- بخوان!
عباس جایش را با پسر کدخدا عوض کرد و گفت:
- من این جا کوری می‌خورم. تو پشت در بنشین. من از این جا بیرون را می‌پایم.
حمدالله پول خرده‌هایش را میان گودی مشت‌هایش به‌صدا درآورد، یک مشت را از مشت دیگر جدا کرد، مشت راست را کنار داو گرفت و گفت:
- کاشتم!
بجل‌ها بر زمین نشست. گرگی پُک، سه تای دیگر هم جیک. مراد بار دیگر آن‌ها را چید و گفت:
- بخوان!

- خواندم!
- این هم دو نقش. بریز.
حمدالله دو تا دو قرانی جلوی پای مراد انداخت.
- قدرت تویی!
قدرت مشتش را کنار داو گرفت و گفت:
- خواندم!
مراد بجل‌ها را بالا ریخت و دست به ران خود کوفت. قدرت مشت گره شده‌اش را زیر بجل‌ها گرفت
- مالیده!
مراد غر زد و بجل‌ها را دوباره چید:
- هم از اول بازی کوری می‌دهی! مثل همان پدر کج قلبت بدقلق هستی. خوب بخوان! من به این ادا اصول‌ها دماغم نمی‌سوزد. بخوان دو برابر؟
- خوانده‌ام. مشتم.
- دو تاش کن!
- خوانده‌ام، بریز.
- گل خواندی. این هم سه اسب!
بجل‌ها بر زمین نشستند. نقش گرگی!
- دو برابرش را بینداز!
قدرت دو تا پنج قرانی جلوی پسر صنم انداخت. مراد گفت:
- چپت را ببینم.
قدرت مشتش را باز کرد. یک پنج قرانی زیر شستش چسبیده بود:
- قبول؟
- قبول.
قدرت گفت:
- اسم آدم بد در نرود!
عباس مشتش را کنار داو گرفت و مراد با خنده‌ای شاد گفت:
- کوم سیاه! حالا برایت چهار نقش می‌آرم!

عباس لب‌هایش را بیشتر جمع کرد و بر هم فشرد و هیچ نگفت. رنگش پریده بود و مثل همیشه گوشهٔ لب‌هایش می‌لرزیدند. وقتی که عباس پای بازی می‌نشست، دل توی دلش نبود. یک‌جور ترس سراپایش را می‌گرفت. قلبش می‌زد و چشم‌هایش وا می‌درید. اگر می‌برد هول می‌زد، اگر می‌باخت بازهم هول می‌زد. پکر و دستپاچه بود. به نظر می‌رسید که همهٔ سکه‌ها را با چشم‌هایش دارد می‌بلعد. برای عباس هیچ چیز بـه جاتر از این نبود که هر چـه پول میان بازی هست در جیب‌های او سرجمع بشود. و چون هیچ وقت چنین چیزی برایش پا نمی‌داد، همیشه عنق بود. مراد که خلق و خوی عباس را می‌شناخت، پیش از او، خودش یک بار بجل‌ها را بالا انداخت و مالیده کرده و بار دیگر آن‌ها را چید و گفت:

ـ حالا بخوان!

عباس که همچنان مشتش را محکم و درهم فشرده کنار داو نگاه داشته بود، با صدایی که آشکارا می‌لرزید، گفت:

ـ خواندم.

دو نقش. گرگی و یکی دیگر. مراد گفت:

ـ سه برابرش را بنداز بیاید!

عباس مشتش را باز کرد. خالی بود! مراد دندان‌هایش را بر هم فشرد، نگاهش را تیز کرد و گفت:

ـ نقشم را بُز می‌کنی؟! باشد. صد بار دیگر هم بریزم نقش میارم. بخوان! دست من به این چیزها نمی‌سوزد!

عباس برخاست و گفت:

ـ ده شاهی خواندم.

تا مراد بجل‌ها را بچیند عباس به طرف جلیل رفت و گفت:

ـ جای من بنشین تا سر و گوشی آب بدهم. ورخیز دیگر! من برای شماها «پا» جور کرده‌ام. خودم که نخواستم بازی کنم!

مراد گفت:

ـ بیا؛ بیا خودت بخوان پسر سالار عبدالله. بیا دیگر تو هم این قدر غمزه فروشی مکن!

جلیل به سنگینی پیش آمد و جای عباس نشست و گفت:
- بجل‌ها را بده نگاه کنم!
پسر صنم بجل‌ها را جلو او ریخت تا امتحانشان کند. جلیل گرگی را جدا کرد و گفت:
- میان شکمش سرب ریخته‌اند. این را عوض کن!
عباس پیش از این که از در بیرون برود، گرگی را برداشت و یک بجل دیگر جلوی پسر سالار انداخت و گفت:
- عروس هم برای رفتن به حجله این قدر ناز و ادا از خودش درنمیارد! کفش‌پولی می‌خواهی؟!
پسر سالار بجلی را که عباس میان داو انداخته بود، برداشت و گفت:
- علی گناو گفت گنجفه‌هایش را میارد، پس کو گنجفه؟
عباس که در طویله را نیمکش کرده بود و داشت قدم بیرون می‌گذاشت، گفت:
- همین الان می‌روم دنبالش ببینم سرسیاهش را به کدام گوری برده؟!
عباس به گفت و گو نایستاد. در را پشت سر خود بست و پا به حیاط گذاشت. در اتاقشان سر فرو برد. مرگان نبود. تنها نفیر هاجر بلند بود. واگشت و پا به کوچه گذاشت. چند قدمی برنداشته بود که حاج سالم و پسرش مسلم را جلوی سینهٔ خود یافت. اول یکه خورد، اما در یک لحظه خود را جمع و جور کرد، سلام داد و گذشت. تا خانهٔ علی گناو راهی نبود. ته بن‌بست. یک لنگهٔ در همیشه باز بود. عباس پا گذاشت. در خانه برو - بیایی بود. علی گناو خود در آفتاب، بغل تنور نشسته بود و داشت شال شتریش را می‌بافت. انگار نه انگار که زن و مادرش در بستر افتاده بودند و می‌نالیدند. او - لابد - به خیال خودش کاری را که از دستش برمی‌آمد، انجام داده بود: فرستادن پی شکسته‌بند. دیگر چه کاری می‌توانست بکند؟ خودش را دو شقه بکند؟ زوزه بکشد؟ توی سرش بزند؟ نه! علی گناو بلغمی‌تر از این‌ها بود. او حتی سر گنجفه‌بازی عصبانی نمی‌شد. با این‌که علی گناو یکی از حرفه‌ای‌ترین گنجفه‌بازهای زمینج بود، اما یک بار هم دیده نشده بود که او با کسی گلاویز بشود. آرام و لحمی بود. کمتر هم می‌باخت. اگر هم می‌باخت، تنها

اخم زمختی روی پیشانیش شیار می‌انداخت، دهنش خشک می‌شد و همچنان آرام می‌ماند.

سایهٔ ایستادهٔ عباس روی دست‌های علی گناو افتاده بود و او همچنان که دست‌هایش به کار بافتن می‌جنبیدند، سر را بالا آورده و به عباس نگاه کرد:

ـ ها! فرمایش؟ دنبال گنجفه آمده‌ای لابد، ها؟

عباس گفت:

ـ نه! آن‌ها چطورند؟

ـ خوبند!

عباس برای این که حرفش پر بی‌دنباله از آب درنیاید، قدمی برداشت و سری به اتاق کشید. دو زن ـ ننه گناو و رقیه ـ در دو سوی اتاق روی جا افتاده بودند و مرگان میانشان نشسته بود. عباس برگشت. علی گناو سرگرم بافتن شده بود:

ـ خوب؟ کارت چیه؟ اصل مطلب را بگو؟

عباس گفت:

ـ ته جیب پسرسالار عبدالله به نظر سنگین می‌آید! خیلی هم دم از گنجفه می‌زند.

علی گناو گفت:

ـ آن پسرهٔ چپ چول عاشق گنجفه‌هاست. اما من گنجفه‌هایم را به کسی نمی‌دهم.

عباس گفت:

ـ غرضم اینست که خودت هم بیایی. داو خوبیست.

علی گناو گفت:

ـ اگر آمدم گنجفه‌هام را هم می‌آرم!

عباس به سوی او در براه افتاد. نزدیک در پا سست کرد و برگشت. خواست حرفی بزند، اما رو نیافت. عباس خلق و خوی علی گناو را می‌شناخت. بیش از این نباید چانه در چانهٔ او می‌گذاشت. پس راهش را کشید و رفت. اما پا که به طویله گذاشت چشم‌هایش از حیرت گرد شدند. باورش نمی‌شد که حاج سالم و

پسرش مسلم در طویله باشند. آن‌ها دیگر ازکجا بو برده بودند؟ نکند حاج سالم آمده بود که نوه‌اش، پسر کدخدا را، ادب کند؟ حالا اگر قشقرق راه می‌افتاد تکلیف عباس چه بود؟ این را عباس به روی خود نیاورد. سلام گفت و خود را نرم بیخ دیوار لغزاند. حاج‌سالم و پسرش مسلم آرام بودند. حاج‌سالم روی لبهٔ آخور نشسته و پاها را گشاد گذاشته بود و گودی سینه‌اش را به عصا تکیه داده بود. مسلم هم کنار دست حمدالله، خواهرزاده‌اش، سر لَک نشسته و سرش را روی شانهٔ او و پسر صنم دراز کرده بود و داشت بازی را نگاه می‌کرد. بازی گرم شده بود. بجل دست پسر کدخدا بود. حمدالله بجل می‌ریخت و دم به دم به دایی‌اش مسلم می‌گفت که سرش را کنار بگیرد:

- گفتم بگیر کنار این پوزه‌ات را!

با هر تکان دست و سر حمدالله، مسلم سر جا به خود تکانی می‌داد و در همان لحظه سر و گردنش روی داو دراز بود.

- سه خر!

بجل از دست حمدالله رفت. پانزده قران هم از چپش کم شد. حمدالله با کونهٔ ساعدش به سینهٔ مسلم کوفت و گفت:

- صد بار گفتم خودت را بکش کنار گاو بی‌شاخ و دم! این‌قدر دستم را تکان دادی تا سه تا خر آوردم.

مسلم که پس افتاده بود خود را جمع کرد و گفت:

- شتیل! شتیل را بده.

حمدالله خرده پول‌های خود را از جلوی پایش جمع کرد و گفت:

- برو، برو خدا روزیت را جای دیگر حواله کند! مرتیکهٔ کله کلان! خیلی هم خوش پیشانی هستی؟!

مسلم این حرف‌ها را نمی‌شنید و چشم از روی مشت بستهٔ خواهرزاده‌اش برنمی‌داشت. حمدالله به عباس گفت:

- چرا بیرونش نمی‌اندازی؟ پس شتیل چی می‌خواهی بگیری؟

عباس زبان درآورد و بازوی کلفت مسلم را میان دست‌ها گرفت و گفت:

- یالا! ورخیز. ورخیز خر به فلان جایم نگذاشته که شتیل خانهٔ خودم را

بریزم به جیب‌های تو! یالا ورخیز اینجا را خالی کن!

مسلم رانمی‌شد از جایش تکان داد. مثل یک تخته سنگ بود. نه می‌شنید و نه از جا می‌جنبید. نگاهش همان جور روی مشت گره شدهٔ خواهرزاده‌اش تیز مانده بود. به هر دشواری عباس توانسته بود مسلم را روی کف طویله ـ تقریباً ـ بخماند. اما کار، تمام نبود. کم‌کم نعره‌های مسلم ـ که به نعرهٔ هیچ جانوری شبیه نبود ـ بلند می‌شد. صدای آشنا و ناهموار مسلم دیوانه اگر به هوا می‌رفت، همهٔ اهل کوچه را به خانهٔ سلوچ می‌کشاند و کار عباس باطل می‌شد. چاره‌ای هم نبود. مسلم باید یک جوری بیرون رانده می‌شد. این، کشمکش را خود به خود سخت‌تر می‌کرد. عباس و مسلم کم‌کم داشتند با هم گلاویز می‌شدند و حاج سالم همچنان روی لبهٔ آخور نشسته بود و داشت نگاه می‌کرد. پیرمرد حکم آخوند آرام یک مکتب خانه را پیدا کرده بود. چوخای بلند و شِرّت، عصا و مندیل، با یک قبضه ریش.

ـ من که دیگر بازی نمی‌کنم!

حمدالله بود که خود را پس می‌کشید. قدرت به او براق شد و گفت:

ـ چی؟! بازی نمی‌کنی؟ مردانگیت همینقدر بود؟ حالا که یک دست را بردی خودت را کنار می‌کشی؟ عجب!

مراد، پسر صنم، می‌دید که داو دارد به هم می‌خورد؛ در حالی که بیست و پنج قران از چپش کسر شده بود. این، نمی‌شد. پول‌ها نباید از داو بیرون می‌رفت. ناچار بود کاری بکند. برخاست. مگس معرکه، مسلم، باید گورش را گم می‌کرد. به قدرت اشاره کرد که به کمک بیاید. قدرت هم برخاست. حمدالله در طویله را باز کرد و عباس، به همدستی قدرت و پسر صنم، مسلم را خِرکِش بیرون بردند و کنار برف‌ها انداختند، به طویله دویدند، در را بستند و پشت به در دادند. حاج سالم تازه از لبهٔ آخور برخاسته بود و عصایش را در کف دستش محکم جا به جا می‌کرد. مسلم به پشت در آمده بود، لگد به در می‌کوفت، به گریه نعره می‌زد و می‌گفت:

ـ بابا... بابا... باباجان بیا! بیا بابا... می‌ترسم، بیا. من. بابام را می‌خوام. بابام...

حاج سالم با عصایش به در بسته اشاره کرد و گفت:
- دیوانه است! دیوانه. چه می‌شود کرد؟
عباس گفت:
- بگو آرام بگیرد حاج آقا! الان در و همسایه‌ها می‌ریزند!
حاج سالم در انبوه ریش و سبیلش لبخندی روشن شد، چشم‌هایش برق زد و گفت:
- عقل حکم می‌کند که راه نیفتادن قشقرق به پنج قران می‌ارزد. نمی‌ارزد؟!
حرف را تمام نکرده، حاج سالم دستش درازبود. عباس پنج‌قران کف دست او گذاشت و به داو گفت:
- می‌بینید که! دارم پنج قران باج شما را می‌دهم. ها! از روی داو می‌دهم. بعدش حاشا نکنید!
حاج سالم پنج قرانی را در کف دست، زیرانگشت‌هایش قایم کرد و سری تکان داد.
عباس گفت:
- اقلاً بگو آرام بگیرد دیگر!
حاج سالم نوک عصایش را به در کوبید و گفت:
- آرام سگ! آرام!
مسلم آرام گرفت. بچه‌ها از پشت در کنار آمدند، در را برای حاج سالم باز کردند و پیرمرد، بیرون رفت. لحظه‌ای بعد خش خش قدم‌های پیرمرد و پسرش، روی برف‌های کنار دیوار برآمد. عباس تف غلیظی بیخ دیوار طویله انداخت و گفت:
- خرمگس‌ها! خرمگس‌ها!
بعد به حمدالله رو کرد و گفت:
- این باج را به خاطر گل روی شماها دادم، ها! نه خیال کنید که حریفش نبودم! من صد تای او را حریفم. اما خواستم آبروی شما دو نفر را نگاه دارم.
پسر صنم بجل‌ها را به هوا ریخت و گفت:
- بنشینید. بنشینید!

قدرت نشست و گفت:

- بنشینید بابا. تمام شد و رفت. نفری یک قِران بدهید دستش. زبانش را کوتاه کنید!

حمدالله یک قِران پیش عباس انداخت، اما پسر سالار عبدالله هنوز شانه شانه می‌کرد و چشم کجش را به این و آن می‌تاباند. مراد به او توپید:

- جان بکن دیگر! تخم چشمت را که نمی‌خواهی بدهی! باورت نمی‌شود که برای خاطر شماها به آن نره‌خر پول داد؟ ما که ترس و واهمه‌ای از کسی نداریم. شما دو تا جلوی باباهاتان موشید. بده.. بده دیگر! بیا، این هم یک قِران من!

پسر سالار گفت:

- من اصلاً بازی نمی‌کنم!
- بازی نمی‌کنی؟!
- نه!

دیگر رگ‌های گردن پسر صنم راست شده و گوشهٔ لب‌هایش کف آورده بود. ناگهان از جا جهید و یقهٔ نیمتنهٔ پسر سالار عبدالله را چسبید:

- به خیالت هر کی هر کی‌ست که تو با آن چشم چغانت بیایی و پول مفت از این جا ببری؟ یالا بتمرگ! گهگیر!

پسر سالار عبدالله می‌کوشید از جا در نرود. یکی این که نمی‌خواست قشقرق راه بیفتد و مهم‌تر این که، از پسر صنم می‌ترسید. برایش آشکار بود که اگر به دعوا بکشد، نه تنها از دست مراد و آن تای دیگر کتک جانانه‌ای خواهد خورد، بلکه جیب‌هایش هم در یک چشم برهم زدن خالی خواهند شد. این بود که خود را ناچار می‌دید کوتاه بیاید. دشواری کار جلیل این جا بود که می‌دید مراد محتاج کار در زمینج نیست. مراد همیشه بعد از سیزده عید برای کار از زمینج بیرون می‌رفت و نزدیکی‌های زمستان سر و کله‌اش پیدا می‌شد. این بود که سالار و کدخدا نمی‌شناخت. یک تن تنها نانش را از دل سنگ هم بیرون می‌کشید.

پسر سالار مچ‌های کلفت مراد را به دست چسبید و نرم گفت:

- دستت را از لبگرد من وردار!

پسر صنم او را در جا تکاند و گفت:

- چکار می‌کنی؟ پول‌هایی را که برده‌ای پس می‌دهی یا می‌نشینی پای بازی؟

پسر سالار هنوز دودل بود. فقط دلش می‌خواست یک جوری بتواند خودش را بیرون ببرد.

مراد یک بار دیگر او را چون شاخه‌ای لرزاند و گفت:

- چکار می‌کنی چغان؟! ها؟ من دارم از این ولایت می‌روم. کاری نکن که شرّم را به تو بریزم. می‌نشینی داو یا پول‌ها را می‌سلفی؟

پسر سالار زمین نشست. مراد هم سر جایش گرگی نشست و به عباس گفت:

- بجل‌ها را بریز!

عباس گفت:

- هر کی تا حالا برده شیتلش را بدهد تا بجل‌ها را بریزم میان داو!

قدرت به حمدالله و پسر سالار اشاره کرد و گفت:

- برد پیش این دوتاست. بدهید. شیتلش را بدهید.

حمدالله و پسر سالار به هم نگاه کردند. حمدالله یک قران برای عباس انداخت. عباس رو کرد به پسر سالار و گفت:

- یک قران این جا، یک قران هم آن جا می‌شود دو قران. بینداز بیاید!

پسر سالار دو تا سکهٔ یکقرانی را با بیزاری جلوی عباس انداخت. عباس سکه‌ها را برداشت و بجل‌ها را به داو ریخت. مراد بجل‌ها را جلوی خود جمع کرد. عباس به مراد گفت:

- قرار و مدار شیتل را هم خودت بگذار تا بعداً کسی جر نزند.

مراد گفت:

- بجل که دور دست یک نفر بگردد، یک قران می‌اندازد کنار.

عباس چانه زد:

- دیگر چرا دو دور؟ همه جا قرارش یک دوره.

مراد گفت:

- قرانی حساب می‌کنیم. تو هم این قدر ناخن خشکی به خرج مده. هر

بیست قران، یک قران. خوب؛ بخوان!
پسر سالار عبدالله، دست راست مراد نشسته بود. یک سکهٔ ده شاهی از ردیف پول‌هایش جدا کرد، به داو انداخت و گفت:
- خواندم!
- کی تا حالا ده شاهی ده شاهی برای تو خوانده که تو ده شاهی می‌خوانی؟
- این هم ده شاهی دیگر، رویش.
- اقلاً پنج قران بخوان، خانه خمیر!
پسر سالار، یک قران دیگر داو کرد و گفت:
- همین!
- باز هم بیا رویش.
- همین. خواندم.
- گل خواندی!... این هم سه اسب. شش قران بینداز بیاید. تویی قدرت؟!
قدرت، مشتش را کنار داو گرفت. مراد، خودش قاپ‌ها را مالیده کرد و گفت:
- حالا بخوان!
قدرت، خبره‌وار گفت:
- خواندم!
مراد، بجل‌ها را بالا ریخت. قدرت مشتش را زیر گرفت و مالیده کرد. مراد، بجل‌ها را جمع کرد و گفت:
- دارم نقش میارم، کوم سیاه. کوریم مده. اگر می‌ترسی، کمتر بخوان!
قدرت گفت:
- بریز! دو قران هم رویش.
مراد، بجل‌ها را بالا ریخت.
- چقدر تاریکه این جا؟!
علی گناو بود. چاک در را باز کرده و پا به طویله گذاشته بود.

- در را ببند!
- ببندش لامذهب را!
- جفتش کن!

علی گناو پلک زد و در را پشت سر خود بست. داو گرم بود. داو گناو آرام آرام خود را بیخ دیوار کشاند و بالا سرِ بازی ایستاد. بجل هنوز دست مراد بود و نقش پشت نقش می‌آورد. پسر سالار پکربود. باخت به او رو کرده بود. مشتش دم به دم خالی و خالی‌تر می‌شد. پیشانیش پر اخم شده بود و احساس می‌شد چشم چپش کم‌کم دارد تنگ‌تر می‌شود. دم به دم بینیش را با سر آستین پاک می‌کرد و چشم از ریخت و نشست بجل‌ها برنمی‌داشت. نگاهش با بجل‌ها بالا می‌رفت و با بجل‌ها پایین آمد. سکه‌ها، از ده شاهی تا پنج قرانی، میان داو در گردش بود. از این دست به آن دست. دست‌ها عرق کرده بودند. این بود که همهٔ بچه‌ها ـ حتی پسر سالار عبدالله ـ پول‌هاشان را کنار داو، روی هم چیده بودند. هر کس جلوی خشکتک خودش یک برج کوچک از سکه‌های ده قرانی تا ده شاهی درست کرده بود. بچه‌ها گرم شده بودند. بازی گرم شده بود. دیگر هیچ کس ده شاهی ـ یک قرانی داو نمی‌کرد. مشت پسر سالار هم با کمتر از دو قران زیر قاپ حریف نمی‌رفت. قاپ‌ها بالا می‌رفتند و پایین می‌آمدند، هشت نه قران روی شاخ خود دست به دست می‌کردند. هوش و حواس همه جمع بازی بود. لب‌ها خشک، چشم‌ها خیره، رگ و پی‌ها کشیده بود. علی گناو هم ـ لیلاج ـ دستش از بافتن وامانده و خیره به بازی بود. از هیچ سر صدایی در نمی‌آمد.

- پس کو این تخم سگ حرام؟

صدای خشن کدخدا نوروز در حیاط پیچید و در پی آن کفضربه‌های پاوزارهایش بر برف‌های شلات برآمد:

- ها؟ کو آن برادر پاچه ورمالیده‌ات، دختر؟!

بازی ایستاد. عباس دریافت که کدخدا پی او می‌گردد. در جا خشکش زد. همه خشکشان زد. فقط علی گناو توانست خودش را به بافتن شالش مشغول بدارد. هم این که توانست خودش را پای آخور برساند و بنشیند و وانمود کند که دستی در این معرکه نداشته است. با این همه علی‌گناو هم دلش خواست که اینجا

نیامده بود.

در طویله با ضربهٔ تن کدخدا دهن بازکرد و کدخدا با آن چوخای نیمدار بَرَک، مندیل سر و پاوزارهای تیماجش تیماجش دهنهٔ در را پرکرد و به بچه‌ها براق شد. عباس، ماکیانی زیر چشم‌های کرکس، خود را جمع کرده و پشت به کدخدا مانده بود. دیگران برخاسته و نیمخیز، برجا مانده و سرهاشان پایین بود. پول‌ها در چند نقطه، روی هم چیده، مانده بودند. بجل‌ها، میان داو نشسته، مانده بودند. یک اسب و دو جیک با یک پک. همه کلوخ شده بودند. در سایه ـ روشن غروب طویله کدخدا پسر سلوچ را شناخت. به سوی عباس کشید و تخت پاوزارش را میان کمر او کوبید:

ـ نسناس مادرسگ! حالا دیگر مانده که بچهٔ من را از راه دربیری؟ داو قمار راه می‌اندازی؟

عباس با پوز میان داو خوابید و اولین چیزی که به نظرش رسید این که زیر فحش و لگدهای کدخدا یکی از کپه‌های سکه را بقاپد. برج کوچک قرانی‌های پسر سالار را زیر چنگ گرفت و یک جا با خاک و خلِ مشت کرد. کدخدا پسِ یقهٔ عباس را گرفت و از جا بلندش کرد و روی او را به خود گرداند. ترس اینکه کدخدا می‌خواهد پول‌ها را از او بستاند، عباس را پکر کرد و پیش از اینکه کدخدا چشم در چشم او دشنام بدهد، عباس مشت پر سکه‌اش را همراه خاک و خل و نرمه سرگین‌های کهنه به دهان ریخت و لپ‌هایش مثل دو تاگردوی خشک، بالا آمدند. کدخدا سیلی را به چپ صورت عباس خواباند. چند سکه از میان دندان و لب‌های عباس بیرون پرید. پیش از این که سیلی دوم کدخدا بر راستِ صورتِ فرو کوفته شود، عباس سکه‌ها را قورت داد و زیر نگاه کدخدا چشم‌های پسر سلوچ از هم وادرید. رگ‌های گردنش راست شد و رنگ صورتش به کبودی زد. کدخدا فریاد کرد:

ـ برایش آب بیارید! نکبت خودش را دارد خفه می‌کند!

گفته و ناگفته دست از عباس کشید و سر به دنبال پسرش حمدالله گذاشت. او راکنج آخورگیر آورد، پایینش کشید و چپ و راستش کرد. علی گناو جا دید که میانجی شود. کدخدا به او برگشت:

- از خودت خجالت نمی‌کشی مردکه؟! ریش‌هایت دارند سفید می‌شوند! مادرت و زنت دارند جان می‌کنند، آن وقت خودت آمده‌ای با چارتا بچه‌ای که هنوز پشت لبشان سبز نشده داو قمار درست کردی؟ تف!

حمدالله دراین میان از زیر دست و پا بیرون دوید و خود راگریان به کوچه رساند. قدرت هم که تا این دم میان پرخو خپ کرده بود بیرون زد. ماندند مراد و پسر سالار. مراد به بهانهٔ آوردن آب بیرون زد و کاسه‌ای آب آورد و حال، سرگرم ریختن آب در حلق عباس بود. پسر سالار انگار از یاد برده بود که هم الان فرصتی برای گریز هست. کدخدا و علی گناو هنوز سرشان به یکدیگر گرم بود. پس او هم از لای در بیرون خزید و قید چند قرانش راکه زیر دست و پاگم شده بود، زد.

عباس باکمک آبی که مراد در گلویش می‌ریخت، هنوز داشت سکه‌ها را قورت می‌داد. هرچه مراد به او می‌گفت که بالا بیاورد به خرج عباس نمی‌رفت. او با چشم‌های از حدقه درآمده، رگ‌های سیخ شدهٔ گردن، و چهره‌ای که از کبودی به سیاهی می‌زد، قرانی‌ها را یکی یکی فرومی‌داد و رویشان آب می‌خورد. آخرین سکه را که قورت داد نفس راست کرد و شانه‌اش را به دیوار تکیه داد. در تلاش و تقلا و فشاری که برخود آورده بود عرق از بیخ گوش‌ها، تخت شانه و زیر بغل‌هایش راه افتاده بود. احساس مرگ! یقین بود که کدخدا دیگر با او کاری ندارد. کدخدا به سوی او آمد و خیره بالای سرش ایستاد. عباس به درد گفت:

- کدخدا... گه خوردم!

کدخدا النگهٔ در رابازکرد و بیرون رفت. علی‌گناو دمی بالاسر عباس ایستاد؛ پس شانه خواباند و از در بیرون رفت. هاجر حال که کدخدا به کوچه پا گذاشته بود، رو به طویله آمد ببیند چه به سر برادرش آمده. علی گناو خریدارانه به هاجر نگاه کرد و گفت:

- مادرت ورنگشت؟

هاجر گفت «نه» و به طویله رفت. علی گناو که می‌رفت تا به کوچه پا بگذارد، واگشت و به اتاق رفت و کنار آستانهٔ در، طوری که برای بافتن شالش بتواند از بیرون نور بگیرد، نشست و سرگرم بافتن شد. هاجر از طویله آمد و رفت تا چراغ را روشن کند. علی گناو پرسید:

ـ از خانهٔ ما خبر نداری؟

هاجر گفت:

ـ نه! آفتاب هنوز به دست و پا بود که رفتم و برگشتم. مادرم آن جا بود.

پسرصنم عباس رابه اتاق آورد، بیخ دیوار تکیه‌اش داد و خودش هم کنارش نشست و به هاجر گفت:

ـ نمی‌خواهی اجاقتان را روشن کنی؟

عباس پیش ازاین که خواهرش جوابی به مراد بدهد به او گفت:

ـ قفل! آن قفل را از دولابچه وردار و بده به من.

هاجر قفل را آورد، عباس به دشواری از بیخ دیوار برخاست و پاکه از در بیرون می‌گذاشت به هاجر گفت:

ـ برو ننه را بگو بیاید برایم جوشانده درست کند! مسهل. کارکن! مسهل. آخ...

خود را با خمنال‌هایش به در طویله رساند، قفل را بر در زد و کمر خم کمرخم پیش آمد و زیر دندان نالید:

ـ دار و ندارم قاطی خاک و خل طویله شد. حالا چه جوری پیداشان کنم! می‌ترسم... می‌ترسم... از دست این ابراو ناجنس می‌ترسم. دار و ندارم...

عباس پیچیده در نگرانی و درد خود، آمدن ابراو راندید. کمرخم کمرخم به کنجی خزید و کلید را به لیفهٔ تنبانش بند کرد:

ـ روغن کرچک! روغن مصفا! روغن! برو دنبال ننه، دختر!

این را گفت و کنار دیوار، بیخ اجاق، کله پا شد.

در میان چوخای بلند علی گناو و پاوزارهای او، ابراو به گورزایی می‌مانست. چیزی دور سر پیچیده و تا روی ابروها پایین کشیده بود. صورتش کبود شده و لب‌هایش ترک برداشته بودند. سرما، جثهٔ ناتوان ابراو را، شکانده بود. تنش در آستانهٔ در، چون دیوارکی خراب شد و به زانو درآمد. علی گناو سنگین از جا برخاست، زیر بازوهای ابراو راگرفت و او را به کنار دیوار کشاند. هاجر بیش از این چشم به راه آمدن مادر نماند. به در دوید. علی گناو، بافتن شال را کنار گذاشت و دست‌های یخ‌زدهٔ ابراو را میان دست‌های بزرگ و کبود خود به مالش گرفت.

چشم‌های ابراو باز بود، اما حرف نمی‌توانست بزند. علی گناو به پسر صنم گفت که اجاق را روشن کند. مراد رفت تا یک دسته پنبه چوب از پای تنور بیاورد. علی گناو همچنان که دست روی قلب و رگ‌های گردن ابراو می‌مالید گفت:

ـ چه کردی؟ آوردیش؟ ها! سید شکسته‌بند را آوردی؟

ابراو از زبان افتاده بود. سرش را بالا انداخت. علی گناو گوش‌های ابراو را در کف دست‌ها مالید و گفت:

ـ چی شد؟ چی گفت آن خانه خراب؟

بریده بریده؛ ابراو گفت:

ـ سرما... سرما! نیامد...

عباس از آن سو نالید:

ـ نگفتم خودم را بفرست؟ نگفتم کار را به بچه نسپر؟ اگر رفته بودم، آورده بودمش. آورده بودمش. از بغل زنش هم که بود، بیرونش می‌کشیدم و می‌آوردمش! کرچک... بگو روغن کرچک... کار را به کارساز باید سپرد... روغن کرچک.

علی گناو چوخایش را از تن ابراو بیرون آورد، خم شد و بند پاوزارها را هم گشود و از پاهای جوانک بیرون کشید و برخاست تا از در بیرون برود که مرگان و در پی او هاجر به درون دویدند. مراد هم با دسته‌ای پنبه چوب به آن‌ها رسید. علی گناو به مرگان نگاه کرد. انگار جرأت نمی‌کرد چیزی بپرسد. نگاه مرگان سایه داشت. چاره چی؟ علی گناو بالاخره لب باز کرد:

ـ ها؟ خوب؟

مرگان گفت:

ـ ایستاد! خدا بیامرزدش.

ـ کی؟ کدامشان؟

ـ مادرت. ننه گناو!

علی گناو، ناباور گفت:

ـ حالا چه گِلی به سر کنم؟! شب! شب هم شد!

گنگ گفت. نه جوری که کسی بشنود. از زبانش در رفت. چوخایش را زیر بغل و پاوزارهایش را به دست گرفت و با قدم‌های سنگین از در بیرون رفت.

ابراو، علی گناو را که می‌رفت به مادرش نشان داد و گفت:
- مزدم! مزد من!
مرگان میان پسرهایش نشست. عباس گفت:
- روغن مادرجان! روغن کرچک. دارم می‌میرم. روده‌هایم. روده‌هایم دارند می‌ترکند. روغن اینجا توی روده‌های من پرِ قرانی‌ست! روغن مادرجان!

۲

نگران و دلواپس، در گرگ و میش سحر، ابراو از زیر جا بیرون خزید. استخوان‌هایش کمی گرم شده بود و احساس می‌کرد می‌تواند راه برود. آرام و بی‌صدا رخت به تن کرد و نرم از در بیرون خزید. صداهایی هنوز از پشت در طویله شنیده می‌شد. ابراو پیش رفت و گوش بر در گذاشت. ته ماندهٔ صدای روده‌های عباس بود. از سر شب عباس خود را در طویله حبس کرده بود و حال، دمدمه‌های صبح، می‌رفت که آرام بگیرد. سرگرم درد و جستجوی خود، عباس طویله را قرق کرده بود. در را به روی خود بسته و نگذاشته بود پای دیگری به طویله برسد. ته ماندهٔ نور فانوس، در تیرگی طویله پر پر می‌زد. ابراو فکر کرد باید آرام گرفته باشد! کاری به کار برادر نداشت. بال‌های نیم‌تنه‌اش را محکم روی هم پیچید، پاره ریسمان دور کمرش را گره زد و از شکستگی دیوار پا بیرون گذاشت.

کوچه هنوز تاریک بود. سفیدی برف، تُک تیرگی را می‌شکستَ. برف یخ بسته بود. خشک و چغر شده بود. سرما سوار بود. سرمای بعد از برف. پیرها گفته بودند: «از روز برف مترس، از دگر روز برف بترس!» اما دگر روز برف که امروز بود، شکر، کار عمده‌ای پیش پای ابراو نبود. او سهم خود را همان روز برف، دیروز گرفته بود. با این همه، در این کوتاه راهی که ابراو در پیش داشت، سرما می‌سوزاند. مژه‌های ابراو تاب تندی باد تندی صبحگاهی را نداشتند. باد از روی برف می‌آمد و می‌برید. مژه‌های خلوت ابراو، که در کودکی آبله چیده بودشان، دم به دم بسته و باز می‌شد. یکسر پلک می‌زد. آب بینیش داشت راه می‌افتاد. صورت سرما گزیده ترسو است. به یک سوز کبود می‌شود. ابراو احساس می‌کرد پوز و پیشانیش دارند کبود می‌شوند و از کنج چشم‌هایش آب دارد راه می‌افتد. نیمی از صورتش را لای لبگرد نیم‌تنه‌اش قایم کرد و از جلوی در مسجد گذشت. یک لت در، نیمه باز بود.

ابراو بی‌هوا سرک کشید. تابوتی پوشیده در کرباس بالای تخت حوض حیاط مسجد، بر زمین یخ چسبیده و، ماده سگ ولگرد زمینج کنار تابوت خسبیده بود. ابراو گمان برد که ننه گناو باید میان تابوت خوابیده باشد؛ از این که میت را در شب خاک نمی‌کنند. درنگ نمی‌بایست. گذشت و پابه کوچهٔ استخر گذاشت. استخر یک پارچه یخ بود. دور تا دور استخر دیواره‌ای از برف، پشته پشته، بر شانهٔ هم سوار بودند. راه گلخن آن سو ترک بود. بیخ دیوار حمام و جویچهٔ استخر. ابراو استخر را دور زد و از شیب پر برف گودال، پا جای پا، در باریکه راه سرازیر شد. راه، چون دم ماری پیچ می‌خورد و به درون در کوتاه و نیمه‌شکستهٔ گلخن می‌خزید.

ابراو در را باز کرد. علی گناو تکه‌ای نیمسوز زمخت، دود زده و سیاه سوخته، پای کوره بر تکه سنگی نشسته بود و با سیخ آهنی خود دل آتش را می‌شوراند و گه‌گاه بغلی هیزم به دهن کوره می‌انداخت. آمدن ابراو را حس کرد. اما علی گناو کندتر و لحمی‌تر از آن بود که با حرکت، رفتار، یا اتفاق تازه‌ای چشم و گوش تیز کند و از خود دور شود. پس، نه انگار کسی آمده، همچنان به کار خود بود. ابراو در را پشت سر خود بست، به سوی علی گناو پیش رفت و آرام، در هرم آتش نشست. چه دلچسب بود! علی گناو بی نگاهی به ابراو، سیخ آهنی را به دست او داد و پاکت مچاله شدهٔ سیگارش را از جیب جلیقه بیرون آورد، سیگاری سرنی جا داد و نی را میان دندان‌هایش گرفت، شاخه‌ای هیزم روشن برداشت، سیگارش را روشن کرد و قلاج دود از لوله‌های بینی بیرون فرستاد و گلایه‌وار گفت:

ـ چشمم از سر شب گرم نشده! نک و نال‌های این سگ پدر نگذاشت پلک‌هایم به هم برسند، ریق به شقیقهٔ بابای دیوث گور به گور شده‌اش! چس پدر تا الاّی صبح ناله و نفرین می‌کرد. نالید و نفرین کرد. خیال می‌کند خیلی خوش باره که خودش را هم طلبکار می‌داند! زنکهٔ قِسِر! به زمین شوره زار می‌ماند. دقِّ نمک! خار هم سبز نمی‌کند. اگر می‌مرد از دستش راحت می‌شدم. آدم در همچین سال و ماهی به زنی نان گندم بدهد که هیچ بوبرنگ و برکتی ندارد! ماچه الاغ هم اقلاً کرّه‌ای پس می‌اندازد، اما این سگ پدر، خار هم نمی‌زاید تا آدم دلش به این خوش باشد که تخم و ترکه‌ای پس انداخته، اقلاً! پدر این بخت و اقبال بسوزد. آدم به چه امیدی زندگانی کند؟ من که بمیرم اسمم روی چی، کی می‌ماند؟ روی سنگ!

وقتی که بمیرم، انگار هیچ وقت نبوده‌ام. مثل چُس تازی آمده‌ام و رفته‌ام. که چی؟ زنکه را در همان شکم اولش یک بار کتک زده‌ام و کُره انداخته! چکارش کنم حالا!؟ کله‌ام باد داشته و زده‌امش، حالاچی؟ بالاخره‌اش که نازاست؛ نیست؟ هست دیگر. قسر است. حالا هم که دیگر نورِ علی نور! از بس مدام می‌نالد و پدر و مادرم را می‌جنباند، نمی‌توانم میان خانهٔ خودم بند بیارم. اینهم از بلایی که به سر مادرم آورد. به این روشنایی قسم، باعث و بانیش او بود! وگرنه من چرا باید مادرم را از خانه‌ام بیرون بیندازم که برود در یک خرابه سکنی کند و به همچین عاقبتی دچار شود؟ مگر من شیر این مادر را نخورده‌ام؟ حالا چه جور آن زن خدازده از سر تقصیرات من می‌گذرد؟ چه جور؟ او که دیگر دستش از دنیا کوتاه‌ه!

ابراو آمده بود که از بابت مزدِ دیروزکار حرف به میان بیاورد؛ نگرانی و دل‌واپسیش هم از این بابت بود که کلهٔ سحر از زیر جا بیرون آمده و به سوی گلخن راه افتاده بود؛ اما علی گناو چنان در خودش چمبر زده و گرفتار خود بود که ابراو دل نمی‌کرد حرفی، آنهم از بابت مزدش، به میان بیاورد.

ـ خرم هم دُلاغ شده! موهای تنش سیخ ایستاده و دایم می‌لرزد. مثل یک چغوک شده حیوان. چکارش کردید مگر؟

ابراو گفت:

ـ خری که راه برود دلاغ نمی‌شود که! لابد همان دیشب سرماش داده‌ای!

علی گناو گفت:

ـ نه، نه! گمانم عرق کرده بوده و شماها یک دم باد نگاهش داشته‌اید و سرما زده شده.

ابراو دسته‌ای هیزم به سر سیخ زد و در کوره انداخت و گفت:

ـ ما راه به راه رفتیم و برگشتیم. در راه هم ما کمتر از خر تو سرما نخوردیم.

علی گناو ته سیگارش را میان آتش انداخت و گفت:

ـ با این زنکه نمی‌دانم چه بکنم! سوهان عمرم شده!

ابراو با کمی تأمل گفت:

ـ علی!

علی گناو به پسر سلوچ نگاه کرد. سیاهی چشم‌هایش در پرتو آتش گلخن

می‌درخشید. ابراو گفت:
- همه مردهایی که از خانه‌شان می‌روند، دیگر هرگز برنمی‌گردند؟!
علی گناو به دود کوره چشم دوخت، سیخ را از دست ابراو گرفت و گفت:
- دنیا را چه دیده‌ای؟ شاید هم برگشت! بعضی‌ها برمی‌گردند. بابای تو هم شاید برگشت.
ابراو گفت:
- همه، همین جوری می‌روند؟!
علی گفت:
- هر کسی یکجوری.
ابراو گفت:
- کاش می‌دانستم کجا رفته؟ چرا معلوم نکرد کجا می‌رود؟
علی گفت:
- مگر خودش می‌دانسته کجا می‌رود که معلوم کند؟ بعضی‌ها که رفتند، خبرشان هم نیامد. بعضی‌ها ده - پانزده سال بعد خبرشان آمد. مراد نیم‌منی که رفت، بعد از هیجده سال خبرش آمد که در قلعه‌های بجنورد دعانویسی می‌کند. محمد بالاچایی‌که رفت، انگار هیچ وقت در دار دنیا نبوده. یکی هم که این آخری‌ها خبر مرگش آمد و بچه‌هایش رفتند طرف سنگسر و بالا سر گوسفندهاش - گوسفندهایی که فراهم کرده بود - ماندند و هنوز که هنوزه همان جا ماندگارند. یکی هم قلی بود، بابای همین صفدر. او که خیلی به نامردی رفت. سه تا شتر داشت. در راه قوچان بارکش بود. آنطرف‌ها، میان کردها رفت و آمد می‌کرد. دخترهای ایلیاتی چشمش را گرفته بودند. به یک روایت، عاشق شده بود. دهل می‌زد و رقص هم خوب بلد بود. هر وقت کردها عروسی داشتند سر وکلهٔ او هم پیدا می‌شد. عاقبت هم چند تا شتری را که داشت، روی همین کار گذاشت. دار و ندارش را به باد داد. یک روز دست از پا درازتر به زمینج آمد. خوب یادم هست. من اولین بار بود که ریشم را تراشیده بودم و می‌رفتیم تا به همگّل‌هایمان «کلاه غیژ» بازی کنیم که دیدیم قلی خان آمد. خورجین شترش روی دوشش بود. آن روزها به شتردارها خوب زن می‌دادند. اینجا نامزد داشت. مادر همین صفدر که آن

روزها، دختر بود. راه براه به خانه نامزدش رفت به نامزدبازی و شبانه او را تصرف کرد. تخم این صفدر را، همان شبانه میان گود انداخت. فردایش هم ارث بابایش را که یک مجمعه و یک غلاف مسی بود، به همین کربلایی‌دوشنبه، بابای سالار عبدالله فروخت، پولش را داد برنج خرید و برای شبشان پلو درست کرد، با زنش خورد و صبحش دیگر کسی او را ندید. هنوز هم که هنوز است این طرف‌ها پیداش نشده. معلوم نیست کجا گور و گم شد! بعضی‌ها می‌گویند رفته همان طرف‌ها، طرف دره‌گز، میان کردها. می‌گویند صفدر هم خبر دارد. اما هر وقت حرف بابایش پیش می‌آید، پوزش را تاب می‌دهد و می‌گوید: «گور پدر دیوثش!» یک بار من سر شوخی به‌اش گفتم «برو رد بابات! می‌گویند دور وبر دره‌گز دیدنش.» او گفت «از کلهٔ خواجه هم برود آن طرف‌تر!» از دایی خودم هم خبر داری که با چه حال و روزی رفت؟!

ابرا و گفت:

ـ اگر می‌دانستم کجا رفته، خوب بود!

علی‌گنا و گفت:

ـ رد رفته نباید رفت. دندان دیدن او را بکن و بینداز دور. خیال کن نبوده. کسی چه می‌داند؟ بز دنبال علف می‌رود دیگر!

ابرا و گفت:

ـ اگر می‌توانستم فراموش کنم که خوب بود.

علی‌گنا و گفت:

ـ ناچار بود؛ این جا خودمانیم، بابای تو بدجوری ناچار بود. مرد بی‌آبرویی نبود. آدم از حق نباید بگذرد، زیادی هم غیرت نشان می‌داد. آدم صنعتگری هم بود. هنردار بود. حرف را به شانه‌اش وانمی‌گرفت. تعصب داشت. نمی‌توانست بیش از این خواری را تحمل کند. این بود که رفت. این بود که رفت! سلوچ آدمی، با پدر این صفدر فرق می‌کرد. به گمان من اگر روزی سلوچ دستش پر باشد، شماها را از یاد نمی‌برد. حتماً سرسراغش پیدا می‌شود. مرد با همتی بود، سلوچ. پیرناچاری بسوزد!

ابرا و کوره را می‌شوراند. هیچ نمی‌گفت. درهم فشرده، جلوی کوره، روی

پاهایش نشسته بود. لب‌هایش را جمع کرده بود و بر هم می‌فشرد. دیگر ـ انگار ـ حواسش به علی گناو نبود. علی گناو هم بیش از این حرف را کش نداد. خسته و طالب خواب بود. خمیازه‌ای کشید، مشت‌هایش را به سینه کوفت، برخاست و گفت:

ـ می‌روم یک دم کج کنم بلکه چرتی بزنم. حواست به کوره باشد. دیگر جوش آمده‌اند دیگ‌ها. هیزم زیاد نینداز. فقط هوایش دست باشد که خاموش نشود.

ابراو خاموش بود. علی گناو به کنج گلخن خزید، روی جوال کهنه‌ای دراز کشید و گفت:

ـ کتری را هم بگذار بیخ آتش تا وقتی جوش بیاید. چقدر هم که فردا کار دارم! گور آن خدا بیامرز را باید بکنم. این زن بیچاره را هم نمی‌دانم چکارش کنم. اگر چشمی گرم نکنم، صبح آدم نیستم.

ابراو دستهٔ کتری را به سر سیخ انداخت، آن را کنار آتش جا داد و سیخ را بیرون کشید.

«تو به خودم می‌مانی. خلق و خوی خودم را داری. دست به هر کاری می‌چسبد. اما این عباس، به دایی دیلاقش رفته! مثل خشتی که از میان دو نیم کرده باشی. به جای این‌که سرش را به کاری بند کند، دایم چشمش این طرف و آن طرف چارچار می‌زند. همیشه دست و کیسهٔ این و آن را می‌پاید. چشمش دزد است، گرسنه است. به خیالش کسی یافت می‌شود که استخوانی پیشش بیندازد. چشم و دلش می‌دود. خوی سگ بی‌صاحب را دارد. نمی‌دانم چار صباح دیگر که ریش و سبیلش دربیاید، چه جور می‌تواند شکم زن و بچه را سیر کند؟!»

سلوچ بارها برای ابراو گفته بود:

«فقط وقتی مرد می‌تواند سرش را میان مردم بلند نگاه دارد که تخت شانه‌هایش در کار عرق کند. دست که به شانهٔ مرد می‌کوبی، خاک باید از آن بلند شود!»

بابای ابراو اگر حرفی می‌زد ـ که نمی‌زد ـ این جور حرف‌ها بود. همیشه ورد زبانش بود:

«کار! کار! نان کار، نان زحمت‌کشی‌ست که به آدم جوهر می‌دهد. غیرت می‌دهد. مرد است و کارش!»

اما او چرا یکباره گذاشت و رفت؟

این را ابراو هیچ جوری نمی‌توانست هضم کند. فکرش به هر راه که می‌تاخت، چیزی دستگیرش نمی‌شد. دست بالایش، احتیاج بود. چیز دیگری هم بود؟ خوب، احتیاج! مگر فقط سلوچ محتاج بود؟ فقط او؟ آخر چطور توانسته بود خودش را قانع به رفتن کند؟ و اگذاشتن و رفتن؟ زن و دخترش؟ حالا بگیریم آن‌ها، ابراو و عباس، مردینه بودند. هاجر چی؟ فکر این را مگر نکرده بود که بهاری دیگر بر هاجر بگذرد، به دم‌بخت نزدیک می‌شود؟ که پا به پلهٔ بلوغ می‌گذارد؟ اصلاً فکر اینجور چیزها را کرده بود؟ لابد فکرش را کرده بود! سلوچی که ابراو می‌شناخت، مردی بی‌رگی نبود. استخوانش بیش از گوشتش بود. نمی‌توانست بی‌فکر این چیزها، گذاشته و رفته باشد. با اینهمه، کجا، کدام طرف رفته باشد، خوب است؟ آخر، زمستان که فصل کار نیست! اگر از هر انگشت هنری بچکد، باز هم در زمستان، دست بازنیست. تا جایی که عمر ابراو به او یاد داده بود، به یاد می‌آورد که همهٔ مردها، به هر سند ورندی که به کار می‌روند، زمستان را به خانه برمی‌گردند و کنار خانواده‌شان، زیر یک سقف جمع می‌شوند و خود را به بهار می‌کشانند. زمستان را هر جوری هست گذران می‌کنند و با خشک و تر می‌سازند. اما آخر سلوچ در این فصل، پی چه کاری می‌توانست رفته باشد؟

نوع کارهایی که ابراو می‌شناخت، انگشت شمار بودند. همچنین جاهایی را که می‌شناخت، انگشت شمار بودند. از کارهای موسمی و بیابان که بگذریم، ابراو شنیده بودکه مردها و جوان‌های زمینج، سال‌های پیش برای فعله‌گی به کار ساختن «خط طُرق» می‌رفته‌اند. سال‌هایی که راه مشهد به تهران را دوباره سازی می‌کرده‌اند. این را شنیده بود. اما پندار درستی از «خط طرق» در مخیلهٔ خود نداشت. خط طرق، فقط نامی در ذهن ابراو بود. این را هم می‌دانست که تابستان‌ها، سال‌های کم‌بار، دروگرهای خبره‌برای دروگندم به‌طرف قوچان می‌روند و آخرهای فصل، هرکدام با ده ـ بیست من گندم به زمینج می‌آیند و نان چند صباح بچه‌هاشان را در کندوها انبار می‌کنند. بیش از این نمی‌دانست در بیرون از ولایت چه جور

کارهایی هست، یا می‌تواند باشد؟! مراد، پسر صنم هم، چندان با ابراو دمخور نبود تا به او گفته باشد که به چه کاری از زمینج بیرون می‌رود. خیلی که حرف می‌شد، پسر صنم می‌گفت «دنیا بزرگ است. مرد لنگ نانش نمی‌شود.» همین.

یک بار هم، وقتی که ابراو خیلی طفل بود و شاید تنبان به پانداشت، یک ماشین «اتاقشهری» برای بردن زوار به زمینج آمده بود. بچه‌ها دور ماشین جمع شده بودند و با چشم‌های گردشده از حیرت، به شیشه‌ها و طایرها و صندلی‌هایش نگاه کرده بودند و دهان‌هاشان باز مانده بود! زوار سه آبادی، ماشین را شریکی کرایه کرده بودند تا به مشهدشان ببرد و برگرداند. دیدن همان ماشین، این میدان را در ذهن ابراو باز کرده بود که آدم می‌تواند با چیزی غیر از چارپا هم سفر کند؛ هم این که می‌شود به جاهای دور دوری رفت. جاهای خیلی دور. بعد از آن، ابراو ماشین‌های دیگر زیاد دیده بود، اما این دیدن‌ها هرگز چنان میدانی در ذهن او باز نکرده بودند. ابراو حالا یقین داشت که سفر با همچو ماشین‌هایی از سلوچ ساخته نبود. مقدورش نبود. پس پای پیاده باید رفته باشد. اما پای پیاده، تا کجاها و به کجاها می‌تواند رفته باشد؟ پای پیاده، مگر چقدر می‌شود راه رفت؟ و پای پیاده، مگر تا چند منزل از شکم خالی فرمان می‌برد؟ سلوچ، اگر در برف و سرما از پا افتاده باشد چی؟ گرگ‌ها اگر دوره‌اش کرده باشند، چی؟ فوجی کرکس اگر بالای سرش بال باز کرده باشند، چی؟ ابراو شنیده بود که کرکس‌ها اول چشم‌های لاشه را درمی‌آورند. چوپان‌های زمینج، داستان‌ها داشتند از لاشخورهایی که چشم‌های واماندگان از گله را از کاسه کنده بودند و بعد شکم‌هاشان را دریده بودند. هر کرکس باید به بزرگی گنبدی یک بام باشد! خیمه می‌زنند روی لاشه. بال‌هاشان سایه می‌اندازد. چه وحشتی! آدم، لابد، پیش‌تر از هول مرده است! اگر نمرده باشد. باور کردنی‌ست آیا که سلوچ ـ با همتی که داشت ـ دستش را پیش کسی به گدایی دراز کند؟ به دل راه می‌یابد که سلوچ کاسه‌ای، آفتابه‌ای را از در خانهٔ کسی بردارد؛ بدزدد؟! دست سلوچ، می‌توانست به‌مال‌غیر دراز شود؟ می‌شد؟! نه! قبولش برای ابراو دشوارتر از مرگ بود. نه! سلوچ، پدر ابراو، نه دست به دزدی می‌زد و نه دل به گدایی می‌داد. سلوچ را، ابراو نمی‌توانست این جور ببیند. سلوچ، مرد دست و بازو بود؛ نه گرگ چنگ و دندان.

ـ حیّ علی الصلوة... حیّ علی الصلوة...

هوای شیشه‌ای سپیده دم را، صدای ملای زمینج بود که می‌شکست.

کتری علی گناو جوش آمده بود. ابراو جای چای را نمی‌دانست. علی گناو سر جایش نیم غلتی زد، زیرلب غرید و دشنامی زیر دندان شکاند. طرف دشنام، ملا بود که با بانگ خود، خواب علی گناو را شکانده بود. گرچه این آشکار بود که ملا، دارد مرگ مادر او را صلا می‌دهد و خلق را به نماز میت می‌خواند. دیشب قرارش را گذاشته بودند. گفتهٔ خود ملا هم بود که جنازه را شب در مسجد بگذارند تا صبح برآید. چاره‌ای نبود. علی گناو باید برمی‌خاست. بار دیگر روی جایش غلتید، زیر بغلش را خاراند و پلک‌های سنگین و خسته‌اش را از هم گشود.

ابراو پرسید:

ـ کیسهٔ چایت کجاست؟

ـ سر میخ. خودت را بجنبان، می‌بینیش.

ابراو چای را دم کرد. علی گناو تنش را کش داد، مشت‌های گره کرده‌اش را به سینه کوبید، بار دیگر خمیازه‌ای شتری کشید و تلوتلو خوران رو به کوره آمد. ابراو برایش چای ریخت و او چهار پیاله چای را دنبال هم خورد و گفت:

ـ اول باید بروم به گور وکفن این خدا بیامرز برسم.

برخاست و چوخایش را بر دوش انداخت، کلید دراز در حمام را به ابراو داد و گفت:

ـ چشم و گوش‌ات را باز کن! غیر دهقان‌ها که مزد سر خرمن می‌دهند، همهٔ مشتری‌ها پولی هستند. بچه‌ها سی‌شاهی، بزرگ‌ها سه‌قران. کلاه سرت نرود! ببینم امروز چه می‌کنی. رفتی زنجیر این در را هم بینداز و تکه‌ای چوب فرو کن به زلفی‌اش. تخم سگ‌ها تا چشم من را دور می‌بینند می‌آیند این جا و قمار راه می‌اندازند. نه که گلخن گرمه، برای این.

گوش ابراو به حرف‌های علی گناو بود، اما هوشش به او نبود. کم و بیش می‌توانست بفهمد که او چه می‌گوید. دور از این‌ها، فکرش جای دیگری بود. جاهای دیگری. جاهایی که برایش روشن نبودند. فقط این را می‌دانست که جاهای دیگری هستند. جاهایی درهم و برهم که سلوچ را مثل یک نقطهٔ دور و گنگ در

خود فرو می‌بردند. ذهن ابراو در این گذر گنگ، انگار ایستاده بود. هیچ کششی انگار نداشت. نگاهش خیره به خاکستر کوره بود و خاطرش خیره به خیالی گنگ. برای دمی، گویی از دنیا گسسته است. سبک، بی‌بار و خالی بود.

علی گناو نیم‌نگاهی بر شانه‌های استخوانی و کوچک جوانک گذراند و خمیده از در کوتاه گلخن بیرون رفت.

سرمای صبح. علی گناو دنبالهٔ شالش را روی چانه‌اش تحت‌الحنک کرد و شیب گودال را بالاگرفت. استخر یخ بسته بود. صدای صلات همچنان‌کشدار بود. شاخه‌ای دود پاکی سپیده دم را آلوده می‌کرد. «دلش مگر می‌آید درز بگیرد؟! بسه دیگر، انکرالاصوات! فهمیدند. حالا دسته دسته از خانه‌هاشان می‌آیند بیرون، اروای بابات! هه! ببین چه کش و قوسی هم به صدایش می‌دهد!»

ـ تو که داری کله‌پا می‌روی؟ پس در حمام راکی باز می‌کند؟

کربلایی صفی بود. بابای کدخدا. بقچهٔ حمامش را زیر بغل گرفته بود و به سنگینی از در خانه بیرون می‌آمد. علی گناو با سلام گفت:

ـ پسر مرگان هست، کربلایی، کلید پیش اوست.

کربلایی سر فرو انداخت و رو به حمام براه افتاد. علی‌گناو به کوچه پیچید و یکراست رو به خانهٔ مرگان رفت. اجاق خانهٔ مرگان روشن بود و ستونی از دود دهانهٔ در را پر کرده بود. علی گناو سر به درون فرو برد و گفت:

ـ کجاست این عباس تو؟

مرگان سر از اجاق برداشت، چشم‌های پرآبش را به روی علی‌گناو دوخت، بال چارقدش را جلوی بینی گرفت و پرسید:

ـ چکارش داری؟

ـ می‌خواهم ببرمش گورکنی.

ـ دل‌پیچه داشت از دیشب. نمی‌دانم. حالا هم توی طویله است.

علی گناو رو به در طویله گرداند. در طویله با صدایی کهنه و خشک روی پاشنه چرخید و عباس میان چارچوب در ایستاد. دستی به در و دستی به دیوار داشت. چنان‌که گویی اگر دستیش رها می‌شد، بر زمین فرومی‌غلتید. چشم‌هایش مثل دو تا دانهٔ هندوانه به ته کاسه چسبیده بودند، گونه‌هایش بیرون زده و رنگش

مثل کاه زرد شده بود. علی گناو به طرف او رفت:
ـ ها! چت شده؟ خیال داشتم ببرمت گورکنی!
صدای عباس درنمی‌آید. به زحمت گفت:
ـ ناخوشم... بدجوری... ناخوشم.
ـ حالا چرا خودت را میان طویله حبس کرده‌ای؟
عباس همچنان که در را آرام می‌بست گفت:
ـ نمی‌توانم. نمی‌توانم سر پا بایستم!
نگاه علی گناو روی به در بسته ماند و صدای عباس، پشت در، ته کشید؛ مرد. علی گناو فرصت ماندن نداشت. نیاز به جویا شدن هم نبود. کم و بیش می‌توانست بفهمد چی به چی است. دیده بود که عباس سکه‌ها را با نخاله، یک جا به دهان ریخته بود. پایش را که به کوچه می‌گذاشت، صدای مرگان نگاهش داشت:
ـ تحمل کن خودم می‌آیم.
علی گناو ماند. مرگان بیرون آمد. بیلچهٔ مقنی‌گری سلوچ دستش بود. بیلچه را به علی گناو داد و خود مشغول گره زدن بال‌های چادرش به دور گردن شد. مهیا که شد، بیلچه را از دست علی گناو گرفت و در پی او براه افتاد. علی گناو به خانه‌اش رفت. مرگان هم بجا دید که احوالی از رقیه بپرسد. علی سر به اتاق فرو برد، از کنار جای رقیه گذشت و پشت پرده، درون پستو گم شد. مرگان دم در، روی پله‌ها ایستاد و از رقیه حال‌پرسی کرد. رقیه عمیق‌تر از همیشه نالید:
ـ من هم رفتنی هستم، مادر عباس. من هم می‌میرم، خواهر...
علی گناو با بیل و کلنگش از پستو بیرون آمد و به جواب زنش گفت:
ـ تو نمی‌میری؛ نترس. تا سر من را نخوری، تو نمی‌میری!
از در بیرون زد تا ناله و نفرین رقیه را نشنیده باشد. میان کوچه به مرگان گفت:
ـ تا دقمرگم نکند، نمی‌میرد!
ملای زمینج هنوز روی دیوار شکستهٔ مسجد ایستاده بود و صلات می‌کشید. مرگان و علی گناو جلوی او ایستادند. ملا یک دم آرام گرفت. علی گناو

گفت:

- ملاجان چرا این قدر گلوی خودت را جر می‌دهی؟ در چنین هوا روزی کی دلش می‌آید از خانه‌اش پا بیرون بگذارد؟ آن هم برای خاطر ننهٔ علی گناو؟ بیا پایین. بیا پایین تا من می‌روم قبر بکنم، برو یک پیاله چای بخور. ببین سرما چی به روزت آورده! دست را بده من، باباجان.

علی گناو دست ملا را گرفت. و او را از روی دیوار شکسته پایین آورد. پیرمرد، یخ زده و از لب و دهان افتاده بود. علی گناو باز هم گفت که برود و خودش را زیر کرسی گرم کند. همین دم صدای قاری بلند شد. «بسم‌الله! این یکی دیگر کی باشد؟» علی گناو بیل و کلنگش را بیخ دیوار تکیه داد و قدم به مسجد گذاشت. جای تابوت ننه گناو، میان حیاط، خالی بود. تابوت را دیگر کجا برده‌اند؟ کی برده است؟ صدای قاری از شبستان می‌آمد. علی گناو سر به شبستان فرو کرد. تاریکی را با نگاه کاوید. لکه‌های تیره و کبودی ته شبستان به چشم می‌خورد. به درون رفت. صدا در هر قدم علی گناو بلندتر می‌شد. علی گناو پیش‌تر رفت. حاج سالم بود. حاج سالم بالای سر تابوت دو زانو نشسته و به تلاوت قرآن بود؛ و پسرش پایین تابوت چمبر زده، خوابیده بود و خرناسه می‌کشید.

«بر شیطان لعنت!»

حاج سالم و پسرش تابوت را از تخت حوض حیاط مسجد به درون شبستان برده بوده‌اند تا دور از تیغ سرما، یکی بخواند و یکی بخوابد.

مرگان و ملا در حیاط مسجد ایستاده بودند. علی گناو غرید:

«برای خودشان کار می‌تراشند، دیوانه‌ها! حالا مزد قاری هم باید بسلفم!»

از در شکستهٔ مسجد بیرون زد، بیل و کلنگش را از بیخ دیوار برداشت و رو به گورستان براه افتاد. مرگان قدم در قدم علی گناو می‌رفت. ملا خود را در پی آن‌ها می‌کشاند:

- پس... پس... نماز میت... نماز میت...

علی گناو برگشت و گفت:

- لب‌هایت از سرما جمع نمی‌شوند، ملا! برو خودت را گرم کن؛ میت را که بردیم سر خاک می‌آیم دنبالت.

ملا حرفی نزد. اگر هم می‌زد علی نمی‌شنید. قدم‌هایش را تندتر کرده بود و می‌رفت تا از کوچه پس‌کوچه‌ها خود را به گورستان برساند. مرگان در پی علی گناو بود. علی گناو کنار گورستان ایستاد. زیر لایه‌ای از برف، گورها قوز کرده بودند و خاموش‌تر می‌نمودند. علی گناو چشم برگرداند تا قبر پدرش را بیابد. این، همچنان سنت بود که خانواده‌ای کنار هم به خاک سپرده شوند. علی گناو هم، که یکی از بی‌قیدترین مردهای زمینج بود، بنا به عادتی که نمی‌دانست از کجا آمده و چگونه به او راه یافته، دلش می‌خواست مادرش را کنار پدرش خاک کند. پس، پیشاپیش مرگان، در لابلای گورها پرسه می‌زد. راهی جز این نبود که اندازه بگیرد. از گور تا گور. به کنار مقبرهٔ آقا رفت و چهل قدم رو به قبله برداشت، بیلش را در زمین فرو نشاند و به مرگان گفت:

ـ همین جاست!

مرگان پیش رفت، بیلچه‌اش را به زمین کوبید و مشغول شد به پس زدن برف‌ها از روی خاک. علی گناو چوخایش را از تن بدر کرد، روی دستهٔ کلنگ انداخت و دستهٔ سرد بیل را میان دست‌ها فشرد. مرد و زن به کار درآمدند. دور و بر، همه جا سفید و سرد بود. سرد و خاموش. جز آن دو، مرگان و علی گناو، که بر خاک نمناک خمیده و زمین را می‌کندند و خاک روی کنارهٔ پر برف گور می‌ریختند، هیچ کس نبود.

سپیده‌دم و برف. برف و زمینج خفته. گورستان و مقبرهٔ خرابه. دیواری شکسته در آن سوی، بیابانی گسترده بر این سوی. کلاغان، کلاغان. زمین یک زانو گود شده. علی گناو بیل را گذاشته و کلنگ برداشته. خاک نمناک بیرون ریخته شده و زمین به چغری رسیده. با کلنگ باید کنده شود. علی گناو تلاش می‌کند. جا برای دو تن نیست. مرگان کناری ایستاده تا کار علی گناو تمام شود، پس او به گور برود و خاک‌های کنده شده را بیرون بریزد. علی گناو کمر راست می‌کند و کلنگ در لب گور فرو می‌کوبد:

ـ بیل را بده به من!

ـ تو یک دم نفس بگیر، من خاک‌ها را بیرون می‌ریزم.

علی گناو خسته بود. پیشانی و بیخ گوش‌هایش عرق کرده بود. پا از گور

بیرون گذاشت، کنار چوخایش نشست و سیگاری روشن کرد و خلاصهٔ سوختهٔ کبریت را کناری انداخت و گفت:

ـ می‌خواهم خودم را از دست این زنکه خلاص کنم!

مرگان گوش به علی گناو داشت و خاک را با بیل بیرون می‌ریخت.

علی گناو گفت:

ـ جوانیم را به پایش تلف کردم. بس است دیگر! این چار صباحی که از عمرم باقی‌ست می‌خواهم بی‌دق ـ دق سر کنم.

مرگان خاک از گور بیرون می‌ریخت و همچنان خاموش بود. علی گناو پرسید:

ـ تو چی به عقلت می‌رسد مرگان؟

مرگان، سر به کار، گفت:

ـ خدا را خوش نمی‌آید. آن پا شکسته هم غیر از تو پشت و پناهی ندارد. تو که از خانه‌ات بیرونش کنی او سرش را زیر سقف کی ببرد؟

علی گناو دست به روی لب‌ها برد و گفت:

ـ دیگر به اینجام رسیده مرگان! چند ساله که روز خوش ندیده‌ام. آخر گناه من چیست؟ بالاخره اسم من که نباید با خودم به زیر خاک برود؟ از وقتی که به یاد دارم، از این زن یک صدا بیشتر توی گوشم نیست: ناله. ناله. همه‌اش ناله. من در همهٔ عمرم یک شب خوش نداشته‌ام. حالا که نفرین هم به ناله‌هایش علاوه کرده. شب‌ها نمی‌گذارد یک آن پلک‌هایم گرم شوند! زنجموره. ناله. نفرین! باعث و بانی مرگ این پیرزن هم، او شد. این قدر به سر من نق زد که آخر عمری مادر پیرم را از خانه بیرون انداختم و بیچاره دچار همچین عاقبتی شد. خداوندا!!

مرگان آخرین بیل خاک را بیرون ریخت و از گور بیرون آمد. علی گناو ته سیگارش را دود کرد، آن را دور انداخت، دست به کلنگ برد و پا به گور گذاشت. حالا گور تا کمرگاهش گود شده بود. باید باز هم گود می‌شد. تا بالای سینه. مرگان چوخای علی گناو را روی دوش انداخت و کناری نشست. علی گناو تن خماند و کلنگ در خاک کوبید و گفت:

ـ نازاست مرگان؛ قسره! خودم کردم، می‌دانم. کره توی شکمش بود که با

تخت پوتین زدم به طبل شکمش و زهدانش را درّاندم. قلم پایم می‌شکست! آدم نبودم. که! جوانی. اما حالا... حالا چی؟ حالا... از تو چه پنهان، خیال‌هایی دارم. خیال‌هایی مرگان! تو زن فهمیده‌ای هستی. سرد و گرم چشیده‌ای. می‌فهمی من چی می‌گویم. کارم گیره. باید به فکر خودم باشم. کارم، زندگیم. هر چی فکرش را می‌کنم، می‌بینم زنی می‌خواهم که بتواند کمک کارم باشد. زن من باید بتواند روزهایی که حمام زنانه است، سر بینه بنشیند و تک و توکی مشتری‌ها را تر و خشک کند و سه شاهی صنار، مزد از دست این و آن بگیرد. این زنکه که دیگر خانه‌نشین شد و گمان نکنم بتواند یک سالی از جایش برخیزد و راه بیفتد.

مرگان نمی‌دانست به علی گناو چی بگوید. خاموش بود. فکر اینکه چرا و برای چه علی گناو چنین حرف‌هایی به او می‌زند، درمانده‌اش کرده بود. این حرف‌ها چرا این جا باید زده می‌شد؟ چرا حالا؟ فکرش به هزار راه می‌رفت و چیزی نمی‌یافت. هیچ‌چیز دستگیرش نمی‌شد. کم‌کم‌داشت وهم می‌گرفتش. وهم برش داشته بود. هواگنگ بود. گرگ و میش. تا چشم کار می‌کرد، دور و بر خالی و خلوت بود. زمینج خاموش بود، خراب بود؛ و مانده بود هنوز که چشم روز باز شود. بیم ناگهانی مرگان را گرفت. ترس! ترسی آمیخته به گونه‌ای حالت موذی زنانه. طبیعیِ زنی برابر مردی. تنی برابر تنی. چیزی زبانه می‌زند و این به دست کسی نیست. چنین حالتی را تصور مرگان از حرف‌های علی گناو به او داده بود. اما این زبانهٔ شوخ و موذی، گذرا بود. پنهان در لایه‌های هراس. ترس بر طبع چیره بود. حالا مرگان از بیم سنگ شده بود. از جای خود جنب نمی‌توانست بخورد. زیر چوخای سیاه گناو، کنار گور، خشک شده بود. احساس می‌کرد قلبش دارد می‌ایستد. نگاهش روی دست‌های کلفت و کبود علی‌گناو، سنگ شده بود. شانه‌های پهن و نفس نفس زدنش در کار، مرگان را می‌ترساند. آرزو داشت بتواند به بهانه‌ای برخیزد و از گورستان دور بشود، اما نمی‌توانست. نه توانایی‌اش را داشت و نه جرأتش را. نیرویی در زانوهای خود نمی‌یافت. چنان که انگار افسون شده بود. چغوکی در نگاه ماری.

علی گناو کلنگ را از گور بیرون انداخت و گفت:

ـ آن بیل را بده به من!

مرگان به هر دشواری از جا برخاست، لب گور ایستاد و بیل را به سوی علی گناو گرفت. علی گناو دستهٔ بیل و مچ دست مرگان را چسبید و به یک تکان، هر دو را به درون گور کشاند و پیش از آن که مرگان بتواند صدایی از گلو برآورد، زن را به دیوارهٔ گور کوبید و در نفس نفس زدن‌هایش، به چشم‌های بدر جسته و پر بیم مرگان خیره شد و بریده بریده گفت:

ـ دخترت! دخترت را به من بده؛ بده! هاجر را به من بده!

مرگان داشت قبض روح می‌شد. علی‌گناو به شمایل عزرائیل درآمده بود. به نظر مرگان این جور می‌آمد. چشم‌ها وادریده و کف بر لب. مرگان آشکارا می‌لرزید. مثل کبوتر چاهی، بال بال می‌زد. دهان و گلویش خشک شده بود و احساس می‌کرد استخوان‌های کشیده‌اش، میان پنجه‌های علی گناو دارند از هم می‌پاشند. پنجه‌های علی گناو که روی مچ مرگان سست شد، مرگان رمق بریده و ناتوان، فرو نشسته شد و پاشنهٔ سر به دیوار گور تکیه داد و چشم‌هایش را بست:

ـ خانه خراب!

علی گناو که بار دیگر حالش به جا آمده بود، دست به کار خاک‌برداری شد و گفت:

ـ دخترت را به من بده. می‌خواهم که برایم پسری بیاورد. می‌خواهم اسمم را زنده نگاه دارد.

ـ دخترم... عروسوار نیست. هنوز طاقت شوی ندارد.

ـ دارد! کلاهت را که برای دختر پراندی و زمین نخورد، عروسوار است. طاقت هم پیدا می‌کند!

ـ هاجر هنوز بچه سال است. استخوان‌هایش نبسته. گودلش هنوز بالا نیامده.

ـ استخوان‌هاش می‌بندد. گودلش بالا می‌آید. چکار به این چیزهاش داری، تو؟ اگر زن من است که همین جور خوبش است.

ـ آخر... آخر...

علی گناو خاک بیلش را به غیظ بیرون ریخت و گفت:

ـ آخر و اول ندارد! قولش را همین جا به من بده. شماها سایهٔ سر

می‌خواهید. پسرهایت را به کار می‌زنم. خودت را هم با دخترت می‌گذارم سربینهٔ حمام. تا وقتی دخترت راه و چاه کار را بلد نشده، خودت راهش می‌بری. ابراوت را زیر دست و بال خودم نگاه می‌دارم. پای گلخن می‌نشیند و گاهی هم می‌رود یک بار هیزم می‌آورد. عباس را هم یک جوری به کار می‌زنم. هیچ کاری که نباشد می‌گذارمش همراه شترهای پسرعموم برود. هیچی نه، نان خودش را که درمی‌آورد! روزگارت رنگ و رونقی می‌گیرد. به خیال این جوان جغله‌هایی که تازه راه غربت را یاد گرفته‌اند و سالی شش هفت ماه را می‌روند به ولایت‌های دیگر و دنبال یک لقمه نان سگدو می‌زنند و بقیهٔ سال را پای کندو می‌نشینند و می‌خورند از من بهترند؟ مثلاً همین مراد، پسر صنم! به خیالت آدم‌هایی مثل پسر صنم می‌توانند زن نان بدهند؟! زن، بالا سر خودش مرد می‌خواهد، نه جوجه خروس کاکلی! فکرهایت را بکن و راضیش کن. ماه نوروز، بعد از چهل مادرم، می‌رویم شهر برایش خرید کنیم. خودت هم باید نو نوار بشوی.

- رقیه چی می‌شود، پس؟!

- او دیگر زن بشو نیست. تا وقتی جایش را توی پستو درست می‌کنم. و بعد، یک سوراخ برایش توی دیوار آغل باز می‌کنم. بعدش هم سر فرصت، کنار تنور، یک سایه‌بان سر پا می‌کنم و می‌دهم دیوارهایش را سفیدکاری کنند. من و هاجر می‌رویم به اتاق سفیدکاری، رقیه هم توی اتاق گودال می‌ماند.

کار تمام. علی گناو دیوارهٔ گور را با تیغهٔ بیل تراش داد، آخرین سر بیل خاک را بیرون ریخت، از گور بالا کشید و دست به سوی مرگان دراز کرد. مرگان دست خود را در بال چادرش پیچاند و به دست علی گناو داد. علی گناو مادر زنش را خودمانی از گور بیرون کشید و خاک از رخت‌هایش تکاند، چوخایش را روی شانه‌ها انداخت، بیل و کلنگش را برداشت و آمادهٔ رفتن شد.

- بیل را این جا نمی‌گذاری؟ بعدش باید خاک روی میت بریزیم.

علی گناو گفت:

- با خودم برش می‌گردانم. یک وقت دیدی بی‌پدری آمد گذاشت روی دوشش و برد.

براه افتادند.

ـ تو بلدی میت راغسل بدهی؟

مرگان جواب داد:

ـ چطور نمی‌توانم؟ منتها بعدش باید غسل میت کرد.

علی گناو گفت:

ـ کاری ندارد که! دم غروب کلید را به‌ات می‌دهم می‌روی حمام. از من اگر می‌شنوی هاجر را هم با خودت ببر سر و پوزش را بشوی.

مرگان هیچ نگفت. نه به «نه» و نه به «آری». خاموش و سر به زیر، پا به پای علی گناو می‌رفت. علی گناو حرفش را دنبال کرد:

ـ آن تکه زمین بیخ ریگ را هم که سلوچ می‌کاشت، هندوانه می‌کاریم. با این برفی که افتاد، هر بوته‌اش پانزده من هندوانه می‌دهد. تخمش را من فراهم می‌کنم. زمین ریگ که شخم نمی‌خواهد؛ کارش راهم با خودت با پسرهایت می‌کنید. می‌شود دو سه هزار بوتهٔ جانانه تویش به عمل آورد. یک چیز دیگر را هم در عالم قوم و خویشی بگویم. امسال اگر ایندست ـ آندست کنید، همین یک تکه زمین هم از دستتان درمی‌رود. داماد آقاملک، سالار عبدالله و یکی دو تای دیگر خیال دارند همهٔ زمین‌های دامنهٔ ریگ و دشت کلغر را به ثبت برسانند. شنیده‌ام ساخت و پاختش را هم در شهر کرده‌اند. همین‌که روی زمین نباشید، دیگر صاحبش نیستید.

مرگان سرش را بلند کرد و گفت:

ـ زمین خدا را به ثبت برسانند؟!

علی گناو شوخی ـ جدی گفت:

ـ اگر زمین بندهٔ بوده که ثبت و سند داشت! آن‌ها هم خر مرده گیر آورده‌اند که خیال دارند نعلش را بکنند.

ـ پس این چند سالی که ما روی زمین خدا زحمت کشیده‌ایم، چی؟

ـ لابد اجرش را از خود خدا باید بگیرید! زن ساده! تا زورکی بچربد. این زمین‌های ریگی را، آفتاب نشین‌ها، جا به جا چارتا نیش بیل تویش زده‌اند، یک سال کاشته‌اند و بعدش به امان خدا گذاشته‌اند و رفته‌اند. کم بوده‌اند آدم‌هایی که بر یک یک قرار بکارند. سر سال چهارتا تخمه به زمین می‌انداخته‌اند و می‌رفته‌اند ولایت غربت. زن یا مادرشان اگر کاری از دستشان برمی‌آمده، ده من بار از توی زمین

جمع می‌کرده‌اند؛ اگر هم کسی نبوده که باد بوته‌ها را می‌برده. اینست که حساب و کتاب درستی ندارد. گاو و شخم و زاله‌بندی هست که به زمین حرمت می‌دهد. زمینِ ولنگ و واز که حرمتی ندارد. چون مرزی ندارد. کاری تویش نمی‌شود. پس، می‌ماند که زورکی بچپد. که کی زبانش درازتر باشد و دستش به جیبش برود. صحبت اینست که ازکلهٔ دشت کلغر، تا آفتاب غروب دامن ریگ، یک فرسخ در سه فرسخ نهال پسته بزنند. برایش خواب‌ها دیده‌اند. صحبت از مکینهٔ آب و هموار کردن زمین‌هاست. کشاورزی هم روی این جور کارها وام هنگفت می‌دهد. اینست که می‌گویم هرجوری شده باید بیل شما توی زمین باشد. حتی اگر دستتان می‌رسد، دور تکه زمینتان را زاله کنید. تا این جا که خبر دارم، سالار عبدالله و عموزاده‌اش ذبیح و چندتایی دیگر پیشقدم شده‌اند. کدخدا نوروز هم دستش توی کاره. حالا می‌ماند چارتا آفتاب‌نشین که یکیش هم شما باشید. چشمم از بقیه که آب نمی‌خورد. یکیش همین پسرهای صنم. دومیش هم قدرت، پسر آن مردکهٔ دزد. چارتا کور و کچل دیگر هم، مثل همین‌ها.

مرگان گفت:

ـ روز اول عید بیلم را ورمی‌دارم و می‌روم روی زمین. به ثبت برسانند؟ هک! پس آن همه خار و خسی که ما از ریشه درآوردیم و زمین را مثل کف دستمان صاف کردیم، چی؟ من میوهٔ تابستان بچه‌هام را از همان یک تکه ریگ باید بدهم.

علی گناو گفت:

ـ من هم همین را می‌گویم. اول کسی که به فکر این زمین‌های بی‌صاحب افتاد، سلوچ بود. یادم است هفت سال پیش. بعد از او دیگران به صرافت افتادند. مثلاً خود من تازه دو سال است که می‌کارم.

به مسجد که رسیدند، ملای زمینج روی دیوار شکسته نشسته بود. علی گناو به ملا گفت که کار کندن گور تمام شده است. ملا برخاست و با هم به مسجد رفتند. صدای حاج سالم بریده بود و بالا سر تابوت داشت چرت می‌زد. چرت خماری. مسلم بیدار بود؛ مهرهای گوشه کنار مسجد را جلوی خود جمع کرده بود و داشت با آن‌ها بازی می‌کرد. سر حاج سالم روی تابوت خم شده بود. پسر صنم هم بود. سایه‌وار، کنار ستون شبستان ایستاده و خاموش بود. ملای زمینج پیش

رفت و اجازه خواست که تابوت را بلند کنند. پسر صنم به تابوت نزدیک‌تر شد. حاج سالم تکان خورد، خودش را فراهم کرد؛ از جا برخاست و قرآن پاره را روی تاقچهٔ مسجد گذاشت و زیر لب، چیزی گفت. شاید: «لاحول ولاقوةالاباللّه!»

ملای زمینج به علی گناو نگاه کرد. علی گناو به سوی تابوت رفت. حاج سالم چوبش را بیخ گردن مسلم گذاشت و به او فهماند که باید کمک کند. سالم پایهٔ تابوت راگرفت. تابوت به حیاط مسجد برده شد و دمی دیگر سر تابوت روی شانه‌های مرگان و علی گناو قرار گرفت و پای تابوت، روی دوش‌های مسلم و پسر صنم. ملای زمینج و حاج سالم هم به دنبال تابوت براه افتادند تا در راه صلات و صلواتی بفرستند.

دهانهٔ کاریز بالا دست گورستان بود.

تابوت، سرد و خاموش، از کوچه‌های خالی و خلوت می‌گذشت و به گور برده می‌شد. سرما همچنان تا مغز استخوان‌ها می‌مُخید. آفتاب نبود. برف زیر قدم‌هایی شکست. بیرون زمینج، سرماتیز تر بود. باد سرد می‌وزید. بال قبای بابای قدرت، که روی گورستان، تکیه به بیلش ایستاده بود، در باد تکان می‌خورد. قدرت هم بود. کنار دیوارهٔ مقبرهٔ آقا، پریژ کرده و نشسته بود. به دیدن تابوت برخاست و شانه‌به‌شانهٔ باباش براه افتاد. بابای قدرت به شاخهٔ شکسته‌ای می‌مانست. نرسیده به تابوت گفت:

ـ آمده بودم کمک علی خان!

ـ خدا عمرت بدهد. کاری نبود.

قدرت به زیر تابوت رفت و جای مرگان را گرفت. بابای قدرت انگشتش را به کنار تابوت چسباند و گفت: لاله الااللّه.

آب قنات در سرمای سحر بخار خوشایندی داشت. آب گرم نبود. از هوا گرم‌تر بود. تابوت را کنار آب بر زمین گذاشتند. مردها دور ایستادند و مرگان پاچه‌های تنبان و آستین‌های پیرهنش را بالا زد. علی گناو شکستهٔ خویر را ـ تا آب مرده را به کشتزار نبرد ـ به چهار بیل سنگ و خاک بست. مردها پشت کردند و آن سوترک پای زالهٔ جوی نشستند. مرگان و علی گناو میت را از تابوت به روی تختِ سنگ‌ها جابه جا کردند. مرگان به علی گناو گفت آن کوزهٔ نیمه شکسته را که

در ته جوی نشست کرده برایش بیاورد. علی ته کوزه را آورد. مرگان دست به پوشاک میت برد و به گناو گفت که دیگر کاریش ندارد. علی گناو به سوی مردها رفت و پشت به میت و مرگان، کنار شانهٔ ملای زمینج نشست و سیگاری روشن کرد:

ـ مرگ حق است پسرم!

ملای زمینج ـ تا از حاج سالم وانمانده باشد ـ گفت:

ـ و میراث حلال!

علی گناو پوزخندی زد:

ـ چه جوری خرجش کنم؟! بیا! سیگار بکشید. یکی یک دانه وردارید. تو هم یکی وردار، بابای قدرت. چی؟ تو هم می‌خواهی مسلم؟ بیا! یکی هم تو وردار.

ملای زمینج به مسلم گفت:

ـ رویت را نکنی آن طرف باباجان!

حاج سالم به مسلم گفت:

ـ الاغ! سرت را بینداز پایین!

پس، رو به ملای زمینج کرد و گفت:

ـ مسئلةً، ملا؟!

حتماً نمی‌بایست مرگان پیشتر کاری را آموخته باشد تا بتواند از عهدهٔ آن برآید. همین قدر بس بود که یک بار ببیند. پس، کاری نبود که مرگان نتواند انجامش بدهد. چشمش هرگز از کار نترسیده بود. واهمه از کار نداشت. از آن هم نمی‌گریخت. بی‌پروایی مرگان و این که خوش نمی‌داشت شانه از زیر بار خالی کند، به اوّین قوت قلب و جسارت را می‌داد که از برابر کار واپس نزند. مرده‌شویی، خوب! این که چندان دشوار نیست. ناف نوزاد را هم می‌توانست ببرد. ناف همین ابراو خودش را با دندان بریده بود. زایش نابهنگام. دمدمه‌های خروسخوان. تا مددی برسد، خودش ناف طفل را بریده و قمار ـ قنداقش کرده بود. کار، از خشت تا خشت. ننه گناو را کفن کرد و کلکاش را بست. حالا باید دوباره به تابوتش می‌گذاشتند. علی گناو آمد. میت را درون تابوت جا دادند.

ملای زمینج برخاست. حاج سالم، مسلم را به کمک واداشت. تابوت روی شانه‌ها جا گرفت. گورستان. در گور جا دادن ننه گناو هم با مرگان بود. اما پیش از آن باید نماز میت خوانده شود. مردها، به رغم خواستی که حاج سالم داشت، پشت سر ملای زمینج به نماز ایستادند. علی گناو نماز نمی‌دانست. پسر صنم هم نمی‌دانست. بیشتری‌ها فقط لب‌هایشان را تکان می‌دادند. علی گناو لب می‌جنباند. بیش از آن خسته و کسل بود که از این بابت دریغی به دل راه بدهد. پیش از این که نماز پایان بگیرد، علی گناو خود را کنار کشید. نماز که پایان گرفت، به طرف تابوت رفت. مرگان هم پیش آمد. ننه گناو چندان وزنی نداشت. سبک، مثل پر کاه. به دو حرکت از ته تابوت برداشته و به ته گور چسبانده شد. این هم خشت لحد، و بعد، تلقین. مرگان از گور بالا آمد. علی گناو دست به بیل برد. بابای قدرت هم دست به کار شد. مرگان، پسر صنم و قدرت هم پنجه در خاک بردند. گور باید پر و پوشیده می‌شد. ملای زمینج و حاج سالم خود را کنار کشیدند. مسلم همچنان هاج و واج لب گور ایستاده بود و با چشم‌های دریده، آدمی را که داشت در خاک پنهان می‌شد، نگاه می‌کرد. خاک‌ریزی، پیش از آن‌که عرق بر پیشانی بنشیند، تمام شد. آب در دسترس نبود. مرگان بیل را از دست علی گناو گرفت، کاسهٔ بیل را چند بار از برف پر کرد، روی گور ریخت و با پشت بیل بر آن کوبید. کار، تمام. علی گناو نفسی کشید. باری سنگین از دوشش برداشته شده بود. دمی به فراغت. ریه‌هایش را از هوای پاکیزهٔ صبح پر کرد، چوخایش را روی شانه انداخت، بیلش را برداشت و همپای دیگران براه افتاد.

ـ باقی عمر شما باشد، علی خان.

علی گناو نمی‌دانست چه جوابی باید به ملا بدهد. گفت:

ـ خدا به شما هم عمر بدهد!

حاج سالم گفت:

ـ خداوند به همه صبر عنایت فرماید!

علی گناو سرش را تکان داد و زیر چشمی مرگان را پایید. مرگان به دنبال مردها می‌آمد و سرش پایین بود. گناو پا پس کشید و زیر گوش مرگان گفت:

ـ این‌ها انگار التماس دعا دارند؟

مرگان گفت:
- به ملا و حاج سالم که باید یک چیزی بدهی. بابای قدرت هم لابد...
- نفری چقدر بدهمشان؟
- این را خودت می‌دانی.

علی گناو دست به جیب جلیقه‌اش برد و خودش را به کنار شانهٔ ملای زمینج رساند. مرگان دید که اسکناسی کف دست او گذاشت و رفت تا به حاج سالم نزدیک شود. حاج سالم پول را که گرفت برای حمام رفتن خود و پسرش وارد چانه زدن شد:

- آمرزیده باد آن مرحومه. بانوی عفیفه و خداشناسی بود. نور به قبرش بیارد. در خیرخواهی لنگه نداشت. بارها شاهد بودم که نان شب خود را با دیگران قسمت می‌کرد. با فاطمهٔ زهرا محشور بشود، انشاءالله.

- انشاءالله. انشاءالله.

- از دیدهٔ باری تعالی، هیچ کار و کردار نیکی دور نمی‌ماند، علی خان. شستشوی سر و تن این جانور، مسلم من، خودش ثوابی‌ست عظیم، برادرجان. دعایت می‌کند. می‌گویمش که برای مادر مرحومه‌ات دعا کند. دعای معصوم مستجاب است. این جانور من هم بی‌گناه است علی جان.

علی گناو گفت:
- بسیار خوب حاج آقا. فردا صبح. فردا صبح دوتاییتان بیایید حمام.

پا به زمینج گذاشتند. ملا به علی گناو گفت:
- مجلسی اگر بود...

علی گناو گوش نسپرد. حاج سالم بر بلندی کنار کوچه ایستاد و به نشانهٔ خداانگهدار، عصایش را رو به علی گناو تکان داد و گفت:

- تا صباح، علی جان! بقای جوانی خودت. عمرت دراز و بخت بیدار باد!

عصا در هوا چرخاند و دور شد. مسلم در پی پدر رفت. ملای زمینج هم راه کج کرد. پسر صنم خداانگهدار گفت و بابای قدرت به علی گناو نگاه کرد. گناو گفت:

- برای ناشتا بیا آن‌جا. قدرت را هم بیارش.
- خدانگهدار!

رفتند. علی گناو شانه به شانهٔ مرگان براه افتاد:

- صدایش از جای گرم بیرون می‌آید! مجلس ختم! نان شبم را بدهم این و آن بخورند که چی بشود یعنی؟ که فاتحه بفرستند؟ می‌خواهم نفرستند. چه گناهی داشت پیرزن زمین خورده که فاتحه بخواهد؟!

مرگان حرفی نداشت. خود را دخیل کار علی گناو نمی‌دانست. گرچه لحن علی گناو بیشتر خودمانی می‌نمود؛ اما مرگان او را ـ هنوز ـ محرم خود نمی‌دانست.

- باید این زنکه را هم ببرم شهر، مریضخانه بخوابانمش. از ناله‌هایش ذله شده‌ام. بالاخره کسی را گیر می‌آورم و دستخطی می‌گیرم. اما این خر لاکردار بد موقعی دُلاغ شد!

به کوچه رسیدند. مرگان راهش را به طرف خانه‌اش کج کرد. علی گناو جلویش ایستاد و او را به اصرار رو به خانهٔ خود برد:

- هر چه نباشد یک لقمه نان یافت می‌شود بالاخره. خانه ما و شما ندارد که. بیا برویم حالی هم از رقیه بپرس.

رقیه زیر جا افتاده بود. پلک‌هایش بر هم خفته بودند و او خمناله می‌کرد. به نظر می‌رسید که دم دمای صبح خوابش برده باشد. مرگان پای در نشست و علی گناو چند تکه نان آورد و روی بال چادر مرگان گذاشت:

- آب دهنت را بگیر. می‌خواهی هم برو با بچه‌هات بخور. من امروز هر جوری شده رقیه را می‌برم به شهر، مریضخانه.

رقیه پلک گشود و لب‌های خشکیده و تناس بسته‌اش را برهم زد:

- نه... نه... نمی‌روم، نمی‌روم... آن‌جا... می‌میرم. می‌میرم!

علی گناو غرید:

- خانه خراب! جای مریض، مریضخانه است. چی را می‌میری؟!
- نه، نه! همین جا. بگذار همین جا زیر سقف خانه‌ام جان بدهم.

علی گناو ناشنوی حرف زنش، جیب‌های نیمتنه و چوخایش را از نان

کاک پر کرد، تکه‌هایی نان درهم شکاند و به دهان گذاشت، از خانه بدر شد و یکراست به سراغ خرش رفت. خر، هنوز کم و بیش می‌لرزید و پوزه‌اش از آب بینی خیس بود. گناو دستی بر پوست پژمرده و پهن‌آلود خر کشید، سرگین‌های خشکیده را از موهای شکستهٔ گرده‌ها و زیر شکم حیوان به ناخن تراشید، پالان بر پشتش گذاشت و تنگش را بست. به یادش آمد که تابوت را باید می‌آورده و کنج حیاط مسجد، سر جای همیشگی، می‌گذاشته بود. اما حالا کار از کار گذشته بود. باید به فکر کار تازه‌اش باشد. در طویله چشمش را گرفت. در را از پاشنه در آورد و کنار دیوار حیاط خانه گذاشت. لقمه‌اش را قورت داد، تکهٔ دیگری نان به دهان گذاشت و به اتاق رفت. نهالی کهنهٔ مادرش را بیرون آورد، روی در پهن کرد و بالا سرزنش رفت:

ـ کهنه پاره‌ای اگر داری به خودت بپیچ!

رقیه هیچ نگفت. علی گناو با کمک مرگان به زنش رخت پوشاند، لحاف را به دور بدن او پیچاند و به مرگان گفت که زیر شانه‌ها را بگیرد. رقیه وزنی نداشت. یک پرکاه. بیرونش بردند و روی در خوابوندنش. به ناله‌های زن، علی گناو چندان گوش نمی‌داد. رشمه‌ای از پستو بیرون آورد. خر را از در خانه بیرون برد و میان کوچه واداشت. خورجین رویش انداخت و بالا سر رقیه آمد. در و رقیه را رشمه پیچ کرد و بعد، به همدستی مرگان، او را بیرون آورد و بار خرکرد. حالا باید رقیه و در را بر خر می‌بست. بست. چوخای علی را مرگان آورد؛ چوخا بر دست مرگان. علی گناو به خانه دوید و دمی دیگر بیرون آمد، کلید در خانه را به مرگان سپرد، کیف پولش را در جیب بغل جابه جا کرد، چوخایش را از روی دست‌های مرگان برداشت و به او گفت:

ـ به ابراو بگو مواظب گلخن باشد. خودت هم دور و بر کارش را بگیر. اگر شب را در شهر ماندنی شدم، گلخن را خودت روشن کن و ابراو را وادار پایش بنشیند. غروبی هم خودت هاجر را وردار و بروید حمام. به ابراو بگو این حاج سالم و پسرش که فردا آمدند حمام، بابت مزدش پاپی‌شان نشود. دیگر سفارشت نمی‌کنم. اگر شب برنگشتم با هاجر بیایید خانه بخوابید. نان را ورداشتی؟

ـ ورداشتم.

- خوب، خدانگهدار. می‌برم هر جوری شده می‌خوابانمش!

علی گناو خر را هی می‌کرد و مرگان رو به خانهٔ خود رفت.

لب گو دال خانه، عباس نشسته بود و داشت سکه‌ها را میان کاسهٔ سفالی می‌شست. کاسه پر آب بود و سکه‌ها در آب ته‌نشین شده بودند و پنجه‌های عباس هنوز می‌مالاندنشان. مرگان از کنار پسرش گذشت و به اتاق رفت. هاجر پای اجاق چرت می‌زد. آتش اجاق خاکستر شده بود. مرگان کنار اجاق نشست و تکه‌های نان را روی زمین گذاشت. عباس خمیده و با لایه‌ای از پسلهٔ درد به اتاق آمد. مشتش پر از سکه بود و می‌شمرد. به گمان، بار چندمی بود که داشت پول‌هایش را می‌شمرد. پای اجاق که رسید، زانوهایش خمید و نشسته شد، تکه‌ای نان برداشت، زیر دندان‌هایش شکاند و گفت:

- گمانم هنوز دو تا پنج قرانی میان روده‌هایم مانده باشند!

بخش سوّم

۱

توبرهٔ پدر را عباس برداشته بود؛ چادر مادر را هاجر، و کیسه‌ای از تکه پاره‌های به هم دوختهٔ را ابراو.

دو برادر دوش به دوش هم می‌رفتند و خواهرشان به دنبال. می‌رفتند تا به دشت پا بگذارند. علفه بود. ماه نوروز. آفتاب دیگر سرد نبود. می‌شد به آن دل بست. زمین دیگر کف پاها را نمی‌گزید. چهره‌ها دیگر کدر نبودند یا -دست کم- چندان که پیشتر، کدر نبودند. آسمان فراخ بود. آسمان دیگر آن تنگی و کوتاهی را نداشت. روزها بازتر بودند. دشت و بیابان گشاده‌تر می‌نمودند؛ و اینهمه در دل فرزندان سلوچ، واتاب و جای خود داشتند. دل‌ها روشن‌تر بود. بازتاب زلالی بهار. پاها، بی‌بیم نه، کم بیم‌تر می‌رفتند. سرها باد داشت. بهار و جوانی! باد مست بهار، در کله‌های خام. حلقهٔ چشم‌ها، هم آمـده و تنگ و منتظر نمی‌نمودند. چشم‌ها بازتر، روشن‌تر و براق‌تر بودند. بازی شوخ بهارانه در آهوی چشم‌ها. بازی شوخ آهوان در بهار دشت.

فرزندان سلوچ - دست کم برای دمی - به خشم و طعنه و نیش زبان با یکدیگر رفتار نمی‌کردند. مهربان اگر نبودند، اگر نمی‌توانستند که باشند، دشمن هم نبودند. بیزار به کار نمی‌رفتند. نه فقط اجبار، که شوقی هم پاهایشان را پیش می‌برد. دل‌هاشان از چیزی نو به شوق بود: گذار از سیاهی. این شکفته‌ترین حالتی بود که می‌شد در رفتارایشان دید. باروی فرو ریختهٔ زمستان زیر قدم‌ها غبار می‌شد.

- به کجا داریم می‌رویم؟
- به علف!

جواب هاجر را عباس داد.

ابراو از خواهر پرسید:

- بلدی بلقست ر ابجوشانی؟
- چرا بلد نباشم؟

ابراو بی‌التفات به جواب هاجر، سر به دنبال کلپیسه‌ای ریز و خوش نقش گذاشت. در دو یدن مارپیچ خود، نمی‌خواست پا رویش بگذارد. نمی‌خواست هم علفتراش را روی گردن کلپیسه فرو کوبد. دلش می‌خواست جانور را زنده بگیرد. دور و بر زمینج، وقتی بچه‌ها خیلی از بیکاری کسل می‌شدند، دسته‌جمعی کلپیسه‌ای را دنبال می‌کردند و می‌گرفتند و به حیوان ناس می‌داند: پس کله‌اش را به دو انگشت می‌گرفتند و می‌فشردند، دهان کلپیسه باز می‌شد و یک دل ـ انگشت ناس روی زبانش می‌ریختند و به امان خدارهایش می‌کردند. کلپیسه چند خیز می‌رفت و کند می‌شد. می‌ماند، گیج می‌شد و به دور خود می‌چرخید. اختیارش را از دست می‌داد. سرانجام می‌غلتید و به پشت می‌ماند. شکمش باد می‌کرد. در این وقت، سنگدل‌ترین بچه، تیزترین سنگ دم دستش را روی شکم کلپیسه می‌کوبید. شکم کلپیسه دریده می‌شد و هر چه درون شکم حیوانک بود بیرون می‌ریخت و این سرگرمی، با پرتاب چند تف بر خاک، تمام می‌شد.

ابراو دست از کلپیسه برداشت.

- بگذار او هم برود دنبال رزقش؛ چکارش داری؟ دست و پای کسی راکه تنگ نکرده!

لحن عباس مهربان و برادرانه بود:

- سنگ می‌اندازی؟

عباس خم شده و قلوه سنگ خوشدستی از خاک نمناک برداشته بود.

ابراو خم شد و قلوه سنگی برداشت:

- نشانی کجا؟
- آن جا! لب جوی. پرتاب هم از همین جا.
- سر چی؟

عباس درنگ کرد:

- سر... دو سیر خرما!
- هر کی نده!

- هر کی نده!
- اول کی؟
- اول... اول تو.

ابراو به هاجر گفت که برود لب جوی بایستد و جای افتادن سنگ‌ها را مراقب باشد. هاجر پیش دوید:

- جای سنگ که افتاد یک سیخ به خاک فرو کن!

هاجر لب جوی ایستاد.

- بیندازید!

ابراو گفت:

- می‌خواهی تو اول بینداز. از اینجا.
- نه، اول تو.

ابراو خیز کرد و بغل گشود، روی پای چپ سوار شد و تکه سنگ را به دست راست چرخاند و پرتاب کرد. در نگاه هاجر، سنگ روی دیوارهٔ جوی نشست. هاجر بیخ سنگ سیخی به زمین فرو کرد. نوبت عباس. سنگ خودِ دستش از سر انگشتان عباس پرواز کرد، از سر هاجر غیژکشان گذشت و آن سوی جوی در خاک نشست. ابراو به برادر نگاه کرد. عباس به خنده دندان‌های درشتش را نشان داد. به سوی خواهر رفتند. هاجر لب جوی، به جستجوی علف خوردنی بود. یافت! لفچون جو. زانو زد و بوته را از خاک نمور بیرون کشید. ریشهٔ بوته، خاک آغشته است. همیشه چنین است. روی برگ‌هایش لایه‌ای غبار نشسته است.

هاجر ریشه را میان انگشت‌های لاغرش گرفت، برگ‌ها را بر کف دستش کوبید تا غبار بتکاند. غبار تکانده شد. بوته پاک. هاجر رفت و علف را به دهان برد، اما ابراو - بزغاله‌ای انگار - بوتهٔ گیاه را از دست هاجر قاپید، به دهان گذاشت و خنده در چشم، لب‌های شیپوریش را هم آورد و باد در بوک‌هایش انداخت. چشم‌ها و گونه‌های ابراو همچنان می‌خندیدند. هاجر دنبال او کرد. ابراو دوید. به خنده دوید و پا در قال موش، سکندری رفت. هاجر نه به کینه، اما با مایه‌ای از آزردگی چند تپ بر سر شانهٔ برادر کوفت. ابراو ریسه از خنده، روی پاهایش نشست و

به سرفه افتاد. ریزه‌های نیم‌جویدهٔ لفچون جو ـ زبرترین علف خوارا ـ به کامش باید چسبیده باشد. سرفه. سرفه. خون به چشم‌هایش دوید و تخم چشم‌ها در آب گردید. مشتی به تخت پشت؛ هاجر نشست و مشت به تخت پشت برادر کوبید. این را از مرگان یاد گرفته بود. سرفه برید. ابراو روی خاک یله داد، آرنج ستون تن. خنده از چشم‌ها گریخته بود. هاجر با وجود این نتوانست دق دل خالی نکند. رفت و گفت:

ـ حرام، حرام؛ از گوشت سگ هم حرام‌تر!

عباس به شوق فریاد کرد:

ـ بچه‌ها! بچه‌ها! جیگریز. جیگریز. یک عالمه!

هاجر کنار عباس ایستاد، ابراو هم خود را از زمین جمع کرد و دوید. کنار جوی، میان گودالچه‌ای، عباس یک خال جیگریز گیر آورده بود. هر سه نشستند. عباس با علفتراش و ابراو با بیخبُر و هاجر با کونهٔ شکستهٔ قاشقک بوته‌های جیگریز را ـ هر بوته جگر سوراخ سوراخ بزی را مانند ـ می‌تراشیدند و روی هم می‌ریختند. گفتن ندارد که ضمن کار دهان‌هایشان می‌جنبید. دور لب‌ها و دندان‌هایشان رنگ علف گرفته بود. خال جیگریز، توبرهٔ عباس را نیمه پر کرد. عباس گفت:

ـ حالا باید پی بلقست بگردیم. جیگریز را که نمی‌شود برای شام پخت! هر کدام از یک طرف برویم.

ـ برویم!

توبره، کیسه و سارق را لب جوی گذاشتند و هر کدام به سویی راه افتادند.

دشت سبزنای تنکی داشت. سبزهٔ نورس، جا به جا گلبوته‌ای بر خاک فرش کرده بود. رنگ خاک و سبزه، درهم. خرمایی و سبز. خرما و علف. جا به جا بوته‌های بلقست، جا به جا بوته‌های جیگریز. همه جا عطر خاک باران خورده. رد پاها بر خاک ملایم. خاک، خمیرِ ورآمده. چشم‌های تیز و خبره، بوته‌های خوارای علف را برمی‌چیدند و در بالِ پیراهن خود جا می‌دادند، با نگاهی گه گاهی به هم، پنهانی. باز، جست وجو. تیزتر. رقابت پوشیده. طبیعیِ ذاتِ کار که گاه

برهنه می‌شود. عریان. بسا که به کینه انجامیده است. اما این بار نه، پوشیده بود. برادرها و خواهر، هر که می‌خواست بیش از دیگری بال پر علف داشته باشد. بال پر علف و یال راست. نه کم از دیگری، هر کدام.

در برگشت، دیدند که خیلی از هم دور شده‌اند.

کنار کیسه و سارق و توبره‌شان، مردی روی زالهٔ جوی نشسته بود و با بوته‌ای جیگریز بازی می‌کرد. پیشاپیش، پیشاپیش، او را به جا آوردند: بابای سالار عبدالله بود؛ کربلایی محمد دوشنبه. پیرمرد کوتاه و در زمین کوفته. روی زالهٔ جوی که نشسته بود به یک کلوخ کلان می‌مانست. گرچه کوتاه، اما درشت استخوان و محکم بود. صورتی گرد، پیشانی‌یی برآمده، ریش سفید و قبضه پر کن؛ با چشم‌هایی که اشتهای جوانی هنوز در آن نمرده بود. زمستان و تابستان، یک شال پشمی ـ که روزهای بافته شدن، سفید بوده بود ـ به دور عرقچین قدیمی‌اش می‌بست. تا مردم زمینج یاد می‌دادند، کربلایی دوشنبه همین شال و عرقچین را به سر داشت. در عزا و عروسی، در برف و آفتاب. کناره‌های شال، ریش ریش شده و چرک کهنه در بافتش مرده و به رنگ گِل خاکستر درآمده بود. روی گونه‌های پیرمرد هنوز مویرگ‌های سرخ پیدا بودند. روی بینی گرد و صافش، که به یک تیله انگشتی می‌مانست، قاچ قاچ شده از آفتاب؛ شکن شکن خط و خطوط، بر پوستی کلفت. موهای سفید و پیچیدهٔ سینه‌اش از یقه بیرون زده بود. یقهٔ بی‌لبگردان و چرک. چنان که انگار تسمهٔ سیاه و باریکی به دور یقه‌اش دوخته شده است. با وجود این دست و روی کربلایی دوشنبه همیشه شسته بود و نمازش یک وعده هم ترک نمی‌شد.

تا بچه‌های مرگان به او برسند، کربلایی دوشنبه کلوخ‌های کوچک را برمی‌داشت و میان انگشت‌های کوتاه و کلفتش نرم می‌کرد. بچه‌ها که رسیدند، هنوز سرش پایین بود. بیشتر وقت‌ها سر کربلایی دوشنبه پایین بود. کم و کُند حرف می‌زد؛ اما گنده می‌گفت. توبره و علفتراشش کنار دستش بودند، ریسمان گردن بره‌اش به مچ دستش گره خورده بود و بره بر لب جوی می‌چرید. بچه‌های مرگان، یکی یکی سلام و خداقوت گفتند و رفتند تا علف بال‌هاشان را خالی کنند. کربلایی دوشنبه نگاهشان کرد و به جواب خدا قوتشان گفت:

- دارید علف خوارا جمع می‌کنید، ها؟
- ها بله، کربلایی.

عباس و ابراو کنار کربلایی دوشنبه بر سینهٔ زاله نشستند و هاجر خود را در شکاف جوی گم کرد. کربلایی دوشنبه از حال مرگان جویا شد. عباس گفت:

- روزگاری می‌گذراند، ای...

کربلایی دوشنبه به همدردی گفت:

- زن فلک زده؛ ببین چه جور بی‌باعث و بانی شد! از بابای بی‌غیرتت چه خبر؟

ابراو سر پایین انداخت و خود را به شوراندن خاک مشغول کرد. عباس گفت که هنوز خبری نشده است. کربلایی دوشنبه گفت:

- دیگر باید قید او را بزنید. هر چند که مادرت میان مردم چو انداخته که سلوچ پول برایش می‌فرستد، اما در شهر کورها که ما زندگی نمی‌کنیم! اگر خبری باشد لابد ما هم می‌فهمیم. نه! مرگان حال کبک را پیدا کرده. سرش را کرده زیر برف و گمان می‌کند دیگران او را نمی‌بینند. دروغ می‌گوید. یعنی می‌خواهد صورت خودش را با سیلی سرخ نگاه‌دارد. دایی‌تان چی؟ مولا امان؟ از او چه خبر؟!

- او هم دیر وقتی‌ست که خبرش نیست.

- پیش از این، وقتی از این طرف‌ها رد می‌شد سری به من می‌زد! حالا دیگر کم پیداش می‌شود. شاید بابت حسابی که با هم داریم، راه کج می‌کند و پوز می‌تاباند؟ آخر او ساربان من بود. شماها یادتان نمی‌آید. به همین اعتبار هم بهش پول قرض دادم. آن روزها که عاشق بود بدحساب نبود! اما حالا... به گمانم دارد یوغ ورتاب می‌اندازد. یک روزی بالاخره پیداش می‌شود. تا آخر دنیا که نمی‌تواند رو نشان ندهد. با پای خودش باید بیاید و حسابش را پس بدهد. اگر روزی دیدیش، پیغام من را بهش برسان. به او بگو کربلایی دوشنبه گفت: «من پول دزدی به تو نداده‌ام که حالا روی گرفتنش را نداشته باشم. وقتش رسیده که بیایی سر حساب!» اما مرگان... مرگان با او فرق می‌کند. حیف شد مرگان! سوخت بیچاره. به دام این سلوچ سگ خلق افتاد و سوخت. از جوانیش هیچ چیز نفهمید.

•

آخرش هم که این جور. از قول من بهش بگو اگر یک وقت پول و پله‌ای خواست، من را بی‌خبر نگذارد. از مرگان گروی نمی‌گیرم. بهرهٔ زیاد هم نمی‌خواهم. البت‌... خودم سری به خانه‌تان می‌زنم!

کربلایی دوشنبه از خاک برخاست. در سکوت سنگین بچه‌های مرگان، بیش از این نماند. تاب نیاورد. می‌توانست ببیند که بچه‌های مرگان، صبح روزی را که سالار عبدالله ـ پسر کربلایی محمد دوشنبه ـ برای وصول گروی به خانه‌شان رفته بود، به چشم باطن می‌بینند. همچنین این را به چشم باطن می‌بیند که سالار عبدالله، عباس و ابراو را از زمین‌های پنبه‌زار تارانده بود. اثر حرف پیرمرد هم بر چهرهٔ بچه‌ها، کربلایی دوشنبه را دو دل کرده بود. انتظاری که او داشت ـ امیدواری ـ در چشم‌ها برنتافت. کربلایی دوشنبه خاک خشکک تنبانش را تکاند، قلادهٔ برهٔ پرواری‌اش را کشید، توبره‌اش را به شانه انداخت و علفتراش را به دست گرفت و گفت:

ـ الغرض از جانب من دریغی نیست. می‌آیم خانه‌تان!

بچه‌های مرگان، خاموش، رفتن کربلایی دوشنبه را نگاه کردند. کربلایی دوشنبه سنگین و کند راه می‌رفت. پاهایش را گشاد برمی‌داشت. همهٔ اهل زمینج می‌دانستند که او قُر است.

عباس برخاست و علف‌های ریخته را میان توبرهٔ خود جا داد. برای دو وعده بس:

ـ چطوره برویم «خدازمین»؟

ابراو گفت:

ـ که این علف‌ها را به دوش بکشیم تا آن جا و دوباره برگردانیم؟

ـ می‌گویی چکارشان کنیم؟ این جا که نمی‌شود گذاشتشان.

ابراو به هاجر نگاه کرد:

ـ می‌بریشان؟

ـ چرا نمی‌برد؟ او می‌خواهد بیاید سر زمین چکار؟

ـ ها بگردم خواهرم را! ببریشان. تو علف‌ها را ببر ما هم می‌رویم نم زمین را اندازه بگیریم. اگر قابل باشد فرزاو می‌کاریم.

- وقتی خواستیم بکاریم تو را هم می‌بریم دانهٔ هندوانه به گود بیندازی! حالا برو بده علف‌ها را ننه پخته کند، ما هم غروب برمی‌گردیم.

علف‌ها را در سارق هاجر انباشتند. ابراو زانو در پشتهٔ علف کوفت و به همدستی عباس به کار گره زدن بال‌های سارق شد. بعد از آن بقچه را روی سر هاجر گذاشتند. هاجر هَتَره خورد، اما جا نگاه‌داشت و قدم‌ها را هماهنگ کرد. می‌برد. عباس و ابراو خاطر آسوده از باری که بر سر خواهر به خانه می‌رفت، توبره و کیسه خود برداشتند و به شانه انداختند، علف‌تراش و بی‌خبُر به دست گرفتند و رو به خدازمین براه افتادند.

خدازمین بر گرده‌گاه ریگ. زمینی شیب و ماسه‌ای. صاف و نرم چون شکم مادیان. بایر و بادگیر. بی‌صاحب ویله. از همین رو ـ شاید ـ به آن می‌گفتند: خدازمین. تکه زمین سلوچ ـ کنار به کنار زمین‌های پسر صنم، بابای قدرت، و مادر علی‌گناو ـ چسبیده به راه بود. دست چپ خدازمین به ریگ دراز می‌شد، راستش را جوی می‌برید و بالا سرش به دشت کلغر سر می‌زد. پس پایینه‌اش تا چشم کار می‌کرد زمین بود و زمین؛ زمینِ خدازمین. اما از چنین زمین درندشتی بار برداشتن، کار هر آدم کم حوصله‌ای نبود. کار موروار می‌طلبید. تا امروز این زمین تنها هندوانه داده بود. امروزه تازه زمزمهٔ پسته‌کاری به گوش می‌رسید. این بود که اهل زمینج پنداری از پسته‌کاری و کار پسته نداشتند. اما هندوانه، چرا. تا بوتهٔ هندوانه در خدازمین به بار بنشیند، بارها زیر رملی که باد می‌آورد گم می‌شد و می‌باید به دل صبر برگ برگ بوته‌ها را از زیر خاک بیرون می‌آوردی. و کم آدمی دل و دماغ چنین کاری کاری داشت. بیشتری‌ها، همان ماه اول نـوروز دانه به گود می‌انداختند و می‌رفتند. بوته به امان خدا رها می‌شد. پس می‌ماند یا می‌مرد. که بیشتر می‌مرد. باد بوته را می‌مرداند. بوته یا در خاک دفن می‌شد یا می‌خشکید. مگر یکی از صد تا. به اقبال. وقت محصول که به سر زمین می‌آمدند، چند بوته‌ای ـ شاید ـ تن از چنگ باد رهانیده و بار داده بودند. خشکی دهانت را بگیر! رسیده و نارسیده بار از بوته می‌چیدند و می‌رفتند. گمان این که مفت. در این میان یکی از مردهایی که پا به پای هر بوته، دست به بیل و مراقب، پیش می‌آمد سلوچ بود.

سلوچ پی‌گیر و بی‌خستگی در کش راه زمینج و خدازمین بود تا بوته را به بار بنشاند. بوته‌ها را ـ بعد از کشت و رویش «یکه» می‌کرد و از آن پس خاک پی سر می‌داد. بوتهٔ خدازمین کار دیگری نداشت جز همین کار: خاک پی‌سر. جز این باید بادگیر می‌ساختی. بادگیرهایی با خاک و هیزم: سبد. دیگر این زمین نه کلوخ‌کوبی داشت و نه پرکردن شکاف‌های ریز و درشت تا آفتاب نم خاک از چراک‌ها برنچیند. زاله ریختن و آبیاری هم نداشت. اما کار، بسیار داشت. همیشه باید میان بوته‌ها می‌گشتی و اگر هیچ کاری نبود، هرزه مره‌ها را به نوک بیل وجین می‌کردی. که سلوچ چنین می‌کرد. میوهٔ تابستان بچه‌ها درگرو کار او بود. همپای مرغان یکایک بوته‌ها را اچون بچه‌های نوپایی می‌پاییدند، بزرگ‌شان می‌کردند و تا پای بار می‌رساندند. چشم شوق به بار هر بوته.

تا ریگ راهی نبود. چند تیر پرتاب. پس بیردواوبیرد. بازی‌یی که به تن تندی و شتاب می‌بخشد. یکی خم می‌شود و دیگری از روی پشت او می‌پرد و در چهار ـ پنج قدمی خم می‌شود تا دیگری از رویش بپرد. شورانگیز است و اگر پاهای نوجوانی مانده نشوند، با فوت و فنی که می‌توان در آن به کار برد، با حیله‌ها و شیوه‌ها که راه به رندی می‌برد، بازیگر را به شوخی و شادی می‌کشاند و راه کوتاه می‌کند.

عباس تن خمیده فرو دزدید، وزغوار شکم بر خاک سایاند و ابراو پاکشان و به خیز که می‌آمد، شتاب از پاها وانتوانست بگیرد و به سر آمد. سکندری! غلتید و به خود پیچید و به هم دوید با خنده‌ای تلخ به زیر پوست و نگاهی رنجیده به چشم‌ها. عباس در خندهٔ خود می‌لولید و دست برناف چسبانده بود. ابراو خاک از سر و رو تکاند و به راه افتاد. عباس خود را به او رساند، خنده کوتاه کرد و گفت:

ـ دلگیر شدی؟

ـ نه! اما ذات تو نامرد است.

عباس به خنده برگزار کرد و گفت:

ـ علی‌گناو برای من‌کار درست کرده. شتر چرانی. پیش پسر عموی باباش.

ابراو گفت:

- علی گناو؟! چند وقتیست که زیاد دور و بر خانهٔ ما می‌پلکد؛ دلسوز شده! از وقتی که بابا رفته... راستی، تو خیال می‌کنی بابا دیگر برنمی‌گردد؟
- گور پدرش! می‌خواهد برگردد، می‌خواهد برنگردد. از بودنش چه نفعی بردیم که از نبودنش ضرر کنیم!
- هر چه بود، بالاخره بود.
- می‌خواهم نباشد! تا بود نان خشک و کتک داشتیم. حالا که نیست فقط نان خشک داریم. چه گلی توانست به سرمان بزند؟
- پدر بود بالاخره. همان سایه‌اش هم غنیمت بود.
- بی‌پدر زیادند. ما که نوبرش نیستیم. حالا دیگر سینه از خاک برداشته‌ایم. هر جوری باشد نان خودمان را درمی‌آوریم. از گرسنگی که نمی‌میریم.
- فقط که نان و گرسنگی نیست. همین که آدم را به چشم یتیم نگاه می‌کنند خودش درد کمی نیست. زبان این مردکهٔ نزول‌خور را ندیدی چه زهری داشت؟
- بابا هم اگر بود زهر زبان همچه آدم‌هایی گرفته‌نمی‌شد!
- هر چه هست که من گاهی دلم برایش تنگ می‌شود.
- من به دلم راهش نمی‌دهم.
- همیشه من را با خودش به خدازمین می‌آورد.
- من را هم به چاه‌کنی می‌برد.
- ماه نوروز که می‌شد خودش گود می‌زد و من هم دانه به گود می‌انداختم.
- من هم پای چرخ چاه می‌ماندم و او می‌رفت ته چاه. او بار به دلو می‌ریخت و من بالا می‌کشیدم.
- این آخری‌ها گل تنور هم برایش درست کردم. به من می‌گفت پنجه‌های تو به کار تنورمالی می‌خورند.

عباس، خشمخوار گفت:
- خیلی خوب دیگر، واگوی کردن ندارد که؛ بگذار از کلهٔ خواجه هم برود

آن طرف‌تر!

خدازمین. جا به جا سایه‌های ریگ، بر پُفه‌های برف که جا مانده بود. عباس از جوی پرید و گفت وگو برید. زمینشان زیر پایشان بود. کیسه و توبره لب جوی گذاشتند و علفتراش را ابراو به دست گرفت. عباس یک گله جا را نشان داد. ابراو همراه برادر رفت. هر دو به کندن زمین نشستند. خاک باندازه نم برداشته بود. لایهٔ رویی گِل بود. به دست می‌چسبید. لایهٔ زیرین به قاعده بود. زیرین‌تر، کم و بیش رنگ تیرهٔ رطوبت داشت. عباس پاچهٔ پای راستش را تا بیخ ران بر زد و پا در گودالی که کنده بودند، گذاشت. تا بالای زانو، پا در گود فرو رفت. نم‌بس بود. در همچو خاکی، نم خود را نگاه می‌داشت. بوتهٔ هندوانه بیشتر در پهنا ریشه می‌دواند. خوب؟

ابراو گفت:

ـ می‌خواهی یک گُله دیگر را هم بکنیم؟

ـ عجب بچهٔ گیجی هستی تو، همچه خاکی که این گل و آن گل ندارد که! بندسار نیست که تو بخواهی ببینی بیخ زاله چند پا نم دارد و آبریزش چند پا. ماسه است این خاک، نم را می‌مکد. می‌گویی نه، برو بیخ ریگ را بکن. آن جا که شیب است و آب نگهدار نیست؛ اما شرط می‌بندم از این جا بیشتر نم دارد. چون خاکش نرم‌تر است.

از بیراههٔ پشت ریگ پسر صنم می‌آمد؛ مراد. پشته‌ای هیزم بر پشت داشت و در هر قدم، پایش تا ساق در خاک خیس فرو می‌نشست و گودال کوچکی از خود به جای می‌گذاشت. چشم مراد که به پسرهای مرگان افتاد راه کج کرد و رو به آن‌ها آمد.

ـ خدا قوت!

پسر صنم پشتهٔ هیزمش را به شیب زالهٔ جوی تکیه داد:

ـ خدانگهدار؛ خدا شما را قوت.

برادرها به سوی او رفتند. مراد ریسمان قلاب شده در چمبر را روی سینه سست کرد، پشت از پشته واگرفت، از بند ریسمان بیرون آمد و گفت:

ـ سبدها نم دارند لامذهبا! سنگینند. دال کند شدم. آن هم میان این

ریگ‌ها. پاها تا زیر زانو میان خاک فرو می‌روند. ببین چه عرقی کرده‌ام! راستی هم. تمام تخت پشت و زیر بغل‌های مراد به آب آغشته بود. دست زیر بال پیراهن برد، عرق پیشانی و بیخ گوش‌هایش را پاک کرد و تکیه به زالهٔ جوی، نشست و پلک‌هایش را از هم واکشید. عرق به چشمش رفته بود. دور چشم سرخ شده بود و می‌سوخت. مراد یک چشمش را باز کرد و پرسید:

ـ داشتید نم خاک را معلوم می‌کردید لابد؟

ـ ای... همچین. تو چی؟ خیال نداری امسال بکاری؟

ـ من که نه. اما برادرم دست‌بردار نیست. من این یک وجب زمین را قابل نمی‌دانم که برایش خودم را با شاخ گاو دربیندازم.

عباس که بی‌خبر هم از آن چه پسر صنم اشاره می‌داشت نبود، پرسید:

ـ چه شاخ گاوی؟

ـ این زمین‌ها را یکسر دارند به ثبت می‌دهند. داماد آقاملک جلو افتاده. سالار عبدالله و کدخدا نوروز و ذبیح هم دستشان روی دست هم است. حرف از یک تراکتور و مکینهٔ آب هم می‌زنند. علاوه بر خدازمین و دشت‌کلغر، روی آبریز بندسار هم دست انداخته‌اند. خود سالار عبدالله شب جمعه خانهٔ ما بود. برادرم دل نمی‌کند، وگرنه مادرم تا صدای جرینگ پول را شنید، پاهاش سست شد. اما اگر من برادر خودم را می‌شناسم که او هم راضی می‌شود. سالار عبدالله با دو تا اسکناس پشت قرمز دهن او را می‌بندد.

ـ حالا دیگر سالار عبدالله راست راست دارد روی مال مردم دست دراز می‌کند. این هم خودش دزدی‌ست دیگر؛ پس چیست؟

پسر صنم گفت:

ـ او قبول ندارد که زمین‌ها مال مردم است. اسمش رویش است؛ خدازمین!

ـ خوب باشد خدازمین؛ حالا که دست بنده‌های خداست.

پسر صنم جواب داد:

ـ سالار ادعا دارد که می‌خواهد زمین را آباد کند.

ـ هه! آباد! پس ما چکار می‌کنیم؟ خراب؟!

- چه می‌دانم!
- بقیه خیال دارند چکار بکنند؟ مثل بابای قدرت و دیگران؟
- حالا که می‌روند تا دهن یکی یکیشان را ببندند. وعده وعید می‌دهند.

چشم‌های عباس درخشید:
- یعنی پول نقد می‌دهند؟
- شاید هم بدهند؛ نمی‌دانم.

عباس خاموش شد. پیدا بود که در فکر اینست تا بسودترین راه را بشناسد. پسر صنم خسته به پشته‌اش تکیه داد. ابرو سرش را بلند کرد و گفت:
- تو چی، مراد؟ تو خیال داری چکار بکنی؟
- من می‌روم. من هیچ وقت دل به نبود نمی‌بندم. می‌روم. می‌روم جایی که وقتی صبح تا شب جان کندم، بدانم غروب به غروب مزدم به جیبم می‌رود. پارسال به گنبد بودم. سال پیشش به ورامین. امسال اگر ناچار باشم تا اهواز هم می‌روم. کجا خوش است؛ آن جا که دل خوش است. شماها چی؟ می‌مانید؟
- ما خودمان هم نمی‌دانیم!

پسر صنم پشته را روی پشت جا به جا کرد و ریسمان را از روی سینه به چمبر داد و گفت:
- شنیده‌ام علی گناو برای تو ناندانی درست کرده!

طعنه‌ای در زبان او بود. عباس گفت:
- شترچرانی را می‌گویی؟ هنوز که معلوم نیست.
- گیرم که معلوم بشود. آن سردار که دستِ دهنده ندارد. کار همیشگی هم که نیست. چار روز دیگر که بارگیرش بیاید، قطار می‌کند و یا علی!

عباس گفت:
- شاید بخواهد بهار را بچراند.

پسر صنم گفت:
- چه خیال‌ها! خانه نشستن بی‌بی‌یان از بی چادری‌ست، برادر! حالا دیگر قربان این ماشین‌های لیلاند بروم. سردار از زور ناچاری شترهایش را دارد سر به بیابان می‌دهد، نه از دل خوشش، آن وقت تو از قِبَل همچین آدم ورشکسته‌ای

می‌توانی نان بخوری؟... خوب، شماها هستید؟

ـ نه دیگر. ما هم می‌آییم.

پسر صنم، زیر پشته راست شد. پسرهای مرگان توبره و کیسه و علفتراششان را برداشتند و پا به پای مراد راه افتادند. در راه پسر صنم گفت:

ـ خیلی‌ها دیگر می‌آیند. قدرت هم می‌آید. می‌رویم شش ماه کار می‌کنیم و برمی‌گردیم زمستان راحت زیر کرسی لم می‌دهیم. از این خنس‌بازی هم راحت می‌شویم. این جا که هستیم، هیچ وقت ده تا یک تومانی توی دست ماها راه نمی‌آید. دست‌هامان از فلان... هم پاک‌تره! تعجبم شماها چرا دل نمی‌کنید؟

عباس گفت:

ـ ما گرفتاریم، برادر!

ـ فقط شما گرفتارید؟!

ابراو پرسید:

ـ تو تا حالا ماشین سوار شده‌ای، مراد؟

چطور سوار نشده‌ام؟ پس این راه‌ها را با چی رفته‌ام؟ تازه... مگر چی هست!

ابراو بی‌گفت و گو ماند. عباس گفت:

ـ اگر خیلی مانده‌ای پشته را بگذار زمین. کمکی ورش دارم.

پسر صنم گفت:

ـ من از سنگینی پشته مانده نمی‌شوم. از این که می‌بینم کار آدمیزاد در این جا قرب و قیمتی ندارد مانده می‌شوم. حالا این پشته هیزم یک چیزی. چون اقلاً مادرم باش یک تنور نان پخت می‌کند. اما باقی کارها فقط بیگاریست. به صاحب ذوالجناح می‌توانم روزانه شانزده ساعت کار بکنم، اگر ببینم کارم حاصلی دارد. از زحمت کشیدنِ آدم یک چیزی باید مراد بشود!... راستی... شنیده‌ام می‌خواهید هاجر را عروس کنید؟!

عباس و ابراو همچنان خاموش بودند. جوابی نداشتند به پسر صنم بدهند. مراد هم واگوی نکرد.

به پناه خرابه‌های زمینج که رسیدند مراد گفت:
- اگر چند صباحی تاب می‌آوردید شاید مرد بی‌زن هم برای هاجر یافت می‌شد! خدانگهدار.
- خدانگهدار!

پسر صنم راهش را کج کرد و از کنار زمین‌های آیش رو به خانه‌شان رفت و برادرها همان جور روی بلندی لب خندق، راه را ادامه دادند. تا چندان دور نشده بودند پسر صنم زیر پشته‌اش نیم چرخی زد و به صدایی کنده پاره گفت:
- به هر تقدیر... اگر خواستید راه بیفتید... با هم برویم بهتره.

عباس علفتراش را سر دست تکان داد و گفت:
- خیلی خوب... خبرت می‌کنیم.

و در شیب خندق سرازیر شدند.

پسرهای مرگان پا که به زمینج گذاشتند هوا گاو گم شده بود و شبانه، سرمای دلچسبی همراه می‌آورد. بیهوده نبود اگر بعضی‌ها، آن‌ها که دستشان به دهنشان می‌رسید، ماه نوروز هم از کرسی دل نمی‌کندند. ابراو کیسه‌اش را به تخت پشت چسباند، شانه‌هایش را کمی بالا آورد و به برادر گفت:
- تو می‌گویی ما چکار کنیم بهتره؟ کم‌کم هوا که گرم بشود حمام حاج علی گناو هم از رونق می‌افتد. من همچو امیدی ندارم که تابستان هم پای گلخن نگاهم دارد. حالا هم گمانم به رودرواسی مانده که بیرونم نمی‌اندازد. ریش به گرو دارد. یکی از آن هم، گرفتار ناخوش - بیماری زنش است. پس صباح که خرش از پل گذشت ردم می‌کند. تازه همچه مزدی هم که نمی‌دهد... اگر از من می‌شنوی، می‌گویم ما هم قاطی دیگران راه بیفتیم و برویم جاهایی که همان‌ها می‌روند. شاید چشمهٔ روشنی وابشود. ها؟

عباس گفت:
- حالا وقت بسیاره. اگر ببینم نمی‌چلد، با این دسته نرویم با آن یکی دسته می‌رویم. راه را که نمی‌بندند!

ابراو هوایی شده بود. رفت با زبان دیگری برادرش را به رفتن وادارد که پسر سالار عبدالله بیخ دیوار پیداش شد؛ به نظر می‌رسید که چشم براه دو برادر

مانده است. پیش آمد و رو در روی عباس ایستاد:
- پول‌های من چی می‌شود؟
- کدام پول‌ها؟
- همان پول‌هایی که تو طویلهٔ خانه‌تان از پیش دست من ورداشتی و قورت دادی؟ هر وقت من را می‌بینی رویت را از آن طرف می‌کنی که چی؟ به خیالت با دستهٔ کورها طرفی؟!
- خوب، تو که خودت می‌گویی قورت دادم؛ قورت دادم دیگر. برو همان جایی که پس دادم ورشان دار! آدم که چیزی را قورت می‌دهد کجا خالی می‌کند؟
عباس این را گفت و راهش را کشید. ابروا هم دنبال او براه افتاد. پسر سالار عبدالله، در پی برادرها رفت و گفت:
- من آن قرانی‌هایم را از حلقومت بیرون می‌کشم!
عباس جوابی نداد:
«آن دردی که من کشیدم صدتومن هم بیشتر قیمت داشت! آمده می‌خواهد مرده را زنده کند؛ هک!»
پسر سالار گفت:
- من پولم را از تو می‌زایانم!
عباس گفت:
- اگر زایاندیش، نافش را هم ببر!
پسر سالار عبدالله گفت:
- تخم سگ ولدالزنایی دیگر!
عباس به پناه دیوار خانه‌شان پیچید و گفت:
- ولدالزنا خودتی با هفت جدت گوز پدر چغان!
مرگان سر از چارچوب در بیرون آورد و گفت:
- با کی هستی باز؟ چرا یک دم تنم را بی‌تکان نمی‌گذاری تو؟
بی‌جواب به مادر، عباس به پالان خری که بیخ دیوار تکیه داده شده بود خیره ماند؛ دمی وادرنگید و پس پرسید:
- کی خانه‌ست؟!

- داییت!
- چی؟!

دایی، هر که و هر چه بود، آمدنش پسرهای مِرگان را به شوق آورده بود. به خانه دویدند. بالای اتاق، مولا امان نشسته و به لحاف‌ها تکیه داده بود. یک زانو ـ مثل بیشتر وقت‌ها ـ نشسته و دست دراز و درشت استخوان خود را روی آینهٔ زانو گذاشته بود. ساق دستش، نَوَرِد فِرت؛ و انگشت‌هایش هر کدام ساق دُرنایی، از سر زانویش به پایین آویخته بودند. بینی بزرگ و کشیده‌اش با آن نوک خوش‌قواره و قوس ملایم، بر نیمی از صورت درشت و استخوانیش سایه انداخته بود. به دیدن خواهرزاده‌ها چشم‌های شکاریش خندید، جابه‌جا شد و دست‌هایش را، هر کدام بال درنایی، به سوی پسرها دراز کرد و جوانک‌ها در آغوش دایی امان گم شدند. مولا امان رویشان را بوسید و هر دو را کنار خود، بیخ دیوار نشاند و به شوخ‌زبانی حالشان را پرسید:

ـ گمان می‌کردم ریشتان درآمده دیگر!

تازه عباس و ابرِاو دیدند که علی گناو هم نشسته است و بعد مادرشان را دیدند و جای خالی هاجر را حس کردند. عباس به اشارهٔ لب و چشم پرسای هاجر شد. مِرگان به او فهماند که هاجر به پستو، پشت پرده نشسته است؛ و عباس دریافت که چی به چی‌ست.

علی گناو ماندهٔ چای پیاله را نوشید، بال چوخایش را به دست گرفت، برخاست و گفت:

ـ پس قرارمان همان. هفتم عید می‌رویم شهر.

مِرگان گفت:

ـ ان‌شاءالله. تا وقتی هم پنج شش تا خانهٔ دیگر مانده که باید سفیدشان کنم. این خانه‌ها را هم که سفید کنم سرم خلوت می‌شود.

ـ ان‌شاءالله!

مولا امان برخاست و گفت:

ـ به مبارکی.

علی گناو پیش از آن که پا از در بیرون بگذارد، به عباس برگشت و گفت:
- حرف کار تو را هم با عمو سردار زدم. فردا صبح برو شترها را ببر بیابان، به علف.

مولا امان هم با علی گناو بیرون رفت و در برگشت، تن تاکرد، به خانه پا گذاشت و گفت:
- مرد نان درآری است. زنش هم که دیگر زن بشو نیست. خوبست دیگر! خدا خیر بدهد.

ابراو تازه ملتفت شده بود که نوک کلاه دایی امان به زیر ضربی سقف خانه‌شان می‌خورد. دایی گفت:
- خوب دیگر؛ تمام شد. از پشت پرده بیا بیرون، نوعروس! بیا دیگر. هاجر!

مولا امان چندان بستهٔ این نبود که خواهرزاده‌اش از پناه پرده بیرون بیاید. حرفی زده بود. ختم مجلس. سر جایش نشست و پیالهٔ خالی را دم دست خواهرش خیزاند و به عباس گفت:
- پول و پله‌ای اگر داری، بجل‌هایت را وردار بیار. برو چند تا حریف دیگر خبر کن بیایند. ورخیز! یک سالی می‌شود که در زمینج بازی نکرده‌ام!

مرگان پیاله را پر چای کرد و جلوی دست برادرش گذاشت. عباس به خود جنبید که برخیزد و یک دست بجل از میان بجل‌هایش دستچین کند. ابراو خودش را به سایهٔ دربند کشید و سرش را به سکنج دیوار تکیه داد. عباس به کنار دولابچه که رسید گفت:
- کربلایی دوشنبه، بابای سالار عبدالله خبر احوالت را می‌گرفت دایی!

مولا امان در صدای عرعر خرش که از طویله بلند شده بود، گفت:
- گور باباش می‌خندید! به خیالش از روی آب پول جمع می‌کنم که دم به ساعت بروم سراغش و یک مشت اسکناس بابت فرع پولش جلوش بگذارم. این دفعه، اگر خدا بخواهد، خیال دارم اصل و فرعش را یک جا قورت بدهم. بیار آن بجل‌ها را!

عباس قوطی بجل‌هایش را پیش آورد. دایی دست به کار برچیدن یک

دست بجل شد. مرگان، نگران دختر خود. از جا برخاست و به پستو رفت و زانو به زانوی دخترش نشست. هاجر بال پرده را میان دهانش فرو برد تا صدای خود را خفه کند.

پستو سیاه بود. شبتر.

۲

کار هر کس پیش رویش بود.
ابراو کلهٔ سحر برخاسته و به سرگلخن رفته بود. مولا امان جلوی در طویله داشت خر ریزه‌اش را پالان می‌کرد. عباس مشغول گره‌زدن گیوه‌هایش بود. مرگان لگن و چلیک حلبی و تکه گونی‌هایی که در سفیدکاری دیوار و سقف به کار می‌برد، آماده به گوشه‌ای گذاشته و منتظر بود دیگران راهی کار خود شوند. مرگان همه را باید راه می‌انداخت و بعد خودش روانه می‌شد. دور و بر عید، کار مرگان در آمده بود: سفیدکاری خانه‌ها.

عباس هنوز دور خودش می‌چرخید و دم به دم چیزی از هاجر می‌خواست: نخ، سنجاق قفلی، دستمال گردن و... هاجر مثل گربهٔ بی‌آزاری از این سوراخ به آن یکی سر می‌کشید؛ چیزی می‌آورد، چیزی می‌برد و سرش گرم کار خود بود. هاجر، مثل همیشه، بی‌گفت و شنود سر به کار داشت. مولا امان پا به خانه گذاشت و رفت تا خورجین اثاثش را بیرون بیاورد. هاجر و عباس به کمک او رفتند. مرگان هم افسار خر را به دست گرفت و نزدیک درکشاند. خورجین را آوردند و بار کردند. مولا امان، سر رفتن دست به خورجین برد و یک مشت آب‌نبات ابوالفضلی بیرون آورد و سر بال چارقد هاجر بست:

ـ این هم شیرینی عروسیت!

مرگان به برادرش گفت:

ـ باز هم که گذارت به این طرف‌ها می‌افتد انشاءالله؛ نه؟

ـ حتماً. حتماً که می‌آیم. در این سفر، شاید انشاءالله سلوچ را هم با خودم آوردمش. آشناها می‌گفتند طرف‌های شاهرود یکی را دیده‌اند که قد و قوارهٔ سلوچ را داشته. از پارسال آن جا دارند کارخانه می‌زنند. در کوه‌های بالاسر

شاهرود هم معدن ذغال سنگ هست. نه یکی، چندتا. شاید هم به هوای کار از آن طرف‌ها رفته! هر جا باشد بالاخره شما را بی‌خبر نمی‌گذارد.

ـ اگر برگشتی بود، نمی‌رفت!

مرگان به عباس برگشت و گفت:

ـ تو هم نمی‌خواهد دُر فشانی کنی. برو ردِکارت! چوبدست بابات آن جاست، ورش دار و راه بیفت. لنگِ ظهر می‌خواهی شتر به علف ببری؟!

نان روز، پای سردار بود. علی گناو پیش از این قرارش را گذاشته بود. عباس چوبدست را از خانه برداشت و بیرون آمد. مولا امان یک بار دیگر خورجین را روی خر جا به جا کرد و رفت که برود. هاجر و مرگان کنارش بودند. مولا امان با خواهر و خواهرزادهٔ خود دست به گردن شد. عباس کنار بار ایستاده بود و دسته چوبش را می‌فشرد. مولا امان ـ دارمنصور ـ خود را خماند و با عباس روبوسی کرد.

ـ قمارت که بد نبود؛ ببینم شتر چرانیت چه جور از آب در بیاید؟! چه کاکل قرشی هم برای خودش درست کرده!... هین ن ن...

ـ کجا هین ن ن... مولا امان!؟ گاوگم می‌آیی و شبگیر می‌روی؟! بی‌خبر بی‌خبر؟! پس آشنایی قدیمی ما چه شد؟ ما را از بیخ فراموش کرده‌ای؟!

کربلایی دوشنبه بود. باد خبر را به او رسانده بود و او مثلِ جن، حاضر شده بود. مولا امان بی‌آن که به دیدن طلبکار دست و پای خود راگم بکند، به نرمی گفت:

ـ گرفتاری؛ گرفتاری کربلایی! دنبال یک کلف نان، روز و شبم راگم کرده‌ام. دارم جنس می‌برم قلعه‌های بالا بفروشم. خیال داشتم جنس‌ها راکه پول کردم، برگردم و بیایم خدمت. این دیرکرد ساربان قدیمت را به بزرگواری خودت می‌بخشی!

کربلایی دوشنبه گردنِ کوتاهش را راست گرفت، بَر وبالای مولا امان را نگاه کرد و گفت:

ـ روز به روز هم که داری بیشتر قد می‌کشی! کجا می‌روی آن بالاها؟! نکند می‌خواهی... های خدا را بگیری! یا این که من دارم روز به روز به زمین فروتر

می‌روم؟

ـ لاغر شده‌ام کربلایی؛ از اینه، قاق کشیده‌ام.

ـ هووم... قاف نی! چطور آدمی به این قد و بالا به زمینج می‌آید، از زمینج می‌رود و چشم‌های کور شدهٔ من نمی‌توانند او را ببینند؟!

ـ کم آمده‌ام کربلایی.

ـ هووووم... پس کم آمده‌ای؟! خوب، بیشتر بیا، بیشتر بیا!

ـ روی چشم، کربلایی. روی چشم. مرخص می‌فرمایی؟

ـ بفرما... بفرما... راه باز و کوچه دراز!

مولا امان به خنده و شوخی راه به کوچه برد و خرش را هی کرد و کربلایی دوشنبه با زیر نگاهی به مرگان، پا به پای مولا امان رفت:

ـ از سلوچ بی‌غیرت خبر نداری؟

ـ بی‌خبر نیستم کربلایی. بی‌خبر نیستم.

عباس پیشاپیش خر ریزهٔ دایی‌یش می‌رفت. مولا امان بار دیگر واگشت و دنبال سرش را نگاه کرد. هاجر و مرگان کنار دیوار ایستاده بودند و نگاهش می‌کردند. در آفتاب نورو بیده، سایهٔ قامت مولا امان کوچه را پر کرده بود. کربلایی دوشنبه در کنار مولا امان به جوزی می‌مانست که قل می‌خورد. گفت و گوی مولا امان و کربلایی دوشنبه دیگر به گوش مرگان نمی‌رسید. به خیر گذشت. تپش قلب مرگان آرام گرفت.

ـ خوب دایی جان، به سلامت. خیر پیش. ان شاءالله که به وقتش سری به ما بزنید.

ـ ان شاءالله، حتماً.

علی گناو پیش آمد و با مولا امان دست داد و روبوسی کرد. او دیگر زندگانی خانوادهٔ سلوچ را ـ انگار ـ بو می‌کشید. مولا امان با لبخندی که هنوز بر لب‌هایش رنگ داشت، خرش را پیش راند و از علی گناو دور شد. علی گناو به این سو نظر کرد. خانهٔ سلوچ. هاجر به دیدن علی گناو به خانه دوید، اما مرگان همچنان کنار دیوار ایستاده بود. علی گناو رو به مرگان رفت. مرگان به خانه خزید. علی گناو در پی او رفت و با چشم‌هایی که هاجر را می‌جستند، به سلام مرگان

علیک داد. مرگان گفت:
- شرموست. خجالت می‌کشد. هنوز بچه‌ست آخر! بیا به خانه.
هاجر نبود. مرگان وسایل کارش را ورانداز کرد و در چشم علی گناو، پرسید:
- پس گل گیوه‌ها کو، دختر؟
جوابی نیامد. علی گناو پرسید:
- امروز کجا سفیدکاری داری؟
- خانهٔ ذبیح‌الله. برادرزادهٔ کربلایی دوشنبه.
- امسال گمانم خانهٔ خیلی‌ها را سفید کرده باشی؟!
- نه خانهٔ همه را. هر کس دستش به دهنش می‌رسد، چند تومانی هم خرج سفیدکاری خانه‌اش می‌کند.
علی گناو به سقف و دیوار دود زدهٔ خانهٔ مرگان نظر انداخت و گفت:
- دستی هم به سر و روی این جا بکش.
- ان شاءالله. ان شاءالله کارم تمام بشود می‌کشم.
هاجر کیسهٔ گل گیوه را از پستو آورد و کنار دست مادرش گذاشت. راه رفتن هاجر، رفتار و نگاه‌هایش به بیم آغشته بود. خودش را می‌دزدید. با کمی دقت می‌شد چگونگی حال دختر را دریافت. اما علی گناو او را چنین نمی‌دید. نه از عشقی که به هاجر داشت، بلکه از حرصی که به او داشت. حرصی به تصرف او. پس هاجر را چنان که بود، نمی‌دید. هاجر را، هر حال و روحیه‌ای که داشت، در بستر خود می‌دید. لاشخوار، کبک را در منقار خود می‌بیند. علی گناو با چشم‌هایش داشت دختر را می‌جوید و هاجر نمی‌دانست چگونه درنگاه علی گناو تاب بیاورد. بیزاری و ترسش از یک سو، و ناخبرگیش از سوی دیگر او را بی‌تاب می‌کرد. دست و پایش راگم کرده بود. چنان که می‌ترسید از جای خود حتی تکان بخورد. مانده بود و ناخن می‌جوید.
اما مرگان چنین نبود. از این که ذره ذرهٔ حالات دختر خود را تا ته وجودش احساس می‌کرد، می‌کوشید تا بد به دل خود راه ندهد. در نظر مرگان این چیزها، این تاب و تپش‌های یک دختر برابر مردی که دارد شوی او می‌شود،

عادی بود. شاید بتوان گفت بر قاعده بود. جز اینش پرسش می‌آورد. چون دختر، اگر به رضا راهی خانهٔ مردی بشود، باز هم چنین رفتاری را ـ چه بسا برجسته‌تر ـ وامی‌نمایاند. و اگر به نارضا در راه باشد، پایش که به حجله خانه رسید، همهٔ چنان رفتاری را از یاد می‌برد. ناچار است که از یاد ببرد. پس التهاب هاجر، اگرچه دل مرگان را می‌خراشید، اما نو نبود. دست آخر همان می‌شد که مرگان می‌دید: پایش که به حجله‌خانه می‌رسید، همه را از یاد می‌برد. گذشته از این، هاجر و علی گناو در اصطلاح نامزد یکدیگر بودند؛ و مرگان از حس این که مادر زن خواهد شد، بفهمی ـ نفهمی خوشش می‌آمد. هم خوشش می‌آمد این حسی را که تازه در او زبانه زده بود، بیازماید. بیرون رفت!

هاجر و علی گناو، تنها ماندند. تنها واگذاشته شدند. هاجر، هله‌پوک، دمی همان جاکه بود، بیخ دیوار اجاق ماند و بعد ناچار از این که خود را برهاند، ناگهان، بیم پنهانیش به هول بدل شد. رفت تا خود را در پستوگم کند. اما ترسید و واگشت. علی‌گناو خندید. لقمهٔ نان در دهانش خشک شده بود. نمی‌دانست چه باید بگوید و چکار باید بکند. همان قدر که هاجر را هول برداشته بود، علی گناو را هیجان کلافه کرده بود. گنگ و بی اختیار بود. تازه داشت می‌فهمید که اگر بلد بود چند کلمه‌ای حرف بزند، خوب می‌شد. دست‌کم، لال اگر نشده بود! اما حالا، تنها تن و بدنش آمادهٔ واکنش بود. تیری مهار شده در چلهٔ کمان. تلنگری باید، و گرنه شاید او همچنان در مهار بماند!

راه و روزنی که هاجر می‌جست، بیرون خانه بود. باید به کوچه می‌زد. پرید. علی گناو دختر را در هوا گرفت و به کنج دیوار کشاند. چنان که گویی می‌خواهد قایمش کند. شاید قصد این نداشت که او را ببوسد، اما هاجر در بازوهای علی گناو پر و بال می‌زد. هیچ نمی‌گفت. فقط پر و بال می‌زد. لب‌هایش انگار مهر و موم شده بود. علی گناو هم هیچ نمی‌گفت. دختر را میان دست‌های زمخت خود گرفتار کرده بود. خود نمی‌فهمید که هاجر را از زمین بلند کرده و به دیوار چسبانده؛ به گونه‌ای که پاهای کوچک دختر در هوا پر پر می‌زنند.

صدای سرفهٔ مرگان. پس، دور نرفته است. بساکه بیرون در، پناه دیوار خپ کرده بود. لابد می‌خواسته دخترش و داماد آینده‌اش را سبک ـ سنگین کند!

هر چه بود، به شنیدن صدای سرفهٔ مرگان دست‌های علی‌گناو سست شد و هاجر، پشت به سه کنج دیوار، فرو نشسته شد و ناگاه بغضش ترکید. علی گناو احساس کرد تمام تنش عرق کرده است. به بال قبا پیشانیش را خشک کرد و، سر فرو فکنده، از بیخ شانهٔ مرگان که داشت پا به اتاق می‌گذاشت، بیرون رفت.

مرگان رفت تا نادید بگیرد. نه انگار که چیزی پیش آمده است. اما دریافت که دخترک واکنش خاموش مادر را باور نکرده است. هاجر هنوز بدان پایه از بلوغ نرسیده بود که زبانی پنهانی با مادر خود جسته باشد. آخر، میان یک دختر بالغ و مادرش، همیشه چیزهایی هست که ناگفته، دانسته و هضم می‌شوند. اما، گرچه مرگان می‌توانست چنان مادری باشد؛ هاجر چنان دختری ـ هنوز ـ نبود. او کودکانه می‌گریست و گله‌مند از مادر، با بیمی که هنوز در نگاه و زبانش بود، شکوه کرد:

ـ او... من را گرفت... من را یک دفعه گرفت! دست‌هام را نزدیک بود بشکند!

مرگان، نرم و دلجو کنار دخترکش نشست:

ـ علی دیگر نومزاد توست، عزیزکم. چار صباح دیگر، شوی تو می‌شود. به تو محرم است. دیگر اسمش روی توست. نباید از او بترسی. کم‌کم باید به هم عادت کنید!

ـ می‌ترسم! من می‌ترسم. به خدا خیلی می‌ترسم!

مرگان روی زلف‌های کم‌بنیهٔ دخترش به نوازش دست کشید و گفت:

ـ ترس ندارد دخترم. ترس ندارد. چه ترسی؟! همهٔ دخترها شو می‌گیرند، همهٔ مردها هم زن می‌گیرند. ترس از چی؟!

هاجر در گریه‌ای که گویی سربند آمدن نداشت گفت:

ـ قُچّاقه. خیلی قچاقه. از من زیاده. من زیر دست و پای او نرم و نخاله می‌شوم.

ـ عادت می‌کنی مادرجان؛ عادت می‌کنی. قچاقی که برای مرد عیب نیست! مرد باید درشت استخوان باشد. نباشد که نزاره!

ـ می‌ترسم. من می‌ترسم. به خدا می‌ترسم!

ـ حالا اولشه، بعدش خوب می‌شوی. عادت می‌کنی!
ـ نه! نمی‌شوم. من می‌ترسم زنش بشوم. زنش نمی‌شوم!
ـ خوبه دیگر؛ کوفتی یک وجبی! می‌خواهی کنار دل من بمانی که سرم را بخوری؟! مگر بخت و اقبال چند بار در خانهٔ آدم را می‌زند؟! برای من آبغوره هم نگیر! دست تو نیست که بخواهی یا نخواهی؛ حالیت شد؟ همچین دلبخواهی هم نیست. نکند دلت می‌خواهد یک شازدهٔ اسب سوار، از پشت کوه قاف برایت بیاید؟! ها! مرد به این... چارستون بدنش سالم. نانش توی کندو. محتاج کسی هم که نیست. بیکاره و ـ رویم به دیوار ـ بی‌غیرت هم که نیست. دیگر چی؟ دیدی که دایی‌ات هم پسندیدش.

مرگان تیز شده بود. هاجر می‌لرزید. بعد از رفتن سلوچ، مرگان هنوز این جور به هاجر پرخاش نکرده بود. هاجر التماس کرد:

ـ من را به علی گناو مده، مادر!
ـ پس به کی بدهمت؟! نکند دلت پیش آن الدنگ گرسنه مست، پسر صنم بند است؟
ـ نه به خدا!
ـ پس چی؟
ـ اقلاً یکی دو سال دیگر... نمی‌شود یکی دو سال صبر کنیم؟
ـ یکی دو سال دیگر؟! از کجا بدهم بخوری؟ بابات خیلی ارث و میراث برامان گذاشته؟ نمی‌بینی که همهٔ زحمت‌های عالم را می‌کشم و باز هم نمی‌توانم شکمتان را یک وعده سیر کنم؟
ـ خوب... خوب، تقصیر من چیه؟ چکار کنم من؟ تقصیر من...
ـ تقصیر تو اینه که حرف گوش نمی‌کنی؛ گه‌گیر و خودرأیی. نوبر که نیستی! با چشم‌های خودم دیدم که دختر هشت ساله را دادند به کربلایی غلام ساربان. هشت سالش بود؛ حالا هم شیش تا کره پس انداخته. قدش به سر شانهٔ تو هم نمی‌رسید!

هاجر به زحمت گفت:

ـ تو می‌خواهی من را از سر خودت واکنی، وگرنه...

- وگرنه چی؟ تاجت می‌کردم و می‌گذاشتمت روی سرم!؟
- نه! نه! آخر من... من که هنوز... هنوز... چیز نشده‌ام!
- چی نشده‌ای؟ دختر از نه سالگی بالغ می‌شود. تو هم که بالغ شده‌ای. داری پا به سیزده سالگی می‌گذاری. دیگر چه مرگته؟ شوی به این نازنینی. بهترش را از کجا می‌خواهی گیر بیاری؟!
- آخر... زن هم که دارد!
- زن! آن زن چار صباح دیگر می‌میرد. او که دیگر زن بشو نیست! ندیده‌ایش؟ دو پارچه استخوان. بیچاره صداش از ته گور بالا می‌آید. از روزی که بردنش مریضخانه تا امروز نصف شده. تازه مگر پیش از آن چی بود؟ انبان غصه! رقیه کی به تنش گوشت دیده بود؟!

هاجر ناگهان از جا پرید و جیغ کشید:
- مگر زوره؟! نمی‌خواهم... من اصلاً نمی‌خواهم شو کنم.
- نمی‌خواهی؟! پتیارهٔ کولی، زبان خوش به خرج تو نمی‌رود؟ داغت می‌کنم، حرامزاده!

مرگان مثل دیوانه‌ها از جای خود پرید و روی دخترش خسبید، موهای نرم دخترک را به دور دست پیچانید، مشتش را گره کرد و بی هیچ ملاحظه‌ای، بر سر و شانه و گردهٔ او فرو کوفت. خشم امان زن را بریده بود. مهلت نمی‌یافت به کار خود فکر کند. فقط می‌زد. دخترک داشت از نفس می‌افتاد که مرگان از روی پشت او برخاست، کناری نشست و مشت‌های گره شده‌اش را بر سر و روی خود کوبید، خود را نفرین کرد و هق هق زار گریه‌اش قاطی گریه‌های هاجر شد. هاجر همچنان سر جای خود بر زمین چسبیده مانده بود و به دشواری می‌نالید. مرگان دخترک را نگاه می‌کرد و قلبش داشت از هم می‌درید. هیچ کاری، جز شیون، نمی‌توانست بکند. حال و روز دخترک، مرگان را ـ انگار ـ عزادار کرده بود. نمی‌دانست چه کاری می‌تواند بکند تا تلافی کرده باشد. کاری، کاری باید می‌کرد. اما هیچ کاری نمی‌توانست. تنها مشت بر سر و روی خود کوبیدن و خود را نفرین کردن؛ کاری که برایش مانده بود. خستگی مگر مرگان را بازمی‌داشت. پس، گریه و نفرین. گریه‌های بی‌امان مرگان، هاجر را متوجه مادر کرد. نگاهش به چشم‌های

مرگان افتاد. گوی چشم‌های مرگان غرق اشک بود. هاجر تن کوفته‌اش را به سوی مادر کشاند. مرگان دختر را بغل گرفت و سر او را روی سینه فشرد و همصدای هق هق دردمندانه‌اش گفت:

ـ سرم به گور...

نتوانست حرف را به آخر برساند. گریه امانش نمی‌داد. هاجر التماس کرد:

ـ گریه مکن، گریه مکن. هرچه بگویی. هرچه بگویی. فقط گریه مکن، مادر.

صدای پاهایی مادر و دختر را از هم واکند. مراد بود. پسر صنم. جلوی در ایستاد و گفت:

ـ رد عباس آمده‌ام!

ـ عباس رفت رد شترها.

پسر صنم گفت:

ـ داریم راه می‌افتیم ما. بچه‌ها حرفشان را یکی کرده‌اند که امسال بروند گنبد. گفتم اگر عباس هم راه می‌افتد که خبرش کنم فردا شب باید بیاید خانهٔ ما، بقیه هم می‌آیند که...

مرگان هیچ نگفت. تکه خشتی در گلویش مانده بود. پسر صنم نماند. روی پا چرخید و رفت. مرگان به دخترش نگاه کرد. هاجر به کنجی قایم شده بود. مرگان برخاست. کیسهٔ گیوه، لگن و دیگچهٔ رنگ کاریش را از بیخ دیوار برداشت، پا از در بیرون گذاشت و به هاجر گفت:

ـ راه بیفت برویم پی کارمان؛ شد وعدهٔ ناشتا!

کار امروز مرگان سفیدکاری اتاقِ پلوخوران ذبیح‌الله، برادرزادهٔ کربلایی دوشنبه بود. اول می‌باید خاک دیوار را جارو می‌کشید.

مرگان دست به کار شد. چادرشبش را از سر واگرداند، بال چارقدش را به دم دهان بست، جارو را از دست هاجر ـ که برایش آورده بود ـ گرفت و از بیخ چارچوب در شروع کرد. با هر سایش جاروی مرگان یک تکه جا از خاک کهنه پاک می‌شد و یک لایه خاک بیخ دیوار می‌نشست. مرگان مثل همیشه، سوار بر کار بود. کار در دست او موم بود. نه تنها از ناچاری، هم از جوهری که داشت،

می‌توانست هر کاری را بزودی قبضه کند. این بود که کارهای جوراجور زمینج، خودبه خود، به عهدهٔ مرگان بود:

«خاله مرگان! بیا خانهٔ ما خمیرکن.»

«خاله مرگان! خانهٔ ما روضه است. مادرم گفت بیا چای بده.»

«خاله مرگان! عروسی برادرم...»

«خاله مرگان! عزای بابا کلانم...»

«خاله مرگان! بیا خانهٔ ما، لحاف‌هامان را می‌خواهیم باز کنیم.»

«خاله مرگان! مادر میرزا ناخوش احواله... دنبال تو می‌گشتند.»

«خاله مرگان! یک کوزه آب برای ختنه سوران...»

«خاله مرگان!»

«خاله مرگان!»

مرگان کم‌کم داشت به صورت زن مردم، خواهر مردم درمی‌آمد. به کاری که مشغول می‌شد، چهره‌اش چنان حالی می‌گرفت که چیزی چون احترام و بیم به دل صاحبان خانه، صاحبان کار می‌دمید. نه کسی به خود می‌دید که به مرگان تحکم کند، و نه او در کار خود چنین جایی برای کسی باقی می‌گذاشت. شاید برخی زن‌ها، چون دختر حاج سالم، مسلمه، مایل بودند در مرگان به چشم کنیز خود نگاه کنند؛ اما مرگان ـ دست‌کم حالا ـ تنگ چنین باری را خرد نمی‌کرد. خوش خلقی او را باید از چاپلوسی جدا می‌کردند. روی گشادهٔ مرگان در کار، نه برای خوشایند صاحب کار، بلکه برای به زانو درآوردن کار بود. مرگان این را یاد گرفته بود که اگر دلمرده و افسرده به کار نزدیک بشود، به زانو در خواهد آمد و کار بر او سوار خواهد شد. پس با روی گشاده و دل باز به کار می‌پیچید. طبیعت کار چنین است که می‌خواهد تو را زمین بزند، از پا درآورد. این تو هستی که نباید پا بخوری، نباید از پا دربیایی. و مرگان نمی‌خواست خود را ذلیل، ذلیل کار ببیند. مرگان کار را درو می‌کرد:

ـ بدرهٔ آب و گونی را بیار، دختر!

هاجر جارو را از دست مادرش گرفت و رفت تا آب و گونی را بیاورد. مرگان بال چارقدش را از دم دهان باز کرد، سرش را از چارچوب در بیرون برد و

غبار دهان و گلو را تف کرد. خاک همهٔ اتاق را پر کرده بود. روی مژه‌ها، ابروها و پاره زلفی که از زیر چارقد مرگان بیرون مانده بود، لایه‌ای خاک نشسته بود. بیخ دندان‌هایش، سوراخ‌های بینیش از خاک کهنه پرشده بود. احساس می‌کرد خلقش دارد تنگ می‌شود. فریاد زد:

ـ هاجر!... رفتی از نهر زمزم آب بیاری؟!

دختر دستهٔ بدره را با دو دستی چسبیده بود و آن را به زحمت جلو می‌کشید. مرگان پا بیرون گذاشت، بدرهٔ آب را از دست دخترش گرفت و به اتاق آورد و پیش از هر کاری دست‌هایش را در آب فرو برد، قبضه قبضه آب برداشت و به هوا پشنگاند. چندان که خاک خوابید. بعد از آن نوبت آب پاشیدن به سقف و به دیوارها بود. با کاسه‌ای باید این کار انجام می‌گرفت. هاجر دست به کار شد. اما کار دختر باب طبع مرگان نبود. کاسه را از دست هاجر گرفت و به کار پاشیدن آب به سقف شد. آب‌پاشی در عین‌حال‌که گرد و خاک‌های مانده به سقف و دیوارها را می‌مکید، زمینه را برای سفیدکاری با گِلاب گیوه آماده می‌کرد. یعنی این که خاک سقف و دیوار را برای واگرفتن گِل گیوه به خود، آماده می‌کرد.

زهرا خواهرِ به خانه مانده و ترشیدهٔ ذبیح، یک قوری چای آورد، چشم بابا قوریش را به مرگان دوخت و گفت:

ـ اگر صبح چای نخورده‌ای، بیا یک پیاله چای بخور!

مرگان آخرین بادیهٔ آب را به خشکی دیوار پاشید و گفت:

ـ صبح چای خورده‌ایم؛ حالا هم قوری ـ پیاله‌ها را بگذار بیخ دیوار، می‌خوریم!

زهرا قوری ـ پیاله‌ها را بیخ دیوار گذاشت، زیر لب غرید، لنبرهای چاقش را ورتاباند و از پیش چشم مرگان دور شد.

مرگان به دخترش نگاه کرد و گفت:

ـ کورهٔ حسد! بالاخره هم از بخل می‌ترکد! به خار بیابان هم بخل دارد. نه که خیلی نگاری‌ست؟!

هاجر پرسید:

ـ گِل را آب کنم؟

ـ حالا نه. بگذار اول قوری چای را بخوریم و دلش را کباب کنیم؛ بعداً!
قوری ـ پیاله‌ها را به اتاق کشیدند و نشستند. پیاله پشت پیاله. هر هورت چای با یک کنایه همراه بود و همراه هر کنایه، قهقههٔ خندهٔ مرگان به هوا می‌رفت. مرگان می‌توانست حس کند که با نوشیدن هر پیاله چای، سوزنی به قلب زهرا، خواهر وامانده‌ٔ ذبیح‌الله، فرو می‌رود. عاقبت هم زهرا تاب نیاورد و آمد، سرش را به اتاق فرو کرد و گفت:

ـ تمام نشد این چای خوردن شما؟!
مرگان گفت:

ـ بیا وردار ببر! ته قوری هنوز چای دارد. خودت بریز و بخور!
زهرا قوری ـ پیاله‌ها را بیرون برد و تُرّید:

ـ انگار از قحطی آمده‌اند!
مرگان ادای او را درآورد و با خود گفت:

ـ تا آن جایت بسوزد!

هاجر کمتر گاهی مادرش را این جور سر کیف دیده بود. پیش خود این شنگی مادر را به حساب وفور کار می‌گذاشت و این که دور وبر عیدی، مرگان اقبالی یافته بود که چشمش به رنگ پول بیفتد و صدای سکه را میان کیسه‌ای که به گردنش آویخته بود، بشنود. هاجر به این فکر نمی‌کرد که خون جوانی هنوز در رگ‌های مرگان می‌دود. گرچه به ظاهر مرگان شکسته و پیر می‌نمود، اما در باطن این جور نبود. زن‌هایی به عمر مرگان، اگر دقمصه‌های او را نداشتند، تازه اوج زنی‌شان بود. اما دریغ؛ بعضی‌ها هستند که زودتر از طبیعتشان پیر می‌شوند. مرگان هم یکی از همین‌ها بود. اما باور نباید کرد که جوانی، پیش از وقت، در اینجور آدم‌ها می‌میرد. نه، جوانی پنهان می‌شود و می‌ماند. مثل چیزی که شرمنده شده باشد در دهلیزهای پیچاپیچ روح، رخ پنهان می‌کند. چهره نشان نمی‌دهد، اما هست. هست و همیشه در کمین است و پی فرصتی است، یا مهلتی، تا خود را بروز دهد. چشم به راه است و همین که روزگار نقاب عبوس را از چهرهٔ آدم پس بزند، جوانی هم زبانه می‌کشد و نقاب کدورت را بی‌باقی می‌درد. جوانی دیگر مهلتی به دل افسردگی و پریشانی نمی‌دهد. غوغا می‌کند. آشوب. همه چیز را به

هم می‌ریزد. سفالینه را می‌ترکاند. همهٔ دیوارهایی را که بر گِرد روح سر برآورده‌اند، درهم می‌شکند. ویران می‌کند!

از این بود شاید که مرگان جا به جا، در فاصلهٔ کار تاکار بشکن می‌زد و گاه شلنگ می‌انداخت و چون نوعروسی شنگول، با دخترش شوخی می‌کرد. همین بود شاید که مرگان داشت در لای کارش آواز بخواند، و درآوازش بیت‌های عاشقانهٔ نجما را بی‌پروا واگویه کند. عشق مگر حتماً باید پیدا و آشکار باشد تا به آدمیزاد حق عاشق شدن، عاشق بودن بدهد؟ گاه عشق گم است؛ اما هست، هست، چون نیست. عشق مگر چیست؟ آن چه که پیداست؟ نه، عشق اگر پیدا شد که دیگر عشق نیست. معرفت است. عشق از آن رو هست، که نیست. پیدا نیست و حس می‌شود. می‌شوراند. منقلب می‌کند. به رقص و شلنگ اندازی وامی‌دارد. می‌گریاند. می‌چزاند. می‌کوباند و می‌دواند. دیوانه به صحرا!

گاه آدم، خود آدم، عشق است. بودنش عشق است. رفتن و نگاه کردنش عشق است. دست و قلبش عشق است. در تو عشق می‌جوشد، بی‌آنکه ردش را بشناسی. بی‌آنکه بدانی از کجا در تو پیدا شده، روییده. شاید نخواهی هم. شاید هم بخواهی و ندانی. نتوانی که بدانی. عشق، گاهی همان یاد کمرنگ سلوچ است و دست‌های به گل آلودهٔ تو که دیواری را سفید می‌کند. عشق، خود مرگان است! پیدا و ناپیداست، عشق. گاه تو را به شوق می‌جنباند. و گاه به درد در چاهیت فرو می‌کشد. حالا، سلوچ کجاست؟ این چاهی‌ست که تو در آن فرو کشیده می‌شوی؛ چاهی که مرگان در آن فرو کشیده می‌شود. سلوچ کجاست؟ ماه نوروز، عید، وقتی که همهٔ مردم از هر سند و رندی، خود را به خانه‌شان می‌رسانند و با هر بضاعتی کنار سفره و سبزی می‌نشینند و تلاشی تا یک دم را سوای همهٔ سال، سر کنند؛ سلوچ کجاست؟ حالا کجا می‌تواند باشد؟ کوهپایه‌های شاهرود؟ معدن با سلوچ چه می‌کند؟!

سلوچ اصلاً در معدن شاهرود هست؟!

مرگان برادر خود را خوب می‌شناخت. مولا امان صد چاقو می‌ساخت که یکیش دسته نداشت. بسا که برای دلداری مرگان دروغی بافته باشد؟ خوی مولا امان این بود که نمی‌توانست در هوای افسرده دم بزند. او از آن دسته آدم‌ها

بود که مردم نامشان کرده‌اند: گسنه مست! شاید نمی‌خواسته همان یک شب راکه سر سفرهٔ خواهرش نشسته، زانوی غم بغل بگیرد و دلسوزی بیهوده بکند. می‌خواسته ـ لابد ـ دم تازه‌ای به خانه خاموش دمیده باشد.

«اما سلوچ حالا کجاست؟!»

ـ ها مرگان بانو؛ خداقوت!

کربلایی دوشنبه بود. عموی زهرا و ذبیح‌الله. با قد کوتاه و شانه‌های پهنش در چارچوب در ایستاده و دست به دیوار گرفته بود. قلادهٔ برهاش به دستش بود و لبخندی از رضامندی به گوشه‌های چشمش چین انداخته بود. مرگان صدای کربلایی دوشنبه را شناخت و بی‌آن که واگردد ـ نه از سر عمد ـ به او خوشامد گفت. کربلایی دوشنبه پا به اتاق گذاشت و دست‌هایش را پشت کمر گرفت، به دیوارها و سقف چشم گرداند و گفت:

ـ الحق که دست مریزاد! ندیده‌ام، ندیده‌ام، زنی به این کاربُری ندیده‌ام. بارک‌الله!. . . گردنم بشکند که زن مثل بلورم را با دست خودم شکستم!. . . بارک‌الله مرگان.

صدای کربلایی دوشنبه نرم و آهنگین بود؛ با کششی آمیخته به نوعی خودپسندی و پختگی. در طنین کلام کربلایی دوشنبه، به رغم خود او، چیزی پیشاپیش به کرسی می‌نشست. آن چیز بالانشینی کربلایی دوشنبه و تبارش بود. یک جور کبر قومی در او بود. قوم و خویش‌های کربلایی دوشنبه هم چنین حالتی داشتند. اگر گرسنگی نای نفس کشیدن را هم از آن‌ها گرفته بود، باز هم طنین بزرگمنشانه‌ای را در صدا، که ـ خود به خود ـ تحقیر دیگران را در برمی‌گرفت، از یاد نمی‌بردند. زن و مردهاشان اینجور بودند. کلفت‌گوی و بدرانداز. انگار هر کدامشان پیشاپیش نقابی از کبر بر چهره زده بودند تا رفتار و کردار خود را در آن بریزند.

مرگان آشنای این خوی و خصلت تبار دوشنبه‌ها بود. این بود که در عین باور داشت تحسین زبانی کربلایی دوشنبه، زهر و کنایهٔ کلام او را هم ـ که بی‌اراده از زبانش می‌تراوید ـ حس می‌کرد، اما باکش نبود. برای مرگان این احوالات دیگر داشت کهنه می‌شد. مرگان احساس می‌کرد خوی خارپشتی را پیدا کرده است که هر وقت نیش حمله‌ای را به سوی خود می‌بیند، سر به درون می‌کشد و

یک پارچه خار می‌شود. چنانکه هیچ جانوری نمی‌تواند در او نفوذ کند. انگار چند جور آدم در مرگان حضور داشتندکه هرگاه لازم می‌آمد، یکیشان رخ می‌نمود و با بیرون رو در رو می‌شد. حالا هم مرگان، همان خارپشت بود. هیچ یک از آدم‌های درون او نمی‌خواستند به کربلایی دوشنبه اعتنایی کرده باشند:

ـ «گور باباش! کاری می‌کنم، مزدی می‌گیرم!»

اما کربلایی دوشنبه دست بردار نبود:

ـ شنیده‌ام که به خیر و خوشی دخترت را هم داری عروس می‌کنی؟!

ـ ای... تا خدا چی بخواهد.

ـ خدا خیر می‌خواهد. در امر خیر، خداوند هیچ مانعی پیش نمی‌آورد. ماشاءالله خوب هم قد کشیده!

ـ چشم پدری شماست، کربلایی؛ هاجر کنیز شماست.

کربلایی دوشنبه واگشت، نیم چرخی به دور خود زد و پی جایی برای نشستن چشم دواند. جایی جز درگاهی اتاق نبود. بال قبایش را بالا گرفت و نشیمنگاهش را بر زمین گذاشت، شانه به دیوار داد و تسبیحش را از جیب بیرون آورد و دانه‌های ریز تسبیح را با انگشت‌های کوتاه و کلفتش به بازی گرفت. بر هاش به او نزدیک‌تر شده بود و پارگی سر شانهٔ قبایش را به دندان می‌جوید. پرسید:

ـ زهرا خوردنی آورد؟

ـ بله کربلایی، چای آورد.

کربلایی دوشنبه دو دانه مویز شاخه از ته جیبش بیرون آورد، روی زبان گذاشت و گفت:

ـ بچه‌ها که پیغام من را به تو رساندند، مرگان بانو! گفته بودم اگر یک وقتی لنگی داشتی خبرم کن. چیزی به دست و بال من هست بالاخره. با تو یکجوری کنار می‌آیم. مثل غریبه‌ها پایت حساب نمی‌کنم. ضامن و گروی هم از تو نمی‌خواهم. خودت برای من یک صد اشرفی قیمت داری.

ـ خدا از بزرگ‌تری کمت نکند، کربلایی. زمستان بحمدالله گذشت.

ـ من اهل تعارف نیستم، خلاصه‌ش. از این... مردکهٔ بی‌غیرت، از سلوچ هم که انگار خبری نشده، ها؟

- چرا، بی‌خبر نیستم. طرف‌های شاهرود دستش به کاری بند شده. کار معدن.

- دروغه! همه‌اش دروغه! سر به سرت می‌گذارند. از من اگر می‌شنوی، سلوچ تا حالا سر به نیست شده. او بنیه و گنجایش عذاب غربت را نداشت. آن هم دست خالی و زمستان. به سرش زده بود مردکه. وگرنه هیچ آدم عاقلی همچه کاری می‌کند؟! سر سیاه زمستان! ولایت غربت! من در غربت بوده‌ام. در غربت اسیر شده‌ام. شش سال آزگار. همه می‌دانند. اما جان سالم به خانه برگرداندن کار هر کسی نیست. گاو نر می‌خواهد و مرد کهن! نه آن بدبخت نیمه جان. سلوچ؛ همین جا هم اگر می‌بود، چندان دوام نمی‌آورد. شیره‌اش کشیده شده بود بیچاره. نمی‌توانست خودش را راه ببرد. پاهایش به دنبالش کشاله می‌خوردند!

اگر گفت‌وگو به همین جا خاتمه یافته بود و کربلایی دوشنبه از منبرش پایین آمده و پی کارش رفته بود، شاید مرگان می‌توانست به دل بخورد و به رو نیاورد. اما زبان کربلایی دوشنبه کوتاه نمی‌شد. دیوار شکسته گیر آورده بود. روی خاک خانهٔ برادرزاده‌اش نشسته بود و به زنی که دست‌ها و روی و موی و شانه‌هایش در گِل گیوه پوشانده شده بود، کلفت می‌گفت. چنان که انگار به شیوه‌ای موذیانه‌ای می‌خواست‌ته‌دل مرگان را خالی کند. مرگان دراین گیر تنگ نمی‌دانست چه باید بگوید. اصلاً چیزی باید بگوید؟ باید، اگر بتواند. اما چگونه؟ گفت:

- کربلایی؛ دنبال رفته حرف زدن خوبیت ندارد.

کربلایی دوشنبه با صراحتی که پهلو به وقاحت می‌زد، گفت:

- بگو دنبال مرده!

مرگان به نرمی و دردی نهفته گفت:

- سلوچ چه هیزم تری به تو فروخته بود مگر؟

- هیچی. هیچی. من از او بدی ندیدم. حسابش نقص نداشت. ما که نمی‌دانستیم خیال دارد برود، اما روز پیش از رفتنش خودش به سالار عبدالله ما گفت که بابت طلبش بیاید و مس و تاسی اگر مانده وردارد ببرد. نه، حسابش نقص نداشت.

- خوب، پس چرا نام بد رویش می‌گذاری؟

ـ می‌خواهی نام نیک روی همچین مردی بگذارم؟ می‌گویم مرد! هه، زن جوان، زن جوانش را به امان کی گذاشته و رفته! ها؟ به امان کی؟! به امید باد بیابان؟! همچین آدمی، مستوجب چه نامی‌ست؟ بگو مستوجب چه نامی که نیست؟ اصلاً تو یک چیز را می‌دانی؟ نمی‌دانی، می‌دانی؟

ـ چی را؟

ـ که اگر مردی زن خود را همین جور یله کند و برود و تا چند ماه... نمی‌دانم تا چند ماه خبری و نشانی از او به دست نیاید، زن مطلقّه حساب می‌شود؟! درست مثل مسلمانی که اگر چهل شبانه روزگوشت نخورد، کافر حساب می‌شود. می‌دانستی. می‌دانستی؟ این را می‌دانستی، زن مسلمان؟ زمین آدم بی‌جفت را نفرین می‌کند!

کربلایی دوشنبه حرف آخرش را زده بود. از جا برخاست و گفت:

ـ این خیلی نکته است؛ حکم شرع. حالا وضع خودت را بدان!

مرگان خاموش به چهارستون ناقص بدن پیرمرد نگاه کرد و ماند. کربلایی دوشنبه قلادهٔ برءاش راکشید و رفت. مرگان مثل چیزی که یک جای مغزش تکان خورده باشد، دمی هپکه زده ایستاد و بعد تیز به کارش برگشت و به دخترش نهیب کرد:

ـ چرا همین جور هپکت زده؟ آب بریز میان لگن؛ نمی‌بینی ملاط بسته؟

هاجر واجنید و به کار دوید.

بار دیگر مادر و دختر راکار با خود برد. اما این بار خاری به قلب مرگان نشسته بود. تکه‌ای از قلبش می‌سوخت. کیسهٔ زهری راکربلایی دوشنبه در قلب مرگان تکانده و رفته بود.

راستی، مرگان بیوه شده بود؟ دیگر بیوه به حساب می‌آمد؟ دیگر سلوچ با او بیگانه شده بود؟ پس مولا امان هم روی چنین حساب‌هایی خبر دروغ از سلوچ برای خواهرش آورده بود؟ این همه قاطی هم می‌شدند و مرگان را دم به دم بیشتر می‌آشفتند. خوب؛ مرگان این روی سکه را دیگرنخوانده بود. پس سلوچ به زبان بی‌زبانی او را طلاق داده و رفته بود؟ عجب!... چرا؟ مرگان که چیزی از

سلوچ نمی‌خواست. پس چرا به حکم شرع طلاقنامه‌اش را به دست او نداده بود؟! نه، شاید هم کربلایی دوشنبه این حرف‌ها را از خودش درآورده باشد! نه، اینجور نمی‌شود. مرگان بشخصه باید می‌رفت و فتوا می‌گرفت. اما این و آن چه می‌گفتند؟ مرگان که به صرافت چنین کاری، پرسشی می‌افتاد، هزارجور حرف برایش در می‌آوردند. مگر می‌شد که زبان‌ها خاموش بمانند:

«زنکه مست شده! چار صباح که شویش رفته رزق و روزی او و بچه‌هایش را فراهم کند، مودمودا گرفتدش. چه آدم‌هایی یافت می‌شوند!»

اگر هم چنین می‌گفتند ـ که می‌گفتند ـ به نظر مرگان، حق می‌گفتند. خود مرگان هم پشت سر چنین زنی، چنان حرف‌هایی می‌زد:

«به دست و پا افتاده تا کلاه شرعی برای خودش درست کند!»

آن وقت چی از مرگان باقی می‌ماند؟ پسرهایش چی می‌گفتند؟ دخترش؟!

اما بی‌خیال هم که نمی‌شد بود. بالاخره باید روشن می‌شد. مرگان حق داشت دل در پی خودش هم باشد. تنها راهی که به نظرش می‌رسید این بود که یکی از این شب‌ها، آخرهای شب، به خانهٔ ملای زمینج برود. اما چطور آخر؟ همین که زن ملا می‌فهمید، همین که می‌فهمید مرگان برای چه مسئله‌ای به ملا رو آورده، خود برای شهری بس بود. حرف از دهن زن ملا که بیرون می‌رفت از هزار دروازه می‌گذشت. پس چکار باید می‌کرد؟

ـ قدح را پر ملاط کن دختر!

مرگان قدح ملاط را از دست دختر گرفت. خالِ خالی زیر رف را هم رنگ زد و دست از کار کشید. چیزی از ظهر گذشته بود. بعد از اینجا باید می‌رفت و خانهٔ داماد آقاملک را سفید می‌کرد. وسایل کارش را به حیاط کشاند و لب گودال، پای درخت سنجد به شستن دست و رو نشست. هاجر روی دست‌های مادرش آب ریخت و بعد خود لب گودال نشست تا مادرش روی دست‌های او آب بریزد.

زهرا از مطبخ بیرون آمد، کج کجک به سوی مرگان کشید و گفت:

ـ ذبیح‌الله سفارش کرده بود که به تو بگویم دو دست رنگ بمالی، می‌دانی که او...

مرگان لگن و بدره‌اش را برداشت و گفت:
- بگو ابراو را می‌فرستم مزد کار را بده بیاورد!
به گفت و شنود دیگر نماند. از در بیرون رفت و به هاجر گفت که هر چه را مانده بردارد و بیاورد.

در خانه خوردن چای و نان به خاموشی گذشت. شکم از نان آبزده باد می‌کند، وقتی با خستگی کار همراه باشد، خواب می‌آورد. اما مرگان نمی‌توانست به سنگینی پلک‌ها میدان بدهد. پیش از آن که رخوت به دست و پایش بریزد، برخاست و اسباب کارش را برداشت و هاجر را دنبال سر خود راه انداخت و روانهٔ خانهٔ داماد آقاملک شد.

تازه سفره را چیده بودند و خون تازهٔ گوسفندی که ذبح شده بود، هنوز بر زمین بود. سالار عبدالله، ذبیح‌الله و داماد آقاملک. کنار حوض ساروجی روی پلاسی درآفتاب نشسته بودند و دندان خلال می‌کردند. سالار عبدالله کشیده قامت و دراز دست، پشت به دیوار، تا خورده نشسته و پاشنهٔ سرش را به دیوار داده بود. با اینکه یکزانو نشسته و دست چپ را ستون تن کرده بود، بلندتر از دیگران به نظر می‌آمد. ذبیح‌الله، گرد و درهم کوفته، چیزی شبیه عمویش کربلایی دوشنبه، کنار پلاس چهار زانو نشسته بود و گِل خشکیده به پاچهٔ تنبانش را به ناخن می‌تراشید. داماد آقاملک، خرده مالک به شهر چریدهٔ زمینج، برخاسته بود و می‌رفت یک دور چای بیاورد.

مرگان، بنا به سنت، به مردها سلام گفت و یکراست رو به اتاق پشت ایوان رفت.

داماد آقاملک تازه دو تا پنجرهٔ کوچک اتاق را شیشهٔ رنگی انداخته بود. اتاق پاکیزه بود و کار خاکروبی نداشت. تنها کمی آب باید بر دیواره‌هایش پاشانده می‌شد. هاجر، شاگردی که داشت خبرهٔ کارش می‌شد، بدره را از آب حوض شش پهلو پر کرد و برد؛ و مرگان آب پاشی را شروع کرد.

- ماه نوروزی خوب به کار کشیده شده‌ای ماشاءالله، خاله مرگان!
صدای سالار عبدالله بود. از همان جا که نشسته بود خوشزبانی می‌کرد.

مرگان هیچ نگفت. از آن دمی که مرگان شنیده بود ذبیح‌الله و سالار عبدالله و یکی دو تا دیگر ـ شاید هم داماد آقاملک ـ دارند روی خدازمین چنگ می‌اندازند، چشم دیدن هیچ‌کدامشان را نداشت. به روی هیچ کدامشان هم نگاه نمی‌کرد. اما حساب کار و نان جداست و حساب خوشا ـ بد، آمدن، جدا. گاهی آدم ناچار است رزق و روزی خودش را از دست یزید بگیرد. دستی که به گرفتن مزد دراز می‌شود؛ همان دستی نیست که به گرفتن مدد. روزگار چنین خواسته است، چه باك. هر چه به جای خود. با وجود این، مرگان دل آن نداشت تا به زبانی ـ در ظاهر خوش ـ جواب سالار عبدالله را بدهد. احتیاجی حیاتی نمی‌دید.

«گور پدرش»

پس سر خود را به کار گرم کرد. همین دم که مرگان دست زیر سنگ سالار عبدالله نبود!

مرگان می‌شنید که سالار عبدالله حرف از خرید تراکتور می‌زند. دستگیرش شد که شریک‌های عمدهٔ تراکتور، ذبیح‌الله و داماد آقاملک و کدخدا نوروز هستند. بعد حرف از مکینه به میان آمد و یک کاسه کردن زمین‌های پراکنده. بعد از آن گفت و گو درهم پیچید و مرگان نتوانست چیز درستی از آن بفهمد. پس، خیال. تا جایی که علی گناو گفته و مرگان کم و بیش از زبان دیگران هم شنیده بود، خرده مالك‌های عمده‌تر دستشان روی‌هم بوده که این کار را پیش ببرند. سهم کدخدا هم در آن میان، علاوه بر آن چه داشت ـ به گفتهٔ علی گناو ـ این بود که دیمسارش، آن‌ها که در آبرس مکینه نبود، برای دو سال با تراکتور شرکتی شخم زده شود. اما مرگان هنوز باورش نمی‌شد که این کار شدنی باشد.

صدای داماد آقا ملک شنیده شد:

ـ طرح را قبول کرده‌ان. پسته‌کاری، نوبر این ولایت است. اگر بگیرد، که ان‌ـ شاءالله می‌گیرد، این ولایت از این رو به آن رو می‌شود. حساب محصولش، روی کاغذ، هشت سال بعد از کشت، سر به خدات خروار می‌زند.

مرگان خبر از زیر کارها نداشت. تنها شنیده بود که عموی قدرت تکه زمینش را واگذار کرده و به جایش ـ گویا ـ قول گرفته که سر مکینهٔ آب به کار بایستد. بابای قدرت هم که ریشش گرو کدخدا نوروز بود. چه، تریاکش را از او

می‌خرید و قبول کرده بود که تکه زمینش را واگذار کند. اما هنوز، به جز مرگان، خیلی‌های دیگر مانده بودند که سالار عبدالله و شریک‌هایش می‌بایست با آن‌ها کنار بیایند. از آن میان پسرهای صنم: مراد و اصغر غزی.

پسرهای صنم به پیغام سالار عبدالله و داماد آقاملک آمده و حالا روی لبهٔ حوض نشسته بودند. اصغر غزی با گردن دراز و شانه‌های استخوانی، بالا تنهٔ نازک و خال روی چانه؛ سر به پایین داشت، با ریگ‌های توی دستش بازی می‌کرد و می‌گفت:

ـ نه، نه. من این جا زمین‌گیرم، سالار جان. من مرد کار جای دیگر نیستم. من ماندگار زمینجم. تابستان‌ها سرم به این چار بوته بیاچ گرمه. دو تا هندوانه از بار وا می‌کنم و خشکنای دهنم راور می‌چینم.

ـ به جایش تریاک نمرهٔ یک از کدخدا نوروز می‌گیرم و به‌ات می‌دهم، غزی. صرفهٔ کار تو در اینست؛ از بالاش کلی کاسبی می‌کنی.

ـ نه! نه، سالار جان. تریاک را از کدخدا نقد می‌خرم. فی‌البشمار!

ـ پس چرا مراد این قدر ناخن خشکی به خرج نمی‌دهد؟

مراد به برادرش نگاه کرد. غزی گفت:

ـ حساب مراد با من فرق می‌کند، ذبیح‌الله جان. حساب مراد با من فرق می‌کند. مراد ماندنی زمینج نیست. دل به این جا ندارد. او می‌خواهد برود. کرایهٔ ماشین می‌خواهد. اما من... من از این جا کجا بروم؟ من و مادرم که نمی‌توانیم دنبال او برویم! مراد الحمدالله عملی نیست. پای راهوار دارد. جوانست. هر جا بیفتد و هر جا ورخیزد، طوریش نمی‌شود. اما یک باد سرد به‌من بخورد، باید یک ماه توی رختخواب بیفتم. مادرم هم بدتر از من. من و مادرم دیگر به یک حساب پا شکسته‌ایم. زمین‌گیر، سالار جان!

ذبیح‌الله یک پیاله چای جلوی غزی گذاشت و گفت:

ـ بخور؛ دهانت از خشکی مثل چوب شده! چقدر می‌کشی مرد؟! شده‌ای لولهٔ آفتابه!

سالار عبدالله رو کرد به داماد آقاملک و گفت:

ـ خوب؛ کرایهٔ مراد را که باید بدهی؛ نه؟

داماد آقاملک گفت:
- می‌دهم. کرایهٔ مراد را که می‌دهم!
مراد به برادر خود غزی، گفت:
- زبانم مو درآورد از بس به تو گفتم کرایهٔ راه من را بده بروم! سهم من مال تو، بعد هم پولت را پس می‌دهم. می‌روم کار می‌کنم و پولت را پس می‌دهم. هیچی پس‌افت نکنم به‌اندازهٔ قرض تو که پس‌افت می‌کنم. اما گدابازی درمی‌آوری. برادر! هه. خوب؛ حالا چکار کنم؟ کرایهٔ راهم را به من قرض می‌دهی یا این که سهمم را بفروشم به این‌ها؟
غزی چای را هورت کشید و گفت:
- فقط می‌گویی بده! گردنت را تبر نمی‌زند، اما همه‌اش می‌خواهی من را تلکه کنی!
- من می‌خواهم تو را تلکه کنم؟! بزغاله قندی؛ تو کی هستی که من بخواهم تلکه‌ات کنم؟! بابت سهمیهٔ زمینم من از تو فقط کرایهٔ ماشین می‌خواهم. تلکه؟!
- کدام زمین تو؟! هی زمینم، زمینم می‌کنی! تو در همهٔ عمرت چند بار روی آن زمین بیل زده‌ای؟ چند بار؟ من آن زمین را تصرف کرده‌ام، دورش زالهٔ هیزم کشیده‌ام، عرق ریخته‌ام، چلهٔ تابستان وجینش کرده‌ام، بیاچ‌ها را خاک - پی سر داده‌ام تا توانسته‌ام چهار تا هندوانه کَق از زیر بوته‌ها جمع کنم. تو آن روزها کجا بودی؟ حالا چون من و تو از یک شکم درآمده‌ایم، خیال می‌کنی هر چه من دارم مال تو هم هست؟!
- هر چی تو داری؟! یک بار دیگر بگو ببینم؟ نه که از خانهٔ ننهات آورده‌ای! تازه، چی داری؟ هر چی تو داری من هم دارم!
چند تایی دیگر هم آمدند. خدازمینی‌ها. اصغر غزی کوتاه آمد. دیده بود که رگ‌های گردن برادرش دارد ورم می‌کند. بابای قدرت هم میان خدازمینی‌ها بود. علی گناو هم بود. حاج سالم و مسلم هم سر و کله‌شان پیدا شد. سالار عبدالله به خدازمینی‌ها گفت که کنار دیوار بنشینند و نشستند. مراد برخاست. غزی هم برخاست. میرزا، داماد آقاملک قبضدانش را از جیب بغلش بیرون آورد و مراد را

به کنجی کشاند:

ـ تو مگر غیر از خرج راه چیز دیگری هم می‌خواهی؟! من کرایه و خرج راه تو را دربست می‌دهم. دیگر چرا جهر می‌کنی؟!

مراد گفت:

ـ حالا باشد. حالا باشد میرزا خان. بعداً... من... من...

ـ تو به بهشت و جهنمش چکاری داری؟ پولت را بگیر و برو. من خودم یک جوری با غزی کنار می‌آیم. ریشش پیش ماگیره!

مرگان سر از در بیرون آورد و گفت:

ـ آهای... اصغر غزی؛ خرج راه برادرت را بده بگذار برود، اگر می‌خواهی که زمینت چپاو نشود!

غزی که دم دالان بود و داشت می‌رفت، به مرگان برگشت و گفت:

ـ اگر خیلی دلت برایش می‌سوزد، خودت بهاش بده! همان جور که می‌خواستی دخترت را به او بدهی!

ـ کَل‌گُزور؛ من برای خودت می‌گویم. زمینت از دست می‌رود، او شریک توست؛ موش صحرایی!

ـ میان دعوا نرخ معلوم نکن! مراد شریک من نیست. اگر هم پولی از میرزا خان بگیرد پای خودش حساب می‌شود، بابت زمین نیست. آی... جماعت! شماها شاهد باشید. مراد هیچ حقی به زمین من ندارد!

مرگان سر و دست آلوده به گل و شلات، خود را از روی ایوان به حیاط کشاند و دنبال غزی رفت. غزی رفته بود. به سوی مراد برگشت و او را به کناری کشید:

ـ اگر غرض خرج راهت است، من برایت مهیا می‌کنم. نفروش!

ـ داری چه وردی به گوش جوان مردم می‌خوانی، مرگان؟!

مرگان بی‌جواب حرف سالار عبدالله، به ایوان رفت و خود را درون اتاق گم کرد. مراد به رد برادرش رفت و شریک‌ها چانه زدن با خدازمینی‌ها را شروع کردند. داماد آقاملک رضایت‌نامه‌ای نوشته و زیر تشک گذاشته بود تا خدازمینی‌ها پایش را امضاء کنند. پیش از همه، رضایت‌نامه را به حاج سالم نشان داد:

ـ آخر، بنده که در خدازمین ملک ندارم!

ـ دیگران هم ندارند حاجی‌آقا. غرض رضایت‌نامه‌ای‌ست از قاطبهٔ اهالی. بی‌حق و حقوق هم نمی‌گذاریم شما را. هر کسی می‌تواند امضاء کند. مهر، یا انگشت بزند. مسلم، تو هم بیا جلو!

مرگان سر به کار خود داشت، اما صداها را حس می‌کرد، می‌شنید. می‌توانست حالت هر صدایی را تشخیص بدهد: گله‌مند. ناراضی. چاپلوس. سرخورده. بی‌اعتبار و بی‌تفاوت. آفتاب‌نشین‌ها یکدیگر را خبر کرده بودند که سالار عبدالله و شریک‌هایش کرایهٔ راه می‌دهند. همه آمده بودند و داشتند می‌آمدند. چه آن‌ها که در خدازمین کشت کرده بودند و چه آن‌ها که نه. تقریباً یکجور گدایی. یکجور کذب و گدایی. انگشت می‌زدند و چیزی می‌گرفتند. رضایت به دادن چیزی که نداشتند. رضایت‌نامه باید پر از رد انگشت می‌شد؛ و می‌شد. چون دست‌های هر گدا ده انگشت داشت. تنها چند تایی مانده بودند که شریک‌های سالار عبدالله هنوز با آن‌ها سر چانه داشتند. اما این مشکل هم حل می‌شد. میرزا خان مردم‌دار بود. کسی را نمی‌خواست از خود برنجاند. مگر تک و توکی که از پیش با او خرده حساب داشتند. این بود که برخی دست به سر می‌شدند و بیشتری‌ها هم راضی از در بیرون می‌رفتند.

صدای میرزا خان، داماد آقاملک، محکم و رسا بود:

ـ این کار ما فرق می‌کند با این که در یک زمین درندشت خدا، ده دوازده تا آدم مردنی، آدم‌هایی که حتی یک بیل یا یک علفتراش هم از خودشان ندارند که علف‌های هرز را وجین کنند، کار کنند. کار که چی بگوییم؟ سر خودشان را گرم کنند. من می‌دانم، خودتان هم می‌دانید که چی می‌گویم. ده تا آدم بی‌رمق. مثل مورچه به هرگوشهٔ خدازمین چسبیده‌اند و سالی چند روزی لای سبدها جُل جُل می‌کنند و آخر فصل هم سر تا ته محصول را که روی هم بریزی، پنج خروار هندوانه نمی‌شود. تازه آن هم فقط هندوانه! چرا فقط هندوانه؟ تا صد سال دیگر هم فکری جز هندوانه کاشتن به مغز شما نمی‌زند. همان چه را که از پدرهاتان یاد گرفته‌اید به بچه‌هاتان یاد می‌دهید. هیچ وقت به سرتان زده که در این دنیا، محصول دیگری هم جز هندوانه می‌شود توی خدازمین به عمل آورد؟ معلوم است که نه! تازه...

اگر هم به سر یکی‌تان زده باشد، کو وسایل؟ با چی می‌خواهید زمین را آمادهٔ بار دادن بکنید؟ با دست خالی؟! با دست خالی که نمی‌شود. باید روی خاک پول پاشید! بی‌مایه فطیر است. این را برای همه‌تان می‌گویم. بیشتر برای آن‌ها می‌گویم که حالا، یک دفعه به کله‌شان زده که روی گنج نشسته‌اند! این حرف را خوب است به گوشتان فرو کنید که زمین بی‌سند و قباله مال کسی است که بهتر آبادش کند؛ یک کلام! بیخودی دارم چانه‌ام را خسته می‌کنم. آن سه چهار نفری که مانده‌اند خیال نکنند حرفشان به جایی می‌رسد. ما می‌خواهیم این کار با خوبی و خوشی سر بگیرد. باز هم چشم ما به چشم همدیگر می‌افتد. به صلح و صلاح باشد بهتر است. من نمی‌خواهم پای مأمور به زمینج کشیده بشود؛ اما شاید بعضی از شریک‌هایم یکدنده باشند. از این‌گذشته، صاحب زمین‌های با سند و قباله دور و بر هم ناچارند دست از این‌گدابازی‌هاشان بردارند! تا کی می‌خواهند با خر و شتر دیمکاری کنند؟! ناچارند یا بفروشند، یا قاطی بشوند و یک کاسه کنند و سهمشان را ببرند. بی‌رودروایسی بگویم، طرح پسته‌کاری من تصویب شده. معنیش اینست که دولت می‌خواهد این کار بشود!

مرگان، بی‌آنکه خود بفهمد دست‌هایش از کار وامانده بود و بی‌آنکه جنب بخورد، گوش به نطق داماد آقاملک داشت. دیگر حرف روشنی به گوش مرگان نمی‌رسید. همهمه‌ای کوتاه بود که انگار نبود. نرم ـ نرم، و تک و توکی صدای رفتن پاها. میرزا خان گفت:

ـ به آن‌هایی هم که نیامده‌اند سلام ما را برسانید. بیش از سه بار، دیگر پیغام نمی‌دهم!

مرگان احساس کرد روی سخن داماد آقاملک به امثال اوست. این، لبّ کلام میرزا خان بود. مرگان دست به کار خود شد. او همچنان روی دندهٔ چپ بود و هیچ راهی به سازش نمی‌جست. انگار به جوری لجبازی هم واداشته شده بود. جوری بهانه‌جویی که از رنجش برمی‌خیزد. انگار همهٔ زندگانی مرگان روی همین یک تکه زمین سوار شده بود و این پاره زمین ستونی بود که او را سر پا نگاه می‌داشت. و هم. تن نمی‌خواست بدهد، اما این را هم نمی‌خواست باور کند که سماجتش بیشتر یک حالت روحی است. با وجود این خود مرگان بهتر از دیگران

این را حس می‌کرد که خدازمین، چنان دیمساری نیست که بتواند نان مرگان و بچه‌هایش را بدهد. تنها یکدندگی خود را انگار مرگان می‌آزمود!
- شنیدی خاله مرگان؟!
مرگان واگشت. علی گناو دم در ایستاده بود:
- تو چه می‌گویی؟
مرگان گفت:
- من خیال ندارم ممر رزق بچه‌هایم را بفروشم!
علی گناو گفت:
- زورت می‌رسد؟ بیشتری‌ها چیزی گرفتند و رفتند؛ آخر این زمین که باری نمی‌دهد!
مرگان گفت:
- هر کس اختیاردار خودش است.
علی گناو پرسید:
- من چکار کنم؟
مرگان گفت:
- خودت می‌دانی با خودت.
علی گناو گفت:
- نه! نمی‌خواهم تو را... نه! اگر تو نفروشی، من هم نمی‌فروشم. اگر هم بخواهی می‌اندازم پشت قبالهٔ هاجر.
هاجر خود را به کنجی قایم کرد. علی گناو گفت:
- امروز که فرصت نمی‌کنی بروی سر حمام؟
مرگان گفت:
- اگر رسیدم می‌آیم کلید را می‌گیرم.
علی گناو برگشت و پا از پله پایین گذاشت. میرزا خان رو به رویش بود. قامت کشیده‌اش را کش و قوس می‌داد و داشت از پله بالا می‌آمد:
- تو چه می‌کنی مشدعلی؟
علی گناو به داماد آقاملک نگاه کرد و گفت:

- باید فکرهام را بکنم، میرزا خان.
- تو هم برو فکرهات را بکن!

دم در، میرزا خان به مرگان خداقوت گفت:

- هاجرت هم دیگر ماشاءالله بزرگ شده، خاله مرگان! وقتشه دیگر، به سلامتی.

مرگان، سر به کار، چیزی زیر لب به جواب داماد آقاملک گفت. میرزا شانه به چارچوب داد. سر و گردن درازش را خماند و درون اتاق را نگاه کرد. مرگان سر تا پا به گِلاب گیوه آغشته بود. میرزا بار دیگر گفت:

- خدا قوتت دهد!

مرگان کهنه پیراهنی به سر جارو گره زد، جارو را در بذرهٔ رنگ فرو برد، کمر راست کرد و گفت:

- خوشامدی!

میرزا خان به خوشطبعی احوال مرگان را پرسید و مرگان به خشکی حالپرسی او را پاسخ گفت:

میرزا پرسید:

- پسرهای تو که خیال ندارند پی کار از زمینج بیرون بروند، مرگان؟ می‌خواهند بروند؟

مرگان گفت:

- نمی‌دانم!

میرزا گفت:

- خودم همین جا به یکیشان کار می‌دهم. ابراو تو بچهٔ زرنگی‌ست؛ اما آن یکی کاری نیست.

- کار دنیاست دیگر.

میرزا گفت:

- من جای تو باشم عباس را همراه بچه‌های زمینج راهیش می‌کنم برود پی کار. بگذار پیش غریبه کار کند و پخته بشود.

مرگان گفت:

- تا ببینم.
میرزا گفت:
- اگر خیال داشتی راهیش کنی، کرایه و خرج سفرش را من می‌دهم.
مرگان گفت:
- اگر رفتنی بشود، کرایه و خرج سفرش دور و بر خودم یافت می‌شود!
- الحمدالله که یافت می‌شود. خوب، به درد دیگری بزن. این پول را من بابت قرضی که به تو دارم می‌دهم.
- کدام قرض میرزا؟
- همین خدازمین دیگر. بالاخره از انصاف نیست که من بگویم جمع کنید و بروید. خدا را خوش نمی‌آید.
- چرا برویم، میرزا؟ کجا برویم؟!
- خودت را به کوچهٔ علی چپ مزن مرگان. ما خدازمین را به تو داده‌ایم. خیال داریم سر و گوشش را هم بیاوریم و نهال پسته بزنیم. پسته‌کاری به همچو زمینی احتیاج دارد. می‌دانی اگر پسته‌کاری این جا بگیرد، زمینج که جای خود، همهٔ این ولایت چقدر آباد می‌شود؟ مهندس‌ها گفته‌اند که نهال پستهٔ این جا از نهال پستهٔ رفسنجان هم مرغوب‌تر می‌شود. این جا را خیال داریم آباد کنیم، آخر چقدر هی باید هندوانه کاشت؟!
- خوب، از این آبادانی چی گیر من می‌آید.
- گیر تو؟! آبادانی برای همه خوبست. حتماً که نباید چیزی هم گیر تو بیاید!
- پس زمینم را که از دست می‌دهم چی؟
- زمینم؟! هه! کدام زمین؟ خوبست که اسم زمین رویش است. خدازمین! آن، زمین خداست!
- زمین خدا اگر هست که من بندهٔ خدا هستم. چه فرقی می‌کند؟ زمین خدا را بندهٔ خدا می‌کارد. یعنی من بندهٔ خدا هم نیستم؟
- چرا بندهٔ خدا نباشی؟ کی بندهٔ خداتر از تو؟ اما بالاخره این زمین خدا باید آباد بشود.

- خوب، آباد بشود. مگر من می‌گویم آباد نشود؟! من هم از خدا می‌خواهم. اما حالا که باید دست و پایم را ورچینم و بروم، حق و حقوق من و بچه‌هایم چی می‌شود؟ همین چارتا اسکناسی که خیال داری کف دست پسرهای من بگذاری؟!
- تو می‌گویی چکار کنم من؟ دار وندارم را ببخشم به تو؟!
- من کی این را گفتم؟!
- تو همین را می‌گویی! پس چی می‌گویی؟
- من می‌گویم چار صباح دیگر که محصول تو دست داد، یک سیرش به سفرهٔ من می‌رسد؟ نمی‌رسد که؟!
- چرا به سفرهٔ تو برسد؟ تازه... تا آن وقت کی مرده و کی زنده؟ نهال پسته بعد از هفت سال به بار می‌نشیند. بعد از آن هفت سال است که رو به آبادی می‌رود!
- بالاخره سهم من در این آباد شدن چی می‌شود؟
- سهم تو؟ این که از روز هم روشن‌تر است. یکی از بچه‌هایت را به کار می‌کشم. دیگر چی می‌خواهی؟
- همین؟!
- پس چی؟
- هیچی!
خوب! هیچی که هیچی. اصلاً من چرا دهن به دهن تو می‌گذارم؟ زن ناقص عقل. من را بگو!
ذبیح‌الله به کنار میرزا آمد و گفت:
- مرگان یوغ ورتاب می‌اندازد؛ ها؟
میرزا گفت:
- بگذار یوغ ورتاب بیندازد. شانهٔ خودش زخم می‌شود!
ذبیح‌الله دوشادوش میرزا از ایوان پایین آمد و گفت:
- با پسرش عباس بهتر می‌شود کنار آمد. چشمش که به اسکناس بیفتد، آب از دهنش کش ورمی‌دارد.

میرزا گفت:
- گور بابای «خرپهلو»ش. من مردهٔ یک مادینه نیستم!

حیاط خانهٔ داماد آقاملک خالی شده بود. ذبیح‌الله و میرزا از در حیاط بیرون رفتند. کدخدا نوروز هم در پیشان رفت و، زیر تاق هشتی سالار عبدالله به آن‌ها رسید. کدخدا نوروز گفت:
- بی‌سرپناه است بیچاره. یک جوری راضیش کنید. این بیست - سی تومن این‌ور و آن‌ور، جای دوری نمی‌رود. مثل چیزی که آدم خمس و زکات مالش را داده.

میرزا لب سکوی هشتی نشست، سیگاری از جیب درآورد و گفت:
- گهگیر و خرپهلوست پدر سگ؛ وگرنه من که حرفی ندارم. از این که میان اهالی صورت مظلوم و حق به جانب دارد، من می‌خواهم با او کنار بیایم. اما می‌بینی که!

کدخدا نوروز براه افتاد و گفت:
- من می‌روم بلکه راضیش کنم.

ابراو نفس‌زنان از راه رسید. سالار عبدالله پرسید:
- خوب، چه کردی؟

ابراو گفت:
- راننده سفارش کرده که تراکتور امشب هم معطلی دارد. چراغش هم باید عوض بشود. گفته فردا صبح می‌آوردش.

سالار گفت:
- فردا صبح سحر سر راه باش. حسابت را که با علی گناو واکندی؟

ابراو گفت:
- همچو حسابی که نداشتیم.

سالار به شریک‌هایش نگاه کرد و به طعنه گفت:
- گلخن‌بانی هم شد کار؟! تازه... . هوا دارد گرم می‌شود. تا شش هفت ماه دیگر کی به حمام می‌رود؟ هر کی همین جوری لب جوی یک بدره آب سرش

می‌ریزد دیگر.

کدخدا نوروز برگشت. مرگان و هاجر هم در پی او آمدند. به نظر می‌رسید کارشان تمام شده است. مرگان کیسهٔ وسایل کار را روی دوش هاجر جا داد و از میان مردها که می‌گذشت به ذبیح‌الله گفت:

ـ مزد سفیدکاری خانه‌ات را بده ابراو بیاورد، سالار ذبیح‌الله!

میرزا به کدخدا نگاه کرد. کدخدا سری تکاند و گفت:

ـ نه، براه نمی‌شود!

میرزا از روی سکو برخاست و گفت:

ـ براهش میارم! تو پسر؛ به عباستان بگو شب باید بیاید خانهٔ آقا ذبیح‌الله کارش دارم!

ابراو گفت:

ـ به چشم.

میرزا، ذبیح‌الله و سالار عبدالله از در بیرون رفتند و ابراو رفتنشان را پایید. حاج سالم و مسلمش، از پناه دیوار بیرون آمدند و درپی میرزا و شریک‌هایش براه افتادند. کدخدا هم باید می‌رفت؛ اما پیش از این که لت در خانه را ببندد به ابراو نگاه کرد و گفت:

ـ مادر بدقلقی داری تو هم!

۳

عباس سلوچ از در خانهٔ ذبیح‌الله بیرون آمد، حال تازه‌ای داشت. رضایتی پیچیده در اضطراب. خستگی روزانه از تنش در رفته بود؛ یا، در تنش گم شده بود. اسکناس‌هایی را که از داماد آقاملک گرفته بود همچنان در مشت می‌فشرد و می‌دانست چکارشان کند. نمی‌خواست در دیدرس باشند. هیچ وقت نمی‌خواست پول‌هایش در دیدرس باشند. هیچ چیز او نباید روی روز می‌بود. همیشه چیزی را پنهان می‌کرد. همیشه دلش می‌خواست چیزی را پنهان کند. اگر شده باخت خود را در قمار؛ یا برد خود را در قمار. نه اگر همه‌اش، دست کم چند قرانش را. یکی از کارهایی که عباس به آن دلبند بود، پنهان کردن چیزی از دیگران بود. اگر شده این چیز هیچ چیز نباشد. این حس ناامنی و بی‌اعتمادی به دیگران، چندان در پسر سلوچ ریشه دوانیده بود که گاه زیر آشکارترین کارهایش می‌زد. بیشتر وقت‌ها دروغش روی روز می‌افتاد، اما او پروا نداشت که دیگران دروغ‌گویش بدانند یا لقب «چاخانی» رویش بگذارند. آن چه برایش اهمیت داشت، این که دیگران ندانند عباس سلوچ چه می‌کند؛ و اگر بخواهیم موضوع را بیشتر بشکنیم، چنین ساده می‌شود که: عباس نمی‌خواست کسی بداند او با یک قران پول خودش چه می‌کند و آن را کجا می‌گذارد! این روحیه نه تنها در او، که بیش و کم در همهٔ امثال او بود. حالا مشکلی که عباس پیش رو داشت، این بود که دعوا را چطور با مادرش پایان بدهد. و مهم‌تر این که چطور بتواند نیمی از پولش را برای خود پنهان نگاه دارد و نیمهٔ دیگر را به خانه دهد تا سرشکن نشود. دم دست، راهی که به‌نظرش رسید، این بود که هرجوری شده نیمی از پول‌ها را جایی قایم کند. این بود که خود را به پناه خرابه کشاند و بند تنبانش را باز کرد. لیفهٔ تنبان امن‌ترین جا بود. از پناه به کوچه آمد و بندش را گره زد. حالا فقط دو تا اسکناس در

مشتش بود؛ قیمت سهم خودش از بابت واگذاری خدازمین. یعنی که دو دانگ از شش دانگ پاره زمین میراث سلوچ را به میرزا و شریک‌هایش واگذار کرده بود.

در کوچه زن علی گناو را دید که چون سایه‌ای در تاریکی پیش می‌خزد. کُند، خیلی کُند راه می‌رفت. دستی به دیوار داشت و دستی به چوبی شکسته. باریک و نزار می‌آمد. گنگ ناله‌هایش به‌صدای بال شب‌پره‌ای می‌مانست. عباس از خود نجات یافت. رقیه فکر او را پیش خود برد.

با این که رقیه چند صباحی در مریضخانهٔ شهر خوابیده بود، اما نشانه‌ای از بهبودی در او دیده نمی‌شد. روز به روز، زنِ شکسته پس می‌رفت. آب می‌شد. استخوان‌هایش کاهیده می‌شدند و پوست به صورتش می‌خشکید و بیشتر می‌خشکید. نای و نفس حرف زدن نداشت و پاهایش دیگر همان پنج سیر استخوان را هم نمی‌توانستند به امانت این سو و آن سو بکشاند. دوک شده بود.

عباس نزدیک زن علی گناو ایستاد و به صدای بلند ـ مثل چیزی که رقیه کر باشد ـ گفت:

ـ حال و احوالت چطوره زن علی؟ چطوری؟

رقیه به دیوار تکیه داد و نفسی تازه کرد. چنان بود که انگار حال و دمی خواهد مرد. تکیه به دیوار، فرو نشسته شد و چوب شکسته‌اش را، ستون تن، دو دستی چسبید و فرسوده نالید. صدایش دیگر به دشواری بیرون می‌آمد. همان قدر که به گوش عباس برسد. صدا خیلی دور بود. خیلی دور. انگار از پشت کوهه‌های شن، از پناه توفانی درهم پیچیده به گوش می‌رسید. صدای زنی، آدمیزادی، بره‌ای که از قلعه، از گله دور مانده و در سُرخبادِ بیابان گیر کرده باشد؛ صدای خستگی و تشنگی و فرسودگی یک عمر از بیابان هلاکت می‌آمد. صدا؛ صدای رقیه نبود؛ سایش ساقه‌های خشکیدهٔ گندم. خوشهٔ خارگین جوی، راه گلوی رقیه راگرفته بود. صدا از دل خاک بیرون می‌آمد. رقیه، آیا مرده نبود؟!

ـ نه؛ دارم می‌میرم. دارم می‌میرم. رفته بودم... رفته بودم که... بروم... بروم خانهٔ شما... خانهٔ شما...

ـ خوب؟ خوب؟

ـ رفته بودم... رفته بودم که... که... به مادرت، به مادرت بگویم که...

بگویم که... ای خدا!... این نفس... این نفس. چرا یکباره... یکباره نمی‌ایستد؟!
- خوب؟ که چی بگویی؟
- که بگویم که... که... که... اقلاً... اقلاً صبر می‌کردی... صبر می‌کردی... من... من بمیرم... بعدش... بعدش...
- بعدش چی؟!
- بعدش... بعدش... بعد مرگ من... دخترت را... دخترت را به شوی من می‌دادی... اما... اما... برگشتم. برگشتم... نگفتم... برای اینکه دیدم... دیدم... به خودم... به خودم گفتم... از گفتنش چه سود؟... چه سود؟... چه سود؟!

رقیه سرش را به چوبدست تکیه داد، دمی ماند و بعد کوشید تا خود را به هر زحمتی بالا بکشد؛ اما نتوانست. بار دیگر نشسته شد. عباس زیر بازوی زن را گرفت، رقیه توانست برخیزد. برخاست و دست به دیوار گرفت. ایستاد، نفس تازه کرد و کم‌کم براه افتاد. آرام و کند براه افتاد. راه رفتن لاک‌پشت. از آن هم کندتر. عباس فکر کرد «همین چهار قدم راه را تا نیمه شب باید برود!» دمی ایستاد و نگاهش کرد. مبادا به سر در آید! صدای رقیه باز آمد. عباس گوش تیز کرد. رقیه نالید:

- خیر نمی‌بیند... خیر نمی‌بیند... خیر... نبیند! آی... خدا!... تو را به خواری زینب... به خواری زینب قسمت می‌دهم... قسمت می‌دهم که... عمر به مراد نکند! نکند... نکند...

صدای زن علی گناو در پیچ کوچه خاموش شد و عباس، کندتر از پیش، رو به خانه‌شان رفت.

خانه امشب حال و هوای دیگری داشت. شلوغ‌تر از هر شب نبود، اما پر جنب و جوش‌تر از همیشه بود. آدم‌ها یکنواختی هر شبه را شکسته بودند و رفتارشان رنگ و روی تازه‌ای به خود گرفته بود. مثل وقتی که آفتاب صبح پاییز روی شاخ و برگ بوته‌ها بتابد. پوستهٔ سرد و خشکی که دایم یکایک آدم‌ها را در خود نگاه داشته بود، داشت ترک برمی‌داشت و آن‌ها می‌رفتند تا از پوستینه بدر آیند. بدر می‌آمدند و هر کدام به نسبت توانایی خود پر و بال می‌زدند. سیوسیو

می‌کردند. این سوی و آن سوی می‌رفتند. بعضی‌ها، حتی بدشان نمی‌آمد که ببرند. هر کدام بهانه‌ای برای شادی داشتند. در این میان، گرچه علی گناو به روی خود نمی‌آورد، اما خوشحال‌تر از همه بود و مرگان هم بجای خود، دلخوش بود. زندگانیش تکانی خورده بود. عروس کردن دختر خوشایند مادر است و مرگان، با حساب‌هایی که پیش خود داشت، می‌توانست راضی باشد. هاجر هم کم و بیش رضایت داشت. چون او ـ اگرچه بهنجار، نه ـ اما داشت به همان روزهایی نزدیک می‌شد که هر دختری، کم و بیش، انتظارش را می‌کشید: عروسی.

هاجر به خود باورانده بود که هر عروسی‌یی اندکش دلخواه است و بقیه‌اش هم به‌قوهٔ خیال دلخواه می‌شود. آدمیزاد است دیگر! گاهی وقت‌ها می‌تواند خیلی چیزها را ندید بگیرد. فی‌المثل این که هاجر هنوز سیزده سالش نشده؛ یا این که علی گناو ریش‌هایش جو ـ گندمی شده است. روی هم رفته قبول این که عروس به خانهٔ مردی می‌رود که نه تنها بوی زن قبلیش را می‌دهد، بلکه خود زن هنوز در آن خانه هست و همیشه هست. مثل یک شبح. عصایی به دست دارد و مدام در همه جای خانه، خانهٔ کوچک علی گناو، پرسه می‌زند. رقیه! زنی که بدل به ناله و نفرین شده است. که صدایش دیگر از خشت دیوار هم شنیده می‌شود. زنی که چشم‌هایش از پناه پرده هم تو را می‌بیند. با یک جفت چشم غبار گرفته، به رنگ خواب، از عمق کاسه‌ها تو را نگاه می‌کند. همیشه نگاهت می‌کند و چیز گنگی از تو می‌پرسد. آن چشم‌هایش بیش از یک حرف با تو ندارد. تنها حرفی که به زبان نمی‌آید. بیان نمی‌شود. هزارها کلمه گفته می‌شود، اما همان یکی ناگفته می‌ماند. یک حرف ناگفته همیشه تو را می‌آزارد. اما آدمیزاد است دیگر! گاهی وقت‌ها می‌تواند خیلی چیزها را ندید بگیرد. هاجر باید چشم‌هایش را روی خیلی چیزها ببندد.

علی گناو گفت:

ـ امید به خدا، همان جا هم عقد می‌کنیم. ملای آشنا هم دارم.

مرگان پیالهٔ چای را جلوی علی گناو گذاشت و گفت:

ـ امید به خدا!

عباس در آستانهٔ در بود. مرگان به عباس برگشت و پرسید:

- خوب؟! چکارت داشت؟
عباس همان جا، پای در، روی هاون نشست و گفت:
- خدازمین را می‌خواست، من هم دادم.
- دادی؟ چی را دادی؟
- همان یک لچک زمین را!
مرگان نفهمید قلبش یخ زد، یا این که سرش آتش گرفت. روی پاهایش نیمخیز شد و گفت:
- به میرزا؟!
عباس گفت:
- به همه‌شان!
- با اجازهٔ کی، آخر؟
- با اجازهٔ خودم!
- آخر مگر تو کی هستی؟ چکاره‌ای؟!
- من پسر بزرگ سلوچم. ارشد اولاد. آن‌ها به‌ام گفتند.
- آخر مگر تو بزرگتر همهٔ ما هم هستی. تو که جای همهٔ ما نیستی! این تکه زمین مال همه ماست.

- من سهم خودم را فروختم. به خیالت این هم شد مس‌ها که ببری و برای خودت قایمشان کنی؟! تازه، تو زن سلوچی و سهم‌بر از زمین نیستی! آن‌ها به‌ام گفتند. زن فقط از خانه و اثاثیه سهم می‌برد. این را هم آن‌ها گفتند.
مرگان مثل چیزی که از حال برود، شانه و سرش را به دیوار تکیه داد و نفرین کرد.

- مادرجان!. . . خدا دیوانات کند! تو ما را خاکسترنشین کردی. خاکسترنشین! حالا دیگر من چه جوری حرف حسابم را به گوش آن مردکه‌های دزد و الدنگ فرو کنم؟ خدا از روی زمین ورت دارد، پسرکم!
عباس گفت:
- تف به یقهٔ خودت می‌اندازی تو! همه دارند واگذار می‌کنند و می‌روند، اما فقط تو یکی بید شده‌ای واخکوک نمی‌دهی!

مرگان سر از دیوار برداشت و گفت:

ـ همه بلکم یک چیز دیگر هم رویش بدهند، به من چه؟! تو چرا سنگ تفرقه شدی و خودت را دادی به دست آن مردکه‌ها؟

ـ برای این که من می‌خواستم کار اول آخرم را کرده باشم؟ چرا آدم باید این قدر جهل باشد؟ عاقبت که آن‌ها زمین‌ها را می‌گیرند، پس چرا بگذارم کار به دعوا بکشد؟ با کدام زورم؟ پس وقتی پاتیل را زیر سینه‌ات گذاشتند، باید شیر پایین بدهی دیگر. لنگ و لگد انداختن که کاری از پیش نمی‌برد! باز هم زبان خوش. از این به بعد ما با آن‌ها سر و کار داریم، بهشان احتیاج داریم. دستشان توی کار است. همین حالاکی می‌خواهد پسر تو را ببرد سر تراکتور؟!

مرگان و علی گناو به ابراو برگشتند. ابراو همچنان که سرش پایین بود، تیزی نگاه و سنگینی نگاه مادر را روی پیشانی خود احساس کرد. تاب خاموشی نیاورد. سرش را بالا گرفت و گفت:

ـ عباس راست می‌گوید. من از فردا دیگر نمی‌روم گلخن، می‌روم سر تراکتور!

علی گناو پرسید:

چی؟ می‌روی سر تراکتور! پس کار گلخن چی می‌شود؟ زمستان تمام شد؟! زمستان تمام شد و پر آزاد شدی؟ رسم زمانه همین است؟!

ابراو بی‌نگاه به علی گناو، گفت:

ـ من که قول نداده‌ام تا آخر عمر توی آن گلخن زندگانی کنم؟! آدم کار بهتری که گیر می‌آورد دنبال آن می‌رود دیگر!

علی گناو دندان‌هایش را برهم فشرد و گفت:

ـ خیلی خوب، باشد! باز به هم می‌رسیم، باشد!

ابراو که دید بهتر است دعوا را یکرو یه کند، به مادر گفت:

ـ من هم خیال دارم سهم خودم را به سالار و شریک‌هایش واگذار کنم و پولش را بگیرم. چقدر مثل شپیش توی این ژنده پاره‌ها بلولم؟ می‌خواهم بروم شهر و برای خودم یک شلوار کمری بخرم. آدم که با تنبان پاره پوره نمی‌تواند بالای تراکتور کار کند!

ابراو در برخاستن خود حرفش را تمام کرد و آمادهٔ رفتن شد. نمی‌خواست جر و بحثی را که شروع شده بود، دنبال کند. مرگان گوشه‌های چشمش را به بال چارقد پاک کرد و با صدایی که آشکارا می‌لرزید، گفت:

ـ باشد! تو هم بفروش. می‌ماند سهم من و دخترم. من نمی‌فروشم!

عباس تکه نانی از میان غلف برداشت و در حالی‌که همراه ابراو از در بیرون می‌رفت، گفت:

ـ باز هم می‌گوید سهم من! حرف حساب حالیش نمی‌شود که!

علی گناو گفت:

ـ پس امشب خودم باید بروم گلخن را روشن کنم!

مرگان هیچ نگفت. علی گناو از جا برخاست و گفت:

ـ صبح، سر آفتاب می‌آیم دنبالتان!

مرگان فقط سرش را تکان داد. علی گناو از خانه بیرون رفت.

در کوچه، علی گناو دو برادر را دید که شانه به شانه رو به خانهٔ ذبیح‌الله می‌روند.

ـ حق مبارک کند علی اکبرخان؛ حق مبارک کند!

حاج سالم و مسلم سر راه علی گناو سبز شده بودند. مسلم رو به سینهٔ علی گناو آمد. علی گناو گفت:

ـ صبح. باشد صبح. حالا چیزی تو جیب‌هایم نیست. صبح ان شاءالله.

حاج سالم چوبدستش را به گردن پسرش مالید و گفت:

ـ صبح. باشد صبح، حیوان! همهٔ روزها روز خداست. حالا برویم خدمت خاله مرگان. لابد خاله مرگان به‌میمنت عروسی دخترش، لانهٔ ما بینوایان را سفیدکاری می‌کند!

پسر و پدر در تاریکی شب رو به خانهٔ مرگان رفتند.

علی گناو دمی ماند و بعد، روی از خانهٔ خود گرداند و در پی حاج سالم و پسرش به راه افتاد.

عباس و ابراو از در خانهٔ ذبیح‌الله بیرون آمدند. ذبیح‌الله مزد مرگان را هم

به ابراو داده بود. حالا باید ابراو پول خود را جایی قایم می‌کرد که با مزد مادرش قاطی نشود. عباس مهربان و رفیق، دور و بر ابراو چرخ می‌زد و کنار گوش برادر وزوز می‌کرد:

ـ زمینج را پول ورداشته! می‌دانی، همه پولدار شده‌اند. نمی‌دانی امروز چقدر پول به‌دست این و آن آمده، میرزا و شریک‌هایش از صبح همین جور دارند پول می‌دهند!

ابراو گفت:

ـ این‌ها آدم‌های دست و دل‌بازی هستند. مثل علی گناو نیستند که! با آن مزد دادنش! چشمهٔ سخاوتش از کون خروس هم تنگ‌تر است. وقتی دو تا قوران مزد می‌خواهد کف دست آدم بگذارد، انگار دارد جان به عزرائیل می‌دهد! چس خور پدرسگ. آدم دلش می‌خواهد پیش مرد مزدوری کند؛ نه پیش همچو کسایی. من هم عجب کونش را یکباره زمین زدم. خوشم آمد! حالا خودش نصف شب برود تا صبح گلخن را بسوزاند تا بفهمد بی‌خوابی یعنی چه؟! خیال می‌کند داماد ما که شده، ارباب ما هم شده!

عباس گفت:

ـ به همین دامادی هم دل من گواهی نمی‌دهد. می‌ترسم ناله و نفرین‌های زنش دامن ما را هم بگیرد.

ـ همین را بگو! زنش دایم راه می‌رود و نفرین می‌کند.

ـ حالا که دیگر کار از کار گذشته، همه فهمیده‌اند. دیگر چکار می‌شود کرد؟ بگذار دختره برود. بالاخره برایش سایهٔ سری هست. دست و بال ما هم باز می‌شود. هر کس به بخت خودش!

در کوچه‌های شکسته بستهٔ زمینج، برادرها گفت وگو می‌کردند و پرسه می‌زدند. از هر دری می‌گفتند، حتی از سلوچ. در تاریکی، چشم چشم را نمی‌دید. این بود که بی‌پیرایه‌تر می‌شد گفت و شنید. کینه‌شان به هم، در تاریکی گم می‌شد و طبیعت برادری به جایش نشو می‌کرد. کم‌کم احساس می‌کردند که با احساسی برادرانه دارند با هم راه می‌روند. چنین حسی ابراو را وامی‌داشت تا نگران کار و روزگار عباس باشد:

ـ تو خیال داری چه بکنی؟ با بچه‌ها راه می‌افتی یا می‌مانی؟

ـ می‌مانم. بهار که برایم کار هست. تا روزی که سردار بخواهد شترهایش را ببرد زیر بار، من می‌چرانمشان. بعدش هم شاید خواست که همراهش بروم. اگر مزد خوب بدهد، می‌روم. از ساربانی خوشم می‌آید.

ـ بد نیست. ساربانی بد نیست. اما عاقبتش چی؟ خدا برکت به این ماشین‌های باری بدهد. باری که چهل شتر به چهل شب ببرند، یکی از این باری‌ها به یک شب می‌برد. کم‌کم این شترها را باید پروار کرد و داد دم کارد. در این زمینج، غیر از سردار، دیگر کی شتر دارد؟ هیچکس! همین کربلایی دوشنبه را می‌بینی؟ چهل تا شتر داشت. اما تا از روی دستش ورشان داشتند، شترهایش را فروخت و پولش را انداخت به کار نزول. حالا هم مثل اژدها روی گنجش نشسته. پدر نامرد بی‌خیر! نکرده ده تا قرانش را به کاری بند کند که اقلاً چهار نفر بتوانند از قِبَلش نان بخورند. من از میرزا برای همینش خوشم می‌آید. خودش می‌خورد و می‌گذارد دیگران هم بخورند. او عادت شیر را دارد و کربلایی دوشنبه عادت شغال را. شیر، سیر که شد پس می‌نشیند؛ اما شغال پس ماندهٔ لاشه را زیر خاک قایم می‌کند. پیرمرد ناخن خشک، چشم باز کرده و خودش را دیده!

عباس گفت:

ـ خوب دیگر؛ هر آدمی یک رویه‌ای دارد. هر چه باشد میرزا و شریک‌هایش بیست ـ سی سالی از کربلایی دوشنبه کم عمرترند. بعضی‌شان شهر و دیارها دیده‌اند. خود میرزا، داماد آقاملک با همه جور آدمی سر و کله زده. دست توی عرب و عجم دارد. این‌ها خودش خیلی اهمیت دارد.

ـ به هر جهت. . . من گمان می‌کنم تو باید پی کاری بروی که آخر و عاقبتی داشته باشد، نه ساربانی. تو در همهٔ زمینج کسی را می‌توانی پیدا کنی که از راه ساربانی نان بخورد؟

ـ نه که!

ـ خوب؟ پس تو یکی چرا می‌خواهی عمرت را روی این کار بگذاری؟

ـ علاجی ندارم!

ـ چرا علاجی نداری؟ برو؛ با این بچه‌ها راه بیفت و برو! هر کاری که آن‌ها

کردند، تو هم می‌کنی. ناخوش ـ بیمار هم که نیستی. می‌روی دنیا را می‌بینی، خودش خیلی خوبست. من اگر قرار بود باز هم گلخن بسوزانم، یک نفس هم این جا نمی‌ماندم.

ـ نمی‌توانم دل از زمینج بکنم. فکر رفتن در کله‌ام می‌چرخد، اما دل نمی‌کنم. حالا... باز هم ببینم چه می‌شود. ببینم!

عباس بیش از این نمی‌خواست دنبال حرف را بگیرد. گرچه حرف‌های ابراو هنوز چنان‌قوتی نداشت که او را از جا برکند، اما دل ورخاسته می‌شد. ریشهٔ او را نمی‌تکاند، اما شاخ و برگش را می‌جنباند. از جا نمی‌کندش، می‌جنباندش. دو دل و کلافه‌اش می‌کرد. براهش نمی‌آورد، فقط می‌آزردش. این بود که عباس دیگر نمی‌خواست بشنود. حرف را برگرداند:

ـ چطوره سری به خانهٔ خاله صنم بزنیم؟ امشب داو قمار باید گرم باشد. میرزا جیب گداگدول‌ها را پر پول کرده.

ابراو گفت:

ـ من این پولم را به داو قمار نمی‌ریزم. می‌خواهم برای خودم رخت و لباس بخرم.

عباس گفت:

ـ برویم. شاید عشقت کشید و نشستی!

ـ نه، خودت تنها برو!

ـ بیا برویم شریکی بزنیم.

ـ نه! پولم را نمی‌خواهم حرام کنم.

ـ پس اقلاً بیا پشت دست من بنشین. برایم شانس می‌آوری.

ـ نه! نمی‌خواهم پا آن جا بگذارم. شیطان می‌رود توی جلدم.

ـ خوب؛ پس فقط برویم سری بزنیم. می‌رویم ببینیم بالاخره مراد خاله صنم فردا راه می‌افتد یا فقط حرفش را می‌زند؟

مراد راه می‌افتاد، لت شکستهٔ در را که باز کرد چهرهٔ پهن و پر استخوانش از هم باز شد و گمان این که برادرها به همسفری آمده‌اند، گفت:

ـ خوب. خوش آمدید. بیایید خانه.

عباس راه براه پرسید:
- کسی هم هست؟
مراد گفت:
- نه! امشب پستو خاموش است. غزی خوابیده.
- یعنی امشب هیچ‌کس نیامده؟!
مراد صنم خندید و گفت:
- تو هم لیلاجی هستی‌ها! آخر بچه‌هایی که می‌خواهند راه ولایت غربت را پیش بگیرند و بروند، می‌آیند کرایهٔ ماشینیشان را توی قمار ببازند؟
- پس هیچکی...
- دو تا از لاشخورها هم سر شب به همین هوا پیداشان شد، اما تیرشان به سنگ خورد. هنوز هم اینجا لم داده‌اند و دارند چرت نسیه می‌زنند.
- لابد قاسم لنگ و حبیب کاهی، ها؟
- ها بارک‌الله. خوب حریف‌هات را می‌شناسی! چنگال‌هاشان هنوز بازه. قاسم لنگ دارد با خودش ورق می‌کشد. اگر پول‌هایت توی جیبت ور می‌جکند، بیا برو؛ خیلی چشمشان به دره!
ابراو سر آستین برادرش را گرفت.
- نروی ها! این دو تا لیلاج جلیقهٔ تنت را هم از تو می‌برند.
عباس پا به پا کرد، بعد به پناه دیوار خزید و با نگاه‌هایی که مراد و ابراو را می‌پایید، دست به لیفهٔ تنبانش برد.
مراد به ابراو گفت:
- می‌دانم که عباس کون کار ندارد، اما تو که با ما می‌آیی!
ابراو گفت:
- من کارم این‌جا درست شده. کار خوبی هم هست. فکرش را بکن! آدم بالای تراکتور بنشیند و ببیند که چه جوری تکه‌های آهن دل زمین را می‌شکافند! همین زمینی که تا پارسال به زور می‌شد نیم جفتش را تا ظهر با دو تاگاو شیار کرد. تازه، کاش گاوی در کار بود. با خر! خیلی کیف دارد، ها! نه؟
- کیف دارد، اما وقتی که تو هم چیزی از زمین و تراکتور داشته باشی.

- خوب البته اگر مال خود آدم باشد بهتره؛ اما همین جورش هم کیف دارد. تا حالا صدایش را گوش داده‌ای؟ ماشاءالله؛ به این می‌ماند که لشکری غرق در آهن و پولاد دارند جلو می‌روند. یک خووام خووامی دارد که آدم بال درمی‌آورد. هی! هی! آب و زمین مرغوب اگر فراوان باشد و ده تا از این تراکتورها هم میان دشت‌ها ناله کنند، آن وقت سر دو سال این جا بهشت درست می‌شود!

مراد گفت:

- خیرش را صاحباش ببینند! اما می‌گویند هر تراکتوری کار صد تا مرد را می‌کند؟

- صد تا چی هست؟ همین تراکتور این‌ها صد و بیست اسب زور دارد. تازه، زیاد هم بزرگ نیست.

مراد پرسید:

- راستی، این جانورها را کجا درست می‌کنند؟

ابراو ماند. تا حالا به این فکر نکرده بود.

- پولش چقدر می‌شود؟ لابد سر به خدا تومن می‌زند؟!

ابراو به این هم فکر نکرده بود.

- لابد این پول‌ها یک جوری باید از روی همین زمین‌ها فراهم بیاید دیگر، نه؟ ببین پول زحمتکشی ما به جیب کی می‌رود!

عباس آمد. لبخندی ساختگی به لب داشت و می‌رفت تا چیزی را پنهان کند. مراد و ابراو کنار چارچوب در، میان کوچه نشسته بودند. لت در خانهٔ صنم، همچنان باز بود. حیاط خانهٔ خاله صنم گود بود. تا به کف برسی، سه پله را باید پایین می‌رفتی. یک اتاق و یک پستو هم بیشتر نداشت. اتاق، جای قلیان شیرهٔ خاله صنم بود و پستو، جای قمار. پستو را بیشتر وقت‌ها غزی اداره می‌کرد. در اتاق نیمه‌باز بود و نور باریک و کم رنگی به بیرون می‌داد. عباس پا روی پله گذاشت و گفت:

- بروم حالی از خاله صنم بپرسم!

مراد و ابراو به هم نگاه کردند. عباس را هر دو می‌شناختند. جلویش را نمی‌شد گرفت. عباس سلوچ اگر امشب پای قمار نمی‌نشست شب را نمی‌توانست

به صبح برساند. گفت وگوی با او هم در این باره ثمری نداشت. کو گوش شنوا؟ می‌خواست برود و می‌رفت!
مراد گفت:
ـ ما چند تایی هستیم که خیال داریم برویم طرف شاهرود. بعضی‌ها از شاهرود می‌روند به گنبد. بعضی‌ها هم می‌روند طرف ورامین. شاید هم سری به پاتخت زدیم. می‌رویم ببینیم آنجا چه جور جاییست! اگر دنیا را نمی‌خوریم، بگذار آن را ببینیم.
ابراو گفت:
ـ من هم دلم خیلی می‌خواهد پاتخت را ببینم. خیلی! به جان دو تاییمان قسم، اگر این تراکتور سر و کله‌اش پیدا نشده بود و باز هم ناچار بودم گلخنبانی علی گناو را بکنم، یک دم هم این جا نمی‌ماندم.
مراد به شنیدن نام علی گناو لحظه‌ای خاموش ماند و بعد، در حالی که برمی‌خاست، خاک تنبانش را تکاند و گفت:
ـ شنیده‌ام فردا برای خرید می‌روند؟!
ابراو شرم خود را فرو خورد و گفت:
ـ من نمی‌دانم... فردا صبح که دم راه می‌بینمتان؟
ـ ای... شاید!
مراد خمیازه‌ای کشید و پا به درگذاشت. ابراو گفت:
ـ تو را جان خودت، هوای عباس را داشته باش! می‌ترسم امشب این دو تا ارقه لختش کنند.
مراد در را بست و گفت:
ـ فلان لقش! من خستهٔ خوابم.
در به روی خمیازهٔ مراد بسته شد. بعد، خاموشی. خاموشی تن بر دیوارها انداخت. ابراو در کوچه تنهابود. باید براه می‌افتاد. یقین داشت که برادرش به این زودی‌ها از خانهٔ خاله صنم بیرون نخواهد آمد. تنها، از کنار دیوار براه افتاد. یک بار دیگر دست به‌لیفهٔ تنبانش برد و پول‌هایش را وارسی کرد. دلش می‌خواست برود خانهٔ ذبیح‌الله به سراغ میرزا و سالار عبدالله؛ اما روی این کار را

در خود نیافت. نمی‌دانست چرا دلش می‌خواهد پای در بنشیند و به حرف‌های میرزا، داماد آقاملک، گوش بدهد. همه می‌دانستند که میرزا خوش زبان وگرم دهان است، این را او هم پیش‌تر دانسته بود؛ اما این که چرا حالا به نشستن پای صحبت میرزا اشتیاقی در خود احساس می‌کرد، چیز دیگری بود. میرزا وقتی از قمارهای کلان شهر و جنده خانه‌هایش هم تعریف می‌کرد حرف‌هایش دلنشین بود؛ اما وقتی گفت وگویش دور و بر پسته‌کاری و آب چاه عمیق و تراکتور می‌چرخید، برای ابراو گرمای دیگری همراه داشت. چشم‌های ابراو در بهتی آلوده به شوق وامی‌درید و دهانش باز می‌ماند. آن چه را که میرزا به زبان نقش می‌زد در خیال ابراو چیزی شبیه بهشت بود. همهٔ آرزوهای ابراو در همچون خاک و باری که میرزا می‌شمرد، بر مراد می‌شدند. اما، هر چه بود، ابراو نمی‌دانست در این وقت شب بی هیچ بهانه‌ای به سراغ میرزا برود. آخر، ابراو هنوز یک الف بچه بود. به خانه رفت.

فانوس هنوز روشن بود. به نظر می‌رسید که مرگان به میمنتی فانوس را روشن نگاه‌داشته است. ابراو آرام به در خزید و به گمان این که مادرش خواب است، نرم و خاموش به کنجی رفت و روی جایش دراز کشید. اما مرگان خواب نبود. در سایه ـ روشن نور، پشت به دیوار و سر هاجر را بر زانو گذاشته بود و آرام و کند، برای دخترگویه می‌کرد و دست برموهایش می‌کشید. هاجر هم، مثل بره‌ای شیری، سر بر زانوی مادر گذاشته بود و پلک‌هایش دم به دم سنگین و سنگین‌تر می‌شدند. با وجود این، گوش به گویهٔ مادر داشت. مرگان از سر شب گفتنی‌ها را گفته بود. همهٔ آن چه را که یک دختر دم‌بخت باید بداند، برای هاجر شمرده بود. همهٔ آن چه را که یک مادر می‌تواند به دخترش که دارد به خانهٔ شوی پا می‌گذارد بگوید، گفته بود.

انگار که مادرها، در خلوت، خیلی بی‌پیرایه می‌توانند با دخترهاشان گفت وگو کنند و ناگفته را، به زبانی که می‌تواند مار را از سوراخ بیرون بکشد، بگویند. این را می‌شود یقین کرد که یکی از خوشایندترین لحظه‌های زندگانی مادر، همان هنگامیست که با دختر خود از زناشویی حرف می‌زند. چنین

لحظه‌هایی، گفت و گوی زمزمه‌وار مادر، ته مانده‌ٔ آرزوهای او را هم در خود دارد. کام و ناکامی‌هایش در کلامش هست و پندارهایی هم که داشته و هرگز به کار درنیامده ـ پس در ته جانش مانده است ـ با آمیزه‌ای از امید و ناخرسندی در کلامش می‌دود و به سخن او جذبه‌ای رضایت‌بخش می‌دهد. سخنش دلنشین و لحنش شیرین می‌نماید. مادر، در چنین دمی، آزموده و نیازموده‌ٔ خود ـ آرزوهایش را ـ قطره قطره به دختر خود می‌بخشد. و دختر در چنین دمی، جان مادر را قطره قطره می‌نوشد و جزیی از گرامی ترین یادها را اندوخته می‌کند. شب در چنین شب‌هایی، بادیه‌ٔ عسل است.

با آمدن ابراو، مرگان خاموش گرفت. گرچه خاموش هم اگر نمی‌گرفت، ابراو به خیالی دیگر و جایی دیگر بود و مرگان، راهی به خاطر فرزند نداشت. ابراو مرگان را غریبه می‌دید و آن چه او برای دخترش می‌گفت، ابراو نباید می‌شنید. همین! پس مرگان سر دخترش را بربالش گذاشت و خود کنار او خوابید.

فانوس با فیتله‌ٔ پایین کشیده، همچنان روشن بود. ابراو بازی مرده‌ٔ نور را می‌توانست روی دوده‌های سیاه سقف ببیند. کم پیش آمده بود که فانوس خانه‌ٔ مرگان نا صبح روشن مانده باشد. تنها شب اول عید نوروز فانوس تا صبح روشن بود. آن هم در بودن سلوچ و، نه همیشه. چون فقط بودن سلوچ کافی نبود تا فانوس روشن بماند. دل و دماغ هم باید می‌بود. و آنچه دل و دماغ را در ماه نوروز چاق می‌کرد، باران و برف زمستان بود. فصل‌ها هم که همه ـ و همیشه ـ خشک نیستند. پیش می‌آمد که بعضی سال‌ها، شب عید نوروز، فانوس خانه‌ٔ سلوچ تا صبح روشن بماند.

در ته یاد ابراو نور کمرنگی پر پر می‌زد. همچنین طرحی از آن سال‌های سلوچ را در سایه روشن نور کمرنگ فانوس به یاد می‌آورد. مردی ریزنقش، با شانه‌های بدر جسته و سرکم موی. نیمتنه‌اش را درمی‌آورد و خسته روی جایش می‌نشست و یک سیگار اشنو روشن می‌کرد. دود همه‌ٔ دهانش را پر می‌کرد و نور سیگار او روشن‌تر از نور فانوس می‌درخشید. نیم‌بر می‌افتاد و کونه‌ٔ آرنجش را بر بالش می‌گذاشت، دستش را ستون سر می‌کرد و تا سیگارش تمام نمی‌شد همان جور می‌ماند. این جور شب‌ها، شب‌های عید نوروز، سلوچ بیشتر در فکر بود. چه

معلوم که بعد از خاموشی سیگارش، باز هم بیدار نمانده بوده باشد! ابراو این را نمی‌توانست به یقین بداند. چون خودش خوابش می‌برد.

شب‌های عید نوروز بچه‌ها را به زحمت می‌شد از کوچه‌ها جمع کرد. از بازی سیر نمی‌شدند. کوفته می‌شدند و ابراو با کوفتگی روی جایش می‌افتاد. خواب سنگین. با وجود این صبح عید، کلهٔ سحر از جا برمی‌خاست و می‌رفت که سکهٔ عیدی را از بابایش بگیرد. سکهٔ هر ساله را. سلوچ، هر جوری بود عیدی بچه‌هارا فراهم کرده و ته کیسه‌اش دوخته بود. ابراو خوب یادش بود که پدرش صبح عید هم سیگار می‌کشید و سگرمه‌هایش درهم بود. صبح عید کسی به دیده‌بوسی او نمی‌آمد. سلوچ باید می‌رفت. ابراو آن روزها نمی‌توانست گره این مشکل را برای خود باز کند که: چرا بابای او از دیگران خُردی‌تر است؟ این را همان روزها فهمیده بود که صبح عید بزرگ‌ترها می‌نشینند و خردی‌ترها به سلام می‌روند. اما ابراو دیده بود که خردی‌تر از بابای او هم در زمینج یافت می‌شود. پس چرا آن‌ها به دیده‌بوسی سلوچ نمی‌آمدند؟ این را حالا داشت می‌فهمید.

سلوچ صبح زود سکه‌های بچه‌ها را می‌داد، یک پیاله چای می‌خورد و لقمه‌ای به دهان می‌گرفت، برمی‌خاست و تسمهٔ کمرش را محکم می‌کرد، گیوه‌هایش را ـ اگر داشت ـ به پا می‌زد، شانه تا می‌کرد و از در بیرون می‌رفت. کجا می‌رفت؟ ابراو رفتن سلوچ را می‌توانست خوب به یاد بیاورد. بعد نوبت نخود ـ کشمش می‌رسید که مرگان بخش و بر می‌کرد. نفری یک کونه مشتی. بعد، کوچه و کوچه‌ها. کوچه و بچه‌ها. زمین از آفتاب بهاره فرش بود.

پلک‌هایش را بست. دیگر نمی‌خواست به پدرش فکر کند. نه این که بخواهد سلوچ را از یاد ببرد. نه! فقط احساس می‌کرد که خیال سلوچ دیگر آن دشت وهم‌انگیز و پرجذبه‌ای نیست که او را در هر لحظهٔ سرگردانی به سوی خود بکشد. صدای قارقار تراکتور، خاطر و خیال ابراو را برهم زده بود. غول توانایی، این روزها مدام خاطر ابراو را شخم می‌زد. تنش خسته بود، اما ذهنش آرام نمی‌گرفت. می‌دانست که فردا، اولین روز کار، می‌باید سرحال و قبراق باشد. پس باید می‌خوابید. اما انگار اختیار خود را از دست داده بود. روی جایش می‌غلتید و پلک و گونه‌هایش را به بالش می‌مالید. فردا تراکتور می‌آمد. سکوت کهنهٔ زمینج،

فردا می‌شکست. ابراو روی رکاب می‌ایستاد و زلف‌هایش را به باد می‌داد. پلک‌هایش را به هم نزدیک می‌کرد و از این که بر صد و بیست اسب سوار شده و می‌تازد، کیف می‌کرد. حقوق، سر ماه به سر ماه. دیگر گدابازی مزد گرفتن کلافه‌اش نمی‌کرد: نیم من جو، ده سیر آرد گندم و هفت قران پول! بابت کاری که می‌کرد، سر ماه چشمش به چهار تا اسکناس درشت می‌افتاد. بگذار هر کاری حسابی و کتابی داشته باشد. آدم بداند دخل و خرجش چیست؟ روی هوا و به امید باد بیابان که نمی‌شود راه رفت!

جوانه‌های غرور از همین حالا در دل ابراو، بال گرفته بودند. به خود جور دیگری نگاه می‌کرد. خرده کاری‌های بی‌ثمر ذله‌اش کرده بود. دلش هوای کار دیگری داشت. کاری پر قوام. کاری که سر و پایانی داشته باشد. و از اقبال خوش، از میان جوان‌های زمینج، ابراو تنها کسی بود که به چنین کاری دست پیدا می‌کرد. میرزا و سالار روی او انگشت گذاشته بودند. ابراو این را شوخی نمی‌شمرد. دیگران هم بودند. همیال‌های او که داشتند آوارهٔ غربت می‌شدند، کدامشان آرزوی چنین کاری را نداشت؟ کاری که بیکاری ندارد!

گفت وگویش بود که بعد از شخم زمین‌های خودشان، تراکتور به اجاره می‌رود. هم در خود زمینج، هم در دهات اطراف. آن وقت بود که تازه کیف ابراو کوک می‌شد. سوار بر تراکتور می‌رفت و همه جا را سیاحت می‌کرد. دخترهای قلعه‌های دامن، شوخ‌تر بودند! اینجور که می‌گفتند، قرار بود میرزا و شریک‌هایش وام کلانی از ادارهٔ کشاورزی بگیرند. بعد از این که زمین به ثبت می‌رسید، آن‌ها قباله را می‌گذاشتند و وامش را می‌گرفتند. برای ابراو از روز هم روشن‌تر بود که میرزا و شریک‌هایش، دم و دستگاهشان بازتر، فراختر می‌شد. لابد یکی دو تا تراکتور دیگر هم می‌خریدند. تا آن روز ابراو برای خودش یک پا شوفر شده بود؛ پشت فرمان یکی از تراکتور می‌نشست و کلاهش را کج می‌گذاشت. می‌توانست زن بگیرد و خانه‌ای روبراه کند؛ و برای هر دختری که کلاهش را باد می‌داد، با سر می‌دوید. تا آن روز ابراو برای خودش مردی شده بود.

ابراو نتوانست عباس را که به خانه پا می‌گذاشت، خوب ببیند. پلک‌هایش سنگین شده بودند. اما به نیم‌نگاهی می‌شد پی برد که چه بر عباس

گذشته است! خسته و خشمگین بود و، فحش به دندان داشت. لحافش را که از هم وا می‌کرد، انگار می‌خواست آن را با دست و دندان جر واجر کند؛ یکی دو بار به نفرت، نفرت را به تف، از زبان بیرون انداخت. بعد، کنار کوزهٔ آب زانو بر زمین زد و دهن کوزه را به دهان چسباند و تا شکمبه‌اش جا داشت، آب خورد. بعد، خودش را روی جا انداخت، دشنامی زیر دندان جوید و به‌خود پیچید. ابراو حس کرد برادرش دارد بالش را گاز می‌زند. دیگر چیزی نفهمید. خوابش برد.

صبح، پیش از آفتاب، مرگان برخاست و هاجر را از خواب بیدار کرد. هاجر کم خواب و خسته برخاست، چشم‌هایش را مالید و روی جایش نشست. سنگین بود و نمی‌توانست خود را نگاه دارد. باز افتاد و کله بر بالش گذاشت. سرش صد من بود. مرگان دست و روی را شست و به اتاق برگشت. ابراو روی جایش میل شد و هراسان به دور وبر خود نگاه کرد. ناگاه از جا جهید و دوید. هوا روشن بود. از در به سوی مادرش برگشت:

ـ تو صدایی نشنیدی؟

ـ چه صدایی؟

ـ صدای تراکتور!

ـ نه.

ابراو کمی آرام گرفت. بیرون رفت و مشتی آب به صورتش زد و برگشت. نیم تا نان برداشت، توی جیب‌هایش فرو کرد و از در بیرون زد. مرگان دست و رو را خشک کرد و بالا سر هاجر رفت:

ـ ورخیز دیگر! حالا نومزادت می‌آید. خوب نیست! اینجوری جلوی او مثل نعش افتاده باشی. وخیز یک قبضه آب به روت بزن؛ وخیز!

هاجر می‌خواست که برخیزد؛ اما خواب صبح بهار، بچه‌هایی به سن و سال او را زیر بال‌های سنگین خود نگاه می‌دارد. مرگان زیر بغل‌های دخترش را گرفت و کشان کشان، او را تا بیرون در برد، لب گودال نشاند و دست و رویش را شست. تازه هاجر کمی هوشیار شد. کنار دیوار نشست و تکیه داد. مرگان روی دخترش را با بال پیراهنش پاک کرد و رفت تا رخت‌های عروسی خود را بیاورد و

به تن هاجر بپوشاند. یک پیراهن چیت سرخ با گل‌های آبی و سفید. یک چارقد ابریشمی ریشه‌دار که جا به جا بید زده‌اش بود. پیراهن چروک شده بود. مرگان پیراهن را به دختر پوشاند. پیراهن عروسی مرگان برای دختر گشاد و بلند بود و روی زمین کشاله می‌خورد. سر شانه‌های پیراهن، روی بازوهای لاغر هاجر پایین افتاده و دست‌های کوچک او، میان آستین‌ها گم‌مانده بودند. جا سینه‌های پیراهن، خالی بود. برای این که هاجر هنوز به سر سینه نرسیده بود. سینه‌های هاجر، خیلی که بگیریم هر کدام به اندازۀ یک جوز بود.

باشد! پیراهن بلند، عیب چندانی نبود.

مرگان سوزن و نخ آورد و یقۀ گشاد پیراهن را کوک زد. حالا باید فکری برای آستین‌ها می‌کرد. راهش این بود که بالای آستین‌ها را، روی بازوها درهم بشکند و بدوزد. همین کار را کرد. دیگر کاری نبود. چرا؛ سنجاقی هم به یقه. گودی استخوانی سینه نباید دیده می‌شد. خوب؛ بد نشد. ای... اما اگر پیش از این به عقلش رسیده و کمرگاه پیراهن را با صبر دل درهم شکانده و کوک زده بود، بهتر می‌شد، اما حالا دیگر دیر شده بود. چارقد را برداشت و روی سر هاجر انداخت. چارقد را وقتی دولا روی سر بیندازی، بیدزدگی‌هایش از چشم گم می‌شوند. خوب. این هم سنجاقی زیر گلو. بگذار ریشه‌های چارقد روی شانه‌ها و تخت شانه بریزند. اینجور مقبول‌تر می‌شود. دو بال چارقد هم باید روی سینه‌ها بیفتند مقراض زلف‌ها، تا نزدیک خم ابرو، باید از زیر چارقد بیرون باشند. هر پارۀ زلف، خم ملایمی باید داشته باشد.

ـ خوبه... خداوند به خوبی و خوشی پیرش کند!

مرگان واگشت. علی گناو در چارچوب در ایستاده بود و لبخند می‌زد. هاجر خود را پشت سر مادر قایم کرد. مرگان گفت:

ـ به پای هم، ان شاءالله!

علی گناو گفت:

ـ ان شاءالله. ان شاءالله. خوب... خوب... پس من هم می‌روم خرم را جل کنم.

تن از در کنار کشید و رفت. نور بار دیگر به اتاق ریخت.

مرگان بازوی دخترش را محکم گرفت و گفت:

ـ دیگر این قدر خودت را ندزد! او دارد به تو محرم می‌شود. بچه شیرـ خوره که نیستی. داری برای خودت یک پا زن می‌شوی دیگر، چه جوری باید این را به کله‌ات فرو کنم؟!

هاجر هیچ نگفت. فقط نوس بالا کشید. مرگان بار دیگر چارقد را به سر هاجر مرتب کرد. بعد دست هاجر را گرفت و به‌سوی در برد و در روشنایی آفتاب چشم به‌روی دخترش دوخت. کوچک؛ صورت هاجر خیلی کوچک بود. به‌اندازهٔ یک نعلبکی چینی. و چشم‌هایش دو و می‌زد. هاجر حالت همیشهٔ خود را گم کرده بود. این را هیچ کس بهتر از مادر هاجر نمی‌توانست بفهمد. اما مرگان نمی‌خواست به روی خود بیاورد. نمی‌باید. به زبان که ابداً!

ـ پنجهٔ ماه! دستهٔ گل. اگر آینهٔ قدی بود و خودت را می‌دیدی، می‌فهمیدی که من چی می‌گویم. تنگ بلور! چشم بد دور. باید برایت اسپند دود کنم. سفید بخت بشوی دخترم. چشم حسود کور! خیلی دلشان بخواهد که در همچین سال و ماهی، دختر به این سن و سال عروس کنند! بگذار بترکند حسودها! بروم یک تا نان در بقچه ببندم.

هاجر، همان جا دم در ماند و مادرش رفت و سر راهش لگدی به لنگ عباس زد:

ـ حالا و دمی‌ست که آفتاب بزند. هوی! نمی‌خواهی سر مرگت را از بالش ورداری؟! شتر را که روی آفتاب به چرا نمی‌برند؛ تو حالا باید در بیابان باشی!

عباس روی جا غلتید و غرید. مرگان به پستو رفت و هاجر شانه به دیوار و نگاه به حیاط داد: حیاط چقدر خالی بود؛ چقدر خالی! انگار هرگز، هیچ چیز، هیچ کس در آن نبوده است؛ روفته!

مرگان از پستو بیرون آمد و نان را میان بقچه بست و به عباس نهیب زد:

ـ با تو بودم، هوی! آفتاب زد. وخیز خودت را از میان او جمع کن دیگر!

عباس سر برداشت و با چشم‌های بسته و چهرهٔ خسته جیغ زد:

ـ چرا این قدر جیغ می‌زنی، جغنه! به تو چه؟ کار من به تو چه؟! اصلاً

ـ نمی‌خواهم برم به شتر!

صدای خش افتادهٔ سردار، پسر عموی علی گناو، از پناه دیوار به خانه ریخت:

ـ آهای... پسر سلوچ... هوی... پس کی می‌خواهی بیایی شترها را ببری؟! ظهر؟! آفتاب یک قد بالا آمده. اینجور شتر چرانی را هم تو داری باب می‌کنی؟! پیش از آفتاب ورآمد، شتر باید روی علف باشد!

همراه صدا، سردار با قدم‌های سنگین و اندام درشت و درهم کوفته‌اش به این سوی دیوار آمد و حیاط را پر کرد. هاجر خود را از دم در در پس کشید. خواب و بیدار، عباس خود را جمع کرد، به هم جهید، لحاف را مچاله کرد و لیفهٔ خالی تنبانش را صاف کرد:

ـ دارم می‌آیم سردار؛ دارم می‌آیم.

شانه‌های پهن سردار، چارچوب در را پر کرد. عباس به پستو دوید و کاردش را برداشت و بیخ پاتاوه زد، آب و نانش را میان توبره گذاشت، چوبدستش را از بیخ دیوار برداشت و سینه به سینهٔ سردار ایستاد. نگاه سیاه سردار، زیر ابروهای پر پشت و خنجریش می‌درخشید. ناس زیر زبانش را، از لای سبیل و ریش سیاهش تف کرد و گفت:

ـ ان شاءالله که شترهای من را سر قمار بای ندهی!

روبرگرداند و رفت. عباس هم در پی او بیرون رفت. هاجر خود را از تاریکی بیرون آورد. مرگان یک بار دیگر دور خودش گشت. بعد، تکه‌ای نان به هاجر داد و گفت:

ـ به دهان بگیر!

دهن هاجر خشک بود.

ـ هر جوری شده بجووش. تا شهر غش می‌کنی.

هاجر تکه نان را به دهان برد.

ـ پا براه شدید؟

صدای علی گناو بود. مرگان جواب داد:

ـ هوم... ما دیگر کاری نداریم.

علی‌گناو افسار خرش را روی دیوار انداخت و خود به دم در آمد. مرگان بقچه را برداشت، زیر بازوی هاجر راگرفت و به سوی در برد. هاجر وقتی پا از در بیرون می‌گذاشت، نفس علی‌گناو را روی گونهٔ خود حس کرد. علی‌گناو بال چادر عروس را با انگشت‌های زبرش گرفت تا بر زمین کشیده نشود. مرگان دختر را به کوچه برد. علی‌گناو افسار خرش را از دیوار برداشت و منتظر عروس ماند. علی‌گناو خرش را قشو کرده و تنها قالیچهٔ بلوچی خانه‌اش را روی پالان پهن کرده بود. مرگان و هاجر کنار چارپا ایستادند. علی‌گناو ران چپش را جلوی پای هاجر رکاب کرد. هاجر مانده بود. مرگان زیر بغل‌های دخترش راگرفت و او را مثل باد بلندکرد. پای هاجر بر ران علی‌گناو جاگرفت و خود را روی پالان کشاند. نرمای قالیچه تنها چیزی بود که او، زودتر از هر چیزی، حسش کرد. هاجر که به جا شد، علی‌گناو افسار خر را به شانه انداخت و براه افتاد.

مرگان به دنبال می‌رفت تا هوای هاجر را داشته باشد. هاجر دو دستی کله‌گی پالان را چسبیده و پاهایش را محکم به دو طرف شکم چار پا جفت کرده بود. دختر زمینج و این جور خر سواری، نوبر بود! آخر وقتی هم که خر سلوچ نمرده بود، باز هم پسرها مهلت این را نمی‌دادند که هاجر سوارش شود.

از دهنهٔ کوچه باریکهٔ علی‌گناو که می‌گذشتند، مرگان بی‌آن که خود بخواهد، به در خانهٔ علی‌گناو نگاه کرد. لت در خانه نیمه‌باز بود و زن علی، رقیه، مثل پیراهنی چرکمرد، لای در ایستاده بود و با چشم‌های مرده‌اش به آن‌ها نگاه می‌کرد. نگاهی که مثل سیم، از مغزاستخوان‌ها می‌گذشت. مرگان نگاه از او دزدید و خود را در پناه خر علی‌گناو قایم کرد. صدای خشک بسته شدن در خانه، برآمد. زنی شاید، پشت لت در، نشسته بود.

علی‌گناو کم تاب بود، دست به جیب برد، مشتش را از کشمش و مغز گردو پر کرد و میان بال پیراهن هاجر ریخت. یک مشت هم به مادر زنش داد. چهار دانه هم به دهان خود انداخت و افسار خر راکشاند.

کنار آبگیر سر حمام، عباس ایستاده بود و داشت بند پاتاوه‌اش را محکم می‌کرد. سردار پسر عموی علی‌گناو هم، آن سوترک پا لب آبگیر گذاشته بود و داشت به عباس سلوچ پند می‌داد:

- آدم قمارباز به یک پول سیاه نمی‌ارزد؛ آدم‌هایی را می‌شناختم که قافلهٔ شتر روی قمار گذاشتند!

عباس بند پاتاوه‌اش را بست، کاردش را بیخ پاتاوه فرو کرد و گفت:

- آنها قافلهٔ شتر داشتند که ببازند، سردار؛ من چی دارم؟!

- تو؟!... تنبان که به پایت داری؛ نداری؟ قمارباز دیده‌ام که کونش را هم گرو گذاشته. حالا دیشب چقدر بای دادی؟!

علی گناو بدش نیامد که سر راه، جلوی پسر عمویش شلار بدهد و جلوه‌ای بفروشد. افسار خر را به سوی سردار کشید و گفت:

- سلام علیکم، پسر عمو!

سردار نگاهی به او، به خرش و به مادر و دختر انداخت و گفت:

- خوب، خوب، داری می‌روی شهر دیگر!

علی گناو گفت:

- کاری چیزی نداری؟

- نه. نه. خیر باشد، به خیر و خوشی.

- خدانگهدار!

علی گناو از کنار عباس و پسر عمویش گذشت. مرگان خود را در پناه دخترش قایم کرد و هاجر چشم‌هایش را یک دم، بست. چه خیالی؟! عباس نگاهش هم نکرد!

علی گناو، خرش، عروس و مادر عروسش که دور شدند، سردار و عباس براه افتادند. سردار پی حرف خود را گرفت:

- ها؛ نگفتی چقدر بای دادی؟

عباس جوابی نداد.

- خوب، چقدر بردی؟

باز هم عباس جوابی نداد. سردار گفت:

- به خیالت بی‌خبرم؟! هه! خیلی خوب، کاری ندارم. فقط مراقب لوک سیاه باش؛ بهارمست شده. کینه‌ایست، ها!

لوک سیاه، دور از بیلهٔ شترهای دیگر سردار که در حیاط فراخ و زیر دالان

یله بودند خسبیده و ایستاده، گردن به تیزی جرز دیوار می‌خاراند. کنار لب‌هایش کف داده و چشم‌هایش ناآرام می‌نمودند. سردار به بال چوخایش ـ که زمستان و تابستان روی شانه می‌انداخت ـ شترها را به سوی دالان و در هی می‌کرد. عباس کنار اتاق بلند در ایستاده بود و با تکان چوبدستش شترها را براه می‌کرد. سردار به دنبال شترها از دالان بیرون آمد، کنار عباس ایستاد و شترهایش را به حظی پنهان ورانداز کرد:

ـ هی برکت بینی مال؛ برکت بینی!

عباس براه افتاد.

ـ بیش از این سفارشت نمی‌کنم، ها؛ پسر سلوچ!

ـ خاطر جمع، سردار!

عباس این گفت و در خم کوچه از نظر افتاد.

سر راه شلوغ بود. جوان‌هایی که داشتند می‌رفتند، کنار بقچه‌ها و توبره‌هایشان نشسته و چشم به راه ماندهٔ همراهان بودند. مادرها و خواهرها هنوز دور و برشان بودند. کسی نمی‌گریست. اما آمیزه‌ای از دلشوره و شوق، نگرانی و تردید، روی چشم و چهره‌ها پرسه می‌زد. چیزی که بازتابش در جوان‌های زمینج، شوخی‌ها و بذله‌گویی‌های بی‌سر و ته بود. می‌گفتند و می‌خندیدند. جیغ می‌کشیدند و فحش می‌دادند. اصطلاحاتی را که گویی برای چنین لحظه‌هایی ساخته شده‌اند، خرج یکدیگر می‌کردند. بعضی‌ها برمی‌آشفتند و این برآشفتگی در موج خنده‌ها و لودگی‌ها گم می‌شد.

علی گناو رفته بود که خرش را ازکنار دیوار به راه بکشاند. اما می‌دید که در میان جمعیت است و حاج سالم و پسرش دست از او برنمی‌دارند. حاج سالم و مسلم شیرینی می‌خواستند. شیرینی عروسی. و علی گناو دستش به جیبش نمی‌رفت. جوان‌ها مستمسک شوخی پیدا کرده بودند. مسلم را به زبان وامی‌داشتند که شیرینیش را از علی گناو بگیرد. مسلم هم پیله کرده بود. مراد قاطی بازی بود. ابراو به کناری، روی بلندی ایستاده بود. ابراو گوش به صدا و چشم به راه داشت.

علی گناو بالاخره دست به جیب برد و خود را رهانید. افسار خرش

راکشید، از میان جمعیت بیرون رفت و همراه دعای خیر حاج سالم، رو به راه شد. حالا نوبت مسافرهای جوان بود که چیزی به رسم سر راهی به حاج سالم و پسرش بدهند. حاج سالم به میان جوان‌ها آمد و دست به دعا برداشت. جوان‌ها خاموش شدند.

شترهای سالار قاطی جوان‌ها شدند و عباس، کنار جمعیت ایستاد. مراد صنم به طرفش رفت. خداحافظی. دست به گردن شدند. یکی دو تای دیگر هم به نزدیک آمدند. حاج سالم بلند بلند دعا می‌کرد. دعای سفر. مادرها و خواهرها، هر کدام کنار فرزند یا برادر خود ایستاده بودند و اشکی پنهان به شیشهٔ چشم داشتند. کسی چیزی نمی‌گفت. حاج سالم دعا می‌کرد. هنوز کسی دست به جیب نبرده بود. مسلم به سوی مراد رفت. مراد کلاهش را از سر برداشت و میان بچه‌ها به پرسه درآمد تا نفری یکی دو قران برای حاج سالم جمع کند:

ـ بدهید بابا؛ نفری یکی دو قران بدهید شرش کنده شود!

قدرت هم رسید. تکمیل شدند. بیست و یک نفر. مراد بنای دشنام را به قدرت گذاشت:

ـ خانهٔ خاله‌ات مگر می‌خواهی بروی تو؟! آفتاب بالا آمده. با همچین بر گیوهٔ بازی می‌خواهی در ولایت غربت کار کنی؟ هه!

قدرت کیسه‌ای را به دوش می‌کشید و پدرش از پی او می‌آمد و آب بینیش را با سر آستین پاک می‌کرد.

ـ آمد! آمد!

ابراو ناگهان نعره زد و خود را به میان راه پراند.

ـ چی آمد؟!

تراکتور! غباری از دور پیدا بود. بعد جثه‌ای نمودار شد. پس، صدایی که همه را به خود واداشت. اما جمعیت باید براه می‌افتاد. توبره و کوله‌ها را بر دوش گرفتند. مادران بار دیگر دست در گردن پسران؛ و خواهران بر کنار. لرزهٔ لب‌ها.

ابراو کلاهش را از سر برداشته بود و برای شوفر تراکتور، از دور باد می‌داد. تراکتور با غرشی پیش آمد. شترها رم برداشتند. عباس با دشنام‌های پی‌درپی بر زبان ـ نثار تراکتور و شوفر ـ چوبدست به دور سر گرداند و رفت تا بیلهٔ پراکندهٔ

شتر را فراهم کند.

تراکتور کنار جمعیت ایستاد و خرمنی خاک از راه برآورد. جمعیت، خود را از درون غبار بیرون کشید. مردها از کنار غبار تراکتور گذشتند و پا به راه شدند؛ زن‌ها سر راه دسته شدند و ایستادند تا رفتن کسانشان را نگاه کنند. بعضی جوان‌ها را هم می‌شد دید که سر برمی‌گردانند و از روی شانه به خواهر و مادر خود نگاه می‌کنند. اما رفتنی‌ها می‌رفتند و نگاه از نگاه دور می‌شد. دور می‌شدند؛ مردها دور شدند و زن‌ها، همچنان ایستاده بودند.

بابای قدرت بر سر سنگی نشسته بود. شوفر تراکتور از زیر چتر کلاهش، نیم‌بر به دخترها نگاه کرد. ابرو به تراکتور پیچید، پایش را روی رکاب محکم کرد. شوفر از سالار عبدالله پرسید. ابرو گفت که باید برویم سر زمین. شوفر، تراکتور را به راه انداخت و عباس از آن سوی راه، به رد غبارآلود تراکتور تف کرد.

هیاهو کم شد. زن‌ها هم پراکنده شدند. تنها بابای قدرت، همچنان بر سر سنگ نشسته و سرش را میان دست‌هایش گرفته بود. عباس پشت کرد و رو به شترها رفت. شترها داشتند به راه همیشه‌شان می‌رفتند. رو به شورزار، سر به بیابان گذاشته بودند. عباس هنوز در پسلهٔ غبار گم بود و سر به خود داشت. همیال‌های او همه داشتند می‌رفتند. همه رفتند. زمینج خلوت می‌شد. تا بودند، عباس چندان با آن‌ها احساس دلبستگی نمی‌کرد. سهل است که دایم با هم در کشمکش بودند. اما حالا که داشتند می‌رفتند، حالا که رفتند، نبودنشان را حس می‌کرد. جاهای خالی! جای خالی یکی یکی‌شان، حفره حفره در خیال عباس داشت باز می‌شد. لانه‌های مورچگان در زمین نرم. حفره، حفره.

پای عباس لانهٔ مورچه‌ای را درهم تپاند. به سر رفت. پیش پایش را نگاه کرد. علف! بیابان باز، با پاره‌های سبز، زیر نرمه نور بهارانهٔ آفتاب صبح. بیابان، پهناور و دور. کویر، دستا دست بیابان. برای رسیدن به کویر، به شورزار، شترها را می‌باید با مراقبت از کنار زمین‌های زیر کشت گذراند. شترها را دسته کرد: هی... هی... بی‌پیر!

گندم‌ها تازه روییده بودند. فرشی سبز. شترها نباید خرابی وارد

می‌کردند. گندم نو روییده، اگر هم به دندان شتر نیاید، کف پای شتر در هم می‌مالاندش. تاوان دارد. اما شترها هنوز از اَذوقهٔ صبح ته‌بندی داشتند. پس به گندم‌زار حریص نبودند. هلپاس نمی‌زدند. آرام و سبک می‌رفتند. همه برهنه بودند. بی‌کپان و بی جهاز. برهنه و یله؛ آزاد. به گمان که این را شتر خوب حس می‌کند. از این‌که درآهنگ رفتنش تغییری حس می‌شود. برهنه و بی‌افسار که‌هست، راه رفتنش آزاد است. می‌تواند پا را سبک بردارد یا سنگین. کشدار یا جنبان. می‌تواند لُکّه برود. دیلاق‌وار. می‌تواند بایستد، سربرگرداند و نگاه کند. نگاه به جایی، جز پیش پیشانیش. می‌تواند دم قُنه کند و شِپّات بیندازد. گردن آزاد و پوزه آزاد است. اما در افسارِ قطار، هنگامی که پوزه به دم جلوی، و دم به پوزهٔ دنبالی دارد، به قالب می‌افتد. باور دارد که به کاری جهاز بر پشتش گذارده‌اند. گرچه بی‌بار باشد، افسار و ساربان به او می‌گویند که: پا به عیار بردار. که میاندار یا جلودار قطارباش. سر افسار بر گردن جلودار، همان دست ساربان است. بیراهه نه! راه. راه! جلودار، راه را می‌شناسد.

اما حال چنین نبود. شترهای سردار، جلوی چوب عباس آزاد بودند. آزاد و بی‌افسار. بی‌کپان و بی جهاز. بی‌زنگ و بی‌درای. یله. بهار بود و بهار بردباری شتر را برهم می‌زند. شتر برمی‌جنبد و اگر هوس کند، می‌تازد. به تاخت در پهنهٔ بیابان دم قنه می‌کند و بلُوق می‌زند. کف بر لب می‌آورد و نگاهش غریزه‌ای وحشی را برمی‌تاباند. مستی بهار، مستی وجود است.

عباس مستی بهار را این چندین روزه در شترهای سردار دیده بود.

لوک سیاه جلو می‌رفت. بیش از میدانی به کویر نمانده بود. خورشید که سه نیزه بالا می‌آمد، شتر در کویر بود. خورشید بالا می‌آمد و با هر گام ته مانده‌ٔ نرمه سوز پگاهی هم می‌رفت. هوا دم‌به‌دم ملایم می‌شد. ملایم و ملایم‌تر. عباس کم‌کم حس می‌کرد که تخت شانه‌اش زیر توبره دارد عرق می‌کند. آفتاب و خاک قرمز. بازتاب رنگ بر پشم کوهان شتر. عباس چوبدستش را در هوا چرخاند و نهیب زد:

هی... هی... لامروت!

لوک سیاه بار دیگر به ارونه پیچیده بود. عباس پیش دوید چوبی بر

گیجگاه لوک کوبید. لوک سیاه گردن ارونه را به دندان گرفته بود. عباس ضربهٔ دوم را فرود آورد. یکی دیگر. لوک گردن ارونه را رها کرد و خیره به عباس نگریست. کف از کناره‌های دهانش می‌ریخت. به‌نهیبی، عباس لوک را پیش راند و نگاه خیرهٔ حیوان را در هم شکاند. لوک سیاه قاطی بیلهٔ شتر براه افتاد. عباس هی می‌کرد.

حالا چند روزی می‌شد که نگاه‌های لوک عوض شده بود. ناآرام می‌نمود. چیزی از نفرت و کینه در خود داشت. عباس این را داشت حس می‌کرد. لوک شترهای دیگر را آرام نمی‌گذاشت. به آن‌ها می‌پیچید. غافلگیرانه کلف می‌گرفت. از ران تا گوش، دندانش را بند می‌کرد. عباس این چند روزه به عذاب بود. دم به دم می‌باید لوک را از شتر دیگری وا می‌کند. به ضرب چوب و هیاهو باید وا می‌کند. گاه ناچار بود چهل چوب بر شانه و پاچه و گیجگاه لوک بکوبد تا حیوان حریف را رها کند. عباس چندان رحیم نبود تا دلش از ضربه‌هایی که به سر و کلهٔ لوک می‌نواخت به رحم آید. او دل به حال خود می‌سوزاند. چون این کار آسانی نبود. از هم وا کردن دو شتر، که یکیش مست و دیوانه بود، خسته و خیناقش می‌کرد. عرق از چهار بندش براه می‌افتاد. در تنهایی کویر از رمق می‌رفت و به جبران خستگی ناچار بود نیم تنگ آب و نیم تا نان زیادی بخورد. از این بود اگر او، شب دو چندان خسته به خانه پا می‌گذاشت و مرده‌وار روی جا می‌افتاد.

با هُرم آفتاب، بیلهٔ شتر پا در کویر گذاشتند. شورزاران دندانگیر شده بود. سبز و پر آب. کویر، مگر در پاره‌هایی، پوشیده از بوته‌های شور بود. شور. تازه‌اش را تنها شتر می‌توانست بخورد و خشکانده‌اش در زمستان به آخور چارپایان دیگر هم ریخته می‌شد. مردها، بهار و تابستان، شورها را پشته می‌کردند، پشته‌ها را با خر و شتر به زمینج می‌بردند و کنار دیوار خانه‌ها، تنگاتنگ، روی هم می‌چیدند. شورها خشک می‌شدند، طعم کم می‌کردند و نم از باران برمی‌داشتند. باب دندان بز و میش. برخی هم، شور را بعد از خشکاندن می‌کوبیدند و دانه‌هایش را به کار رختشویی می‌زدند: اَجوَوَه. اما تا شور در زمین بود، تنها زبان و دندان شتر آن را از ریشه بیرون می‌کشید و با همهٔ شوری می‌جوید. ذخیرهٔ آبی که شتر داشت ـ لابد ـ به او چنین توانی می‌داد که شکم بزرگ خود را از این علف بینبارد.

عباس شترها را به کویر داد و خود توبره از پشت واگرفت و کنار حلقه

چاهی کهنه نشست.

این حلقه چاه، که حالا آبش خشک شده بود، در یادِ عباس یکی از چاه‌های زنجیره‌ای کاریز شوراب بود. کاریز شوراب، پیش از این که بخشکد، آسیاب کهنهٔ کال را می‌چرخاند. شوراب فقط به درد همین کار می‌خورد. چون آب شور، در زمین شور، تنها می‌تواند سنگ آسیاب را بچرخاند. اما آب کاریز شوراب که کم شد، آسیاب کهنه هم از کار افتاد. و پیش از این که آسیاب کهنه از کار بیفتد، سر و کلهٔ آسیاب موتوری در قلعهٔ دهبید پیدا شد و مردم بار خود را به آن آسیاب بردند. این شد که در آسیاب کهنهٔ شوراب بسته شد و شهمیر آسیابان به دهبید کوچ کرد. شهمیر پیر بود. دیگر کاری از او ساخته نبود. کور هم شد. عباس همراه داییش مولا امان پیله‌ور، گه‌گاه او را در کوچه‌های دهبید دیده بود که عصایی به دست، از کنار دیوار می‌رود و قصه‌های قدیمی را به شعر می‌خواند و دیده بود که اگر زن‌های دهبید حال و حوصله‌ای می‌داشتند، شهمیر را به خانه می‌بردند تا قصه‌های قدیمی را به شعر برایشان بخواند.

حالا آسیاب کهنهٔ شهمیر، آن دورها، پایین پای چاه‌های زنجیره‌ای کاریز خشکیدهٔ شوراب افتاده بود. بی‌بار و خراب و خشک. آسیاب تا کمرگاه در خاک و رمل فرو رفته بود. لانهٔ مار و مور.

عباس سر خوند در تُتَنگلی را برداشت. دهن تنگلی را به دهن انداخت و به جرعه‌ای خشکیِ زبان و گلو را گرفت. پس تنگلی را در توبره جا داد، سر بر توبره گذاشت و دراز کشید. چهره در چهرهٔ خورشید، مژه‌ها را هم آورد. پلک‌ها، پوشش چشم. شترچرانی، همیشنش خوب بود. بیلهٔ شتر را به کویر رها می‌کردی و خود یله می‌دادی. خواب می‌آمد یا نمی‌آمد. توفیری نمی‌کرد. تا نماز شام بیش از چند بار مجبور نبودی برخیزی و شترهای پراکنده شده را فراهم آوری. شتر برای خود می‌چرید و شتربان برای خود. آن که دستی به کار داشت، در کنار چریدن شتر، پشته‌ای شور یا خار جمع می‌کرد و غروب با خود به خانه می‌برد؛ اما آن که چون عباس بود، روز را به شب می‌رساند و در روشنایی روز شترها را از گوشه و کنارکویر جمع می‌کرد و رو به زمینج براه می‌انداخت. شب، دورهٔ جوانسال‌ها، کنار دیواری در مهتاب؛ یا در پستوی صنم، چشم به راه عباس بود:

هی... هی!
اما کو؟ جوانسال‌ها، جوانان، همیمال‌های عباس، کجا رفتند؟
از لای پلک‌های بسته‌اش، عباس می‌دید که هم سر و پاهای او می‌روند. رفته‌اند؛ چه زود! پلک‌ها را بست. باید فراموششان می‌کرد. فراموش! عباس مرد آن نبود که اندوه بیهوده به دل راه دهد. گرگبچه نمی‌تواند دل به غم بدهد. او مدام در بیم سیر شدن است و در کمین دریدن: غم را بگذار از کلهٔ خواجه هم برود آن طرف‌تر!

این به جای خود؛ اما عباس را یک چیزی ناآرام می‌کرد: این رفتن‌ها، این آمدن‌ها! بو می‌کشید که چیزی باید برهم خورده باشد. که چیزهایی باید جا به جا شده باشند. اما چی وچه چیزهایی؟ او نمی‌توانست بشناسدشان. در عین حال نمی‌توانست با چشم‌های بسته از کنار آسیاب کور شوراب بگذرد. نمی‌توانست چشم‌هایش را به پایان روزگار شهمیر آسیابان ببندد. این آسیاب شوراب که حال بدل به خانهٔ هول شده، روزهایی نه چندان دور، جای گرمی بود. مردمی که جو و گندم به آسیاب می‌آوردند، زمستان‌ها کنار تنور زمینی آن حلقه می‌زدند و تا بارشان آرد شود، از این در و آن در می‌گفتند. حتی قصه می‌گفتند. عباس، همراه پدرش سلوچ بارها به آسیاب شوراب بارآورده بودند. عباس سوار بر خرشان که هنوز نمرده بود، کیسهٔ جو را جلوی زانوهایش جا می‌داد و میخ طویله را در کلگی جُل فرو می‌برد؛ و سلوچ پیاده از دنبال لخ می‌کشید. سلوچ همیشه صبح زود را به آسیاب می‌آورد. این بود که عباس از راه شوراب، بیش از هرچه، چرت زدن‌های خود را به یاد داشت و خواب در کنار تنور زمینی را، در نالهٔ سنگین سنگ.

اما حالا... آسیاب موتوری دهبید هر چه بار را، از اطراف به خود می‌بلعد و تا کلاهت را بچرخانی آرد می‌کند و تحویلت می‌دهد. و شهمیر پیر که دیگر چشم‌هایش جایی را نمی‌بیند، همهٔ هوش و حواسش را به یاد قصه‌های قدیمی داده است. عصا می‌زند و به خود فشار می‌آورد تا هر چه را شنیده و دیده به یاد بیاورد و برای دیگران نقل کند.

می‌شود که جوان‌های زمینج، همیمال‌های عباس، دیگر هرگز به زمینج برنگردند؟!

عباس ناگهان تکانده شد. اگر نمی‌آمدند؟ شاید هم بعضی‌ها هرگز نیایند. چون گفت وگویی هست که وقتی شریک‌ها موتور مکینه‌شان را به کار بیندازند، آب کاریز باز هم کمتر خواهد شد. می‌گویند که موتور، آب‌های زیر زمین‌های اطراف را می‌مکد. این‌ها، به گمان عباس، چیزهایی بودند! چیزهایی دارد روی می‌دهد. گفت وگوی پسته‌کاری؛ پسته! خوب، این اسم البته که چندان آشنا نیست. پسته، عباس هرگز نخورده بود. اما شنیده بود که پسته چیزی است شبیه دانهٔ زردآلو. زردآلو را هم عباس در کوهپایه دیده بود. آن هم وقتی که همراه دایی‌اش برای معامله می‌رفته بود. چون در زمینج، آن چه از زمین به دست می‌آمد جو بود و گندم بود، و پنبه و زیره. از میوه‌ها هم خربوزه و هندوانه و جا به جا و گاه به گاه، گوجه‌فرنگی.

عباس شنیده بود که مکینه تا نافگاه زمین فرو می‌رود و آب را بالا می‌کشد. میرزا و سالار، حالا چند نفری را گذاشته بودند چاه بکنند. عباس اگر یک بار به یاد پدرش افتاده باشد، همین بار بود: چاه‌کن! فکر کرد اگر می‌بود سر-استاد چاه‌کنی مکینه می‌شد. دیگر از ده‌بید چاه‌کن نمی‌آوردند. خبرش بود که تازگی‌ها چندتایی خرده مالک دیگر هم جرأت یافته و در مکینه شریک شده‌اند. هر کدام، یکی دو ساعت. اما بیشتری‌ها نه تنها شریک نشده بودند، بلکه نارضایی خود را هم از زمزمه به صدا کشانده بودند. حرفشان این بود که مکینه کاریز را می‌خشکاند. و کاریز که بخشکد زمین‌های آن‌ها به صنار هم نمی‌ارزد. می‌گفتند: «معنایش این‌ست که وقتی مکینه می‌آید، ما کوله‌بارمان را برداریم و از این ولایت برویم!»

اما دور از همهٔ این گفت وگوها و غرولندها، همین روزها بود که سالار عبدالله و شریک‌هایش مکینه را از زمینج به شهر بیاورند. خود میرزا میان مردم شایع کرده بود که به پایتخت رفته و همهٔ کارهایش را تمام کرده است و دیگر هیچ مانعی بر سر راه نیست. تراکتور هم که امروز به سر زمین‌های پدری میرزا و آقاملک رفت برای هموار کردن زمین. زمینی که تا امروز دیم بوده و برای آب باران زاله‌بندی شده بوده، لابد امروزه باید جور دیگری آبگیر بشود: «اما این ابرو جولیک هم خوب خودش را به رکاب تراکتور چسباند، ها!

چهار صباح دیگر، شاید اسم برادرش، من را هم از یاد ببرد!»

عباس در باطن خود، احساس خوبی به ابراو نداشت. احساس همراهی واپس مانده؛ مثل چیزی که ابراو او را جاگذاشته و رفته باشد! پس کینه‌ای گنگ و غبارگرفته، دل عباس را می‌شوراند. چیزی که او را به‌دندان قروچه وامی‌داشت:

«مادرسگ! مثل سگ تازی که زیر رکاب صاحبش پوزه می‌چرخاند، خودش را جاکرد. حالا ببینیم. حالا ببینیم!»

بی‌خوابیِ شبِ پیش عباس را از پای درآورد. تنش زیر آفتاب کرخ شد و پلک‌هایش، ماله‌هایی بر خاک نرم، خفتند. آرامیِ کویر و بیابان، بال بر پلک‌های سنگین او انداخت. خواب، بردش . و آندم، آغشته به عرق الفچ تن، سر از روی توبره‌اش برداشت و چشم گشود که نعره‌های ارونهٔ پیر بیابان را پر کرده بود. لوک مست باز در ارونه پیچیده بود. ارونه را به زانو درآورده و درست زیر خرخرهٔ حیوان را به دندان گرفته بود. نعره‌های شتر پیر چند شاخه شده بود؛ خش‌دار. پنداری شیون می‌کرد. مثل پیرزنی شیون می‌کرد. سر به این سوی و آن سوی، سر برزمین می‌مالاند، می‌کوباند. به‌زاری غُر می‌کشید، اما لوک مست‌دندان از خرخرهٔ او وانمی‌گرفت. خیال نابودی ارونه راگویی در سر داشت. شتربان ـ هر که بود ـ باید از جا می‌جنبید. ارونهٔ سردار اگر نفله می‌شد، تاوانش پای او بود. عباس البته چیزی نداشت تا به تاوان بپردازد، اما این برایش یادگاری می‌شدکه دیگر کسی به او کار وانگذارد: آخر، آدم همراه شتر کرده‌اند. تو را آدم دانسته‌اند؛ مرد!

عباس دست به چوب برد و خیز برداشت. خود را به شترها رساند. گردن‌های شترها در هم تاب خورده بود. ارونهٔ پیر دیگر داشت از نا و نفس می‌افتاد. عباس لوک سیاه را چوبگردان کرد. چوب را بالا می‌برد و فرو می‌آورد. به ضرب، دو دستی. باکش نه که چوب بر کجای کلّهٔ لوک فرود آید. بیشتر سر و پوز، پیشانی وگردن لوک را زیر ضربه گرفته‌بود. می‌کوفت و به هرکوبش، خشمش فزونی می‌گرفت. می‌کوفت و دشنام می‌داد. به‌لوک و به صاحب لوک دشنام می‌داد. به خود و به زمین و به آسمان دشنام می‌داد.

در دلسنگ‌ترین آدم‌ها، آن دم که در نهایت خشم حیوانی زبان بسته را زیر ضربه می‌گیرد، حسی دلسوزانه وجودی نهفته دارد. اما یک ناگریزی آنی مانع آن

می‌شود که دست از کردار وحشیانهٔ خود بکشد. چه بسا دهقانان و ساربانان و چارپاداران به دنبال آن که خشم دل را در ضربه‌های زنجیر، چوبدست و گاه بیل و چارشاخ بر پیکر حیوان فرو ریختند، با حیوان به گفت‌وگو درمی‌آیند. به حیوان دشنام می‌دهند و با او حرف می‌زنند. برهان می‌آورند و می‌کوشند به خر، شتر یا گاو بفهمانند که سبب خشم و دیوانگی او شده‌اند:

«آخر تو چه‌ات می‌شود حیوان!»

اما حالا، ستیز نابرابر لوک مست با ارونهٔ پیر راه را بر دلسوزی عباس بسته بود. عباس فکر می‌کرد لوک مست باید براه بیاید. این بود که بی‌پروا، چوبدست عباس بر شقیقه و پیشانی لوک مست می‌بارید. باران تگرگ بر سنگ سیاه. سرانجام سنگ به صدا درآمد: لوک سیاه کلف از خرخرهٔ ارونه واگرفت، به خشم نعره کشید و در عباس خیره شد. ارونهٔ پیر خود را روی زانوها به کنار کشاند و گردن روی خاک خواباند. حالا عباس می‌باید لوک مست را از دور ارونه بتاراند. اما نگاه دیوانه‌وار لوک، عباس را بر جا نگاه داشته بود. خشکانده بود. لوک کف بر لب داشت و چشم‌هایش را، دو میخ، در چشم‌های عباس فرو کوبانده بود.

هراس! عباس را هراس فرا گرفت: اما کوتاه نباید آمد. به حیوان میدان نباید داد. افسون نباید شد. مغلوبت می‌کند. بر تو می‌خسبد. می‌مالاندت. به هوش باش!

عباس چوبش را تکان داد. باز هم. لوک سیاه می‌بایست سرش را فرو می‌انداخت و می‌رفت. این چیزی بود که عباس انتظارش را می‌کشید. اما لوک نرفت. رو به او آمد. آمدنش نرم نبود. ملتهب می‌آمد. عباس، واپس رفت. واپس‌تر. تنها کاری که می‌توانست بکند. شنیده بود که نباید به شتر مست، پشت کرد. این پند اما در کویر به کار نمی‌آمد. در دم بر خاطرش گذشت که مرحوم یارقلی چرا یک دست شده بود. در راه دامغان به ری، شتری مست بر او خشم گرفته و دستش را از بیخ برکنده بود. میان رباط دامغان. چیزی نمانده بود که زیر سینهٔ شتر کف مال شود، اما پیش از آن که استخوان‌هایش چون نان کاک نرم شوند ساربان‌ها ریخته و از لای دست‌های شتر بیرونش کشیده بودند.

اما حالا؟ ساربانان کجا بودند حالا؟ جای خالی ساربانان را مرگ داشت پر می‌کرد. این مرگ بود که در هیئت لوک سیاه سردار، با گام‌های بلند رو به عباس می‌آمد. دیگر نمی‌شد که رو به شتر داشت و واپس رفت. دیگر نمی‌شد که به شتر پشت نکرد. نمی‌شد هم پشت کرد. نمی‌شد. نمی‌شد. کاری باید. جنگ! و اگشت و به جنگ پرداخت. رو در رو. چوب‌گردان. لوک مست گردن تابانده، سر برگردانده و نعره کشید. عباس خیز گرفت. جنگ و گریز. لوک سر به دنبال جوان گذاشت. کینهٔ شتر! عباس در تعریف کینهٔ شتر، چیزها از زبان پیران شنیده بود. شتر دیر کینه به دل می‌گیرد؛ اما مباد که کینه به دل بگیرد! خاموش کردن آن دریای آتش، آسان نیست. تا نسوزاند، فرو نمی‌نشیند. طغیان خشم. کینه، تندری که پیاپی از خود خنجرها می‌رویاند. تنها کویر مگر فراخور این تندر باشد. مرد تنها، گمان مدار! گریز. تنها گریز مگر روزنی به رهایی بجوید. تن تسمه و پای چالاک می‌طلبد. آهوان را به یاد بیاور، عباس! دویدن و دویدن. چندان که چله باد را بتوانی پشت سر بگذاری. پیشاپیش تنورهٔ باد باید بتازی. چابک و سبک. چراکه تاخت شتر، چالاکی چله باد دارد. جز این، مرگ است آنچه پنجه در شانه‌ات می‌اندازد. اینک تویی که در سایهٔ مرگ می‌تازی. ای کاش چهار پا می‌داشتی!

آسیاب ویرانه را آرزو کرد عباس. آسیاب شهمیر پیر. شوراب.

پوزهٔ لوک مست روی شانه‌های عباس بود و سایهٔ هولناک حیوان پیشاپیش پاها، سینهٔ هموار کویر را در می‌نوردید. عطشنا! بخار نفس لوک، دَم افعی بود که بر پوست گردن پسر سلوچ دمیده می‌شد. داغ‌تر از تفت باد همهٔ کویرها. دوش‌هایش از پشنگیدن کف دهان لوک، نم برمی‌داشت. اما عرق تن، مجال آن نمی‌داد تا عباس رطوبت کفاب را بر شانه‌ها و پس گردن خود احساس کند. دیگر دمی به نبودن مانده بود. دمی به مرگ. اما مرگ، هنگامی که به تو نزدیک می‌شود، تن برتن تو مماس می‌کند، احساسش نمی‌کنی. و آن لحظه‌ای است که خنثایی دست می‌دهد. مرز دفع دو نیرو. حس رخوتی که از حد تلاش ناشی می‌شود. آستانهٔ مرگ است آنچه هولناک می‌نماید؛ نه مرکز مرگ. و عباس در مرکز مرگ بود و فزونی هول او را به حد تلاش کشانده بود. پس کرختش کرده بود. پس آن ترس که غالباً آدم را به تسلیم می‌کشاند، از جان عباس رمیده بود. فرصت اندیشیدن،

اندیشیدنی که در آستانهٔ مرگ تو را به تسلیم دعوت می‌کند، برای پسر مرگان نمانده بود. این بود که فکرش هم برخاطر عباس نمی‌گذشت. فکر هم انگار مهلتی و میدانی می‌خواهد! فقط، باید می‌دوید. دویدن. همانچه که تن و روح، یکپارچه آن را پذیرفته‌اند و هر چه نیروی ذخیرهٔ خود را در عصب و استخوان پاها جاری کرده‌اند. پاها او را می‌بردند. باد! کویر خالی و بی‌مرد؛ کویر پر آفتاب. هول! خس و خاشاک. سایه‌های پیچان و رمان. راه و روش مرگ، در دام شتر. چه نابرابر! شتر مست اول کلف در تکه‌ای از تن مرد می‌انداخت و در دم شپات می‌زد. مرد در می‌افتاد. شاید سمج می‌خواست بپا خیزد، تلاشی به امید؛ به ناچیزترین امید ممکن. اما، گریز ممکن نبود. امید محال! شتر، روی مرد می‌خسبید و او را به زیر سینه‌می‌کشاند. به زیر برآمدگی پینه‌بستهٔ سینه. بعدمی‌مالاندش. چندان می‌مالاند تا مرد در صدای شکستن استخوان‌ها، در فریاد خود، در درد لهیدهٔ اندام‌ها و در بافت عربدهٔ شتر مست، می‌مرد.

این، همانچه بود که عباس می‌رفت تا بدان دچار شود. همانچه بود که همین دم بدان دچار می‌شد. بدان دچار بود. وای! کلف شتر در شانهٔ عباس گرفت. تن به دفاع فرو لغزاند پسر مرگان. پیراهن و جلیقه‌اش به دندان لوک ماند. بیرق مرگ! عباس ته مانده‌ی رمق خود را به زانوهایش داد. اما دیگر دیر شده بود. لوک مست بر او خیمه داشت. این بار کلهٔ عباس را به کلف گرفت. جیغ بدوی آدمیزاد در بیابان پیچید. شتر رفت تا شتربان را از نعل خاک برکند و بر زمین بکوبد که ـ خوشا ـ سر عباس از منگنهٔ دندان‌های لوک بدر خزید و جوان به زانو درآمد. اینک شپات لوک بر تن عباس. عباس، مارگونه، تن بر خاک غلتاند. شتر زانو در زمین کوفت تا مگر شتربان را به زیر کلف بگیرد. این، دیگر نباید! پسر مرگان قد بر زانو راست کرد و به تندی تندر، در دم کارد از بیخ پاتاوه بدر کشید. راهی جز این نبود. شاید پایان جدال! اما، کشتن شتر مست کار هر مرد نیست. کار یک مرد، هر مرد که باشد، نیست! پیر اشتران پروار را هم، هنگام کشتار، مهار می‌کنند و دست کم شش مرد کاری، شش بند ریسمان را به دور دست‌ها و کمر می‌پیچند و هفتمی کارد را در سینهٔ حیوان، روی شاهرگ، فرو می‌نشاند. این خود، پایان کار نیست، جنون شتر را چه دیده‌ای؟ بسا که حیوان، از پس کاردی

شدن، به جنون درد مهار بگسلد و مردانی را نفله کند! پس چگونه امید می‌رفت که تنها و یک تنه، پسر مرگان، بی‌یار و بی‌مهار شتری مست را کاردی کند؟! آن هم چنان که در جا بخسبد؟ نه مگر که شتر جنون می‌گرفت؟ که لوک سیاه سردار، حال هم یک پارچه جنون بود؟

عباس این را می‌دانست که کارد می‌باید درست در بیخ خرخره، در جناق سینهٔ شتر بنشیند. بی‌پرهیز و بی‌پروا، تا بیخ دسته. اما این هنگامی‌ست که شتر در مهار تو باشد، نه تو در مهار شتر. پس این جدال بود، نه کشتن پروار. قانون و قرار از میانه رمیده و آشوب و آشفتگی در میان آمده بود. پس پسر مرگان عرق نشسته به چشم و صدای آفتاب در سر، بی هیچ امید و یقینی تنها کارد می‌انداخت. کارد در چشم و پوز و گردن و سینه. برق تیغهٔ کارد در آفتاب سرخ. آستین و شانه و رخ خونین بود. پوز و پیشانی و پلک، خونین. پشنگا پشنگ خون در غبار آفتاب. پاره پارهٔ کویر، پاره پارهٔ سراب، جام‌های سرخ آینه. آفتاب و خاک و شورزار، ارغوانی و بنفش و زرد بود. رنگ‌ها به هم درآمده، ز هم گریخته، گسیخته. این زمین و آسمان، مگر نه سرخ بوده است پیش از این؟ تفت باد، تفت باد می‌دمد. باد، هر چه باد! کار یکسره، جدال یکسره. باد هر چه باد! زیر گردن شتر. شاهرگ. جای جا. ضربه‌ای بجا. درست، در جناق سینهٔ شتر.

کارد را بدر کشید. خون. جوی خون. بدتر، این. این هزاربار خشم لوک تند کرد. جان به جان گرفت. دفع جان به جان. حال اگر که مرگ آمده، پیش پای او چرا، دست بسته باید ایستاد؟ پس چرا، پیش پای او دست بسته سر خماند؟ شاید اینکه جوی خون، لوک مست را به هم درشکند، ز پا درآورد؟

شاید! اما، اما. . .پندار واهی!

لوک مست به شپاتی عباس را به کنار پراند و گیج خشم بر خود چرخید و کف و خون بر لب، بر او هجوم برد. این بار هم پسر سلوچ خود را فراهم آورد. اما دیگر توانی در زانوهای خود نداشت. آخرین راه، چاه. آخرین چاره، چاه. حلقه چاهی خشک. حلقه چاهی خشک از کاریز شوراب. تن به سوی چاه کشاند، خیزاند. خستگی و کوفتگی و درد تن، بی‌امیدی و ناتوانی، این حال و

حس را به او داده بود که: این و آنی‌ست جان از تنش بدر رود. لوک، پنداری افعی‌ای، خود را جمع کرد. این آخرین جرعهٔ مرگ بود که می‌باید در کام پسر مرگان ریخته شود. مرگ کامل. لوک مست تن به سوی او و جهاند. چاه! پیش از آن که زیر دست و پای لوک له شود، عباس تن به چاه داد. خود را به چاه انداخت.

چند کبوتر چاهی پر زدند و عباس احساس کرد چیزی از کله‌اش غیژ کشید و کوچ کرد. آه...

کی به هوش آمد عباس؟ به هوش که آمد، کی بود؟

شب!

چه هنگام از شب؟

عباس نمی‌توانست بداند! بالای سر، میدان تنگی از آسمان را می‌توانست ببیند. میدانی تنگ و مدور، با ستاره‌های سفید کویر. پاره‌ای از هفت برادران: دب اکبر. چه تند، چه تندتر می‌درخشیدند! لله می‌زدند. پنداری تشنه بودند. زبان عباس، خشک شده بود. دهان و کام و گلوی عباس، خشک شده بود. عباس زبان خشک خود را، پاره کلوخی انگار، روی لب‌ها کشید. اما رطوبتی نه! لب‌های عباس، خشک شده بود. ستاره‌ها چه لله می‌زدند؛ عطشنا!

عباس تکانی به تن داد. تمام تنش، یک پارچه نالید. درد یک جایی نبود. ثقل درد، در تمام تن. دستش همچنان دستهٔ کارد را چسبیده بود. محکم! بهوش و بیهوش، غریزهٔ دفاع، کارد را در قبضهٔ پسر سلوچ نگاه داشته بود. دست را نرم از روی خاک پودهٔ چاه بالا آورد. در تاریکی گور، چیزی دیده نمی‌شد. اما احساس کرد چیزی روی دست‌هایش ماسیده، خشکیده است. دست به نزدیک بینی برد و بوکشید. بوی خون. بوی خون شتر. بوی خون خودش. کجاهایش باید زخمی شده باشد؟ تکه‌ای از سر شانه‌اش باید کنده شده باشد! ساق پایش را لمس کرد. تکه‌ای از گوشت گردهٔ پاکنده شده بود. جای دیگر؟ جاهای دیگر؟ نه! دیگر چیزی به یاد نمی‌آورد. درد، فقط درد. جای شپات‌های شتر، جای کوبیده شدن‌ها بر خس و خاک؛ گرده‌گاه و پشت و شانه و کمر. پا و سر. درد. درد در تمام تن. کوفتن. کوفتن. بر زمین، زیر دست و گردن شتر غلتیدن. تلاش. آن تلاش بی‌امان جان و تن. نه! به شوخی نمی‌توان گرفت. ضربه. ضربه. عضلات درهم‌کوبیده شده بودند

و دنده‌های بدر جستهٔ پسر سلوچ داشتند از هم واکنده می‌شدند. احساس می‌کرد تکان نمی‌تواند به خود بدهد.

چاه؟! تازه، گویی احساسش می‌کرد. عجب تنگنایی! سه قد و نیم ـ چهار قد، چاه بود. گذشته از این، چاه پوده بود. حتی اگر دست و پای سالم می‌داشتی، پایت در پاگیره گیر نمی‌کرد تا تو بتوانی خود را بالا بکشانی. همین‌گونه که او نشسته بود و همین‌دم، صدای نرم ریزش خاک پوده را از جدار چاه بر پشت گوش‌ها و بیخ گردن خود احساس می‌کرد. زیر نشیمنگاهش هم خاک نرم بود فرو ریخته از دیواره‌های پودهٔ چاه. هم، اندکی بوی نا.

صدا صدای کف شتر! صدای نفس شتر. صدای غُر ناله‌های شتر. لوک مست سردار، خسته و زخمی، گرد حلقه چاه می‌گشت و خشمناله می‌کرد. عر می‌کشید و کف بر خاک می‌کوبید. خاک و کلوخی که زیر دست کوبیدن‌های لوک نرم می‌شد، از شیب حلقهٔ چاه بر سر و شانهٔ عباس واریز می‌کرد. این شتر، خون می‌خواست. ناکام مانده بود. پس، می‌ماند. نُه روز و نُه شب می‌توانست بی‌آب و علف برجا بماند و پسر سلوچ را در ته چاه نگاه بدارد تا تشنگی و گرسنگی هلاکش کند. شتر می‌توانست نُه شب و روزی آب و علف سرکند؛ اما عباس چی؟ او، بی‌گمان، تا مرز هلاکت چندین روز مهلت نداشت! عباس همین دم محتاج جرعه‌ای آب بود. همین قدر که بتواند لب‌هایش را تر کند. در تلاشی که داشته بود، زیر آفتاب مکنده، آب تنش ته کشیده بود. خشکیده بود. حالا، این زبان نبود که او به دهان داشت؛ خشت پخته‌ای بود در تفتای کوره‌ای. جرعه آبی کاش!

عباس به بالا نگاه کرد. گردن لوک سیاه، دیواره‌های حایل بود میان نگاه عباس و ستارگان. تابوت چار برادر را از کمر به دو نیم کرده بود. چکه چکه خون از گردن شتر هنوز می‌چکید؛ چکه، چکه خون، بر موی و کاکل به خاک آلودهٔ پسر مرگان. نه! این شتر، خون می‌خواهد. قرار ندارد. قرار نخواهد گرفت، مگر که خون پسر مرگان را تاوان بگیرد. تنها یک امید کور باقی بود. این که بیلهٔ شتر سردار، آموختهٔ سفرهٔ کاه و پنبه دانه، به زمینج کش کرده باشند و سردار، به رد و پی لوک سیاه، از قلعه بدر آمده باشد و همراه سردار، مرگان و ابراو به پی رد عباس فانوس به دست گرفته و از زمینج بدر آمده باشند! اگر شتر به زمینج رفته باشد،

زخم خرخرهٔ ارونه هم می‌تواند نشانه‌ای باشد از آنچه امروز روی داده بوده است. چراکه سردار خود می‌دانست و گفته بود هم که لوک سیاه، بهار مست شده است. نشانهٔ اینکه نه لوک به زمینج برگشته بود و نه پسر مرگان.

اما چه معلوم که بیلهٔ شتر رو به زمینج رفته باشد؟

گیرم نرفته باشد. این خود بهتر! این سردار را وامی‌دارد که زودتر پاشنه‌های گیوه‌اش را ور کشد، چوبدستی و فانوسی به دست بگیرد، همراهانی خبر کند و همراه جماعتی در کویر به راه بیفتد. تنها امید همین بود و بعد از این دهنهٔ چاه که روزنه‌ای بود تا بتوان آسمان را دید، و هوا را که به دشواری تا ته چاه می‌رسید تنفس کرد. اما این ستاره‌ها چه لعله می‌زدند!

چکه‌ای خون گرم روی صورت عباس افتاد. عباس دیگر ستاره ندید. لوک، سرانجام آزرده و خشمگین، کنار چاه زانو زد؛ سر و نیمی از گردنش را در چاه فرو کرد و عُر کشید. چکه‌ای دیگر بر لب عباس افتاد. عباس لب و زبان به خون شتر تر کرد. نه! کارد، کاری نبوده است. کارد اگر کاری نشسته بود، می‌بایست تا حال لوک از رمق افتاده باشد. اما چنین نبود. لوک روی زانوهایش پیشتر خزید، چندان که سینه و نیمی از شکمش دهانهٔ چاه را پوشاند و آرام گرفت. این هراس انگیزتر! تنها یک ستاره را عباس می‌توانست از کنار گردن شتر، در آسمان ببیند. نه! بر پسر سلوچ یقین شد که لوک دیگر برنخواهد خاست. قطع امید. یقین که شتر، چندان بر سر چاه خسبیده خواهد ماند تا عباس بمیرد. جرعه آبی کاش؛ جرعه آبی!

خش‌خشی نرم، عباس را واداشت تا دمی از چشم مرگ، از لوک سیاه، خیال بگرداند.

خشاخش! صدایی خفیف‌تر از خرناسه. شبیه نفیر: گُررررر. گُرررررر. شب و چاه. سیاهی چند چندان. کجا می‌توان جمنده‌ای را اگر باشد ـ که هست ـ دید؟ نگاه عقاب می‌خواهد. نه؛ چشم خفاش!

«گُرررر... گُرررررر...»

این دیگر صدای کدام جنبده می‌تواند باشد؟! پسر مرگان چشم‌ها را تیز کرد. همهٔ جان را در نگاه‌هایش چکاند. پرنده‌ای پرید، بال بر دیوارهٔ چاه کوفت،

پاره‌ای خاک پوده فرو ریخت و باز، خاموشی. و باز، صدا:

«کررررر... کررررر...»

پیراهن ترس، از گنگی پیرامون. ترس تردید. تردیدهای ناشناختن. اگر بدانی که چیست، که چه چیز دارد جانت را می‌گیرد؛ دست کم از همین‌که می‌دانی، که وسیلهٔ مرگ خود را می‌شناسی، دست به گونه‌ای دفاع می‌زنی. شاید تن به تسلیم بدهی. شاید هم چاره‌ای جز آرام گرفتن نجویی. شاید غش کنی و پیش از مرگ بمیری! دیگر دلت به هزار راه پر وهم نیست. دیگر هزار جلوهٔ پریشانی نیشت نمی‌زند. اگر وسیلهٔ مرگ را بشناسی پریشان هستی؛ اما این پریشانی تو یکجایی‌ست. و آنچه تو را می‌کشد، این پریشانی نیست، خود مرگ است. آن جلوه مرگی که عباس در برابر یورش لوک مست دچارش بود، جزء جدانشدنی‌اش دفاع و حمله و گریز و ضربه بود. پریشانی در بافت لحظه‌ها بود. حتی ـ شاید بتوان گفت ـ مرگ پیش رو پریشانی را از میانه رانده بود. چیز گنگی در میان نبود تا عذاب را صد چندان کند. یورش لوک مست، چشم روشن عذاب بود. اما حال، این پریشانی تار و پود تاریک عذاب بود. آدم درد را از یاد می‌برد، اما خطر نزول درد را هرگز. روح بال بال می‌زند. کبوتری گرفتار چاه دهن بسته. پریشان است. پر و بال بر دیوار می‌کوبد. دلهره. موج موج دلهره. چیزی در ذات پیدا و ناپیدای وجودت پخش می‌شود، پخش می‌شود. مداوم و مداوم. دمی درنگ ندارد. دمی تو را وانمی‌گذارد. زبانه‌های زهریِ ترس. جانت ذره ذره آب می‌شود. تو پوش شدن خود را ـ حتی ـ لمس می‌کنی. تو از درون داری تهی می‌شوی. جدارهای پودهٔ وجود تو، همین دم است که درهم بتپند. این آرزوی محال، ای مرگ نابهنگام؛ پس تو از برای کدام دم به کار می‌آیی؟ این چاه، چرا درهم فرو نمی‌تپد؟!

خشاخش! خشاخش!

نقطه‌هایی ریز و روشن. چیزهایی به رنگ کرم شبتاب. پایین‌تر لایهٔ جدار چاه. در سوراخ؛ نه! در فرو رفتگی بدنه. خوب بنگر! نفیر، از همان نقطه‌هاست که دمیده می‌شود. نقطه‌های ریز و روشن. گم می‌شوند و پیدا می‌شوند. گم و پیدا. درهم می‌شوند و نمودار می‌شوند. نفیر بریده می‌شود و از سر گرفته

می‌شود. چیزی انگار می‌جنبد. چیزهایی انگار می‌جنبند. این نگاه هزاران ساله‌ایست که در چشم‌های عباس فراهم آمده. هرگز، هیچ انسانی به حالت عادی، در چنان سیاهی غریبی نمی‌تواند چیزی ببیند. اما در چاه جان عباس اگر جای داشته باشی، حس می‌کنی که عصارهٔ نگاه همهٔ آدمیانِ همهٔ اعصار زمین در تو فراهم آمده‌اند تا تو بتوانی پیش چشمت را ببینی. خدای. . .! مار! ماران! آه. . . بیگانه دیده‌اند. بیگانه به خانه!

گاه پیش می‌آید که آدمی در دورهٔ کوتاه عمر خود، هزار بار می‌میرد و زنده می‌شود. برای پسر مرگان، هزار بار مردن و زنده شدن همین دم بود. مار! مار خشک کویر! مارکهنه! مارکهنه! کافیست آتش نفس خود را در تو بدمد. تو خاکستر شده‌ای!

«پس چرا هنوز نفس می‌کشم؟»

این که در چاه خواهد مرد، برایش یقین بود. اما این که چگونه و کی ماران به سراغش خواهند آمد، چیزی بود که تصوّرش ممکن نبود. تنها چیزهایی، روایت‌هایی و داستان‌هایی از قول مارگیرها، ساربان‌ها، چوپان‌ها؛ یا به ندرت، دهقانان پیر ـ خبره‌ها و آشنای مار ـ از کنار گوش عباس گذشته بود:

«مار به معصوم کاری ندارد»

«تا قصد مار نکنی، قصد تو نمی‌کند»

«مار، نیت آدم را می‌فهمد»

همچنین پندهایی که:

«پا روی دم مار مگذار»

«اگر دیدی مار می‌رود، تو هم راهت را بگیر و برو»

«مار خانگی برکت کندوست. قصدش مکن»

اما این حرف و سخن‌ها چیزی نبود که این جا و حال به کار عباس بیاید. عباس هیچگونه وضعیت آزادانه‌ای نسبت به خطر نداشت تا بتواند تصمیمی در «چکنم؟» بگیرد. مغلوب محض! حتی نیت نمی‌توانست بکند. ذهنش بسته بود. اضطراب خفه چنان او را در خود پیچانده بود که دمی امان اندیشیدن نداشت. کدام نیت؟ نیت به کدام کار؟ روی سر، شب بی‌داد. زیر شب، چاه. میان شب و چاه، شتری مست و خونی. گیرم تن و بدنی درهم‌کوفته و زخمی نمی‌داشت عباس؛

کو میدانی به گریز؟ کو بیابانی به فریاد؟

این که باید تسلیم بود، که باید تسلیم شد، که ناچاری و باید خود را به مرگ بدهی نیز چیزی است که در همهٔ لحظه‌ها به ذهن نمی‌آید. همیشه نمی‌آید! و غالباً وقتی چنین چیزی بر ذهن و چنین سخنی بر زبان می‌گذرد که خبری از خطر مرگ نیست. لبه‌گاه مرگ امان نمی‌دهد که به تسلیم بیندیشی. فرصتی در اختیار نداری. نه به تسلیم و نه به دفاع. در این دم تو، توده‌ای از ذرات هستی که پیوسته و پر شتاب تمام می‌شوی. شاید بتوان گفت: مثل آتش. مثل خود آتش. سراپا آتشی. به شتاب می‌سوزی تا تمام شوی. گرچه به ظاهر خشکیده، مرده باشی. گرچه پشت به دیوارهٔ پودهٔ چاه، هزار سال پیر شده باشی. که ترس، میخت کرده باشد. که تکان نتوانی بخوری و حتی صدای نفس‌های خود را نتوانی بشنوی.

پسر مرگان پیوسته و پرشتاب تمام می‌شد. گرچه چنان بود که گویی صدها سال است که او مرده و حالا رویارویش، شبح او، طرحی گنگ و خالی به دیوارهٔ چاه چسبیده مانده است و چیزی فراتر از سکوت، او را در خود به بند کشیده است. آه... حتی اگر بشود تنفس خود را حس کرد، باز خودش خبری است!

سکوت و سکون. عباس شب را نمی‌دید که می‌گذرد. عباس دیگر هیچ چیز را نمی‌دید. هیچ چیز را حس نمی‌کرد: اشباع!

آیا باور کردنی‌ست که زمین و زمان در یک آن بایستد؟ نه! بازتاب پندار گاه در آدمیزاد این وهم را ایجاد می‌کند. و این همان دمی است که پیوند تو با دنیا به سر مویی بسته است. تا جدا شدن دمی باقی‌ست. این است که در اوج گداختن، احساس سکون داری. سکون تمام. اما زمان نایستاده است. چاه، از راه روزنهٔ کنار گردن شتر روشن‌تر می‌شود. اگر نیروی جنبیدن داشته باشی، اگر بتوانی بالای سرت را نگاه کنی، از همان نرمه روزن می‌بینی که آسمان خلوت شده است. ستاره، آن تنها ستاره، درخشش خود را از دست داده است. سپیده دمیده است. ساعت‌ها گذشته‌اند. لحظه‌ها جان کنده‌اند. گردن شتر را آشکارتر می‌توانی بر دهنهٔ چاه ببینی. اما این هنگامی میسر است که بتوانی سرت را روی شانه‌ها تکان بدهی. که وانخشکیده باشی. افسون نشده باشی و چشم‌هایت، نگاه چشم‌هایت بر پیش رویت نخشکیده باشند: تداوم نگاه، خیره شدن، بهت. روی نگاهت غبار

نشسته است. هر چه را تار می‌بینی. نگاهت از حد در گذشته است. گسترده شده. دور شده است. ذرات، در نظرت همان نیستند که هستند. تبدیل شده‌اند. خاک، خاک نیست. دیواره، دیواره نیست. روز، روز نیست. تو محو شده‌ای. در بهت خود گم شده‌ای. مارها، مارها. . . دو مار کبود، دو مار پیر، شاید دو افعی، روشن‌تر دیده می‌شوند. شاید صبح دمیده باشد.

مارها به عباس چشم دوخته‌اند. عباس دیگر نیست. پیشاپیش خاکستر شده است. یکی از مارها می‌جنبد. خزش ملایم خود را آغاز می‌کند. چنبره‌اش نرم نرم باز می‌شود. قدش دم به دم درازتر می‌شود. رو به عباس می‌آید. کاش اقلاً می‌شد به دل گفت «بگذار بیاید و آسوده‌ام کند!» کاش می‌شد به دل گفت! اما این محال است. یخبندان روح. مار می‌آید. آمد. سر به زانوی عباس گذاشت و خزید. نرم خزید و جا خوش کرد. حلقه زد و ماند. چنبر. تا کی؟ نه چندان طولانی. تا این که عمر عباس تمام شود، پس براه افتاد. از روی برهنگی شکم بالا خزید، سینه را بر سرید و روی شانه، تابی به دور گردن و عبور از میان کاکل سر؛ و سپس سر به دیوار کشاند و نرم نرم، تن از عباس واکشاند، به دیوار چسبید و عباس دیگر چیزی حس نکرد: کور و کر و لال و کرخت؛ لاشه‌ای غوطه‌ور در عرق سرد.

‌- هی. . . هی. . . عباس. . . های!
‌- هوی. . . هوی. . . عباس. . . های!
‌- های. . . های. . . عباس. . . های!

نعرهٔ لوک مست در صداهای دور و نزدیک بیابان. صداهای دور و نزدیک بیابان، در نعرهٔ لوک مست. صداها، نه همان صداهای آشنا، که هوایی درهم و وهم‌انگیز. مثل پنداری که آدمی، کسی از هنگامهٔ اجنه در دهلیزهای متروک قلعه‌ای کهنه دارد. هجوم صداها. ناله‌ها. شیون. ندبه‌ها و دعاها. گریه‌ها. سایهٔ بلند باشه‌ها، لاشخورها.

چند آفتاب گذشته است؟

صداها از دنیایی دیگر می‌آیند. همان دنیایی که می‌گفتند. روز قیامت. روز پنجاه هزار سال. روزی داغ و سوزاننده که می‌گفتند مادران فرزندان را می‌جویند و نمی‌یابند، برادران برادران را، فرزندان پدران را و مادران را. دنیایی

همه باژگونه. روز پنجاه هزار سال! هیچکس به هیچکس نیست. دست، دست را نمی‌شناسد وچشم، چشم را. عباس مرده است و تن تکیدهٔ خود را در صحراهای داغ قیامت برخاک می‌کشاند. عباس مرده است و شیون مادر و برادر و خواهر و پدر خود را درون گور می‌شنود. فغان مرگان در گور رخنه می‌کند. فغان و فریاد مرگانِ روز پنجاه هزار سال. آوارگان صحراهای داغ با انبان گناهان بر دوش، زیر آتش آفتاب. آفتاب جهنم می‌تابد. مردگان سر از لحد برداشته؛ لال مانده‌اند. روز بازخواست. دست‌هایی بر هر سوی می‌لغزند. دست‌ها و شانه‌های برهنه، تکیده. تن‌های برهنه، لزج درهم می‌لولند. زبان‌ها، دهان‌ها، فریادهای بی‌صدا، خاموش. ترس و تباهی. کفن‌پوشان. کفن پوشان. تشنگی! لَه لَه عطش. آتش از آسمان می‌بارد. عباس ازگور بالاکشیده می‌شود. برهنه است. آفتاب! آفتاب!کویر لَه لَه می‌زند. دورش را می‌گیرند. لوک مست. مرده است. مرده و باد کرده است. زهرِمار خیک بادش کرده است. سردار مشت‌ها راگره کرده و بر سر خود می‌کوبد. لوک مست، کنار حلقهٔ چاه به پهلو افتاده و دست‌ها و پاهایش سیخ مانده‌اند. هاجر خودش را در پناه سر علی گناو قایم می‌کند. ابرو جرأت نمی‌کند به برادر نگاه کند. علی گناو چشم‌هایش از حیرت وادریده‌اند. مرگان باور نمی‌کند. نه! نه! این عباس او نیست! پیش می‌آید. عباس لب چاه ایستاده است. تکان نمی‌خورد. خیره مانده است. خشک. قاف نی. آفتاب می‌دود، می‌تابد: موهای سر و ابروهای عباس، یکسر سفید شده‌اند!

توبرهٔ پسر از دست مرگان روی خاک می‌افتد. مرگان پیش‌تر می‌آید. نه! چرا باید باور کند؟ پیرمردی پیش رویش ایستاده است! پیش‌تر. باز هم. چشم‌های مرگان، دو حلقه چاه خشک. در ته چشم‌ها دو افعی پیر چمبر زده‌اند. افعی‌ها سرگردانند. آفتاب جهنم بر کویر می‌تابد و کویر در چشم‌های مرگان می‌تابد. یک بیابان نگاه سرگردان. مرگان دست روی دست عباس می‌گذارد. عباس دستش در دست مادر است. مرگان براه می‌افتد. همه براه می‌افتند. سردار کنار لوکش می‌ماند. قدم‌ها کند است. کند و کند. پیرمردی دست در دست‌های مرگان دارد. خاموشند. خاموشی. آفتاب. آفتاب جهنم بر کویر می‌بارد. آب کجاست؟!

۴

کربلایی دوشنبه عادت داشت پشت به دیوار بنشیند، پاهایش را گشاد و اهل، پشت کپل‌هایش را زمین بچسباند، آرنج‌ها را روی زانوهای برآمده‌اش بگذارد و تسبیح گِلی‌اش را نرم بچرخاند.
پیالهٔ چای جلوی پای کربلایی دوشنبه سرد شده بود و او خاموش، به جایی خیره مانده بود. خیره و خاموش. با سکوتی به سنگینی آسیاب. سنگی بی‌کار که به دیوار تکیه داده شده باشد. کهنه و از کار افتاده، هم سنگین و ساکت. برای این که در خانهٔ مرگان تنقل بیندازد بهانهٔ کافی به دست داشت: پیری عباس، عروسی هاجر و علی گناو؛ از همه روان‌تر آمدن و بودن مولا امان، رفیق همراه و ساربان قدیم کربلایی دوشنبه در قلعهٔ زمینج. روی دیگر این تنقل انداختن، طلبکاری کربلایی دوشنبه از مولا امان بود. مولا امان در این سفر می‌باید بهرهٔ بدهی خود را به کربلایی دوشنبه بپردازد. حالا بسته به این بود که صاحبخانه، مرگان، کدام روی را به خود بقبولاند. روی خوش حضور کربلایی دوشنبه این بود که او به دیدن رفیق ـ همراه قدیمیش مولا امان آمده و دارد چای عروسی خواهرزادهٔ رفیقش را می‌خورد. روی ناخوش حضور کربلایی دوشنبه طلبی بود که او از مولا امان کلاهبردار وارفته داشت؛ و می‌توانست در همین شب قشقرقی راه بیندازد که عروسی را از یادها ببرد. با این همه مرگان می‌دانست که هر دو روی بهانه است؛ بهانه‌ای که به کربلایی دوشنبه میدان می‌داد در این یکی دو روزه، صبح وعدهٔ ناشتا دور و بر خانهٔ مرگان پیدایش بشود، به خانه بخزد، و گوشه‌ای بنشیند و خاموش بماند، چای و ـ اگر بود ـ نان و خورشت بخورد و گه‌گاه حرفی از خود بدر اندازد؛ حرفی که معمولاً به طعنه و تلخی آمیخته بود؛ چیزی که از گذار عمر جزو طبیعت کربلایی دوشنبه شده بود و اهل زمینج این را در او در یک

عادت می‌دانستند.

مولا امان از آنجا که دست تنگ بود و نمی‌خواست و نمی‌توانست ادای دین کند، جلوی کربلایی دوشنبه گردن کج و زبان تسلیم داشت. خیلی از کلفت حرفی‌های کربلایی دوشنبه را زیر سبیلی در می‌کرد و می‌کوشید یکجوری با او کنار بیاید. در واقع، کام و ناکام، تحمل می‌کرد تا این یکی دو روزه بگذرد. مولا امان کار چندانی در زمینج نداشت. فقط مانده بود تا دست هاجر را به دست علی گناو بدهد و افسار خرش را به شانه بیندازد و پی کار خود برود. کار از کار عباس دیگر گذشته بود.

عباس کنج دیوار و در تاریکی، زمینگیر و خاموش بود. گم در هاله‌ای از بهت. نه او کاری به کسی داشت و نه کسی کاری به او. خاموش و ساکن. لب‌ها بسته و چشم‌ها باز. چشم‌ها هنوز به خواب بسته نشده بود. دوا درمان؛ دعا و عزایم؛ نه!

«باید بگذرد. چند صباحی باید بگذرد!»

این را کربلایی دوشنبه گفته بود. علی گناو هم سر تکان داده بود. مولا امان چه بگوید؟ گفته بود:

«کاریست شده. باید به حال خود واگذاشتش. ای... چشم دنیا از این چیزها پر است!»

هاجر گم بود. دیده نمی‌شد. اتفاقی را که برای برادرش افتاده بود، انگار هاجر به فال نیک نگرفته بود!

در این میان، پیر شدن عباس را علی گناو ساده‌تر از همه برگزار می‌کرد. «خودم جلوی در کاروانسرای شازده از درویشی شنیدم که در کوه شاجهان هم جوانی همین جور شده بوده و بعد از چند صباحی به حال و روز اولش برگشته. این ترس‌ها دوره‌ایست. می‌گذرد. مقیدش نباید شد! ها دایی، تو چه می‌گویی؟»

مولا امان به کربلایی دوشنبه نگاه کرده بود:

«کربلایی دنیا دیده‌تر است!»

کربلایی دوشنبه گفته بود:

«باید بگذرد. باید چند صباحی بگذرد!»
مولا امان هم تصدیق کرده بود و تصدیق می‌کرد:
«بله دیگر... چه می‌شود کرد؟ کار دنیاست!»
اما مرگان بر آتش نشسته بود. اسپند بر آتش. از چشم‌ها، از نگاه‌هایش دود برمی‌خاست.
ـ خاله... خاله...
حالا دیگر علی گناو، مرگان را خاله می‌خواند. مرگان از در بیرون رفت. علی گناو خود را به پناه دیوار کشاند و گفت:
ـ کارهای ما تمام است. خانه را مرتب کرده‌ام. آماده.
مرگان گفت:
ـ خیلی خوب، شب بیا دست زنت را بگیر ببر خانه‌ات. چه بگویم دیگر؟
علی گناو پرسید:
ـ رخت و لباس و کفش پا به تنش جوره؟
ـ جور می‌شود.
ـ خوب، خوب، پس من می‌روم دوری بزنم و... نگاه کن! شب آنجا شام تهیه دیده‌ام. دایی مولا را هم با خودت بیار آنجا. برای عباس و ابراو هم دو کاسه گوشت می‌دهم بیاری همین جا. خوب؟
ـ خوب، باشد.
علی گناو رفت و مرگان به خانه برگشت. کربلایی دوشنبه و مولا امان همچنان کنار دیوار نشسته بودند. مرگان، زیر نگاه کربلایی دوشنبه، از کنار اجاق گذشت و رو به پستو رفت:
«باز هم باید با هاجر گفت و گو کنم. باید به گوشش بخوانم!»
کربلایی دوشنبه چشم از دنبالهٔ پیراهن مرگان گرفت و به مولا امان نگاه کرد. مولا امان سرش پایین بود. کربلایی دوشنبه همراه پوزخندی گفت:
ـ عروسش کن! عروسش نمی‌کنی؟
مولا امان سر برداشت و رفت دهان باز کند که کربلایی دوشنبه گفت:
ـ گردنم بشکند! زن مثل بلورم را شکستم. گردنم بشکند! به حرف مردم.

ای لال می‌شدید!
مولا امان گفت:
- نوَوَش مکن کربلایی. گذشت دیگر.
کربلایی دوشنبه گفت:
- داغش همیشه نو هست، مثل بلور بود آن زن. حرف مردم! زن من هفت ماهه اولاد به دنیا آورد و دیگران زبان در آوردند. بی‌آبروها! هی گفتند: «دختر قوچانی پیش از این که به خانهٔ محمد بیاید، بار ورداشته بوده!»
- دختر بکر! آخر، من بهتر می‌دانم یا شماها؟ تنگ بلورم را با دست خودم شکاندم. گردنم بشکند هی! بعد از آن دیگر آب خوش از گلویم پایین نرفت. مثل یک حیوان، دخترک را زدم و بیرون کردم. او هم در سرمای زمستان، طفلک را بغلش گرفت و بیرون رفت. دیگر نفهمیدم کجا رفت؟! آن طفل هفت روزه، در آن زمستان سرد، چطور می‌تواند دوام آورده باشد؟ طفلک! همه‌اش تقصیر مادر عبدالله بود. حالا می‌فهمم که او این حرف را به زبان این و آن انداخته بود. زنکهٔ بدطینت! دخترک قوچانی را نمی‌توانست روی زمین خدا ببیند. اگر هم اینجا نگاهش می‌داشتم، شاید چیز خوردش می‌کرد. هر چه بود که بی‌خانمانم کرد. گرچه، من هم روزگار مادر عبدالله را سیاه کردم. از آن روز و ساعت، زن و شویی را قطع کردم. بالکل! حالا بیست سالی می‌گذرد. خوب، جوابِ هوی هوی است. اما... اما پیرزن کم‌کم دارد به من سر می‌شود. من را از خانهٔ خودم بیرون کرده و انداخته میان انبار کاه! خوب، حالا دیگر پسرش آدمی شده. سالارعبدالله! نانش را می‌دهد. دیگر من را می‌خواهد چکار؟ رخت و لباسم را نمی‌شوید. یک سیر آب گرم جلویم نمی‌گذارد که نامم را در آن ترید کنم. اگر از درد دم مرگ باشم، لای در را باز نمی‌کند! نه انگار که ما زن و شو هستیم، که زن و شو بوده‌ایم! خوب دیگر: دارد تقاص می‌گیرد؛ اما... اما گردن من بشکند. زن مثل بلورم را آن جور آواره کردم. تنگ بلورم را شکاندم.
مولا امان بار دیگر گفت:
- نوَوَش مکن کربلایی. نوَوَش مکن!
- نو هست، مولا امان. نو هست. داغش هیچ وقت کهنه نمی‌شود. مگر

اینکه... مگر این که جایش را کسی پر کند... عروسش کن مولا امان؛ مرگان را عروس کن! شویش مرده. سلوچ همچو رمقی نداشت که بتواند از گیر سرما ـ گرمای ولایت غربت جان در ببرد. من غربت دیده‌ام. مرده. سلوچ مرده. قول می‌دهم. به گوش خودم شنیده‌ام. راه شرعیش هم بازه. سه تا شاهد عادل. سه نفر که بتوانند شهادت بدهند سلوچ مرده، مرگان می‌تواند عروس بشود. یک راه دیگر هم دارد. این هم در شرع هست. مردی اگر از خانه‌اش رفت و ـ نمی‌دانم ـ تا چند ماه خودش یا خبرش نیامد، زنش مختار است. ملتفتی؟ بدنیست آخر عمری با همدیگر قوم و خویش بشویم. من و تو خیلی با هم سفر کرده‌ایم. رفیق ـ همراه بوده‌ایم. قرض و طلب‌هایمان را هم یکجوری وامی‌کنیم. با خواهرت گفت و گو کن. تا کی می‌خواهد بی‌سایهٔ سر بماند؟ هنوز هم اگر چهار وعده خوراک روغن‌دار بخورد جوان است؛ طوریش نیست. بدبختی دوره‌اش کرده. پیچانده بیچاره را. کاری کن دستش را بگیریم و نجاتش بدهیم. تو هم به ثواب می‌رسی. قول پیغمبر است این؛ یا پیغمبر.

کربلایی دوشنبه برخاست، خاک خشتکش را تکاند و گفت:

ـ این بچه‌ها سرپرست می‌خواهند. تو که نمی‌توانی بالا سرشان باشی. شب برای شام می‌آیم خانهٔ علی گناو. خدانگهدار.

ـ خدانگهدار کربلایی.

مولا امان تا کوچه کربلایی دوشنبه را همراهی کرد و برگشت.

مرگان جلوی در اتاق ایستاده بود و نگاهی پر بیزاری داشت:

ـ چی داشت می‌گفت باز؟!

ـ هیچی... حالا برو برویم تو.

با هم به اتاق رفتند.

هاجر کنار مجری نشسته بود و داشت چیزهایش را جابه جا می‌کرد. عباس همچنان کنج دیوار نشسته و خاموش بود: چشم‌ها بزرگ، پر سفیدی و، وادریده. گونه‌ها بدر جسته. چانه پیش آمده. دندان‌ها درشت. پهلوهای صورت تو رفته و موها، سفید. سفید سفید.

مرگان به غیظ بر زمین نشست، دست‌ها را روی صورت چلیپا کرد و

بی‌امان گفت:
- این مردکه چه می‌خواهد تو خانهٔ من؟!
مولا امان گفت:
- چه بگویم؟ آشناست دیگر!
- چه آشنایی؟! گور پدر آشنا! کربلایی دوشنبه چه آشنایی با مرگان دارد؟! همین که تو دو روز می‌آیی از ما خبر بگیری سر وکلّهٔ او هم پیدا می‌شود!
- غرضت این‌که محض خاطر من می‌آید؟
- محض خاطر تو نه؛ به بهانهٔ تو می‌آید. تو هم که جلوی او زبانت کوتاه است. چون به‌اش قرض داری!
- خوب! حالا، که چی یعنی؟ من دیگر نیایم اینجا؟
- چرا این حرف را می‌زنی تو؛ قدمت روی چشم. تو برادر منی، بزرگ‌تر منی، اما به دست این مردکهٔ حیز بهانه می‌دهی. برای من حرف درمی‌آورند. از روزی که سلوچ گذاشته و رفته، در و دیوار این خانه را بو می‌کشد؛ موس موس می‌کند. چه خوش ادا اطوار هم هست. مار از پونه بدش می‌آید، در لانه‌اش هم سبز می‌شود!

عباس تکان خورد، به خود لرزید و آرام گرفت.
مولا امان گفت:
- خودش را هم دست به نقد برای شام دعوت گرفت!
- شام؟! کجا؟ اینجا؟!
- نه؛ خانهٔ داماد.
مرگان دیگر دست از دهن برداشت و گفت:
- غلط کرد که خودش را دعوت گرفت. هه؛ مردکهٔ گدا. هر جا می‌رسد تنقل می‌اندازد. درد به جان گرفته!
مولا امان گفت:
- می‌گوید شاهد دارم سلوچ مرده.
مرگان گفت:
- خوب! مرده که مرده. خدا بیامرزدش. به او چه؟

- لابد غرضی دارد؟
- غرضش را به گور ببرد. من آن قدر به سر دارم که دیگر فرصت جیک جیک مستانم نیست. از من گذشت و تمام شد. برود پی بخت برگشتهٔ دیگری. آخر کاری نمی‌خواهم با سگ توی جوال بروم.
- حالا اگر سلوچ فی‌الواقع مرده باشد...
- گیرم که... دو تا پسر جوان دارم. آن‌ها را چکارشان کنم؟ آنهم یکیش به این حال و روز! نمی‌بینیش؟!

مولا امان نگاه از عباس گرداند و گفت:
- او که نمی‌خواهد با پسرهای تو عروسی کند؛ تو را می‌برد خانهٔ خودش.

- پس چطور الان غم بچه‌های من را می‌خورد! مگر نمی‌گفت که بچه‌های من به سرپرست احتیاج دارند؟!
- برای خودش می‌گفت. دخترت که دارد می‌رود خانهٔ بختش. پسرهایت هم دارند پر آزاد می‌شوند. تو هم می‌روی خانهٔ خودش.

- خانهٔ خودش! هه! عجب خوش باوری تو! خودش توی انبار کاه دارد عمرش را تمام می‌کند. کدام خانه؟ خبرش را دارم که از دست عروسش، زن سالارعبدالله، به عذاب است. آب خوش از گلویش پایین نمی‌رود. او هم از دست این پیر شکم فراخ سق سیاه به عذاب است. خیال کرده‌ای! پس فردا لحافش را برمی‌دارد و می‌آید اینجا پوستخت می‌اندازد؛ هه!

مولا امان گفت:
- هر چه هست خودتان بهتر می‌دانید. این حرفی بود که او زده. بقیه‌اش با خودتان است.

مرگان برخاست و گفت:
- من شوی نمی‌خواهم. خواه سلوچ مرده، خواه زنده باشد. حالا هم کار دارم!

عصر بلند بود.

مرگان حالا که کارش را شروع می‌کرد، تا اذان مغرب می‌کشید. هاجر را حمام برده بود. حالا باید باقی کارها را تمام می‌کرد. کمی سرخاب سفیداب فراهم کرده بود. اما اول باید صورت هاجر را بند می‌انداخت. آینه شکسته‌ای را که در قاب چوبی کهنه‌ای جا داشت، از تاقچه پایین آورد و دم در، به دیوار تکیه داد. بعد مجری را آورد و کنار آینه گذاشت و بند دست دخترش را گرفت، او را پای آینه برد و نشاند.

ـ ترس ندارد که! همهٔ عروس‌ها بند می‌اندازند.

نخ‌های بندانداز‌ی از پیش تابیده و آماده بود. مرگان بندها را به سر انگشت‌هایش قلاب کرد و صورت کوچک دخترک را زیر مقراض بند گرفت. هاجر زیر سوزش نخ‌ها که بی‌امان پوست گونه‌هایش را می‌رنديدند، سرش را کنار کشید؛ مرگان با او تشر زد که یک دم تاب بیاورد. هاجر به خود فشار آورد که آرام بماند، اما درد و سوزش پوست صورت شوخی بردار نبود. بی‌صدا تاب می‌آورد، اما جلوی اشک را نمی‌توانست بگیرد. حلقه‌های چشمش دم به دم پر آب‌تر می‌شد. مرگان اما التفاتی نمی‌کرد و پوست خشکیدهٔ روی دختر را در مقراض دو نخ تابیده می‌کشاند و می‌سوزاند و ، پوست صورت هاجر دم به دم سرخ و سرخ‌تر می‌شد. مثل رد سیلی؛ اگر به کبودی نزند:

«چه بهتر! بگذار رنگ و رویی پیدا کند. این جور که نمی‌شود؛ مثل مرده!»

پس مرگان باکش نبود. هم و غمش تنها این بود که نرمه کرک‌هایی را ـ که نبود ـ از صورت و پشت لب‌های هاجر بروبد. دردش می‌آید که بیاید!

«همان بار اول دردش زیاد است. همهٔ دخترهای تازه عروس که بند می‌اندازند پوست صورتشان می‌سوزد!»

ـ سوختم ننه؛ سوختم!

«حالا بهتر شد.»

مرگان صورت هاجر را به روشنایی کشاند و خوب نگاهش کرد. دیگر چیزی باقی نمانده بود. صورت دختر سرخ شده بود. چغندر! می‌رفت که به کبودی بزند. وقت آن بود که هاجر مشتی آب به رویش بزند:

- خوب؛ حالا ورخیز دست و پنجه‌ات را بشوی و زود برگرد!
هاجر از پای آینه برخاست و بیرون دوید. دلو تا نیمه آب داشت. هاجر صورتش را به درستی در آب خواباند.

مولا امان برخاست و راه افتاد که از در بیرون برود. جلوی در، کنار خواهرش ایستاد و گفت:

- راستش را بخواهی، خودم هم شنیده‌ام که سلوچ خدابیامرز فوت شده!
مولا امان نماند که جوابی از خواهرش بگیرد؛ پا به در گذاشت و رفت. مرگان هم چیزی نداشت که بگوید. دمی گیجی و گنگی. اما زود به خود آمد و به هاجر نهیب کرد:

- داری خودت را غوطه می‌دهی؟! بیا دیگر شب شد!
هاجر یک بار دیگر هم روی در آب فرو برد، از کنار دلو برخاست و رو به مادرش رفت.

مرگان سرخاب ـ سفیداب را آماده کرده بود. نگاهش هم نرم شده بود. انگار به یاد آورده بود که نباید با دخترش تندی کند. آخر، امشب شب عروسی هاجر بود. چرا باید خشم خود را از کربلایی دوشنبه، روی سر دخترش خالی کند؟ هاجر معصوم بود. گرچه مرگان هم خود را گناهکار نمی‌دانست. آخر، یک آن آرامش نمی‌گذاشتند. این بود که او هم از کوره در می‌رفت و تا به خود بیاید، می‌دید که این و آن را گزیده و بیش از همه بچه‌هایش را به نیش زبان رنجانده است. پس آشفته می‌شد. آشفته‌تر از آنچه که بود.

کاری‌ترین ضربه بر روح مرگان، عباس بود. پیر شدن عباس، زخم‌هایش و این که از زبان افتاده بود، مرگان را تکان داده بود. دست‌هایش می‌لرزید و چشم‌هایش دودو می‌زد. یک حرف به دو حرف برنمی‌گشت که بغض راه گلویش را می‌گرفت و چشم‌هایش پر اشک می‌شدند. اختیارش انگار دست خودش نبود. سر هیچ و پوچ عصبانی می‌شد. بی‌خوابی‌ها و خیال. خیال، ذله‌اش کرده بود. فرسوده‌اش کرده بود و فرسوده‌اش می‌کرد. عروسی هاجر! ـ که مرگان خود بهتر از هر کسی می‌دانست کاری نابجا و نابهنگام است ـ از دست رفتن تکه زمین دیم، پشت کردن پسرهایش و، درد عباس. خواستگاری وهن‌آور کربلایی دوشنبه،

سماجت میرزا در خرید پاره زمین مانده؛ و حالا هم مرگ سلوچ!
راستی! آیا سلوچ مرده بود؟

ـ خوب! ماشاءالله. ماشاءالله.

علی گناو. جلوی روشنایی را گرفته بود. و لبخند می‌زد. هاجر رو گرداند و بال چارقدش را روی چشم‌ها کشید. علی گناو لب‌های کلفتش را جمع کرد و نگاهش را به مرگان دوخت. مرگان به علی گناو اشاره کرد که برود. نمی‌خواست که ترس از علی گناو، دم به دم هاجر را بتکاند.

علی گناو خوش و ناخوش پشت کرد و رفت؛ و مرگان کار سرخاب مالی روی گونه‌های هاجر را پایان داد و برخاست، کاسه‌ای را از آب پر کرد و پیش دستش گذاشت، چارقد را از سر هاجر واگرداند، شانه را در آب تر کرد و در موهای هاجر کشید. موهای هاجر پاکیزه شده و اگرچه کم‌پشت و نرم، اما سیاه بود و برق می‌زد.

مادر با اندوهی فسرده موهای دختر را شانه می‌کشید و دختر اندوهگین‌تر از مادر سر بر بازوی مرگان داده و نگاه به زمین؛ نگاه به خاک دوخته بود: عقدش کردند! خوب، این هم از این. عروسی!

هاجر نمی‌توانست به آنچه که ـ چنین آسان ـ بر او روا داشته بودند، فکر نکند. دشواری این رواداشت را، او از مادرش هم دقیق‌تر حس می‌کرد: یک جفت کفش قرمز، دو تا چارقد ابریشمی؛ یک پیراهن چیت و یک چادر نماز. بعد، او را از بازار به کوچه بردند. از کوچه به کاروانسرا. آنجا علی گناو نان و حلوا گرفت و پای دیوار کاروانسرا، رو به روی قهوه‌خانه نشستند و خوردند. بعد از آن علی گناو به قهوه‌خانه رفت و سه تا چای بزرگ آورد. چای را که خوردند علی گناو به طویلهٔ کاروانسرا رفت، کمی بیدهٔ خشک جلوی خرش ریخت و برگشت. وقت رفتن بود. از کاروانسرا بیرون رفتند. کوچهٔ پشت کاروانسرا به مسجد جامع می‌خورد. از در پایین مسجد به درون صحن رفتند. صحن مسجد را گذشتند و از در بالا بیرون رفتند. علی گناو آن‌ها را از خیابان رد کرد. باز، کوچه. از دم آب‌انبار رد شدند. حالا به کوچه‌ای تنگ رسیده بودند. کوچه پیچ می‌خورد. پیچ خورد و باریک‌تر شد.

باریک و باریک‌تر. پیچ واپیچ. چندان که هاجر سرش گیج رفت. حالا همین قدر یادش بود که کف کوچه سنگفرش بود. این را هم از فشاری که کفش‌های چرمی به پاهایش می‌آورد، یادش مانده بود. ته کوچه، جلوی در کوتاهی ایستادند. آستانهٔ در گود بود. خیلی گود. سه تا پله می‌خورد. حیاط کوچک بود. کنار حوض شش گوش یک درخت انار بود. علی گناو زن‌ها را از پله‌های ایوان روبه رو بالا برد. هاجر را همانجا پشت در نشاندند. مرگان و علی گناو به اتاق رفتند. هاجر آخوند را ندید. فقط صدایش را شنید. صدایش با سرفه همراه بود. پیر می‌نمود. چیزهایی گفتند و چیزهایی هم شنیدند. بعد علی گناو و مرگان بیرون آمدند. از هاجر خواسته بودند که بگوید: «بله» هاجر گفته بود و کار تمام شده بود. حالا علی گناو می‌توانست دست هاجر را به دست بگیرد. گرفت و او را از پله‌های ایوان پایین آورد. از همان دری که آمده بودند برگشتند: کوچه، خیابان، مسجد، کوچهٔ پشت کاروانسرا.

علی گناو خرش را از کاروانسرا بیرون آورد، خورجین را روی خر انداخت، افسارش را به دست گرفت، کرایهٔ خر را به دالاندار داد و بیرون رفت؛ و هاجر و مرگان هم دنبال خر به راه افتادند. بیرون دروازه، علی گناو خر را نگاه داشت و زانو برای هاجر رکاب کرد. مرگان زیر بازوی هاجر را گرفت و او سوار شد. افسار همچنان به دست علی گناو بود. کله‌ای بعد، افسار را به گردن خر انداخت، میخ طویله را در قنهٔ جل فرو کرد و کنار به کنار زانوی هاجر براه افتاد.

مرگان به دنبال می‌آمد و به حال خود بود. یک بار هم به بهانهٔ ماندگی، کنار راه نشست تا گالش‌هایش را از پا درآورد. گالش‌های نو را علی گناو برای مرگان خریده بود و پاهای مرگان هنوز به آن‌ها عادت نکرده بودند. پاها میان گالش‌ها عرق می‌کرد. نزدیک زمینج هم مرگان صد قدمی از آن‌ها جلو افتاد. آن قدر که علی گناو توانست دو تا نیشگون از ران هاجر بگیرد. هاجر درد نیشگون را تحمل کرد و هیچ به رو نیاورد. می‌ترسید با علی گناو همکلام شود. در راه باید چیزهایی هم علی گناو گفته باشد؛ اما هاجر به یاد نمی‌آورد. هاجر راه رفته را، راهی را که از زمینج به شهر رفته بودند، بیشتر به یاد می‌آورد. سایهٔ پسر صنم، همه جا دنبال آن‌ها بود. جلوی دروازه هم که رسیدند، پسر صنم توبره بر دوش از

جلوی آن‌ها رد شد بی‌آنکه به هاجر نگاه کند. نه اینکه هاجر به پسر صنم دلبستگی داشت؛ نه! اما حالا که اینجور شده بود، او بیشتر به پسر صنم فکر می‌کرد. مثل چیزی که در خیال خود دنبال یکجور تکیه‌گاه می‌گشت. یکجور پناه. وگرنه هاجر خردی‌تر از آن بود که بتواند دل به جوانی بدهد. اما خودش نمی‌دانست برای چه پس گردنِ چرکین، یقهٔ پاره و کتف‌های عرق کردهٔ مرادِ خاله صنم در خاطر او مانده بود؟

راستی؛ پسرِ خاله صنم حالا سوار ماشین شده و رفته بود؟ رفته بود؟!
مرگان چارقد ابریشمی را روی موهای شانه کشیدهٔ هاجر بست، جلوی زلف‌هایش را که روی پیشانی دوشقه شده بود با سلیقه آراست، دختر را از پای آینه بلند کرد و به کنار صندوق برد. پیراهن چیت، خریدِ علی‌گناو را بیرون آورد و به هاجر پوشاند. بعد تنبان سیاه اطلشکن را بیرون کشید. دختر تنبان را گرفت، به پستو رفت و دمی دیگر بیرون آمد. مرگان زانو زد و لیفهٔ تنبان را به دور کمر دختر صاف کرد و بالا کشید. اما پاچه‌ها هنوز بلند بودند. مرگان سرپاچه‌ها را ورشکاند. خوب، یک چیزی شد! حالا کفش‌ها را بیرون آورد. پاهای هاجر از کفش‌ها می‌ترسیدند. اما چاره‌ای نبود. مرگان پاهای دخترک را در کفش‌ها فرو برد. مادرش به او گفت که راه برود. هاجر با چهرهٔ هم آمده قدم برداشت. نه! مشکل می‌شد راه رفت. کفش‌ها به پایش مثل سُم بودند و هاجر بدجوری تقلا می‌کرد. درست مثل اینکه پاهایش را از چوب تراشیده‌اند. راست و بریده بریده قدم برمی‌داشت. کوتاه و شکسته؛ و در هر قدم یک بار زانویش تا می‌خورد. اما باید راه می‌رفت. مرگان بازوی دختر را گرفت و او را راه برد:

ـ نترس. نترس. قدم وردار، باز هم. باز هم. خودت را روی پات نگاه دار. چلاق که نیستی مادر!

دور اتاق، هاجر راه رفت. راه رفت. اما ناگهان بر زمین نشست. درست‌تر اینکه، خود را بر زمین کوبید و نعره‌اش به هوا رفت:

ـ پاهام! پاهام! گور بابای این پاپوش‌ها! نمی‌خواهم. نمی‌خوا...
مرگان پیش از آن که دل به دخترش بدهد، دوید و در اتاق را بست. صدای زاری هاجر نباید بیرون می‌رفت. پس آمد و زانو به زانوی هاجر نشست،

سر دختر را به سینه گرفت و صدای او را خواباند. هاجر کم‌کم آرام گرفت. او می‌دانست که مادرش چی و چرا می‌خواهد. مرگان سر دختر را از سینه واگرفت و اشک‌های او را، پیش از آن که در سرخاب روی گونه‌ها بدود، با دل انگشت پاک کرد. اما درست نمی‌شد صورت هاجر را دید. خانه تاریک بود. کلهٔ سفید عباس روی شانه‌های برآمده‌اش، تنها چیزی بود که در تاریکی دیده می‌شد: خاموش و بی‌تکان.

مرگان ناگهان از جا جست، به سوی در دوید و آن را باز کرد. مولا امان پشت در بود. بالا بلند و آرام:

- در را چرا بسته‌ای؟
- داشتم رخت‌های هاجر را برش می‌کردم.
- شب شد، هنوز کارهای شما تمام نشده؟
- همین حالا تمام می‌شود.

مرگان به سوی هاجر دوید، دست دخترک را گرفت و او را به روشنایی جلوی در کشاند و یک بار دیگر صورتش را نگاه کرد. نگاه! اشک‌ها، سرخاب ـ سفیداب صورت دختر را نشسته بودند. با وجود این، مرگان به بال چارقد خود، نرم و آرام زیر پلک‌های هاجر اشک را پاک کرد. اشک هاجر می‌رفته بوده که سورمهٔ بیخ مژه‌ها را راه بیندازد.

مولا امان گفت:

- در این گیر ودار چرا چراغ گیرا نمی‌کنی؟
- به خدا فراموش کرده‌ام.

مرگان رفت و لامپا را گیراند. نور تیره‌ای در اتاق پراکنده شد. حالا روشن‌تر می‌شد دید. مولا امان بیخ دیوار مقابل شانه به دیوار داد و لامپا که روشن شد، عباس در چشمش بود. آرام و بی جُنب. مولا امان نیت کرد برود و با او حرف بزند، اما رو ندید. چه بگوید؟ شانه از دیوار واگرفت و رفت تا آذوقه به آخور خرش بریزد.

مرگان دیگر کاری نداشت. لابد باید دمی می‌نشست. اما نمی‌توانست یک جا قرار بگیرد. یک بند دور خودش می‌چرخید. بیخودی می‌رفت و

برمی‌گشت: پستو، حیاط، سر کوچه و باز، خانه. بالاخره به خاطرش رسید که چهار دانه اسپند بر آتش بریزد. دود اسپند زیر سقف اتاق پیچید. مولا امان پرهای کاه را از سر آستین تکاند، به اتاق پاگذاشت و صلوات فرستاد. هاجر همان جور بیخ دیوار نشسته بود. مولا امان کناری نشست و سیگاری برای خود روشن کرد.

«پس چرا اینها نیامدند؟»

چهره‌اش این را می‌گفت. سیگارش را تا ته کشید، زیر پا خاموشش کرد و برخاست و از در بیرون رفت. شب، پا دراز کرده بود. مولا امان دمی سر کوچه ماند و برگشت. پیدا بود که دلشوره آرامش نمی‌گذارد، دم در ایستاد و گفت:

- چطوره بروم سری به خانهٔ داماد بزنم ببینم چطور شد؟

مرگان گفت:

- خوبیت ندارد آخر. چه بگویم! آنها باید بیایند دست عروسشان را بگیرند و ببرند.

- می‌گویم نکنه آن زنکه... او یک حقه‌ای سوار کرده باشد؟

- نه! کو بگذار گوش بیندازم. آها... صداها...

مولا امان بیرون دوید و خود را به کوچه رساند. نور فانوسی، سایه‌هایی را با خود می‌آورد. مولا امان قدمی به پیش برداشت و ناگهان ماند. زن علی گناو بود با چوبی زیر بغل داشت و لنگ‌لنگان به کندی پیش می‌آمد. انگار روی دست چپش هم چیزی بود. یک سینی. میان سینی یک کاسهٔ مسی بود که روشنایی کدری از درونش بالا می‌زد. آتش خوریز. کنار زن علی گناو، خود داماد بود: علی گناو. فانوس به دست داشت و پا به پای زنش آرام پیش می‌آمد. پشت سر، کربلایی دوشنبه بود و کنار او، حاج سالم. مسلم هم دنبال سر پدرش می‌آمد. نزدیک‌تر که آمدند کربلایی دوشنبه خودش را به کنار زن علی گناو کشاند، چند دانه اسپند از کنار سینی برداشت و به آتش ریخت. حاج سالم صلوات فرستاد. مولا امان پیشواز رفت. او آشکارا خوشحال بود. امشب که به خیر و خوشی می‌گذشت، مولا امان می‌توانست صبح فردا با فراغ خاطر بار کند و پی کارش برود.

به حیاط تنگ خانه آمدند. مرگان لامپا را به حیاط آورد. زن علی گناو روی چوب زیر بغلش ایستاد. مرگان چند دانه اسپند بر آتش ریخت. مولا امان به

اتاق رفت، بند دست هاجر را گرفت و او را بیرون آورد. هاجر باز هم نمی‌توانست راه برود. حتی نمی‌توانست خوب بایستد. مرگان زیر بازویش را گرفت. عده‌ای با یک فانوس و یک لامپا از حیاط خانه بیرون رفتند. کوچه ناهموار و کفش‌های عروس ناجور بود. راه کند پیموده می‌شد. زن علی گناو به دشواری خود را می‌کشاند. خوب که عروس نمی‌توانست تند برود. همان تکه راه کوتاه را دیر رسیدند. مرگان هاجر را به پستوی خانه علی گناو برد. حجله‌خانه آنجا بود. علی گناو رختخواب را آماده گذاشته بود. هاجر کفش‌هایش را درآورد. مرگان بیرون آمد. مهمان‌ها این سوی پستو، در اتاق نشستند. زن علی گناو کنار مهمان‌ها نبود. روی چوبِ زیر بغلش، دم دیگدانِ پای تنور مانده بود. مرگان رفت تا شام را مهیا کند. زن علی گناو هیچ نمی‌گفت. اما این بدان معنا نبود که مرگان خیال خوش به خود راه دهد. زن، زن را بهتر می‌شناسد:

«زبانم لال. زبانم لال. خدا نیاورد آن روز را!»

مرگان حتی آن روزی را می‌دید که همین زن ناخوش و نزار، دخترش را چیز خورد کند!

گوشت پخته بود. مرگان غلف را برداشت و به اتاق برد. علی گناو خودش سفره را پهن کرده و نان و ماست را چیده بود. مسلم و پدرش یک جاگا. مولا امان و کربلایی دوشنبه یک جاگا. علی گناو و مرگان هم یک جاگا. رقیه، زن علی گناو هم که بیرون مانده بود.

شام چندان طولانی نشد. علی گناو زود سفره را برچید. این را همه می‌دانستند که شام عروسی ترتیب دیگری دارد؛ اما هر چه فراخور حال خود:

ـ خدا زیادش کند. خدا نعمت سفره‌ات را زیاد کند.

ـ آمین. آمین.

حاج سالم بود که دعا می‌کرد و کربلایی دوشنبه بود که آمین می‌گفت. مولا امان به قصد مجلس را از هم پاشاند. کربلایی دوشنبه را بلند کرد تا از در بیرون ببرد، و علی گناو هم سکه‌ای در مشت مسلم گذاشت و از جا برخیزاندش. مردها بیرون رفتند و علی گناو تا دم در همراهیشان کرد و برگشت. مرگان به رسم معمول باید می‌ماند، اما علی گناو او را هم روانه کرد:

ـ رقیه هست، کاری اگر باشد...
مادر عروس برای چی پشت در می‌ماند؟ که بقبولاند دخترش بکر است؟ خوب، قبول. دیگر چی می‌خواهی؟
ـ ماندهٔ آبگوشت را وردار ببر برای بچه‌ها! تنها مگذارشان.

پسرهای مرگان در تاریکی نشسته بودند. گنگ و کور. لامپا را که در کوچه خاموش شده بود، مرگان روشن کرد. ابراو تکیه به دیوار داشت. می‌نمود که تازه از کار برگشته است. این روزها لباس‌هایش سر تا پا چرب بودند. کم‌حرف شده بود. مثل این که عمرش یکباره بالا رفته باشد. سنگین شده بود. بیش از سن و سالش می‌نمود. چیزی انگار به او افزوده شده بود که مرگان نمی‌توانست بفهمدش. همین قدر حس می‌کرد با مردی روبه‌روست. مردی که از برخی جنبه‌ها می‌رفت تا با مرگان بیگانه شود. پاره‌هایی از وجود ابراو دیگر مال مرگان نبود. از آنِکس دیگری بود. از جایی دیگر بود انگار. بیگانه با مرگان، اما دلخواه مرگان. برای یک مادر چه چیز می‌تواند خوشایندتر از مرد شدن فرزندش باشد؟ مرد شدن فرزند! اگرچه این فرزند، این مرد، از پشت به مادر خود خنجر زده باشد! سهم زمینش را سر خود فروخته باشد.

مرگان کاسهٔ آبگوشت را جلوی عباس گذاشت و به ابراو گفت که پیش بخیزد. ابراو پیش خزید. مادر نان آورد. برادرها نان خشک را در آبگوشت ریز کردند. ابراو جویای داییش شد. مرگان گفت:
ـ گمانم کربلایی دوشنبه همراه خود بردش.
ابراو گفت:
ـ میرزا سلامات رساند و گفت هر وقت خواستی بیا پول زمینت را بگیر!
مرگان گفت:
ـ بهاش بگو پول‌هایت را خرج مکن! من نمی‌فروشم.
ابراو دیگر چیزی نگفت. چون عباس لقمه‌هایش را بدجوری کلان برمی‌داشت.
مولا امان رسید:

- این بابا هم دست از من ورنمی‌دارد. مردکهٔ بد پیله‌ایست ها!

مرگان جوابی نداد. سرش را هم بالا نیاورد. خوش نداشت جلوی پسرهایش حرف کربلایی دوشنبه میان کشیده شود. به خود مشغول ماند.

مولا امان کنار بادیهٔ آبگوشت نشست و شریک کاسه شد:

- مگر مردکه به من مجال داد چهار لقمه شام بخورم! انگار همه از سال قحطی فرار کرده‌اند! یک طرف شکمم هنوز خالیست... خوب؛ خدا قوت پهلوان. بگو ببینم این تراکتور چه جور جانوریست؟

ابراو بی آن که از حریفان دور کاسه درگرفتن لقمه واپی بماند، گفت:

- همینجوری می‌شوراند و پیش می‌رود!

- خوب، خوب دیگر. دوره عوض شده. کی فکرش را می‌کرد!

ابراو گفت:

- قلعه‌های بالا می‌روی پرس و جو کن، اگر کسی زمین دارد برایش به اجاره شخم می‌زنیم. زمین دشتِ کدخدا را هم امروز بعدازظهر تمام کردیم.

مولا امان گفت:

- بد نیست. ببینم. تا چه پیش آید. حق دلالی من می‌رسد؟!

- بابت همین دو کلمه که واپرسی؟

- خوب بله. این روزها ننه به بابا مجانی تاوان نمی‌دهد. اهه! من برای میرزا حسن مفت و مجانی کار راست کنم؟! چرا؟ از شکل و قواره‌اش خوشم می‌آید؟

- برای میرزا حسن، نه. بیشتر برای من. این تراکتور یک ساعت هم نباید بی‌کار بخوابد. می‌دانی؟ تا قار قار این تراکتور بلند باشد، من هم هستم. کار که نباشد؛ یعنی صدای تراکتور که بخوابد، من هم باید مثل دیگران کوله‌بارم را دوشم بگیرم و بروم ولایت غربت. این شلوار را به پایم می‌بینی؟ بیست و هشت تومن خریده‌ام. وجود آدم خرج دارد!

مولا امان پرسید:

- بگذار ببینم! چند تا جیب دارد؟

ابراو برخاست و همچنان که انگشت‌هایش را می‌لیسید دور خود

چرخید و گفت:
- چهار تا. یک جیب کوچک هم اینجا، بیخ کمرش دارد!
- خوب؛ پس هر چه پول داشته باشی میان جیبهایت جا می‌گیرد! میرزا خان که لابد مزد خوبی به‌ات می‌دهد؟
- می‌دهد. چرا که ندهد؟! تو آبستنش کن، خودش می‌زاید!
- خوبست دیگر. طلبکارش هم هستی؟
- ای... نه چندان. کم و بیش، به اندازهٔ خرج خوراک و رخت و لباسم می‌دهد...
- باقیش را هم برایت پس‌انداز می‌کند، ها؟ یا اینکه گرو نگاه می‌دارد؟
- گرو چی؟
- هیچی! شوخی کردم. حالا پول نقد داری چارتا بجل بالا بیندازیم؟
- ندارم. عشقش را هم ندارم. زودترک هم باید بخوابم. صبح‌ها از خستگی نمی‌توانم از جایم ورخیزم. ننه، جمع کن!

عباس ته کاسه را لیسید. مرگان کاسهٔ خالی و نرمه نان‌ها را برداشت. ابراو برخاست و رفت تا جای خود را بیندازد. مرگان جای عباس و امان را هم پهن کرد و فتیلهٔ لامپا را پایین کشید. کم‌کم همه دراز کشیدند. مرگان سرجای خود نشست. برادرش پاشنهٔ سر را به دیوار داده بود و سیگار می‌کشید. دمی دیگر می‌خوابید. سیگارش را خاموش می‌کرد و می‌خوابید. خاموش کرد و خوابید. ابراو هم نفیرش بلند شد.

عباس؟ خواب و بیدار عباس، یکی بود. خاموش روی جایش چمبر زده بود. گیرم خواب باشد یا نباشد! او مثل هر شب چشم به سقف داشت و خاموش بود. تقریباً، شب‌ها نمی‌خوابید. دم‌دمه‌های صبح خوابش می‌برد و تا وعدهٔ ناشتا هم از جایش بلند نمی‌شد. آفتاب که به دست و پا می‌ریخت، از جا برمی‌خاست و لنگ‌لنگان و کج ازدربیرون می‌رفت، دست و رویش را می‌شست، آرام سر جایش می‌نشست و در سکنج اتاق، همچنان که پیش از این، خاموش می‌ماند. هاجر یا مرگان برایش تکه‌ای نان و یک پیاله چای می‌آوردند. او نان و چایش را می‌خورد و همچنان می‌نشست. گاه پیش می‌آمد که از اتاق بیرون برود

و زیر تاق تنور کنار حیاط ـ جایی که این آخری‌ها بیشتر سلوچ می‌نشست ـ بنشیند. می‌نشست و زانوهایش را بغل می‌گرفت. حرف کمتر می‌زد. خیلی کم. خیلی کم. یکی دو کلمه‌ای هم اگر می‌گفت صدایش بی‌زنگ بود. صدا خش بخصوصی داشت. مثل صدای سگ سوزن خورده. انگار که تارهای حنجره‌اش از هم گسیخته بودند. یا این که ریشش در گلو سوخته بود. چراکه صورت عباس هم مو آمده و مثل صورت مخنث‌ها شده بود. گمان نمی‌رفت که دیگر ریش از رویش بروید. به نظر می‌آمد که ریشه‌های موهای نرم صورتش سوخته باشند. یک کلام: عباس از این رو به آن رو شده بود.

مرگان همچنان بر جای خود نشسته بود. چشم‌ها خشک و چهره قاق کشیده. سرش صدا می‌کرد و دلش ناآرام بود. مشوش. اعضا و اندامش بی‌قرار بودند و بی‌آن که خود ملتفت باشد چشم به در داشت. لب‌هایش می‌جنبیدند. شاید دعا می‌خواند. شاید با خود گفت‌وگویی داشت. هر چه بود چشم به راه خواب نبود. نمی‌توانست سر بر بالین بگذارد:

«کی می‌توانی دل آسوده به خواب روی، وقتی که دخترت را همین یک دم پیش به حجله فرستاده‌ای؟»

جیغ و جیغ و جیغ! نیزه‌های شکسته‌ای به دل شب. صدای پریشان هاجر در کوچه‌های زمینج.

ـ ننه وای... ننه جان وای... ننه جان هووووووی... به دادم برس ننه!

مرگان به کوچه دوید. هاجر تنبانش را به دست گرفته بود و در کوچه بال می‌کشید. چغوکی از دام باشه‌ای بگریزد. علی گناو در پی او بود. می‌دوید و در حال، گره بندمویی تنبانش را می‌بست. هاجر میان بازوهای مادرش پنهان شد. گم شد. چنان که پنداری مرگان باد را در آغوش گرفته باشد. گریه گریه. گریه‌ای شکسته، به بیمی عمیق آمیخته. شکن شکن هول، در صدای نازک دختر. یقه کنده و سر و پا برهنه، علی گناو خود را رساند. مرگان دختر را به پناه دیوار خانه کشاند. گناو خود را به خانه انداخت. شیون و شتاب، مولا امان و ابراو را هم از جا پرانده بود. مولا امان بی‌گیوه و کلاه به بیرون دوید. ابراو میان درگاهی ماند. هله پوک!

هاجر از مادر کند، خود را به اتاق پراند و یکسر به پستو دوید. زبان‌ها بسته شده بود. کسی حرفی نمی‌توانست بزند. علی گناو کف می‌ریخت. مولا امان به طرف او رفت. مرگان به اتاق فرو رفت. ابراو پرسید: «چی شده؟» و مرگان می‌دانست چی شده. عباس روی جایش نشسته بود. مرگان به پستو رفت؛ هاجر جیغ می‌کشید:

ـ می‌ترسم مادر! می‌ترسم. خیلی می‌ترسم. می‌میرم مادر! من را به کی شو دادی؟ این کیست؟ این کیست؟ چرا من را به این دادی؟ چرا من را به این دادی؟ کیست این؟ کیست؟ مادر... من خیلی می‌ترسم! خیلی!

مادر سر دختر را به سینه گرفت. باید چیزی می‌گفت. دلدارایش باید می‌داد. اما چه بگوید؟ کو زبان حرف؟ شاید باید می‌گفت «مادرت برایت بمیرد، گُل من!» اما مرگان مهلت این نیافت تا حرف و سخنی به یاد بیاورد. ذهن، گاهی یخ می‌زند.

مولا امان پردهٔ پستو را کنار زد:

ـ بیا بیرون دختر؛ بیا برو خانهٔ شویت!

علی گناو منتظر نماند. از کنار شانهٔ خمیدهٔ مولا امان پا در پستو گذاشت، چنگ در بند دست هاجر انداخت و او را کشاند. هاجر، وصله‌ای به مادر خود چسبیده بود و او را رها نمی‌کرد. مرگان چسبیده به هاجر از پستو بیرون آمد. هاجر پاشنهٔ پا بر زمین کوفت و نعره زد:

ـ نمی‌خواهم خدا! نمی‌خواهم! نمی‌خواهم! من عروسی نمی‌خواهم... خدا!

دیگر نفسش داشت می‌برید. رویش از فغان کبود شده بود. علی گناو نباید مجال رسوایی می‌داد. هاجر را کشید. مرگان هم کشانده شد. دم در، ابراو خود را روی ساق دست علی گناو پراند:

ـ چه خبرت هست، عمو! داری اسیر می‌بری؟!

مولا امان خواهرزاده‌اش را از روی دست گناو کند و او را پس انداخت:

ـ به تو چه که خودت را قاطی می‌کنی، تیله! می‌خواهد زنش را ببرد خانه‌اش. اهه!

ابراو رو در روی دایی خود ایستاد و گفت:
ـ تو دیگر چی می‌گویی؟ خواهر من است!
مولا امان جواب ابراو را با مشتی بر گردن هاجر کوبید:
ـ یالا راهت را بکش برو خانهٔ خودت، دخترهٔ پتیاره! یالا!
گفته و ناگفته، هاجر را از مرگان واکند، زیر بغل زد و از در بیرونش انداخت. هاجر به سوی تنور دوید و چالاک به دیوار پیچید. می‌رفت تا خود را به بام بکشاند که علی گناو رسید و از پشت سر بغلش زد. هاجر همچنان جیغ می‌کشید و لنگ و لگد می‌انداخت. علی گناو دهن دختر را با کف دست پهن و زمختش بست و پا به کوچه گذاشت:
ـ دیگر کولی بازی تا چه حد! خیال داری آبروریزی کنی؟! صدایت را ببر دیگر، بزغاله!
صدای هاجر در کف دست علی گناو، خفه شد. اما دست و پا همچنان می‌زد. مولا امان از روی دیوارسرک کشید: چیزی مثل بال کندهٔ یک باشه، کنار علی گناو بر خاک کشیده می‌شد. هاجر، صدا، دیگر نبود. رقیه، زن علی گناو به کوچه‌آمده و روی چوب زیربغلش سرگردان بود. مولا امان به‌خانه برگشت. مرگان که تنبان دخترش را در هم پیچیده و زیربغل زده بود به کوچه دوید؛ خود را به رد علی گناو رساند و دست روی شانهٔ دامادش گذاشت:
ـ علی جان! علی جان! بگذار خودم بیارمش. خودم میارمش، علی جان. نه! بگذار نفس بکشد. بگذار نفس بکشد. خفه‌اش نکنی، علی جان!
علی التفات نداشت. هاجر را همچنان می‌برد. شیری برهای که از مادر جدایش کنی. مرگان باید برمی‌گشت. اما چطور می‌توانست برگردد؟ او ناچار، همچنان دنبال سر علی گناو می‌رفت و التماس می‌کرد:
ـ علی جان... علی جان... قربان قدت بروم. علی جان... به دخترکم رحم کن... رحم کن... به دخترکم رحم کن... علی جان... علی جان!
علی گناو جوابی به زاری مرگان نداشت. به خانه رفت و در را پشت سر خود بست. مرگان پشت در خانه ماند. تنبان روی دستش مانده بود. نشست. زن علی گناو هم به او نزدیک شد. ماند. بعد، نشست. روبه روی مرگان نشست،

پشت به دیوار داد و پای شکسته‌اش را دراز کرد. مرگان سر خود را میان دو دست گرفت و تنش خود به خود نوسانی یافت؛ حرکتی ملایم و با نوجوار. از این سو به آن سو:

«روزگار من! روزگار من!»

صیحه‌ای ناگهانی. صحیه‌ای نه، جرقه‌ای از جیغ. نعره‌ای که در دم خاموش شد. باید بیهوش شده باشد هاجر!

مثل چیزی که صاعقه کسی را زده باشد، مرگان روی پاها سیخ شد و خشکید. چندی؟ خود ندانست! ناگاه و بی‌اختیار دست‌ها را مشت کرد و مشت‌ها را بر سر، و سر را بر در کوفت و کوفت و کوفت:

ـ کشتیش... کشتیش، جلاد! میرغضب، دخترکم را کشتی؟

صدا و همهمهٔ همسایه‌ها. صدای زنی؛ شاید مسلمه:

«خدا خوارت کند مرگان!»

صدا و همهمهٔ همسایه‌ها. صدای دختری؛ شاید خواهر ذبیح:

«عجبت شد مرگان!»

صدا و همهمه‌ای باز. صدای زنی؛ شاید مادر مرگان از گور:

«خیر از روزگارت نمی‌بینی مرگان!»

صدای‌های های زنی، صدای مرگان؛ نشسته بر در و دست‌ها بر سر. درون، سینه‌اش چیزی منفجر می‌شود. خاموشی کوچه، گریه‌های مرگان را می‌خورد. صدای مرگان، دیگر نه گریه، که زنجموره‌ای ناخوشوار تا سپیده‌دم صبح در کوچه‌ها می‌مخد. رقیه، زن علی گناو را خواب برده است. در سپیده‌دم صبح، علی گناو از در بیرون می‌آید. بقچهٔ حمام زیر بغل دارد. حرف نمی‌زند. می‌گذرد. سر فرو افکنده می‌گذرد. این را مرگان به پای شرم گناو می‌گذارد. مرگان اینجور می‌خواهد. اما یقین نیست که چنین باشد. شاید نشانی از بی‌اعتنایی باشد. نه مگر داماد، شاه شده؟ مرگان پیش پای شادماد بلند می‌شود:

ـ چطور است علی جان؟ علی جان!

ـ خوبست!

علی گناو گذشته است. مرگان خود را به خانه می‌اندازد. زن علی گناو

برای وضو می‌نشیند:
«خواب است؛ خواب!»

مرگان پرده را بالا می‌زند. هاجر، ماهی کوچک، روی خون خشکیدهٔ نهالی افتاده است. ضعیف، خیلی ضعیف. چیزی با رنگ و روی میت. نمرده بوده؟ نمرده است؟ ماهی کوچک بر خاک! نه. هنوز دل دل می‌زند. پلک‌هایش بسته‌اند. پلک‌ها به رنگ سایه درآمده‌اند. مژه‌هایش همدیگر را پنجه کرده‌اند. یک‌شبه گونه‌هایش بیشتر بدر جسته‌اند. دست‌هایش، لاغر و باریک، دو مار بی‌آزار بر این سوی و آن سوی رها یند. پیراهنش خونین است. خون مرده. موهایش بر هم خورده‌اند. تکه شالی همچنان به دور پاهایش بسته مانده است. این هم فهمیدنی است. اما مرگان نمی‌تواند به سادگی برگزارش کند. نرم، چون گربه‌ای غریبه به پستو می‌خزد. دلش نمی‌آید کودکش را از خواب بیدار کند. روی گردن هاجر جای ضربه‌هایی پیداست. ساییدگی‌هایی، خراش‌هایی. ردسیلی باید باشند یا جای مشت. نه؛ این نباید باشد. مچ دست‌ها هم چنینند. سرخ و کبود. خون یا از خراش‌هایی بیرون زده یا زیر تکه‌هایی از پوست، مرده است. مثل جای یوغ، روی گردن گوساله. حالا مرگان یقین دارد که دخترش مهار شده بوده است:

«دخترکم... وای! دخترکم دیگر جم نمی‌توانسته است بخورد. لاک‌پشتی که به پشت، روی لاکش بخوابانیش. تقلا کرده بوده؛ تقلا کرده بوده. سرش را آن قدر بر بالش کوبیده که گونه‌هایش کبود شده‌اند. که گردنش در سایش شال، پوست سایانده است. که یکی دو تا از ناخن‌های انگشت‌های دستش کمرشکن شده‌اند. چنگ در نهالی و در زمین انداخته بوده است دخترکم.»

ـ مادرت برایت بمیرد، هاجر!

مرگان برخاست. باید می‌رفت تا مرهمی تیار کند. همان مرهمی که برای شانه و ساق پای عباس درست کرده بود، چطور بود؟

زن علی گناو، کنار دیوار، نشسته نماز می‌خواند. مرگان از کنار او گذشت و بیرون آمد. کوچه نبود انگار. مزگان ندید کوچه را. رسید و دید که مولا امان دارد پالان روی خرش می‌گذارد. آماده شده بود که برود. ابراو رفته بود. نیمه‌های شب، خواب زده از خانه بدر شده و رفته بود. عباس همچنان روی جایش نشسته و

خیره مانده بود. مرگان جرأت نمی‌کرد به هیچکدام نگاه کند. زبان در دهانش خشکیده بود. تکه‌ای کلوخ. آرام نداشت. یک جا قرار نمی‌گرفت. بال بال می‌زد. کبوتری چاهی، به چاهی دربسته. مولا امان که جوان بود، نیمه‌های شب می‌رفت و سر چاه را به چادرشبی می‌بست و تا صبح همانجا می‌خوابید و صبح از لای بال چادرشب به چاه می‌خزید و به صید کبوتر می‌پرداخت. مولا امان همیشه در بازگشت از بال بالی که کبوتران می‌زدند، برای مرگان می‌گفت. مرگان نمی‌دانست چرا به یاد کبوترهایی افتاده است که مولا امان در جوانی خود، آنجور صیدشان می‌کرد. مولا امان خود بی‌خیال آنچه در خیال مرگان می‌گذشت، آمادهٔ رفتن می‌شد. اما مرگان؟ او نمی‌دانست چه باید بکند! می‌نشست و باز برمی‌خاست و به راه می‌افتاد. ناخن در کف دست‌ها فرو می‌برد و آب دهان به دشواری قورت می‌داد. راه گلویش انگار تنگ شده، بسته شده بود. چیزی مثل مشتی کاه، راه گلویش را بسته بود. بر کنج لب‌هایش کف سفیدی خشکیده بود. هاج و واج! او، بالاخره برای چه کاری به خانه آمده بود؟ و این هوا، بالاخره چرا روشن نمی‌شد؟

ـ خوب خواهر جان! من دارم می‌روم. خدانگهدار.

ـ خوش آمدی برادر جان! خوش آمدی.

مرگان بیرون آمد. مولا امان افسار خرش را به دست داشت. افسار راکشید و خر را براه انداخت. مرگان تا کوچه همراه برادر رفت. مولا امان چیزی دور نشده از مرگان، برگشت و آرام به خواهر خود دلداری داد:

ـ این سفر خیال دارم بروم طرف شاهرود و، اگر بشود روغن گوسفندی بخرم. سری هم به‌معدن می‌زنم و هر جوری شده خبری از سلوچ برایت می‌آورم. زیاد هم خودت را نجو! گلویت غمباد می‌شود و آن وقت دیگر قوز بالاقوز. از علی هم خداحافظی کن.

مولا امان روی یک پا بلند شد و خودش را بر خر نشاند و هی کرد. پاهای بلندش تا زمین فاصله‌ای نداشتند. به نظر می‌آمد که پنجه‌های گیوه‌هایش دارند بر خاک شیار می‌اندازند. بار دیگر گفت:

ـ خدانگهدار.

ـ به امان خدا.

مولا امان در پناه کوچه گم شد و نوک بلند کلاهش هم، کم‌کم ناپدید شد. مرگان به خانه برگشت.

عباس روی پاهایش نشست و گفت:

ـ خداوند از سر تقصیرات سردار بگذرد. آمین!

صدای عباس، صدای سگ سوزن خورده بود. مرگان وادرنگید و گوش تکاند. امید این که عباس چیزی، باز هم چیزی بگوید؛ اما عباس دیگر هیچ نگفت. پاشنهٔ سرش را به دیوار تکیه داد و پلک‌هایش را روی هم گذاشت. مرگان لحظه‌هایی خیره، خیره و مبهوت به جوانش ماند. بر عباس چه می‌گذشت؟ به چی فکر می‌کرد؟ در کجاها، خیالش تاب می‌خورد پسر پیر مرگان؟!

«الهی مادرت بلاگردانت می‌شد، عباس!»

چه دیواری میان مادر و فرزند قد کشیده بود؟ چه دیواری میان دو دل؟ دیگر نمی‌شد به طرف او رفت! حرفی به او نمی‌شد گفت. حرفی از او نمی‌شد شنود. در بارویی کهنه، عباس جا گرفته بود. در بارویی کهنه و پیر. چه بر عباس رفته بود؟

«خدایا! جوانم جوان از خانه رفت و پیر به خانه آمد. چه می‌دانم چی شد؟ چه می‌دانم! چرا برایم نمی‌گوید؟»

نمی‌گفت. عباس هیچ نمی‌گفت. قفل بسته. به ندرت. و گاهی اگر می‌گفت، در صدا و درمعنا چندان‌گنگ می‌نمود که سرگردانی مادر را بیشتر می‌کرد. بعضی‌ها همان یکی دو روز اول آمدند. عباس را دیدند و رفتند. پیرها گفتند هول کرده و رفتند. رفتند، همه رفتند. همه رفتند. عباس، در خانه ماند. جغد خاموش. عباس، روی دل و دست مادر، ماند. عباس پیر و خاموش، درکنج خانه همین آیا «خانه‌نشین شدن» نیست؟ هست! عباس، خانه‌نشین شد. برنمی‌خاست. برنخاست. همین آیا «زمین‌گیر شدن» نیست؟ چرا، هست!

بهار می‌گذرد. این تابستان است پیش روی. وجین ودرو. و مرگان پایی در خانه و پایی در بیرون خانه باید داشته باشد. نمی‌تواند که عباس را یکه بگذارد! نمی‌تواند هم بیکار بماند. درو و خرمن پیش می‌آمد. مرگان باید به صحرا

می‌رفت. چهار من خوشه جمع می‌کرد. این که نمی‌شد؛ کار را که نمی‌شد زمین بگذاری. امیدی هم نه که عباس از جا برخیزد!

«مرگان؛ خاکت به سر! تو باید می‌رفتی و برای دختر خود مرهمی فراهم می‌کردی. گنگ وگم چرا شده‌ای؟!»

ـ خداوند از سر تقصیراتت بگذرد، سردار. آمین!

عباس از سیاهی خانه برخاست؛ چوبدستی نه، عصایی به دست گرفت و از در بیرون رفت. آرام آرام پا در کوچه گذاشت و شانه به دیوار داد. آفتاب روی کوچه، دیوار و بام شکم داده بود. هیچ صدایی نه، و نه هیچ جنبنده‌ای که به چشم آید. با پشت خمیده و زانوهای لق، عباس به راه افتاد. دست به دیوار گرفت و به راه افتاد. نرم نرم. لاکپشت‌وار. چیزی شبیه شبح. موهایش بلند شده بود. موهای بلندِ پیچ پیچ. موهای در هم کوفته. نمد. یک بار مادرش رفته بود مقراضشان کند؛ اما از چشم‌های عباس، از نگاه عباس ترسیده بود. این بود که موهای عباس بلند مانده و بلندتر شده بود؛ و موهای بلند، سرش را بزرگ‌تر می‌نمود. سرش بزرگ‌تر شده بود و صورتش کوچک‌تر. کوچک‌تر وکوچک‌تر. به قوارهٔ دک و پوز یک موش صحرایی. و چشم‌هایش، در کاسه‌های خشک؛ گشادتر، ژرف‌تر و ترسناک‌تر شده بودند. پشت خمیده، پوزهٔ پیش آمده، نگاه پر بیم و، هم بیمناکش او را بیشتر به موش مانند کرده بود.

در کوچه‌های خالی زمینج، عباس پابرهنه با پیراهنی پاره و به رنگ خاکستر، چهره‌ای چروکیده و کله‌ای پر موی و سفید، چون جانوری عجیب، کند و بی‌شتاب قدم برمی‌داشت و رو به خانهٔ سردار می‌رفت. زنگ شتر انگار شنیده بود. پس می‌رفت تا خود را به خانهٔ سردار برساند؛ پناه قلعه. دیوار پشت خانه، زمین‌های بایر را از زمینج جدا می‌کرد. راهی تا خانهٔ سردار نبود. اما برای عباس سلوچ، صد سال راه بود. صد سال دیگر، عباس رسید. اما ظهر، هنوز ظهر بود. خورشید، بفهمی ـ نفهمی، کمی به پهلو غلتیده بود.

در شتر رو خانهٔ سردار باز بود. شترها در هر سو یله بودند. عباس پا به دالان گذاشت و یکراست پیش رفت. در اتاق سردار باز بود. سردار تنها با

شترهایش زندگانی می‌کرد. کاسهٔ دوغ نیمخوار و تکه‌های ماندهٔ نان خشک کنار دیوار بود. مگس‌ها روی کاسه و نان‌ها را پوشانده بودند. سردار گیوه‌هایش را زیر سر گذاشته و خواب بود. ساعدش را روی پیشانی و ابروهای پر و پهنش خوابانده و ریش گرد و سیاهش همهٔ صورتش را تا زیر چشم‌ها پوشانده بود. عباس پا به در گذاشت. آرام پیش رفت و کنار تن خوابیدهٔ سردار زانو زد. زانو زد و ماند. مثل شکستهٔ دیواری. خاموش و بی‌صدا فقط نفس می‌کشید. دم و بازدم.

تا کی عباس نشسته بود؟ این دانسته نشد. اما به نظر رسید که سردار صدای نفس غیر را احساس کرده است. ساعد از روی چشم‌ها برداشت، مژه‌های قره و بلندش را از هم باز کرد و پسر سلوچ را کنار خود، نشسته دید. سردار در هر حال و روزی که می‌بود، مردی نبود که از جوانکی بیم کند؛ اما موقع و گونهٔ آمدن عباس و این چنین نشستنش سایه‌ای از هول بر دل او نشاند. مرد کهنه و پخته، بی‌آن که خود بخواهد دست و پایش را جمع کرد، واپس کشید و تکیه به دیوار، دمی چشم در چشم عباس ماند. عباس کاری نداشت جز اینکه به سردار نگاه می‌کرد. سردار سرانجام خود را از سایهٔ روشنِ وهم‌آور خواب و بیداری به دست آورد، آرامش و سنگینی خود را باز یافت و همراه سرفه‌ای که نابسته به احوال روحیش نبود، چشم‌های سیاهش را به چشم‌های عباس میخ کرد و پرسید:

ـ ها؟! چی می‌خواهی؟ با این حال نزار، زیر این آفتاب جهنم، اینجا آمده‌ای چکار؟!

شکسته و فرسوده، صدای عباس برآمد:

ـ مزدم؛ مزد کارم!

سردار که خواستِ عباس برایش یقین شده و خاطرش آرام گرفته بود، از جا برخاست و گفت:

ـ مزد، ها؟! خوب. خوب برو مادرت را راهی کن باید حساب کنیم!

خمیده و آرام، عباس برخاست و از در بیرون خزید و از بیخ دیوار تن به دالان شترور کشاند. کوزهٔ آب، کنج دالان. عباس کنار کوزه زانو زد و آن را به دشواری از زمین بلند کرد و روی زانوها گذاشت، دهن کوزه را به دهن گرفت و تا دل و زبان می‌طلبید، نوشید. بعد کوزه را ـ کوزهٔ آشنا را که پیش از این به دو

انگشت از جا بلندش می‌کرد ـ سر جایش گذاشت و برخاست. گردن اَرونهٔ پیر به سوی عباس دراز بود. نگاه نرم آشنا. عباس احساس کرد شانه و ساق پایش به درد آمدند. نگاه اَرونه و یاد آفتاب. آفتاب و لوک و کویر و چاه. مار، ماران؛ تکانی در تن تکیدهٔ عباس. درد یاد. گرچه عباس توانسته بود چندان بر یادهای مهیب خود چیره شود که رو به خانهٔ سردار بیاید؛ اما نه هنوز چندان که نگاه اَرونه درد پای و شانه را در او نو نکند.

دست به دیوار گرفت و ایستاد. یاد آفتاب و راه صد ساله خسته‌اش کرده بود. ناف ظهر. زمین ظهر خالی زمینج کف پاهایش را می‌سوزاند و عرق ـ نه فقط از گرما، که از ناتوانی هم ـ از بیخ گوش‌هایش براه افتاده بود. سر بزرگش روی گردن باریک او بند نبود. لق می‌خورد و چشم‌هایش سیاهی می‌رفت. سر به اختیار او نبود. تاب می‌خورد و گیج می‌رفت. چشم‌ها گم در غبار؛ در غبار آفتاب. ضعف. ضعف. هر جوری بود باید خود را به خانه می‌رساند. آفتاب گرچه هنوز چندان داغ نبود، اما انگار داشت خونش را می‌مکید. براه افتاد. دشواره براه افتاد. خمان و لنگان خود را می‌کشاند. پاها از توان رفته، قلب سست شده، چشم‌ها غبار گرفته. نه! دیگر نمی‌شد. دیگر نمی‌توانست. دیگر نتوانست. تاب از او رفت و کنار کوچه پشت به دیوار داد و روی زانوهایش تاخورد، خمید، چمبر زد و باز شد؛ و پهن شده رها شد در آفتاب. آفتاب داغ، خاک داغ، خاک داغ. خاک و آفتاب چنین ماهی که پیشترها چندین داغ نبود! داغ بوده بود؟ شاید. بوده یا نبوده بود، عباس در این دم رمقی نداشت، حسی نداشت تا واکنشی داشته باشد. پوش می‌شد. پوش می‌شد. ذره، ذره. چیزی شبیه نور. چیزی شبیه خاک.

خاکت به سر، مرگان! پسرت در کوچهٔ پشت غش کرده و افتاده است و تو همچنان گیاه مرهم در هاون می‌سایی؟!

پوک! تن عباس پوک بود. سبک. سبک‌تر از آنچه بپنداری. استخوانش پوده شده بود. مرگان گرچه از شتاب در کوچه‌های پر آفتاب از تاب رفته بود، اما هنگام بر دوش گرفتن تن عباس، دچار نشد. او را بلند کرد و به دیوار تکیه‌اش داد. بعد پشت به عباس، دست‌های پسر را روی دوش‌های خود انداخت؛ خمید و زانوها را در خاک نشاند و چون مردی که پشتهٔ خاری را بلند کند، عباس را بر

پشت خود جای داد؛ دست‌های بلند و استخوانی خود را زیر ران‌های خشکیدهٔ جوان قلاب بست و تن راست کرد. بار بر دوش نمی‌شد دوید؛ اما مرگان بی‌خیال هم نمی‌توانست قدم بردارد. لُکّه می‌رفت و می‌شنید که آب در شکم عباس لق لق صدا می‌کند.

عباس خود چیز روشنی احساس نمی‌کرد. حتی صدای لق لق بندبند استخوان‌هایش را. حسی ـ اگر هم داشت ـ گنگ و غبارآلود بود. چیزی محو و گریزان. احساسی مثل سوار شدن بر بال جبرییل. تنها تکانی منظم و گوارا. دست‌هایش بی‌رمق و رها روی سینهٔ مرگان آویزان بود؛ و سرش، سرمرغی مرده، بر شانهٔ مادر افتاده؛ و پلک‌هایش، دو برگ خشکیدهٔ بید، نیمه‌باز مانده بود.

مرگان جوانش را بر زمین گذاشت و در دم پیراهن او را بالا زد و دوید که آب بیاورد. عباس، تاقباز، روی کف خاکی اتاق نعش بود. سر به یک سو و دست به سویی. از کناره‌های دهانش کف تفتیده‌ای بیرون زده بود و قلبش زیر دنده‌های تکیده، ضربانی ناهموار داشت. مرگان قدحی آب پیش آورد، چارقد از سر واکرد و در آب خوچاند، بیرون آورد و روی پیشانی و صورت و لب‌های عباس را تر کرد. بعد چارقد آب چکان را دور گردن، روی سینه و شکم عباس کشید. بی‌اثر نبود. کنار دیوار، جای عباس پهن بود و مرگان او را به روی جا کاشاند. عباس سر روی بالین گذاشت و پلک‌هایش را به زحمت نیمه باز کرد. اما پیش از آنکه چشم‌ها بتوانند جایی، چیزی را ببیند پلک‌ها برهم نشستند. نه! عباس، دیگر عباس نبود. عباس هم نمی‌شد. جنازه‌ای پیر و فرسوده، کنار دیوار قد کشیده و افتاده بود. مرگان خود را کنار کشید، تکیه به دیوار داد و بر این پیراهن غم، خیره ماند. چکارش بکند؟ چکارش می‌شد کرد؟ عباس بدل به بلا شده بود. بلایی عزیز. چیزی رنج‌آور که نمی‌توان عزیزش نداشت. که ندیده نمی‌توانش گرفت. زخمی اگر بر قلب بنشیند؛ تو، نه می‌توانی زخم را از قلبت وابکنی، و نه می‌توانی قلبت را دور بیندازی. زخم تکه‌ای از قلب توست. زخم اگر نباشد، قلبت هم نیست. زخم اگر نخواهی باشد، قلبت را باید بتوانی دور بیندازی. قلبت را چگونه دور می‌اندازی؟ زخم و قلبت یکی هستند. عباس و درد، یکی هستند. یکی بودند. یکی شده بودند. مگر می‌شد از هم جداشان کرد؟ مگر می‌شد؟ عباس درد بود؛ و

درد، عباس بود. و این دویی یگانه، که دیگر تمیزشان از هم دشوار شده بود، زخمی بود بر قلبِ مرگان. دردی در جان مرگان. و مرگان ناچار بود درد را دوست بدارد. به سوی عباس پرید. همین دم می‌بایست. همین دم می‌بایست او را در آغوش بگیرد. می‌بایست چشم‌های او را ببوسد. کنار پسر زانو زد. اما نه! نتوانست. عباس دیگر کودک نبود. نوجوان هم نبود. جوانی بود. مردی بود. پیرمردی بود براستی! این همه چروک از کجا و چگونه بر پوست عباس نشسته بود؟

مرگان نمی‌توانست فرزند خود را ببوسد. چیزی مانع بود که مرگانِ لبریز از عشق و درد، پسر خود را در آغوش کشد. دیواری میان عزیزان. خشتی میان دو دل. مرگان نمی‌توانست مهر خود، عمیق‌ترین دارایی خود را به پسر ببخشاید.

پس ای مرگان! عشق تو تنها به پیرانه‌ترین چهرهٔ خود می‌تواند بروز یابد: اشک. و تو مختاری که تا قیامت بگریی. گریستن و گریستن. اشک مادرانت در تو مردابی خاموش است. نقبی بزن و رهایش کن. بگذار در تو جاری شود. روان کن. خود را روان کن. با چشم‌های همهٔ مادران می‌توانی بگریی. به تلاطم درآی. توفانی از آواز و شیون و اشک، ای دریای خفته!

نه؛ اما نه! مرگان چغر شده است. مرگان چغر شده بود. دیگر نه تنها اشک مادران در او مردابی خاموش شده بود؛ که تاب مادرانه نیز بر او بارویی بود: بگذار بگندد این مرداب! بگذار بخشکد. پاییز؛ خشکیده و تکیده وخاموش. چغر و سوخته و بردبار. پاییز. پاییزبرگ‌های زرد. برهوت بادهای سرگردان. چنار بر پاست. مرگان پاییز بسیار دیده است. نه! از چنار کهن فغان برنمی‌خیزد. هرگز اشکابه‌ای نیست. گو گم شوند همهٔ گریستن‌ها! کجاست خشم؟ سدی از خشم بر رود پیرترین چشم‌ها. تازیانه بر مرداب کهنه. سیلی بر گونهٔ باران. خروش، خروش. بی‌تسلیم. ستم بر ستم. نعره بر درد. فغان نه، فوران. چنگ در چشمان به اشک نشسته. فرزند ناخلف، فرزند ناخلف مویه‌ها، گریه‌ها، تسلیم‌ها. رها. وارهاییده. وارسته دیگر، مرگان! گم شوید ای همهٔ نرم ـ دردهای جان‌خوار! گر خشم و خنجر و خون، بی‌دریغ ببارد! قلبِ مرگان، مایهٔ شرمِ کویر لوت.

سایه! این سایه چیست؟ کیست؟ کدام است؟

ـ ها! تو چه می‌خواهی؟!

- آن تکهٔ خاک را بیا تماشش کنیم!
- ها؟ میرزا حسن! نه، من زمین به تو نمی‌دهم.
- من می‌گیرم، مرگان!
- من زمین به تو نمی‌دهم. آن خاک قبر جای من است.
- من سندش را گرفته‌ام. شرکت روی این زمین به من وام داده. من دارم کشاورزی این منطقه را مکانیزه می‌کنم. تو نمی‌دانی معنی این حرف‌ها چیست! مکانیزه! همه چیز طرف من است، پشت من است. به زبان خوش دارم می‌گویم. نمی‌خواهم مردم بگویند با یک بیوه درافتاده‌ام. کسر شأن من است. بیا با هم یکجوری کنار بیاییم. من خیال دارم در این منطقه کارهای مهمی بکنم. پنبه‌کاری. پسته‌کاری. می‌دانی یعنی چه؟ این ولایت را آباد می‌کنم. از اینها گذشته، من می‌خواهم با تو کنار بیایم. وگرنه تو زن سلوچ، سهم‌بر از زمین مردت نیستی. چیزی از آن زمین، اگر هم ثبت و سند می‌داشت، باز هم به تو نمی‌رسید. اما من می‌خواهم که تو راضی باشی!

خنجری در چشمان مرگان:

- برو! برو!
- می‌روم. اما یک چیز دیگر را هم بدان. سهم دخترت را هم خریدم. دامادت خودش دو دستی رضایتنامه را برایم آورد.
- برو؛ می‌گویم برو!
- می‌روم. می‌روم.

سایه رفت. میرزا حسن دیگر نبود.

مرگان قد اتاق را به گام‌های بلند طی کرد، برگشت، رفت و باز برگشت. ماده شیری در قفس؛ لب‌ها به هم فشرده، آرواره‌ها چسبیده. سر، برهنه. پا، برهنه. هنوز به یاد نمی‌آورد که در بودن میرزا حسن هم چارقد بر سر نداشته است؛ موها سیاه، پژمرده و لاغر. چشم‌ها درشت، نگاه تیز، روی تکیده. دست‌ها چالاک. گام‌ها محکم. رگ و پی، کشیده. تیری در چلهٔ کمان، مرگان.

هذیان می‌گفت عباس و واژگویه می‌کرد:

- خدا از سر تقصیراتم بگذرد!

مرگان تف کرد و از در بیرون زد. بیلچهٔ چاهکنی سلوچ را از آخور برداشت و پا به کوچه گذاشت. تند می‌رفت. باد صرصر. کوچه به کوچه. از زمینج بیرون شد. بیابان. بیابان. کی به خدازمین رسید؟ به گمانش در یک چشم برهم زدن. زمین، افتاده بود. مثل تن یک آدم. خسته. سفره‌وار. جوری که حالا مرگان داشت زمین را می‌دید، هرگز ندیده بود. در نگاه او زمین جاندار می‌نمود. زنده. زالهٔ دور زمین کور شده بود. با وجود این، هنوز دانسته می‌شد که چی به چی هست. زمین را که شش سهم می‌کردی، یک سهمش مال مرگان بود. چراکه عباس و ابراو چهار سهم خود را ـ هر کدام دو سهم ـ فروخته بودند. هاجر هم یک سهم خود را فروخته بود. رسم پسر بخشی و دختر بخشی. پس می‌ماند سهم مرگان. یک سهم. مرگان زمین را ورانداز، پل کرد. سهم خود را، یک ششم، به خطی با نوک بیل جدا کرد. در چهار گوشهٔ زمین، چهار کپهٔ از خاک و بوته بالا آورد. روی کپه‌ها را سنگچین کرد و پس بیلچه‌اش را به دست گرفت و کمر راست کرد. کار تمام شده بود. مرگان عرق از پیشانی پاک کرد.

غروب بود. سایه‌های بوته‌های مَره، کشیده شده بودند. مرگان از زمین بیرون رفت، روی برگرداند و به بوته‌های هندوانه نگاه کرد. بوته‌ها زیر خاک فرو رفته بودند. برگ و باش بیشتری‌ها زیر خاک پوسیده بود. نه! امسال چیزی بار نمی‌آمد. چه‌باری! چه کاری؟ مرگان، تنها خود، لابه لای کارهایش چهار پنج روزی آمده‌بود، دانه در گود انداخته و رفته بود. دیگر هیچ. دیگر مهلت کار روی بوته نیافته بود. باید می‌رفت. باید می‌رفت. حسرت به دل، باید می‌رفت. رفت. رو گرداند و رفت.

زمینج در دامن کبود غروب، فرو می‌نشست. سایه می‌آمد که بیاید. زن‌هایی، پیمانه‌هایی آب بر دوش. مردهایی شانه به شانه، اختلاط کنان. خری برهنه، لنگ و سرگردان. سگی بیخ دیوار. جغدی بر خرابه.

مرگان کنار دیوار راه می‌رفت. در کوچه‌های تاریک، مرگان محو می‌شد. تاریکی گنگ. در ده قدمی؛ آشنا آشنا را نمی‌شناخت. مرگان سر فرو فکنده می‌رفت. خانهٔ مرگان در همان کوچه‌ای نبود که او می‌رفت. کوچه به خانهٔ سردار

می‌انجامید. کوچهٔ پشت. نگران عباس بود مرگان. اما به خود می‌قبولاند که باید مزد پسرش را از سردار بگیرد. حس می‌کرد اگر مزد شترچرانی عباس را بتواند از سردار بگیرد، به حال ناخوش پسرش اثر خواهد داشت.

شترهای سردار اینجا و آنجا پراکنده بودند. خسبیده، غلتیده، ایستاده. سردار در نور فانوسی که به میخ دیوار آویخته بود، به کار بستن جل جهاز و ریسمان و خورجین بود. به نظر می‌رسید که خیال دارد سپیده‌دم قطار کند. آرام و بی‌صدا، مرگان پا به دالان گذاشت و روبه سردار رفت. سردار ریسمان را در چمبر گره زد و سر بالا آورد. مرگان جلوی رویش ایستاده بود. سردار پرهای کاه را که به ریش و ابروهایش چسبیده بودند، با کف دست زمختش پاک کرد و چشم‌های سیاه و بزرگ خود را به روی مرگان دوخت:

ـ ها! آمدی؟! خوب، فرمایش؟

مرگان گفت:

ـ بابت مزد عباس.

ـ مزد عباس؟ کدام مزد؟

ـ همان کارکردش دیگر. بابت شترهایت که چرانده! از همه کارمان واماندیم. یک روز هم عباس فرصت نکرد بیاید دستی به بال من بگیرد. رفته‌ام سر زمین می‌بینم...

ـ آها! آه... مزد؟ ها! خوب. تکلیف لوک من چی می‌شود؟ تاوانش را کی می‌دهد؟

ـ چه می‌دانم! خوب، من چه می‌دانم؟

ـ می‌دانی آن لوک چند صد تومان می‌ارزید؟

ـ نه. چه می‌دانم!

ـ آن لوک سیاه شتر تیر من بود. اما پسر تو تلفش کرد!

ـ چرا پسر من؟!

ـ پس کی؟

ـ مار، مار زدش!

ـ مار، خوب. بله. اما پسر تو شتربان بود. پس برای چی دنبال شتر آدم

راهی می‌کنند؟!
- شتر تو مست بود. مست شده بود. باید مهارش می‌زدی!
- من چه می‌دانستم؟ علم غیب داشتم؟
- می‌دانستی. می‌دانستی. چطور شترداری هستی که حال شترت را نمی‌فهمی؟ تو خبرهٔ شتر هستی!
- خوب. خبره. خبره، بله. اما شتر در بهار مست می‌شود. من چه بکنم؟
- تو کاری نداری که بکنی. من باید بدانم چه بکنم. پسرم پیر شده. سرکارِتو ناکار شده! من با او چه بکنم؟ شکمش را چه جور سیر بکنم؟ جوانم دارد از دستم می‌رود. ها، چه بکنم؟
- من چه می‌دانم؛ خدا بدهد!
- من به گدایی نیامده‌ام سردار که به خدا حواله‌ام می‌دهی! من مزد کار پسرم را می‌خواهم.
- پسرت شتر من را کشته، تازه تو از من مزِ: می‌خواهی؟! چهل جای کارد روی گردن و سینهٔ شتر بود! ندیدی؟! پوستش را هم به نصفه نیم‌بها فروختم، چون جرواجر بود. کور بودی ببینی بیابان را خون ورداشته بود؟! خیال می‌کنی رد پسرت را چه جوری زدم؟ از روی خون! خونی که روی خاک ریخته بود. خون شترم!
سردار داشت رو به شترخان براه می‌افتاد. مرگان درنگی کرد و به دنبال او گفت:
- سردار؛ خیر نمی‌بینی. پسرم نفرینت می‌کند!
سردار سر در شترخان فرو برد و گفت:
- برو عموجان؛ به دعای گربه باران نمی‌بارد!
سردار در سیاهی شترخان گم شد.
مرگان کنار بار ماند. امید آنکه سردار بیرون خواهد آمد. اماگویی سردار سر بیرون آمدن نداشت. مرگان رو به شترخان رفت. زبانش را باید نرم‌تر می‌کرد! جلوی در شترخان ایستاد. سردار چراغ پیه‌سوز را روشن کرده و پای جهاز به دوختن پارگی گیپان نشسته بود. مرگان شانه به در تکیه داد و به سردار خیره ماند.

غولی بود انگار. گرده به جهاز داده و سر به کار خود داشت:
ـ ها؟! کاری داری باز هم؟

مرگان شکسته گفت:

ـ ما قوم و خویشیم سردار! دختر من به خانهٔ پسر عموی توست. آخر اینجور که نمی‌شود! راه و رسم...

ـ خوب دیگر؛ حالا برو یک کاسه آب بیار بده بخورم! بعداً یک کارش می‌کنم!

به خانه‌های مردم زمینج مرگان آشنا بود. قدحی از دولابچه برداشت، پر آب کرد و برای سردار برد.

نور چراغ پیه‌سوز فقط روی چهره و زانوی سردار را، که کپان بر آن پهن شده بود، روشن می‌کرد. جاهای دیگر شترخان تاریک بود. دالانی پهن و درندشت با تاق بلند. جای زمستانهٔ شترها در سرماهای سگ کش. بوی پشم و پلوک و کاه و چُفُلک و پنبه‌دانه، بوی پودگی دیوارها به مشام می‌زد. مرگان قدح آب را نرم نرم پیش برد و نزدیک سردار ایستاد. سردار سر بزرگش را بالا آورد و پیش از آنکه قدح را از دست مرگان بگیرد چشم‌هایش را به او دوخت. چیز غریبی در نی نی چشم‌های سردار بال بال می‌زد. مهیب بود. وحشی و بدوی.

مرگان پلک برهم زد. باز هم نگاه! سمج و نافذ. دست‌های مرگان به لرزه درآمدند. آب از قدح لبریز شد. کمی آب بر پشت دست سردار ریخت. قدح در دست‌های مرگان آشکارا می‌لرزید. لبخند کندی ریش و سبیل سردار را از هم واکرد. تپش قلب مرگان تندتر شد. پرنده‌ای در جاذبهٔ نگاه یک افعی. افسون شده بود. چیزی در او می‌رویید. چیزی در او می‌فسرد. جهانی تازه و هولناک. یاد، پیش روی و خیال، چه تندوار!

مرگان تا این دم فکر این را هم نکرده بود که نشانی از زن سردار به یاد بیاورد. زن سردار از او گریخته بود. نه امروز، بیست سال پیش. و سردار دیگر زن نستانده بود. تنها سر بر بالین می‌گذاشت. در رونق شترداری، زنش را که آن روزها دختر بچه‌ای بیش نبود از یزد همراه آورده بود. به سال نکشیده که زن گریخته بود. برادرها و داییش که ماندگار کاشمر بودند برای خرید گندم آمده بودند و در نبود

سردار، دختر را برده بودند. در واقع، دختر با کسان خود رفته بود. سردار هم، در بازگشت سفر، هیچ به روی خود نیاورده بود. بعد از آنهم در پی آن زن نرفته بود: زن، زن است!

آب از قدح می‌ریخت. مرگان می‌لرزید. بسته شده بود و می‌لرزید. نمی‌دانست خودش را چطور برهاند. خدایا! قدح از دست‌هایش فرو افتاد و مرگان در یک دم توانست پای از کف شترخان برکند. دوید. شتری از در شترخان به درون آمد. شتر! مرگان تا برود به خود بجنبد ساق پایش میان دست زبر و بزرگ سردار بود که او را به تاریکی، به ته شترخان می‌کشید:

ـ کجا رم می‌کنی، ماکیان!

ـ نه! این نه!... این یکی دیگر... نه!

امانی به فریاد مرگان داده نشد. کپان شتر سر و گردنش را درهم پیچاند و جهاز شتر سر پناه شد: دیر وقتی‌ست این خاک بایر مانده!

تقلا به تسلیم. خلاص!

جهاز و کپان را که مرگان از روی خود واپس انداخت، سردار نبود! اول نفس کشید، پندار خفگی بر اینکه چیزی را باخته باشد، چیره بود. سپس، بهت و هیکه! دمی نشسته در خلاء. ناگاه، ماکیان سرکنده، از جا پرید. شتر همچنان نگاهش می‌کرد. ذهنش زغیک شده بود. لگدمال. پاخورده‌تر. تنبان را برداشت و به حیاط پاگذاشت. آرام بود. مبهوت. شترها به حال خود بودند. دستی زنجیر در را به زلفی می‌انداخت. سردار در را می‌بست. مرگان تنبان را روی سر انداخت. سردار در دالان پیدایش شد. لب‌ها و ابروهایش هنوز پرپر می‌زدند. مرگان تازه انگار سردار را می‌دید. مرگان تازه به خود می‌آمد. وحشت! وحشت به تمامی او را در خود گرفت. دست بر دهان گذاشت تا جلوی نعره‌اش را بگیرد. نعره در گلویش گلوله شده بود. سردار دیوار شده بود. از جا تکان نمی‌خورد. اما مرگان آمدن او را حس می‌کرد. دیگر برای چه رو به او می‌آمد؟ پس پس رفت تا به دیوار رسید. پشت سرش پله بود. یک دست بر دهان، با پال پال دستی دیگر از پله‌ها بالا رفت. روی بام، تنبان بر سر. سردار، چشم‌های سردار، همچنان نگاهش می‌کرد. مرگان خود را به آن سوی گنبدی بام کشاند. بیابان؛ مرگان خود را به بیابان

انداخت. شب؛ مرگان خود را به درون شب انداخت. خود رها کرد و دست از دهان برداشت. بیابان همه فریاد و شب همه شیون. زوزهٔ شغال‌ها. زوزهٔ شغال‌ها.

«خاله مرگان! فردا شب خانهٔ ذبیح‌الله روضه‌خوانی‌ست. گفته بیا روضه را بگردان.»

۵

- این را سردار داد. گفت بابت مزد عباس!

خسته و عرق کرده، ابراو بیلچه را به کناری انداخت؛ کیسهٔ آرد را از دوش پایین گرفت و بیخ دیوار تکیه داد. پس کف دست‌هایش را برهم کوبید و گرد آرد را که بر آستین‌هایش نشسته بود، تکاند. مرگان، خیره و مات، بیلچه را که در خانهٔ سردار جا گذاشته بود، نگاه کرد و همچنان که بود ماند. ابراو بر زمین نشست و گفت:

- می‌گفت حالا یک ماه هم بیشتر می‌گذرد که آرد را جا کرده‌ام، اما مادرت پیداش نمی‌شود! چرا تا حالا نرفته بودی بیاری؟

مرگان گفت:

- کار داشته‌ام. از این گذشته، گذاشته بودم نزدیکی‌های زمستان وصول کنم؛ بیشتر به دردمان می‌خورد.

کربلایی دوشنبه گفت:

- بارک‌الله به سردار! آفرین! خوش حساب و کتاب شده. پیشترها دندانش را می‌کشیدی کمتر از این دردش می‌آمد که ساربانی مزدش را از او بگیرد! بارک‌الله؛ آدمیزاد شده!

ابراو کربلایی دوشنبه را آشکارتر حس کرد. دمی پیش کیسهٔ آرد را که از شانه پایین گذاشت، کربلایی دوشنبه را دید؛ اما به روی خود نیاورد. اما حالا ناچار بود او را ببیند. نشسته بود. مثل همیشه بیخ دیوار، سر جای همیشگیش نشسته و سر فرو انداخته بود. تا خاموش نشسته بود، می‌توانستی ندیده‌اش بگیری. اما این، نه یعنی که او نیست. بود. خاموش بود. درهم و سنگین بود. ثقیل. نشسته، تکیه به دیوار، آرنج‌ها بر آینهٔ زانوها و انگشت‌ها به کار گرداندن دانه‌های

تسبیح. این چنین مردی، پیرمردی، دربودن خود نمی‌توانست بی‌حضور باشد. بود. اما چنان خاموش که انگار نبود، می‌نمود که سال‌ها می‌تواند به همین حال بیخ دیوار بنشیند و تسبیح بیندازد، مردکم‌گوی و درشت‌گوی. حالا هم داشت به سردار نیش می‌زد. برای کربلایی دوشنبه این مهم نبود که سردار شتردار کیسهٔ آردی برای مرگان فرستاده است. سردار هر کاری که انجام می‌داد، برای کربلایی دوشنبه برخورنده بود و او، می‌گزیدش. هر که می‌بود، می‌گزیدش. کربلایی دوشنبه شخص خاصی را نمی‌گزید. خوی عقرب و راه رفتن رطیل را داشت. پاها خمیده و کوتاه. دست‌ها دراز و کج. گیوه‌ها پاره. مندیل بزرگ و چرک. پاچه‌های تنبان، کوتاه. وقت راه رفتن بال‌های نیمتنه‌اش چرخ می‌خورد. و هنگام خنده، لحظه‌هایی که کسی را دستگاه کرده بود، گونه‌هایش از خنده سرخ می‌شد و آب از چشم‌هایش براه می‌افتاد. مرد قدیم بود و سرد و گرم چشیده. فخرش این که در غربت بوده و به حبس افتاده بوده.

اما دیگران ـ آن‌ها که کربلایی دوشنبه را نزدیک‌تر می‌شناختند ـ به حبس افتادنش را در غربت، ننگ او می‌دانستند. برای این که کربلایی دوشنبه در عشق‌آباد به جای دیگری مجازات شده بود. روز آزادی هم، دیگری به جای او از زندان بیرون آمده بود. از این قرار که مأمورها کربلایی دوشنبه را به جای یکی از آدم‌های خیبرخان سوداگر و قاچاق فروش دستگیر کرده و به زندان برده بودند. سالی گذشته بود تا روشن شده بود که کربلایی دوشنبه همانی نیست که باید می‌بود! پس نامش را برای آزادی خوانده بودند. تا او بشنود و بجنبد، رندی خود را با این نام جا زده و بیرون رفته بود و کربلایی دوشنبه همچنان ماندگار زندان عشق‌آبا مانده؛ تا این که روزی نام دیگری را برای آزادی می‌خواندند. صاحب نام نیست. مأمورها کربلایی دوشنبه را در ته غرفه گیر می‌آورند که لم داده و خاموش نگاه می‌کند. تازه روشن می‌شود که چه پیش آمده بوده! کربلایی دوشنبه را بلند می‌کنند و می‌برند. مأمور عشق‌آبادی تپی بر سر کربلایی دوشنبه می‌زند و از در بیرونش می‌اندازد.

داستان را بدین روایت همراهان کربلایی دوشنبه و همسفرهایش، مردهایی که با او هم‌قافله بوده‌اند، کسانی چون مولا امان و سردارکم و بیش بازگو

می‌کردند. اما کم پیش می‌آمد که کربلایی دوشنبه خودش حال و حکایت را مو به مو نقل کند. بیشتر طفره می‌رفت و اگر می‌گفت، خیلی گذرا می‌گفت. بودند، اما خیلی کم بودند که آنچه را بر کربلایی دوشنبه گذشته، مو به مو از زبان او شنیده باشند.

ابراو به دیدن کربلایی دوشنبه عادت داشت. تازگی‌ها کربلایی دوشنبه بیش از اندازه در خانهٔ آن‌ها پیدایش می‌شد. می‌نشست، چای می‌خورد، ناسوار زیر زبان می‌ریخت، گه‌گاه یکی دو کلمه می‌گفت، ناهار و ناشتایی اگر بود می‌خورد و به کندی برمی‌خاست و می‌رفت. او دیگر خودش را بیگانه به خانه نمی‌دانست. خودمانی شده بود. جا به جا شوخی هم می‌کرد. لطیفه‌ای می‌پراند. چیزی برای خندیدن. حتی اگر شده فقط خودش به آنچه گفته بود، بخندد. هر چه بود، ابراو به روشنی می‌دید که پای پیرمرد روز به روز بیشتر به خانه‌شان باز می‌شود. این برای ابراو گران بود، اما دندان روی جگر می‌گذاشت و حرفی نمی‌زد. خود را ناچار می‌دید که دندان روی جگر بگذارد. علت عمده‌اش هم این بود که کربلایی دوشنبه عموی ذبیح‌الله بود. ذبیح‌الله شریک میرزا حسن بود و دست ابراو زیر سنگ میرزا بود. جان ابراو بود و میرزا حسن. کافی بود ابراو را از تراکتور وابگیرند تا جانش گرفته شود. این بود که ابراو ناچار بود به دل بخورد و دم برنیاورد. و دم برنیاوردن ابراو، خاموشی عباس و کلافگی مرگان به کربلایی دوشنبه میدان داده بود که هر چه می‌تواند پیشتر بخزد. کم مانده بود که یکباره جل و پوست ـ تخت‌اش را روی کول بگیرد، بیاورد و برای همیشه در خانهٔ مرگان بیندازد.

«خوب؛ تا بینم!»

این بود آن چه ابراو در خود و با خود می‌گفت.

اما مرگان چی؟ او چه می‌اندیشید و چه می‌گفت؟

مرگان بی‌تفاوت می‌نمود. دنیا را بگذار آب ببرد. وقتی تو در توفان گرفتار می‌آیی، چه خیالی که دکمهٔ یقه‌ات را بسته باشی یا که نبسته باشی. چه خیالی که خاک در چشمانت خانه کند یا نکند. چه خیالی؟! تو در توفان گرفتار آمده‌ای، می‌خواهی که گلویت خشک نشود؟ تو در خود رسوا شده‌ای،

می‌خواهی که کربلایی دوشنبه در خانه‌ات پوست ـ تخت نیندازد؟! حال که چنین است، گو باشد! دیگران هر چه خواه، گو بگویند. چه خواهند گفت؟ هیچ. هیچ نمی‌توانند بگویند. این خود مرگان است که چیزی را به خود می‌گوید، یا نمی‌گوید. رهایی از دیگران آسان است. رهایی از خود دشوار است. بسا ناممکن. اینست که مرگان در پاسخ خود درمانده می‌نماید، نه در گمان آن چه دیگران ـ لابد ـ می‌گویند. غم این نبود که شایع شود کربلایی دوشنبه در خانهٔ مرگان جا خوش کرده است؛ نه. فاجعه این بود که مرگان، در کلافگی ذهن خود، مهلت اندیشیدن به آن چه دیگران می‌گفتند نداشته باشد و نداشت. بار خاطر مرگان با پندار دیگران نسبت به او، چندان از هم دور بودند که زن خود را در آن میان گم می‌دید. سرگردان و گم. سر بر دیوارهای ذهن می‌کوفت و آرزو می‌کرد بتواند پوستهٔ دروغین پندار این و آن را به نعره‌ای درهم بشکند.

«آی... ظن‌تان باطل است! درست اینکه من می‌گویم. درست اینست. بر خطا مروید! قلب من این جاست. درست نشانه بگیرید. تیر در دایرهٔ وهم چرا رها می‌کنید؟»

اما برآوردن چنین بانگی، به گمان آسان می‌آید. نه! مرگان شهامت بایسته را در خود نمی‌دید. چگونه می‌توان خنجر خصومت را در سینهٔ خود فرو نشاند؟ ثمره، چی؟ که دیگران از وهم تو بدر آیند؟ چنین اگر بشود آیا روح تو قرار خواهد گرفت؟ نه! به یقین که نه! بهانهٔ دیگری می‌جوید. خواهد جست. بهانه‌جوتر خواهد شد این روح!

«و، اگر دم نزنم؟»

باز هم می‌آزاردت. آرامت نمی‌گذارد. تنها امید فراموشی هست. اما چه چیز را می‌توان فراموش کرد؟ همه چیز را؟! نه. کیسهٔ آرد نگاهت می‌کند! نه، همه چیز را نمی‌توان. حتی ناداری را می‌توان از یاد برد، اما برخورد دو غریزه را نه! برخوردی به خشونتِ درهم شکستن دو چنار در توفان. نه؛ نمی‌توان حلش کرد. نمی‌توان هضمش کرد. گرهی نیست که بتوان بازش کرد. نه به دست و نه به دندان. هر چه بدان می‌پردازی کورتر می‌شود. گنگ‌تر می‌شود. بیشتر درهم می‌پیچاندت. و اگر نخواهی بدان بپردازی و به آن بیندیشی، کلافه‌ات می‌کند. کلافه‌ترت

می‌کند. جوالدوز به کف پایت فرو می‌کند. برمی‌انگیزاندت. به خود می‌خواندت. گیجت می‌کند. نفست را برمی‌آشوبد. چشم‌هایت، نگاهت، آرایهٔ چهره‌ات را آشفته می‌کند. نگاه می‌کنی و نمی‌بینی. می‌خندی ـ اگر خنده‌ای در تو مانده باشد ـ و نمی‌دانی که چرا؟! در همان حال می‌توانسته‌ای که بگریی. منقلبی. به آن اگر بیندیشی هم، حال و روزی به از این نداری. درد این جاست که هنوز نتوانسته‌ای در قبال آن چه بر تو روا شده، وضع قاطعی بیابی. نظر یکپارچه‌ای داشته باشی. از آن بیزار، یا بدان خرسند باشی. تماماً از خود برانیش یا قبولش بداری، مقبولش بدانی. به چارمیخ کشیده شده‌ای. نمی‌توانی بدانی به کدام سوی باید بروی، روانی. بدتر از آن، نمی‌دانی هم. در تنگنایی پیش نیندیشیده گرفتار آمده‌ای. لذتی خشونت‌بار بر تو چیره شده است. خشونتی بدوی حظی دردناک در تو چکانده است، بخشیده است. و تو در میانه، همچنان گرفتاری. زن هستی، از یک سو، حرمتی داری، از سوی دیگر. بند و رهایی در یک دم؛ آمیخته به هم. آسوده و آزرده؛ رها و بسته‌ای. گرچه دودلاخ درهم پندار، همان‌چه که دمادم از پیچ و خم ذهن برمی‌خیزد؛ به بروز کشش‌های غریزی مجال و میدان نمی‌دهد و می‌رود که واپس‌شان براند، اما نیاز و میل هم در تو دم می‌جنباند. در تو پیچان است. در ته ذهن و در عمق خاطرت، در گنگ‌ترین و پنهان‌ترین و نایافته‌ترین لحظه‌های جانت میلی می‌جنبد و بر دیواره‌های قرار و مدارها شاخ می‌کوبد. مادهٔ گاوی سرشار از شهوتِ خواستن، درونت را برآشفته است. تو زنی! گریزی از این نیست. و مادری؛ گریز از این هم نیست. شوی داری و شوی نداری. سلوچ هست و سلوچ نیست. سایه و چهره‌اش هست. اما اینها هیچکدام، سلوچ نیستند. سلوچ نیست. مرده است؟ زنده است؟ خواهد آمد؟ نخواهد آمد؟ زبانه‌ها، زبانه‌های سئوال. پاسخی کو؟ نیست! پاسخی نیست. جدال دو جان در یک جان. سردار و سلوچ. کشش و بیزاری. خواستن و واپس زدن. جدال. تازیانه، تازیانه‌هایی در روحت صفیر می‌کشند. شخم خورده و شیار برداشته‌ای، ای خاک خشک، ای زمین بایر؛ تو را به چپاول شیار زده‌اند ای خاک. اما تو زمینی و هم دشتبان زمین؛ نگاهبان زمین. و دشتبان و دشت، دو چیزند. زمینِ رسیده شخم برداشته است و این همان‌چه که در ذات می‌طلبیده است. اما دشتبان، مرگان، چپاول شده است. تاراج.

به یغما رفته. پس او، مرگان، در شبگیرِ چپاولِ مرگان کجا بوده است؟ این چگونه حراستی است؟ سرشکستگی و احساس بی‌حرمتی. امانت به تاراج رفته است!

کشمکش کشندهٔ مرگان، این بود. این دوئیت درون. بافت منظم روحش برهم خورده بود. بافتی که تا پیش از این تار و پودش جز رنج و کار نبوده بود. اما رنگی نو؛ این لایهٔ تازه‌ای بود که در بافت روح مرگان نشسته؛ و بر رفتار و کردار مرگان، بر چهرهٔ مرگان، سایه انداخته بود. آرایه‌ای گنگ، اما نو. چیزی که ابراو از آن سر درنمی‌آورد، اما بود:

«جور دیگری‌ست، مادر. جور دیگری شده است!»

جور دیگری شده بود، آری. بی‌تاب و گاه در بهت. بر یک قرار، نه. چیزی باید روی داده باشد. چیزی. اما چه؟ همه گمانی می‌توان زد مگر آنچه که خود مرگان فقط می‌دانست!

ـ چکار می‌کند، ببین!

عباس بود. برخاسته و چون حشره‌ای، کیسهٔ آرد را ـ آذوقه ـ به طرف جای خود می‌کشاند. گویی می‌خواست شبی را، کنار کیسهٔ آرد، آسوده بگذراند. به هر دشواری، زیر نگاه‌های مادر و برادرش، کیسهٔ آرد را بیخ دیوار کشاند و پیشانی به عرق نشسته، کنارش زانو زد. ناتوان، به نفس نفس افتاده بود. آرنج‌ها را بر کیسهٔ آرد گذاشت و پیشانیش را بر کف دست تکیه داد. به نظر می‌آمد که سرش گیج و چشم‌هایش سیاهی رفته بوده. مچ دست‌هایش می‌لرزید و گردنش انگار به دشواری ستون سر بود و در این حال پنجه‌های تکیدهٔ عباس درون انبوه سفید موهایش دویده و خرچنگ‌وار به پوست سرش چسبیده بودند.

ابراو بیخ دیوار مقابل، رو به روی برادرش نشسته بود. دو برادر بعد از آن شب دیگر با هم همکلام نشده بودند. عباس که خود به خود بی‌سخن بود. و ابراو هم نمی‌دانست چه می‌تواند به عباس بگوید. و در این بود که: آیا می‌تواند؟ نه؛ نمی‌توانست. بارویی میانشان سر برآورده و روز به روز هم ضخیم‌تر و بلندتر می‌شد. چندان که شاید چندی دیگر نتوانند حتی یکدیگر را ببینند. این نیز در اندازه‌ای ابراو را وامی‌داشت که تیزتر به راه خود برود. درست آن حالتی که آدم چیزی را از دست شده می‌داند و می‌خواهد در جای دیگر جبرانش کند. پس به کار

کوشاتر می‌شد. روز به روز بیشتر با تراکتور میرزاحسن و شریک‌هایش درمی‌آمیخت. جزیی از پیچ و مهره‌اش می‌شد. کم‌کم، سوار بر یال تراکتور، همهٔ بلوک را از زیر نگاه در می‌کرد. همراه شوفر گنبدی تکه تکه خاک را شیار می‌زدند و می‌گذشتند و کرایه‌اش را به مهر امانت به دست میرزا حسن می‌دادند. با این که زمین‌های بلوک زمینج یک کاسه نبود و در اصطلاح خرده‌مالکی بود، تراکتور میرزا حسن بازار کارِ گاوها را داشت سرد و بی‌رونق می‌کرد. آن کس که توانسته بود ـ حتی ـ هم اندازهٔ کرایهٔ تراکتور وام زراعی بگیرد، یوغ و خیش را به کناری انداخته بود. پس کمتر از پیش دیده می‌شد گاوها یا الاغ و شترهایی که خیش و میاری در پی بکشند و پیرمردی، مردی دستهٔ میار در دست به دنبالشان روان باشد. خیش‌های شقی تراکتور دل و رودهٔ خاک را بیرون می‌ریخت و علف‌های هرزه را قلوه کن می‌کرد. چنین کاری از پر زورترین گاوهای سیستانی هم برنمی‌آمد. آخر، زور گاو حدّی دارد. اما زور تراکتور میرزا حسن، به گمان ابراو حدی نداشت!

کم‌کم ابراو، تنها پشت فرمان تراکتور می‌نشست. ساعتی، نیم ساعتی؛ وقت و بی وقت. تا شوفر گنبدی سیگاری بکشد یا دهنی به آب تر کند. در راه رفت و برگشت. میرزا حسن هم به ابراو امید داده بود که به زودی تراکتور را او خواهد سپرد. همین که مکینه را بیاورند. تا وقتی ابراو هم خبره می‌شد. میرزا حسن نمی‌خواست بگذارد که شوفر گنبدی از دستش در برود. او می‌خواست از شوفر گنبدی به جای مکانیک مکینه هم کار بکشد. اما به هر جهت شوفر گنبدی ماندگار زمینج نبود. دل به ولایت و خانهٔ خود داشت. هوایی دشت گرگان، تاب کویر را نمی‌آورد. امروز نه، فردا می‌رفت. ابراو به سود میرزا حسن بود. همان کار را با مزد کمتری انجام می‌داد. نک و نال نداشت. کلاهش را هم از شادی به هوا می‌انداخت. منتها باید خبره‌تر می‌شد. تراکتور تکه‌ای آهن خشک نبود که بتوان با فراغ بال به او سپرد. باید خبره‌تر می‌شد. پس ابراو چشم به راه مکینه بود که آورده شود.

ـ حالا این نیمچه مکینه‌شان را کی خیال دارند بیارند این نوچه ارباب‌ها؛.. آقای شوفر؟!

ابراو جوابی به کربلایی دوشنبه نداد. نه دل خوشی از او داشت و نه می‌خواست تن به زخم زبان او بدهد.

نیش و طعنه گویی جزو سرشت کربلایی دوشنبه بود. و این هنگامی زهراندودتر و آزارنده‌تر می‌بود که رو به هر چه تازه بود، رها می‌شد. این کربلایی دوشنبه انگار هیچ چیز را جز آن چه دلخواه خودش بود، باور نداشت. چنین کارها و وسایلی به‌نظرش بازیچه می‌آمدند. برای همین گرچه پسرش سالار عبدالله پای عمدهٔ مکینه و تراکتور بود، اما خود کربلایی دوشنبه پایش را بر کنار داشته و نظاره‌گر بود و چشم به راه این که روزی سر و کلهٔ شریک‌ها در انباری او پیدا شود؛ روزی که رو نداشته باشند دست قرض به سوی دولت دراز کنند. همین پولی که امروز به دست میرزا حسن و شریک‌هایش داده شده بود، اگر کربلایی دوشنبه می‌خواست به آن‌ها بدهد بهرهٔ سالانه‌اش چقدر که نمی‌شد! گرچه، چنین پول کلانی او نداشت و اگر می‌داشت هم، آن‌ها چنان گروی‌یی نداشتند که به دست کربلایی دوشنبه بسپارند. پیش‌تر، پیش از آن که به تعبیر کربلایی دوشنبه، این نوچه اربابها پیداشان بشود، مالکین از او پول نزولی قرض می‌کردند. اما برای امروزی‌ها، راه‌های روان‌تری باز شده بود. راه و چاه کارها طور دیگری شده بود. تازه‌هایی باب شده بود! این تازه رسیده‌ها پول را از خود دولت قرض می‌کردند و بار را به خود دولت می‌فروختند. البته وقتی نمی‌توانستند قرض‌شان را ادا کنند، ناچار بودند بار را به خود دولت بفروشند. نرخ بار و نرخ بهره، معلوم. این را به تن هموار می‌کردند و معطل غمزه‌های کربلایی دوشنبه نمی‌شدند. گرچه، کربلایی دوشنبه به عقلش نرسیده بود، شاید هم دست و بازوی این کار را نداشت تا دیگران را ناچار کند بار و محصول‌شان را به بهایی که معلوم می‌کرد، به او بفروشند. هر چه بود که بازار کربلایی دوشنبه کساد شده بود. چون چشم خرده مالک به دست دولت بود و برای کربلایی دوشنبه می‌ماندند آدم‌هایی که در هفت آسمان یک ستاره هم نداشتند. مردم بی‌زمین و آفتاب‌نشین. آدم‌هایی مثل مولا امان و چند خرده‌پای دیگر که چیزی نداشتند تا کربلایی دوشنبه به گرو بردارد. پس پولی هم که می‌گرفتند، پولی هم که کربلایی دوشنبه به آن‌ها می‌داد، چندان نبود که بهرهٔ قابلی دستش را بگیرد. این بود که کربلایی دوشنبه بیش از پیش به

زهر آغشته بود و دایم در سنگری از بیزاری و تکبر توخالی حبس بود و تیر می‌پراند و برایش فرقی نمی‌کرد که تیرش در کجا و در سینهٔ که می‌نشیند. کس یا ناکس. خویش یا بیگانه.

کربلایی دوشنبه، گرچه به ناچار، پسرش را چندان بال و پر داده بود که بتواند پای عمده‌ای برای شرکت میرزا حسن باشد و سهم قابلی در مکینه و تراکتور و کشت یک کاسه داشته باشد؛ اما ذات او با سالارعبدالله و خصوصیات او ناسازگاری داشت. به روی سالار نمی‌آورد. به ظاهر می‌گفت: «خود دانی» اما در باطن کارهای پسر را خوش نمی‌داشت. هرچند، نظرِ بسته و تنگ کربلایی دوشنبه بی‌اعتبارتر از آن بود که بتواند در برابر آنچه داشت می‌شد تاب بیاورد. اما عقرب نیش خود را بر سنگ و بر آهن، بر تن و بر پیرهن، می‌لغزاند. این دیگر به دست خود کربلایی دوشنبه نبود که اول بداند و بعد بگزد. و عذاب‌آورتر از این هم نمی‌شد که او ناچار بخواهد بداند. ذهن کربلایی چغر و سمکوب شده بود. دیری بود که دیگر هیچ چیز تازه‌ای را به خود راه نمی‌داد. گویی چیز تازه‌ای، نه می‌دید و نه می‌شنید. زبان بسیاری موی درآورده بود از بس به او گفته بودند: «در آب روان جوی طهارت مگیر!» اما کربلایی دوشنبه هنوز هم این کار را می‌کرد. پس از هر قضای حاجت، به میان جوی می‌رفت، می‌نشست و در آبی که صد قدم پایین‌تر به گلوی کوزه‌ها می‌رفت، خود را می‌شست. طهارت گرفتنش هم دست کم نیم ساعت طول می‌کشید. در این کار وسواس عجیبی به خرج می‌داد. به گمان، خود را نجس می‌پنداشت. این بود که از آب سیری نداشت.

اما اینجا، در خانهٔ مرگان، کربلایی دوشنبه احساس می‌کرد که گزیده شده است. گزیده شده بود. سوزشی روی قلب چرمی خود حس می‌کرد. کیسهٔ آرد؛ کیسهٔ آردی که سردار شتردار، جلوی روی او برای مرگان فرستاده بود او را می‌گزید. خاری در چشم. اما همچنان نیش زهراندودش به شرکای تراکتور و مکینه بود. این، هم در نظر او موضوع عمده‌تری بود؛ هم این که خیال را به چیزی جز کیسهٔ آرد می‌کشاند:

ـ ها! جوابم را ندادی آقای شوفر؟ مکینهٔ این نو کیسه‌ها کی می‌آید؟! دو ـ سه روزیست که عبدالله ما به فکر گوسفند قربانی افتاده. گمانم موعدش

نزدیکست. ها؟

ابراو به نارضایی گفت:

ـ بله. به نظرم همین روزها به زمینج برسد. میرزا حسن رفته بیاردش.

حتماً نباید کسی پدرت را کشته باشد تا تو از او بیزار باشی. آدم‌هایی یافت می‌شوند که راه رفتنشان، گفتنشان، نگاهشان و حتی لبخندشان در تو بیزاری می‌رویاند. کربلایی دوشنبه از این دست آدم‌ها بود. دست کم که برای ابراو چنین می‌نمود. سهل است که زهر او بارها به سلوچ‌ها ریخته بود. همان مس‌های گروی که سالار عبدالله به زور از خانه بیرون کشاند و برد، تسمه شلاق‌هایی که در پنبه چوب‌زار ابراو را چون مار درهم پیچاند؛ همه نشانه‌هایی از کربلایی دوشنبه بودند. بر این‌ها سایهٔ سنگین و خفقان‌آور کربلایی دوشنبه هم در خانهٔ سلوچ افزوده شده بود. نه یک روز و نه دو روز، ماه‌ها بود که کربلایی دوشنبه به بهانه‌های گوناگون در خانهٔ مرگان پیدایش می‌شد. حتی گاه بی‌هیچ بهانه‌ای می‌آمد، طعنه‌ای به کسی می‌زد، می‌نشست و مثل نگهبانِ در جهنم خاموش می‌ماند. باید در آن حال و هوا قرار می‌داشتی تا بتوانی بفهمی پسر کوچک سلوچ چه حس می‌کند. در پناه چهرهٔ آرام و بی‌تکانِ کربلایی دوشنبه سماجت و قیحانه‌ای نهفته بود. چیزی که انگار زدودنی نبود. و این سایهٔ وقیح، تقریباً به حالت تکه‌ای ابر سیاه و بی‌بار همیشه روی زندگانی مرگان سنگینی می‌کرد. شاید هم اعتماد به نفس در کربلایی دوشنبه به قوت بود. حسّ اعتمادی در تار و پود وضعیت خود، نسبت به مرگان‌ها. هر چه بود و هر چه نبود، حضورش دشنامی وقیح بود برای ابراو. پیرمرد را نمی‌توانست ببیند. گلوگردنِ چروکیدهٔ او را چند بار در خیال جویده باشد خوب است؟ آخر، بودنِ کربلایی دوشنبه در خانه ابراو را داشت خفه می‌کرد. در منگنه بود. نشده بود که بتواند در حضور پیرمرد سر خود را بالا بیاورد، یا ـ حتی ـ به مادر خود نگاه کند. در عذاب بود. عذابی مداوم و جان‌کش. و این چیزی نبود که آدم را بگزد و بگذرد. درد هم نبود. زایده‌ای بود، زایده‌ای روی جان ابراو؛ و همیشه همراه. چیزی که حتی یک لحظه هم از او کنده نمی‌شد تا بتواند نفسی به آسودگی بکشد. نیش و کنایهٔ این و آن که دیگر قوز بالاقوز بود:

«ها! شنیده‌ام کفش‌های شوی ننه‌ات را جفت می‌کنی؟»

«همچین! شنیده‌ام به شپشش می‌گویی منیژه خانم!»
«کی باشد ببینمت بقچه حمام کربلایی دوشنبه را زیربغل گرفته‌ای و دنبال سرش داری می‌بری حمام، ابراو خان!»
«خوبست دیگر؛ سایهٔ سری برای خودش پیدا کرده!»
«اینجورها هم نیست که خیال می‌کنی. کربلایی دوشنبه جان به عزرائیل نمی‌دهد!»
«پس لابد مرگان اشتها واکرده!»
«خاله مرگان از همان اولش هم کم‌اشتها نبود؛ سی و پنج سیر را یک ضرب می‌توانست وردارد! هه!»

و زان پس، خنده‌ها. خنده‌های دهان‌های کف آورده. زبان‌های دراز. چشم‌های وادریده، بی‌مروت. دندان‌های وهن‌آور. چه می‌دانستند که ابراو چه می‌کشد؟ او تازه می‌رفت سینه از خاک بردارد که با چنین نیش و کنایه‌ها، که بیشتر به لیچار می‌کشید، می‌مالاندنش. چه می‌توانست بکند؟ یک بار جلوی سالار عبدالله را گرفته و گفته بود:

«سالار! به کربلایی بگو پایش را از خانهٔ ما بکشد. خوبیت ندارد.»

سالار گفته بود:

«کربلایی دوشنبه پدر من است، پسر من که نیست! من از چی منعش کنم؟ خودش می‌داند.»

و راهش را کشیده و رفته بود.

ابراو دیگر چکار می‌توانست بکند؟ خانهٔ سلوچ هم که در و پیکری نداشت تا آن را به روی غریبه ببندی. کربلایی دوشنبه سرش را پایین می‌انداخت، سرفه‌ای می‌کرد و می‌آمد و به کنجی و کناری می‌نشست. دیگر روز و شب برایش توفیری نداشت؛ شام و ناشتا هم. شریک کتری چای و سفرهٔ نان. ته کاسه را با انگشت کوتاه و کلفتش می‌لیسید و کنار می‌نشست: الهی شکر! لک الحمد و لک الشکر!

این آخری‌ها با خودش مویز می‌آورد. مرگان که پیاله‌ها را از چای پر می‌کرد، کربلایی دوشنبه دست به جیب می‌برد، چهار دانه مویز بیرون می‌آورد و

به هر نفر دوتایی می‌داد. مویز شاخه، کوهی. کسی از دست او مویز نمی‌گرفت. این بود که کربلایی دوشنبه دانه‌های درشت مویز را پیش این و آن می‌پراند. با این‌همه، تا کربلایی دوشنبه نشسته بود هیچ کس دانه‌های مویز را برنمی‌داشت؛ اما راست این که تا کربلایی دوشنبه پایش را از در بیرون می‌گذاشت، هر کسی سهم خود را برمی‌داشت و به دهان می‌انداخت. خود ابراو هم!

در طول مدتی که کربلایی دوشنبه آن جا نشسته بود، ابراو مادرش را می‌پایید، شاید که بتواند نشانه‌ای در او بیابد. اما این، محال بود. ابراو چیز روشنی نمی‌یافت. هیچ حالت تازه‌ای در مرگان دیده نمی‌شد. ناچار و بردبار می‌نشست و به کاری می‌شد. وصله‌پینه و شست و رفت. پارگی رخت‌ها را کوک می‌زد، کنار اجاق بود، یا در آمد و شد تا کارهای خانه را تمشیت بدهد. التفاتی به کربلایی دوشنبه نداشت. تحملش می‌کرد. انگار خشتی از دیوار. امشب هم پیدا بود که التهابش بسته به حضور کربلایی دوشنبه نیست. پیش از این ملتهب بود. در روضه‌خوانی خانهٔ ذبیح‌الله خانه هم دو تا استکان را شکانده بود. این از مرگان بعید بود. کسر شأن همچو زنی بود که دست و پای خود را در کار گم کند.

سردار که کمتر در عروسی و عزا قاطی مردم می‌شد کنار دیوار خانهٔ ذبیح‌الله در مطبخ نشسته بود. مرگان در کار برد و آورد چای و قند و توتون بود و می‌رفت تا سردار، خرسنگی تکیه به دیوار، را نادیده بگیرد. چشم‌های سردار، باشه‌هایی در کمین نشسته، بیشتر مرگان را می‌هراساندند. پرهیز و گریز؛ که بانگ کوبندهٔ سردار ناگهان برخاسته بود:

«اقلاً یک کاسه آب بده به دست من، زن!»

که مرگان یکه خورده بود. انگشت پا به پاچهٔ تنبانش گرفته و سکندری رفته بود. دو تا استکان به سنگ کنار گودال گرفته و تیخیل شده بودند. مرگان مرده و زنده شده بود: این بی‌دست و پایی خود را بر خود نخواهد بخشید! از آن پس مجلس را به زحمت خدمت کرده و کار را به پایان برده بود و به خانه که آمده بود رنگ به روی نداشت.

نه! ابراو نمی‌توانست باور کند که بین مرگان و کربلایی دوشنبه چیزی روی داده باشد. دهن دریده‌ها بگذار هر چه می‌خواهند بگویند. ابراو خیالش را

هم نمی‌توانست بکند. خیالش را هم نباید به سر، راه می‌داد. مادر او زنی نبود که هر سگ هرزه‌ای بتواند پوزه به پاچه‌اش بمالاند. نه! این نبود؛ اما چرا مرگان امشب در پیراهن خود جا نمی‌گرفت؟ چرا سراسیمه بود و یک جا بند نمی‌شد؟ چرا سر به کارهایی وامی‌داشت که واجب نبودند؟ این در و آن در، چرا می‌زد؟ بر ابراو هیچ روشن نبود!

درست چون ابری که گاه بُغرّد، کربلایی دوشنبه به سخن درآمد:

ـ اگر سلوچ خدابیامرز زنده بود، لابد می‌توانست در چاه‌کنی مکینهٔ این اربابچه‌ها کار کند. سرعمله می‌شد لابد!

گره خورده در خود، ابراو همچنان خاموش ماند. گوش به جواب مادر داشت، اما مرگان بهتر دانست از جا برخیزد و بیرون برود. به تیر پرتاب کربلایی دوشنبه جا خالی داد و پیرمرد به لبخندی موذیانه، لبخندی آمیخته به زهر ناله‌ای، خود را چاره کرد:

ـ هومّمّمم...!

ابراو احساس کرد تمام تنش می‌تپد. قلب جوانش سر بر دیوارهٔ سینه می‌کوفت. احساس می‌کرد لب‌هایش خشتِ خشک شده‌اند. دعوای کودکانه بسیار دیده بود. میان دعوا حرف درشت بسیار شنیده بود. به زخم زبان این و آن جواب داده یا نداده بود. کتک زده یا کتک خورده بود. اما کربلایی دوشنبه وجه دیگری بود. حد دیگری بود. و ابراو خبرهٔ فن حریف نبود. حریف کهنه! اما چه چاره‌ای؟ می‌شود بر آب زد بی‌آن که نعلت تر شود؟ هر که را ببینی یک بار سکندری رفته است. یک بار در همهٔ عمر؛ دست کم. دل به دریا باید زد. زد ابراو. با صدایی آشکارا لرزان از رعب و هیجان جوانی، پرخاش کرد:

ـ از کدام قرمساقی شنیده‌ای تو که پدر من مرده؟!

کربلایی دوشنبه نه نگاه اریب خود را، که دو مارمولک به چشم‌های جوان ابراو خیزاند:

ـ هوء! هوء! زبان هم که درآورده‌ای، تو؟!

بس کرد. روی از پسر سلوچ گرداند. چشم به زیر ناف خود دوخت و تسبیح گرداندن را از سر گرفت.

ابراو، تکه‌ای آتش، از جا پرید و خود را از دربدر انداخت. مرگان کنار تنور ایستاده و انگشت‌های تسمه و تکیده‌اش را روی لب‌ها چسبانده بود.

ابراو پیش پای مادر، شتاب تن کم کرد و پاشنهٔ پا را محکم بر زمین کوباند:

ـ چرا از خانه بیرونش نمی‌کنی این مردکه را؟!

مرگان چه داشت که بگوید؟

ابراو همهٔ خشمش را به نعره‌ای از سینه رها کرد:

ـ ها؟!

مرگان بازوی پسر را گرفت و او را رو به طویله برد. طویله تنها جایی بود که می‌شد در آن سرپوشیده گفت وگو کرد. جلوی در طویله، صدای سنگین قدم‌هایی نگاهشان داشت. آمدن مردی به این سوی دیوار حس شد. مادر و پسر واگشتند. غولی رو به رویشان ایستاده بود: سردار! دندان‌هایش در میان انبوه سیاه ریش‌ها سفیدی می‌زد. ابراو لرزهٔ دویده در اندام مادر را در انگشت‌های او بر بازوی خود احساس کرد. لرزهٔ پرنده‌ای در جاذبهٔ افعی. رنگ مرگان باید پریده باشد. خنده در دهان و سر کیف، سردار پیش آمد. دستمالش پر بود. دستمال پر را، سردار در میان دست و سینهٔ مرگان گیر داد و پا به اتاق گذاشت:

ـ احوال رفیق من چطوره؟

عباس سلوچ، همه چشم بود و خموشی. به سردار همچنان می‌نگریست که به کربلایی دوشنبه؛ بی‌کلامی که به پاسخ حال‌پرسی سردار بگوید. سردار هم توقعی جز این از او نداشت:

ـ در غمش مباش! به همان تختم که لوک من تلف شد. در این دنیای بزرگ، مال بسیار است. نه مرگان؟

مرگان و ابراو، بیگانه در خانهٔ خود، کنار در ایستاده بودند. نگاه سیاه سردار در چشم‌های مرگان بود. مرگان خاموش سر فرو انداخت. سردار چپق از پر شال بیرون کشید، روی هاون نشست و کیسهٔ توتونش را از جیب بیرون آورد و مثل چیزی که تازه کربلایی دوشنبه را دیده باشد، گفت:

ـ هه! کربلایی هم که اینجاست!

کربلایی دوشنبه از جای خود تکان نخورده بود. نه سردار، که خدا هم اگر وارد می‌شد، او تکانی به خود نمی‌داد. سرش را هم بلند نمی‌کرد. سر را بلند نکرده بود. نه این جا، که در هر مجلسی چنین بود. چه عزا و چه عروسی و چه هر اجتماعی با هر بهانه‌ای؛ او همان سنگ آسیابی بود که بود.

دود چپق سردار که بلند شد، زیر چشمی او را پایید و گفت:

ـ که گفتی آمده‌ای حال احوال رفیقت را بپرسی، ها؟!

انبانی از بدگمانی خیال‌پردازانه در گفتِ کربلایی دوشنبه نهفته بود و این چیزی نبود که سردار آن را حس نکند. آن کس که می‌زند میداند و، آن کس که می‌خورد! زبان حریف را حریف می‌فهمد. زبانی که آشناست. و آشنایی سردار و کربلایی دوشنبه کار امروز و دیروز نبود. شاید بیش از سی سال می‌شد که آن‌ها یکدیگر را می‌شناختند. در جوانی سردار، کربلایی دوشنبه مردی بود. شترهاشان همقطار بود. افسار به افسار. قافله‌شان یکی بود. سفرهاشان، پاره‌ای وقت‌ها فقط جدا بود. سردار جلودار قافله بود و کربلایی دوشنبه سالار قافله. نه که بگویم آشناییشان با رفاقت آمیخته بود. نه! چون کربلایی دوشنبه به‌دشواری می‌توانست کسی را دوست بدارد. همراهی دیگران با او همانقدر برایش اهمیت داشت که لازمش بود. چیزی مثل راه سپردن در گردنهٔ پر برف زمستان‌های باجگیران، یا در تفتای پر آفتاب تابستان‌های کویر. همراهی دیگران در سفرها برای کربلایی دوشنبه یعنی رفع یکه‌گی. دستی برای گذر از خطر گرگ زمستان و لهیب تابستان. دیگران هم این را می‌دانستند. اما اگر کسی چنین خلق و خویی دارد که نباید دارش زد! بز با مویش و میش با پشمش.

ـ چپق که می‌کشی، کربلایی؟

ـ ها... بله. می‌کشم.

سردار چپق را به دست کربلایی دوشنبه داد و گفت:

ـ مفت باشد بلا هم می‌کشی! هه هه! صد سال است چپق می‌کشی، اما هیچ وقت کیسهٔ چپق پر شالت نمی‌زنی.

کربلایی دوشنبه دود چپق را به هوا رها کرد و گفت:

ـ صد سال! نه، بگو صد و بیست سال! یکباره کفنم را بیار! خوب، تو

خودت مگر کم عمر داری؟ به ریش‌هایت نگاه مکن که همان جور مثل مرکب سیاه مانده‌اند! چند سال داری به گمان خودت؟

ـ چند سال داشته باشم خوبست؟

ـ خودت بگو!

ـ پنجاه. بود بود، پنجاه.

ـ نه؛ بگو بیست! هنوز معصومی و بندت هم باز نشده اروای بابات!

ـ که می‌گویی من پنجاه بیشتر دارم؟

ـ من که گفتم بیست ساله‌ای!

ـ اگر پنجاه بیشتر دارم، چرا یک تار مویم هم سفید نشده؟

ـ چه گفته به سیاه ـ سفیدی موی؟! موی بز هم سیاه است! این هم شد حرف؟ سفیدی موی ارثی‌ست.

ـ یعنی تو در جوانی ریشت پشم شده؟!

ـ ام...ممممم.

کربلایی دوشنبه لب به نی چپق چسباند و سردار خود را با لبخندی فراخ به رخ مرگان کشید:

ـ نمی‌خواهی یک چای خرما به ما بدهی؟

دستمال خرمای سردار هنوز در دست‌های مرگان بود. نمی‌دانست چکارش باید بکند؟

ـ بگذارش یک گوشه‌ای لب تاقچه. بگذار همان لب تاقچه. خرمای طبس است. خوشخوار است.

مرگان دستمال خرما را لب تاقچه گذاشت. بعد به ابراو نگاه کرد. ابراو نگاهش را از مادر واگرفت. مرگان رفت تا کتری را بگذارد.

ـ های... ابراو! ابراو... کجایی تو، پسر؟!

صدای سالار عبدالله بود که از کوچه می‌آمد. ابراو بیرون پرید. دیگر این را که سالار عبدالله هم بیاید و خانه را با قد و پهنای خود پرکند، نمی‌توانست تحمل کند. پشت دیوار با او سینه به سینه شد:

ـ ها بله، سالار؟

- بدو! بدو قوچ را وردار یم برویم سر راه! میرزا خان دارد می‌آید. مکینه را شبانه دارد می‌آورد. همهٔ خلایق سر راه جمع شده‌اند. باید قربانی کنیم. یالا زین کن!!

مرگان که پایی بیرون و پایی درون اتاق به گفت و گوی سالار عبدالله گوش ایستاده بود، صدای قدم‌های پسرش و سالار را تا خاموشی پی گرفت و بعد به اتاق برگشت.

- خوب! پس، آوردنش!

کربلایی دوشنبه بود که با خود حرف می‌زد.

مرگان کنار اجاق نشست.

سردار پرسید:

- این نورسیده‌ها با این مکینه‌شان خیال دارند چه بکنند، کربلایی؟

کربلایی دوشنبه، چون همیشه، دمی درنگ کرد و پس به کلامی چند پهلو گفت:

- لابد می‌خواهند آب از زمین بالا بکشند، دیگر! هه هه!

- از زمین خشک؟!

- چه عرض کنم!

- خوب این زمین اگر آب می‌داشت که خشک نبود؛ اگر آب می‌داشت که قناتش روز به روز خشک‌تر نمی‌شد!

کربلایی دوشنبه که سردار را دست کم در این امر همزبان می‌دید، گفت:

- می‌گویند آب قنات از این کم شده که لاروبی نمی‌شود.

- خوب، لاروبیش کنند!

کربلایی دوشنبه بی‌صدا خندید:

- چی؟! لاروبیش کنند؟ با ریاست کی؟ اهو! خیال می‌کنی! این جماعت بدون آقا بالاسر آب هم نمی‌توانند بخورند. حتماً باید چماق بالای سرشان باشد. تا یکی دو تا کلان‌تر در این زمینج بود، خرده‌مالک‌ها مزد لاروبی را پیش پیش می‌دادند. همین سلوچ خدابیامرز یک ماه از هر سال را از راه لاروبی قنات نان می‌خورد. اما بزرگ‌ترها که راه‌شان به شهر باز شد و سری میان عرب و عجم

درآوردند، به آب قنات هم پشت کردند و این آبادی به دست خرده‌مالک‌های جزء افتاد. آن‌ها پول آب و زمین را زدند به کار خرید، و فروش و قنات ماند روی دست این جماعت نورسیده! این‌ها هم خواستند هر کدام برای خود رئیس باشند. چون هیچکدامشان به آن یکی اطمینان ندارد. هر کدامشان حرف آن یکی راباد باقلافروش می‌داند. هر کدامشان گفتند: «به من چه؟ من که یک پا بیشتر آب ندارم. به من چه؟ دیگران چرا پا پیش نمی‌گذارند؟ به من چه؟ به تو چه؟» یکی هم اینکه نرخ غله پایین است. این از هر چیزی مهم‌تر است. گندم را منی کمتر از سه تومن باید فروخت. برای خرده‌مالک صرف نمی‌کند. بیش از خوراک سالانه‌اش بکارد. هر کس زمین و کمی آب دارد به اندازهٔ خورد و خوراک خودش می‌کارد. مگر فصل درو چقدر از محصول را می‌تواند مزد دروگر بدهد؟ کسی هم که زمین ندارد باید برود و از تاجر گندم بخرد. همان گندمی را که دولت از دولت‌های دیگر می‌خرد و به تاجر می‌فروشد. خرید گندم هم بالاخره پول می‌خواهد و پول را باید از جایی پیداکرد. آفتاب‌نشین زمینج از قبلِ کی می‌تواند پول پیداکند؟ از قبلِ خرده‌مالک؟ خرده‌مالک که دست و بالش بسته شده. حصار شده. اینست که زمینج دارد از هم می‌پاشد. جوان‌ها بازوهایشان را می‌برند جای دیگر بفروشند. شاید بعضی‌شان هم دیگر برنگردند. اینست که قنات واگذار شده؛ واگذار. همه قنات را واگذاشته‌اند. قنات هم مثل آدمیزاد است، مثل شتر است، مثل گوسفند است؛ چه فرقی می‌کند؟ وقتی تیمارش نکردی، وقتی آب و علفش را بموقع ندادی، وقتی دوا درمانش نکردی زانو می‌زند. ناخوش می‌شود. چه فرقی می‌کند؟ این شد که قنات ناخوش شد. روز به روز بیشتر نزار شد و بیشتر گلویش گرفت. آبش کم شد. بند آمد. حالا بیشتر از این هم بند خواهد آمد! کجایش را دیده‌ای؟ بعدش هم که سر و کلهٔ این میرزا حسن خان پیدا شد و چارتا ساده لوح را روچوب کرد که مکینه بزنند! ببینم آخر عاقبت این کارشان چی می‌شود؛ من که چشمم چندان آب نمی‌خورد. پسرم هم یک پا شریک است که باشد!

سردار پرسید:

- حالا این مکینه کار قنات را می‌کند یعنی؟ جوری هست که بشود مال و

حشم را سیراب کرد، یا این که بابت آبی که شترها می‌خورند من باید قرانی بدهم؟!

کربلایی دوشنبه گفت:

ـ برای من هم نوظهور است. نمی‌دانم!

ـ این مکینه هم که، همانجور که گفتی، شریکی‌ست. مگر نه؟

ـ ها بله. مثل خود قنات. دو سه تاشان عمده‌اند. باقی هم یک ساعت و دو ساعت آب می‌گیرند.

ـ عمده‌شان همین میرزا حسن‌ست فی‌الواقع، بله؟

ـ ای... گویا.

ـ که خیال دارد جای ارباب را بگیرد، ها؟

ـ لابد. لابد دیگر! اما اینجا را به کاهدان زده! با کدام زمین؟ زمین‌های بایر؟! هه! خیال می‌کند کار ساده‌ایست. گرچه نظرش به زمین‌های پسر من و برادرزاده‌ام ذبیح‌الله است، اما باز هم حسابش غلط است. زمین‌ها که یک کاسه نیست. هر پاره‌اش به جایی پهن و پلاس است. می‌دانی چه مخارجی دارد تا این آب ـ اگر در بیاید ـ به همهٔ این زمین‌های پرت و پلا برسد؟ مکینه! همهٔ پول زمینج دست این چهار پنج نفر بوده که پای این چهار پاره آهن ریخته شده، حالا پولی را که از دولت گرفته‌اند هیچ! می‌بینم روزی را که تنبان به پاشان نباشد!

درست و نادرست؛ کربلایی دوشنبه، آرزوهایش را هم قاطی پیش‌بینی‌هایش می‌کرد. پیش‌بینی‌هایی که بی‌گمان به بخل و غرض آلوده بودند. خواهای خواری دیگری بود. دیگران می‌باید تا کربلایی دوشنبه احساس سرفرازی کند. برخی چنینند که بلندی خود را در پستی دیگری، دیگران می‌جویند. به هزار زبان فریاد می‌زنند که: تو نرو تا ایستادهٔ من، بر تو پیشی داشته باشد! این گونه آدم‌ها، از آن رو که در نقطه‌ای جامد شده و مانده‌اند؛ چشم دیدن هیچ رونده و هیچ راهی را ندارند. کینه‌توز، کینه‌توز؛ مار سر راه! ای بسا که راه، همان فرجامی را بیابد که ایشان پیشگویی کرده‌اند؛ اما نمی‌توان به گفت و نگاه ایشان خوشبین بود. گفت‌شان از بخل‌شان برمی‌خیزد، گرچه برخوردار از پاره‌ای حقایق هم باشد. پس در همه حال کینه است که در دل‌هاشان سر می‌جنباند. هراس از دست دادن

جای خود.

کربلایی دوشنبه به روشنی روز می‌دید که جای خود را دارد از دست می‌دهد. او تا زمانی برقرار می‌بود که مردم را نیازمند خود بداند. اما هرگاه و به هر گونه‌ای که مردم می‌توانستند امامزادهٔ دیگری برای خود دست و پا کنند، کربلایی دوشنبه احساس می‌کرد سر جای خود به لرزه درآمده است. جا به جایی احساس می‌کرد. حالا دچار چنین حس و حالی شده بود. وام دولتی مخلی برای او شده بود. چنان جربزه و برشی هم نداشت تا پول‌هایش را در راهی دیگر به کار بیندازد. جرأتش را نداشت. پیش از این هم روحیهٔ بسته و نظر تنگ او مجالش نداده بود که پول‌هایش را ـ پول‌هایی که در رونق شترداری از بابت فروش شترهایش به دست آورده بود ـ در جریان کاری وارد کند. او حتی نیم اشک آب قنات نخریده بود. یک جریب زمین هم نخریده بود. پسرش، سالارعبدالله هم خرده‌آب و ملکی را که از مادرش برایش به ارث مانده بود همراه نیم روز آبی که از ارباب به او رسیده بود، زراعت می‌کرد. افعی پیر، فقط روی کوزهٔ کهنهٔ پول‌هایش چمبر زده بود و نگاهش بر هیچ کجا نمی تابید مگر لک‌ولکه مردمی که در میانه‌های زندگانی گیر می‌کردند و ناچار، رو به او می‌رفتند تا کربلایی دوشنبه با بهره‌ای به نرخ دلخواه، پشتشان را بیشتر تا کند.

اما امروزه طور دیگری شده بود. طورهای دیگری داشت می‌شد. عمده مالک کام و ناکام، آب و ملک را فروخته و به شهر رفته بود. آفتاب‌نشین و رعیت مردم هم راه شهرها را بلد شده بودند و هر چه نه، آنقدرشان بود که محتاج کربلایی دوشنبه نباشند. می‌ماند خرده‌مالک و آن‌ها که دستشان به دهنشان می‌رسید. این‌ها بودند که یک جا کمر به دهقانی و اربابی بسته بودند. که می‌خواستند بمانند و بالا بروند. که راه را به شیوهٔ تازه‌ای بکوبند و پیش بروند. در میانه مانده‌ها. همین‌ها بودند که با وجود پایین بود نرخ محصول و گرانی بازو، به ناچار، پای تراکتور و خرمنکوب و مکینه را به بیابان می‌کشاندند. همین‌ها بسته به خاک بودند. نه چندان دارا که بگّنند، و نیز نه چندان نادار که بگّنند. ماندگارانِ ناچار. این‌ها می‌باید بتوانند یک جوری گوش و گلیم خود را بدر کشند. اما این‌ها هم دیگر کاری به کار کربلایی دوشنبه نداشتند. امامزادهٔ

دیگری یافته بودند، امامزادهٔ دیگری برایشان ساخته شده بود و مراد از او می‌خواستند: دولت. و در این راه، میرزا حسن پیشقدم شده بود و همو بود که روز و شبش را با تلاش و تقلا می‌گذراند. از این اداره به آن یکی و از این دفتر به آن بانک. از شهری به شهری و از استانی به استانی دیگر. مرکز، گنبد، گرگان، مشهد، شهر خود و زمینج و بیابان. همو بود، شمشیر دو دم که در همه جا با همه کس سر وکله می‌زد.

ـ خاطرت هست که این میرزا حسن نورسیده سال قند و شکر چه دزدی‌هایی کرد؛ سردار؟

ـ بله که یادم هست!

ـ هر چند که سالار عبدالله، پسر خودم هم یک پا شریک اوست؛ اما باز هم زبانم به ناحق نمی‌چرخد. نه! چشم من آب نمی‌خورد. با ریسمان کی‌ها دارد به چاه می‌رود؟!

ـ چرا خودت کمکشان نمی‌کنی؟ پول‌هایت را به کار بینداز! اصلاً چرا خودت یک پا شریک نمی‌شوی؟ بالاخره این پول‌ها را که نمی‌خواهی با خودت به گور ببری!

ـ کدام پول‌ها؟! هه! پول! تو هم شوخیت گرفته؟! مگر هنوز هم پولی برای من مانده!

چای. مرگان پیاله‌ها را میان سینی چید و دستمال خرما را از لب تاق آورد.

سردار گفت:

ـ یک پیاله هم برای عباس بریز!

کربلایی دوشنبه پیالهٔ چای را هورت کشید و زیر دندان‌های ناگیرش خرما را خمیر کرد، دانهٔ خرما را از لای لب‌ها بیرون آورد، و راندازش کرد و گفت:

ـ خرمای خوبیست. اعلاست سردار! هنوز هم از این خرماها می‌خوری؟

سردار به رخ کشید:

ـ ماهی یک حصیر؛ حاجی ماشی خودش هر ماه برایم کنار می‌گذارد. نخورم که دنبال شتر نمی‌توانم بروم! مگر این که به جایش مویز شاخهٔ نمرهٔ یک

گیر بیارم، یا کشمش سبز اعلا.

کربلایی دوشنبه گفت:

ـ خوبست، خیلی خوبست! یادش به خیر، یادش به خیر!

سردار گفت:

ـ تو چی می‌خوری کربلایی؟ نان آب کشیده، یا این که مثل موش اشرفی دندان می‌زنی؟!

سردار پروای این نداشت که حرف‌هایش برای کربلایی دوشنبه برخورنده باشد. سهل است که می‌خواست برخورنده باشد. چندان که بتواند پیرمرد را، زیر تند زبانی‌های خود از خانهٔ مرگان بیرون بیندازد. پس حرفش را دنبال گرفت:

ـ در همان بحبوحهٔ شتردارایت هم کم خور بودی! روی سفرهٔ دیگران شکمت را سیر می‌کردی. چایت را با شکر و کشمش تاجر می‌خوردی. نانت را هم با روغن تاجر که بار شترت بود چرب می‌کردی! حالا چی می‌خوری؟ حالا که دیگر از آن خبرها نیست. ارباب‌های ورشکسته هم دیگر نیستند که تو بابت نزول پول‌هایت روی سفره‌شان تنقل بیندازی. پس چکار می‌کنی؟! لابد با بو کشیدن پول‌هایت شکمت را سیر می‌کنی، ها؟ من که یک بار هم نشنیده‌ام تو دو سیر آب چرب روی نانت بریزی. آخر چقدر نان خشک، مرد! وری‌هایت زخم نمی‌شوند؟!

کربلایی دوشنبه به جواب گفت:

ـ خیلی بالا بالاها نشسته‌ای و داری بادگلو می‌زنی! هه! من هم نشنیده‌ام که سردار پاپتی غیر از آبدوغ چیز دیگری خورش نانش کرده باشد! اما دوست و دشمن می‌دانند که هنوز هم کربلایی دوشنبه روزی یک وعده روغن اعلای گوسفندی می‌خورد!

سردار، جواب در آستین، گفت:

ـ در خانهٔ این و آن، لابد!

ـ چرا در خانهٔ این و آن؟ خانهٔ این و آن که این روزها از دق دقارون هم پاک‌تر است. در خانهٔ پسرم می‌خورم، در خانهٔ پسرم!

ـ خانهٔ پسرت؛ هه! مگر آدم کر باشد که نشنیده باشد عروست تو را از خانه‌اش بیرون کرده و داری توی انباری می‌خوابی!

ـ عروسم؟! عروسم من را از خانهٔ خودم بیرون کند؟ به کلهٔ پدرش می‌خندد عروسم! چشمش چارتا، دندش نرم، باید سه وعده غذای من را مهیا کند و جلویم بگذارد. من هنوز هم هفته‌ای هفت بار تخم‌مرغ و شیره با روغن زرد می‌خورم.

ـ پس کو دنبه‌ات؟

ـ می‌خواهی پنجه بیندازیم؟!

این دیگر بی‌احتیاطی تمام بود. کربلایی دوشنبه سر لج چنین حرفی زد. ناگهانی. چیز گنگی پیرمرد را واداشت تا چنین حرفی را بر زبان بیاورد. یا، درست‌تر این که، از زبان بپراند. رجز! شاید اگر مرگان نمی‌بود، صد سال هم کربلایی دوشنبه چنین بی‌گدار به آب نمی‌زد. اما پندار چشم و نگاه مرگان، و اینکه زن دارد به گفت‌وگوی آن‌ها گوش می‌دهد پیرمرد را برانگیخته بود و او، در برابر سردار غول داشت دست به کاری می‌زد که خوش عاقبت ـ احتمالاً ـ نبود!

سردار آستین بر زد و به میدان آمد:

ـ شرط چی؟

ـ شرط با تو!

بر هر دوشان آشکار بود که چرا دست به رجزخوانی زده‌اند و حال هم تن به زورآزمایی می‌دهند. این هم برایشان روشن بود که مرگان حال و نیت‌شان را حس کرده است. پس سردار بی‌پروا گفت:

ـ شرط این که هر کس کم آورد، دیگر سر وکله‌اش در این خانه پیدا نشود!

مهلت جواب و چانه‌زدن نبود. سردار خود می‌برید و خود می‌دوخت. پیش چشم‌های وادریدهٔ عباس و چهرهٔ در بهت فرو نشستهٔ مرگان؛ کربلایی دوشنبه، گُرد پیر، گره خورده و آرام از بیخ دیوار برخاست، به کنار گودال کرسی آمد و رو در روی سردار ایستاد. کوتاه و درهم کوفته، خاموش و مصمم بود. زانوی چپ در زمین کوفت و پاشنهٔ راست در خاکستردان خالی گودال کرسی جای داد. برابر او، سردار هم چنین کرد. دو مرد کهن رو در روی جاگیر شدند.

حال گاه آن بود که پنجه در پنجهٔ هم فرو برند به درهم شکاندن یکدیگر. این جوری زورآزمایی مردان بود که ساربانان از ولایت کرمان، به خراسان سوغات آورده بودند. پنجه در پنجه. انگشت‌های کربلایی دوشنبه کلفت و کوتاه بودند و انگشت‌های سردار هر کدام چون یک خیار. پنجه‌ها درهم و آرنج‌ها بر آینه‌های زانو نهاده شده؛ آزمون زور.

مرگان تکلیف خود را نمی‌دانست. نگران‌تر، همو بود. بی‌آن که بخواهد خود را در بازی شریک می‌دید. برپا شده و بیخ دیوار به نظارهٔ جدال ایستاده بود. دو غول تنها سر در خانهٔ او فرو کرده بودند، خود را بر او و خانه زندگانیش تحمیل کرده بودند و مرگان هیچ راه و چاره‌ای نمی‌توانست بیابد.

ـ خوب؛ زورت را امتحان کن!

ـ تو فشار بیار؛ اول تو!

ـ پس، یکباره با هم!

ـ یکباره با هم! هوووء...

زور در زور. نیرو در نیرو.

هر که هر چه نیرو داشت؛ در بازو، مچ و پنجه فراهم آورده بود. فشار دو سویهٔ دو دست، دو مرد، دو نیرو، رگ‌های کلفت گردن کربلایی دوشنبه نرم‌نرم، داشتند خیز می‌گرفتند. چشم‌های سردار نرم نرم داشتند فراخ می‌شدند. تلاش خبرگان آرام و بی‌شتاب بود. فشار در رگ‌ها و عصب‌ها موج می‌زد و خود را به یاری دست‌هامی‌رساند. رگ‌های پشت‌دست‌ها ورم کرده بود. دو دست، یک دست شده بود. دو مرد، یک تندیس. تندیسی برافروخته. خون به شقیقه‌ها دویده. گونه‌ها، چشم‌ها بدر جسته: تیله‌هایی در فلاخن دو انگشت. لب‌ها، زیر دندان‌ها. طعم خون، بر زبان. گردن‌ها، شق و ستبر. ریش‌ها، لرزان. بینی‌ها، پران. تن‌ها، در تب لرزه‌ای پنهان. ریزش! فرو شکافتن و ریزش!

دیده می‌شد که سردار می‌تواند به یک فشار ناگهانی انگشت‌های کربلایی دوشنبه را واپس شکند؛ و اما این کار را به عمد نمی‌کند! می‌خواهد پیرمرد را بازی بدهد، خسته‌اش کند، ببُرَّدش؛ پس آن‌گاه بخواباندش. بی‌رحم، می‌رفت تا مرد پیر را بمالاند! اما کربلایی دوشنبه، تاب می‌آورد. از همهٔ روزهای عمرش

انگار مدد می‌گرفت. جان می‌گرفت. روحش با چنگ و دندان ازخود دفاع می‌کرد. خون از لب زیرینش راه افتاده و درون ریش‌هایش نشت می‌کرد. مویرگ‌های تخمک چشم‌ها خون شده بودند. رگ میان پیشانیش داشت می‌ترکید. اما او نمی‌خواست کم بیاورد. تاب تحقیر نداشت. پی‌فرصت می‌گشت تا آخرین شگرد خود را به کار زند. سردار با اطمینانی که به پنجه و بازوی خود داشت، به او میدان داد. برای اینکه دل پیرمرد را خوش دارد و به بازیش هم ادامه بدهد، لرزه‌ای به عمد در مچ خود روان کرد. این کربلایی دوشنبه را باور آمد، دل پیدا کرد و هر چه قدرت و لجاجت خود را در فشاری فشرد و به یک ضرب ناگهانی بر ستون دست سردار که حال به جد لرزان شده بود، چیره شده و آن را بی‌رحمانه واپس شکاند؛ چنان که شیب دست سردار به پس تندتر شد و دیگر با هیچ نیرویی نمی‌شد به جای اول، راست، بازش آورد. از تنگنایی که حریف در آن گرفتار آمده بود، کربلایی دوشنبه حد بهره را گرفت و آخرین فشار را بر او بار کرد: شررق! چهار انگشت سردار درهم شکست. کف دست‌ها که در تب داغ عرق بر هم چسبیده بودند، از هم واشدند و مردها عرق به تن نشسته و کوفته، واپس یله شدند.

درد بی‌حد بود. اما شرم حدت بیشتری داشت. مرد جز قول چه دارد؟ سردار تن از جا برخیزاند، انگشتان شکسته‌اش را زیر بغل گرفت و بی‌آنکه به روی کسی نگاه کند، زیر نگاه اریب و پر کبر کربلایی دوشنبه از در بیرون رفت. مرگان شانه‌های فرو افتادهٔ مرد را که در تاریکی گم می‌شد، با حسرتی در نگاه دنبال کرد؛ خواری مرد؛ مردِخوار!

کربلایی دوشنبه خود را بیخ دیوار کشاند و چون همیشه تکیه داد و به مالش انگشت‌هایش سرگرم شد. بی‌نگاه و بی‌سخن بود. بهت خاموش مرگان را حس می‌کرد؛ اما دون شأن می‌دید که قدرت پیرانهٔ خود را به رخ زن بکشد.

آستین‌ها برزده و دست‌ها به خون آغشته، ابراو به درون آمد. شاخ کلهٔ قوچی را که براه مکینهٔ آب قربانی کرده بود، به دست داشت. از پی نگاهی که به چهرهٔ افروخته کربلایی دوشنبه و رنگ پریدهٔ مادر گذراند، کلهٔ قوچ را مردانه به کنجی انداخت و کارد از بیخ کمر کشید و برابر کربلایی دوشنبه، رو به دیوار ایستاد و کارد را به یک ضرب در دیوار فرو کوفت. بعد برگشت و چشم در چشم

کربلایی دوشنبه، شانه به دیوار داد. کارد خونین، درست کنار شانهٔ جوان در دیوار نشسته بود. این، نخستین باری بود که ابراو جانداری را بی‌جان کرده بود. از همین، شاید چشم‌هایش حال و رنگی دیگر یافته بود. لب خاموش از هم گشود و گفت:

- وخیز از این خانه بیرون برو، کربلایی!

ثقل کلام چنان بود که سماجت کربلایی دوشنبه درهم شکانده شد. پیرمرد دست بر زانو گرفت، نیم‌خیز شد و گفت:

- دست بر قضا... خیال رفتن هم... داشتم!

برخاست و تن به در کشید، درنگی کرد و پرسید:

- خوب؛ مکینه را آوردند بسلامتی؟!

ابراو جوابی نداد. در را پشت سر پیرمرد بست، کلون در را انداخت، کارد را از سینهٔ دیوار بیرون کشید و رو به مرگان رفت.

کی باورش می‌شود؟! که پسری مادر خود را بکشد؟! چشم‌های بزرگ و نگران عباس وادریده شده است. نه! چشم‌های مرگان این را باور نمی‌کند.

ابراو زیر نگاه پر هراس عباس، پیش سینهٔ مادر ایستاد، چشم‌ها را، راست در چشم او دوخت و گفت:

- به من راستش را بگو، مرگان! این نره‌خرها میان خانهٔ سلوچ چه می‌کنند؟! می‌آیند که جای پدرم را بگیرند؟! ها!... تو، لال شده‌ای؟!

درست همین بود. مرگان لال شده بود.

«خاله مرگان! خاله مرگان! مسلمه گفت که فردا بروی خانه‌شان؛ فردا خمیر و تنور دارند. خاله مرگان! نیستی خانه؟!»

بخش چهارم

۱

همراه پاییز مکینه آمد و با مکینه بچه‌های زمینج آمدند.
فقط قدرت نیامده بود.
ـ آخر چرا؟ چرا فقط او؟
ـ گفت بیایم که چی؟ گفت مگر دوباره نباید برگردم؟! خوب، پس مگر من ملانصرالدینم! آدم باید جایی جا بگیرد که جایش باشد.
ـ هیچ کاغذی، چیزی نداد برای من؟!
ـ نه؛ به من که نداد.
ـ آخر کجا ماند او؟ قدرت؟
ـ کارمزدوری مزرعه که تمام شد، او به پاتخت رفت و پیغام داد که در دکان نانوایی مشغول کار شده. گفته بود که کار نانوایی هم روی پیشانیش نوشته نشده؛ گفته بود چه بسا کار قابل تری گیر بیارم!
ـ خوب؛ پس من چی می‌شوم؟! پدرش؟!
پسر صنم خندید و گفت:
ـ گفته بود گور بابای بابام! من که او را نکاشته‌ام تا دینی به‌اش داشته باشم؟ او من را کاشته؛ گور پدرش!
بابای قدرت از پسر صنم و ابرو کنار کشید و کنار دیوار خرابه ماند و گفت:

ـ باباجان، قدرت! ناکامم کردی، باباجان! روز خوش نبینی، باباجان! الهی که هر جا می‌روی، نان سواره باشد و تو پیاده؛ باباجان! نان سواره باشد و تو پیاده، باباجان! باباجان! . . .
صدای ناله و نفرین بابای قدرت دیگر شنیده نشد.

پسر صنم و ابراو از پیرمرد ذله و زبون دور شده بودند. پسر صنم با جیب پر پول روی ابرها راه می‌رفت. فرصت غم‌خواری نداشت. دلش می‌خواست در آن واحد همهٔ کوچه‌های زمینج را زیر پا بگذارد و خودش را به همهٔ اهل زمینج نشان بدهد. یک دست رخت نو ـ که دست بر قضا به تن نکرهٔ او تنگ هم بود ـ پوشیده بود و می‌رفت تا در چشم و نگاه این و آن، جولان بدهد. دست چپش توی جیبش بود و پول‌های خرد ته جیبش را یکبند به صدا درمی‌آورد. ابراو در هر فرصتی، یک بار دیگر رخت و لباس پسر صنم را وراندازمی‌کرد و پیله می‌کرد تا ایراد تازه‌ای از قد و قوارهٔ رخت‌های مراد بگیرد. به نظر ابراو رخت‌ها اصلاً قوارهٔ تن مراد نبودند. پاچه‌های شلوار کوتاه و خشتکش تنگ بود. آستین‌های نیمتنه‌اش هم از روی مچ‌ها بالا جهیده بودند و انگار حال و دمی بود که شانه‌های ستبر مراد، تخت پشت نیمتنه‌اش را بدرانند! اما مراد تا رخت‌های نو خود را نشان یکایک اهل زمینج نمی‌داد، خیال نداشت آن‌ها را از تن بدر کند. مراد عاشق راه راه‌های قهوه‌ای‌یی بود که در زمینهٔ خاکی نیمتنه شلوارش چشم‌ها را خیره می‌کرد. هر چند ابراو فی‌الفور مشتری نیمتنه شلوار شده بود، اما مراد تا رخت‌ها را از رونق نمی‌انداخت خیال نداشت بفروشدشان. حالا بگذار ابراو هر چه دلش می‌خواهد پیله کند!

ـ بالاخره‌ش چند؟
ـ اصلاً فروشی نیست، آقاجان!
ـ آخر به تنت گریه می‌کنند!
ـ گریه بکنند! تو نگاه مکن!
ـ خیلی خوب!
ـ خیلی خوب که خیلی خوب!

دوش به دوش هم، بی‌حرف و سخنی براه افتادند که مراد حال و احوال عباس را بپرسد. اما عباس نبود و مرگان هم.

ـ پس کجا رفته‌اند صبح به این زودی؟
ـ چه می‌دانم! دیگر هیچکدام ما از کار دیگری خبر ندارد!
ـ با مادرت هم قهری؟

- حرف نمی‌زنیم. چی داریم بگوییم!
- خواهرت چی؟ هاجر!
- کم می‌آید. مردکه نمی‌گذارد از خانه بیاید بیرون! آب هم که می‌رود بیاورد، چارچشمی دنبالش است.

مراد به تأمل گفت:

- خوب دیگر!

ابراو حرف را پیچاند:

- میرزا حسن مکینه را کار گذاشته، برودم پرش شاید کاری بهت بدهد!

مراد گفت:

- بروم دم پرش؟ هه هه! باید التماسم هم بکند. نادارم یا ناچار؟ آن قدر پول آورده‌ام که تا ماه نوروز بخورم و محتاج کسی نباشم. اول عید هم تا دیدم جیب‌هایم خالی شدند و شپش تویشان سه قاپ کوله‌بارم را می‌بندم و پاشنه‌ها را ور می‌کشم. شاید هم این بار، مثل قدرت رفتم و پشت سرم را نگاه نکردم! همین حالاش هم بد کردم که آمدم. که چی؟ که این جا خاک بخورم و بیرون بروم!... تو چطور؟ تو که لابد کارت بد نیست؟
- من؟... ای... نه. کار من بد نیست.

مراد گفت:

- اگر بدانی در آن ولایت چقدر تراکتور ریخته‌ست! مثل مورچه. دیگر کسی زمین را با گاو شخم نمی‌زند. گندم را هم با تراکتور درو می‌کنند. ما را به درو نزدند دیگر. مجبور شدیم برویم سر صیفی‌کاری. نه که کار صیفی همه‌اش با دسته، این‌ست که دیگر تراکتورکاری از پیش نمی‌برد. آن‌طرف‌ها هم صیفی‌کاریش خیلی رونق دارد. نزدیک پایتخت است دیگر. به دوساعت بار می‌رسد روی میدان. ضایع نمی‌شود. اما خربوزه است فلانی! خربوزه یکی چارمن، پنج من. شیرین، مثل عسل. یک قاچ خربوزه که می‌خوری تا شب سیری. هنگامه‌ایست!
- کار چطور؟ کارش خیلی سخت است؟
- کار، کارست دیگر، مگر می‌شود که کار سخت نباشد! آدم باید هم بکشد و بیل بزند. گرما و آفتاب و آب شور و پشه هم هست. باقیش را خودت

حسابش را بکن. کار هم با طلوع خورشید شروع می‌شود تا غروب خورشید. ارباب، برادر ارباب یا پسر ارباب هم بالا سرت ایستاده. این‌ها هم که نباشند، سرکارگر هست. آدم اگر که هنیه باشد، امانش می‌برد! همین قدرت که جیم شد طرف پاتخت، بیشتری برای این بود که دید نمی‌تواند سر صیفی کار کند. این بود که رفت به فکر سوراخ ـ سمبه‌ای برای خودش باشد. من که حرفی به باباش نزدم، اما شنیدم قدرت دو سه باری سر کار غش کرده بود. جایی که من کار می‌کردم یک فرسخی می‌شد تا جای کار قدرت. گفتند از توی زمین کشاندش به زیر سابات و سطل سطل آب ریخته‌اند روش. عیب کار اینجاست که همچین آدم‌هایی آنجا بدنام می‌شوند. به تنبلی و کاهلی معروف می‌شوند و دیگر کسی نمی‌خواهدشان. اینست که قدرت هم حساب کار سال دیگر خودش را کرد که رفت کاری در شهر گیر بیارد. آنجا اگر کسی خوب کار بکند اسم درمی‌کند، بد هم کار بکند اسم درمی‌کند. خوب کار بکند، صاحب کارها تملقش را هم می‌گویند؛ اما اگر بد کار بکند، نگاه سگ هم بهش نمی‌کنند.

ـ تو چطور؟ تو؟ با این گَت و بازویی که داری، لابد خیلی خوشنام برگشته‌ای؟

مراد گفت:

ـ من به اندازهٔ یک گاو سیستانی برای نمک ناشناس‌ها کار می‌کردم!

به بیرون زمنیج رسیده بودند.

تراکتور میرزا حسن بیخ دیوار بود. ابراو نیم چرخی به دور تراکتور زد، بر تایرهایش پا کوبید؛ بعد روغنش را امتحان کرد و خبره‌وار بالا پیچید و روی صندلی جا گرفت:

ـ بپر بالا!

ـ چی؟ تو خودت راهش می‌بری؟!

ـ چرا نبرم؟ مگر من چلاقم؟

ـ یعنی تا ما رفتیم و برگشتیم، تو شوفر شدی؟

ـ می‌خواستی نشوم؟

ـ نه... نه که! ولی...

- «ولی» رفته گاوش را آب بدهد! تا تو رفتی و برگشتی، من نصف زمین‌های قلعه‌های دور و بر را با این تراکتور شخم زده‌ام!

ابراو ریز نقش و سمج، روی صندلی آهنی چسبیده بود و پسر صنم، با رخت‌های تنگش به زحمت خود را کنار دست ابراو نگاه می‌داشت. ابراو می‌نمود که بر بال شاهینی نشسته است. دست‌هایش چالاک و چست، فرمان را در مهار خود داشتند و نرم به این سوی و آن سوی می‌چرخاندند و در هر حرکتی نگاه پسر صنم را به رد خود می‌کشاندند:

ـ این اسمش دنده است. می‌بینی! حالا جا رفت.

پسر سلوچ با دست چپ فرمان را گرفته بود و با دست دیگر، چیزهایی را ـ که مراد نمی‌دانست چی‌ها هستند ـ جا به جا می‌کرد:

ـ این را که بزنی کاسه بیل می‌آید پایین. این یکی هم مال خیش‌هاست.

مراد صنم سر درنمی‌آورد. گیج و گنگ بود. این به ابراو بیشتر میدان می‌داد تا به خود ببالد و باد زیر بغل‌هایش بیندازد. نظر به دورها و، غربالک فرمان را که به دست داشت، سعی می‌کرد کمتر حرف بزند. به‌ندرت چیزی می‌گفت. جواب پرس و جوی مراد را هم، بی آن‌که به او نگاه کند کوتاه و فشرده می‌داد. این درست! اما به نظر پسر صنم می‌رسید که ابراو بیش از آنچه لازم هست به کار خود اهمیت می‌دهد. شاید به نظر او چنین می‌آمد. اما اینکه ابراو چنین کار و جایی را آسان به چنگ نیاورده بود و می‌بایست قدرش را بداند، چیزی بود که مراد آن را حس نمی‌کرد:

ـ تراکتور است، نه برگ چغندر! چند تا هزار تومنی بالایش رفته باشد خوبست؟ هه! یک بیل، یا یک انبر پنبه چوب‌کشی که نیست تا به دست من سپرده باشندش! صدوبیست اسب زور دارد. روزی چقدر کار از پیش می‌برد؟ این‌ها همه‌اش حساب دارد!

مراد هم کم و بیش قبول می‌کرد:

ـ خوب بله که. راه بردن و کار کشیدن از همچه جانوری کار کمی نیست. برای همین هم هست که میرزا حسن خاطرت را می‌خواهد دیگر! بگو ببینم، اگر یک وقت جاییش عیب کند هم کاری از دستت ورمی‌آید؟

ـ در یک چشم برهم زدن می‌توانم ده تکه‌اش بکنم و باز ببندمش. اما خوب، وسایل می‌خواهد. اینست که لاکردار بیشتر وقت‌ها آدم را در بیابان می‌گذارد. همچو وقت‌هاییست که پیر آدم درمی‌آید. نمی‌دانی چه بکنی! باید بکشانیش تعمیرگاه. اما کو تعمیرگاه؟ باید ببری شهر. آخر چند فرسخ؟ چه جوری؟ دیگر مکافات است. ناچار میان بیابان می‌گذاریش و می‌روی پیش تعمیرکار. خوب، آقا دستش بند است. باید به او التماس کنی تا به حرفت گوش بدهد. بالاخره اگر حرف اربابت در رو داشته باشد، استای تعمیرگاه یکی از شاگردهایش را با چارتا پیچ و مهره و آچار همراهت می‌کند رو به بیابان. خوب دیگر؛ حالا بیا و کوزهٔ سوراخ را پر آب کن! تا چشم به هم بزنی ده روز معطل شده‌ای. بعدش هم صورتحساب تعمیرگاه می‌رسد به دست میرزا حسن و او هم دست از دهنش ورمی‌دارد و به زمین و زمان فحش می‌دهد. معلوم است دیگر، یکی دوتاش هم به پر آدم می‌گیرد! چه می‌شود کرد؟ فحش را باد می‌برد!

ـ پس آنقدرها هم صرف نمی‌کند!

ـ صرف؟ چرا، باز هم صرف می‌کند. الان شش ماه است که این تراکتور دارد کار می‌کند. در این شش ماه اقلاً ده ـ بیست هزار تومن کار کرده، اما میرزا حسن می‌گوید: همین قدرها هم مخارج داشته. یعنی خرج شوفر و گازوئیل و تعمیر و روغن و این چیزها. اما دروغ می‌گوید. این قدرها مخارج نداشته. دوبار تعمیر اساسی داشته، سه چهار بار هم کارهای سردستی.

ـ اسقاط هم که می‌شود، نه؟

ـ پس چی؟ می‌خواهی روز به روز یک چیز هم روش بیاید!

ـ خوب دیگر، از قیمتش هم می‌افتد. چقدر پول بالاش داده؟

ـ شوفر گنبدی می‌گفت بیست و دوهزار تومن. دست دوم است، آخر.

ـ بیست و دوهزار تومن پول داده. سالی، بگیریم، بیست هزار تومن کار می‌کند. سالی هفده ـ هیجده هزار تومن خرج دارد. می‌ماند دو سه هزار تومن استفاده. این دو سه هزار تومن هم که سال به سال از کون تراکتور کم می‌شود. یعنی هر چه بیشتر کار کند، چرخ و پرش بیشتر ساییده می‌شود. وقتی که ساییده شد، خرج و مخارجش بیشتر می‌شود. از این طرف هم کارش کمتر می‌شود. چون

هر چه کهنه‌تر بشود، کمتر می‌شود کار ازش کشید دیگر. پس، روز به روز استفاده‌اش کمتر می‌شود و مخارجش بیشتر. قیمت تراکتور هم که روز به روز، هی که کهنه‌تر شود، پایین‌تر می‌آید. می‌ماند چی؟ می‌ماند حاصلی که از قبل این تراکتور از روی زمین جمع بشود. خوب، کدام حاصل؟

تراکتور دور برداشته بود و باد پاییز صدا را می‌برد. ابراو گفت:

ـ میرزا حسن و شریکهاش بهتر از من و تو حساب کار خودشان را دارند. تو نمی‌خواهد غمش را بخوری!

ـ حالا کجا داریم می‌رویم؟

ـ به «خدازمین!»

ـ خدازمین؟

ـ ها! خوب شنیدی!

ـ که چی؟

ـ می‌رویم خاله صنم را عروسش کنیم! آخر این هم شد سئوال؟ آدم با این تراکتور می‌رود سر زمین که چکار کند؟ خوب معلوم‌ست دیگر؛ می‌روم که شخمش بزنم. اول باید زاله پل خدازمین را هموار کرد.

ـ پس میرزا حسن تا حالا چکار می‌کرد؟!

ـ سر خاله صنم را نگاه می‌داشته! چکار می‌کرده؟! تا حالا همه‌اش سگدو مکینه و ثبت خدازمین را می‌زده دیگر.

ـ این همه وقت؟

ـ پس چی؟ خیال می‌کنی کوزه است که بادش کنی؟ تازه زرنگی میرزا حسن بود که به این زودی کارها را روبراه کرد.

ـ می‌گویند این مکینه همچین آبی هم بالا نمی‌دهد!

ـ حالا اول کار است. چار صباح دیگرش را ببین. خدا بخواهد، زمینج گلستان می‌شود.

ـ پیرمردها می‌گویند مکینه آب قنات را می‌مکد!

ـ پیرمردها برای خودشان میگویند. تازه، گیرم که بمکد. قناتی که دارد خشک می‌شود، بهتر که آبش را مکینه بمکد! چه فرقی می‌کند؟ خرده‌مالک

قنات، در مکینه هم سهم دارد. یا اگر ندارد، می‌تواند سهم بخرد. از توبره نشد، از آخور! من و تو هم که بیشتر از آب خوردنمان نمی‌خواهیم. می‌خواهیم؟!

مراد صنم بی‌جواب ماند:

ـ این‌ها کی هستند دیگر؟

ـ حالا تا ببینم!

روی «خدازمین» جمعیتی ایستاده بود. بلند بالاتر از همه میرزا حسن بود. کنار میرزا، ذبیح‌الله ایستاده بود؛ کوتاه و چهارشانه. پشت شانهٔ ذبیح‌الله، کدخدا و سالار عبدالله ایستاده بودند و گفت و گویی داشتند. بابای کدخدا و کربلایی دوشنبه هم بودند. دو پیرمرد بر کپه خاکی نشسته و گپ می‌زدند. علی گناو هم بود. نزدیک میرزا حسن ایستاده بود و سیگار می‌کشید. میرزا هم سیگار می‌کشید. غریبه‌ای هم کنار دست میرزا ایستاده بود که به مأمورهای ثبت احوال می‌مانست. با او امنیه‌ای هم بود. نمایندگان قانون.

تراکتور نزدیک جمعیت ایستاد. پسر صنم خودش را از شکن شکن آهن واگرداند و ابراو خود را به یک ضرب پایین پراند و به سوی میرزا رفت و ایستاد. ابراو درست نمی‌دانست چی به چی است. میرزا حسن گفت:

ـ باز هم این زنکهٔ هوچی معرکه به پا کرده! آن جا گرفته نشسته و تکان نمی‌خورد. آن جوانک پیر و علیل را هم با خودش کشانده و آورده. هر چه نباشد تو زبان مادرت را بهتر می‌فهمی. برو چیزی به او بگو. نگذار شر به پا شود. آخر این زنکه چه‌اش می‌شود؟ حرف دامادتان که به خرجش نرفت؛ تو به گوشش فرو کن که او سهم بر این زمین نیست!

ابراو بی‌حرف و سخن رو به جایی که مرگان نشسته بود قدم کشید. از مرگان فقط چارقد سرش پیدا بود و از عباس فقط کاکل‌های سفیدش. مادر و فرزند، هر دو در گودالی نشسته بودند. خاک بیرون گودال تازه بود. روشن بود که مرگان زمین را کنده و همراه پسرش در آن نشسته است. ابراو کنار گودال ایستاد. مرگان زانوها را بغل زده و عباس هم کنارش چمبر زده بود. هر دو خاموش و بی‌صدا بودند.

ابراو ناگهان به روی برادرش جیغ کشید:

- تو دیگر برای چی این جا آمده‌ای، پشمال!

این اسمی بود که هم قد و بالاهای عباس، تازگی‌ها روی او گذاشته بودند.

عباس به برادر خود نگاه کرد و هیچ نگفت.

ابراو بار دیگر نعره زد:

- تو که سهمت را از این چس مثقال خاک فروختی، نفروختی؟! یادت نیست؟! تو پولش را از میرزا نگرفتی و همان شبانه قمار زدی؛ ها؟! همین تو نبودی ؟! تو نبودی که پولت را توی خانهٔ صنم باختی؟ اینهاش، این هم شاهد!

پسر صنم کنار شانهٔ ابراو ایستاده بود. عباس به او نگاه کرد. ابراو نهیب زد:

- یالا؛ زود وخیز بیا بیرون! بیا بیرون حرامزاده!

عباس چون سگ ترسویی که دم لای پاهایش بکشد، خود را جمع و جور کرد و رفت تا از گودال بالا بخزد. اما مرگان مچ پای او را گرفت و پایینش کشاند:

- بگیر بنشین، بلاگرفته! بگیر بنشین!

ابراو به مادر خود خیره ماند و گفت:

- تو چه‌ات می‌شود، زن! حرف به گوشت نمی‌رود؟ حرف تو به کجا می‌رسد آخر؟ چرا داری آشوب به پا می‌کنی؟ آخر این زمین تو نیست که گرفته‌ای رویش نشسته‌ای. لج داری؟

مرگان جوابی به پسر خود نداد. لج داشت

ابراو پا به گودال خیزاند و مچ پوک دست برادرش را گرفت و کشید:

- تو پایت را از این معرکه بیرون بکش، سگ گر! می‌میری و فدای سرم می‌شوی؛ یالا!

عباس تسلیم بود. تن داد و گذاشت تا برادرش هر جا که می‌خواهد او را ببرد. اما مرگان مانع شد. عباس را از کمر گرفت و فرو نشاند.

ابراو گفت:

- این قدر خرپهلوگی مکن، زن! همین جا زیر خاکت می‌کنم، ها!

مرگان نگاه از پسر واگرفت. پنداری روی او را هم نمی‌خواست ببیند. خاموش، سر روی زانوها گذاشت.

علی گناو پیش آمد:

ـ آخر تو چرا خودت را گچه کرده‌ای زن ناحسابی! چی به خیالت رسیده؟ چرا به هیچ صراطی مستقیم نمی‌شوی تو؟ اینجا زمین بایر بوده. به قبالهٔ نه‌ات که نبوده! مردکه رفته به ثبت و سند رسانده. نماینده آورده. آخر تو چرا باعث بی‌آبرویی...

ـ تو بیا پیش‌تر؛ بیا!

علی گناو پیش‌تر رفت و پا در گودال گذاشت. شاید مرگان حرف محرمانه‌ای با او داشت؟ نه؛ مرگان تفی در ریش او انداخت و گفت:

ـ تو دیگر برو!

علی گناو از گودال واپس جست و دست به جیب برد و زنجیرش را بیرون کشید. اما پسر صنم به او مهلت نداد و دست‌های خود را از پشت به دور شکم علی گناو قلاب کرد و او را بسته نگاه داشت. علی گناو با دشنام خود را فرو کشید. اما مراد جادار نگاهش داشته بود. علی گناو به قوت و فن خود را از خرپنجهٔ پسر صنم بیرون کشید و با او رو در رو شد:

ـ تو چی؟! برای من شاخ شانه می‌کشی یک لاقبا؟! تنت می‌خارد؟

پسر صنم نیم‌تنه را از تن کند و دور انداخت و گفت:

ـ ای قرمساق سیاه، تو چی به خیالت رسیده! دُم در آورده‌ای تو! به کلهٔ بابای جاکش‌ات ریدم! دِ بزن دیگر!

پیش از این که علی گناو میدان بگیرد و زنجیر را به دور سربچرخاند، پسر صنم خود را در بغل او انداخت، شانه به میان دو شاخ گناو برد، او را روی شانه و گردن بلند کرد و ـ شهباز! ـ با همهٔ زورش بر زمین کوبید؛ زنجیر را از دست حریف بیرون آورد و مثل این که به اسبی دهنه بزنند، زنجیر را میان دندان‌های گناو به فشار جا داد و گفت:

ـ خوش‌زبانی می‌کنی مردکهٔ متملق!

علی گناو نمی‌توانست دشنام بدهد. پا بر زمین می‌کوفت و کف

می‌ریخت. مردها و مأمورها خود را رساندند و پسر صنم را از روی سینهٔ گناو واکندند. علی با دهان و دندان خونی برخاست، کلاهش را از روی خاک برداشت و میدان گرفت. میرزا حسن بند دست او را چسبید و کناری کشاند. نباید آشوب به پا می‌شد. علی گناو را به ریش سفیدها سپرد و بالا سر مرگان آمد:
- ببین چه قشقرقی داری راه می‌اندازی تو مرگان!
مرگان هیچ نمی‌گفت.
ابراو دست در یقهٔ پسر صنم انداخت و گفت:
- عباس را بیار بیرون تو! تخم پدرم نیستم اگر امروز این زنکه را زیر خاک‌ها دفنش نکنم. تو فقط آن طفل معصوم را بیار بیرون!
گفته و ناگفته، رو به تراکتور دوید و روی صندلی جست و موتور را به کار انداخت.
میرزا حسن خودش را به او رساند و نهیب زد:
- دیوانگی نکنی پسر! ما که نمی‌خواهیم خون راه بیفتد. اگر می‌خواهی، فقط بترسانش.
ابراو بی‌جوابی به میرزا حسن، اهرم بیل تراکتور را میان انگشت‌ها گرفت و پا را روی کفگیرک فشرد. تراکتور رو به مرگان یورش برد. مأمورها به گرد میرزا آمدند. جمعیت قدم‌هایی پیش گذاشت. پسر صنم عباس را از گودال بیرون می‌کشید. مرگان دست از عباس برداشته و هم‌چنان درون گودال نشسته بود. ابراو تراکتور را پیشتر راند. آهن، زبان نمی‌فهمد! می‌غرید و پیش می‌رفت. پوزهٔ بیل بر لب گودال. مادر همچنان نشسته بود: چهره،‌ چرم. چشم. ذغال. لب‌ها، سنگ.
ابراو از بلندی فریاد زد:
- وخیز خون به سرم دویده مادر! مخواه که بکشمت. زیر این دندانه‌های آهنی شرحه شرحه می‌شوی!
مادر خاموش بود. کار او از کلام برگذشته بود. حیرت و باور! جای آن نیست آیا که آدم شاخ درآورد؟
ابراو خود را به زیر انداخت و لب گودال، تقریباً، روی شکم خوابید و التماس کرد:

- ورخیز! مادرمن، ورخیز! مگذار دیوانه بشوم. من تو را می‌کشم مادر. من تو را می‌کشم!

مادر سخنی نمی‌گفت. ابراو چون جانوری نعره کشید و خاک در چشم‌های مادر پاشید:

- خیره! خیره! چرا مرا زاییدی؟!

مرگان پلک برهم زد.

ابراو به روی رکاب پرید و بر صندلی جا گرفت و نالهٔ تراکتور را درآورد. نه! به عقب رفت، ماند و پا را روی کفگیرک فشرد. آهن زبان نمی‌فهمد! پیش آمد. بیل نگو، دندان غول نیش در خاک لب گودال فرو برد. صدای جمعیت بلند شد. فحش و دشنام. هیاهو در نعرهٔ موتور تراکتور گم بود. تکان دست‌ها. شالك بالک پیرمردها. اما کو چاره؟! مادر و فرزند از یک قماش بودند. مرگان مادر همین فرزند بود و ابراو، فرزند همین مادر. میرزا که بالای تراکتور پیچیده بود، موتور را خاموش کرد.

ابراو، روح زخم خورده و ناکام، خود را پایین پراند، به درون گودال جهید، روی مادر خسبید و او را جوید.

مرگان آیا سنگ نشده بود؟! حتی به نفرین هم لب نگشود. ابراو لاشه مادر را از گودال بیرون کشاند و با ریسمانی او را به بدنهٔ تراکتور بست. شمر، روی جایش نشست و آهن را براه انداخت و اهرم گاوآهن را زد.

کار یکسره شده بود. جمعیت به نظارهٔ یکپارچه شدن خدازمین ایستاد: چه می‌کرد تراکتور! چه می‌کرد ابراو! شیرت حلال! میرزا حسن سیگاری برای خود روشن کرد و رفت تا مرگان را از بدنهٔ تراکتور واکند. واکرد.

مرگان تا شده بود. عباس خود تا بود. مرگان دست عباس را گرفت. عباس دست مرگان را گرفت. پسرصنم به دنبال مرگان و عباس بود. مادر و فرزند حالا هماهنگ شده بودند. مرگان پیر شده بود. دیگر نمی‌توانست تند قدم بردارد. درست به همان کندی عباس قدم برمی‌داشت. مثل مورچه می‌رفتند. پسر صنم هم به آهنگ آن‌ها می‌رفت؛ آرام و خاموش. زمین انگار خالی بود و تنها همین سه تن بر پشت خسته‌اش راه می‌رفتند.

آسمان، آیا چه رنگ بود؟ و خاک؟ خاک چه خاموشی غریبی داشت! پرنده‌ای هم، آیا در بیابان بود؟! نه! زمین خالی، آسمان خالی، هستی خالی بود؛ هر چه بار را به مرگان سپرده بودند:

ـ غم مخور؛ غم مخور پسرکم. غم مخور، پیر می‌شوی!

تنگنای غروب، مرگان و عباس به خانه رسیدند.

پسر صنم همان بیرون در، ماند. بیخ دیوار نشست و سرش را میان دست‌ها گرفت. امروز چند سال از عمرش گذشته بود؟. . . سنگین؛ احساس می‌کرد سنگین شده است. کوه؟ دلش نمی‌خواست یک کلمه هم با کسی حرف بزند. نمی‌دانست. نمی‌دانست. هیچ چیز نمی‌دانست. گنگ وگیج! دل رفتن نداشت. دل برخاستن نداشت. دل نشستن نداشت. بی‌معنی. این رخت‌ها به تنش چقدر بی‌معنی بودند! تنها کاری که می‌توانست بکند و دلش به آن کشش داشت، تنها کاری که به نظرش رسید این بود که این رخت‌ها را از تنش بدر کند. حالا چرا؟ خیلی سئوال‌ها بی‌جواب مانده‌اند! برخاست و به طویله رفت و ته یک پیراهن و تنبان بیرون آمد، به خانه پاگذاشت و رخت‌ها را روی پاره لحاف‌ها انداخت و به کنجی نشست.

سه آدم، سه کلوخ. خاموش، خسته، بیزار. کدام آتش در تو زبانه خواهد کشید ای یار، ای برادر، ای مادر؟

غروب در خانه فرود آمد. هوا، تاریک شد. اما تاریکی را تو با دل روشن می‌توانی ببینی. وقتی دل تو از شب هم تاریک‌تر است، دیگر چه رنگی می‌تواند داشته باشد شب؟ بگذار تاریکی بدمد. نفوذ کند. بگذار شب بیاید. دیگر چشم چشم را نمی‌بیند. دیگر کس کس را نمی‌بیند. این، خود بهتر!

ـ چرا لامپا روشن نمی‌کنی ننه؟

هاجر بود. صدای هاجر بود. کورمال کورمال پا به خانه گذاشت و ماند. صدا از هیچ کجا برنمی‌خواست. هاجر لامپا را روشن کرد. پسر صنم در سایه ـ روشن نور، سرش را از روی زانوها برداشت و به هاجر نگاه کرد. هاجر یک دم ماند. بیرون دوید. انگار خواب دیده بود. دوباره به در برگشت و نگاه کرد. همان چشم‌ها نگاهش می‌کردند. هاجر نماند و دور شد. پسر صنم دوباره پیشانی را بر

زانو گذاشت. گویی این سکوت شکسته نباید می‌شد. که صدا انگار ستمی بود که بر حرمت آدمیزاد می‌رفت.

«خدایا... خدایا... چرا مرا فراموش کردی؟»

آیا این صدای مرگان بود؟ نه! او که دیگر حرف نمی‌زد. پس صدای که بود؟ اما باید صدای خود مرگان باشد. لابد روحش دارد حرف می‌زند؟!

هاجر دوباره به در خانه آمد:

ـ چی شده مادر؛ ها؟.. تو بگو، مراد! چی پیش آمده؟!

این هاجر بود که با مراد حرف می‌زد! جوان پیشانی از زانو برداشت و خاموش نگاهش کرد. جوابی نمی‌بایست به او می‌داد. زیر لب به خود گفت: «برایت یک دستبند آورده‌ام. یک دستبند، هاجر!»

صدای علی گناو در کوچه پیچید:

ـ کجایی تو دختر؟ سرت را بزنند دمبت خانهٔ مادرت است، دمبت را بزنند سرت!

هاجر بدر دویده بود. مراد بار دیگر پیشانی بر زانو گذاشت.

۲

رقیه، زن علی گناو، چوب زیر بغلش را که از شاخهٔ کج و کولهٔ درخت سنجد فراهم و کهنه پیچ شده بود، به عباس سلوچ قرض داده بود. رقیه دیگر می‌توانست دستش را به دیوار بگیرد و راه برود. سرفه می‌کرد، می‌نالید، دشنام می‌داد و خودش را مثل زالویی روی خاک می‌خیزاند. کسی کاری به کار او نداشت، او هم که نمی‌توانست کاری به کار کسی داشته باشد. رقیه دیگر به آدم معلومی هم نفرین نمی‌کرد. او نفرین می‌کرد. نه معلوم که به کی و به چی! شاید به هر چیز و کس. با این همه چوب زیر بغل خود را به عباس داده بود. لابد عباس بری از نفرین‌های رقیه بود؟ درد، خویشاوند خود را می‌شناسد!

عباس چوب رقیه را قرض گرفته بود و به کمک آن راه می‌رفت. نه این که چون می‌لنگید به چوب نیاز داشت. نه! از این نبود. چون تن و پاهایش قوت کافی نداشتند، چوب به کارش می‌آمد. و چوب اگر زیر بغل جا می‌گرفت، کاری‌تر بود. پس چوب رقیه جا عوض می‌کرد. به یاری چوب زیر بغل عباس بیشتر می‌توانست بجنبد. راه می‌افتاد و مثل یک جانور عجیب در کوچه‌های خالی پرسه می‌زد. بچه‌های خرد و ریز هنوز از او می‌ترسیدند و تا صدای عصای پشمال برمی‌خاست به خانه‌ها می‌دویدند و درها را می‌بستند:

«پشمال! پشمال!»

دیگر کسی عباس را به نام خودش نمی‌خواند. کوچک و بزرگ به او می‌گفتند: «پشمال!» عباس هم کم‌کم از نام خود دور می‌شد و به نام تازه‌اش خو می‌گرفت. این اسم ناگهانی هم جا نیفتاد. تا اسم «پشمال» روی او بنشیند و جا بیفتد، مدتی طول کشید. اول به او گفتند «عباس پشم». بعد: عباس پشمو. بعد از آن: پشمی. و سرانجام: پشمال. به پشمال که رسید، کلمه یکی شد. پشمال به نظر

کافی آمد و نام «عباس» خود به خود پرید!

با وجود این، عباس همچنان کم حرف و بی‌شور و شر مانده بود. بازگشت به آن روزها، روزهای تندرستی، شدنی نبود. انتظار هم نمی‌رفت. خود عباس هم فکرش را نمی‌کرد. اصلاً شاید نمی‌توانست فکر بکند. چه معلوم که او می‌توانست به روزهای پیش از شتربانی خود فکر کند؟ از رفتارش چنین برمی‌آمد که خود را همین جور که هست می‌بیند، و این «خود» تازه را عمیقاً پذیرفته است. انگار که از روز اول همین گونه و با همین نام خلق شده بوده. پیش از این که زبان باز کند، خود به خود چیزی روشن نبود. از روزی هم که زبان باز کرده بود، حرفی نمی‌گفت که چیزی را بر دیگران روشن کند. بی‌مایه‌ها او را دستگاه خنده می‌کردند. عباس تحمل می‌کرد یا دور می‌شد. اما بیشتر وقت‌ها پیش می‌آمد که بزرگ‌تری پا درمیانی کند، جانب عباس را بگیرد و او را از معرکه به در برد. چنین وقت‌هایی عباس سر فرو می‌انداخت و عصازنان دور می‌شد. می‌رفت تا داو قمار بجوید. تنها نشانه‌ای که از گذشته در او باقی بود و آشکار بود، میل به قمار بود. بیشترین وقتش را در دخمه‌های قمار می‌گذارند. همیشه آن جاها دخیل بود؛ و از آن جا که به صورت یک عضو جدا نشدنی دوره‌های قمار درآمده بود ـ بی‌آن که در بازی شریک باشد ـ هر قماربازی نسبت به او حسی پیدا کرده بود. جوری که انگار بودنش در بازی برای بعضی‌ها اقبال، و برای بعضی دیگر بد اقبالی به همراه داشت.

«از پشت دست من برو کنار، پشمال سفید چشم!»

«بیا ور دست خودم، پشمال جان!»

پشمال جا عوض می‌کرد، اما بود. تی پا می‌خورد، اما بود. عصایش را که دور می‌انداختند، برمی‌داشت ـ چاردست و پا می‌رفت و آن را برمی‌داشت ـ اما بود. زخم زبان‌ها، خوش‌طبعی‌ها و شوخی‌ها، نیش و کنایه‌ها را تحمل می‌کرد، اما بود. ده شاهی یک قرانی از دست این و آن می‌گرفت یا نمی‌گرفت، اما بود. به هر حال بود! کاریش نمی‌توانستند بکنند. پشمال آمده بود که آمده باشد.

مسلم، پسر حاج سالم، هم بود. دو تایی با هم کارد و پنیر بودند. اما هیچ کدام دل از داو قمار نمی‌کندند. آن‌ها که نمی‌خواستند قوارهٔ کج و کُلّهٔ عباس را

ببینند، مسلم را به جان او می‌انداختند. مسلم روی عباس می‌خسبید و نیمه جانش می‌کرد. اما عباس، باز هم بود.

«بگریز پشمال؛ مسلم آمد!»

راستی هم که دیدن مسلم موی بر تن عباس راست می‌کرد؛ اما باز هم دل نمی‌کند. عباس همان‌جور که به هوا، به داو قمار نیاز داشت.

«بیا پشمال؛ این هم دوقران شیتیل تو! جاش بده توی لیفهٔ تنبانت!»

در خانه هم کسی کاری به کار او نداشت. او هم کاری به کار کسی نداشت. جایش را سر تنور کشانده بود. آسوده‌تر. با سنگ و کلوخ پناهی برای خود درست کرده بود. شکاف‌های سنگ و کلوخ‌ها را با حلبی شکسته و پارچه و کاه و کود گرفته بود؛ آلونک طوری. شب‌ها می‌نشست و ستاره‌ها را نگاه می‌کرد. ماه را نگاه می‌کرد. آسمان را نگاه می‌کرد. بی‌خستگی و چنان که انگار می‌توانست صد سال هم به بالای سر خود نگاه کند. تنها پیش از آن که سر بر بالین بگذارد، یک بار دیگر خرده پول‌هایی را که سر قمار از این و آن گرفته بود، می‌شمرد.

«خوب! امروز بیست و دو قران. هیجده قران دیگر مانده به بیست تومن!»

همدمی نداشت. ابراو چند گاهی بود که به خانه نمی‌آمد. مرگان هم به حال خود بود. عباس تنها سایه‌ای از او می‌دید. گاهی دستی ـ که لابد دست مرگان بود ـ تکه نانی، پیاله‌ای، لب تنور می‌گذاشت و نادید می‌شد. هاجر هم گه‌گاه می‌آمد و می‌رفت. بعضی وقت‌ها دزدانه می‌آمد؛ وقت‌هایی که کاسه‌ای زیر بال داشت. گمان این که دور از چشم علی‌گناو لقمه‌ای برای مادر می‌آورد. چنین شب‌هایی بود که عباس می‌دید دستی ـ که لابد دست مرگان بود ـ پیاله‌ای لب تنور می‌گذاشت و نادید می‌شد. فقط رقیه، زن علی گناو بود که گاه می‌آمد و پای تنور می‌نشست. چیزی می‌گفت یا نمی‌گفت؛ چیزی می‌شنید یا نمی‌شنید. سر آخر هم یکی دو قران از عباس می‌گرفت و می‌رفت تا برای خودش ناسوار بخرد.

زنی مثل رقیه، اگر دستش به دهنش می‌رسید، شیره‌ای می‌شد. یا به قلیان تنباکو عادت می‌کرد. اما از رقیه برنمی‌آمد که پول بالای این چیزها بدهد. ترس رقیه از علی‌گناو هم بیش از آن بود که جرأت کند دست حرام به مال او ببرد. این

بود که پیش عباس رو می‌انداخت تا پول ناسوارش را بدهد. دو قِران ناس، برای یک هفتهٔ رقیه بس بود. یک پر گرد ناس را نیم روز زیر زبانش نگاه می‌داشت. آهکِ ناس به همین زودی لثه‌هایش را ساییده و زخم کرده بودند. اما دلخوشی رقیه به همین ناسوار بود. چون کمی گیجش می‌کرد. برای همین شب هم پیش از خواب یک پر ناس زیر زبانش می‌انداخت و می‌خوابید.

در این میان، عباس پشمال، داشت برای خودش چیزی می‌شد. چیزی شده بود. رفتنش، آمدنش، نشستن و برخاستنش، کار و بی‌کاریش، جا و لانه‌اش، عصایش، موهایش، پاره پوشاکش، حرف زدن و نزدنش، صورتش، چشم‌هایش، حالت‌های نگاهش، استخوان‌بندیش، قوارهٔ کج و گُله‌اش، همهٔ این اجزاء، روی هم آدمی ساخته بودند به نام عباس سلوچ: پشمال. و عباس چیزی بود که هنوز عجیب می‌نمود. خلقتی عجیب. بسا که دهن به دهن، افسانه شده بود.

به خودی خود، عباس «دیگر» شده بود. جدایی از مادر و جاگیر شدن سرتنور، یکه‌گی او را برجسته‌تر می‌نمود. هیچ کس نمی‌دانست چرا عباس یکباره جا عوض کرد؟ چرا خانه‌اش را از مرگان فرد کرد؟ حتی خود مرگان هم سر در نیاورد. تنها چیزی که در ذهن جرقه می‌زد اینکه عباس خواسته است روی پا و عصای خودش راه برود. اینکه وجودش رنگ و بار خود را داشته باشد. شاید آن بُرشِ کشنده، یک چیز را در عباس باقی گذاشته بود: «خودِ» او. «خود»ی به هر صورت و با هر مقدار. و عباس، شاید به غریزه می‌کوشید تا خرده‌ریزها، این تکه پاره‌های مانده را بیابد، درهم آورد، یکی کند و نگاهش دارد. به این منظور، او می‌بایست بتواند زندگی کردن خودش را ببیند. خودِ تنها را، بی‌تکیه به این و آن ببیند؛ بیابد، حس و لمس کند. پس از زیر بال و پر مادر و برادر باید بدر آید. تا بدر نیامده، وجودش ـ اگر نه زائد ـ اما وابسته است. یدک کشیده می‌شود. علیل؛ مخصوصاً که علیل هم باشی، علیل که هستی، از هر انگشت هنری هم اگر ببارد، چشم دیگران تو را به بوته‌ای پیوندی می‌بیند. تو را چیزی می‌بیند که بودنت بسته به غیر است. می‌گویند: «تو را مادرت اداره می‌کند. برادرت خرجت را می‌دهد. خواهرت رختت را می‌شوید.» پس تو را به یاد نمی‌آورند مگر در کنار دیگری. و تو بیهوده از «خود»ت حرف می‌زنی. چون در چشم ایشان، چنین

«خود»ی ایستاده وجود ندارد!

نمی‌توان به یقین گفت که چنین انگیزه‌هایی عباس را به جدایی برانگیختند؛ اما شاید این جور باشد. چه نیروی نهفتهٔ دیگری می‌تواند عباس را واداشته باشد که: خانه را بگذارد و سر تنور لانه‌ای بسازد؟

شاید این درست نباشد که همه چیز یک آدم نابود شدنی‌ست.

عباس سر تنور، روی جایش نشسته بود و به عادت، آسمان شب را نگاه می‌کرد. این عادت به دنبال بیماری آمده بود. آسمان، از ته چاه. از آن پس، جوری به آسمان شب نگاه می‌کرد که گویی رد پایی در آن می‌جست. رد پایی گم. خلوت عباس را صدای قدم‌هایی در هم شکاند. صدای قدم‌هایی در کوچه. صدای قدم‌ها، آشنا نبودند. تنها صدای قدم‌های آرام رقیه و ناله‌های شکستهٔ او، آشنای گوش پسر سلوچ بودند. صداها کم نبودند، اما گوش‌های عباس فقط صدای پای رقیه را می‌شنیدند؛ و این صدای پا، از رقیه نبود. ایستاد. صدا ایستاد:

ـ عباس!... عباس... بیداری؟

به رد صدا نگاه کرد. سایه‌ای کنار دیوار ایستاده بود. عباس سرفه کرد. نشان بیداری. سایه جنبید، حرکت کرد و پیش آمد. ابراو بود. رو به روی عباس ایستاد. عباس به سیگار لای انگشت خود نگاه کرد. ابراو زانوهایش را به دیوارهٔ تنور چسباند. عباس نمی‌دانست او چه می‌خواهد. برای همین منتظر بود تا ابراو چه بگوید؟ ابراو هنوز خاموش بود. دمی بعد خود را به سر تنور بالا کشاند و نشست. میان دو برادر دهان باز تنور بود.

ـ بیا! شنیده بودم سیگاری شده‌ای، یک بسته برایت آوردم.

بستهٔ سیگار را ابراو لای سنگچین کنار دست عباس جا داد. عباس به حرکت دست‌های ابراو نگاه کرد و خاموش ماند. نمی‌دانست چه باید بگوید؟ ابراو گفت:

ـ خیلی وقت پیش باید می‌آمدم. الان چند وقت می‌گذرد. من از آن روز دیگر نتوانستم بیایم این جا. حالا هم... شب آمدم. تاریکی بهتر است. روز روشن رو نکردم بیایم. من آن روز خیلی شمر شده بودم. چه روز نکبتی بود! من انگار خودم نبودم که آن کارها را می‌کردم. مادر را هم از همان روز ندیده‌ام.

نتوانسته‌ام ببینم. یک بار برایش پول فرستادم، اما او پسم داد. چکار می‌کند؟
عباس ته سیگارش را در تنور انداخت و آرام، با صدای خفه‌ای که جنس صدای او شده بود، گفت:
- نمی‌دانم. نمی‌بینمش! لابد تو خانه‌ست.
- نان و آبش چی؟
- نمی‌دانم! کیسهٔ آردم را با او نصف کردم. دیگر نمی‌دانم!
ابراو گفت:

من آن روز بد کردم. خیلی بد کردم. چقدر! تا حالا کدام پسری با مادر خود همچو کرداری داشته؟! من حالا چکار کنم، ها؟! این مدت همه‌اش کنار تراکتور خوابیده‌ام. اما هوا بدجوری سرد است. خشکه سرماست! امروز غروب هم شوفر گنبدی تراکتور را خواباند. موتورش را که از کار افتاده بود، واکرد و برد. گمان نمی‌کنم که دیگر برگردد! شاید بابت مزد عقب افتاده‌اش موتور تراکتور را در بازار آب کند. خاک خدازمین هموار شد و نهال‌های پسته را هم کاشتند. حالا باید هفت سال پای نهال‌های پسته نشست تا بار بدهد. کارهای اصلی تراکتور تمام شد. می‌ماند اجاره‌کاری. آن هم که صرف نمی‌کند. خرج تراکتور زیاد شده. روز به روز هم زیادتر می‌شود. شاید هم میرزا حسن ناچار بشود که تراکتور را بفروشد. زمزمه‌اش هست که خرج و دخل نمی‌کند. آخر، همهٔ سال هم که برای تراکتور کار نیست!... راستی عباس، تو می‌دانی پسته چه جور به عمل می‌آید؟

نه! عباس نمی‌دانست. اگر هم می‌دانست، دل و دماغ این را نداشت که جوابی به ابراو بدهد. ابراو این را می‌فهمید، اما ناچار از حرف زدن بود. حرف‌ها روی دلش بار شده بودند و تنها کسی را که او برای شنیدنشان سراغ کرده بود، برادرش عباس بود. اینکه عباس چه واکنشی داشته باشد، چیزی نبود که ابراو مقیدش باشد. تنهایی چندگاههٔ ابراو، او را پکر کرده بود. احساس می‌کرد بیگانه شده است؛ از خانه و خانواده‌اش جدا افتاده است. و این، هراسی به دلش انداخته بود. از همین هم دل شب آمده و برادر بی‌زبان خود را به حرف گرفته بود:

- من خیال کرده بودم که میرزا حسن غیر از پسته و پنبه، گندم هم می‌کارد. اما، یک دانه گندم هم به زمین نپاشید. یکی دوبار که حرفش پیش

آمد، گفت: «مگر مغز خر خورده‌ام که گندم بکارم؟ گندم بکارم که چی؟ چقدرش را مزد دروگر بدهم؟ تازه کی می‌ماند که درو کند؟ همه دارند می‌روند. از این‌ها گذشته، گندم برداشت کنم منی چند بفروشم؟ شرکت منی چند از من می‌خرد؟ منی کمتر از سه تومن! حسابش را که می‌کنم نصف خرجش را هم در نمی‌آورد. کدام آدم عاقلی دست به همچین کاری می‌زند؟» حالا که فکرش را می‌کنم، می‌بینم آنقدرها هم بیراه نمی‌گفت. کشت جو وگندم، این روزها چندان نزدیک به صرفه نیست. میرزا می‌گفت «خروار خروارش را دولت از خارجه وارد می‌کند!» همین است که می‌ترسم دیگر تراکتور به کار نیاید. زمین‌ها این جا خیلی تکه پاره است. این تراکتور بد مذهب میدان میدان زمین می‌خواهد که بکوبد و برود جلو. این جاها خیلی که زمین یک‌کاسه باشد یک سر شب روزکارش تمام می‌شود. بعدش باید سه فرسخ بکوبی بروی تا خیشت را روی زمین دیگری به کار بیندازی. خود این راه‌هایی که باید بروی وقت است که تلف می‌شود. حساب این چیزها کم‌کم دست آدم می‌آید. خیلی وقت‌ها شده که ما بیشتر از یک ساعت روی زمین کسی کار نداشته‌ایم! کرایهٔ یک ساعت‌کار، خیال می‌کنی چی می‌شود؟ رفت و برگشتش را هم حساب کن! اینست که می‌ترسم دیگر این تراکتور راهش را کج کند و به ولایت دیگری برود. مثلاً دشت گرگان. همان جا که قبلاً هم بوده. یا، شاید هم، دشت نیشابور. تازه، اگر شوفر گنبدی موتور را تعمیر کند و برگردد! می‌بینی؟ مکینه را راه انداخت و نشست پشت فرمان تراکتور. تراکتور هم که اینجور، از کار افتاد. میرزا حسن هم غیبش زده. از طرف ادارهٔ کشاورزی هم دنبالشند. نمی‌دانم! حالا دیگر نمی‌دانم من چکار کنم؟ دستم که دیگر به خرده کاری نمی‌رود. تراکتوری هم که در کار نیست تا رویش کار کنم. ... نمی‌دانم. من را بگو که چه دلم را خوش کرده بودم؟

عباس گفت:

ـ یک دست گنجفهٔ خوب، قیمتش چند می‌شود؟ تو می‌دانی؟

ـ هنوز بیداری عباس!

ـ صدای پسر صنم بود. عباس رو به صدا گرداند. پسر صنم از روی دیوار سرک کشید:

- تو هم اینجایی؟!

در صدایش، شرم بود. پا به حیاط خانه گذاشت و پیش آمد.

- بیا بالا... بیا بنشین. جا هست.
- همین جا خوبه.
- بیا... بیا دیگر!

هر که به جای مراد بود، می‌توانست حس کند که ابراو محتاج یک هم‌کلام است.

پسر صنم لب تنور نشست و پرسید:

- خوب؛ چطور شد؟ شنیده‌ام شوفر گنبدی گذاشته و رفته؟! تراکتور را هم دیدم کنار قبرستان افتاده بود و خاک می‌خورد؟! می‌گویند شوفر گنبدی موتور تراکتور را به بهانهٔ تعمیر ورداشته و رفته؟! هه! تو که فی‌الواقع خبرهٔ این کارها هستی، اصلاً موتور باید پایین می‌آمد و می‌رفت برای تعمیر؟

ابراو گفت:

- نمی‌دانم؛ نمی‌دانم! هر چه هست که تراکتور از دست رفت!
- گمان نمی‌کنی شوفر گنبدی موتور را به جای مزدش ورداشته و رفته؟!
- چه می‌دانم. چه می‌دانم. شاید؟
- حتماً! آخر آدم صنعتکار مزدش را سر خرمن نمی‌گذارد. همچو آدم‌هایی آنقدر نافهم نیستند که میرزا حسن ما بتواند کلاه سرشان بگذارد! این بچه‌های دشت گرگان ده بیست سال است که با اینجور وسایل سر و کار دارند. حالا میرزاخان کجاست؟
- پیداش نیست. همین را داشتم برای عباس می‌گفتم. یک ماه بیشتر است که خبری از میرزا حسن نیست! این شریک‌هاش هم که هر کدامشان یک طویله خرند! هیچی به هیچی.

مراد به طعنه گفت:

- هی... تو چه ساده‌ای پسرخاله! آن میرزا حسن یک سر دارد و هزار هزار سودا، چی خیال کرده بودی؟ که همچو آدمی می‌آید خودش را گرنگ کشت و کار بکند؟! یکی از برادرهاش را فرستاده قلعه‌های بالا عمله جمع کند ببرد شهر.

خیال دارند کاروانسرای خرابه را بکوبند و ازش یک تیمچه درست کنند؛ مستغلات! مکینه‌اش هم که تو زرد از آب درآمد. ماند رودست این نورسیده‌هایی که دهان‌هاشان را برای پول فروش آب باز کرده بودند! سه شاهی صناری که مثل موش به دندان کشیده بودند، گذاشتند روی مکینه. میرزا حسن هم پول‌ها را از آن‌ها گرفت و مالید درشان و رفت. مکینه آب قنات را نصفه کرده و خودش هم بیشتر از ماندهٔ آب قنات آب بالا نمی‌دهد. آخر، زمین کویری آبش کجا بود؟! امسال زودتر از هر سال باید کوله‌بارمان را ببندیم و راه بیفتیم. خنده‌دار است که کربلایی دوشنبه هم رفته موتوربان بشود!

ابراو انگار با خودگفت:

ـ پس این همه هیاهو برای چی بود؟!

ـ آخر، وام را که ادارهٔ کشاورزی همین جوری به آدم نمی‌دهد! بالاخره باید آفتابه لگنی جور کرد!

ابراو مثل چیزی که در باخت یک بازی شریک شده و این را در پایان دریافته باشد، ناگهان برافروخت و پرخاش کرد:

ـ شماها که این چیزها را می‌دانستید، برای چی زمین‌هاتان را دو دستی واگذار کردید؟!

ـ زمین‌هامان را؟! هه هه هه؛ زمین‌ها! یک‌جوری می‌گویی زمین‌هاتان که انگار هر کدام ما یک ششدانگی را واگذار کرده‌ایم! آخر کدام زمین؟ همهٔ آن خدا زمین، تازه اگر آب می‌داشت، کفاف پنج خانوار را نمی‌کرد! مگر آدم زمین را می‌خواهد که با آن بازی بازی کند، یا از قَبَلش نان بخورد؟! اگر میرزا حسن هم پیدا نمی‌شد که این کرایهٔ ماشین را به ما بدهد، خودمان وامی‌گذاشتیمش و می‌رفتیم. آخر به هر تکه از خاک خدا که نمی‌شود گفت زمین زراعت! تازه، میرزا حسن هم به نیت زراعت این زمین را از ما نخرید. او یک پهنهٔ بیابان لازم داشت تا نشان نمایندهٔ کشاورزی بدهد. از این گذشته، امثال ما، نه پدرهامان از زراعت نان خورده‌اند نه مادرهامان. زمین زراعتی دست هر کی که باشد خیرش به امثال ما نمی‌رسد. سهم ما پیش از این مزدوری بوده، بعد از این هم مزدوری‌ست. پیش از این وجین و درو می‌کردیم و مزد می‌گرفتیم، حالا کار دیگری می‌کنیم و مزدی

می‌گیریم. من که خیال دارم پیش از رفتنم بروم شهر عملگی تیمچهٔ میرزا حسن. هر چند که برادر میرزا از زمینج آدم خبر نکرده، اما من را به کار می‌زند. می‌روم مزدوری می‌کنم که اقلاً شب، چشمم به دو تا اسکناس بیفتد. همان جا هم، گوشهٔ کاروانسرا می‌خوابم... تو چی؟ چکار می‌کنی؟

ـ من... من حالا حالاها دست و دلم به کار نمی‌رود.

ـ عباس!... تو چی برادر؟ فکری به حال خودت کرده‌ای؟

عباس آرام گفت:

ـ فکر! فکر؟ من... فکر!

ـ برای رفتن فکری کرده‌ای؟

ـ رفتن! حرف رفتنست؟

ـ از ناچاری.

ـ رفتن؟! رفتن به...

ـ چه می‌دانم؛ هر جا. هر جا!

ـ نه! نه پسر خاله جان. من... نه... رفتن نه... من... پای راهوار... نه... نه...

پسر صنم یک بار دیگر ابراو را به سئوال گرفت:

ـ تو چی؟ هنوز هم بی‌تکلیفی؟ یا اینکه چشم براهی میرزاحسن برگردد؟!

ـ نه، نه؛ نمی‌دانم. هنوز چیزی نمی‌دانم!

راستی هم ابراو چیزی نمی‌دانست. گیج و گول بود. کلافه‌ای سر درگم. چیزهایی روی داده بود، اتفاقاتی افتاده بود، اما ابراو نمی‌توانست به درستی بشناسدشان. در قلب رویداد بود و نمی‌دانست چی به چی است. شاید دیگران، مثل پسر صنم که از بیرون نگاه می‌کردند، بهتر می‌دیدند. اما ابراو نمی‌توانست. حس می‌کرد برای اینکه بتواند آن چه را که دیده است واشناساند، باید مدتی آرام بگیرد. باید دور بماند و آرام بگیرد. او هنوز گیج های و هوی بود. هنوز خود را از قلب توفانی که میرزا حسن براه انداخته بود، برکنار نمی‌دید. خود را جدا نمی‌دید. در میانه بود. میانهٔ گردبادی که صفیرش هنوز در گوش‌ها و غبارش بر چهره‌ها بود. وقتی هم از معرکه بدر می‌آیی، هنوز در معرکه‌ای! معرکه هنوز در تو است.

کشمکش و هیاهو هنوز در ابراو بود. گیرودار از او، و او از گیرودار واکنده نشده بود. باور داشت، هنوز می‌خواست باور داشته باشد که میرزا حسن برخواهد گشت. که آنچه او در خیال پرورانده بود، انجام خواهد پذیرفت. باور نداشت. هنوز نمی‌خواست باور داشته باشد که آنچه روی داده، سر به سر دروغ و بازی بوده باشد. نه؛ این فقط یک بازی نمی‌توانست باشد. باید حقیقتی و حقانیتی در آن وجود می‌داشته باشد. چیزی که ابراو به آن دل داده بوده، که آن را باور کرده بوده است. نه! او به این آسانی نمی‌توانست پیوند دل خود را با این جوش و خروش، با این کار و تلاش تازه‌ای که شروع شده بود، ببرد. نمی‌توانست و نمی‌خواست چنین ناگهانی خود را فریب خورده بداند. ابراو با امید آبادانی و باروری دشت‌های زمینج، روی همه چیز خود لگد کوفته بود. شب و روز کار کرده بود. خواب و خوراکش را برهم زده بود. برای آوردن دو تا پیچ و مهره و یک گالن روغن، درگرما و سرما فرسنگ‌ها پیاده‌روی کرده بود. دشنام شنیده بود. پاره خاک سهمیهٔ خود را واگذار کرده بود. کار کرده بود. کار. کار. تن به جلادی داده بود. شمر شده بود. مادرش؛ با مادر خود مثل سگی گر رفتار کرده بود. بدتر از آن، صدبار بدتر از آن. شرمساری داشت او را می‌کشت.

حالا، به بهای همهٔ این‌ها چی برای ابراو مانده بود؟ چی برایش مانده بود؟ چی به دست داشت؟ میرزا حسن ناگهان غیبش زده بود. پول‌هایی را که باید روی زمین‌ها خرج می‌کرد، برداشته و رفته بود. تراکتور و مکینه با کلی بدهکاری روی دست شریک‌ها مانده بود. تراکتور اسقاط شده بود و مکینه به زور باریکه آبی از چاه بیرون می‌کشید. آب قنات داشت خشک می‌شد. خرده‌مالک‌ها به جان هم افتاده بودند. آن‌هایی که در مکینه سهم نخریده بودند و چشمهٔ روزیشان هنوز آب باریکهٔ قنات بود به فرمانداری شکایت برده بودند که: مکینهٔ میرزا حسن آب قنات را دارد می‌خشکاند. آن‌هایی که فقط در مکینه سهم داشتند، دو جرگه شده بودند. جمعی رو در روی مدعیان سینه پیش داده بودند و جمعی می‌رفتند که دل از مکینه برکنند و واگذارش کنند. کسانی بودند که از همین حالا سهمیهٔ مزدی را که باید به برادر بزرگ میرزا حسن، به موتوربان بپردازند؛ نمی‌پرداختند. برای خرید روغن و گازوئیل پول نمی‌دادند. و دسته‌ای که در قنات و مکینه، هر دو،

سهم داشتند در میانه مانده بودند و نمی‌دانستند کدام طرف را بگیرند. زیرا هنوز کار به حد سنجش سود و زیان نرسیده بود. و در این میان، ادارهٔ کشاورزی طلب ماهیانهٔ خود را می‌خواست!

بر روی هم آنچه دیده می‌شد اینکه همه چیز به هم خورده است. چیزی از میان رفته بود که باید می‌رفت؛ اما چیزی که باید جایش را می‌گرفت، همان نبود که می‌باید. سرگردانی. کلافگی.

ابراو با اینکه سود و زیانی چنان رویارو نداشت، احساس می‌کرد در توفان گم شده است. در بیابان گم شده است. تکلیف خود را نمی‌فهمید. کار و روزگار خود را نمی‌فهمید. در حدود دلبندی‌هایش، رفتارش برهم خورده بود. خلق و خویش تغییر کرده بود. نگاهش روی چیزها همان نگاه پیش از این نبود. خاک و خانه و برادر و مادر، جور دیگری برایش معنا می‌شدند. چیزی، حجم ثقیلی ترکیده بود، منفجر شده بود و تکه‌هایش در دود و خاک معلق بودند. تکه‌های معلق را نمی‌شد شناخت. تکه‌ها، اجزاء همان ثقل بودند؛ اما دیگر ثقل نبودند. پراکنده و بی‌هویت بودند. لابد هر کدام هویت تازه‌ای یافته بودند، اما ابراو نمی‌فهمیدشان. عباس بود، ابراو بود، هاجر بود، مرگان بود و ـ شاید ـ سلوچ هم بود؛ این‌ها تکه‌های خانوادهٔ سلوچ بودند؛ اما هیچکدام خانوادهٔ سلوچ نبودند. هر کدام چیزی برای خود بودند. مردم زمینج تک به‌تک همان مردم بودند؛ اما مردم، دیگر همان‌مردم نبودند. کک سمجی به تنبان‌ها افتاده بود. آفتاب‌نشین‌ها راه شهرها را بلد شده بودند، خرده‌مالک‌ها در جنب و جوشی تازه بازی برد و باخت را می‌آزمودند. هرچه بود، زمینج پراکنده می‌شد. آرامش غبار گرفتهٔ دیرین برهم خورده و کشمکشی تازه آغاز شده بود و می‌رفت تا جدالی تازه سر بگیرد. اما اینکه میرزا حسن سر از کدام شهر و دیار درآورد و در کدام پیشه مقام کند، چیزی نبود که در تصور دیگران بگنجد.

ـ آمده بودم احوالی هم از خاله مرگان بپرسم!

ابراو به خود آمد. سر جا جنبید. پسر صنم خود را از لب تنور پایین خیزاند و رو به در اتاق رفت. ابراو بی‌تاب و در حالی که آشکارا ضربان قلب خود را احساس می‌کرد، از لب تنور پایین پرید، خود را به پسر صنم رساند و بال

نیمتنهٔ او را گرفت.

ـ من را هم ببر، مراد! تو را به خدا قسم، من را هم ببر! می‌بری؟

پسر صنم بال نیمتنه را از دست ابراو وارهاند و گفت:

ـ خودت بیا. کی جلوت را گرفته؟

نماند و پا به آستانهٔ در گذاشت. خانه تاریکی گور را داشت. پسر صنم شانه به در ایستاد و کوشید با نگاه خود تاریکی را بکاود. چشم، چشم را نمی‌دید. پسر صنم کبریتی از جیب بیرون آورد و پرسید:

ـ خوابیده‌ای به این زودی، خاله مرگان؟! ها! خاله مرگان!

ـ نه!

صدا فرو شکسته بود. مراد خلاشه کبریتی کشید و قدم برداشت، و پیش از آن که شعله فرو میرد پرهیب خاله مرگان را در سایه روشن لرزان نور، توانست ببیند. مرگان نشسته بود. همین! شعله مرد. مراد به سوی تاقچه رفت و به شعله‌ای دیگر، لامپا را گیراند. خاک صد ساله روی شیشهٔ لامپا نشسته بود. به نظر می‌آمد که مرگان هرگز آن را روشن نکرده است. پسر صنم غبار از شیشهٔ لامپا گرفت و فتیله را کمی بالاتر کشید. اتاق به کندی روشن شد. پسر صنم روی برگرداند. حالا می‌توانست مرگان را خوب ببیند. مادر بیخ دیوار نشسته و روی زانوهایش که تا زیر چانه بالا آمده بود، خمیده بود. طوری که چانه‌اش میان دو کاسهٔ زانوها قرار گرفته بود. بی‌تکان، خشکیده، و خاموش بود. انگار هزار سال است که همان طور یک جا نشسته است.

پسر صنم جلو رفت، لامپا را هم با خود برد. لامپا را کنار دست گذاشت و رو به روی خاله مرگان نشست و به او نگاه کرد. چشم‌های زن به ته کاسه‌ها چسبیده بودند و نگاهی ناباور داشتند. ناباور و ترسناک. همین جلوی خوشزبانی پسر صنم را بست و او، برای لحظه‌ای گنگ ماند. گنگ و معلق: که برای چی آمده؟ پشیمانی نه؛ اما عذاب چرا. اینکه چه بگوید و آمدن بی‌هنگام خود را، بودن خود را در همین دم چگونه موجه جلوه بدهد، کوهی پیش پایش می‌نمود. حالا مانده بود که این کوه را چه جور از پیش پا بردارد، چه جور هموارش کند. چیزی در یادش جرقه زد:

ـ ابراو... خاله مرگان! ابراو را آوردمش. به گه خوردن افتاده، خاله! حالا بیارمش تو؟

مرگان، بازهم خاموش بود. سنگین و ژرف. نه چنانکه بتوان به کلامی ـ آنهم چنین نامطمئن ـ درهمش شکست. پنداری خاموشی چهل روزه را می‌گذراند مرگان. چله‌نشینی. از آن گونه که روح راه‌های ناشناخته را می‌پوید. تقطیر می‌شود. چیزی پیچیده و هولناک. از درد در می‌گذرد، فراز؛ چهل شبه، چهل هزار ساله می‌شود. پیر، کهنه می‌شود. و اینکه هست، نه دیگر آن که بوده است. نه آن که بوده، اینکه هست. غالب است؛ غالب.

چهل هزار ساله مرگان. و چهل روزه پسر صنم.

چگونه طفلی می‌تواند همکلام پیر مادر زمین بشود؟ نه همکلام دیگر. این پیشکش! چگونه طفلی می‌تواند از میدان نگاه ناباور مرگان بگریزد؟ تنگی نفس. پسر صنم احساس می‌کرد تنگی نفس گرفته است. به هر مشقتی باید خود را می‌رهانید. پیشانیش عرق کرده بود و احساس می‌کرد شانه‌هایش بسته شده و پاهایش فلج شده‌اند. احساس مرگ! این دیگر چه جور زنی بود؟ چه جور زنی شده بود؟ سنگ بود؟ خاک مرده بود؟ مرگ بود؟

ـ ها... خاله مرگان؛ بیارمش؟ آمده دست‌بوسی!

به انتظار پاسخی نبود پسر صنم. از مرگان که انتظار جواب نمی‌رفت! پس این کلام رهایی او بود. رهایی پسر صنم. خاموشی یخ بسته بود. تکانی می‌بایست. و تکان، بی‌کلام میسر نبود. پس، پسر صنم نگفت تا بشنود. فقط گفت:

ـ بگذار از سیاهی درش بیارم طفلک را!

از در بیرون زد، بازوی ابراو را گرفت و او را با خود آورد:

ـ بیا؛ بیا دیگر نمی‌خوا خجالت بکشی! برای خودت گهی خورده‌ای. کلهات باد داشته. خوب دیگر!

میان در، ابراو بازو از دست پسر صنم بیرون کشاند و بیخ دیوار ماند. مثل وقتی که طفلی بیش نبود. دست‌ها را در جیب فرو برد و سرش را پایین انداخت. در چهره‌اش، زیر پوست، انبوه حالات پیچیده درهم آمیخته و به چیزی که

نمی‌شد دانست چیست، بدل شده بودند. شاید بیزاری و عشق، پشیمانی و جسارتی منکوب؟ و این نه همهٔ باری بود که بر روی ابراو سنگینی می‌کرد. دودی غلیظ شعلهٔ جوان روح او را در خود پوشانده بود. دودی که کلافه می‌کند، بی‌تاب می‌کند، خفقان می‌آورد و تو می‌خواهی پنجه در یقه‌ات بیندازی و پیراهنت را تا ناف بدرانی.

در التهاب ذره ذرهٔ تن، ابراو خاموش ایستاده است. تمام وجودش پنداری بیدار شده است. نیش هزار کژدم. نیش‌ها بر نیش‌ها. زهر. ابراو یک پارچه زهر است. از زهر پر است و دم به دم این زهر افزون می‌شود و دم به دم این زهر، تلنبار. فواره می‌زند این زهر از چشم‌ها و چشم‌ها و نفس‌ها و نفس‌های بی‌امان که می‌آیند و می‌روند و جهانی عذاب در خود حمل می‌کنند. فواره می‌زند این زهر، از ذره ذره پوست چهره و پیشانی و شقیقه‌ها: فوران سموم روح! رگ گردن اوست اینکه چنین بی‌قرار می‌تپد؟ شاهرگ اوست این، یا جهش بی‌تاب بال کبوتری که به دستانی کله‌کن شده است؟ این رگ‌ها پس چرا نمی‌ترکند؟

ـ خوب؛ خاله مرگان. . . آوردمش! این. . . بالاخره این. . . بالاخره. . . خوب دیگر!

مرگان پسرش را حس می‌کرد. او را نمی‌دید، اما حسش می‌کرد. ابراو ایستاده بود. قد و بالایی پیدا کرده! صدایش هم ـ لابد ـ خش‌دار شده است؟ نمی‌دانست. مرگان نمی‌دانست. لابد ریش و سبیلش هم درآمده است. آن روز ـ چند ماه پیش بود؟ ـ که او مرگان را از گودال بیرون آورد؟ همان روز، بازوهای ابراو قدرت بازوی مردان را داشتند. برکت بینی جوان! مادر را به یک ضرب از گودال بیرون کشانده بود. مرد باید شده باشد ابراو. خوب، شکر! بالاخره مرگان یکی را به بلوغ رسانده بود. اما آن دو تای دیگر؟

«کمرم بشکند! کمرت بشکند، مرگان!»

اگر می‌توانسته بود آن دو تای دیگر را هم به اینجا برساند، دیگر غمش چه می‌بود؟ اما آن دو تا در میانهٔ راه تلف شده بودند. هر کدام یک جوری مانده بودند. غم مرگان این نبود که چرا ابراو اینجور از آب درآمده است؛ غم این بود که چرا آن دو تا ـ عباس و هاجر ـ اینجور از کار درنیامده‌اند.

«مادر بلاگردانتان!»

اما ابراو به رس رسیده است. دیگر آدمی است او. می‌تواند بپرد؛ می‌تواند کار کند. بی‌بیزاری می‌تواند کار کند. می‌تواند بر او، بر مرگان بخروشد!

«بیا جوانم. بیا!»

نه؛ اما نه! مرگان نمی‌توانست. نمی‌توانست. نه اینکه نتواند از خود بگذرد؛ نه! او به آسانی می‌توانست از خودش بگذرد. به آسانی. دیری بود که او از خود گذشته بود. «خود»ی نداشت مرگان؛ و «خود»ی داشت. جابه‌جا شده بود. یکی شده بود. «خودِ» مرگان را نمی‌توانستی از «خودِ» فرزندانش جدا بدانی. مرگان به «بودِ» آن‌ها، بود. پس اینکه لب نمی‌توانست بگشاید، نه از آن بود که نمی‌توانست از خود بگذرد. می‌توانست. اما او نمی‌خواست با گشودن لب، خانه را از فغان پر کند. لب اگر می‌گشود، آتش درمی‌گرفت. انبار دود و آتش و درد و شیون؛ گریستن. گریه، چندان که حنجره‌ات صدای مس کند، به خلوت بهتر. مرگان نمی‌خواست هرای بی‌انتهای خود از بند دل رها کند. فرصت برای گریستن بسیار است. این جا اما نه. ابراو به عزا نیامده است. او به آشتی آمده. شانه‌های مردانهٔ او، نباید به لرزه درآیند. او نباید بگرید! در فغان نباید غرق بشود. گریستن نه کار مردان است و ابراوِ مرگان مرد بود:

«پسرم. سنگ‌تر باش!»

ـ یک چیزی بگو، خاله مرگان!

خاله مرگان چیزی نمی‌گفت.

ـ تو بیا پیش ابراو! تو بیا چیزی بگو!

ابراو به مادر نگاه می‌کرد. می‌شد که او هم نگاهش کند؟ نه! مرگان با خود بود و، با ابراو بود. سنگ بود و شیشه بود مرگان. ابراو پیش آمد و نزدیک پسر صنم ایستاد. مرگان همچنان نشسته بود. ابراو باید چیزی می‌گفت. اما چه باید می‌گفت؟ همچنان ایستاده ماند.

پسر صنم باز به حرف آمد:

ـ با هم روبوسی کنید! دنیا محل گذر است. روی هم را ببوسید دیگر!

مچ دست ابراو را گرفت و او را به زانو نشاند:

- شب عید هم هست. آشتی کنید دیگر؛ یاالله ابراو!

ابراو دست به گردن مادر انداخت. گونه به گونهٔ استخوانی مادرش چسباند و دمی همچنان ماند. شقیقه‌هاشان می‌زد. قلب‌هاشان هم ـ شاید ـ می‌زد. ابراو واگشت و به زمین نشست.

پسر صنم گفت:

- خوب، خاله مرگان. خوب... دلگرفتگیت را بگذار کنار. تو هم ابراو، دیگر آدم باش. آخر آن کار بود که تو کردی؟! حالا دیگر فراموشش کنیم! خوب، بگذار من کتری را روی بار بگذارم. چای آشتی‌کنان را باید بخوریم آخر. کو؟ کجاست آن...

مراد به تاو بود تا اجاق را روشن کند و چای را بار بگذارد. تپش شقیقه‌های ابراو کمی فروکش کرد. او خود را بیخ دیوار کشاند. مرگان نفسی کشید. هوا شکست. هر یک به تکان سر و دست، یا به نگاهی، یخ سیاه سکوت را زخمی زد. سکوت آشوب شد. بیش از دیگران البته پسر صنم. او که دیگر زبان باز کرده بود، دمی از گفتن غافل نمی‌ماند. دست به کار و روبه راه کردن چای بود و حرف می‌زد. حتی بیهوده‌گویی می‌کرد. ناچار و اسیر رشتهٔ کلمات خود شده بود. می‌گفت و می‌گفت و می‌گفت و آن‌دم که احساس می‌کرد بیهوده گفته است، می‌رفت تا با گفتنی دیگر، آن را جبران کند. این خود دست و پاگیرتر. بیهوده‌گویی درازتر. کشدارتر. اما پسر صنم در بند این نبود که شیرین زبانی کند. یا این که حرف‌هایش ثمر و اثری خاص داشته باشد. اصلاً او به این جاها فکر نمی‌کرد. تنها انگیزهٔ مراد برای گفتن و گفتن این بود که خانهٔ وهم گرفته را با صوت و صدای خود پر کند. پرده را بدراند و هر چه را به حال اولش برگرداند. پس پروای این نداشت که لطیفه‌ای هم چاشنی حرف‌هایش کند و حتی قصه‌هایی ـ دروغ و راست ـ از کار و بار خود در ولایت غربت، بی‌موردی حتّی، روایت کند:

- ... حالا تنگ غروب است! ما داریم دست و بالمان را می‌شوییم که برویم فکر شام شب باشیم. آب از چاه بالا کشیده‌ایم و همگی دور چاه حلقه زده‌ایم. هشت نه نفر! از اهل کاشان گرفته تا نهاوند و همین طرف‌های خودمان. دیگر از خورشید چیزی به اندازهٔ دندانه‌های یک چارشاخ بوجاری بیشتر باقی

نمانده. خسته و کوفته سرم را برمی‌گردانم و می‌بینم یک نفر از دور دارد پیش می‌آید. خسته به‌نظرم می‌رسد. لنگان‌لنگان می‌آید. یک گُله بیل هم دستش است. بچه‌ها را می‌گویم نگاهش کنید! بچه‌ها برمی‌گردند. همه‌مان داریم به او نگاه می‌کنیم. ما را که می‌بیند قدم‌هایش را کند می‌کند. معلوم‌ست که بریده. نزدیک‌تر می‌رسد. می‌بینیم که آشنا نیست. غریبه است. هیچ‌کدام ماها او را دور و بر زمینی که رویش کار می‌کنیم، ندیده‌ایم. جلوتر می‌آید. می‌بینم رخت‌هایش به تنش جِرجِر است. یک خال سالم به رخت‌هایش نیست. آستین‌هایش یکی از بیخ کنده شده، یکیش هم به مویی بند است. آویزان. دست‌هایش تا بیخ شانه برهنه‌اند. چه بازوهایی! ماشاءالله. یقه‌اش تا روی شکم جِر خورده، دست‌هایش تا نزدیک‌های آرنج، خونی‌ست. روی پیشانی و زیر گونه‌هایش جای زخم هست. خون روی گونه و چانه‌اش خشک شده‌اند. روی سینه‌اش جای زخم هست. یکی از پاچه‌های تنبانش جِر نخورده. همان پایش می‌لنگد. خیال می‌کنم چوبی، بیلی باید به پایش خورده باشد. هیچ حرفی نمی‌زند، ما هم هیچ حرفی نمی‌زنیم. یکی از بچه‌های کاشی ــ رزّاق ــ یادش به خیر، رفیق خوبی بود؛ دلو آب را برایش می‌برد. مرد سر دلو زانو می‌زند. مثل پک شتر تشنه. انگار می‌کنم ده روزی می‌شود که آب نخورده! لب و دهانش را در آب فرو می‌کند و تخمیناً یک ساعت بعد سرش را از میان دلو بیرون می‌آورد. دیگر آفتاب رفته که او از سر دلو برمی‌خیزد. به خیال ما، بعد که دست و بالش را بشوید شب را پیش ما می‌ماند و سرگذشتش را برایمان نقل می‌کند. اما و بیلش را برمی‌دارد و بی‌آنکه به ما نگاه کند، براه می‌افتد و از چشم ماگم می‌شود. ماگیج می‌مانیم. من می‌روم که کتری را از روی بار بردارم.

ــ چای درست شد، بیارم؟

ابراو به کار افتاده بود. پیاله‌ها را آورده بود و می‌رفت تا کتری را از روی بار بردارد. مِرگان لامپا را کنار دیوار کشاند. دور هم نشستند. ابراو کتری را برداشت و دم دست مادر گذاشت. مِرگان کتری را برداشت و چای ریخت. سه پیاله چای. وقت آن بود که هر کدام دل آسوده پیاله‌ای چای بنوشند. مِرگان پیالهٔ چای جلوی دست خود را با یک حبه قند برداشت، برخاست و از در بیرون

رفت. لب تنور، حبه قند و پیالهٔ چای را کنار دست عباس گذاشت، برگشت و سر جایش نشست.

ابرو پیالهٔ چای را دم دست مادرش خیزاند وگفت:

- نوبتی می‌خوریم!

پسر صنم پیالهٔ خودش را برداشت و همچنان که فوتش می‌کرد، گفت:

- غمش را مخور خاله مرگان! آن زمین‌هایِ بایر همچو چیزی هم نبود. آدم تویش می‌سوخت و نانش را درنمی‌آورد. بگذار برود از کلهٔ خواجه هم آن طرف‌تر! حالا ببینیم این‌ها که حرصش را می‌زدند چه جور محصول برداشت بکنند! میرزا چهارتا نهال پسته زده و باقی پول‌ها را ورداشته رفته به جایی که باد هم از او خبر ندارد. معلوم نیست پول‌ها را چه جور و کجا به کار انداخته! همین یک دم پیش داشتم می‌گفتم که: اینجور زمین داشتن‌ها مایهٔ معطلیست؛ که چی؟ آدم بداند هیچ چیز ندارد بهتر است تا به بهانهٔ اینکه چیزی دارد خودش را سر بدواند! کلاونگ یک چیز بی‌قابلیت شدن یعنی چه؟ آدم باید پای چیزی بایستد که قابل باشد. من که راه کار و زندگانیم را یاد گرفته‌ام. دلم این جا به هیچ چیز بند نیست. من که هیچ چیز جز دو تا دست ندارم، چه اینجا و چه هر جای دیگر! می‌روم تهران، مشهد، قوچان، هر جا که بتوانم کار کنم و خرج شکمم را در بیارم. دارم به گوش ابرو هم می‌خوانم که همراه من بیاید. آن طرف‌ها تا دلت بخواهد تراکتور و اینجور وسایل هست. ریخته است. روز به روزهم دارد زیادتر می‌شود. ابرو هم که دیگر برای خودش به صنعت وارد شده. دستش به این جور کارها می‌چسبد. پس دیگر چه غصه‌ای؟ می‌رویم و کار می‌کنیم. تنمان سالم است. دست و بازویمان براه است. این مملکت هم که شکر خدا فراخ است. بالاخره ما هم در یک گوشه‌اش جا می‌گیریم. جا نمی‌گیریم؟!

مرگان از جزء جزء حرف‌های پسر صنم سردرنمی‌آورد. اما کل‌اش را می‌فهمید. با این همه جواب نمی‌توانست بدهد. آنجور که پسر صنم تکلیف خود را با دیروز و امروزش یکسره کرده بود، او نمی‌توانست. حلقه‌هایی مثل هاجر و عباس به پاهای مرگان بسته بودند. او چطور می‌توانست به آسانی دل از بچه‌هایش برکند؟ بچه‌ها، پاره‌هایی از او بودند. پس همچنان خاموش بود. مردد

و خاموش. بسیاری چیزها بودند که می‌توانستند او را از جای برکنند؛ اما پاره‌ای چیزها هم بودند که هنوز او را در بند نگاه می‌داشتند. این کشمکش در مرگان بود. نه از زمانی که پسر صنم باب حرف راگشوده بود؛ بلکه از همان دمی که سلوچ ناپدید شده بود، نیمی از وجود مرگان در هوای رفتن بود. اما مرگان چرا می‌باید حرف از چیزی می‌زد که به آن اطمینان نداشت؟! رخنهٔ تردید به دلِ دو جایه، چند جایه. به خود که دروغ نمی‌توان گفت! می‌توان؟ آیا مرگان دلش به گاهی هوای این نداشت که کوزهٔ خانهٔ سردار را پر آب کند و برایش ببرد؟ چرا! داشت. مگر کم چیزهایی نهفته در آدم هست که با خود به گور می‌برد؟ برای زن، این روشن بود که این میل موذی زنانه را با خود به خاک خواهد برد؛ میل موذی و وسوسه‌گر. چیزی که تنها در خاک، خاک می‌شد. با وجود این، مگر می‌توان منکر بودنش شد؟ نه! هست و هست و هست! مگر می‌توان یاد رنگین‌ترین گلی راکه درهمهٔ عمرت یک بار به تو داده شده است ـ گرچه به ستم ـ از خانهٔ روح روفت؟ چیزی در تو وجود دارد. بخواهی یا نه، وجود دارد. در تو کاشته شده است و تو آن را در خود داری. آن را با خود به هر کجا می‌کشانی. نیک و بدش را در خود و با خود می‌کشانی. به هر کجاکه بروی. به هر کجاکه می‌روی. می‌کوشی از یادش ببری؛ اگر از یادش نیرو نگیری! زیرا تنها تو نیستی که خود را بر او می‌روی که تحمیل کنی، او هم هست. آن هم هست. گاه غلغلک می‌دهد. گاه به تو نیش می‌زند. گاه شرمنده‌ات می‌کند. و گاه با برآشوبیدن همهٔ این حالات، در تو می‌جوشد. تو زنی، اگرچه مرگان باشی!

ـ ما چیزی نداریم که گم کنیم. ما چیزی نداشته‌ایم که گم کنیم، مادر. چی داشته‌ایم؟ چند ماهیست که من دارم فکرش را می‌کنم. ما برهنه به دنیا آمده‌ایم و هنوز هم برهنه‌ایم. ما رختی به برمان نداشته‌ایم تا کسی آن را بیرون بیاورد! من کاری یاد گرفته‌ام. از این کار استفاده می‌کنم. تراکتور میرزا حسن خراب شده، خوب خراب شده باشد؛ دنیا که خراب نشده. چهار ستون بدن من سالم است. همین برایم بس. این سفر همراه بچه‌ها می‌روم.

ابراو این راگفت و کوشید لرزش لب‌های شیپوریش را آرام کند.
مرگان به پسرش نگاه کرد. آشکارا و بی‌پروا نگاهش کرد. مثل چیزی که

بخواهد از ریشه، بار دیگر او را بشناسد؛ پسر خود را بشناسد و باورش کند. اما این، آیا همان ابرو بود؟ این، آیا پسر او بود که چنین یک‌رویه حرف می‌زد؟ چنین بُرنده؟ این، همانی بود که مرگان زاییده‌اش بود؟ که تر و خشکش کرده بود؟

«جوان من! جوان من!»

صدای عصای عباس! نگاه‌ها به در کشانده شد. عباس دم در ایستاد. پیالهٔ خالی را کنار دیوار گذاشت و به راه خود برگشت. صدای عصایش بر زمین کوتاه شد؛ کم شد؛ آرام شد؛ خاموش شد.

پسر صنم برخاست، پیاله را از بیخ دیوار برداشت و آورد:

ـ غم عباس را هم مخور، خاله مرگان. او گوش و گلیم خودش را از آب بیرون می‌کشد.

مرگان همه چشم و گوش بود و خیال بود:

درست! گوش و گلیم خودش را از آب بیرون می‌کشد؛ بیرون می‌کشد! این به سخن ساده است. اما بسیاری چون عباس دیده شده بود که کاهیده‌اند؛ فرسوده شده‌اند؛ پوده شده‌اند و مرده‌اند. فاصلهٔ این دوره‌ها هم، از کاهش تا فرسایش، و از آن پودن و مردن، چندان طولانی نبوده، نیست. عباس گوش و گلیم خود را از آب بیرون می‌کشد. درست! اما چه جور؟ چه جور کاری از او ساخته است؟ چه جور فنّی؟ دستش به چه کاری می‌تواند بچسبد؟ پایش پی چه جور کاری می‌تواند برود؟ کار! کار! این همان رمزیست که همهٔ فرزندان مرگان را، در همهٔ روزگاران برپا نگاه داشته بوده است. گرچه کار با ستم و به جبر. اما به هر حال دستی جنبیده است تا دهانی توانسته است بجنبد. درست. عباس گوش و گلیم خود را از آب بیرون خواهد کشید. اما چطور؟ شاید خود عباس بداند!

شتابان و کوبنده، هاجر خود را به اتاق انداخت. کوچه را دویده بود و می‌لرزید. آشفته بود و صدایش در گلو، دم به دم، می‌شکست. چشم‌هایش نتوانستند پسر صنم را ببینند. زبانش گویا نبود:

ـ مادر! دایی‌مان آمد... من او را دیدم.

بیاید! مرگان را چه؟

ـ مادر! کربلایی دوشنبه جلو خر دایی را تا و داد و برد خانه‌اش؛ به خانه خودش!

برده باشد! مرگان را چه؟

ـ گروی طلبش، مادر! باید کسی ضامن بشود. هر چه جزع فزع کرد به گوش کربلایی دوشنبه نرفت؛ مادر!!

مرگان به روی دخترش نگاه کرد و پوزخندی روی لب‌هایش محو شد.

ابرو به خود جنبید و پسر صنم سرفه کرد. هاجر، مراد را حس کرد و دستپاچه از خانه بیرون زد. اما در همین دم، پسر صنم از راه رفتن هاجر دریافت که او آبستن است و زیر لب، صداهایی را جوید.

صدای دشنام و قدم‌های مولا امان در کوچه برآمد:

ـ گور پدرش، گور پدرش؛ بگذار مال من را بخورد! به تنش از گوشت سگ حرام‌تر! خیال می‌کند صد سال دیگر هم عمر می‌کند! اصلاً مگر همه‌اش چقدر از من طلبکار هست؟! چقدر؟ خوب زور است دیگر؛ زور! زورمگر چیست؟ شاخ و دم دارد؟

بال‌های قبایش به پاها پیچیده، یقه کنده و آشفته مولا امان به خانه قدم گذاشت. زیر سقف، صدایش را بلندتر کرد. دشنام‌های زشت. بی‌آنکه به کسی نگاه کند چندبار به هر سو قدم زد و پس، بر غضب کنار دیوار نشست، سیگارش را از جیب جلیقه بیرون کشید و با دست‌های لرزان خلاصهٔ کبریت را کشید و دمی بعد، قُلاج دود را از بینی بیرون داد:

ـ دبنگ بی‌چشم و رو! بالاخره زهر خودش را ریخت. بالاخره... الامان، الامان. خر و خورجینم را گرو ورداشت. بال‌هایم را کند! دست‌هایم را بی‌پر کرد. شمر باشد همچین کاری را می‌کند؟ نه! نه!

کسی گوش نبود. یا اگر بود، زبان نبود. مولا امان تف کرد و خطاب به کربلایی دوشنبه ـ که نبود ـ گفت:

ـ زن مفت می‌خواهی؟! بیاه! این پاچه‌ام را می‌دهم بغلش بخوابی. اهه! مردکهٔ بی‌حیا!

مرگان برخاست و به کنار اجاق رفت و نشست.

مولا امان ادامه داد:

ـ بگذار نشیمنت بسوزد، مردکهٔ خشتک ناشور؟ بالاخره راستش را به او گفتم. سلوچ! گفتم که سلوچ زنده است! سلوچ را پیدا کرده‌ام. سلوچ نمرده. داماد ما زنده است!

مرگان به روی برادر نگاه کرد. این را مرگان می‌دانست که دروغ گفتن برای مولا امان به آسانی آب خوردن است. اما چرا باید مولا امان چنین دروغی را بگوید؟ پس اگر سلوچ نمرده، کجا هست؟! کجا؟!

ـ طرف‌های شاهرود. توی معدن!

«ها... معدن؟ معدن؟»

۳

کجایی ای مرد؟
کجا بوده‌ای، ای مرد؟
کجایی ای سلوچ که آواز درای نامت قافله‌ایست در دوردست‌های کویر بریان نمک!
در کدام ابر تیره پنهان شده بوده‌ای؛ در کدام پناه؟
رخسار در کدام شولا پوشانده بوده‌ای؛ کدام خاک تو را بلعیده بوده است؟
چگونه آب شدی و به زمین فرو شدی؛ چگونه باد و در باد شدی؟
میخ خیال برنکنده، چگونه راه به کوه و کمر بردی ای خانه‌بان؟
نامت! نامت آوای خفه‌ای یافته است. نامت می‌رفت که بر آب شود، که بر باد شود، نام تو سلوچ؛ آن درای زنگار بستهٔ قافله‌های دور بر کویر بریان!
تو دور شدی. گم شدی. نبود!
اینک برآمدنت ای سلوچ، کورسویی‌ست در پهندشت شبی قدیمی. چه دیر برآمدی!
آواز نامت ای خانه‌بان؛ هنوز روشن نیست. صدای بودنت خفه است. خفه است و گنگ است. گنگ نمایی از درون دود و آفتاب و غبار.
کجایی ای مرد؟
کجا بوده‌ای ای مرد؟
دست و روی سوی تو دارم و پای در گرو ماندگان تو.
دردی قدیمی در کشاکش کمرگاهم تیر می‌کشد.
فغان درد را نمی‌شنوی سلوچ... در کمرگاهم!

کمر را مرگان راست کرد. بخواهی نخواهی خبری بود. خبری گرچه وهم‌آلود ـ از سلوچ. نیرویی با خود داشت. جنبشی در رگ‌ها. خون سر بر دیوارهٔ رگ‌ها می‌کوبد. دل نمی‌تواند که نتپد. نظم کهنهٔ نفس برهم می‌خورد. موج موج آشفتگی از دل برمی‌خیزد. ذره ذرهٔ یاد بیدار می‌شود. جان تازه. بهار است.

مرگان کمر راست کرد و برخاست. یک بار دیگر باید براه می‌افتاد. بار گذشته سنگین بود؛ چشم‌انداز آینده هم اما کششی داشت. مگر می‌شود در یک نقطه ماند؟ مگر می‌توان؟ تاکی و تا چند می‌توانی چون سگی کتک خورده درون لانه‌ات کز کنی؟ در این دنیای بزرگ، جایی هم آخر برای تو هست. راهی هم آخر برای تو هست. در زندگانی را که گِل نگرفته‌اند!

اما اینکه مرگان چه باید می‌کرد، هنوز خود نمی‌دانست. گیج ضربه‌ای بود که خورده بود. با وجود این، می‌باید خود را جمع می‌کرد. چادر به کمر بسته و از خانه بدر آمد. عباس سر جایش نبود. ابراو هم صبح زود برخاسته و رفته بود. مولا امان هم ـ که خاک زمینج دامنگیرش شده بود ـ در خانه نبود. او باز به تلاش افتاده بود مگر با کربلایی دوشنبه کنار بیاید. در کوچه، زن علی گناو، در آفتاب کنار دیوار نشسته بود و جیب جلیقهٔ علی گناو را می‌دوخت. مرگان را که دید سرش را بیشتر به زیر انداخت. مرگان جلوی پای او ایستاد. رقیه همچنان سر به کار خود داشت و می‌نمود که نمی‌خواهد با مادر هاجر همکلام شود. مرگان با وجود این نتوانست از کنار زن بگذرد. جلوی زانوهای رقیه نشست و حالش را پرسید:

ـ خوبم!

جای سخن نبود. مرگان برخاست. آشکار بود که دل رقیه تا قیامت هم با او پاک نمی‌شود. اما مرگان نمی‌خواست با نادیده‌گرفتن رقیه بیزاری او را عمیق‌تر کند. اگر می‌توانست کاری برای زن علی گناو انجام بدهد با جان و دل دست به سوی چنین کاری می‌برد. اما با رویی که رقیه به دور خود کشیده بود کی و کجا مهلت رخنه به مرگان می‌داد؟ تنها رشتهٔ پیوند رقیه با خانوار مرگان، عباس بود. چیزی که برای ادامهٔ آن رقیه خود را محتاج این نمی‌دید که دل مرگان را به دست

بیاورد. هر وقت پیش می‌آمد و نیازی بود رقیه می‌رفت و پای تنور می‌نشست، با عباس درد دل می‌کرد، یکی دو قرانی از او می‌گرفت و لنگ‌لنگان بیرون می‌آمد و پی کار خود می‌رفت. کاری به آمد و شد مرگان هم نداشت. نه انگار که او مادر عباس بود! مرگان هم کاری به کار او نداشت. حرفی به رقیه نمی‌گفت. حالا هم مرگان بیهوده می‌کوشید دلِ مردهٔ زن علی گناو را به دست بیاورد. پس، بی‌آن‌که دیگر حرفی بزند، براه افتاد.

بی‌هیچ کار و منظوری مرگان در کوچه‌های زمینج راه می‌رفت و به هرکس می‌رسید سلام و احوال‌پرسی می‌کرد. در برخی خانه‌ها را می‌زد، به درون می‌رفت. کله‌ای می‌نشست و گفت وگو می‌کرد، خنده و خوش‌طبعی می‌کرد، در شستن رخت و تغاری ـ اگر بود ـ کمک می‌کرد، جارویی به کف خانه می‌کشید و بیرون می‌آمد. طوری که انگار می‌خواست کارهای ناتمام خود را در زمینج تمام کند. هم اینکه انگار می‌خواست، یک بار دیگر، همهٔ اهل زمینج را ببیند. شاید بشود گفت یکجور وداع. دل ورکنده بود. مردد، حالتی میان نومیدی و امید.

می‌گویند: بعضی مردم پیش از مرگ مهربان می‌شوند. مرگان آیا روز مرگ خود را احساس کرده بود؟ نه! این طور نباید باشد. آخر او پیش از این هم که نامهربان نبود؛ بود؟ هر چه بود او در این روز و حال می‌رفت تا غبار خانه‌های مردم را بروبد. مثل چیزی که دینی به گردنش باشد و او بخواهد ادای دین کند. حالا کسی مزدی به دامنش بریزد یا نه، اهمیت نداشت. فقر هم گه‌گاه سخی‌ست. دستِ بسته هم گه‌گاه دلِ باز دارد.

ـ داری چه می‌کنی حاج سالم؟

ـ خشتکم را می‌دوزم خواهرم. می‌خواهم بروم سرِ مکینه می‌گویند امروز خبرهاییست آن جا! این سوزن هم دیگر به دستم می‌لرزد. چشم‌هایم که دیگر خوب نمی‌بینند. دارم به لب گور نزدیک می‌شوم خاله مرگان!

ـ بدهش به من برایت بدوزم.

در آفتاب کنار دیوار نشست و تنبان و سوزن ـ نخ را از دست حاج سالم گرفت. حاج سالم خود را در قبای پاره‌اش پوشانده و جا به جا تن برهنه‌اش نمایان بود. باشد! مرگان را چه؟ او در چشم برهم زدنی پارگیِ تنبان را دوخت، آن

را به دست حاج سالم داد و برخاست. مسلم، آن طرف خرابه، با تپاله‌های گاوخانهٔ بازی درست می‌کرد. حاج سالم سوزن را با دقت و ظرافت زیر لبهٔ قبایش ورچید؛ بعد برخاست و پشت به مرگان تنبانش را پوشید، بندش را که می‌بست دید که مرگان می‌رود:

ـ خداوند تو را از ما نگیرد مرگان! خانه‌ای را که پارسال برایم سفید کرده‌ای هنوز هم مثل پوست تخم‌مرغ برق می‌زند.

مرگان از خرابه بدر رفت.

ـ کجا داری می‌روی خاله مرگان؟

ـ جای معلومی نمی‌روم برارجان!

ـ امسال از وقتی که مادر بچه‌ها ـ خدابیامرز ـ مرده، لحاف‌ها را نریخته‌ایم بیرون. شپش گرفته. ثوابی می‌کنی به ما کمک کنی شپش‌ها را واجویی؟ من خودم دارم می‌روم سر مکینه. انگار ممیزی‌ها امروز از شهر می‌آیند. ها؟

ـ چرا نه؟ می‌روم.

مرگان پشت ناخن‌هایش را که از خون شپش کبود شده بودند بر خاک مالید، دست‌هایش را شست و از خانه بیرون آمد.

ـ همین جا یک لقمه نان پیدا می‌شود خاله مرگان!

ـ گوارای وجود زبیده جان. هنوز تا ظهر خیلی مانده. کار دارم.

مرگان در کوچه بود.

مادر حلیمه سر به دنبال دخترکش گذاشته بود، می‌دوید و فحش می‌داد. حلیمه دو تا دست‌هایش را روی سرش چسبانده بود جیغ می‌کشید و پا به گریز داشت.

ـ بگیرش مرگان! بگیرش عایشه را!

دخترک در آغوش مرگان بود:

ـ گریه مکن مادرجان! گریه مکن!

مادر حلیمه دختر را از دست‌های مرگان بیرون کشید:

ـ سلیطگی می‌کند ور پریده! می‌بینی! دارد ده سالش تمام می‌شود اما سر کل‌اش به شوره‌زار می‌ماند. چار صباح دیگر عروس‌وار می‌شود، اما شب تا

صبح ناخن به سرش می‌زند. بابای بی‌غیرتش هم انگار نه انگار که همچه عایشه‌ای را به دامن من گذاشته. نه انگار که تخمش را به گود انداخته! روز و شب کلاونگ این مکینه‌ست. باز صبح سحر بیلش را ورداشته و رفته سر مکینه!
- حالا می‌خواهی چکارش کنی خواهر؟
- می‌خواهم سرش را زفت بیندازم. تا این موها را مقراض کرده‌ام خیناقم کرده. بیا دست و پاش را نگاه‌دار، بیا وگرنه می‌ترسم زیر مشت‌هایم بکشمش!

صدای گریهٔ حلیمه هنوز در گوش مرگان بود.
- آهای... مرگان! خانه‌آباد کجا همین جور سرت را پایین انداخته‌ای و داری برای خودت می‌روی؟! بیا چارلاخ دُرمنه به تنور بینداز. بیا دو تا نان از تنور واکن، بچه‌ام دارد از گریه خروسک می‌گیرک!
مرگان پای تنور بود. صورتش را تا زیر چشم‌ها به بال چارقد پوشاند و به کار پخت و پز نان شد.
مادر که پسرک را در بانوج خواباند و آمد کار تمام بود.
- بیا! بیا این تای نان را ببر ظهری بگذار پیش بچه‌هایت!
- خوب. خوب. می‌برمش. خدا زیادش کند.
مرگان با نان در کوچه بود.
سردار دو تا کوزه به دست‌ها گرفته بود و پی آب می‌رفت.
- خودت داری می‌روی پی آب؟!
- غیر از خودم کی را دارم؟
- بده‌شان به من!
- پس بیارشان در خانه!
- می‌آرمشان. پیمانه‌های تو را که به خانهٔ خودم نمی‌برم!
کوزه‌های پر آب را مرگان جلوی دالان خانهٔ سردار از دوش پایین گرفت. سردار زیر طاق هشتی روی سکو نشسته بود. مرگان کوزه‌ها را به دیوار تکیه داد و نانش را از دست سردار گرفت.
- ها! این جوری نگاهم مکن که چشم‌هایت را از کاسه در می‌آورم!

- نگاه کن؟ یک آن بایست. کارت دارم!
- من کار تو ندارم!

مرگان روی قبرستان بود. کنار تراکتور. بیخ دست ابراو. نان را روی زانوی ابراو گذاشت:
- تو هنوز این جا نشسته‌ای؟! نشسته‌ای که چی بشود؟
- به خودم می‌گویم شاید شوفر گنبدی موتورش را برگرداند!
- اگر می‌خواست برگرداند که تا حالا برگردانده بود!
- چه می‌دانم! چه می‌دانم! هیچ چیز نمی‌دانم. مردم دسته دسته دارند می‌روند سر مکینه! نیم ساعت پیش یک ماشین جیپ هم از شهر آمد و رفت بالا. گمان کنم رفت سر مکینه. کار به بیخش رسیده. آن‌ها که در مکینه سهم ندارند، شکایتشان را به جایی رسانده‌اند گمانم. کار به مرافعه نکشد خوب است.
- میرزا حسن هم آن جاست؟
- میرزا حسن کجا بود؟ آب شده و رفته به زمین!
- که رفت ها!
- مراد هم که تا دیروز شهر بوده و داشته کاروانسرا را می‌کوبیده میرزا حسن را آن دور وبرها ندیده. فقط برادرهاش سر کارها بوده‌اند. معلوم نیست. معلوم نیست. شریک‌های میرزا هم دستشان تو حنا مانده. نشین همه‌شان زمین خورده و هله پوک مانده‌اند. شوفر گنبدی هم که سر رشته‌ای از کار داشت که این جور! برادر بزرگ میرزا هم بابت اینکه مزدش نداده‌اند مکینه را واگذاشته و آمده. حالا کربلایی دوشنبه سرمکینه است که یکی توی سرخودش می‌زند و یکی توی سرمکینه! سالار عبدالله هم که مثل سگ پاسوخته این طرف و آن طرف می‌دود. جلوی در اداره‌جات را گود انداخته! حالا هم او بود گمانم ته ماشین جیپ. رفته بوده پی مأمور. امروز آن جا سر نشکند خیلی‌ست!
- حالا تو خیال داری تا کی همین جا کنار این خرمن آهن بنشینی؟
- حالا که نشسته‌ام ببینم چی می‌شود!

مرگان نان را دو تکه کرد؛ نیمی برای خود، نیمی برای ابراو.

ـ این دایی امان نیست که از بالا می‌آید؟
ـ چراکه! برای چی اینجور خیز برمی‌دارد؟ کسی دنبالش کرده!
خیز بلند پاهای مولا امان بال‌های سیاه قبایش که با هر خیز باد می‌خوردند او را به «باز»ی شبیه کرده بودند. بی‌آنکه کنار خواهر خود درنگی کند از جوی خشک به این سو پرید، از گوری به گوری جهید و نفس‌زنان گفت:
ـ شتر سردار! ارونهٔ پیر سردار افتاده به چاه... افتاده میان مادر چاه قنات! آب کاریز را بند آورده. خبرهایی هست!... می‌روم خبرش کنم... شاید هم از دستی انداخته باشندش میان چاه!
ـ شاید هم از دستی انداخته باشند؟!
ابرو لقمه‌اش را نیمه جویده قورت داد و گفت:
ـ کارِ کارِ ذبیح‌الله‌ست! می‌خواهد گناهِ کم آبی قنات را به گردن شتر سردار بیندازد! آی بر آن شیرتِ لعنت!
مولا امان و سردار از زمینج بیرون آمدند:
ـ کارِ کارِ ذبیح‌الله‌ست. برای من از روز هم روشن‌تر است، سردار! نقشه‌اش را هم این کربلایی دوشنبهٔ پیر سگ کشیده. تو به این بی‌زبانیش نگاه مکن! از آن روباه‌های روزگار است.
سردار کلهٔ چوبش را بر سنگ قبر کوبید و قدم‌ها را بلندتر برداشت مگر به ردِ مولا امان برسد. با این وجود مولا امان پیشاپیش سردار بود، روی به او گردانده و حرف می‌زد:
ـ حالا یک ماه هم بیشتر است که این پیر یابوی من را کلاونگ خودش کرده. دایم به کش و رو هستم. می‌روم انباری می‌نشینم، صبح تا ظهر و ظهر تا غروب برایش حرف می‌زنم؛ اما مگر او لام تا کام چیزی می‌گوید؟ مگر لب می‌جنباند؟ فقط سرش را تکان می‌دهد و مثل خری که به نعلبندش نگاه کند به من نگاه می‌کند! خر بیچارهٔ من هم آن طرف کنج طویله سرآخور خالی بسته شده و گوش‌هایش از گرسنگی پایین افتاده‌اند! صاحب شناسه خر بیچارهٔ من. اینست که به من نگاه می‌کند. من هم به او نگاه می‌کنم و آه می‌کشم. چه کنم؟! شمرِ ذوالجوشن، که الهی آن کربلایی که رفته به کمرش بزند، یک پرِ کاه هم به

آخور خرِ من نمی‌ریزد. دریغ از یک پیالهٔ جو! خری که غروب به غروب نیم من جو کیلش بوده حالا دارد روده‌هایش خشک می‌شوند! خورجینم را هم پلاس کرده و انداخته زیرش!

گورستان را تمام کردند و از کنار تراکتور گذشتند. ابراو نگاهشان کرد و سر تکان داد. مرگان در پی شان براه افتاد. ابراو سر به دنبال مادر گرداند:

ـ تو داری کجا می‌روی؟!

ـ می‌روم ببینم چه خبر هست!

ـ خبر به من و تو چه! آخر تو سر پیازی یا کونهٔ پیاز؟!

مرگان رد بر رد سردار و مولا امان بود.

مولا امان همچنان داشت می‌گفت:

ـ ... این روزهای آخر دیگر به خانه راهم نمی‌داد. عروسش، زن سالار عبدالله، در را به رویم وا نمی‌کرد. من هم دیروز غروبی هوای بیابان کردم. با خودم گفتم می‌روم بیابان و بانگی رها می‌کنم. فریادی می‌زنم. جیغ! اقلاً حالا که فریادرسی ندارم سرم را توی چاه فرو می‌کنم و داد می‌زنم: اسکندر شاخ دارد! در همین خیالات بودم که سر از راستهٔ چاه‌های قنات درآوردم. خیال می‌کنی چی دیدم؟ هه! کربلایی دوشنبه را دیدم که سر مادر چاه کاریز نشسته بود و استخاره می‌کرد! گفتم: سلام پیرمرد! ناگهان از جا ورجیکید! برخاست و از سر چاه کنار رفت. نگاهی به من کرد و یک نگاه هم به طرف شترهای تو. شتربانت پسر صادق جل هم آن طرف‌تر روی سینهٔ ماهور خوابش برده بود. پیرمرد مهلت نداد که من حرف بزنم. ناگهان از دهانش پرید که: از وقتی برای لاروبی سر این چاه را ورداشته‌اند خیلی خطرها ممکن است پیش بیاید. می‌بینی! شترهای سردار هم این دور وبرها یله‌اند!

من چیزی نگفتم. گذاشتم ببینم حرف آخرش چیست! درآمد کرد که: ارونهٔ سردار هم یک چشمش کور شده. یک وقت می‌بینی افتاد میان چاه!

باز هم من چیزی نگفتم. او گفت: سردار هم عقلش به پاشنهٔ پایش است. ده دوازده تا شتر را انداخته جلوی یک طفل ده دوازده ساله؛ پسر صادق جل! بعد که دید من بدجوری نگاهش می‌کنم راه افتاد طرف پایین. من هم با

او راه افتادم. دیدم که از من می‌ترسد. کناره می‌کرد. من هم وقتی دیدم بیم ورش داشته همان جور خاموش ماندم. دیگر هوا داشت گاو گم می‌شد. از ترسش زبانش را نرم کرد و به من قول داد که خر و خورجینم را پس بدهد. همین وقت بود که دیدم ذبیح‌الله از زیر باد ما دارد می‌رود بالا. کربلایی دوشنبه کمانه کرد طرف برادرزاده‌اش. من همانجا ماندم. دیدم که زیر گوش هم چیزی گفتند و ذبیح تند کرد طرف بالا. اما کجا عقل من می‌رسید که نیتشان چی هست؟! من پی دعوای خود با کربلایی دوشنبه بودم. گمان کرده بودم که پیرمرد دارد نرم می‌شود. غافل از اینکه او دارد من را خام می‌کند. الغرض که ما آمدیم. من همان شبانه آمدم در خانه که خبرت کنم. اما دیدم که نیستی. همان جا ماندم. تا دیروقت ماندم. بالاخره پسر صادق جل شترها را آورد. اما یکیشان کم بود. ارونهٔ پیر. طفلک هنوز چیزی نمی‌دانست. گمان می‌کرد ارونه سر کن کرده طرف کویر. چشم‌هایش از بس گریه کرده بود تغار خون شده بودند. شب را همین جا ماند. از تو پرسیدم. گفت رفته‌ای به شهر. صبح زود آمدم و کمکش کردم شترها را بردیم بیرون. باز من برگشتم و در خانه منتظرت شدم. آفتاب بالا آمد، اما از تو خبری نبود. دلواپس بودم. زدم به بیابان ببینم بالاخره چی شد؟ رفتم و دیدم که جمعیت سر مادر چاه جمعند. دیگر نماندم. کند پا کردم و آمدم. اگر نبودی می‌آمدم شهر. یکبند می‌دویدم و می‌آمدم شهر خبرت کنم. از دیشب آب قنات بی‌باقی بند شده. بیا! بیا ببین! مردم از همین فهمیده بودند که باید ارونه افتاده باشد میان مادر چاه! می‌بینی؟! آب قنات بی‌باقی نیست شده! کاریز کور شده!

مولا امان سردار را به لب جوی کشاند. سردار به بستر نمناک جوی نظر کرد. تنها باریکه‌ای آب، چیزی به مقدار چُرِّ یک شتر، بر شیار ته جوی ته می‌مخید. سردار کلهٔ چوبش را در آب نیمه جان کوفت. ضرب چوب ته جوی را به اندازهٔ جای یک قلوه سنگ گود کرد. مرگان تا برسد دو مرد براه افتاده بودند و شانه کش می‌رفتند.

□

در مظهر قنات دستهٔ کوچکی از مردها نشسته و ایستاده بودند. چیزی مثل مجلس روضه‌خوانی. بیشترشان خرده‌پاهایی بودند با سهم اندکی از آب

کاریز. حسن یاور همو که مدعی‌تر از همه بود و شکایت مکینه‌دارها را به دادستانی برده بود، میانشان نبود. او می‌باید همراه مأمورها سر مکینه باشد.

با رسیدن سردار مردها برخاستند و دور او راگرفتند. قنبر شادیاخ، بابای حلیمه، بیلش را جلوی پای سردار بر زمین کوفت و گفت:

ـ پیش خدا و امام‌هایش مشغُل ذمه‌ای اگر شهادت ندهی که پیش از این که شتر تو میان چاه بیفتد آب کاریز کم نشده بوده.

حمدالله کنعان، مردی کوتاه و تندخو، پنجه در سر شانهٔ سردار انداخت و گفت:

ـ تخم زنا هستند این‌ها سردار! امروز که ما با هزار مصیبت رفته‌ایم و مأمور و ممیزی آورده‌ایم، درست در همین روز آب قنات را این جور بند می‌آورند! شتر زبان بستهٔ تو را می‌اندازند میان مادر چاه تا آب قنات را بند بیاورند و به ممیزی بقبولانند که آب قنات را مکینه کم نکرده!

ملای زمینج همان جا که ایستاده بود، گفت:

ـ آخرالزمان! آخرالزمان!

علی یاور بی‌آن که به کسی نگاه کند یا با کسی بگوید، گفت:

ـ دشت از تشنگی دارد کباب می‌شود. کباب می‌شود! این محصول چار صباح دیگر آب بهاش نرسد می‌سوزد؛ می‌سوزد!

مولا امان و سردار باریکه راه راستهٔ کاریز را پیش گرفته بودند و می‌رفتند. خرده‌پاها نیز در پی ایشان براه افتاده بودند. قنبر شادیاخ بیلش را روی شانه گرفته بود در میان جمعیت می‌رفت و دم به دم تکرار می‌کرد:

ـ پیش خدا و امام‌هایش مشغُل ذمه‌ای سردار! مشغُل ذمه‌ای اگر شهادت ندهی که پیش از این آب کاریز کم نشده بود!

حمدالله همچنان دشنام بر لب داشت:

ـ تخم زنا هستند این‌ها، تخم زنا! زنا زاده‌اند!

پسر صنم پیشواز سردار و مولا امان آمد:

ـ آمده‌اند سردار! ذبیح‌الله ممیزی‌ها را آورده سر مادر چاه. دارد براشان می‌گوید که چرا آب کاریز بند آمده! کدخدا هم عریضه‌ای نوشته و دارد استشهاد

مُهر می‌کند. کدخدا هم آن جاست. گمانم که طرف آن‌ها را گرفته.
مولا امان گفت:
ـ آخر خود قرمساقش هم که در این قنات سهم دارد!
پسر صنم گفت:
ـ طفلکی پسر صادق جل هم لب چاه نشسته و دارد گریه می‌کند!

بر سینهٔ ماهور، دور مادر چاه، جمعیتی ایستاده بودند. جای چرخ‌های ماشین جیپ بر خاک شیار انداخته بود. رانندهٔ ماشین، جوانی تنومند با موهای پیچ پیچ سیاه، تنها کسی بود که دور از حلقهٔ چاه مانده و همچنان بر گلگیر ماشین تکیه داشت. دو مأمور ژاندارم برکناره‌های جمعیت پرسه می‌زدند. سه مرد غریبه، مأمورهای ممیزی و ادارهٔ کشاورزی، دور از دیگران ایستاده و با هم گفت و گو می‌کردند. سالار عبدالله نزدیک مأمورها گوش ایستاده بود. پسر صادق جل روی سنگی نشسته و صورتش را در دست‌ها پنهان کرده بود. ذبیح‌الله با نگاه‌های هراسان و پرسان بی‌قرار به این سوی و آن سوی آمد و شد می‌کرد. کدخدا نوروز پشت سر مأمورها برگه‌ای به دست ایستاده بود. حاج سالم و مسلم میان جمعیت پرسه می‌زدند. علی گناو کناری نشسته و سیگار می‌کشید. خرده‌شریکان مکینه، دور هم، بلاتکلیف ایستاده بودند و می‌نمود که نگرانی‌شان کمتر از شریک‌های عمده نیست.

پسر صنم یکراست به سوی امنیهٔ ارشد رفت و سردار را نشان داد. سردار جمعیت را کنار زد و به لب چاه رفت و روی دهان سیاه چاه سر خماند. صدای خمناله‌های ارونه‌اش را شنید. لب چاه زانو زد و دست‌هایش را ستون کرد و سر را بیشتر در چاه فرو برد و شکسته نالید.
ـ حیوانکم! حیوانکم! حیوانکم!

سردار سرش را که از چاه بیرون آورد چشم‌های بزرگش پر اشک بود. به دور و برش نگاه کرد. ذبیح‌الله رو به رویش ایستاده بود و نگاهش پر پر می‌زد. سردار، برخاست و واپس رفت، جمعیت را دور زد و به سوی ذبیح روانه شد. ذبیح‌الله پیش از اینکه بتواند خود را میان جمعیت گم کند سینه در سینهٔ سردار گیر کرده بود. مرگان قیّه کشید و چوب سردار بالا رفت. ذبیح‌الله رد داد و دوید. این

بجاتر. سینهٔ باز بیابان. سردار در پی او خیز گرفت. ذبیح‌الله بی‌ابزاری به دست، می‌گریخت. جوان‌تر بود. قوت زانو داشت. سردار هم خستهٔ راه بود. اما پای ساربان پختهٔ راه است. به دو خیز، و پیش از اینکه جمعیت به او دست بیابد، خود را به حریف رسانید. آخرین چاره، ذبیح به خرسنگی چنگ برد. اما امان نیافت. با نخستین ضربهٔ چوب، بر ساق پایش، زمین نشست و ساق پا را به دو دست چسبید. پیشانیش درهم شد و چشم‌هایش دیگر جایی را ندید. تیزی درد در همان نخستین ضربه‌ایست که کاری فرو می‌آید. پس ضربه‌های چوب سردار پیش از آن که جمعیت او را از ذبیح وابکنند درد چندانی بر دردی که در همهٔ تن و استخوان ذبیح دویده بود، نیفزود.

مأمورهای ژاندارم سردار را از دست جمعیت بیرون بردند و مرگان بالای سر ذبیح‌الله نشست. سردار به کنار ماشین جیپ که رسید خود چوبش را به دور انداخت و سوار بر ماشین شد. مأموری پیش او ماند و مأموری آمد تا ذبیح‌الله را ببرد. مردها ذبیح‌الله را برداشتند و به درون ماشین بردند. مأموری میان دو مرد نشست. آتش در چشم‌های سردار بود و گچ در چهرهٔ ذبیح:

- چرا من را زدی مرد؟!
- چرا شتر من را به چاه انداختی؟!
- من؟! من؟! نه! نه! من نه! من آمده بودم سر چاه را بپوشانم به... وای... وای... مُردَم! من را به جایی برسانید!

سردار رفت که از ماشین بیرون پرد؛ اما تفنگ مأمور روی سینه‌اش بود:

- بگیر بنشین غول بی‌شاخ و دم!

مأمورهای ممیزی هم سوار شدند و ماشین براه افتاد.

ذبیح، نیمه جان، پرسید:

- چی شد ارباب جان؟ چی شد؟

ممیز گفت:

- جای مکینه باید عوض بشود!
- چی!؟

شترهای سردار در بیابان پراکنده بودند و او می‌توانست تک و توکیشان

را در دور و نزدیک از دریچه‌های ماشین ببیند. سر آبگیر مکینه دو کوهانهٔ سردار به آب ایستاده بود و کربلایی دوشنبه کنار گردن شتر آب برداشتن حیوان را نظاره می‌کرد. کنار موتور، ماشین ایستاد و یکی از ممیزها همپای مأمور ژاندارم پیاده شد، به موتورخانه رفت و آن را از کار انداخت. دمی دیگر در نگاه مبهوت کربلایی دوشنبه به سوی ماشین باز آمدند و سوار شدند:

ـ مهر و مومش کردم!

کربلایی دوشنبه چندگامی به دنبال ماشین آمد و بعد در غباری که از زیر چرخ‌ها برمی‌خاست محو شد.

دو کوهانهٔ سردار لب از آب برداشته بود و او را نگاه می‌کرد. کربلایی دوشنبه رو به شتر رفت و لب آبگیر مکینه نشست:

«من را بگو که خیال کرده بودم موتوربان شده‌ام! حیف نبود! حیف این آب زلال نبود؛ حیف نبود! جان می‌داد برای غسل و طهارت. چرا بستندش آخر؟! من داشتم از آن انباری بوناک، از آن دخمه نجات پیدا می‌کردم. تف! تف به این شرم و حیاتان!»

ـ وخیز بابا! وخیز که نانمان گچ شد.

سالار عبدالله بود که پیشاپیش جمعیت، جمعیتی که سهمی در مکینه داشتند، به لب آبگیر رسیده بود:

ـ وخیز بابا! دار و ندارمان دود شد!

کربلایی دوشنبه به پسرش نگاه کرد. اگر حالتی به نام گریهٔ بی‌اشک شناخته شده باشد؛ پس سالار عبدالله می‌گریست:

ـ می‌بینیشان! دارند می‌روند ریسمان بیاورند و شتر را از چاه بالا بکشند. دوتاشان هم رفتند مقنی بیاورند. آن‌ها بردند بابا! می‌بینیشان؟!

کربلایی دوشنبه برخاست، دست را سایه‌بان چشم‌ها کرد و نگریست. در راستهٔ چاه‌های کاریز، دسته‌ای مرد، رو به زمینج می‌رفتند. بیل‌هاشان روی دوش‌هایشان بود و می‌رفتند. دسته‌ای هم‌می‌آمدند. پراکنده می‌آمدند. سهمداران مکینه، مثل شترهای سردار، در فاصلهٔ میان مکینه و مادر چاه، پراکنده بودند. کربلایی دوشنبه سایه‌بان دست از روی ابروان برداشت و گفت:

ـ نه! آن‌ها هم نبردند. آن شتر را هیچ جوری نمی‌توانند از ته آن چاه ویل بالا بکشند. هیچ جور! ذبیح‌الله را هم به شهر بردند؟!

ـ استخوان‌های شکسته‌اش را به شهر بردند. برو لحاف پاره‌ات را وردار برویم.

ـ نه! نه! من همین جا می‌مانم. نه! من می‌مانم. نه!

کربلایی دوشنبه این را گفت و پیش از اینکه دیگران به لب آبگیر برسند به موتورخانه رفت و در را به روی خود بست:

«من می‌مانم. من همین جا می‌مانم. کاری ندارم که بیایم به زمینج. کاری ندارم!»

جمعیت یکایک رسیدند، رسیدند و لب آبگیر نشستند. چنانکه در مجلس روضه‌خوانی بنشینند. آب راکد آبگیر چشمشان را می‌گزید.

در این میان مولا امان، پسر صنم، مرگان، حاج سالم و مسلم ایستاده بودند. مسلم به پناه دیوار موتورخانه رفت؛ رخت‌هایش را از تن بدر کرد و عریانِ عریان به سوی آبگیر آمد و خود را در آب انداخت.

حاج سالم به جمعیت روی کرد و گفت:

ـ حیوان را می‌بینید؟!

مرگان که روی گردانده بود رو به زمینج براه افتاد. در پی او پسر صنم و مولا امان هم براه افتادند. زبان‌ها لال و چشم‌ها کور.

ابرا و کنار تراکتور خوابش برده بود. مرگان دلش نیامد پسرش را بیدار کند. پسر صنم ماند و در سایهٔ تراکتور نشست. مولا امان و مرگان روی قبرها قدم گذاشتند. مرگان به برادرش نگاه کرد. مولا امان نگاهش را از او دزدید و سر فرو انداخت. مرگان از برادرش پرسید:

ـ کار تو نبوده؟

ـ چی؟ چی کار من نبوده؟!

ـ تو دیشب تا نصفه‌های شب به خانه نیامدی! کار تو نبوده؟!

ـ چی کار من نبوده؟ چی؟!

ـ شترا! تو شتر را به چاه نینداخته بودی؟!
ـ دیوانه‌ای تو خواهر! دیوانه!

مولا امان بیش از این نماند. راه به سوی خانهٔ کربلایی دوشنبه کج کرد و گفت:

ـ می‌روم اقلاً نیم من کاه پیدا کنم و به آخور خرم بریزم! یک دلو آب!

مرگان به رفتن برادرش هم نگاه نکرد. راه خود گرفت.

زن علی گناو سر کوچه نبود. مرگان سر درون خانهٔ علی گناو فرو برد. دخترش با شکم برآمده سر هاون نشسته بود و داشت چیزی را در هاون می‌سایید. مرگان پا به درون گذاشت و کنار هاون رو به روی هاجر نشست:

ـ چی می‌کوبی؟

ـ نبات. علی برایم از شهر آورده. کمی خرت و پرت دیگر هم آورده. گل گاوزبان و سنبلوتی. چه خوش خیال است! هنوز هیچی نشده یک تکه گاواردین خریده آورده برای پسرش جلیقه بدوزم! پسرش! هه!

ـ خوب؛ خوب... هاجر!

هاجر دست از دستهٔ هاون واگرفت و به دهان مادرش نگاه کرد:

ـ ها؟!

مرگان دستهٔ هاون را به دست گرفت و به کار ساییدن نرمه نبات‌های ته هاون شد. رفت چیزی بگوید. اما پیش از آن که لب واکند علی گناو پرکوب به خانه دوید:

ـ کجاست ریسمان‌ها؟ کجاست؟ گذاشته بودمشان میان پرخو!

هاجر گفت:

ـ ریسمان چه کارته؟

ـ هر چه ریسمان در زمینج هست باید جمع کنیم و بتابانیم. آخر یک بزغاله که نیفتاده میان چاه؟

ریسمان‌ها را جُست و از پستو بیرون آمد. با مرگان حرفی نبود. حلقهٔ ریسمان را به شانه انداخت و همچنان که بیرون می‌رفت، گفت:

ـ حمام آب می‌خواهد. خشّم آب می‌خواهد. محصول آب می‌خواهد.

آدمیزاد که نمی‌تواند بی‌آب زندگانی کند!
علی گناو به کوچه رفت و سکوتی از خود برجای گذاشت.
مرگان، در سکوت، دستهٔ هاون را روی نرمه نبات‌های ته هاون چرخ می‌داد.
هاجر از مادر پرسید که چی شده؟
مرگان به جای جواب گفت:
- ما می‌رویم.
- کجا؟!
- می‌رویم طرف ولایتی که بابات را آن جاها دیده‌اند.
- همه‌تان؟!
- همه‌مان! نمی‌دانم.
- دیگر برنمی‌گردید؟
- نمی‌دانم. نمی‌دانم.
- پس من چی؟!
- تو... تو... خانه زندگانی داری. شوی داری. حالا که داری برایش اولاد می‌آوری عزیزتر هم می‌شوی. دیگر چه غمی داری؟
هاجر دمی مبهوت ماند. پس گفت:
- شما که بروید من دیگر کی را دارم؟ پام که بخواهد سبک بشود کی بالای سرم می‌آید؟! ناف بچه‌ام را کی می‌برد؟
مرگان نمی‌باید تسلیم رقت دل خود می‌شد. گفت:
- بی‌کس نمی‌مانی. بی‌کس نمی‌مانی. یکی پیدا می‌شود. من به این مردم بدی نکرده‌ام که دخترم را بی‌کس بگذارند!
لب‌های هاجر به لرزه درآمد. مرگان به گریهٔ دختر میدان نداد. برخاست و گفت:
- روی صورتت هم لک افتاده!
هاجر به صدای شکسته گفت:
- از همین می‌ترسم. بعضی همسایه‌ها می‌گویند لک‌ها نشانهٔ دختر است!

مرگان خود هم چنین فکر کرده بود. اما نمی‌خواست به رو بیاورد. سر تاباند و گفت:

ـ برای خودشان می‌گویند! از پیش خدا آمده‌اند؟!

تاب نیاورد. هاجر را پشت سر خود کنار هاون واگذاشت و از در بیرون رفت.

سر کوچهٔ علی گناو را دید که حلقه‌های طناب ـ طناب‌هایی را که از این خانه و آن خانه فراهم آورده ـ به شانه انداخته و شانه کش می‌گذرد. مرگان سر فرو انداخت و گذاشت.

درون خانهٔ مرگان زن علی گناو پای تنور نشسته بود و داشت پیراهن بچگانه‌ای می‌دوخت. رختی برای نوزاد اُسنی‌اش. عباس هم نزدیک او پای تنور، کنار عصایش به زانو نشسته بود و داشت ده شاهی یک قرانی‌هایش را جدا می‌شمرد و درون کیسه‌ای که به گردنش آویخته بود می‌ریخت. مرگان نیمه نانی را که به بال چارقدش بسته بود از گره واکرد، سر تنور گذاشت و به اتاق رفت. او کمتر کنار رقیه و عباس می‌ماند. این رامی دانست که بودنش برای آن‌ها خوشایند نیست. از سوی علی گناو هم نگرانی نداشت. چون این را همهٔ اهل زمینج می‌دانستند که: عباس سوخته است؛ مرد نیست. ظاهر و باطن عباس چنین می‌گفتند! ریشش که درنیامده بود. صدایش که نازک و خفه شده بود. رفتارش که خنثی و بی‌تفاوت بود. حرف از زنی یا دختری که نمی‌زد. چشم در پی این و آن که نداشت. قاطی شوخی‌هایی از این گونه که نمی‌شد. به ماده خرها که نظر نداشت. و سرانجام هیچ نشانی گواه خواهش و شرارت جوانی در او نبود. پس همهٔ این نمودها به مردم زمینج چنین باوری داده بود که: عباس سوخته است! و این را دقیق‌تر از دیگران خود مرگان باور داشت.

رقیه هم حال و روزی بهتر از عباس نداشت. مشتی استخوان فرسوده با صدایی که به زحمت بیرون می‌آمد و ناسواری همیشه زیر زبان. موجودی که از او جز نفرین و ناله برنمی‌آمد. رقیهٔ نالان! اسمی که بعضی‌ها به طعنه روی او گذاشته بودند این بود: نالان! پس جای نگرانی نبود. دو عقیم بگذار کنار هم باشند.

- خوب! یک بار دیگر حسابش را بکن. دو تا دو قرانی، چهار قران. پس داریم این جا چهار قران!

رقیه چهار انگشتش را ـ چهار نخ ـ از هم واکرد و گفت:

- این چهار قران.
- سه تا پنج قرانی داریم، این پانزده قران!

رقیه گفت:

- اینهم پانزده قران.
- پانزده قران و چهار قران می‌شود چند قران؟ نوزده قران!

رقیه گفت:

- بیست و یک قران کم.
- این جا هم داریم بیست و پنج تا ده شاهی که می‌شود چند؟ بگذار جفت جفت بگذارم‌شان کنار. آها! یکی! دو تا، سه تا، این هم دوازده قران و ده شاهی. خوب؟! دوازده قران و ده شاهی این جا، نوزده قران هم آن جا، می‌شود چند؟ بگذار ببینم! ده قران برود روی نوزده قران می‌شود بیست و نه قران. این بیست و نه قران!

رقیه گفت:

- این سی و، یک قران کم.
- خوب! این طرف داریم دو و نیم قران. حالا یک قرانش را ور می‌داریم و می‌گذاریم روی بیست و نه قران تا بشود سی قران. حالا داریم یک سی قران و چند قران؟

رقیه گفت:

- سی قران و یک قران و نیم.
- بیا! این سی شاهیش هم مال تو!

رقیه سه ده شاهی را از روی خاک برداشت و گفت:

- خوب! حالا خودت داری چقدر؟
- سی قران!
- خوب. سی قران!

عباس گفت:

ـ حالا آن تکه نان را بیار پایین بخوریمش... خودم را کشتم تا توانستم جورش کنم. قدیم‌ها هزار قران را روی هوا می‌شمردم!

رقیه نیمه نانی را که مرگان روی تنور گذاشته بود آورد و جلوی عباس گرفت:

ـ می‌خواهی بروم این سی شاهی را ماست یا شیره بخرم بیارم خورشت نانمان کنیم؟

عباس دهانش را به لقمه‌ای پر کرد و گفت:

ـ نه! نه! آن سی شاهی مال خودت. ناس بخر. نان ملایم خدا خوب کرده را می‌خوریم. بخور! ما باید قناعت داشته باشیم تا بتوانیم مایهٔ دست فراهم کنیم. این‌ها دارند می‌روند!

ـ مرگان را می‌گویی؟

عباس گفت:

ـ مرگان و پسرش! غم و غصه ندارد. این خانه برای من می‌ماند. می‌دانم چه جور استفاده‌ای ازش بکنم. کاسبی! زمستان‌ها آن قدر کاسبی می‌کنم که خرج همهٔ سالمان را دربیاورم.

رقیه پرسید:

ـ چه جور کاسبی‌یی، یعنی؟

عباس گفت:

ـ اولش قمار راه می‌اندازم. بعدش... خیال دارم بدهم طویله را پاکیزه‌اش کنند و یک دکان بقالی روبراه کنم. تو هم که باشی با هم می‌چرخانیمش. اگر این تراکتور میرزاخان خراب نشده بود می‌توانستیم بعدها دو جوال آرد بارش کنیم و از شهر بیاریم و این جا یک من ـ دو من بفروشیم به اهالی. حالا هم شاید علی گناو خرش را به کرایه بدهد. منتها ما باید بتوانیم مایهٔ دستمان را فراهم کنیم... حیف که دست و پای سالم نداریم هیچ کداممان! وگرنه یک نانوایی هم براه می‌انداختیم. اما حالا مجبوریم خرت و پرت از شهر بیاریم و بچینیم لب رف.

رقیه گفت:

- حالا تا ببینم! اگر این مردکه به من رحم کند و طلاق‌نامه‌ام را دستم بدهد؛ مهرم حلال و جانم آزاد می‌شود.

عباس گفت:

- باهاش باید قول و قرار بگذاری که مهرت را می‌بخشی به شرط اینکه او هم پسان فردا نیاید اینجا و ادعای سهمیهٔ زنش، هاجر، را از این چارتا کلوخ سلوچ بکند! فهمیدی؟ چارمیخه‌اش کن. این علی گناو آدم ناقلاییست!

رقیه گفت:

- خودم می‌شناسمش. اما گمان نکنم روی طلاق زیاد بایستد. معطل است که من لب واکنم. اما یک چیزی!

- چه چیزی؟

- من دلم می‌خواهد یک شیره کشخانه داشته باشیم. می‌دانی چقدر مداخل دارد؟! تو به همین خاله صنم نگاه کن. محتاج هیچ کس نیست!

عباس نخ سر کیسه را هم آورد، کیسه را با دقت زیر پیراهنش جای داد و پس از لحظه‌ای گفت:

- بد فکری هم نیست. به عقل من نرسیده بود!

رقیه نرمه‌های نان را به دهان ریخت و از جا برخاست و گفت:

- می‌روم دیگر! غروب است. شاید بتوانم کمکی به خواهرت بکنم. دخترک پا به ماه است. چقدر استخوان‌هایم درد می‌کنند!

عباس هم برخاست خود را به سر تنور کشاند و سیگاری روشن کرد. آفتاب داشت از بام می‌پرید.

مرگان بیرون آمد و دو تا پیاله به سر تنور آورد و گفت:

- تازه برایش چای آوردم!

عباس دود سیگار را با خست از لوله‌های بینیش بیرون داد و گفت:

- رفت!

مرگان چای را جلوی دست عباس گذاشت و همچنان سر پا ماند.

مادر و فرزند هر دو لب به مُهر بودند. عباس سیگار می‌کشید و مرگان به لب بام نگاه می‌کرد. هر دو می‌دانستند که با هم گفت و گویی دارند، موضوع گفت

وگو را هم می‌شناختند؛ اما هیچ کدام نمی‌توانستند حرف را درآمد کنند.

عباس ته سیگارش را در تنور انداخت و پیالهٔ چای را برداشت و نرم نرم نوشید. مرگان پای تنور نشست و پشت به بدنهٔ تنور داد. حالا مادر و پسر روی همدیگر را نمی‌دیدند. پس می‌توانستند بی‌آنکه درچشم هم نگاه کنند حرف بزنند. عباس در سگنج ایوان خرابه و مرگان در پای ایوان خرابه. مرگان، در سایهٔ غروب، دست را زیر چانه ستون کرده و مانده بود؛ و عباس با صورت قاق کشیده و موهای سفید وز کرده به دیوار چسبیده و چشم‌هایش خیره به هیچ جا بود!

ـ بالاخره تو چکار می‌کنی عباس؟!

ـ چی را من چکار می‌کنم؟

ـ می‌آیی یا می‌مانی؟

ـ می‌مانم.

مرگان تاب نیاورد. برخاست رو در روی پسرش ایستاد و گفت:

ـ خودم هم نمی‌دانم چی به تو بگویم! اگر بگویم همراه ما بیا، نمی‌دانم چی پیش خواهد آمد. اگر بگویم بمان نمی‌دانم روزگارت چی خواهد شد! گرما ـ سرما، خشک و تر. دلم آرام نیست. از این طرف می‌بینم برادرت، که به یک حساب نان‌آور ما بود، دیگر اینجا دست و دلش به کار نمی‌رود. او خودش را به کاری عادت داده که اینجاها فراوان نیست. از این طرف شماها را به امان کی بگذارم و بروم؟ از آن طرف خبر بابایت آمده. خدایا! این پسرم، دخترم، آن پسرم، شویم، خودم. خدایا! چرا ما داریم تکه‌تکه می‌شویم؟ اصلاً سردرنمی‌آورم. اصلاً می‌بینم اما نمی‌فهمم. می‌بینم اما نمی‌فهمم!

عباس گفت:

ـ حق داری. دلت برای شویت تنگ شده!

ـ نه! اینجور نیش و کنایه نزن بی‌انصاف! فقط این نیست. دل من تکه پاره شده! شماها! من به چارمیخ کشیده شده‌ام. به چارمیخ!

عباس گفت:

ـ تو داری دنبال مردی می‌روی که ماها را به نامردی واگذاشت و رفت. بی‌غیرت!

- تو به او می‌گویی بی‌غیرت؟! تو به او می‌گویی بی‌غیرت؟! نه! میان همهٔ آن‌ها که رفته‌اند اگر یکیشان از روی غیرت گذاشته و رفته باشد همان پدر تو بوده؛ سلوچ! خیلی‌ها رفتند و خبرشان هم نیامد. اما پدر تو آنجور نبود.

- خیلی خوب! بود یا نبود دیگر به حال من فرق نمی‌کند. من که جلوی کسی را نگرفته‌ام. نه جلوی او را گرفتم نه جلوی شما را می‌توانم بگیرم. بروید؛ بروید به سلامت!

مرگان، سوخته گفت:

- دلم نمی‌خواهد اینجور به من بگویی برو به سلامت! من به حج نمی‌خواهم بروم. آن جایی هم که دارم می‌روم بهشت نیست. اصلاً نمی‌دانم کجا هست! می‌گویند: معدن. اما من نمی‌دانم به کجا دارم می‌روم! فقط می‌بینم که دارم می‌روم. دست خودم نیست. در واقع من دارم بُرده می‌شوم. امادلم می‌شکند وقتی تو... تو خیال می‌کنی من دارم به باغ بهشت می‌روم که اینجور به‌ام طعنه می‌زنی! به خیالت از دل خوشم است که تو را در این جهنم جا می‌گذارم و می‌روم؟!... خدای من! خدای من؛ چرا داری تکه پاره‌ام می‌کنی!

عباس نیمه سیگاری دیگری برداشت و گفت:

- نمی‌خواهد اینجور جلوی من به سنگ و سفال بکوبی. برو دیگر! کسی که به تو چیز نگفت. گفتم؟! خوب برو دیگر!

- بروم! بروم که می‌روم. اما نمی‌خواهم ناله و نفرین تو دنبال سرم باشد. نمی‌خواهم آهت بیشتر از این بسوزاندم.

عباس گفت:

- اگر می‌خواهی دنبال سرت آه نزنم به فکر من هم باش!

- خوب به فکرت که هستم. چطور می‌توانم به فکر پسرم نباشم؟!

- نه فقط اینکه بنشینی و در فراغم گریه کنی!

- پس چه کار دیگری می‌توانم بکنم؟

- اینکه برایم پول بفرستی! پول بفرست. من هم این جا آدمم! نفس می‌کشم. دهنم باید بجنبد. من که دیگر دست و بازوی کار ندارم. باید برای خودم ممر رزق درست کنم. در سر دارم که بقالی باز کنم. آردفروشی. می‌خواهم بدهم

برایم یک حصیر خرما و چار بسته چای و ده من آرد بیاورند و از قبلش پنج سیر نان بخورم. با دست خالی که نمی‌شود! از دست خالی گرد هم بلند نمی‌شود.
- خیلی خوب. خیلی خوب. این قبول. روی چشمم. برایت می‌فرستم. من آدم نکاره‌ای نیستم. کار می‌کنم. کار می‌کنم. برایت چیزی راهی می‌کنم. دیگر چی؟
- هیچی. هیچی. بعد هم که بابام را دیدی اگر می‌خواهید از شما راضی باشم بگو یک دستخط راهی کند که این چارتا کلوخ به من می‌رسد. من قوهٔ این را ندارم که پسان فردا جواب علی گناو را بدهم. برایم مثل روز روشن است، به کف دستم می‌خوانم که چار صباح دیگر علی گناو می‌آید و سهم زنش را از این خانه، از این چارتا کلوخ. می‌خواهد می‌گیرد هم! منِ یک مشت استخوان چطور می‌توانم جلویش بایستم؟ می‌زند این میانه را تیغه می‌کند، اتاق را خودش برمی‌دارد و طویله را می‌دهد به من! چکارش می‌توانم بکنم؟!
- راست می‌گویی. از او چشم علهٔ نمک‌نشناس هر چه بگویی برمی‌آید. باشد. این دستخط را هر طوری شده می‌گیرم و برایت می‌فرستم. دیگر چی؟
- هیچی. دیگر هیچی. یک تکه از آن مس‌هایی را هم که قایم کرده‌ای می‌خواهم. بالاخره من هم آدمم! یک کاسه‌ای می‌خواهم که تویش آب بخورم!
- خوب! همین کاسه بادیه‌ای را که توی دست و داو هست برای تو می‌گذارم. دیگر چی؟
- هیچی، هیچی؛ دیگر هیچی!
- خوب! پس دیگر چرا ورنمی‌خیزی بیایی به خانه؟ دیگر چرا سر تنور مانده‌ای؟!
- باشد! می‌آیم. همین که شما رفتید من اسباب‌کشی می‌کنم از اینجا و می‌آیم به خانه.
پیالهٔ خالی چای را مرگان برداشت و گفت:
- باز هم چای برایت بیارم؟
- بدنیست اگر هست. دهنم خشک شده.
تا مرگان چای دوم را بیاورد؛ عباس نشئهٔ پندارهای خوش، پاشنهٔ سرش

را به دیوار تکیه داد و سیگارش را لای لب‌ها گذاشت و پلک‌ها را فرو بست. غروب چه کیفی داشت!

صدا از کوچه برآمد:

ـ گور پدرشان! ما که می‌رویم. بگذار هر چه که ریسمان به زمینج هست جمع کنند و به هم ببافند تا ببینیم می‌توانند ارونهٔ سردار را از ته مادر چاه بیرون بکشند؟! هه! می‌دانی آن چاه چند قد گودی دارد؟

ـ نود و هشت قد!

ـ خودم یادم هست که بابای ابراو، سلوچ، می‌گفت: بیش از نود و هشت قد! مادر چاه است، شوخی که نیست!

مولا امان، ابراو و پسر صنم این سوی دیوار بودند. عباس چشم به آن‌ها گشود. مردها پر هیاهو گفت وگو می‌کردند. مولا امان و پسر صنم به همدیگر امان حرف زدن نمی‌دادند. به میان حرف همدیگر می‌دویدند و هر یک می‌رفت تا آنچه را که خود دیده بود، آنجور که می‌خواست نقل کند؛ و ابراو در این میان گیج و هله پوک به دهان این و آن نگاه می‌کرد. از گورستان تا این جا فهمیده بود که سر کاریز مرافعه شده است. جمعیت را هم دیده بود که پریشان و پراکنده به زمینج برگشته‌اند. دانسته بود هم ذبیح‌الله و سردار را به شهر برده‌اند. با این همه ذهن او تازه‌های بیشتری می‌طلبید و این در شتاب حرف‌های پسر صنم و دایی مولا امان کم یافت می‌شد.

مولا امان که پیالهٔ چای را از دست خواهرش گرفته بود و همچنان سرپا هورت می‌کشید، گفت:

ـ خراب شد. همه چیز خراب شد. به هم ریخت. فاتحهٔ همه چیز... خرِ من از گرسنگی و تشنگی پای آخور تاوان شده! جهنم دیگر!

پسر صنم گفت:

ـ من می‌گویم که خیلی از این‌ها هم که هر کدام یک چُپّر بزغاله آب قنات داشته‌اند ناچارند کوچ کنند!

مولا امان پیاله را به دست مرگان داد و گفت:

ـ حالا کوچ نکنند، چار صباح دیگر می‌کنند. گور پدرشان بهشت و

دوزخش دیگر پای خودشان!
عباس از سر تنور گردن کشید، ابراو پای دیوار نشست و پسر صنم رو به پیمانهٔ آب رفت.
ابراو گفت:
ـ شاید هم جای مکینه را که عوض کنند خوب بشود؟
مولا امان خندید و گفت:
ـ شاید!!
پسر صنم گفت:
ـ روز از نو روزی از نو! حالا که میرزا حسن که دوباره آستین‌ها را بالا بزند و کارها را روبراه کند؟! می‌دانی عوض کردن جای مکینه چقدر خرج دارد؟ اهه! چرخ چاه نیست که از این طرف ورش داری و بار خر کنی ببری آن طرف! هزار من آهن است. هزار من هم بیشتر! خبره‌اش کجا یافت می‌شود؟ قیمت خون باباشان پول می‌گیرند. آخر اینجور کارها را که همه کس بلد نیستند؟ باید بروند طرف گرگان یا بروند خود پایتخت و با یک من اسکناس دو تا خبره رو وردارند بیاورند. خیال می‌کنی آن دفعه کم پول گرفتند تا تپ تپ‌اش را بلند کردند؟! چه زود هم خودشان این تپ تپ را خواباندند! اما ذبیح‌الله را بگو!
مولا امان با همان مایه از طعنه که پیش از این در خود داشت، گفت:
ـ سود این کار را بیش از همه همو برد! اروای باباش! عجب دلم خنک شد!
ـ این سردار هم عجب ضرب دستی دارد!
ـ گمان نکنم دیگر آن پاها راهوار بشوند!
ـ من هم گمان نکنم به این زودی‌ها.
ـ گور پدرشان!
صدای علی گناو از کوچه برآمد:
ـ آهای!... شماها نمی‌خواهید کمک کنید شتر را از چاه بالا بکشیم؟
سر و گردنش لب دیوار نمودار شد و همان جا ماند.
مولا امان گفت:

- کمک چی؟ مگر نان مفت خورده‌ام که گلهٔ میر هزار بچرانم؟ همان کربلایی دوشنبه که خودش را تو آلونک مکینه قایم کرده و بیرون نمی‌آید، خر بی‌زبان من را از گرسنگی و تشنگی دارد تلف می‌کند! من را بی‌خانمان کرده. تازه بیایم و راه کاریز پسرش را هم باز کنم! هر که زمینش را دارد آب هم می‌خواهد. هر که آب می‌خواهد، چشمش کور، زورش را هم بزند. چرا من باید روده‌هایم را باد بیندازم و شتر از چاه بالا بکشم؟! اگر قُر شوم کی خرج مریضخانه‌ام را می‌دهد؟!

- تو چی پسر خاله صنم؟!

- من هم کار دارم. باید بروم اسباب سفرم را مهیا کنم. ما داریم راه می‌افتیم.

- تو چی ابراو؟ ریسمان‌ها را به هم بافته‌اند. همه دارند می‌روند.

ابراو گفت:

- کم زحمتشان را کشیدم؟! دیگرنه! گور پدرشان!

علی گناو سر و گردنش را از لب دیوار واپس کشید و مرگان دنبال سر او به کوچه رفت:

- صبر کن. صبر کن. بگذار من همراهت بیایم. یک نفس هم یک نفس است!

پسر صنم به مولا امان نگاه کرد. ابراو سرش را پایین انداخت.

مولا امان گفت:

- دست خودش نیست. این زن اختیارش دست خودش نیست. خر است!

نشد! نشد که شتر را درسته از چاه بدر بکشند. قوت کردند، همت کردند، اما نشد. همهٔ ریسمان‌های زمینج یک ریسمان شد و مقنی‌های خبرهٔ ده‌بید با آن به چاه رفتند. ریسمان را از زیر شکم لاشهٔ شتر گذراندند، به دور گردن و پاهایش پیچاندند و پس، خود به ریسمان پیچیدند و ماروار بالا آمدند، خاک پوده از تن و از پیراهن تکاندند و گفتند:

ـ بکشید! حالا بکشید!

ریسمان هشت سر داشت. ریسمان زمینج هشت سر یافته بود. هشت تا ده مرد بر هر رشته‌ای از ریسمان پیچیدند. زور هشتاد مرد! «هو مدد!» لاشهٔ شتر از شلاتِ گل و خاک کنده شد. «مدد!»

زور هشتاد مرد! به دشواری شتر بر دیوارهٔ پودهٔ چاه کشیده شد. قداقّد: «ریسمان را به دور کمرها بپیچانید! هوی... مدد کنید! دارد بالا می‌آید!»

«گیر کرد! گیر کرد! بمانید! خودتان را نگاه دارید. هوی... پاها را در گودال‌ها گیر بدهید... هوی...!.»

پیچیده به رشته‌های ریسمان، پاها گیر داده به گودال‌های کنده به بیل، مردها جانگاه داشتند. تن کشانده به پس، پا نهاده به پیش. دارستانی تنگ که به نیروی باد واپس خمیده باشد. دو مقنی خبره بر کنارهٔ مادر چاه ایستاده بودند و چشم به چاه داشتند و مرگان تن در طناب پیچانده بود.

«گردنش به دستک چاه گیر کرده! میان گمانه!»

«پس چه باید بکنیم؟ چه باید بکنیم؟ کمرها و دست‌هامان دارند می‌برند!»

«چاره نیست. بکشید. باید بکشید. گردنش می‌شکند و بالا می‌آید.»

«بکشید!»
«بکشیم! مدد! هووووی!»
کشیدند. به نیرو، با هر چه نیرو که در تن، کشیدند. اما گیر همچنان بود.
«بکشید!»
«نکشید. نه!»
دو رشتهٔ ریسمان گسست. کنده شد. دو رشتهٔ آدم در یک سو پس افتادند؛ برهم غلتیدند. لاشه فروتر نشست و شش رشته مرد و ریسمان واپس کشانده شدند.
فریاد مقنی‌ها:
«ریسمان‌ها را آرام واگردانید! آرام! آرام!»
«ریسمان‌ها را شل کنید! آرام! آرام!»
لاشه سقوط کرد و دیوار پودهٔ چاه به هم تنبید و شش رشتهٔ ریسمان، شش سر اژدها، به حلق چاه فرو شتاخت.
«بدتر! بدتر! چشمهٔ چاه هم با این خاک‌ها گرفت. می‌گیرد!»
تنورهٔ خاک از دهانهٔ چاه بالا پیچید.
«بدتر! بدتر!»
آغشته به خاک و عرق، مردها واماندند.
«حالا چه باید بکنیم؟»
مقنی‌ها نشستند:
«وسیله. وسیله می‌خواهد. ریسمان نپوسیده.»
«آهای...! فکری به کله‌ام زد!»
«چی؟ خوب بگو پس!»
«قطعه قطعه‌اش کنیم و بالا بکشانیمش!»
«گل گفتی خداداد، گل. کله‌ات را بنازم. پیر چوپان!»
«پس دست به کار بشویم. کی مردش هست؟!»
چوپان و مقنی.
«چرخ چاه را بیاورید! دشنه‌ات را تیز کن خداداد!»

«جواب سردار را کی می‌دهد؟!»
«جوابش با من!»
« جوابش با ما!»
«از قیمت پوستش که بیشتر نمی‌خواهد!»

چرخ چاه را پیش آوردند تا سوار کنند. خداداد چوپان و محمد کاظم مقنی پاچه‌ها را برزدند. خداداد دشنه‌اش را پر تسمهٔ کمر فرو کرد و به سوی سالار عبدالله و کدخدا رفت.

«جانم را می‌گذارم کف دستم و دارم می‌روم ته این چاه! این کار خرج دارد؛ صد تومن!»

بیش از این ماندگاری همهٔ جمعیت لازم نبود. اصل‌کاری‌ها، آن‌ها که به هر اندازه سهمی از کاریز داشتند؛ ماندند. باقی به سوی زمینج کش برداشتند.

نه! نشد که شتر را درسته از چاه بدر بکشند. علی گناو رفت تا شترهای سردار، پسر عمویش را از بیابان جمع کند و به خانه ببرد. این خیال و خاطر مرگان را از بابت گم و گور شدن شترهای سردار آسوده کرد:

«حیف از شترها! حیف از شترها! نباید اینجور از دست بروند!»

□

ماه برآمده بود که مرگان به خانه رسید.

تنها عباس بیدار بود. همچنان نشسته و چشم به شب. دیگران، مولا امان و ابراو، هر یک لقمه‌ای به سوراخ سر انداخته و خفته بودند.

مرگان، کوفته و خسته، طبعاً باید می‌خوابید. اما خواب کجا و چشم‌های نگران مرگان کجا؟ بی‌آنکه بر زمین بنشیند، رفت تا بار و بنه‌اش اگر بود، ببندد. بار و بنه‌ای که نه، چارتکه پیراهن و تنبان و یک کفن.

آن دسته از مردم که همچنان ریشه در دیرین دارند چنین پذیرفته‌اند که در اولین فرصت، همین که از شکمشان زیاد آمد به فکر کفنشان باشند. دو گز کرباس. این را با پول کمی می‌شود خرید. و مرگان در عمرش یک بار چنین مهلتی پیدا کرده بود. کفن؛ تنها جامه‌ای که آدم آن را دوبار نمی‌پوشد. کفن را جدا در میان بقچه‌ای بست و کنار گذاشت. کمی نان و قند و چای را هم جداگانه بست. خرت و

پرت‌هایی را که می‌بایست برای عباس باقی می‌گذاشت یک گوشه جمع کرد. بقچهٔ کفن را هم روی آن‌ها گذاشت. پس به سر کیسهٔ آرد رفت. چیزی کم‌تر از یک من آرد در کیسه بود. آن را هم کنار خرت و پرت‌های عباس گذاشت. دیگر کاری نداشت جز یک کار. تنها یک کار باقی بود. مرگان به پسر و برادر خود نگاه کرد. هر دو خواب بودند. مرگان پاورچین پاورچین از در بیرون رفت. عباس همچنان بیدار بود و آتش سیگارش در ته تاریکی می‌درخشید. بی‌التفات به او مرگان پا به کوچه گذاشت.

در کوچه‌های نیمه شب زمینج خفاش هم پر نمی‌زد. سکوت و تاریکی محض. زمین ناهموار آشنای پاهای برهنهٔ مرگان بود. کوچه به کوچه، خرابه به خرابه، خود را به بیرون زمینج رساند. بیابان و شب سینه در سینه‌اش ایستاده بودند. انبوه و فشرده. درنگ کرد. نه تماماً از ترس. بلکه شک آورد. روی گرداند و سر در زمینج گذاشت و یک سر به سوی خانهٔ خاله صنم رفت. در خانه بسته و همه خواب بودند. در زد. مراد، پشت در آمد و هاج و واج رو در روی مرگان ایستاد:

- ها! چی شده خاله مرگان؟!
- بیل و توبره‌ات را وردار دنبال من بیا برایت تعریف کنم.

پسر صنم بیل و توبره را از بیخ دیوار برداشت، بیرون آمد و لت در را آرام پشت سر خود بست. مادر و فرزند در کوچه بودند. مرگان همچنان خاموش می‌رفت و پسر صنم به خود نمی‌دید که پرسشی کند. بی‌صدا در پی مرگان می‌رفت و مرگان کوچه‌ها را پیچ واپیچ از زیر پا درمی‌کرد تا به پناه دیوار زمینج رسید. این جا واگشت و نگاه کرد. پسر صنم کنارش ایستاده بود. مرگان لب باز کرد:

- تو هم که با ما می‌آیی؟
- من که خودم به شما گفتم! می‌آیم. چرا نمی‌آیم؟ من که ماندنی این جا نیستم. یک ماه زودتر چه عیبی دارد؟! خیال داشتم به اشرق بروم حالا می‌روم طرف مشرق! چه توفیری می‌کند؟!
- خوب؛ خوب! پس حالا گوش کن! من این جا چیزی زیر خاک کرده‌ام که باید درش بیاوریم. تو دنبال سر من بیا!

مرگان براه افتاد:

ـ به ابراو هم اطمینان می‌کردم اما ترسیدم کسی بو ببرد. اما خیالم از طرف تو راحت است. تو را هم یکی از پسرهای خودم می‌دانم. بیا! بیا!

پسر صنم بیراهه را به دنبال مرگان ادامه داد و پرسید:

ـ در این تاریکی چه جور می‌خواهی ردش را پیدا کنی؟!

ـ پیدا می‌کنم. پیدا می‌کنم! تو بیا! از دست این دزدها مال خودم را قایم کرده‌ام! پیداش می‌کنم. پیداش می‌کنم. تو بیا. تو بیا.

مرگان ناگهان واگشت:

ـ کسی ما را ندید؟!

پسر صنم گفت:

ـ در این وقت شب هر کسی چل تا پادشاه را خواب دیده؛ دیگر کو دل و دماغ شبروی؟!

مرگان سر جا میخ شد و گفت:

ـ همین جاست! همین جا باید باشد! بیلت را به کار بینداز. همین جاست! همین جا!

پسر صنم بیل را از شانه پایین گرفت و به کندن خاک مشغول شد. مرگان هم روی زمین خسبید و با پنجال‌هایش خاک را واپس زد. اما کار بیهوده. مرگان جا را ناجا گرفته بود.

پسر صنم پرسید:

ـ حتم داری که این جا را شخم نزده‌اند؟

ـ حتم دارم. حتم دارم. این حساب‌ها را کرده بودم.

ـ حالا بنشین فکر کن ببین چه علامتی گذاشته‌ای؟

ـ سنگ! یک سنگ بزرگ. می‌دانم. یادم هست. یادم هست. سنگ بزرگی بود!

ـ این جا که سنگ نبود خانه‌آباد!

ـ نمی‌دانم. نمی‌دانم. عقلم را از دست داده‌ام.

مرگان سر پاها نشسته و زانوها را در چنگ گرفته بود و می‌فشرد. چنان که

ماده گرگی در شب بیابان می‌رود که بزاید.
دفینه‌اش را اگر نمی‌یافت چی؟!
برخاست و دست‌های پسرصنم را به دست گرفت و به زاری گفت:
ـ پیداش کن، پیداش کن مراد جان! برایم پیداش کن! قلبم دارد کنده می‌شود مراد! پیداش کن.
ـ خوب، خوب؛ خیلی خوب! آرام بگیر. آرام. تو همین جا بنشین. بنشین! به من بگو راست خانهٔ کی بود؟
ـ راست خانهٔ سردار. هزار و نه قدم که از بیخ دیوار خانهٔ سردار ورداشتم به آن سنگ رسیدم. بیخ سنگ را کندم و بعدش هم سنگ را کشاندم روی گودالی که با خاک پر کرده بودم.
پسر صنم گفت:
ـ خیلی خوب. تو بگیر همین جا بنشین! از جایت تکان نخور. من می‌روم بیخ خانهٔ سردار و یک بار دیگر قدم می‌کنم. نمی‌ترسی که! می‌ترسی؟
ـ نه! نه! تو برو. فقط پیدایش کن. خرج راهمان به همان چار تکه مس پاره بسته است. برو؛ برو دستم به دامنت!
پسر صنم براه افتاد و مرگان رفتن او را تا در سیاهی سیاه شود، نگاه کرد. بعد تنها شد. او ماند و شب. شب و مرگان!
چه کسی می‌توانست خاک را کلیده و دارایی مرگان را برده باشد؟ چه کسی به غیر از هاجر خبر از کار مرگان داشت؟ هیچکس! اما او دختر معصوم چگونه می‌توانست آمده و دارایی مرگان را از زیر خاک ربوده باشد؟ می‌شد که علی گناو زیر پای او نشسته باشد؟ همینش کم بود! همینش کم بود! اما مرگان باورش نمی‌شد. نه! هاجر نمی‌توانست چنین دختری باشد.
چرا نمی‌توانست چنین دختری باشد؟
آخر چطور دلش می‌آمد؟ چطور؟ نه! نه! باور کردنی نبود!
ـ یافتم! خاله مرگان یافتم. بیا که یافتم خاله مرگان!
ـ تو کجایی پسرکم؟ تو کجایی؟!
ـ من این جایم. این جا. صدایم را نمی‌شنوی؟

- صدایت را می‌شنوم؛ اما قدت را نمی‌بینم، قدت بگردم!
- دنبال صدا بیا. دنبال صدا بیا. بیا از این طرف. از این طرف!
- خدایا! گیج شده‌ام، گیج! خدایا مددم کن!
- بیا از این طرف. چرا داری کله پا می‌روی؟!
- کدام طرف؟ کدام طرف؟
- بایست! بایست! حواست را معلوم‌ست که از دست داده‌ای. همان جا سر جایت بایست! من در شان می‌آورم و می‌آیم آنجا.
- همین جا بایستم؟ همین جا؟!
- همان جا. همان جا!

دور از هم، مرگان و پسر، در شب بیابان ماندند. مرگان، مثل بوته‌ای گز، سر پا ایستاده بود. می‌لرزید. التهاب شوق. اضطراب ترس. دمی دیگر صدای خاک و بیل خوابید و سر اندر پای بیابان و شب خاموش شد. نفس مرگان هم بند آمد.

نکند پسر صنم دفینه را برداشته و رفته باشد؟!
لعنت خدای، این چه گمانیست؟

مرگان لب به دندان گزید. پسر صنم پیدایش شد. بیل را در خاک فرو کوفت و توبره را از دوش واگرفت. مرگان روی توبره چمبرک زد و در تاریکنای شب ظرف‌های مسی را با دست‌هایش لمس کرد. بودند! بودند! مس‌های خودش. مرگان دلش آرام گرفت. برخاست و دعا کرد:
- خیر از جوانیت ببینی پسرم! هر چه خاک من، عمر تو باشد. برویم. می‌خواهی توبره را من به دوش بگیرم؟!
- نه! بیل را تو وردار!

به میان زمینج که رسیدند پسر صنم پرسید:
- خانهٔ خودتان ببریم؟
- نه! نه! پیش تو امانت باشد. صبح که به شهر رسیدیم می‌فروشیمشان.
- صبح بیایم در خانه؟
- نه! بیرون قلعه، کنار جوی بایست. سر راه شهر. آن جا همدیگر را

می‌بینیم. پیش از اذان صبح.

مادر و پسر از هم جدا شدند. مراد رو به خانهٔ خود رفت و مرگان رو به خانهٔ خود. مرگان آرام پا به حیاط گذاشت و رو به اتاق رفت. این آرزوی او بود که همه خواب باشند؛ اما صدای سوختهٔ عباس او را بر جا نگاه داشت.

ـ خدا قوت!

مرگان به سوی پسر واگشت و تا خود را از تنگنا رهاند، پرسید:

ـ تو هنوز بیداری؟

عباس پرسید:

ـ پس بارت کو؟

ـ کدام بار؟

ـ مس‌ها!

ـ چی می‌گویی! کدام مس‌ها؟!

عباس گفت:

ـ من هم بچهٔ توام. خوب بود یکی از بادیه‌ها را هم برای من می‌آوردی که تابستان تویش آبدوغ ترید کنم!

مرگان بیشتر نماند. پا به اتاق گذاشت و گفت:

ـ حرص چشم‌های تو را هم مگر خاک پر کند بچه گکم!

عباس هم دیگر ـ نه معلوم که چرا ـ پیله نکرد. روی جایش دراز کشید، سرش را گذاشت و چشم به ستاره‌ها دوخت. شب، مثل هر شب.

شب را ـ همانچه را از شب مانده بود ـ مرگان به خواب نرفت. بی‌حس و بی‌حال روی جایش افتاد، اما به خواب نرفت. چیزی، انبوهی از رویا او را در خود فرو برد. تکه پاره‌هایی گنگ در ذهنش می‌دویدند، به هم می‌چسبیدند، می‌گسیختند، پوش می‌شدند و می‌رفتند. می‌گریختند. باز، هجومی به همچنین. کوفتگی تن و آشفتگی خیال با هم در کشمکش بودند و از این میان چیزی جز کابوس نمی‌زایید. زایش دمادم. هر دم. پیوست و گسست. اشباح به هم گره خورنده و از هم دور شونده. شکل‌هایی که نه زبان یکی داشتند و نه زمان. حتی برخیشان بیگانه به مرگان بودند. شکل‌هایی که پیش از این نیازموده‌شان بود. ندیده‌شان

بود. پندارهای واهی. جلوه‌های چهره‌های غریب. چه جور عجایبی بودند این‌ها؟ چه ربطی، چه پیوندی با هم داشتند این‌ها؟ از کجا می‌آمدند و به کجا می‌رفتند؟ بیابانی بی‌کران، پندار مرگان. نه! آسمانی بی‌پایان، بی‌انجام، بی‌آغاز؛ با شهاب‌هایی ناشناخته، با شعله‌هایی گریزان، با خفاش و شب‌پره‌هایی شتابان. چه بودند این‌ها که بر مرگان می‌گذشتند؟ ذهنش هم، آیا تاراج شده بود؟ چرا این پندارها هیچ نظمی به خود نمی‌گرفتند؟ آغاز و فرجامشان چرا پیدا نبود؟ سیمای که و چه بود این که در سیاه چاهی باژگون شده بود و دم به دم دیگر گونه می‌شد؟ چهرهٔ که بود این؟ چرا چنین پهنا وامی‌کرد، پهنا وامی‌کرد، تمام سیاهی چاه را پر می‌کرد و بر آن هزار تصویر دیگر، هزاران تصویر دیگر می‌نشست و محو می‌شد؟ هزاران تصویر، به هم در می‌شکستند؛ می‌شکستند. مثل یک چشم. هزاران یک چشم. ریز می‌شدند. ریزتر می‌شدند. نقطه. نقطه‌ها. یک نقطه. نقطه به ستاره‌ای می‌رفت.

این مرد که بود که در آستانهٔ در ایستاده بود؟

این زن که بود که موهایش آویزان بود؟

این مرد که بود که در آستانهٔ در ایستاده بود، حرف می‌زد و حرف می‌زد و حرف می‌زد و صدایش شنیده نمی‌شد؟

این زن که بود که به موهایش آویزان بود، جیغ می‌کشید و جیغ می‌کشید و جیغ می‌کشید و صدایش شنیده نمی‌شد؟

سینه‌های این زن چقدر چروکیده بودند! چشم‌های این زن! چشم‌های این زن! در چاه چشم‌های او این طفل‌ها که بودند که سرشان سر آدم و تنشان تن بره بود؟

صدای این مرد چرا شنیده نمی‌شود؟

چشم‌های این زن چه دهن گشوده‌اند!

دل این آسمان چه دم به دم سوراخ می‌شود؟ دیوارها چه دم به دم هم می‌آیند! نوحه‌خوانی! صدای دف و سنج! عروسی در عزا آمیخته است مگر؟ راه کاریز مگر گشوده شده. راه کاریز شاید گشوده. صدای شیههٔ اسبی! نه! جمازیست این که در کویر می‌تازد. سیاه ماری دم در زمین فرو برده و زیر تیغ آفتاب راست

ایستاده است. زبانی خشکیده از دهانی گشاده بدر افتاده است. خورشید را ببین چه سینه به خاک می‌مالد!

ـ خدایا! خدایا! چرا نمی‌توانم آرام بگیرم؟! نکند تب کرده باشم؟ چی از من گم شده است؟ چی از من گم شده است؟. . . ورخیزید! ورخیزید! صبح نزدیک است! ورخیزید!!

مرگان خود برخاسته و ایستاده بود. کی؟ برادرش هم روی جا راست شد. همپای مولا امان ابرو هم روی جا نشست. مرگان بقچه را از کنج دیوار برداشت و بیرون آورد. مولا و ابرو هم رختی به بر کشیدند و بیرون آمدند. عباس روی جایش نیم‌خیز شد. مرگان به سر تنور رفت. عباس خسته و خواب رمیده مادرش را نگاه کرد. مرگان به او گفت:

ـ این تو و این هم خانه! حالا دیگر دم و دستگاهت را بکش ببر تو!

عباس خاموش بود. ابرو لحافی را که باید همراه می‌برد رشمه پیچ می‌کرد. مولا امان به صورتش آب می‌پاشید. عباس از سر تنور پایین آمد. مادر به او نزدیک‌تر شد، سر عباس را روی سینه گرفت و در گوشش زمزمه کرد:

ـ کارت نباشد، از گرسنگی نمی‌میری، پسر گگم! نمی‌میری. برایت پول راهی می‌کنم. تا از من خبری بشود مردم نگاهت می‌دارند. من در حقشان بدی نکرده‌ام. برای همه‌شان مادر بوده‌ام. آن‌ها پسر من را و نمی‌گذارند. مثل چشم‌هایم به آن‌ها اطمینان دارم. عمر به کمال کنی پسرم؛ عمر به کمال!

از سر جنون، سر و شانه‌های خشکیدهٔ عباس پیر را به سینه فشرد و ناگهان او را از خود واکند. مثل چیزی که نمی‌خواست به موج موج قلب خود که می‌رفت تا خیز بگیرد، میدان بدهد. نباید میدان می‌داد! پسر را رها کرد.

ابرو بندهای رشمه را به شانه‌ها گیر داده و لحاف را بر پشت خود سوار کرده و آمادهٔ رفتن بود. مرگان به پسرهایش نگاه کرد. برادرها رو به هم کشانده شدند. ابرو، بقبند بر پشت، آرام ـ نه معلوم که چرا ـ شرمگین به سوی عباس رفت؛ و عباس با انبوه موهای سپیدش، خراشی بر سینهٔ شب، رو به برادر براه افتاد. رو در روی هم برادرها دمی درنگ کردند. ابرو دست به طرف عباس دراز کرد. عباس ناگهان خود را در آغوش برادر انداخت و لرزه‌ای شانه‌های تکیده‌اش

را به تکان و اداشت. صدای خفه‌اش که خود چیزی جز کلپوه سگی سوزن خورده نبود، در گلویش گیر کرده بود. با این همه به زحمت و تکه تکه گفت:
ـ می‌ترسم... آنقدرها عمر نکنم... که دوباره... که دوباره... تو را ببینم برادر! من را... من را... که فراموش... نخواهی کرد؟!
ابراو عباس را از خود واگرفت و تکانش داد:
ـ آرام بگیر! آرام بگیر! سر راه خوب نیست گریه کنی! تو که گریه‌ای نبودی؟!
عباس شانه به دیوار داد و بینیش را با سرآستین مالاند:
ـ نه! نه! گریه... فقط... فقط... هیچی... برو... بروید دیگر!... خیر پیش... من... من چیزی نمی‌گویم، دیگر!
مولا امان در کوچه بود و از روی دیوار می‌غرید:
ـ یالا دیگر! علی‌اکبر به میدان می‌فرستید؟! یالا!
مرگان و دنبال او ابراو، پا از شکاف دیوار به کوچه گذاشتند و در پی مولا امان براه افتادند.
عباس عصازنان تا کوچه آمد و پیاله‌ای آب دنبال سر مسافرهایش ریخت.
ابراو یک بار دیگر واگشت و کلاهش را برای عباس باد داد.
تا مولا امان و ابراو بگذرند، مرگان جلوی در خانهٔ علی گناو پا سست کرد. ایستاد. مولا امان و ابراو گذشتند. مرگان لت در را باز کرد و پا به درون گذاشت. اما همان جا در آستانهٔ در ماند. دلش نیامد دخترش را بیدار کند. نه! نداند و نبیند که می‌روند، وقتی که می‌روند، بهتر، یکی هم این که دلش نمی‌خواست سر رفتن، چشمش به چشم علی گناو بیفتد. این بود که دو دمی سر جایش ماند.
چندان نپایید که رقیه، موری از سوراخ، بیرون خزید. خاموش و آرام. نمی‌بایست صدای در رقیه را از خواب بیدار کرده باشد. مرگان گمان برد که رقیه هم شب را نخوابیده بوده است. نرم و شکسته رو به مرگان آمد و نه انگار که مادر هاجر رو به رویش ایستاده است از کنار او گذشت و پا به کوچه گذاشت. مرگان ر بر گرداند و در پی او براه افتاد.

ـ رقیه جان!... رقیه جان... دخترم را هاجرم را به تو می‌سپارم و تو را به خدا. رقیه جان به کردار او مکن. او هنوز طفل است. او اگر بد کرد، من اگر بد کردم، تو بد مکن رقیه جان!

رقیه سر برنگرداند، جوابی نگفت و زیر نگاه ماندهٔ مرگان، لنگ لنگان رو به خانهٔ مرگان، رو به خانهٔ عباس رفت.

تا رقیه نرم و موروار به پای دیوار خانهٔ عباس برسد، مرگان نگاهش کرد. بعد به خود آمد. پسر و برادرش رفته و دور شده بودند. مرگان نگاه به رد رقیه، پا تند کرد و بیرون زمینج خود را به مولا امان و ابراو رساند.

کنار قبرستان تراکتور افتاده بود. جنازه‌ای بدر آمده از گور، بر کنار گور، پیچیده در کفنی از غبار سرخ کویر. پای تراکتور، کنار جوی، پسر صنم نشسته و دست در باریکه آب جوی داشت.

آب؟!

ـ نه، خون! خون را می‌بینی؟!

نشستند. بر لب جوی خون نتستند. مولا امان کبریتی کشید: لایاب خون آلود! پیر ارونهٔ سردار می‌یابد قطعه قطعه شده باشد.

برخاستند. اما نه مرگان. مرگان همچنان بر لب جوی نشسته ماند؛ چشم به درازنای جوی. کسی می‌آمد. مردی می‌آمد. جنازه‌ای می‌آمد. آدمی پوشیده در شولایی خونالود. بیلی به دست داشت سلوچ؛ بیل کهکینی! از دهنهٔ کاریز بیرون آمده بود. راه آب را باید همو باز کرده باشد. چهره‌اش پیدا نبود. از شولایش، کپان خرش که همیشه بر دوش داشت، خون می‌چکید. خون در پناه پاهایش کشاله‌ای پیوسته داشت.

«معدن چه جور جاییست؟ چه جور جایی؟!»

ـ آنجا برای زن‌ها هم کار هست؟

□

شب می‌شکست.
شب بر کشالهٔ خون می‌شکست.

پایان ـ سال ۱۳۵۷

به همین قلم

۱. کارنامه سپنج ـ مجموعه داستان. شامل:

- الف ـ ته شب
- ب ـ اِدبار
- پ ـ بند
- ت ـ پای گلدستهٔ امامزاده شعیب
- ث ـ هجرت سلیمان
- ج ـ سایه‌های خسته
- چ ـ بیابانی
- ح ـ سفر
- خ ـ آوسنهٔ باباسبحان
- د ـ باشبیرو
- ذ ـ گاواره بان
- ر ـ مرد
- ز ـ عقیل، عقیل
- ژ ـ از خم چمبر
- س ـ دیدار بلوچ (سفرنامه)

۲. سُلوک

۳. کلیدر. دورهٔ ده جلدی در پنج مجلد

۴. روزگار سپری شدهٔ مردم سالخورده. شامل سه کتاب:
اقلیم باد ، برزخِ خَس ، پایان جغد

ناشر: نشر چشمه، فرهنگ معاصر

نوشته برای کودکان و نوجوانان:

۱. بر جوان و انسان پیر ناشر: انتشارات کانون پرورش فکری کودکان و نوجوانان

۲. آهوی بخت من گَزل ناشر: نشر چشمه

نمایشنامه:
1. تنگنا (نایاب)
2. ققنوس — ناشر: نشر چشمه، فرهنگ معاصر

فیلمنامه:
1. اتوبوس — ناشر: نشر چشمه، فرهنگ معاصر
2. سربداران
3. هیولا (طرح)

مقالات، مصاحبه‌ها و سخنرانی‌ها:
1. ما نیز مردمی هستیم — مصاحبه مفصل با امیر حسن چهل تن و فریدون فریاد شامل سه سرفصل: تاسلوچ، شما و دیگران، کلیدر
2. رد (گفت و گزار سپنج) — مجموعه مقالات، مصاحبه‌ها و سخنرانی‌ها
3. قطره محال‌اندیش — مجموعه مقالات، مصاحبه‌ها و سخنرانی‌ها

ناشر: نشر چشمه، فرهنگ معاصر

گمشدگان:
1. درخت (نمایشنامه)
2. پائینی‌ها (رمان)
3. روز و شب یوسف (رمان)
4. شب سوگوار گیلیارد